KB049681

베르타 이슬라

베르타 이슬라

하비에르 마리아스

남진희 옮김

소미미디어
Somy Media

카르메 로페스 메르카데르,
예리하게 보는 눈,
주의 깊게 듣는 귀,
멋진 충고를 던져주는 목소리를 가진 당신에게
이 책을 바칩니다.

에릭 사우스워스,
반평생 우정을 유지하며
알게 모르게 수많은 인용문을 제공했던 당신에게
이 책을 바칩니다.

차례

일러두기

* 이 책은 Javier Marías 의 《Berta Isla》(Penguin Random House Grupo Editorial, 2017)를 번역한 것입니다.
* 본문의 주석은 옮긴이 주입니다.

I

한동안 그녀는 남편이 진짜 자기 남편인지 확신이 서지 않았다. 선잠을 자다 보면 지금 내가 생각하는 건지 꿈꾸는 건지 확신이 서지 않는 것과 같았다. 아직도 누군가가 그녀의 마음을 조종하고 있는지, 지칠 대로 지친 그녀를 엉뚱한 곳으로 끌고 가는지 알 수 없었다. 때로는 그런 것 같기도 했고, 때로는 아니라는 생각도 들었다. 그와 생김새만 비슷할 뿐 훨씬 나이 많은 남자와 함께 살기로 한 건지도 알 수 없었다. 때로는 주위에서 들려오는 말은 완전히 무시하고 그와 함께 살기로 굳게 다짐하기도 했다. 결혼했을 당시만 해도 곱고 젊던 그녀 역시 그가 떠난 뒤 나이가 든 것은 어쩔 수 없었다.

최근 몇 년이 가장 평화로웠고, 평온했고, 만족스러웠던 최고의 시간이었다. 그러나 그렇게 오래가진 않았다. 이런 문제에, 이런 의심에 자신을 내맡기기가, 오롯이 세상 흘러가는 대로 내맡기기가 쉽지 않았다. 일단 몇 주 동안은 문제를 한쪽으로 미뤄두고 아무 계획도 없이 일상에 빠져봤다. 이 세상 사람 대부분이 아무 문제없이 이런 생활을 즐기고 있으니까. 하루가 시작되는 것을 보며 즐거운 하루를 보내고 마무리까지 잘하기 위해 어떤 무지개를 그릴 것인가를 생각한다. 그러다 잠들면 끝이, 휴식이, 단락이, 경계가 생길 거라고 믿지만 사실 그런 것은 없다. 시간은 계속 앞으로 나아가며 우리 몸뿐만 아니라 의식에 작용한다. 시간은 우리가 숙면하는지, 아니면 눈을 부릅뜬 채 경계하고 있는지 전혀 개의치 않는다. 잠을 자지 않고 돌아다니는지, 야간 경비에 나선 '보충병'이라 불리는 신병처럼 의지와는 상관없이 저절로 감기는 눈꺼풀을 억지로 부릅뜨고 있는지 전혀 개의치 않는다. 누가 그 이유를 알겠느냐마는, 아마 온 세상이 잠들었을 때 경비를 서야 하는 사람은 자신에겐 그런 일은 절대로 일어나지 않을 것 같다고 생각할지도 모른다. 전쟁 중엔 계속해서 경계태세를 유지해야 포로가 되지 않을 수 있는데 졸음을 참지 못하면 총구 앞에 서야 할 수도 있으니 말이다. 밀려오는 잠을 참지 못하고 한 번 꾸벅인 것만으로 죽음과 직결된 영원한 잠에 빠져들 수도 있다. 어떤 일이든 위험이 도사리고 있다.

남편을 남편이라 믿어도 마음이 편치 않았고 침대에서 벌떡 일어나 하루를 활기차게 시작하려는 의욕도 나지 않았다. 오래 기다려 이미 소망을 이루었다는, 그래서 더는 기다리지 않아도 된다는 생각에 사로잡혀 있는 것 같은 느낌이었다. 뭔가 기다리며 사는 것에 익숙해진 사람은 들이마시려는 공기의 반을 빼앗긴 사람처럼 기다림이 끝났다는 사실을 절대로 쉽게 받아들이지 않는다. 반면에 그가 남편이 아니라고 믿어도, 죄책감으로 불면의 밤을 지새우면서 사랑하는 이를 향한 불신이나 자신에 대한 질책에 맞서고 싶지 않아, 잠에서 깨고 싶지 않아 몸부림쳐야 했다. 그녀는 불쌍하게 마음마저 딱딱하게 굳어버린 자신이 너무 싫었다. 아무것도 믿지 않기로 굳게 마음먹었고 결국 그렇게 되었지만, 그러면 그럴수록 이상하게 마음 한편에 숨겨놓았던 의심과 뒤로 미뤄뒀던 불확실성에 끌리는 것을 느꼈다. 하긴 불확실하다고는 해도 조만간 다시 되돌아올 것이 너무 뻔했다. 그녀는 절대적인 확신을 안고 산다는 것은 정말 따분한 일이라는 사실을 깨달았다. 결국, 단 한 사람만 옆에 둔다는 것도 비난받을 만한 일이고, 현실과 상상을 다 똑같은 것으로 받아들이는 것 역시 비난받아 마땅하다는 것을 깨달았다. 그렇지만 아무도 여기에서 빠져나오지 못했다. 언제까지나 이어질 의심 역시 참을 수 없었고 자신과 타인을, 특히 타인 중에서도 아주 가까운 지인을 끊임없이 지켜보며 믿기 어려운 기억과 비교한다는 것도 정말 견디기 힘든 일이라는 사실을 깨달았다. 아무리 방금 일어난 일이라고 해도, 방금 헤어진 사람의 향기 혹은 그에 대한 불만이 방 안을 떠다닌다고 해도, 이미 눈앞에 존재하지 않는 사람을 선명하게 떠올릴 수 있는 사람은 아무도 없다. 그의 이미지는 문을 나가 사라지는 것만으로도 희석되기에 충분했다. 똑똑히 보고 싶지 않거나 아무것도 보고 싶지 않다면 보지 않는 것만으로도 충분하다. 청각도 마찬가지이고, 촉각 역시 두말할 나위가 없다. 그런데 어떻게 사람들은 아주 오래전에 일어났던 일을 순서대로, 그것도 아주 정확하게 기억할 수 있는 걸까? 어떻게 깊은 잠에 빠졌던 그녀가 15-20년 전에 같은 침대에서 자던 남편을, 그녀의 몸을 파고들던 남편의 모습을 정확하게 떠올릴 수 있을까? 이 모든 것 역시 야간 근무에 나선 신병처럼 언젠간 사라질 테고 흐려질 거다. 어쩌면 제일 먼저 사라질지도 모른다.

영국인이자 스페인인이었던 남편, 톰이자 토마스 네빈슨이라는 이름을 가졌던 그에게 언제나 불만만 있었던 것은 아니다. 그가 사람을 피곤하게 만드는 짜증스러운 기운을 언제나 퍼트리고 다니는 것도 아니었다. 깊숙한 곳에 숨어 그와 함께 집안 곳곳을 떠돌다 결국은 겉으로 불거지는 불안 역시 마찬가지였다. 그렇지만 그를 따라 불안한 기운이 거실, 침대, 부엌에까지 스멀스멀 기어들어 온 것은 사실이었고, 쉽게 그에게서 떨어지지 않고 머리 위를 맴도는 광풍처럼 그만을 졸졸 따라다니며 온 집안을 휩쓸곤 했다. 이는 그가 짧게 이야기할 수 있게 도와주었고, 난감하긴 하지만 비교적 덜 공격적인 질문에만 대답할 수 있게 도와주기도 했다. 난감한 질문을 받으면 그는 아내인 베르타 이슬라에조차 해명할 수 있는 권한이 자기에게는 없다는 식으로 회피했으며, 앞으로도 절대로 그런 권한을 얻을 수 없을 것이라는 사실을 자주 상기시켰다. 수십 년이 흘러 죽음이 임박해도, 그는 현재의 행동과 저질렀던 일 그리고 그동안 맡았던 임무처럼 그녀와 떨어져 살았던 삶에 대해선 결코 털어놓을 수 없을 것이다. 베르타는 이러한 사실을 받아들여야만 했고, 또 받아들였다. 남편에게는 늘 어둠에 싸인 남편만의 구역, 영역이 있었다. 그곳은 언제나 그녀의 시각과 청각에서 벗어난 곳으로, 일축해 버릴 수 있는 이야기가 있었고, 적당히 외면해버리거나 당장 코앞만 봐야 하고 보려고 노력해야 하는, 아니면 아주 눈을 감아야 하는 세상이었다. 그녀는 단지 짐작하거나 상상할 뿐이었다.

"게다가 당신은 모르는 것이 나아." 항상 그는 아내에게 이런 식으로 이야기했다. 억지로 비밀에 싸인 삶을 강요당하긴 했지만 그렇다고 그것이 그의 이야기를 완전히 가로막진 않아서, 장소나 사람을 언급해야 할 땐 두리뭉실하게 추상적으로 이야기했다. 때로는 조금 불쾌하기도 했지만 누군가에겐 슬프고 불행한 결말로 끝나는 이야기가 담겨 있기도 했다. 이따금 재미있는 부분도 있었지만 대부분 지저분했으며 최악의 경우엔 사람을 우울하게 만들기도 했다. 그녀는 우울해져 이야기에서 빠져나올 때가 많았다. 그녀는 자신이 한 일조차 쉽게 잊는 편이어서, 다행히 순간적으로 금세 지나갔다. 이건 실제로 경험한 것도 아닌데 배우가 된 것처럼 억지로 꾸며내는 에피소드만의 장점이기도 했다. 배우들은 영화가 끝나거나 연극이 막을 내리면 다시 자기 자신으로 돌아가지만, 영화나 연극은 결국 영원히 허공으로 사라진다. 다만 꿈속에서 일어났던 일처럼 의심으로 점철된 진실되지 못한 공허한 기억만을 오래오래 남긴다. 그것이 너무 부적절하단 생각에 사람들은 "아니요, 나는 그런 짓은 할 수 없었어요. 기억이 혼란스럽기는 한데, 그건 또다른 나였고 착각이었어요"라고 이야기한다. 아니면 자신의 행동과 과거를 기억하지 못하는 몽유병자처럼 군다.

베르타 이슬라는 뭔가 알 수 없는 구석이 있는 사람과 살고 있었다는 사실을 잘 알고 있었다. 자기에 대해 몇 달 동안 설명하지 않아도 되는 사람은 결국 뭐든지 설명하지 않아도 된다는 권리를 가진 것처럼 느끼기 마련이다. 톰은 평생의 어느 정도까진 이를 공기처럼 당연하게 받아들였던 사람이었다. 누구도 공기를 관찰하고 뜯어보려들진 않는 법이다.

그녀는 유년 시절부터 그를 알고 지냈다. 당시 토마스 네빈슨은 밝고 쾌활한 소년으로 어둡고 그늘진 부분이라고는 단 한 점도 없었다. 그는 처음엔 소로야 박물관 옆 마르티네스 캄포스 거리의 영국인 학교에 다녔는데, 그 학교는 13세나 14세가 되면, 다시 말해 중등교육 4년을 마치면 학생들을 내보내거나 풀어줬다. 그래서 중학교 5학년과 6학년 그리고 대학교 예비반으로 이어지는 대학교 입학 전 3년 과정은 다른 곳에서 이수해야만 했다. 베르타가 다니던 '에스투디오'는 프랑코 시절 스페인에 있던 대부분의 학교와는 달리 종교와 무관했고 남녀공학인 데다 영국인 학교와 멀지 않은 미겔 앙헬 거리에 있었기 때문에 익숙한 동네를 떠나지 않아도 된다는 이유까지 더해져 적지 않은 영국인 학교 학생들이 이곳 에스투디오로 넘어왔다.

갓 전학 온 '풋내기'들은 정말 따분하고 매력이라곤 눈곱만큼도 없는 인간만 아니라면 대부분 참신하다는 이유만으로도 쉽게 이성 친구를 사귈 수 있었다. 베르타는 네빈슨과 금세 본능적인, 결코 빠져나올 수 없었던 외곬 사랑에 빠졌다. 어린 나이에 사랑하다 보니 근본적이면서도 자의적인, 탐미적이면서 조금은 시건방진 결정을 내리곤 했다. 예컨대 주변 사람들에게 '이 사람 곁에 있을 거야'라고 단정적으로 말하기도 했다. 그들은 누구나 그렇듯이 소심하게, 흔들리는 눈길로, 열정을 감출 수 있는 가벼운 웃음과 대화로 관계를 시작했다. 그러나 뜨거운 열정은 금세 뿌리를 내렸고 세상이 다 끝날 때까지 절대 흔들리지 않을 것 같았다. 정적인 이미지가 모든 걸 지배하는 영상에서 가장 동경했던 장면은 영화와 소설에서 배워 완벽하게 검증되긴 했지만 너무 이론적인, 정열만 앞세운 것이었다. 예컨대 소녀는 자기가 선택한 사람과 이미 결혼을 한 것처럼 생각했고, 그 역시 더 이상의 전개도 변화도 이야기도 있을 수 없는 완성된 그림처럼 그녀와 벌써 결혼했다는 상상에 빠져 있었다. 삶에 대한 전망이 여기서 막을 내렸고, 두 사람은 멀리 나아갈 능력도, 그들에겐 전혀 상관없을 것만 같은 먼 미래를 내다보는 능력도 잃은 것 같았다. 그들은 손에 넣을 수 없는 뭔가를 간절히 원했으며, 정점을 뛰어넘는 뭔가를 상상했다. 그 정점을 뛰어넘으면 모든 것이 모호해졌고, 모든 것에 제동이 걸렸다. 분명하거나 완고한 사람들에겐 그것이 성취이자 실현이기도 할 것이다. 결혼하면 전치사 'de'를 이용하여 남편의 성을 덧붙이는 것이 관습인 시절이었던 탓에 먼 미래의 이름, 예컨대 모험과 머나먼 타국을 연상케 하는 '베르타 이슬라 데 네빈슨'이라는 이름이—언젠가 그녀는 이를 정확하게 반영한 명함을 갖게 될 것이고, 무엇이 더 더해질지 역시 곧 알게 될 것이다—주는 시청각 효과까지도 베르타의 선택에 긍정적으로 작용하였다. 톰이 학교에 나타나기 전까지 베르타가 좋아했던 남자친구의 성을 따 '베르타 이슬라 데 수에레스'가 되는 것보다는 이편이 더 낫겠다는 생각을 했다.

톰에게 열정을 느끼고 적극적으로 접근한 여학생이 베르타 한 사람뿐은 아니었다. 그가 전학 오자마자 자기 남자라고 강하게 주장할 수 있는 사람이 나올 때까지 학교라는 작은 우주에선 상당히 심각한 혼란이 여섯 달 동안이나 계속되었다. 토마스 네빈슨은 뒤로 빗어 넘긴 금발에 잘 생겼을 뿐만 아니라 다른 아이들보다 키도 컸다. 하지만 어떤 부분에선 조금은 구식이었다. (머리를 짧게 깎으면 40년대 조종사나 철도원 같았고 기르면 음악을 하는 사람 같았는데, 아무튼 당시의 추세를 크게 벗어나지 않았다. 그가 머리를 짧게 자르면 눈에 보이는 모든 것에 호기심 많고 기억력까지 좋은 사람은 유명한 조연배우였던 미국의 '댄 두리에'를 떠올렸고, 머리를 기르면 프랑스의 명배우 제라르 필립을 닮았다고 생각하기도 했다.) 전체적으로는 유행에 민감하지 않은 건강한 사람의 모습을 보여주었지만, 한편으로는 15살 즈음의 청소년 대부분이 벗어나지 못했던 불안감에 주변의 다양한 모습을 좇기도 했다. 그는 기복이 심했던 상황에 중요성을 부여하지 않듯이 자신이 살던 시대에 얽매이지 않았고, 오히려 시대를 뛰어넘는 모습을 보였다. 언제나 태어난 날, 혹은 태어난 세기와 똑같은 모습을 유지했다. 사실 그의 외모는 그다지 시원시원하단 인상을 주진 못했고, 거부할 수 없는 젊음의 아름다움을 지닌 것도 아니었다. 어찌 보면 촌스러운 편에 가까웠으며, 20년 후엔 분명히 더 촌스러워질 것이 뻔했다. 그렇지만 당시의 두툼하면서도 선이 분명한 입술과(키스하는 것보다 손가락으로 만질 수 있게 해주었을 때) 마테차의 진한 회색 눈빛이 촌스러움으로부터 그를 살려주었다. 안에 빛을 머금고 있는가, 원초적인 고민을 담고 있는가에 따라 그의 눈빛은 번민으로 가득차기도 하고 밝게 빛나기도 했다. 모든 것을 뚫어볼 것 같기도 하고 불안하기도 한, 일반적인 모양은 아닌 직사각형에 가까운 눈은 쉴 새 없이 그의 평온한 모습과 모순되는 이야기를 전했다. 그의 눈에선 비정상적인 뭔가가 엿보이곤 했는데, 다가올 비정상적인 현실을 예고한 것인지는 알 수 없다. 마치 최고의 잠재력을 일깨우기 위해 뭔가를 숙성시키고 배양해야 하는 것처럼 아직 잠에서 깨어나지 않은 듯 잔뜩 웅크리고 있는 것 같았다. 코는 그리다 만 것처럼 조금은 펑퍼짐하고 뚜렷이 구별되지 않아 최소한 크게 두드러지진 않았다. 그의 각진 턱은 조금 튀어나오긴 했지만 단단해 보이는 덕에 전체적으로 단호한 인상을 주었다. 한마디로 사람을 끄는 매력이 있었는데, 외모보다는 재미있는 농담을 툭툭 던지면서도 외부에서 일어나는 일이나 머리를 맴도는 일에 별 관심이 없는 듯한 가볍고 아이러니한 성격이 압권이었다. 덕분에 주변의 지인들과 그 자신조차 그를 종잡기 쉽지 않았다. 네빈슨은 자기 성찰과는 거리가 먼 편이었으며, 신념이나 성격 등은 어린아이들에게나 어울리는 시간 낭비로 여겨 거의 입에 올리지 않았다. 그는 자기가 어떤 유형에 속하는지 알기 위해 초조하게 자신을 찾아 나서거나 분석, 관찰, 이해하려고 노력하는 청소년들과는 정반대였다. 아직은 모든 것이 완전하게 형성되지 않아 그런 것을 찾는다는 것 자체가 별 의미 없다는 사실을 고려한 것은 아니었다. 물론자신의 성격이 이미 완전히 굳어져 앞으로 바뀌거나 부정할 일이 없을 수도 있다. 하지만 중요한 판단을 내리거나 어디로 나아갈지 최종으로 결정해야 할 때까진 대부분 완전히 파악할 수는 없는 법이다. 이 지점까지 도달했다면 가볍게 변신하여 다른 유형의 사람이 되기엔 이미 늦었다고 봐야 한다. 아무튼, 토마스 네빈슨은 자기 자신을 알려고 노력하는 데 별 관심이 없었고 알려고도 하지 않았다. 이미 인생의 두 번째 시기가 다 끝났는데, 첫 번째 시기엔 나르시시스트의 경향을 보였다. 아마 조상 중 절반이 영국계인 탓도 있을 것이다. 그렇지만 최종적으로 조상이 어떤 사람들이었는지 알려진 바는 없었다. 호감이 가는 깨끗하면서도 다정다감한 외모 속엔 뭔가 모호하고 숨겨진 경계선이 있었다. 가장 어둡고 흐릿한 점은 다른 사람들은 이를 의식하지 못한다는, 그에겐 뚫기 어려운 벽이 있다는 사실을 인식하지 못한다는 데 있었다.

토마스는 영어는 아버지처럼, 스페인어는 어머니처럼 이중 언어를 완벽하게 구사했다. 단어를 연결해서 쓰기 전부터, 아니 겨우 몇 단어 연결해서 말하기 시작했을 때부터 마드리드에 산다는 것이 유창하면서도 호소력 있는 영어를 구사하는 데 별다른 영향을 미치지 않았다. 어렸을 적엔 영어로 교육을 받았을 뿐 아니라 집에서도 주로 영어를 사용했고 기억이 날 때부턴 매년 여름을 영국에서 보낸 덕이기도 했다. 여기에 더해 그는 제3, 제4의 언어를 배울 수 있는 남다른 재능을 가지고 있었다. 이야기하는 것을 잠시만 들어도 말투와 억양, 주로 사용하는 단어와 악센트까지 흉내낼 줄 아는 기가 막힌 재주가 있어 연습이나 노력 없이도 완벽하게 따라 할 수 있었다. 덕분에 이를 이용해 친구들의 호감과 웃음을 끌어낼 수 있었고 친구들은 매번 그에게 멋진 연기를 부탁할 정도였다. 능숙하게 일정

한 톤으로 이야기할 줄 알아서 흉내내려는 사람들의 말투를 쉽게 연기할 수 있었다. 특히 학창시절에는 텔레비전에 빈번하게 등장하던 사람들, 예를 들어 널리 알려진 프랑코*나, 다른 사람들보다 자주 뉴스에 등장하던 장관들의 성대모사를 곧잘 했다. 런던과 옥스퍼드 부근에 머물 때는 그곳에 살고 있던 친구와 친척을 위해(네빈슨 씨는 원래 옥스퍼드 출신이었다) 아버지 나라말 패러디를 가슴에 담아 준비해놓고 있었다. 참베리 동네에 있는 에스투디오에선 그의 패러디를 이해하고 박수 쳐준 사람은 그와 마찬가지로 이중언어를 사용했던 예전 영국인 학교 친구 두어 명을 제외하곤 한 명도 없었다. 그는 영어, 스페인어, 어떤 언어로 이야기를 하든 외국인 같다는 생각이 전혀 들지 않았다. 두 언어 모두 원어민처럼 발음했기 때문에 네빈슨이라는 성에도 불구하고 마드리드에서도 마드리드 사람으로 받아들여지는 데 전혀 문제가 없었다. 그는 최신 표현과 속어를 모두 알고 있었고, 원하기만 하면 시 외곽을 제외한 마드리드 전체에서 가장 험한 말투를 사용하여 막가는 아이들처럼 거칠게 말할 수도 있었다. 한마디로 영국 사람이라기보다 평범한 스페인 사람에 훨씬 가까웠다. 아버지 나라에서 대학 공부를 하는 것을 생각하지 않은 것은 아니었고 아버지 역시 그렇게 하길 촉구했지만, 그는 베르타와 함께 있게 된 순간부터는 계속 자

---

*   Francisco Franco(1892~1975). 1930년대부터 1970년대까지 40년 가까이 스페인을 지배한 독재자.

기 인생을 마드리드에서 꾸려나갔다. 옥스퍼드에 가더라도 얼마든지 자연스럽게 받아들여졌을 것이다. 그러나 그는 옥스퍼드에 가더라도 공부만 마치면 다시 마드리드로 돌아와 살 생각이었다.

아버지인 잭 네빈슨은 스페인에 오래 머물고 있었다. 물론 처음에는 우연이었지만, 시간이 흐르며 사랑하는 사람이 생기고 그녀와 결혼하면서 어쩔 수 없이 스페인에 뿌리를 내리게 되었다. 톰은 다른 곳에 살았던 아버지의 모습은 전혀 떠올릴 수 없었다. 언젠가 그런 적도 있었다는 것 정도만 알고 있었다. 자식 대부분은 태어나기 전 부모님의 삶에 대해선 별로 아는 것이 없다. 어른이 될 때까지는 별 관심도 없이 지내다 보니 알고 싶어도 물어보기엔 너무 늦었을 때가 많다. 네빈슨 씨는 영국 대사관 일과 거의 15년 간 마드리드에서 문화원 대표로 일한 아일랜드 사람인 월터 스타키 씨로부터 넘어온 영국문화원 업무를 병행해나갔다. 월터 스타키 씨는 1940년에 '영국인 학교'를 설립하여 오랫동안 직접 원장직을 맡기도 했으며, 정열적이고 모험심이 강할 뿐 아니라 집시 소재의 《돈 집시Don Gypsy》를 비롯해 여러 권의 책을 집필한 스페인에 정통한 사람이었다. 잭 네빈슨은 아내의 언어를 정복하는 것이 너무 힘들었다. 책에서 배운 엄청나게 많은 구닥다리 단어에 기초한 어휘력을 바탕으로 통사적인 면과 문법적인 면에서는 어느 정도 성공을 거두었지만, 억센 영어식 억양에선 크게 벗어나지 못했다. 그래서 자식들은 어떤 점에선 아버지를 집에 들어온 침입자로 볼 수밖에 없었고, 불쑥 엉뚱하게 웃음이 터져나오는 것을 피하려고 언제나 영어를 사용했다. 집에 스페인 사람이 찾아와 그의 아버지가 스페인어를 사용할 수밖에 없을 땐 아버지의 입에서 나온 목소리가 마치 개그를 하는 것처럼 들려 식구들도 적지 않게 당황하곤 했다. 무성영화 시대, 콤비 코미디언 '로럴과 하디'가 뚱보와 말라깽이 역을 맡아 직접 더빙한 케케묵은 영화를 스페인어 버전으로 듣는 것 같았다. (사실 스탠 로럴은 미국인이 아니라 영국인으로, 자기 모국어를 벗어나려 할 땐 독특한 억양이 불쑥불쑥 튀어나오곤 했다.) 새롭게 정착한 나라 말에 어눌했던 탓에 아들인 톰은 가끔 아버지를 가족이리고 하긴 조금 모호한 눈으로 바라보았다. 톰은 탁월한 외국어 습득력과 새로운 말을 모방하는 능력 덕에 밖에서도 마찬가지지만 집에선 특히, 권위적이지도 않고 문제 해결 능력이 뛰어난 아버지 잭 네빈슨보다도—잭 역시 톰과 똑같은 능력을 지녔고 이를 이용해 상당히 덕을 보고 있었다—훨씬 더 좋은 지위를 누릴 수 있을 거라고 믿고 있는 것처럼 보였다.

어머니 메르세데스는 덜떨어진 인간들을 향해 묘한 우월감에 젖은 그의 시선을 용납하지 않았다. 그녀는 다정한 성격이었지만 한편으로는 심하다 싶을 정도로 엄격했다. 그는 어머니를 존경했을 뿐만 아니라, 영국인 학교의 두 학년을 맡아 교사로 근무하고 있는 어머니를 선생님으로 받아들여야 했다. 학생들은 미스 메르세데스라고 불렀는데, 그녀는 남편의 모국어 즉 영어를 잘 알아들을 뿐 아니라 남편보다도 유창하게 구사했지만, 그녀가 사용하는 영어엔 어딘지 모르게 외국인의 억양이 섞여 있었다. 언어 측면에서 전혀 문제가 없었던 사람은 네 명의 자녀들, 다시 말해 톰과 형 그리고 두 누이뿐이었다.

그러나 베르타 이슬라는 마드리드 토박이였다. 당시엔 매우 드문 4-5세대에 걸쳐 마드리드에서 살아온 토박이였지만, 어딘지 모를 불완전한 온화함과 부드러움을 갖춘 갈색 미인이었다. 그녀는 아무리 뜯어봐도 뚜렷하게 눈에 띄는 특징은 없었는데, 얼굴과 몸매의 묘한 조합은 활달하면서 언제나 생글생글 웃는 얼굴로 굴러가는 낙엽만 봐도 깔깔거리는 여인들만 누릴 수 있었던 주체할 수 없는 매력을 발산했다. 언제나 만족스럽고 아무 문제도 없는 듯한, 아니 어떤 대가를 치르더라도 그런 삶을 영위하겠다는 듯한 표정이었다. 이런 모습을 이상적으로 생각하는 남성 또한 많았다. 그런 미소를 소유하고픈—나쁜 생각이 들 때는 그런 웃음을 얼굴에서 지워버리고 싶은—다시 말해 자기도 모르게 얼굴 가득 하얗게 빛나는 이를 드러내 멀리서 지켜보던 사람들까지 넋을 놓고 바라보게 하는 함박웃음을 짓게 하고픈, 그 웃음이 자기만 향하게 하고픈 그런 남자들 말이다. 코, 이마, 귀와 마찬가지로 미소 역시 억지로 짓게 하지 않아도 저절로 드러나는 그녀만의 특징이기도 했다. 베르타의 밝고 쾌활한 성격은 사근사근해서 긍정적이긴 했지만 한편으론 사람을 헷갈리게 만드는 면도 있었다. 그녀의 환한 미소는 천성에 가까워 시도 때도 없이 쉽게 모습을 드러냈지만 그렇다고 이유도 없이 미소를 남발하거나 지어내진 않았다. 그녀는 언제나 미소 지을 이유를 너무 쉽게 찾아냈고, 이유를 찾지 못하면 심각하거나 슬프거나 화가 난 표정을 지었다. 그러나 이런 표정은 그리 오래가지 않았는데, 어쩌면 음울하고 심통 맞은 그런 기분을 싫어해서, 그리고 그런 기분으론 아무것도 할 수 없으며 재미있는 진전이 이루어질 수 없다는 사실을 잘 알고 있었던 탓인지도 모른다. 그런 기분이 이어지는 것은 따분하고 막연해서, 계속해서 양만 늘릴 뿐 질적인 변화를 가져오진 못하는 물방울과 같다는 생각 말이다. 그러나 그녀는 느껴지는 그 감정을 미련하게 억지로 밀쳐내진 않았다. 균형이 잘 잡힌 천진난만한 외모에 비교적 또렷한, 이니 조금은 완고한 의식을 가진 젊은 여성이었다. 원하는 것이 있으면 원하는 것을 향해 나아갈 줄 알았다. 정면으로 충돌하진 않았지만 두려워하지도 않았다. 지나치게 자신을 몰아붙이거나 압박하지 않았고, 다른 사람을 끌어당기는 탁월한 능력과 간절한 마음으로 원하는 목표를 향해 차분하게 나아갔다. 지저분하거나 사악한 것만 아니라면 욕망을 숨길 필요가 없다는 듯이 이를 절대적으로 필요한 일이라고 생각했고 반드시 그렇게 했다. 그녀는 알고 지내는 사람, 우정을 맺은 사람, 애인들—청소년기에 선택했던 남자친구들을 애인이라고 부를 수 있다면—사이에서 신기루를 만들어내는 재주가 있었다. 그녀를 잃는 것이, 그녀의 신뢰를 잃어 그녀와 함께할 수 없는 것이 최악이라는 것을 스스로 수용하게 했고, 반대로 그녀 곁에 남아 함께 수업을 듣고, 게임을 하고, 프로젝트를 하고, 오락도 하고, 대화도 나누는 등 삶 전체를 함께 하는 것이 이 세상에서 가장 축복받은 일이라는 것도 받아들이게 했다. 그녀는 영악한 인간이 아니었고, 귀에 끊임없이 속닥거리며 지시하고 조종하고 속이려 드는 《오셀로》에 등장하는 이아고 비슷한 인물도 아니었다. 그녀는 이 모든 것을 자랑스럽게 생각했다. 그래서 자신에 대한 믿음이 강했고 이런 생각이 이마와 미소 그리고 붉게 물든 뺨에 잘 나타났다. 그녀는 무의식적으로 이런 자신감을 드러냈고, 이는 남자아이들과의 관계뿐만 아니라 여자아이들과의 관계에서도 마찬가지였다. 그녀와 친구 관계를 맺는다는 것은 그녀가 만든 세상의 한 부분이 되는 명예를 보장하는 증명서와 같았다. 그런데 이상하게도 다른 사람들의 시기나 질투가 일지는 않았다. 거의 모든 사람을 향해 따뜻하면서도 진실한 모습을 보였기에 그녀는 변덕스레 순간순간 모습을 바꾸는 그 나이 또래 아이들의 증오심과 차갑고 사악한 마음으로부터 자신을 지킬 수 있었다. 베르타는 토마스와 마찬가지로 자기가 어떤 부류의 인간인지, 어떤 부류의 여자인지, 그리고 미래엔 어떤 부류의 여자가 될 것인지 어렸을 적부터 잘 알고 있었던 것 같았다. 최소한 자기 인생에서는 자신의 역할이 조연이 아니라 주연이라는 사실을 추호도 의심해 본 적이 없었다. 하긴 아무리 모든 사람의 인생이 유일한 것이라고 해도 자기 인생은 다른 사람이 거론할 만한 가치가 없다는 사실을, 혹은 기껏해야 주목받을 만한 파란만장한 삶을 영위한 다른 사람을 이야기할 때 살짝 곁가지로 언급될 만큼의 가치밖엔 없다는 사실을 태어나면서부터 잘 알고 있어서 자기 인생에서조차 조연으로 보일까봐 두려워하는 사람도 있다. 저녁식사 이후 이어진, 혹은 잠을 이루지 못해 벽난로 옆에서 벌이는 심심풀이 잡담거리조차 되지 않을까봐 말이다.

베르타와 톰이 공개적으로 나이에 맞는 단짝이 된 때는 중학교 5학년 3학기로, 톰을 원했던 다른 지원자는 어쩔 수 없이 인정하며 체념의 한숨을 내쉬었다. 베르타가 진심으로 톰에게 관심이 있었기에 토마스 네빈슨이 그녀를 선택한 것은 전혀 이상하지 않았다. 1, 2년 전부터 쉬는 시간에 넓은 대리석 계단이나 학교 중정에서 그녀와 마주친 에스투디오 중학교 남학생 중 절반은 그녀를 좀 더 보고 싶다는 생각에 고개를 돌리곤 했다. 같은 반 남학생뿐만 아니라 선배와 후배의 시선까지 사로잡았다. 사실 베르타 이슬라가 조금은 서먹했지만 눈부신 첫사랑이었던—아직 사랑이라 하기엔 좀 이르지만—10살에서 11살 정도의 아이들도 적지 않았다. 그들 대부분이 그녀와 단 한마디 이야기도 나누지 못했고 그녀에게 아무런 존재감도 없었지만, 청소년기뿐 아니라 어른이 되어서도, 아니 한 걸음 더 나아가 늙어서도 그녀를 잊을 수 없었다. 그녀가 학교를 나서면 다른 학교 아이들까지도 그녀를 따라 주변을 어슬렁거렸다. 에스투디오 남학생들은 과장된 주인 의식으로 침입자들에 맞서 분연히 일어났고, 그녀가 '우리' 중 하나가 아닌 다른 사람의 그물에 걸리는 것을 막기 위해 철저히 감시했다.

당시 아이들이 이야기하던 것처럼 '진도를 나가자'거나 '애인이 되자'라고 고백한 것은 각각 8월과 9월에 태어났던 톰과 베르타 모두 15살이 되기 전이었다. 사실 그녀는 그 전에도 여러 차례 사랑을 고백한 적이 있었다. 하지만 이번처럼 원초적이면서 눈이 핑핑 돌아갈 정도의 사랑을, 최소한 너무 엉큼하게 혹은 너무 따분하게는 보이지 않으려고, 다시 말해 1960년대 중반에 걸맞은 교양 있는 여자인 척하려고 속마음을 감추기 위해—아니 감정을 억제하려고—이렇게까지 조심했던 적은 단 한 번도 없었다. 토마스 또한 새로운 세상을 향해 첫발을 떼기로 작정한 이상 단순히 선택을 받아 끌려가는 것이 아니라 뭔가 주도권을 잡고 싶다고 생각했다.

너무 이른 나이에 짝이 된 두 사람은 남매 간의 사랑 비슷하게 관계를 발전시켜나갈 수밖에 없었다. 장차 미래에 일어날 일의 방향을 규정하는 시작 단계라고 할 수 있는 시기엔 사랑과 열정을 완성하기 위해 좀 더 기다려야 한다는 사실을 잘 알고 있었다. 이따금 불쑥불쑥 때 이른 성욕이 솟구쳤지만, 아무런 성적 경험이 없었음에도 당시의 사회 계급과 시대상에 비춰 봤을 때 너무 진지하게 뭔가를 상대방에게 강요한다는 것은 상대방을 고려하지 않은 무례한 행위였다. 얼마 되지 않아 토마스와 베르타는 그들의 관계가 정말 진지해지리라는 것을, 예컨대 학년이 바뀌거나 2년 후 학교를 졸업하고 떠날 때가 되면 끝날 치기 어린 불장난이 아니라는 사실을 깨닫게 되었다. 토마스 네빈슨은 소심하기도 했고, 이런 분야엔 경험도 전혀 없었다. 그래서 당시의 적지 않은 청소년들처럼 현재와 미래 그리고 영원으로 이어지는, 인생에서 유일한 사랑으로 선택한 여성을 존중한다는 생각에 다른 여자와는 관계하면서도 그녀와는 절대로 선을 넘지 않았다. 궁금증투성이의 살과 단단한 뼈, 혹은 성에 대한 호기심에도 불구하고 그녀를 유일한 이상으로 보고 보호해주겠다는 생각이 지나친 나머지 더 조심스러운 태도를 보였다. 혹시나 그녀를 욕보일까 싶어 절대로 손을 대선 안 될 존재로 생각한 것이다. 베르타 역시 당시 소녀들 대부분이 가졌던 생각에서 벗어나지 못했다. 솔직히 터놓고 신체적인 접촉을 할 수도 있고 호기심에 불순한 짓을 할 수도 있다는 것을 잘 알고 있었지만, 지나치게 조급하게 보이는 것도, 그렇다고 성에 별 관심이 없는 여자로 보이는 것도 원치 않았다. 그래서 서로만 바라보며 뜨겁게 키스를 하더라도 어느 정도까진 몸을 지키려고 노력했다. 서로를 존중하는 범위 안에서만 애무했고 상대방에 대한 존중이 무너진다는 생각이 들면 얼른 멈추었다. 그래서인지 엉뚱하게 사랑이 정점에 달했던 초창기에 각자 다른 사람과 관계를 맺었다.

두 사람 모두 대학교 1학년 때 순결을 잃었고, 두 사람 모두 상대방에게 이야기하지 않았다. 그 일이 있던 해에는 상대적으로 많이 떨어져 지냈다. 톰은 자신의 언어적인 재능과 아버지와 월터 스타키의 사회적인 지위 덕분에 옥스퍼드 대학교에 어렵지 않게 입학했고 베르타 역시 콤플루텐세 대학교에서 인문학 과정을 밟기 시작했다. 영국에선 세 학기를 각각 미클마스 텀Michaelmas Term, 힐러리 텀Hilary Term, 트리니티 텀Trinity Term이라고 불렀다. 영국 대학교의 방학 기간은 길었는데, 1학기인 미클마스 텀과 2학기인 힐러리 텀 사이엔 한 달 이상의 휴가가 있고 힐러리 텀과 3학기인 트리니티 텀 사이도 마찬가지였다. 트리니티 텀에서 미클마스 텀, 다시 말해 세 학년이 시작될 때까진 대체로 3개월 정도의 방학이 있었다. 토마스는 영국에서 8-9주 정도 체류하면서 정말 열심히 공부한 다음 마드리드로 돌아와 다시 마드리드 특유의 생활을 했다. 그녀가 시야에서 벗어나는 것을 원치 않았고, 그녀와의 관계가 완전히 단절되는 것을 원치 않았으며, 다른 여자로 바꾸고 싶은 생각 역시 없었다. 무엇보다도 그녀에게 잊힌 사람이 되고 싶지 않았다. 학기가 진행되는 8-9주는 상대방을 기다려야 하는, 다시 말해 잠시 괄호 안에 넣어두어야 하는 시간이었다. 괄호 안에 머물러야 하는 시간은 물론 이별을 의미하는 시간이었지만, 다시 결합하면 금세 정상으로 돌아오리라는 것을 잘 알고 있었다. 두 사람에게 반복적으로 주어진 거리는 이를 허용할 수밖에 없었다. 교대로 주어진 기간 모두 글자 그대로의 의미로 '완벽하게 진실된 시간'이라고는 할 수 없었다. 떨어져 있을 때와 함께 있을 때 모두 환상이 될 수밖에 없었고, 어느 쪽에 있든 반대 쪽에 머물던 시간을 흐릿하게 만들거나, 부정을 넘어 지워버리 기까지 했다. 한마디로 교대로 주어진 두 시간에 각각 일어났던 일들 그 무엇도 지상에서 일어난 일도, 실제로 일어난 일도 아 니라고 생각했고 그리 중요하게 여기지도 않았다. 톰과 베르타 는 이런 것이 두 사람이 함께 보낼 한평생의 대부분을 관통하 는 아주 중요한 징조가 될 줄은 꿈에도 몰랐다. 함께 있으면서 도 눈앞에는 별로 머물지 않을 것이며, 같이 있으면서도 서로 등을 돌리고 살아갈 것이라는 사실을 전혀 생각하지 못했다.

1969년은 정치와 섹스라는 두 가지 유행이 강하게 몰아쳤고 특히 젊은이들에게 영향을 미쳤다. 1968년 5월, 파리를 뒤덮은 폭동과 소련제 탱크에 짓밟힌 프라하의 봄은 비록 짧긴 했지만 유럽 대륙 절반을 불안에 몰아넣었다. 게다가 스페인에선 이미 30여 년 전에 시작된 독재가 여전히 계속되고 있었다. 노동자들과 학생들의 파업으로 프랑코 체제는 전국에 비상사태를 선포했고, 이는 그나마 보잘것없었던 인권을 더더욱 제약했을 뿐 아니라 원하는 사람에게 원하는 짓을 마음대로 할 수 있도록 하는 경찰들의 특권과 무소불위의 권한을 강화하는 결과를 가져왔다. 1월 20일 겁먹은 비밀경찰이 전단을 뿌린 죄로 체포했던 법대생 엔리케 루아노가 사흘 만에 사망하였다. 매시간 바뀌던 모순투성이 공식 발표는 그날 프린시페 데 베르가라 거리의 건물로 조사차 연행한 21살짜리 젊은이가 그를 지키던 경찰 세 사람의 감시를 피해 도망치다가 8층 창문에서 떨어진 것인지 투신한 것인지 잘 모르겠다는 것이었다. 비밀경찰청장이었던 프라가와 〈ABC〉 신문은 이를 자살로 규정하기 위해 루아노가 정신적으로 심약했으며 불안정한 상태에 있었음을 알리려 노력했다. 그가 정신과 의사에게 썼던 갈기갈기 찢긴 편지를 신문 1면에 기재한 다음 그것을 정신적으로 문제가 있는 루아노의 일기에서 뽑은 것이라고 조작하려고 했다. 그러나 그 법대생은 반프랑코 체제를 표방한 '펠리페Felipe'라고 불리던 지하 조직 '인민해방전선'에 속해 있었기에(거의 모든 조직이 그렇듯이 소수로 이루어진 비밀조직이었다), 아무도 그 발표를 믿지 않았고 모두 정치적인 암살이라고 생각했다. 계속된 독재정권의 거짓말은 뿌리 깊은 관행처럼 굳어져 민중의 불신은 지극히 당연했다. 그뿐만 아니었다. 27년 후―이때는 민주화된 이후였다―비밀경찰 세 명을 재판에 넘기기 위해 시신을 발굴하였을 때 쇄골이 부러졌다는 사실이 밝혀졌는데 이는 분명히 총알이 관통한 흔적이었다. 당시의 부검은 조작되었으며 주검조차 가족들에게 보여주지 않았고, 신문에 부고를 낼 수도 없었다. 비밀경찰청장이었던 프라가가 개인적으로 루아노의 부친에게 전화해 경찰 감시망에 걸려있던 루아노의 여동생 마르곳을 언급하면서 '당신이 신경써야 할 딸이 있다는 사실을 잊지 마라'라는 말로 이 이상은 항의하지 말고 조용히 넘어갈 것을 종용했다. 그러나 너무 많은 시간이 흐른 탓에 아무것도 밝힐 수 없었고 비밀경찰 세 명, 즉 콜리노, 갈반, 시몬은 살인 혐의를 벗었다. 아마 그 젊은이는 구금 중에 고문을 받았을 테고 최종적으로는 프린시페 데 베르가라에 있던 건물 8층으로 끌려가 총을 맞은 다음 허공에 던져졌을 것이다. 1969년 당시 그의 동료들은 이렇게 믿고 있었다.

학생들의 분노가 너무 컸던 나머지 다음날 일어난 시위에는 그때까지만 해도 베르타처럼 정치에 무관심했던, 위험을 감수하면서까지 말썽을 일으키고 싶지 않았던 대학생들도 참여했다. 몇몇 친구들이 라스 벤타스 투우장에서 그리 멀지 않은 마누엘 베세라 광장에서 저녁 무렵에 열리는 시위에 참여하자고 그녀를 설득했다. 불법으로 몰린 그 집회는 그리 오래가지 못했다. 경찰 제복의 회색 색깔 때문에 '그리세스grises'라고 불리던 무장 경찰들은 대개 사전에 집회에 대한 정보를 수집한 다음 어떤 시위대든 거세게 밀어붙여 해산시켰다. 사람들이 모여 어느 정도 숫자가 많아지자 구호를 외치며 막 행진을 시작했을 때였다. 상점이나 은행에 돌을 던졌는지는 잘 기억나지 않는데, 금세 도보 경찰과 기마 경찰이 낭창낭창하고 기다란 검은색 곤봉을(기마 경찰이 든 곤봉은 짧고 굵은 채찍처럼 상당히 길고 잘 휘어졌다) 들고 시위대를 덮쳤다. 그들 중엔 시위대를 겁줄 생각인지 자기가 겁을 먹지 않기 위해서인지 모르겠지만 거만하게 권총까지 꺼내든 신경질적인 인간도 있었다.

시위대와 진압 경찰들 사이에 실랑이가 시작되자마자 베르타는 전혀 모르는 사람들 틈에 섞여서 친구들과 함께 경찰들에 쫓겨 도망쳤다. 추격에 나선 경찰들이 자기를 표적으로 선택하지 않기를, 그리고 부디 다른 사람을 때리길 바라는 마음으로 뿔뿔이 흩어져 각자의 방향으로 내달렸다. 이런 시위 현장이 처음인 탓에 그녀는 지하철로 내려가는 것이 좋은지, 술집으로 피신해 사람들 틈에 섞이는 것이 나은지, 언제라도 다시 도망칠 수 있는 거리에 남아 있는 편이 좋은지, 그 장소를 벗어나는 것이 좋은지 판단하기가 어려웠다. 아는 것이라고는 곤봉을 들고 쫓아오는 경찰에 붙잡히면 잘되어야 국가 보안부에 끌려가 밤새 고문받는다는 것이고, 재수 없으면 정부 편에 선 판사가 얼마나 골수분자로 판단하는지에 따라 기소되어 몇 달이나 몇 년 동안 구금되어야 한다는 사실에 더해 바로 퇴학까지 당할 거란 사실뿐이었다. 게다가 여자인 데다 나이까지 어렸기 때문에(당시 그녀는 대학교 1학년이었다) 절대로 처벌을 면치 못하리라는 것 또한 그녀는 잘 알고 있었다.

얼마 되지 않아 그녀는 친구들을 눈에서 놓쳤다. 희미한 가로등뿐인 어두운 밤거리에 홀로 서자 갑자기 공포가 밀려와 뚜렷한 목적지도 없이 무작정 내달렸다. 어느 순간부터 1월의 강추위도 느낄 수 없었고, 반대로 알 수 없는 위험으로부터 치솟는 열기를 느꼈다. 본능적으로 복잡한 시위 현장에서 벗어나고 싶었다. 광장을 벗어나 그리 넓진 않지만 시위대가 별로 없는 인근 도로를 통해 멀리 벗어났다. 시위대는 다른 길로 몰려가면서, 완전히 흩어지지 않고 한곳으로 집결하기 위해 애를 썼으나 별 효과가 없었다. 두려움과 분노가 동시에 커지자 시위대의 맥박은 거칠게 뛰기 시작했고 용기 또한 배가 되었다. 그들은 이해득실에 대한 계산을 다 날려버렸다. 베르타는 악마에게 영혼을 빼앗긴 사람처럼 겁에 질려 이쪽저쪽 돌아보지 않고 일직선으로 달려나갔다. 무사하다고 느낄 때까지, 도시를 벗어날 때까지, 집에 도착할 때까지 절대로 멈추지 않겠다는 생각만 했다. 속도는 전혀 줄이지 않고 달리던 어느 순간 그녀는 뒤를 돌아보았다. 뭔가 이상한 소리를 들은 것 같았다. 거친 숨소리, 말이 달려오는 듯한 소리, 한여름의 피서지, 마을, 들에서 들려오는 소리, 어린 시절의 소리인지는 알 수 없었다. 바로 등 뒤에서 말을 탄 회색 제복의 덩치 큰 경찰이 곤봉을 들고 그녀의 목덜미나 엉덩이, 옆구리를 사정없이 내려칠 기세였다. 분명히 그녀를 바닥에 쓰러트려 의식을 잃게 하거나 얼이 빠지게 할 것 같았다. 대응을 잘못하거나 도망치지 못한다면 최소한 두세 번 몽둥이질을 당할 테고, 최악의 경우 경찰이 앙심을 품으면 수갑이 채워져 끌려가 닭장차에 실릴 것이다. 그렇게 되면 경솔했고 재수 없던 불과 몇 분 몇 초 때문에 현재가 완전히 뒤바뀌어 결국 미래를 잃을 것이 뻔했다. 그녀의 눈에 검은 말의 얼굴이 들어왔다. 헬멧이 이마를, 머리끈이 아래턱을 가렸지만 회색 제복을 입은 경찰의 꼿꼿이 쳐든 다부진 얼굴도 언뜻 눈에 들어왔다. 베르타는 깜짝 놀라긴 했지만 넘어지지도 온몸이 마비되지도 않았다. 반대로 부질없는 짓일지 모르지만 절망 속에서 솟구친 마지막 힘을 다해 더 빨리 달리기 시작했다. 최종 선고를 받은 사람이 언제나 보여주는 모습이기도 했다. 그렇지만 소녀의 다리가 엄청나게 빠른 네 발 달린 동물의 다리에 맞설 수는 없었다. 그래도 여전히 도망칠 수 있다고 믿는 멍청한 동물처럼 그녀는 있는 힘을 다해 달렸다. 바로 그 순간 옆 골목에서 손 하나가 불쑥 튀어나오더니 세게 잡아끌었다. 그 바람에 그녀는 균형을 잃고 넘어졌지만, 덕분에 말과 기마 경찰에게서 벗어날 수 있었고 곤봉 세례도 피할 수 있었다. 말과 경찰은 관성에 의해 최소한 몇 미터는 더 달려갔다. 갑자기 말을 세울 수는 없었던 것이다. 주변에는 수백 명도 넘는 시위대가 있었으니 그들은 경찰이 여기에서 그만 손을 떼고 다른 반체제 운동을 하는 자를 찾아 혼내주러 가길 기다려야 했다. 손은 다시 한번 그녀를 일으켜세웠다. 보기엔 멀끔한 외모였으나 전혀 대학생 같진 않았고, 그렇다고 시위에 참여하는 것 같지도 않은 청년의 모습이 베르타의 눈에 들어왔다. 시위에 나온 사람들은 일반적으로 넥타이를 매지 않고 모자도 쓰지 않지만, 그 청년은 둘 다 하고 있었다. 깃을 세운 치렁치렁한 남색 외투는 조금 우아해 보였지만, 누군가에게 물려받은 것 같은 지나치게 좁은 깃의 모자는 시대에 뒤떨어져 촌스럽다는 생각이 들었다.

"꼬마 아가씨, 빨리 여기를 떠납시다! 당장 여길 떠야 해요!" 그는 그렇게 말하고는 다시 그녀를 잡아끌었다. 그러고는 이내 그곳에서 구해 데리고 나가려고 했다.

그러나 그들이 골목길로 모습을 감추기도 전에 말을 탄 경찰이 다시 모습을 드러냈다. 사냥감을 찾기 위해 서둘러 되돌아온 것이다. 자기가 점찍어 놓은 사냥감을, 거의 가방에 담을 뻔했던 것을 놓쳐서 짜증이 난다는 듯이 말 머리를 반 바퀴 돌려 한달음에 돌아온 것이었다. 이젠 두 사람, 다시 말해 베르타와 감히 자기에게서 베르타를 가로채 간 청년 중 한 사람을 선택해야 했다. 재빨리 정확하게 타격을 가하면 둘을 한꺼번에 잡을 수 있을지도 모른다. 그를 도와줄 동료 경찰들이 오면 좋은데, 안타깝게 주변엔 경찰이 보이지 않았다. 경찰 본대는 광장에서 의욕적으로 이리 뛰고 저리 뛰면서, 별생각 없이 좌우를 마구 헤집고 있었다. 만일 상관들에게 적딩히 하는 것처럼 보인다면 나중에 처벌을 받을 것이 분명했다. 모자를 쓴 청년은 베르타의 손을 꼭 쥐었다, 별로 놀라지 않은 모습의 그는 결투에 나서는 사람처럼 몸을 꼿꼿이 세우며, 위험을 무시하는 듯한 냉정한 태도를 보였다. 전혀 두려워 보이지 않았다. 회색 경찰은 여전히 한 손으로 기다란 곤봉을 휘두르고 있었지만, 그리 위협적이진 않았다. 곤봉을 마치 낚싯대나 이리저리 흔들리는 갈대처럼 고삐를 쥔 손목에 걸쳐놓았기 때문이다. 파란 눈에 어둠이 깃든 짙은 눈썹의 경찰 역시 젊은 청년이었다. 끈으로 단단하게 조인 헬멧 아래 가장 눈에 띈 것은 시골을, 예컨대 남쪽 안달루시아를 연상하게 만드는 친근한 얼굴이었다. 베르타와 구닥다리 청년은 꼼짝도 하지 않고 그를 바라보았다. 도망치기 쉬울 것 같다는 생각이 들지 않아서인지 골목으로 도망치려고 하지 않았다. 둘은 기마 경찰로부터 도망칠 필요가 없다는 것을 곧 깨닫게 되었다.

"꼬마 아가씨, 당신을 때릴 생각은 없어. 도대체 나를 어떻게 본 거야?" 회색 경찰은 베르타에게 질문을 던졌다. 두 청년은 똑같이 베르타를 '꼬마 아가씨'라고 불렀다. 당시 마드리드에서, 특히나 젊은이들 사이에선 그리 자주 들을 수 있는 말투는 아니었다. "당신을 폭도들로부터 떼어놓고 싶어서 그랬던 것뿐인데. 당신은 아직 이런 일에 휘말리기엔 너무 어리니까 빨리 이곳에서 떠나! 그리고 너!" 경찰은 이번엔 시대에 뒤떨어진 촌스러운 청년을 향했다. "다시는 내 앞에 나타나지 마. 그러면 좋지 않은 일이 벌어질 거야. 두들겨 패거나 감방에 집어넣어 버릴 거야. 이번엔 놓아줄 테니까 빨리 사라져! 너희 때문에 시간을 너무 많이 뺏겼어."

넥타이에 종아리까지 내려오는 긴 코트를 입은 젊은이는 미래를 겨냥한 위협에도 전혀 안색이 변하지 않았다. 꼿꼿이 선 채 차가운 경계의 시선으로 의도를 읽어내려는 듯이 기마 경찰의 눈을 똑바로 바라보았다. 시선을 떼면 기마 경찰이 그를 땅에서 떼어낼 방법을 찾아낼 것 같다는 생각을 한 것처럼. 방금 이야기한 것과 달리 경찰은 금세 가지는 않았다. 자기가 사면한 사람들이 먼저 떠나길 기다리는 것 같았다. 아니 소녀의 눈길을 최대한 오래 받고 싶었는지도 모른다. 그녀가 시야에서 사라질 때까지, 아무리 애를 써도 그녀를 식별할 수 없을 때까지 시선에서 놓치고 싶지 않은 것 같았다. 두 사람 모두 그에게 아무 대답도 하지 않았다. 훗날 베르타 이슬라는 그에게 감사의 인사를 하지 않은 것에 대해 후회했다. 당시엔 아무리 고맙다는 인사를 받을 자격이 있어도 프랑코의 충견이었던 회색 경찰들에겐 감사의 말을 하고 싶지 않았다. 그들은 모든 민중의 적이자 경멸의 대상으로, 사람들을 쫓아다니며 몽둥이로 팼고 한 걸음 더 나아가 함부로 체포하여 인생을 막 시작한 사람들의 삶까지 망쳐놓곤 했기 때문이었다.

스타킹은 찢겨 나가고, 한쪽 무릎에선 피가 나다 보니 베르타는 여전히 겁에 질려 있었다. 말을 타고 곤봉을 휘두르며 달려와 금방이라도 목이나 등을 덮칠 것 같은 환상 때문에 상황이 긍정적인 방향으로 마무리되었음에도 신경이 날카롭게 곤두섰다. 동시에 그런 식의 결말에 그녀는 묘한 무기력증에 빠져들었다. 이런저런 감정이 뒤섞이면서 순간적으로 기운이 빠진 그녀는 방향감각과 함께 뭘 해야겠다는 의지를 잃어, 어디로 가야 할지 갈피를 잡을 수 없었다. 시대에 뒤떨어진 촌스러운 청년은 마치 베르타가 어린 소녀라도 된다는 듯이 계속 그녀의 손을 잡고 다녔다. 서둘러 그녀를 가장 위험한 지역에서 빼내 라스 벤타스 거리로 데려간 그는 입을 열었다.

"나는 이 근처에 살고 있어요. 상처를 치료해줄 테니 일단 우리 집에 갑시다. 잠시 마음을 가라앉히는 것이 좋을 것 같아요. 자, 가요! 아가씨. 이런 식으로 집에 돌아가는 것보다는 잠시 휴식을 취하면서 옷매무새를 다듬는 것이 좋겠어요." 그는 이젠 '꼬마 아가씨'라고 부르지 않았다. "이름이 뭐죠? 학생인가요?"

"맞아요. 1학년이에요. 베르타. 베르타 이슬라예요. 당신은요?"

"나는 에스테반이에요. 에스테반 야네스요. 나는 반데리예로*예요."

베르타는 깜짝 놀랐다. 투우와 관련된 사람은 한 명도 아는 사람이 없었고, 그 세계에 몸담은 사람을 투우장 밖에서 그것도 편하게 사복을 입은 모습으로 만나게 될 줄은 상상도 못 했었다.

"투우에 작살을 꼽는 반데리예로?"

"아니요. 코뿔소요. 농담이에요. 어디에 작살을 꽂을지는 두고 봐야죠. 혹시라도 작살을 꽂아야 할 녀석이 있으면 말해줘요."

이 말 덕분에 몇 초 동안이었지만 그녀는 걱정과 엄청난 피곤에서 벗어날 수 있었다. 아마 넋을 잃지 않았다면 미소를 지었을 것이다. '사람 말을 잘 듣는 말보다 훨씬 더 위험한 동물들에게 작살을 던지는 데 익숙해져 있어서 놀라지도 않고 당황하지도 않았던 거야. 이미 피하는 법을 잘 알고 있었을 테니까. 아마 투우에서처럼 말을 그냥 내 옆으로 스쳐지나가게 만들 수

---

* 투우에서 소의 등에 작은 작살을 꼽는 투우사.

도 있었을 거야.' 그녀는 이런 생각을 하며 점점 커지는 호기심에 그를 곁눈질로 바라보았다.

"모자가 당신에겐 잘 어울리지 않는 것 같아요. 알고 있는지 모르겠지만." 무례하게 보일지 모른다는 생각에도 불구하고 그녀는 불쑥 이 말을 뱉었다. 분초를 다투는 일들 한복판에서 그것들이 진정되길 기다리는 동안 별로 중요하지 않은데도 끈질기게 머리를 맴돌던 첫인상, 골목에서 튀어나온 순간 받았던 첫인상 중 하나가 갑자기 떠올랐다.

청년은 그녀의 손을 놓고 얼른 모자를 벗더니 꼼꼼히 이리저리 돌려가며 뜯어보았다. 그리고는 길 한복판에서 뭔가 맥빠진 목소리로 되물었다.

"그래요? 열받게 하진 마세요! 왜 그런 말을 하죠? 나에게 잘 맞지 않아요? 정말 그렇게 생각해요? 이건 정말 멋진 모잔데."

그는 머리숱이 많았는데, 가르마를 탄 왼쪽은 기름을 발라 잘 세운 탓에 오른쪽에만 앞머리가 흘러내렸다. 머리숱이 많아 모자 밖으로 아무것도 삐져나오지 않게 머리카락을 몰아넣는 것은 정말 어려웠을 것 같았다. 그래서 더 매력적으로 보였다. 풀어헤친 머리칼은 정말 독특하게 개성적으로 보였으며, 또렷하게 양쪽으로 나뉜 자두 빛이 살짝 도는 밤색 눈은 맑고 순진한 인상을 주었다. 이 모든 것이 어우러져 구김살 없는 얼굴을 만들었다. 내성적이지도, 뒤로 빼는 모습도 없었고, 그렇다고 뭔가를 억제하는 듯한 얼굴도 아니었다. 예전에 이야기했듯이 마치 펼쳐진 책처럼(물론 세상에는 완벽하게 파악할 수 없는 불편한 책도 있다) 속마음까지 그대로 읽혀 밖으로 드러난 것과 다른 이중적인 마음이 하나도 없어 보였다. 코는 크고 반듯했으며 약간 튀어나온 치열은 조금 억센 인상을 만들었는데, 그래도 넉넉한 모습을 보여주는 것이 자기만의 인생관을 가진 것 같았다. 그리고 아프리카 사람 같은 천진한 미소 덕분에 얼굴의 다른 부분까지도 밝게 빛났으며, 전체가 잘 어우러져 미소만 지으면 누구나 쉽게 신뢰할 것 같았다. 누구나 그의 치아를 보면 '내 이가 저 사람만 같았어도 상황이 달라졌을 텐데. 특히 사람을 꼬시러 나갈 땐 말이야'라는 생각이 들었을 것이다.

"전혀 어울리지 않아요. 모자에 비해 챙이 너무 좁아서 잘 안 어울려요. 머리가 실제보다 훨씬 작아 보이거든요. 거의 오이처럼요. 그렇다고 머리가 그렇게 작은 것도 아닌데."

"그럼 더는 이야기하지 맙시다. 모자는 쓰레기통에다 던져버리지 뭐! 젠장, 오이는 아니에요!" 반데리예로인 에스테반 야네스는 전혀 망설이지 않고 가까이 있던 휴지통에 모자를 던져버렸다. 이어서 미소를 짓고선 작살을 성공적으로 꽂은 양 한 손으로 인사 동작을 취했다.

베르타는 못마땅한 표정을 지었다. 뭔가 잘못한 듯한 기분이었다. 자기 말 한마디로 모자를, 엉망으로 흐트러진 머리칼을 잘 갈무리하고 있던 모자를, 물려받은 것은 아니지만 상당히 비싸게 산 것 같은 그 모자를 던져버리리라고는 전혀 예상하지 못했다. 그는 23-24살쯤으로 그녀보단 몇 살 더 먹은 것 같았는데, 최소한 그 당시 대부분의 또래 청년 중엔 돈이 그렇게 풍족해 보이는 사람이 그리 많지 않았다.

"이봐요! 내 말에 그리 개의치 마세요! 당신 마음에 들었다면 내 의견이 무슨 상관이에요. 나는 잘 알지도 못하는 사람인데. 그런 예민한 반응을 보일 필요는 없잖아요."

"당신을 만난 것만으로도 당신 말에 신경쓸 수밖에 없는걸요. 그것도 격하게." 이 말은 그저 번지르르하게 예의를 갖추려는 말 같았다. (마지막 단어가 적절한지 의심이 들었다. 그러나 이런 문제에 대해서는 별로 신경쓰지 않는 사람들이 신경쓰는 사람들보다 훨씬 더 멋지고 적절한 단어를 잘 만들어낸다.) 하지만 단어 하나하나에 주의해서 들어보면 어조도, 표정도 전혀 정중하단 생각이 들지 않았다. 아니면 과하게 예의를 차리긴 했는데 조금 촌스럽단 생각에 베르타가 알아차리지 못했는지도 모른다. 예전의 그어떤 남자친구도, 그녀에게 관심을 보였던 사람 중 단 한 사람도, 심지어는 톰까지도 이런 식으로 이야기를 하지 않았다. (그들은 그녀를 일찌감치 함부로 대하기 시작해서, 그녀는 지나치게 교양있는 태도를 밥맛으로, 오히려 조금은 교양 없는 태도를 멋지다고 간주했다.) "덧나지 않게 하려면 무릎을 치료해야 할 것 같아요."

아파트에 들어서는 순간 베르타는 그의 경제 사정이 그리 나쁘진 않은 것 같다는 생각을 했다. 돈을 많이 쓴 것 같진 않았지만(돈을 지나치게 쓴 것은 분명 아니었다) 가구는 다 새것이었고, 아파트를 빌릴 만큼 여유 있던 학생들의 방보다도 훨씬 넓었다. 네다섯 명씩이나 함께 쓰지는 않더라도 최소한 두 명이 같이 쓰는 경우가 대부분이었다. 확실히 독신, 즉 남자 혼자 사는 사람의 집이어서 모든 것이 완벽하게 갖춰지지는 않았지만 그래도 어느 정도는 꾸며져 있었다. 모든 것이 제자리에 잘 정리되어 있었지만, 뭔가 임시로 마련한 집 같았다. 벽에는 투우를 광고하는 사진이 서너 장 걸려 있었다. 그중 한 장에선 그녀도 알 정도로 아주 유명한 투우사 산티아고 마르틴 '엘 비티'와 그레고리오 산체스의 이름을 발견할 수 있었다. 다행히 사람들이 허세를 부릴 때 즐겨 걸어놓던 소머리까진 보이지 않았다. 아마 소머리는 아래 계급의 투우사가 아닌 우두머리 투우사에게 넘어갔을 것이나. 베르타는 투우에 대해선 별로 아는 것이 없었다.

"여기서 혼자 살아요?" 그에게 물었다. "여기 모든 게 당신 거예요?"

"예! 몇 달 전에 빌렸어요. 시즌 중에는 별로 사용하지 않지만요. 마드리드에 머무는 일이 거의 없거든요. 나에겐 좀 비싸긴 한데, 다행히 최근에 자유롭게 살아도 될 만큼은 일이 잘 풀렸어요. 일하지 않을 때 지낼 곳이 필요하기도 했고요. 아메리카에선 나를 부르지 않았으니까요. 펜션이나 호텔에 질린 사람도 있지 않겠어요. 안 그래요?"

"'자유롭게'요?"

"치료하면서 설명해줄게요. 자, 여기 앉아보세요!" 그는 그녀에게 안락의자를 가리켰다. 그 아래엔 양탄자가 깔려 있었다. "그리고 스타킹을 벗어요. 이젠 버려야 할 것 같아요. 여분의 스타킹이 없으면 내가 한 켤레 사올게요. 좋아요. 어디에서 살 수 있는지만 말해줘요. 그런 것까진 잘 모르니까. 구급약 상자 가져올게요."

그가 거실에서 나갔다. 베르타는 멀리서 뭔가 뒤지는 소리를, 화장실에 있는 찬장과 서랍을 여닫는 소리를 들었다. 그녀는 외투를 벗어 가까이 있던 소파에 걸쳐놓았다. 그리고 그가 이야기한 소파에 앉아 무릎까지 지퍼가 달린 부츠를 벗었다. 이어서 당시에는 보편적이었던 허리까지 오는 짙은 색 스타킹을 벗었다. 치마가 당시에 유행하던 짧고 꽉 끼는 H라인이어서 스타킹을 벗으려면—허벅지의 3분의 2 정도를 겨우 덮을 정도거나 그보다 더 짧았던 것 같다—상당히 치마를 올려야 했다. 시위에 참여하겠다는 결심은 즉흥적이어서 집을 나설 때만 해도 학교에 간다는 생각만으로 옷을 입고 나선 탓이었다. 회색 기마 경찰 눈앞에서 골목으로 도망다녀야 할 사람의 복장은 아니었다. 스타킹을 벗는 동안 두어 번 집주인이 사라진 문을 바라보았다. 비록 걸쳤던 옷가지 중 일부였어도 벗는 동안 그가 다시 들어올 경우를 대비한 행동이었다. 스타킹뿐만 아니라 머플러까지 포함한다면 이미 한꺼번에 네 가지나 벗은 셈이었다. 다시 말해 입었던 옷에서 정확하게 반을 벗은 탓에 남은 것은 치마와 가벼운 브이넥으로 된 스웨터, 팬티와 브래지어뿐이었다. 베르타는 혹시라도 그가 이쪽을 보고 있는지 살폈다. 사실 몇 초 동안 치마를 올리고 있는 것을 보인다고 해서 그리 문제될 것은 없다는 생각이 들었다. 엄청 놀랐다가 갑자기 피곤이 밀려오면서 경계심이 풀리면 기분이 좋아지는 상황이 아닌 이

상 대부분의 사람들은 곤경에서 벗어나 긴장이 풀어지면서 일
종의 몽롱한 상태에 빠진다. 게다가 젊고 쾌활한 야네스는 그
녀에게 뭔지 모를 믿음을 주었을 뿐만 아니라, 함께하면 할수
록 편안한 기분이 드는 사람이었다. 그녀는 빠르게 스타킹을
벗어 던지고(너덜너덜해진 스타킹이 바닥에 널브러져 있었지만 주
위들 힘도 없었다) 소파에 앉아 종아리를 드러낸 채 맨발을 양탄
자에 편안하게 놓았다. 걱정에서 벗어난 표정으로 무릎에 묻은
피를 힐끔 바라봤다. 갑자기 졸음이 몰려왔다. 그런데 편안하
게 쉬며 그런 기분을 이겨낼 시간은 주어지지 않았다. 빈데리
예로가 돌아왔다. 그 역시 외투와 재킷을 벗고 넥타이를 푼 다
음 소매까지 걷어올렸다. 그가 한 손에 얼음을 채운 코카콜라
를 들고 와 그녀에게 건넸다. 다른 한 손엔 손잡이가 달린 하얀
구급상자를 들고 있었는데, 투우사들은 붕대를 갈거나 응급처
치 따위를 하기 위해 집에 하나쯤은 가지고 있을 것 같았다. 야
네스는 낮은 의자를 들고 와 그녀 앞에 앉았다.

　"자, 봅시다! 상처 부위를 닦아줄게요. 아프진 않을 거예요."
베르타는 본능적으로 다리를 꼬았다. 한편으론 그가 쉽게 상처
를 닦을 수 있도록 무릎을 들이민 것이기도 했지만, 한편으로
는 시선을 가리기 위한 목적도 있었다. "아니, 다리를 꼬지 마
세요. 그건 별로예요. 종아리를 내 허벅지에 올려놓는 것이 좋
겠어요. 그래야 더 쉬울 것 같아요." 그는 작은 스펀지와 물 그
리고 비누를 이용해 상처를 꼼꼼하게 닦은 다음, 세게 문질러
상처를 내선 절대로 안 된다는 듯이 아주 가볍게 수건으로 눌

러 물기를 제거했다. 그런 다음 차가운 입김으로 호 불어주는 등 최선을 다해 치료했다. 야네스에게겐 모든 것이 한눈에 보이는 위치였다. 치마는 상당히 짧고 꽉 꼈다(다리를 꼬지 않아 치마는 팽팽하게 당겨져 있었다). 팬티 끝이 눈에 들어왔다. 그에게 조금 더 나은 각도가 필요하다면 자기 허벅지와 그곳에 올려놓은 베르타의 종아리를 약간만 왼쪽으로 움직여도 충분했고, 그러면 베르타의 허벅지는 속절없이 움직이는 대로 따라갈 것이었다. 마침 반데리예로는 그렇게 움직였다. 허벅지를 한쪽으로 약간 움직이자 원했던 이미지가 만들어졌다. 적당히 벌어진 다리가 전체적으로, 다시 말해 발목부터 사타구니까지(아무것도 신지 않은 다리까지) 그대로 그에게 드러났다. 단단한 다리였다. 미국인의 다리처럼, 튼튼하고 근육질이긴 했지만 굵다는 생각은 들지 않는 상당히 날씬한 다리였다. 눈길로라도 즐길 것을, 깊숙이 따라 올라올 것을 유도하는 다리 끝부분엔 약간 도드라진 둔덕 같은 것이 보였다. "이제 알코올로 소독할 겁니다. 처음에는 따끔거릴 테지만 곧 괜찮아질 거예요." 솜에 알코올을 부어 상처에 섬유질이 달라붙지 않을 정도로 촉촉해지자, 상처 부위를 반복해서 부드럽고 섬세하게 쓸어내린 다음 다시 입김을 불었다. 이번에는 무릎 위쪽에 입김이 닿았다. 표적 설정이 잘못된 것인지, 열도 없는 곳을 식힐 생각이었는지 알 수 없었다.

베르타는 금세 얼굴이 화끈거리는 것을 느꼈지만(이를 꼭 물며 입술을 앙다물었다), 사실 치료엔 그리 시간이 걸리지 않았다. 어렸을 적 어른이 베이거나 할퀴어 생채기가 난 곳을 치료해주는 기분이었다. 누군가의 손길을 타고 있는 자신을 느끼는 것이, 뭔가 도움이 되는 일을 해주는 타인의 손길을 느끼는 것 자체가 너무 기분이 좋았고 곧 이 일이 대수롭지 않다는 생각이 들었다. 물론 처음에는 막 잠이 들려는 사람의 목에 이발사가 면도칼이나 전기면도기를 들이댈 때 유발하는 느낌과 비슷했다. 치과의사가 아프지는 않게 사정없이 진동하는 기계로 이를 갉아낼 때 느끼는 기분과도 그리 다르지 않았다. 의사가 청진기를 대거나 손가락으로 촉진을 하면서 혹은 가슴을 툭툭 건드리거나 누르면서 '여기 아파요? 여기는요? 그럼 여기는요?'라고 물어볼 때 느껴지는 기분과 비슷했다. 유쾌하지 않을 수도 있는, 어쩌면 조금은 불쾌하기도 했고 두려운 생각도 들었지만, 그가 만지고 싶으면 만지도록 내버려둔 것 자체가 뭔가 짜릿한 느낌을 주기도 했다. (이발사는 손님이 원치 않아도 언제든 자를 수 있다. 치과의사는 잇몸이나 신경을 건드릴 수 있고 의사는 표정을 바꿔 걱정스러운 모습을 보여줄 수도 있다. 남성은 여성에게 더 심한 상처를 줄 수 있다. 만일 여성에게 경험이 없다면 말이다.) 베르타 이슬라는 보살핌을 받는다는 기분에 온몸이 나른해지면서 긴장이 풀어지는 것을 느꼈다. 야네스가 상처 부위에 상당히 큰 일회용 반창고를 붙이는 것으로 치료를 마무리하는 동안, 베르타는 점점 더 나른해졌다. 그는 반창고를 다 붙인 다음에도 얼른 손을 떼지 않고, 마치 누군가를 보호하려고 어깨에 가볍게 손을 올려놓은 사람처럼 오히려 두 손을 부드럽게 혈기 왕성한 젊은 여자의 허벅지 바깥쪽에 올려놓았다. 몸짓으론

'이제 끝났어요'라고 말하는 것 같았다. 그러나 허벅지는 봐도 아무 문제가 없는 어깨나 얼굴이 아니었다. 베르타는 아무런 반응도 보이지 않았다. 졸린 탓인지 자극을 받아서인지 눈을 조금 감긴 했지만 조금은 흐릿한 시선으로 그를 물끄러미 바라보기만 했다. 마음을 다잡고 싶었는데 그러지 못했다. 누구나 그렇듯이 창백했던 얼굴이 조금씩 붉어지는 것을 느꼈다. 마치 그 손이 떨어지지 않기를 기대하는, 아니 갈망하는 사람 같았다. 그가 자세를 바꿀지 혹은 다른 곳으로, 예를 들어 어깨와는 전혀 다른 곳으로, 즉 치료를 해주겠다는 몸짓이 손이 닿은 사람에겐 오히려 위협으로 느껴져 불안감을 유발할 수 있는 허벅지 더 깊은 곳으로 넘어갈지 알고 싶어졌다. 하긴 이 모든 것은 시간과 사람에 따라 달렸다. 1분 동안—아무도 입을 열지 않아 너무나 길게 느껴진 완벽한 침묵의 시간이었다—야네스의 손은 꼼짝도 하지 않았다. 그곳에 편안하게 올려놓은 채 꼼짝도 하지 않았다. 애무하는 것도 누르는 것도 아니었고, 갑자기 손이 마비된 사람처럼 미동도 하지 않았다. 손이 조금만 더 그곳에 머문다면 절대로 떼어낼 수 없는 붉은 손자국을 만들어버릴 것 같았다. 반데리예로는 맑고 천진난만한 느낌을 주는 약간 벌어진 두 눈으로 베르타의 흐릿한 시선을 차분하게 누르고 있었다. 두 사람 모두 속마음을 드러내지도, 다음 단계를 섣불리 예상하려들지도 않았으며 가만히 있었다. 그러나 그의 얼굴엔 속마음이 드러났고, 베르타 역시 곧 모르는 남자를 시험할 거라는—그렇다! 그는 모르는 남자였다—사실을 알 수 있었다. 이 사실만은 너무나 확실하게 알고 있었기에 반대였다면 그녀는 오히려 실망했을 것이다. 확신을 가지고 무조건 고집스레 사랑했던 토마스 네빈슨을 떠올리려고 그녀는 무진 애를 썼다. 그러나 그날 오후, 저녁이 다 된 시간은 그와는 아무런 상관이 없다는, 어떤 식으로든 문제가 되지 않는다는 생각이 들었다. 절반은 영국인인 자기 애인과, 라스 벤타스 광장 근처의 아파트에 사는, 진짜로 투우를 하는 건지 아니면 하고 싶어 하는 건지 모르는 남자와 함께 있는 상황 사이엔 어떤 연결 고리도 찾아볼 수 없었다. 그는 아직 '자유롭게'가 정확하게 무슨 의미인지 설명해주지 않았다. 그녀는 아직 방향감각도 의지도 완전히 회복된 것 같진 않았다. 모퉁이, 비밀결사, 경찰, 혹은 이 모든 것이 동시에 쏟아져들어와 아직 정신적으로 혼란을 겪고 있었고 조금은 멍한, 다시 말해 마비된 상태였다. 의지 자체를 잃어버렸다고 믿을 수밖엔 없었다. 파도에 맡긴 채 이리저리 흔들리도록, 자신을 버리고 흔들리도록 놔두는 것이 최선이었다. 그렇다. 의지가 이미 다른 사람에게 넘어갔다고 생각하는 것이 최선이었다. 이제 그 사람이 어떻게 할지 결정할 것이다.

에스테반 야네스는 아무 표정 변화도 없이 그녀만 뚫어지게 바라보며, 앞으로 나아가는 것을 거부하는, 불쾌감을 드러내는 베르타의 작은 몸짓 하나에도 세심하게 주의하는 것처럼 보였다. 1분이 지나자, 그는 이번엔 과감하고 대담한 남자로 돌변했다. 위험을 무릅쓴 그의 행동은 베르타의 웃음을, 자주 보였을 뿐만 아니라 너무 매력적이어서 많은 사람을 사로잡았던 그 웃음을 다시금 불러일으켰다. 한 시간 전만 해도 결코 상상할 수 없었던 그런 상황에 놓인 것 자체가, 전혀 예상치 못했던 희열이 그녀를 큰소리로 웃게 만든 것 같았다. 욕망은 성취해야만 나타났기에, 아직 공식화되지도, 아직 고백하지도 못한 욕망을 이루자 엄청난 희열을 느꼈다. 베르타의 웃음은 동시에 반데리예로의 아프리카 사람 같은 천진난만한 웃음을 불러일으켰다. 자기 행동에 확신할 수 있었고 모든 위험을 다 떨친 것 같아, 그의 함박웃음을 끌어낸 것이다. 두 사람은 함께 큰소리로 웃었다. 야네스는 아주 천천히, 그러나 여유를 제외하곤 아무 말도 없이 손을 이성의 둔덕으로, 이성의 언덕으로, 쾌락을 기대하고 있는 팬티 끝으로 뻗었다. 손가락을 축축해진 천 아래로 집어넣으려 부드럽게 옷을 들췄다. 톰 네빈슨은 한 번도 여기까지 온 적이 없었다. 더 과감할 수 있었는데도 톰의 집게 손가락은 더 이상 나아가지 않고 팬티 위에서 멈추곤 했다. 존중해서인지 두려워서인지 꼼짝도 하지 않았다. 두 사람이 가졌던 젊음에 대한 생각, 뒤로 미뤄야 한다든지 하는 생각, 되돌릴 수 없다는 것에 대한 두려움 그 중 무엇 때문이었는지도 모른다. 그러나 그렇게 베르타는 물음표가 붙은 몸이 되어, 차이를 느끼고 싶었는지 새로운 것을 열렬히 받아들였다. 몸에 걸치고 있던 옷 네 가지 중에서 세 개가 떨어져나가 소파에 던져졌다. 이제 그녀가 걸치고 있는 것은 하나뿐이었다. 그것은 벗을 필요가 없는 것이었고, 벗고 싶지도 않았다.

II

베르타는 결혼 기간 내내 가끔, 미래에 대한 예측이 가능했고 정상적이었던 때뿐만 아니라 비정상적이었던 시절에도 에스테반 야네스를 떠올렸다. 무엇을 받아들여야 할지, 남편인 톰 네빈슨이 죽은 자들 사이에서 받아들여졌는지, 어디 멀리 떨어진 아무도 모르는 곳에서 그녀와 같은 공기를 마시며 숨쉬고 있는지, 이미 숨이 멎었는지, 땅에서 추방되었는지, 땅이 그를 받아들였는지 알 수 없을 때, 다시 말해 우리 발이 딛고 선, 무엇을 감추고 있는지 한 번도 생각해본 적이 없는, 그러기에 무심하게 걸을 수 있었던 이 땅속 몇 미터 아래에 그가 묻혔는지 알지 못할 때 역시 마찬가지였다. 혹은 바다에, 강 하구에, 호수에, 커다란 강에 던져졌는지도 알 수 없었다. 육신에 주어진 운명을 통제할 수 없을 때 가장 황당한 억측이 반복적으로 모습을 드러내었고, 그녀는 그가 금방이라도 귀향할 것 같다는 상상까지 어렵지 않게 하곤 했다. 상상은 시신이나 유령의 귀향이 아니라, 살아 있는 사람의 귀향으로 귀결되었다. 시신이나 유령은 언제나 극심한 불확실성이나 현 상황에 대한 불만으로 머리를 쥐어뜯고 있는 영혼들만 달래줄 수 있었다.

1월의 어느 날 저녁 이후, 그녀는 '자유롭게' 살던 반데리예로를 다시 보지 못했다. 그는 안정적인 자리를 확보하지 못한, 예컨대 붙박이가 되지 못한(가끔 교체로만 출전하는) 투우사를 이런 식으로 부른다고 했다. 덕분에 출전 제안을 받으면 자유롭게 돌아다니는 팀원으로 여기서 네 경기, 저기서 두 경기, 또다른 데로 옮겨서 한 경기를 하거나 경우에 따라선 여름 한철 내내 한곳에서 활동할 수도 있다고 했다. 라틴아메리카의 겨울 시즌엔 거의 참여하지 않기에, 10월부터 3월까지는 실직 상태로 지낼 수밖에 없다고 했다. 덕분에 그는 하루 몇 시간씩의 훈련을 통해 기술도 가다듬을 수 있었고, 남는 시간에는 동료를 만나는 등의 여가 생활을 즐길 수도 있었다. 그리고 대서양 이쪽에 머무르고 있는 유력 인사들에게 얼굴도 보이고 앞으로 계약을 맺게 될 사람들에게 얼굴을 각인시키고자 이들이 즐겨 찾는 바와 레스토랑에 자주 가곤 했다. 덕분에 일이 잘 풀려 여러 곳에서 불러주는 바람에 '동면'할 수 있을 만큼 충분히 돈을 벌었다고 했다. 저축도 조금 해서 최소한 산 호세 축제*가 열리고

---

* Las Fallas de San José. 3월에 발렌시아에서 열리는 스페인 3대 축제 중 하나. 한국의 대보름 축제와 유사한 성격을 가지고 있다. 봄을 알리는 전령의 역할을 하며 축제와 함께 투우 시즌이 시작된다.

다시 투우가 시작될 때까지는 돈이 단 한 푼 들어오지 않아도 살 수 있을 정도는 된다는 것이다.

베르타 이슬라는 별 트라우마 없이, 별다른 생각 없이 순결을 잃고 난 다음—피도 많이 흘리지 않았고 아주 조금 잠시 아팠을 뿐이었다. 오히려 전혀 예상치 못했던 기억에 남을 만한 쾌락을 느꼈다—그와 나눈 짧은 대화를 통해, 야네스가 육체적으로 그리고 성격적으로—그는 진중하면서도 조용한 사람이면서 유머도 있고 너그러웠으며 그렇다고 지나치게 난순한 사람도 아니었다. 이것저것 가리지 않고 닥치는 대로 읽는 독서광으로 재미있게 대화를 주도할 줄도 알았다—그녀를 잡아끌 만한 매력이 있었지만, 그가 속한 세계는 두 사람을 엮을 만한 것이 하나도 없었을 뿐만 아니라 시간과 공간 차원에서도 접점을 찾기 어렵다는 것을 깨달았다. 그녀는 간헐적으로 그를 만나 성적인 접촉을 계속하고 싶진 않았다. 그런 제한된 관계는 통제하기 어려울 뿐만 아니라 결국 암묵적인 의무와 시간을 비롯한 다양한 요구에 직면하게 될 것이 뻔했다. 더욱이 그날 저녁 흘린 두 번의 피에도 불구하고 토마스 네빈슨을 향한 그녀의 감정엔 전혀 변화가 없었다. 그가 영국에서 공부를 마치고 모든 일이 정상을 되찾으면, 다시 말해 그가 마드리드로 돌아오면 다시 자기 곁에 있어줄 거라는 것을 그녀는 조금도 의심하지 않았다. 그녀에게 톰은 많은 사람이 내심 '내 인생의 사랑'—이 말은 단 한 번도 입 밖에 낸 적이 없었다—이라고 부르는 그런 존재였다. 그리고 인생이 막 시작하려는 순간에, 얼마나 깊어질지 그리고 얼마나 오래갈지 전혀 생각조차 할 수 없었던 그런 시절에 선택한 사람이기도 했다.

그러나 베르타는 그날 그 순간을 잊지 못했다. 아무리 덧없다 할지라도 누가 잊을 수 있겠는가. 그녀는 에스테반 야네스에게 전화번호를 주지 않았고, 그 역시 자기 번호를 주지 않았다. 베르타가 옷을 다 입고 무릎에는 반창고를 붙인 채 지하철 입구를 향해 집을 나섰을 때는 상당히 늦은 시간이어서 집으로 돌아갈 택시를 타는 데까지 그가 같이 가주겠다고 했지만, 그녀는 단호하게 거절했다. 야네스가 사오지 않았기에 스타킹도 신지 않은 채였다. 덕분에 야네스는 그녀가 어디 사는지 알 수 없었다. 그녀의 성이 아주 흔한 것은 아니었지만 이슬라라는 성을 가진 사람이 전화번호부에만 50명 이상 있었다. 행운을 시험하기 위해 모든 이슬라에게 전화를 해서 해결할 수 있는 문제는 아니었다. 그녀만이 그가 사는 아파트에 모습을 드러내거나 쪽지를 보내 재접촉을 시도할 수 있었다. 비록 이 가능성은 언제나 유효했고 더욱이 그녀가 주도적으로 할 수 있다는 것 자체가 기분좋은 일이긴 했지만, 그녀는 전화하지도 쪽지를 보내지도 않았다. 그가 몇 년 뒤엔 그곳에선 더는 살지 않을 것으로, 이미 이사하였거나 결혼했을 것으로 생각했다. 아마 다른 도시로 옮겨갔을지도 모른다. 그래서 그녀는 그날의 기억을 하나의 도피처로만 간직하고 있었다. 점점 더 짙어가는 안개 속에 싸인 채 자꾸만 멀어져가는 그런 곳으로—그렇지만 허무한 그리움만 쌓이는 특별한 곳이기도 했다—말이다. 묽게 희석된 기억과 앞으로도 뒤로도 가지 않고 꼼짝하지 않는 생각에서 벗어난 세상에서는 다시 그에게 돌아가기 힘들겠지만, 무료하고 즉흥적인 생각에 머무는 날 방정맞게 변덕을 부리고 싶은 날엔, 어디엔가 그런 곳이 있을 거라는 이야기만으로도 위안을 받을 수 있는 사람 마냥 강하게 원할 때는 언제든지 갈 수 있는 곳으로 설정해놨다. 그러나 생각은 처음부터 마지막 한 점까지 전혀 미동도 없이 반복되는 똑같은 장면으로 돌아갈 수밖에 없었고, 결국 언제나 똑같기에 새로운 것은 전혀 없는, 아무런 변화도 없어 절망적이라는 생각이 들 정도로 정적일 수밖에 없는 그림의 특성을 얻는 것으로 막을 내리곤 했다. 그녀는 젊음의 초입에 있었던 그날 그 만남을 하나의 그림으로 보았다. 시간이 흐르고 너무 긴 부재로 인해 모든 선이 흐릿해지자 그날 딱 한 번밖엔 보지 못했던 젊은 반데리예로의 모습은 길거리에서 잠깐 봤던, 어쩌면 1분 정도밖엔 보지 못한 기마 경찰의―몸을 앞뒤로 흔들며 손목에 곤봉을 걸쳐놓았던―모습과 뒤섞여 이상하게 혼란을 일으켰다. 누구와 잤는지, 회색 경찰인지 반데리예로인지 확신이 서지 않을 때도 있었다. 이렇게, 예컨대 성생활의 시작은 분명히 반데리예로와 함께였다는 사실을 잘 알고 있지만, 날이 갈수록 그의 얼굴이 또렷하게 구별되지 않았다고, 그와 기마 경찰의 얼굴이 서로 교환할 수 있는 마스크처럼 자꾸만 흔들리며 병치되었다고 말하는 것이 맞을 것이다. 푸른 눈, 거의 자두색에 가까운 조금 벌어진 눈, 가지런한 이빨, 남부 유럽 지방 농부의 얼굴, 짙은 눈썹, 곧고 큰 코, 깊게 눌러

쓴 헬멧, 풍성한 머리카락을 감춰주었던 챙이 좁은 모자, 이 모든 것이 뒤섞여 같은 날에 일어난 일련의 모험이 담긴 큰 그림을 그리고 있었다.

부드러운 천 속으로 미끄러져 들어와 여기저기를 더듬으며 애무했던 손가락, 정말 최선을 다했던, 정열적이라기보다는 뭔가 쫓기는 듯했던 입맞춤, 순식간에 옷을 벗었던 남자의 모습, 치마는 벗지 않았지만 별로 문제가 되지 않았던 일, 이런저런 기억이 그녀에게 선명하게 남아 있었다. 누군가의 성기가 ─ 한 시간 전만 해도 그것에 대해선 전혀 몰랐던 ─ 자기 몸속으로 들어온 것 자체를 즐거운 마음으로 받아들였다는 느낌이었다. 처음에는 강하게 거부했지만 금세 넉넉한 자기 몸속으로 받아들여 잠시 머무르게 했으며 오랫동안 지켜온 명예를 지키겠다는 저항도 하지 않았다. 당시에도 그리 대단하게 생각하지 않았고, 지금도 전혀 고려하지 않고 있는 그런 '명예' 말이다.

토마스 네빈슨의 경우, 1969년 당시 영국에선 아주 흔한 방식의 첫 경험을 했다. 한 명은 너무 미뤄 복잡하게 만드는 것이 오히려 적절하지 않다고 생각해서 아무 거리낌없었던, 그래서 두 번 생각할 필요도 없었고 타인의 눈을 의식할 필요도 없었던 동료 여학생이었고 두 번째 여자는 낚아채는 데 별로 시간이 걸리지 않았던 그곳 직장 여성이었다. 뜨겁게 달아올랐던 그와 여자들 모두 사실 이런 애정 행적에 큰 의미를 부여하지 않았고 좋게도 나쁘게도 생각하지 않았다. 하룻밤을 같이 보내는 것이 함께 커피 한 잔 마시는 것과 별반 다르지 않다는 생각이 사람들 사이를 파고들던 소위 '성의 해방'이라고 부르던 시대였다. 사람들은 커피를 마시거나 하룻밤을 보내는 것 모두 유사한 범주의 행동이어서 하나가 다른 하나보다 특별히 많은 흔적을 남긴다고 생각하지도 않았을뿐더러 죄책감을 불러일으킨다고도 생각하지 않았다. (오랜 시간을 놓고 보았을 때 아무리 텅 비어 희미해진다 할지라도, 하나는 기억에라도 남지만 다른 것은 기억조차 남지 않는다. 게다가 하나는 최소한 결과의 지속성이 있지만, 다른 하나는 단순히 앎과 의식의 문제일 뿐이다.) 그는 다른 여자와 잠자리를 갖는 것이 베르타에 대한 변치 않는 사랑과 모순이라고 생각하지 않았기에 별다른 고민도 없었다. 다만 다음번 마드리드에서 머무를 때는 두 사람 역시 침대를 찾을 거라는, 이젠 때가 되었다는, 스페인은 언제나 유행이나 과감함이란 측면에선 조금 뒤처진 나라라는 생각을 하긴 했다. 그 당시에만 그랬던 것은 아니었다. 정보에 밝은 사람들은 언제나 이를 자랑스럽게 여기는데, 톰과 베르타 역시 이런 부류에 속하는 사람이었다. 톰의 두 번째 여자와의 만남은 그의 미래에 상당한 영향을 미쳤다. 직장인 여성은 언제나 눈앞에 머물던 존재는 아니었지만 옥스퍼드에서 보낸 몇 년 동안은, 그리고 그녀가 죽어 사라진 후에도 절대 사라지지 않았던 존재이기도 했다. 둘은 가끔 그녀가 종업원으로 일하던 중고 책방에서 만났다. 그가 그곳을 찾을 때마다 그날 밤이나 다음날 밤까지도 함께 있었다. 최소한 이것 때문에라도 그는 그 가게에서 오랜 시간 즐겁게 중고책을 뒤지곤 했다. 톰은 그녀의 감정을, 그리고 그녀가 그에게 기대하는 것이 있다면 그것이 무엇일지 궁금하단 생각을 해본 적이 거의 없었다. 자기가 재닛이라는 이름의 그 여자에게 기대한 바가 없었기에, 그녀 역시 자기에게 별로 기대하지 않았을 것으로 생각했다. 그녀 역시 런던에 애인 비슷한 사람이 있어 주말마다 만나고 있다는 사실도 잘 알고 있었다. 자기가 그녀를 일종의 시간 때우기용이자 기분전환용으로, 혹은 대체재로 생각했듯이, 자기 역시 그녀에게 똑같은 존재일 것으로 생각했다. 의무적으로 거의 온종일을 보내야 하는 곳에선 아무리 일시적일지라도 매력을 느낄 수 있는 무언가를 찾아야 했다. 조만간 마드리드로 돌아갈 것은 의심의 여지가 없는 사실이었다. 그러나 그는 그가 대학을 다니는 동안엔 재닛이 일을 포기하고 애인과 살기 위해 런던으로 이사하거나 결혼할 것이라고는 꿈에도 생각하지 않았다. 그녀가 이곳에 일시적으로 머물 성격으로 보이진 않았다. 어찌 되었든, 그녀가 이곳 옥스퍼드에서 태어나 관능적이고 매력적인 여자로 성장한 것 또한 사실이긴 했다.

그의 미래에 적지 않은 비중을 가졌던 것은 '돈don'이라는 경칭이 붙었던 몇몇 교수, 특히 알폰소 13세* 치하의 스페인 연구 분야에서 성과를 내고 있던 분과—미국 대학이었다면 아마 스페인학과 과장이라고 했을 것이다—함께 진행하던 연구와 그분과의 관계였다. 스페인과 포르투갈 문화 전문 연구자였던 피터 에드워드 라이어널 휠러라는 교수였는데, 그는 퀸스 대학

---

* 알폰소 13세(Alfonso XIII, 1886년 5월 17일-1941년 2월 28일)는 1886년 5월 17일에서 1931년 4월 14일까지 스페인의 군주로서 재위하였다. 1886년 알폰소 12세의 유복자로 태어났고 태어나자마자 적법한 후계자가 되었으며, 16살까지 어머니의 섭정을 거쳐 1902년부터 친정 체제를 구축했다. 그러나 1931년 스페인 제2공화국의 출범으로 망명하였다.

에서 선임연구원으로 근무하다 엑서터 대학 교수로 온 분이었다. 그는 관련 분야에선 높은 명성을 누렸던 분으로 따뜻하면서도 냉소적이고 예리한 성격의 소유자였는데, 다른 사람과 마찬가지로 모진 세상 탓에 강제 징집을 당해 전쟁 중에는 비밀 정보부에서 일을 해야만 했다. 평화가 찾아오자 대부분 전쟁에서 손을 털고 각자의 자리로 돌아갔지만 어쩔 수 없이 저질렀던 우발적이고 순간적인 범죄, 즉 전쟁이라는 상황을 합법으로 포장하여 정당화시켰던 범죄와 거리를 두고 침묵을 지켰던 사람들과는 달리, 전쟁이 끝났음에도 그가 정보부와 원거리 협력관계를 유지하고 있다는 소문이 돌기도 했다. MI5인지 MI6인지 아니면 둘 다인지는 잘 모르지만, 여전히 관계를 유지하고 있다는 것이다. 전쟁은 국가를 앞세워 모든 것을 괄호 속으로 밀어넣어버린다. 숙명적으로 진지할 수밖에 없는 길게 늘어진 카니발, 웃음이라곤 찾아볼 수 없는 피비린내 나는 카니발. 전쟁은 가장 똑똑하고 가장 지적이었으며 가장 민첩하고 능력이 있는 민간인을 선발해 이런 능력을 더 무두질한 다음 임무에 투입했고, 사보타주를 하고, 배신하고, 기망하고, 함정을 파고, 감정과 양심을 버리고, 암살을 하라고 강요하고, 집요하게 압력을 넣었다.

피터 휠러는 1941년 스코틀랜드 서부 해안에 있는 아일럿 호Loch Ailort의 특전대원 양성 센터에서 아주 혹독한 특수전 훈련을 받았고, 여기에서 얼굴뼈에 심각한 손상을 입을 정도로 심한 교통사고를 당해 베이싱스토크 병원에서 복원 수술을 받고 넉 달이나 입원해 있었다. 여러 번에 걸친 수술의 결과로 완전히는 지울 수 없었던 흉터 두 개가 턱과 이마에 남았지만(색이 바래며 서서히 희미해지긴 했다), 잘생긴 상남자로서의 당당한 모습은 전혀 변치 않았다. 상처가 채 아물기도 전에, 해군인지 특수작전부인지는 잘 모르겠지만 다시 징집되어 적에게 사로잡혔을 경우를 대비한 훈련이라는 명목으로 인베레일럿 성에서 전직 상하이 경찰에게 끔찍한 몽둥이질을 당했다고 한다. 다음해엔 자메이카의 보안책임자로 임명되었고 그다음 해엔 서부 아프리카로 파견되어 다양한 임무를 수행했다. 여기에선 주로 높은 곳에서 굽어본 구체적이고 세밀한 정보를 얻기 위해 RAF*의 비밀 첩보 비행 일을 했다. 이때 얻은 정보를 훗날 1955년에 출간한《에드워드 3세와 리처드 2세 치하에서의 영국의 스페인과 포르투갈에 대한 개입 The English Intervention in Spain and Portugal in the Time of Edward III and Richard II》, 1960년에 초판이 나온《엔히크 항해왕자, 그의 일생 Prince Henry the Navigator: A Life》등의 책을 쓰는 데 이용하기도 했다. 그는 (미얀마의) 양곤과 (스리랑카의) 콜롬보에 근무하면서 중령을 달았고, 일본이 항복한 1945년 이후에는 인도네시아에서 근무했다. 이와 관련된 많은 이야기가 전해지고 있지만 휠러 교수 자신은 이에 대해선 단 일언반구도 하지 않았다. 이는 분명히 스파이와 같은 은밀한 일을 한 사람, 예컨대 존재 자체가 절대로 드

---

* 영국 왕립 공군.

러나서는 안 되는, 언제나 존재를 부정해야 하는 사람들은 반
드시 지켜야 하는 비밀 유지 서약에 묶여 있었던 탓일 것이다.
그는 자기와 관련된 많은 이야기가 동료들과 학생들 사이에 전
설처럼 떠돌고 있다는 사실을 잘 알고 있었지만 자기와는 전혀
상관이 없는 것처럼 그냥 흘려들었다. 누가 용기를 내어 직설
적으로 물어보기라도 하면 그때그때 상황에 따라 농담을 하거
나 근엄한 표정을 지으며《엘 시드의 노래》,《라 셀레스티나》와
같은 고전 혹은 15세기 이베리아반도의 번역가나 흑태자 에드
워드* 이야기로 화제를 돌리곤 했다. 이런 소문을 전해 들은 소
수의 학생에겐 그는 정말 독특한 매력을 지닌 인물이었다. 처
음부터 교수들의 탁월한 능력에 관심을—아니 존경심을, 예
컨대 선생님들에게만 허용되었던 학생들의 운명적인 존경심
을—가졌던 톰 네빈슨은 교수단, 보통 종교적으로 부를 때는
'성직자단체 회원'이라고 부르는 사람들에게만 유보되었던 수
군거림이나 뒷담화로 인해 가장 혜택을 본 학생이었다. 톰은 먼
저 이야기를 꺼내지 않아도 다른 사람이 먼저 와서 자기에게
뭐든 털어놓는 그런 사람이었다. 그는 일부러 꾸미지 않아도 이
해심이 많아 호감을 샀다. 다른 사람들의 이야기를 잘 들어주는

---

* 흑태자 에드워드(Edward the Black Prince, 1330년 6월 15일-1376년 6월
 8일). 에드워드 3세의 장남으로, 옥스퍼드셔의 우드스톡 궁전에서 태어났
 기 때문에 '우드스톡의 에드워드'라고도 불린다. 1337년 콘월 공작, 1343년
 웨일스 공의 작위를 받았고 1362년에서 1372년까지 아키텐 공작의 지위에
 있었다. 왕위 계승자였으나 아버지보다 먼저 사망하여 왕이 되지는 못했고
 왕위는 그의 아들 리처드 2세에게 돌아갔다.

것으로 유명했으며, 언제나 상담 온 사람들의 용기를 북돋아주었다. 물론 피하고 싶을 때는 과감하게 잘라내기도 했지만 말이다. 사람들이 왜 자기 이야기를 하는지, 묻지도 않았는데 왜 내밀한 이야기를 그렇게 털어놓는지 톰은 절대로 묻는 법이 없었다. 그런데도 사람들은 톰에게 무한한 신뢰를 보냈다.

그의 뛰어난 언어 감각은 곧 그를 지도하던 지도교수들에게 알려졌고, 결국 60세가 채 안 된 예비역 피터 휠러 중령에게도 전해졌다. 그는 자신의 안테나를—명민한 호기심덩어리 그 자체인 마음을—오랜 경험과 접목시켰다. 옥스퍼드 대학교에 입학했을 당시 토마스는 언어 사용 측면에선 자주 사용하던 두 언어, 즉 영어와 스페인어의 억양, 동사 변화, 문법, 악센트 등을 완벽하게 정복한 상태였다. 그뿐만 아니라, 프랑스어 역시 거의 결점을 찾지 못할 정도로 완벽하게 구사했고 이탈리아어 실력도 믿을 만했다. 옥스퍼드에 들어와 프랑스어와 이탈리아어 실력은 비약적으로 발전을 이뤘다. 1971년 20살 나이로 대학 3학년이 되었을 땐 슬라브어에도 도전해보라는 설득에 넘어갔고, 덕분에 러시아어 역시 능숙하게 다루게 되었다. 더 나아가 폴란드어와 체코어 그리고 세르비아-크로아티아어까지도 어느 정도 이해할 수 있을 정도의 수준에 이르렀다. 언어 분야에서는 경이롭다는 말이 어색하지 않을 정도의 탁월한 재능을 보여주었다. 마치 주변 사람들이 건네는 말을 배울 때면 두드리면 쭉쭉 펴지며 늘어나는 전성展性을 가진 듯한 어린아이 같았다. 어린아이들에게는 모든 것이 자기 것이었기에 그는 뭐든 쉽게 소화했고 쉽게 언어의 세계로 파고들 수 있었다. 어린 아이들은 어디로 데려가느냐, 어디에 사느냐에 따라 무슨 언어든 자기 언어로 만들 수 있다. 그 또한 물론 가끔은 혼동하기도 했고 이것저것이 뒤섞이는 예도 있었지만, 대부분의 경우 모든 언어를 기억에 잘 담아두었을 뿐만 아니라 각각의 언어를 어렵지 않게 구별해냈다. 톰의 모방 능력은 점점 더 비약적으로 발전했고 결국 이 분야에 전력을 쏟아부었다. 스페인에 가지 않기로 했던 부활절 휴가 때엔, 거의 5주에 걸쳐 아일랜드를 돌아다니며 섬에서 사용되는 중요한 방언들을 큰 문제없이 흉내낼 수 있을 정도로 익혔다. 어렸을 적부터 여름방학 때마다 라디오와 텔레비전 등에서 이런저런 방언을 많이 들은 덕분에 스코틀랜드, 웨일스, 리버풀, 뉴캐슬, 요크, 맨체스터 등의 여러 지역 방언을 이미 잘 알고 있었다. 그는 한 번 들은 것은 뭐든 쉽게 이해했고, 별 노력 없이도 쉽게 기억했으며 그것을 기가 막힐 정도로 정확하게 재현하였다.

토마스 네빈슨은 옥스퍼드에서 4년을 머물렀고 21살이 되자 완전히 스페인으로 돌아가려고 했다. 마지막 시험에서 최고점을 받았고, 학사 학위를 얻을 수 있었다. 당시엔 모든 것이 지금에 비하면 훨씬 빠르게, 앞질러 갔다. 몇 살 먹지 않은 젊은이들도 스스로 어른이 되었다고 생각했다. 주어진 일을 할 수 있도록 길 떠날 준비가 되었을 뿐만 아니라 이젠 세상의 등에 올라탈 준비도 마쳤다고 생각했다. 끝없이 이어지는 모호한 태도로 청소년기나 유년기를 연장하며 다음을 기다리거나 불필요하게 지체할 이유가 없었다. 오늘날엔 너무 많아 아무도 부정적으로 생각하지 않는 이런 사람들을 당시엔 정말 소심한 겁쟁이로 여겼다. 행동, 불안과 초조, 무모한 도전, 조급함 등으로 규정할 수 있는 정반대 성격을 지녔던 한 세기가 지나자 순식간에 과잉보호와 게으름으로 규정할 수 있는 인간이 표준이

된 세상이 되어버린 것이다.

휠러는 탁월한 전문성과 학식을 갖춘 덕분에 스페인어를 아주 자연스럽게 구사할 수 있었지만 스페인어로 글을 쓸 때, 특히 스페인어로 출간할 책을 마무리할 때는 뭔가 불확실하다는 생각이 들어 원어민이라고 믿었던 톰에게 불완전하거나 잘못된 부분을 한번 검토해서 지적해달라고, 그러니까 문법적으로 문제는 없지만 세련되지 못하고 모호한 문장을 윤문해달라고 부탁했다. 토마스는 나름 자부심을 느끼며 즐거운 마음으로 휠러 교수를 도왔다. 오래전에 홀아비가 된 휠러 교수와 가사 일을 맡고 있던 가정부가 함께 살던 처웰강 강변의 집에 가서 함께 글을 검토했다. (이젠 옛날이야기가 된 부인의 죽음은 정말 미스터리였다. 밸러리라는 이름의 부인에 대한 이야기가 가끔 나왔는데, 죽음과 원인, 당시 상황 등에 대해선 단 한마디도 거론되지 않았다. 옥스퍼드라는 도시가 비밀을 만들어 품는 것만큼이나 비밀에 대해 쑥덕거리는 것을 즐기는 경향이 있다는 점을 고려한다면 이상하리만큼 아무도 아는 것이 없었다.) 톰은 큰 소리로 책을 읽었고, 교수는 흐뭇하게 들었다. 톰은 뭔가 어색하다는 생각이 들 때마다 읽는 것을 멈췄다. 별 흥미도 없는 전문 지식을 다루는 책을 검토하긴 했지만, 휠러 교수의 학문적으로 새로운 업적을 맨 먼저 알게 되었다는 점은 차치하고서라도 휠러 교수를 사적으로 방문하고 만난다는 것 자체를 영광으로 생각했다.

세 번째 학기인 트리니티 텀이 시작될 무렵, 두 사람은 앞에서 이야기한 작업을 하다가 잠시 휴식을 취했다. 그러자 휠러 교수는 마실 것을 주었다. 아직 나이 어린 톰에게 전혀 망설이지 않고 진토닉을 내주며 함께 마시자고 했다. 휠러 교수는 엄지손톱으로 입의 왼쪽 모서리에서 시작해 턱 끝까지 거의 수직에 가깝게 이어진 흉터를 만지작거리는 버릇이 있었다. 흉터 탓에 얼굴 한쪽은 웃어도 웃는 것 같지 않았고, 조금은 어둡고 성이 난 듯한 느낌을 주었다. 휠러 교수 역시 이런 사실을 잘 알고 있었기에 사람들에겐 가능하면 언제나 오른쪽만 보여주려고 애썼다. 그러나 이번에는 이 문제를 그리 대수롭지 않게 생각한 것 같았다. 휠러 교수는 미심쩍은 표정을 지은 채 반쯤 감은 파란 눈으로—모든 것을 꿰뚫어 볼 것 같은 불꽃이 이는 눈이었다—토마스의 모든 것을 샅샅이 뜯어볼 것처럼 정면으로 바라보았다. 나른하지만 바짝 경계심을 세운 사자나 다른 고양잇과 동물의 눈처럼 그의 눈도 파란색에서 노란색으로 변해갔다. 그는 이미 백발이긴 했지만, 숱도 많았고 약간 웨이브 진 머리칼을 가지고 있었다. 미소를 짓거나 큰 소리로 웃을 땐 살짝 벌어진 이가 보였고 이로 인해 조금은 심술궂게 보이기도 했다. 분명히 그는 교활한 점이 없지 않았다. 머리가 너무 좋은 탓에 사람들이 비꼬는 말투를 모르고 지나치기 어려운 사람의 교활함을 가지고 있었다. 엄숙하고, 엄격하고, 진지하다기보다는 조금은 웃음을 자아내는 면도 있었다. 그러나 속마음 한편엔 따뜻한 면이 있는 사람이었다. 그동안 나쁜 짓은 이미 할 만큼 해서, 엄청난 효용 덕에 엄청난 보상을 받을 수 있을 것이아니라면 이젠 더 이상 그런 짓을 계속할 생각은 없는 것 같았다. 삶을 마치는 순간까지, 그가 어떤 사람들에게 나쁜 짓을 했는지는 끝내 밝혀지지 않았다.

"토마스, 자네 뭘 할 것인지 생각해보았나? 학교를 마치면 말이야. 다시 스페인으로 돌아가려 한다고 알고 있는데." 휠러 교수는 대부분 영어로 이야기를 했지만 이름만은 스페인식으로 부르는 것을 좋아했다. "스페인에 가면 선택지가 별로 넓지 않을 거야. 교육 분야에 종사하거나, 출판 일을 하거나, 정치에 뛰어들 수도 있겠지? 조만간에 프랑코는 죽을 테고, 그러면 분명 정당도 만들어지긴 할 텐데. 하긴 언제 어떻게 무슨 정당이 만들어질지 누가 알겠나. 민주주의의 전통이 없으니 모든 것이 즉흥적이고 혼란스러울 거야. 스페인에서 이야기하는 식으로 말하자면 산 킨틴*의 군대가 난리를 피우지 않을지, 다시 말해 스캔들이나 격한 논쟁이 일어나지나 않을지 몰라." 이 마지막 구절만은 스페인어로 이야기했다.

"교수님, 아직은 모르겠어요." 옥스퍼드에서 '교수님'이라는 칭호는 정교수에게만 쓸 수 있는 호칭으로, 아무리 뛰어난 능력을 갖췄어도 다른 사람들에겐 쓸 수 없었다. "독재가 계속되는 동안엔 정치에 뛰어드는 일은 없을 거예요. 꼭두각시가 되는 것이 무슨 의미가 있겠어요. 게다가 손까지 더럽혀야 할지

---

* 로마 세네터(원로원 회원)의 아들로 로마군을 지휘했던 킨틴은 기독교를 받아들인 후 로마군 지휘를 포기하였다. 그 후 프랑스로 가서 아미앵Amiens 지방을 중심으로 복음을 전했다. 그는 결국 이곳에서 기독교 복음을 전했다는 죄목으로 순교했다.

도 모르는데. 독재가 언제 끝날지 생각해봤지만…… 시기상조인 것 같아요. 사실 아직은 상상도 할 수 없어요. 어떤 일들이 계속 이어지고 있을 때는 미래가 어떻게 바뀔지 상상하기 어려우니까요. 잘 모르겠어요. 아버지나 스타키 선생님과 이야기를 나눠볼까 해요. 마침 스타키 선생님이 몇 년 지낸 미국에서 다시 마드리드로 돌아왔거든요. 은퇴하긴 했지만, 아직 영향력은 여전하니까요. 영국문화원에서 뭔가 좋은 일자리를 제안할지도 몰라요. 곧 알게 되겠죠."

휠러 교수의 얼굴에 어딘가 영악한 모습이 드러났다.

"불쌍한 스타키. 여전히 백발로 만들고픈 작은 인형을 가지고 부두교 마법을 걸고 있을 거야. 그와 글래스고에서 왔던 저명한 스페인 연구자인 앳킨슨 두 사람은 엔트위슬이 죽은 1953년 지금 내 자리에 지원했었지. 그런데 그들과 비교했을 때 별다른 저서도 없는 39살짜리에게 알폰소 13세 석좌교수 자리가 넘어가는 것을 쉽게 받아들일 수는 없었을 거야. 스타키는 쓸데없이 집시 따위나 공부하느라 너무 시간을 많이 보냈어. 당시 옥스퍼드에선 이런 연구가 잘 받아들여지지 않았거든. 자네도 잘 알고 있듯이, 이곳은 고전이나 연구하는 인간들이 행세하는 곳이었네." 그는 미소를 지으며 한마디 덧붙였다. 70년대 초만 해도 18세기나 14세기와 비교했을 때 고전적인 분위기가 다소 옅어지긴 했다. "최소한 부두교 배우는 데는 도움이 되었을 거야. 집시들은 부두교를 실제로 믿긴 하잖아? 아무튼 뭘 사용했는지는 잘 모르겠는데, 나에게 저주를 내리긴 했겠지만 별로 효과가 없었어. 그러니까 토마스, '돈 집시Don Gypsy'가 자네에게 제공할 것에 기대는 것은 한마디로 따분하고 별 볼 일 없는 미래야. 자네 재능을 낭비하는 것이지." 옛날에 경쟁 관계였던 두 사람에게 아직 앙금이 남아 있을 거라는 상상은 얼마든지 가능했다. "반대로 자네가 영국에 계속 남는다면, 빛나는 졸업장과 함께 여길 나감과 동시에 모든 문이 열릴 거야. 금융, 외교, 정치, 기업, 그리고 자네가 원한다면 대학까지도 말일세. 자네가 여기에서 수업이나 연구를 계속할 것 같진 않지만……. 내가 보기에 자네는 직간접적으로 세상에 영향을 미칠 수 있는 열정적인 활동을 원하는 사람이네. 자네 이 중국적 맞지? 아니라면 영국인이길 기대하네. 여기에서는 자네가 원하는 경력을 쌓아나갈 수 있을 테니까. 지금까지 자네가 공부한 것은 부차적인 거야. 자네 성적 정도면 모든 곳에서 환영하겠지. 자네가 선택한 곳에서 자네가 수련을 마칠 때까지 기다려줄 걸세."

"믿어주셔서 감사합니다. 교수님. 그렇지만 제 삶은 그곳에 있습니다. 그곳에서 태어났고 그곳만 꿈꾸며 살아왔으니까요."

"누구든 인생은 어디에 머무느냐에 달려 있지. 어디에 가느냐, 어디에 자릴 잡느냐에 따라 말이야." 휠러 교수는 짧게 끊어 이야기했다. "기억하고 있는지 모르겠지만 나는 뉴질랜드 출신이야. 그런데 자네는 그것이 무슨 상관이냐고 할 거야. 혹 출중한 언어 능력과 모방 능력을 이용해 배우가 되겠다는 생각은 해본 적이 있나? 그러려면 이런 재능 이상의 뭔가가 더 있어야 할 것 같은데, 안 그래? 매일 밤 무대에 오르면 박수를 받긴 하겠지만 금세 타성에 젖을 것이 뻔한 반복되는 행동에 자네가 끌릴 거라고는 생각하지 않네. 그런 것이 세상을 만들진 않으니까. 그렇다고 자네가 여기저기를 떠돌며 영화를 찍으면서 시간을 보내지도 않을 거야. 촬영은 정말 느리거든. 그렇다면 무엇을 위해 살겠나? 캘리포니아의 개를 로런스 올리비에*와 똑같이 숭배하는 아무 판단력도 없는 사람들의 우상이 되기 위해?" 그렇다, 옥스퍼드의 계급적인 사고는 이젠 과거의 일이 분명하다. 아무튼, 휠러 교수는 로런스 올리비에가 현존하는 가장 위대한 연기자라는 생각에 머물러 있는 낡은 생각에 빠져 있었다. 그러나 그가 자랑스럽게 생각하는 조국에서조차 이젠 아무도 그런 생각을 하지 않는다.

톰은 빙긋이 웃었다. 물론 불안한 것은 사실이었다. 시간이 흐르면 언젠가 저절로 가라앉을 뭔가 모호한 불안감이었다. 그러나 그는 우리가 일반적으로 활동적이라는 표현으로 이해할 수 있는 그런 부류의 사람은 아니었다. 그렇게 모험심이 강한 사람도 야망이 강한 사람도 아니었다. 오히려 그런 사람이 되고 싶다는 생각은 무시하고 살았고, 그럴 필요도 없었지만 그런 사람이 되겠다는 욕망도 없었다. 최소한 당시 그의 나이엔

---

* 로런스 커 올리비에(1907. 5. 22-1989. 7. 11)는 잉글랜드의 배우이자 영화감독이자 영국 최고의 연극배우였다. 셰익스피어의 작품 중 올리비에가 거치지 않은 작품이 없을 정도로 셰익스피어 연극을 위해 태어난 배우 같았다고 한다.

어디에서든 휠러 교수가 말한 것처럼 직접 세상일에 개입할 수 있으리라고는 생각하지 않았다. 사실, 그럴 가능성을 가진 사람은 거의 없다고 하는 것이 맞을 것이다. 아무리 위대한 금융가, 위대한 과학자, 위대한 통치자라도 말이다. 위대한 금융가들은 끔찍한 경쟁과 패배 그리고 파멸에 직면할 테고 결국 불행해질 것이다. 과학자들은 실수할 것이 뻔했고, 그들의 운명은 반론에 부딪힐 것이지만 조만간에 누군가 딛고 일어설 것이다. 통치자들은 강물처럼 흘러 결국은 실각해 스러져갈 것이다. (민주주의 사회에서의 정치인들 말이다. 처칠도 엄청난 공을 세웠지만 결국 1945년에 권력을 잃었다.) 의자에서 일어나자마자 다른 사람들이 들어와 그들의 업적을 지울 테고, 몇 달 혹은 몇 년만 지나면 사람들의 기억에 남을 사람은 몇 되지 않을 것이다. (처칠 같은 경우는 정말 예외라고 할 수 있다.) 휠러 교수처럼 예리하고 경험이 풍부한 사람이 이런 개념을 사용한다는 것이 그에겐 정말 재미있었다. 젊은 사람들의 시각에서 봤을 땐 어떤 점에선 순진하다는 생각도 들었다. 젊은이들은 멘토를 포함한 그 누구보다도 자기들이 변화를 더 많이 겪어 그들이 만사에 **심드렁하다고** 믿는 경향이 있었다.

"솔직히 제가 배우가 될 거라곤 생각하지 않습니다. 더욱이 올리비에와 같은 배우가 될 생각은 없지요. 우리 세대에겐 좀 한물간 배우거든요."

"그런가? 한물갔다고? 미안하네. 최근엔 연극이나 영화를 보러 간 적이 별로 없어서. 그 사람은 하나의 예일 뿐일세. 그렇게 중요하진 않아."

"교수님, 세상을 만들 수 있는 사람은 누군가요?" 토마스는 이 말에 주목하고 있었다. 앞에서 말한 위대한 금융가, 과학자, 통치자와 함께 무기로 세상을 쓸어버릴 군인을 거론하지 않을까 생각했다. "배우도 대학교수도 아니라는 점에는 동의합니다. 철학자, 소설가, 성악가도 아닐 거예요. 아무리 젊은이들이 병적이라고 할 정도로 이들을 모방하려 한다고 해도, 아니 관습을 바꾼다고 해도 말이에요. 비틀스로 인해 벌어진 일을 한번 보세요. 우리에겐 모든 것이 다 지나갈 거예요. 텔레비전의 영향력이 크긴 하지만 사실 너무 바보 같지 않아요? 그렇다면 누가 세상을 만들까요? 그런 일을 할 수 있는 조건을 갖춘 사람은 대체 누구일까요?"

휠러 교수는 우아하게 다리를 꼰 채(그는 키도 크고 팔다리가 엄청 길었다) 안락의자에 앉아 다시 턱에 난 흉터를 손톱으로 가볍게 만졌다. 언젠가는 있었는데 사라져버린 푹 파인 고랑을 따라가는 것을 즐기는 것처럼 보였다. 날카롭게 베인 끔찍한 상처가 만들어낸 케케묵은 환영은 매끄럽고 반질반질했을 것만 같았다.

"토마스, 아무도 혼자서는 세상을 만들 수 없다네. 물론 집단을 이룬다고 해서 할 수 있는 것도 아니지. 사람들 대부분의(예컨대 태곳적부터 지구를 거쳐간 모든 사람의) 성격을 규정하고 하나로 묶을 수 있는 것이 있다면, 우리 인간은 우주에 전혀 영향을 미치지 못하거나 아니면 최소한의 영향만 미치지만 우주는 우리에게 분명히 영향을 미친다는 사실이라네. 우리가 우주의 한 부분을 형성한다고 믿어도, 아무리 우리가 우주 안에 있다고 믿어도, 우리가 평생 뭔가 아주 미세한 점을 바꾸려 애를 써도, 사실 우리는 우주에서 추방된 사람들일세. 그 유명한 단편이 인간에 대해, 거리에서 나와 그 일에 관해 침묵을 지키는 인간에 관해 이야기했듯이 말일세." **'우주에서 추방된 사람들'**, 휠러 교수는 영어로 이 말을 반복했다. 생각의 단초를 제공하는 것 같기도 했고, 그가 기억하지 못하고 있던 것을 다시 불러온 것처럼 보였다. **'우주에서 추방된 사람들'**, 토마스는 어떤 단편을 의미하는지 잘 몰랐지만 교수의 말을 끊고 싶지 않아 질문을 던지지 않았다. 어쨌든 그는 교수의 황당한 이야기가 재미있다는 생각이 들었다. "우리 인간의 멸망, 우리의 탄생, 우리의 차분한 여로, 우리라는 존재, 우리의 우연한 출현, 우리의 불가피한 소멸, 그 무엇도 절대로 이를 바꾸지 못할 걸세. 그 어떤 행동도, 이루어진 범죄도, 미수에 그친 범죄도, 그 어떤 사건도 말일세. 플라톤, 셰익스피어, 뉴턴, 아메리카 대륙의 발견, 프랑스 혁명, 이런 사람과 사건이 없었어도 달라지는 것은 없다네. 모든 것이 동시에 없었다고 가정한다면 좀 애매하지만, 앞에서 말한 사람 중에서 단 한 사람, 혹은 여러 가지 사건 중에서 하나가 없다고 해도 별로 달라지는 것은 없을 걸세. 일어났던 모든 일이 일어나지 않은 것일 수도 있고, 본질적인 면에선 모든 것은 똑같을 거야. 다른 방식으로 일어났을 수도 있다네. 우회해서 일어날 수도 있지. 아니면 훗날 다른 사람이 주인공이 되어 일어날 수도 있고. 그건 문제가 아닐세. 우리는 일어나지 않은 일에 대해 그리워할 수는 없다는 것이네. 분명히 말하지만

12세기 유럽인은 아메리카 대륙을 그리워하지 않았지. 아메리카 대륙이 없다는 사실을 마치 사지가 잘려나간 것으로, 뭔가를 잃어버린 것으로 느끼지는 않았다는 걸세. 우리가 이런 식으로 느끼는 것은 500년 동안이나 아메리카 대륙에 관해 이야기해왔기 때문이야. 천지가 변동한 것처럼 말일세."

"교수님, 그럼 왜 저에게 세상을 만드는 것에 관해 이야기했나요? 아무것도, 아무도 그걸 할 수 없다면 말이에요."

"사람을 대량으로 학살한 사람을 제외하고는 아무도 할 수 없긴 하네. 그리고 우리 누구도 그런 사람은 되고 싶진 않고. 그렇지 않은가? 그렇지만 어느 정도는 가능하네. 우리는 우주의 운행에 개입할 수도 없고 흠집 하나 낼 수 없지만, 우주는 우리 모두에게 영향을 주지. 천 명 중에 999명의 어깨를 잡고 흔들거나 뒤집고, 그들을 마치 짚단인 것마냥 함부로 취급하거나 그런 식으로 봐 넘기는 걸세. 최소한의 의지가 있는, 그래서 아주 작은 결정마저도 내릴 수 있는 주체로 보질 않는다는 말일세. 그래서 그 이야기 속의 남자는 글자 그대로 짚단이 되어버리기로 마음먹었네. 확실히 그는 예전에는 별 볼 일 없어도 런던 시민이었지. 하지만 증인들의 눈길에서 벗어나 투명 인간이 되거나 세상에서 지워질 수만 있다면 무의미한 런던 시민이 되는 것은 포기했을 걸세. 그는 그 해결책으로 아내와 가까운 친지들을 위해 눈에 띄지 않는 머나먼 곳으로 떠나 사라지는 방법을 선택했다네. 최소한 이것은 뭔가 의미가 있는 방법이긴 하네. 그러나 이런 극단적인 모순에 이르지 않고도 방법은 있네. 집에 머무르는 사람은 집에서 활동하는 사람보다 훨씬 더 많은 추방을 당한 사람인 셈이니까. 노력을 해야 하긴 하지만, 행동하는 사람은 조용히 꼼짝도 하지 않는 사람들보다는 덜 추방당한 사람이라고 할 수 있네. 배우나 대학교수는 정치인이나 과학자보다는 훨씬 더 많이 추방된 사람인 셈이지. 정치인이나 과학자는 최소한 우주를 조금이라도 뒤흔들 수 있으니까. 머리를 산발한 채 표정도 바꿀 수 있고 우주의 무례한 행동에 눈썹을 치켜뜰 수도 있다네." 휠러 교수는 기분이 상해 차갑게 굳은 우주를 흉내라도 내듯이 냉담한 얼굴로 왼쪽 눈썹을 치켜떴다.

"저에게 뭘 세인하시려는 거죠? 정치에 입문하라는 건가요? 과학에 몰두하라는 건가요? 과학에 대해선 교육받은 바가 없어요. 그렇다고 교수님도 아시겠지만, 정치인이 되기엔 재능도 없고 인내심도 부족하고요. 게다가 스페인엔 정치가 없어요. 있는 것이라고는 오로지 총통의 명령뿐인 걸요."

휠러 교수는 약간 벌어진 이를 드러낸 채 노란 기운이 뒤섞인 눈을 찡긋거리며 웃었다. 교활하면서도 조금은 따뜻한 느낌이 있는 표정이 얼굴 전체로 번졌다.

"아니네. 그렇게 문자 그대로 받아들이진 말게. 내가 그것을 제안하는 것은 아니니까. 절대로 아니야. 세상을 만들 수 있는 사람은 그런 터무니없는 동사를 계속해서 사용하는 그런 사람이 아니야. 외부로 드러나지 않는 사람, 눈에는 띄지 않는 사람, 아무것도 알려지지 않고 아무도 모르는 어두운 곳에 숨어 있는 사람이 세상을 만드는 법이지. 이런 인간들은 이야기 속에선 감춰져 있긴 하지만, 수동적으로 무위도식하지 않고 어둠 속에서 실을 만들고 베를 짜네. 누가 통치자인지, 누가 제일 갑부인지, 누가 제일 군사적으로 힘이 센 인간인지, 눈부신 발전을 가져온 과학자가 누구인지는 모두가 잘 알고 있다네. 최초로 심장 이식 수술에 성공해서 일약 유명해진 남아프리카의 바너드 박사를 보게. 크게 주목받지는 못했지만, 이스라엘의 다얀 장군도 한번 보게나. 지금은 전 세계 사람들이 그의 얼굴을 알고 있지, 한쪽 눈에 안대를 한 대머리를 말이야. 유명한 사람들은 너무 노출되어서, 아니 오히려 지나친 노출로 인해 곧 이 세상에서 지워질 걸세. 미래에는 더 심하게 지워질 테고. 그들은 한 걸음만 내디뎌도 신문기자나 카메라가 따라붙지. 덕분에 신문기자나 카메라의 감시망에서 절대 벗어날 수 없어서 그들은 아무것도 만들 수 없는 법이라네. 미스터리나 안개가 없으면 비중을 차지할 수 없네. 우리는 어둠이 없는 현실, 거의 명암이 없는 현실을 향해 나아가고 있다네. 알려진 모든 것은 먹힐 수밖엔 없고 빠르게 보잘것없는 것이 되어 결국은 진정한 의미에서의 영향력을 잃게 된다네. 보이는 것, 공공 영역에서 눈에 잘 띄는 사람은 아무것도 바꿀 수 없네. 사람들이 믿는 것과는 달리, 2년 전 세 우주인이 달 표면을 걸었음에도 우주의 형태는 조금도 바뀌지 않았네. 그런 일이 있었지만 달라진 것은 아무것도 없네. 사람들의 삶은 아무런 변화가 없었고, 우주의 기능이나 형태 또한 말할 나위도 없지. 우주인들은 자신들의 위업을 텔레비전으로 전송하기도 했지만, 오히려 바로 이것이 아무런 의미가 없다는 결정적인 증거인 셈이지. 결정적인 것은 절대로 당시엔 사람들 눈에 보일 수 있는 것이 아니고 전해질 수 있는 것도 아니라네. 반대로 오랫동안 입을 다물고 숨어 있네. 관심이 없어졌거나, 먼 과거의 일이 되었을 때 비로소 이야기되는 걸세. 과거가 사람들을 거리낌없이 끌어올 수 있을 때, 더이상 아무런 영향도 미치지 않으며 아무것도 바꾸지 못할 거라고 믿을 수 있을 때, 그리고 이런 사람들의 생각이 분명히 옳다는 확신이 생겼을 때 비로소 거론될 수 있는 걸세. 이걸 한번 보게나. 전쟁에서 가장 중요한 작전, 다시 말해 선생을 승리로 이끌 수 있었던 가장 핵심이 되는 작전은 세상에 알려진 적이 없었네. 단 한 번 누설된 적도 없었고 역사에 기록되지도 않았던, 흔적조차 남기지 않았던 작전이라네. 만약 언론에 소문이 나거나, 허풍을 떨고 싶은 인간이 쓸데없이 경솔하게 그것의 비밀을 털어놔도, 쌀쌀맞긴 하지만 뻔뻔하게 작전을 폈다는 사실까지 부정당할 거야. 별개의 이야기인데 이런 일이 벌어진다면 분명 서약을 어긴 거라고 밖엔 할 수 없지. 아무튼 안개에 쌓인 채 다른 사람들에겐 등을 돌리고 행동하는 사람, 다른 사람이 인정해주길 바라거나 필요로 하지 않는 사람이야말로 우주를 흔들어댈 수 있는 사람이네. 물론 조금밖에 흔들지 못하겠지만 말일세. 그러나 최소한 자기 소파에 앉아 있던 사람까지도 불편해서 자세를 바꾸게 할 거야. 이것이 우주에서 완전히 추방당한 서글픈 존재가 되지 않기 위해 우리 개인이 할 수 있는 최대치가 아닐까." 휠러 교수는 소파에서 꼬았던 다리를 풀며 약간 자세를 바꿨다. 우주에서의 역할에 대한 비유적 설명을 끝내기로 마음먹은 것 같았다.

"제 생각엔 교수님의 경험에 기초해서 말씀하시는 것 같군요." 톰 네빈슨은 조심스레 의견을 내놓았다. "교수님의 행적에 관한 수많은 이야기가, 학문과 관련이 없는 이야기들이 떠돈다는 사실을 교수님도 잘 아실 겁니다."

"물론 잘 알고 있네. 다행히 학문적인 것만은 아니라는 사실도. 대부분은 엉터리지만 그런 이야기는 다 잊어버리게. 박사 가운이나 박사모의 전설 같은 이야기는 **주빈석** high tables에 앉은 우리처럼 따분한 인간들의 흥을 돋우기 위한 것일 뿐이야." 여기 **대학**에선 호화로운 만찬 자리를 이런 식으로 이야기했다.

"알았습니다. 그렇지만 제가 교수님을 잘못 이해한 것이 아니라면 조금 전까지만 해도 저에게 세상에 개입하는 최고의 방법으로 비밀에 대해 찬양을 하셨는데요. 모두가 확실한 사실로 믿는 것 중의 하나가 교수님이 옛날에 비밀정보부에서 일했었다는 겁니다."

휠러 교수는 이빨 사이로 길게 한숨을 내쉬었다. 딴전을 피우는 의미와 함께 조바심의 의미도 담긴 것 같았고, 마치 '바보 같은 소리!'라고 하는 것 같기도 했다. 아니, 토마스가 사용한 부정 과거 시제가 적절하다고 생각하지 않는 것 같기도 했다.

"그 당시에 그러지 않은 사람이 어디 있겠나. 당시엔 남자든 여자든 모두 마지막 한 사람까지 정말 열심이었는데. 어떤 사람들은 비싼 대가를 치르기도 했고." 그는 잠시 입을 다물고 누군가를 떠올리는 것 같았다. 톰은 죽음에 대해 아무런 이야기도 남기지 않았던 밸러리 사모님이 그런 사람 중의 한 사람인지, 예컨대 비싼 대가를 치른 사람 중의 한 사람인지 궁금했다. "특별한 것은 없네. 좋아, 그러지 않은 사람이 어디 있겠느냐고 했던 것은 비행기를 조종하거나, 배를 몰거나, 최전선에서 전투하는 것 이상으로 어떤 일에 봉사한 사람도 있었다는 것이지. 나는 그런 일에 그리 쓸모 있었던 사람은 아니었던 것 같네. 그렇지만 반대로 은밀하면서 장막에 가려진 일에 재능이 있던 사람도 있었다네. 사실 대부분은 그런 일을 잘 못하지. 꼭 필요한 지식을 갖추지 못했거나, 언어를 모르거나, 너무 투명해서 위장 능력이 떨어지는 사람이 대부분이었네. 지나치게 자유분방한 성격 탓에 냉철하지도 못하고 인내심도 부족한 사람도 있었고. 전시에는 절대로 인적자원을 낭비해선 안 된다네. 필요도 없는 일에 사람을 보내선 안 된다는 말일세. 자네와 같은 스페인 사람들이 전통적으로 바로 이런 점에서 잘못을 저지르곤 했지." 보통 때는 톰을 영국 사람 취급하던 그는 갑자기 스페인 사람 취급을 했다. "잘못은 완전히 무능력한 인간들에게 지휘권을 넘기는 것에서 시작하네. 아직도 계속되는 고질적인 관습이지. 자네의 그 독재자 프랑코는 정말 무능해. 다만 다른 독재자들과 마찬가지로 잔인함으로 그것을 감추고 있을 뿐일세. 반도 전쟁*에서 우리 영국인이 아니었으면 스페인은 아직도 점령당한 채 살아가고 있을 걸세." 보나파르트에 대항해서 싸웠던 스페인의 독립전쟁에 대해서 영국에선 이런 식으로 알고 있었다. 톰은 자신이 두 나라 모두에 속한다고 생각하고 있어 그리 감정이 상할 일은 없었다.

"아, 맞아요. 웰링턴 장군의 전략적인 능력과 같은 그런 것 이죠." 그는 휠러 교수가 다시 사족을 다는 것을 피하려고 얼른 말을 받았다. 휠러 교수가 다시 앞으로 돌아간 덕분에 다행히 그것은 피할 수 있었다.

"지금도 스페인 사람들에겐 능력 있는 사람들이 부족하다네. 평화로울 때도 그것은 분명한 사실이지. 그러나 불행하게도 언제나 평화는 잠깐만 모습을 드러내. 시늉만 내는 걸세. 세상의 자연스러운 모습은 어쩌면 전쟁을 하는 걸세. 드러낸 채 전쟁을 하는 경우도 많고, 잠복기도 있고, 간접적으로 전쟁을 벌이기도 하고, 잠깐 뒤로 미뤄둔 예도 있긴 하지. 다른 사람들에게 상처를 주거나 뭔가를 뺏고 싶은, 분노와 불화의 지배를 받는 사람들이 상당히 많은 것이라네. 잠시 분노와 불화에서 벗어나 있다면 그것은 다만 수면 아래 숨어 준비하고 있을 뿐일세. 전쟁이 없을 때는 전쟁의 위협이 있을 수 있네. 그런데 자네와 같은 능력자들이 할 수 있는 것이 있다면 전쟁이 일어나는 것을 지연시켜 단지 위협으로만 기능할 수 있도록 유지하는 것일세. 초기 단계에서 전쟁이 터지지 않도록 말일세. 다시 말해 자네와 같은 사람은 전쟁을 막을 수 있네. 최소한 전쟁을 다른 것으

---

*   반도 전쟁은 스페인과 포르투갈이 나폴레옹 보나파르트의 지배에 대항하
      여 일으킨 전쟁을 의미한다.

로 돌리거나, 당장 터질 수 있는 전쟁을 최대한 지연시킬 수 있다네. 그러면 다른 사람이 전쟁으로 고통받게 되었을 땐 아마 새로운 능력자들이 다시 나타나 전쟁을 피할 수 있게 할 걸세. 토마스, 이것이 바로 우주에 개입하는 일이야. 틈새를 막거나 억제하는 방법이라네. 잠정적일지라도 말이야. 자네가 보기엔 이것이 작은 일 같나?"

토마스 네빈슨은 매우 영리하고, 다정다감하고, 농담도 잘하고, 사근사근하면서 깨어 있는 청년이었다. 아직은 젊은 탓에 탁월한 통찰력까진 가지지 못했으나 당장 비중 있는 결정을 내려야 할 때도 아니었고, 그는 자기가 어떤 부류인지 알고 싶어 조바심을 내지도 않았다. 외부 세계와 내면을 바라볼 때의 경솔함은 그 뒤에 숨은 모호하고 조심스러운 성격만큼이나 그를 가로막고 있었다. 이미 앞에서 한번 말했듯이, 그를 포함한 그 누구도 자신의 뒤에 무엇이 있는지 정확하게 알지 못할 뿐만 아니라 알아보려고도 하지 않는다. 그는 탁월한 능력과 자질을 가지고는 있었지만, 만약 공부하지 않았고 이것이 어디에 쓸모가 있는지 듣지 않았다면 이런 재능을 가지고 무엇을 할 것인지 전혀 몰랐을 사람이었다. 혹여 학문 연구 쪽으로 그를 이끌어줄 사람이 있었다면 그는 분명 탁월한 학생이 되었을 것이다. 아마 그는 자신의 삶과 이런저런 분야에서, 예컨대 개인적인 문제와 삶과 연결된 실질적인 문제에서 교사의 기능을 수행할 수 있는 사람이 있었으면 좋겠다는 생각도 했을 것이다. 그는 그날 오후 휠러 교수가 그와 비슷한 역할을―아마 그를 이용해 세상을 보려고 시도했는지도 모른다. 어쩌면 이미 성공해서 그것으로 희미한 모습의 미래나마 보았을 수도 있다—하려고 하거나, 스스로 그의 삶의 가이드가 될 수 있을 것 같다는 꿈 아닌 꿈을 꾼다는 것을 알 수 있었다. 그러나 도대체 그런 쓸데없는 여담을 가지고 자기에게 무엇을 제안하고 싶은 것인지, 어떤 길로 가라고 하는 것인지, 어디에 소속되기를 바라며 초대하고 있는 것인지 이해할 수도 없었고 추측하기도 어려웠다.

"교수님, 저는 교수님을 따르진 않을 겁니다. 저에게 무슨 말씀을 하시는지 잘 모르겠어요. 물론 옥스퍼드의 교수님들은 대화를 통해 의미를 알아내는 모호한 말을 즐겨 활용한다는 사실을 잘 알고 있습니다. 조금만 생각하면 의미를 바로 파악할 수 있는 암시 같은 것을요. 저도 이곳에서 몇 년씩이나 보낸 것은 분명합니다. 방학 때마다 오가긴 했지만요. 그렇지만 제가 어디 출신인지는 고려해야 하지 않을까요. 스페인에서는 명확하게 이야기해야 합니다. 그렇지 않으면 아무도 이해하지 못하니까요. 교수님은 저를 능력자에, 말씀하신 그런 사람들 안에 포함시키셨지만 저의 어떠한 능력을 이야기하시는 건지, 그것이 어느 정도라고 생각하시는지 잘 모르겠습니다. 전쟁을 뒤로 미룰 수 있는 능력자 중에 왜 제가 포함되어야 하는지 잘 모르겠어요."

휠러 교수는 초조하다는 듯이 길게 한숨을 내쉬었다. 자기가 에둘러 이야기한 문장의 의미가 아주 투명했기에 충분히 설명되었다고 믿는 눈치였다.

"토마스, 잘 보게나. 자네는 내가 자네에게 비밀을 찬양했다고 했고 자네 스스로 내 과거에 대해 떠도는 소문들을 상기시켜주었네. 자네는 언어와 언어를 흉내내는 것에 관해선 그 누구보다 뛰어난 재능을 가지고 있다네. 자네와 비슷한 능력을 갖춘 사람은 한 사람도 본 적이 없네. 이것은 정말 확실한 사실이야. 내가 걸었던 길을 갔던 다른 사람들과 달리 전문적인 훈련을 받지도 않았는데 말일세. 전쟁 중이거나 전쟁이 끝난 이후에, 아니면 더 훗날이어도 상관이 없네. 내가 자네에게 뭘 제안하고 있다고 생각하나? 이 분야에서 자네는 내단히 유용한 사람이 될 수 있네. 우리에게 정말 유용한 사람이란 말일세."

톰 네빈슨은 믿기 어렵기도 했지만, 한편으로는 재미있다는 생각도 들었고 또다른 한편으론 너무 자기를 추켜올려주고 있는 것이 아닌가 하는 생각도 들어 웃음이 나왔다. 휠러 교수는 톰의 웃음이 그다지 마음에 들지 않았는지 그렇지 않아도 넓은 코를 벌름거렸고, 덕분에 더 속물처럼 보였다. 그는 평소의 차분한 표정에서 벗어나 있었고 눈에선 정상이 아닌 여러 징후가 나타났다. 앞으로 다가올 타인의 삶을 받아들일 수는 있어도 통제는 할 수 없을 것 같다는 표정이었다.

"교수님이 아직도 비밀정보부와 접촉하고 있다는 것으로 이해해도 되나요? 비밀정보부의 일원이 될 것을 제안하시는 겁니까?"

휠러 교수는 그를 차갑게 바라보았다. 순간적으로 불만스러운 표정이 스쳐지나갔다. 그가 웃어서인지 너무 당돌하게 직설적으로 질문을 던진 탓인지 알 수 없었다. 언제나 조금은 찡그린 듯한 두 눈은 다시 원래의 푸른색으로 돌아와 있었다. 이제는 사자의 눈 같진 않았다. 마음을 가라앉히기 위한 시간을 벌기 위해 술을 한 모금 마신 다음, 입을 열었다.

"비밀정보부는 한 번이라도 함께했던 사람과는 죽을 때까지 접촉을 유지하네. 횟수가 적든 많든 원한다면 말이야. 절대로 버리지 않지. 그것은 배신이니까. **우리는 언제나 그 자리에서 기다리고 있다네.**" 마지막 문장은 영어로 이야기했는데 마치 약속이나 격언처럼 들렸다. "몇 년 전부터 연락이 오진 않지만, 필요에 의해 오긴 하지. 가끔 교류하긴 해. 봉사할 여력만 있다면 절대로 은퇴하는 법은 없네. 이런 식으로도 국가에 봉사할 수 있으니까. 그래야 추방당한 사람이 되지 않는 것이네. 여긴 자네가 손만 뻗으면 닿을 수 있는 곳에 있어. 평생 절대로 추방당하지 않는 사람이 되는 방법이지. 만일 스페인으로 돌아간다면 자네는 추방당한 사람이 될 걸세. 모든 것을 완전히 떨치고 돌아갈 것인지 묻고 있는 걸세. 그 무엇도 자네가 스페인에서 사는 것을 막진 않을 거네. 그렇지만 외국을 떠돌며 이중생활을 하는 것이 자네에게 더 나을 거고 더 적당할 걸세. 많은 것을 포기할 필요는 없네. 사업하는 여느 사람들처럼 짧게 여행하면서 활동하면 되는 것이네. 모두 다 가족과 떨어져 여행도 하고, 다른 도시나 나라에서 기업을 일구기도 하면서 시간을 보내잖나. 가끔 몇 달씩 떨어져서 말일세. 이런 것 때문에 결혼을 포기하거나 자식을 갖는 것을 포기하는 사람은 없네. 가볍게 오가는 거지. 이 세상 누구나 그렇듯이 말일세."

토마스는 이제 웃음이 나오지 않았다. 휠러 교수의 말투는
진지한 것을 넘어 프로의 냄새가 났다. 정상적으로 절차를 밟
아가는 사람처럼, 직업의 조건과 고용의 특성 그리고 장점 등
을 알려주려는 듯이 신중하게 말을 이어갔다. 이미 그를 포섭
하려는 노력이, 아니 그를 사로잡으려는 노력이 시작되고 있었
다. 작은 일이더라도 우주의 움직임에 개입해 보자는, 여행 가
방, 쓰레기통, 혹은 집안 가구처럼 그냥 지나치지 말자는 꼬드
김이 시작된 것이다. 휠러 교수의 말에 따르면 거의 모든 남녀
가 태초부터 이런 식으로 우주를 그냥 흘려보냈다고 했다. 매
일 고된 노동을 해야 하는, 다시 말해 깨어날 때부터 잠잘 때까
지 조금도 쉴 틈이 없는 사람들, 수천 가지 일을 해야 하는 사
람들, 식구들에게 먹을 것을 가져다주기 위해 허리가 부러지게
일을 하는 사람들, 비슷비슷한 사람들에게 영향력을 발휘하거
나 사기를 쳐 그들을 지배하려는 사람들. 이들 모두 지정된 시
간에 매일 똑같이 가게 문을 여닫는 일만 하는 가게 주인만큼
이나 우주의 움직임엔 무관심했고 평생 단 한 번도 반복되는
일과를 바꾸려들지 않았다. 태어나면서부터, 잉태되는 순간부
터, 아니 그보다 훨씬 전부터 자신들의 본능적인 행위가 만들
수많은 잉여 인간들에 대해선 철저하게 무시한 무책임하고 의
식도 없는 부모들이, 그들이 너무 쉽게 생각한 바로 그 순간부
터 그들은 이미 추방된 사람들이었다.

"그러면 무엇을 해야 하죠? 어떤 임무가 주어지나요?"

"좋아. 계약을 맺으면, 자네가 맡게 될 일을 해야겠지. 처음에는 사전에 동의하지 않으면 아무 일도 자네에게 오지 않을 거네. 물론 가끔 상황이 복잡하게 꼬일 수도 있고, 즉흥적으로 대처해야 할 경우도 있을 걸세. 예상치 못했던 일이 생긴다면 계속 밀고 나갈 수밖엔 없으니까. 간혹 생각하지 않았던 일을 해야 할 경우도 있을 걸세. 자네 같은 능력자는 할 수 있는 일이 많을 거야. 자네처럼 언어 모방 능력이 탁월한 사람이라면 정말 뛰어난 침투 요원이 될 수 있을 걸세. 아무튼, 필수 훈련만 받으면 자네는 적지 않은 곳에서 원어민으로 통할 수 있을 테니까." 톰 네빈슨은 그가 자신을 너무 치켜세워준다는 느낌을 받았다. 여기엔 분명 조금은 아부를 하려는 의도도 끼어 있었다. 젊은이들 대부분 이런 아부에 민감했다. "오래 지속되는 일은 없을 걸세. 이런 임무에서 가장 위험한 것은 요원의 신분이 드러나는 경우가 아니네. 그것도 물론 위험하긴 하지만 더 위험한 건 오히려 자기 역할과 능력을 과신하는 경우지. 현실 세계에서는 자기가 누구이고, 누구를 위해 일을 하고 있는지 망각하게 되거든. 위장 신분으론 오래갈 수 없네. 내가 하고 싶은 말은, 제정신을 가지고 사는 사람이라면 동시에 두 사람의 역할을 하면서 오랫동안 살아갈 순 없다는 거네. 우리 인간은 배타적인 한 사람의 모습으로 살아가는 경향이 있으니까. 위장하는 경우 위험은 언제나 남아 있네. 자기의 원래 존재를 몰아내고 엉뚱한 삶을 살 수도 있다네. 이미 말한 것처럼 말일세. 반드시 찾아가 관리감독해야 할 최전선 사업장이나 지점을 돌

아다니는 사업가들처럼 그 기간은 기껏해야 서너 달 정도일 거
네. 크게 일상을 벗어날 일은 없네. 따라서 가족이나 이웃에게
이상한 모습을 보일 것도 없다네. 스페인에 머물 땐 모든 것이
평범한 일상일 걸세. 그곳에 있지 않을 때는, 글쎄…… 자네에
게 거짓말을 하진 않겠네. 소설과 같은 허구의 삶을 살게 되지
않을까 싶네. 자네의 삶이 아닌 타인의 삶을 살게 될 걸세. 하
지만 이는 일시적이고, 금세 그런 삶을 그만두고 자네 원래 모
습으로, 예전의 모습으로 돌아가게 될 걸세." 중세에나 사용했
을 옛말 투의 소유격을, 기도문에서나 남아있을 옛말 투의 영
어인 'thy'를 사용한 것을 보아 뭔가를 다시 인용한 것 같았다.
"자네는 다른 사람들을 구해줄 수 있을 것이네. 물론 자네 자신
도 구할 테고. 이 세상 여기저길 돌아다니며 보낸 시간이 절대
로 헛되지 않았다는 것을 알게 될 걸세. 내가 말하고 싶은 것은
자네는 추가하고, 제거하고, 더하고, 뺄 거라는 거네. 풀 한 포
기, 먼지 한 톨, 생명, 전쟁, 재, 바람, 상황에 따라 달라지겠지
만 뭔가를 할 수 있을 걸세."

　토마스는 자기가 들은 이야기를 믿을 수 없었다. 텍스트를
윤문하기 위해 처웰강 강변의 교수님 댁에서의 평온한 오후라
는 평범한 일상을 보내고 있긴 했지만 교수의 칭찬은 진실성이
없어 보이는 이야기를 수용하기에, 그를 스파이나 소설, 영화
의 세계로 데려가기엔 충분하지 않았다. 침투 요원이 되어 어
떤 그룹이나 어떤 나라에 침투할 수 있을까? 휠러 교수가 말한
것처럼 허구적 인물로, 거짓으로 꾸며낸 가상의 존재로 살아가

면서 다른 사람인 척 위장할 수 있을까? 휠러 교수가 왜 이런 일을 하는지, 가능성의 세계라고밖에는 말할 수 없는 일을 어떻게 제안할 수 있는지, 어떻게 그와 비현실적이고 환상적인 대화를 나누게 되었는지 이해할 수 없었다. 그는 꿈을 꾸는 것 같았지만, 분명 꿈은 아니었다. 그곳엔 분명 턱에 흉터가 있는 멘토가 있었다. 그를 지도하고, 제안도 하고, 추천도 하고, 이끌어도 줄 멘토. 그에게 미래의 길을 가리키는 길잡이 말이다. 분명 어느 정도는 그가 원했던 것이기도 했다. 그러나 그에게는 이 모든 이야기가 비현실적이고 불가능한 망상으로밖엔 보이지 않았다. 그는 휠러 교수를 멍하니 바라보았다. 교수의 눈빛에서 거부감과 실망을 넘어 경멸에 가까운 표정을 읽을 수 있었다. 아마 자기 이야기와 설득이 아무런 효과도 없었다는 것을 깨달은 것 같았다. 그는 타인의 얼굴을 읽을 줄 아는 매우 예리한 관찰력을 가진 사람인 데다가 대체로 학생들의 얼굴은 교수들에겐 속마음을 감추지 못했다.

"교수님, 어떻게 그런 생각을 하셨는지 모르겠습니다. 저를 너무 과분할 정도로 믿는 것 같은데 그건 아닌 것 같습니다. 물론 믿어주셔서 대단히 감사하긴 합니다. 그렇지만 교수님이 말씀하신 그런 일을 할 능력은 없습니다. 그러기엔 모험심도 용기도 부족하고, 성격도 맞지 않는 것 같습니다. 저는 평범한 성격으로 정적인 것을 좋아하고 겁도 많습니다. 물론 얼마나 겁이 많은지는 다행히 아직까진 확인할 기회가 그리 많진 않았습니다. 그렇게 비겁한 모습은 보이지 않았으면 합니다. 그렇기에 더욱 그런 기회를 만들어 스스로를 노출하고 싶지는 않습니다. 감사합니다만 그 말씀은 잊어주십시오. 저는 그런 비밀조직의 일원은 될 수는 없을 것 같습니다. 들어가는 것이 가능하다고 해도 제가 원할 것 같지 않습니다."

휠러 교수는 잠시 차분한 눈빛으로 뚫어지게 그를 바라보았다. 영국에서 흔하게 볼 수 있는 눈빛은 아니었다. 토마스가 쓸데없이 겸손한 체하는지, 혹시라도 자기가 반론을 제기하며 더 칭찬하면서 강하게 말해주길 바라는지 확인하려는 것 같았다. 군주가 자문관에게 나가라는 듯이, '우리 이야기는 완벽하게 어긋난 것 같군. 더는 이야기하고 싶지 않네. 자네는 이제 기회를 잃었어'라고 말하는 듯이 불만스러운 표정으로 나가라는 듯이 손가락을 가볍게 흔든 것을 보면 교수는 틀렸다고 결론을 내린 것이 분명했다. 교수는 굳게 다물었던 입을 열어 텍스트 검토로 다시 돌아가자고 이야기했다. 토마스는 교수를 실망시킨 것 같아, 짜증나게 한 것 같아 유감이긴 했지만 달리 방법이 없었다. '침투 요원'이라는 단어를 잘못 해석한 것이 아니라면 음모를 꾸미고 범죄를 저지르는 진정한 의미에서의 스파이나 테러리스트 중 하나로 살아가야 할 텐데 이것은 상상도 할 수 없었다. 그는 이날의 추론에 기초한 대화는 이제 끝이 났고, 단 한 번만 할 수 있기에 다시는 반복되지 않을 것이라는 사실을 깨달았다. 확실하게 알지 못하면서도, 뭘 하나 선택한 경우 절대로 포기하거나 물러서는 법이 없는 독수리와 같은 사람도 있다는 사실을 깨달았다. 멀리서 원을 그리고 하늘을 날며 기회를 기다리는, 새롭게 다가올 행운을 증명하고픈 그런 독수리 말이다. 다시 큰 소리로 텍스트를 읽기 시작하는 순간, 뭔가를 궁리하는 투로 중얼거리는 소리를, 헬멧 안에서 새어나온 것 같은 소리를 들었다.

"조금만 더 생각해보게. 내가 그렇게까지 착각한 걸까? 정말 오랜만에 두 번째로 이야기를 꺼낸 건데, 나는 그렇게 생각하지 않네. 나는 그런 실수는 잘 하지 않아."

일주일 후, 트리니티 텀이라고 하는 3학기의 반이 채 지나지 않았을 때였다. 톰 네빈슨은 여러 층을 점하고 있는 중고 책방 '워터필드'에 갔다. 재닛은 이곳에서 월요일부터 금요일까지 일하고 있었다. 아마 오랫동안 사귀고 있던 런던의 남자친구를 만나기 위해 주말만 되기를 기다리고 있었을 것이다. 그 남자에 대해선 남자친구가 있다는 사실과 그의 이름이 휴라는 것, 그리고 상당히 오래되었다는 것 외엔 아무 말도 하지 않았다. 톰과는 달리 그 남자는 분명 단순히 시간을 죽이기 위한 존재가 아니라 5일간의 힘든 격무 끝에 오는 보상이자 최종 목표였다. 재닛에겐 유일한 목적이자 인생의 이유였으며, 흘러가는 젊음의 축이자 빛과 같은 존재였다. 톰은 아마 그가 기혼자일 것으로, 나이가 지긋하고 상당한 위치에 있는 사람일 거라고 생각했지만 정확히는 알 수 없었다. 그 당시엔 시간이 너무 천천히 흘렀기에 재닛은 무엇이든 킬링타임용 오락을 찾아 시간을, 덧없이 흘러가는 공허한 몇 달을, 몇 년을, 아니 괄호에 넣어야 할 무한한 시간을 죽여야만 했을 것이다. 다음 발을 내딛기 위해선 반드시 지나가길 빌고 또 비는 그런 나날이었다. '아직도 화요일이야'라는 절망적인 상태에서, 초조한 마음의 '수요일은 너무 길어'로, 그리고 다시 뭔가가 기대되는 '이젠 목요일이야'로 넘어갈 수 있었다. 사람들 대부분이 다음으로 넘어가기 위해 차곡차곡 쌓아놓은 엄청나게 많은 밤이 있었다.

재닛은 분명 이런 이유에서 톰의 방문을 기꺼이 받아들였을 것이다. 그의 방문은 몇 시간 후 기계적이고 실용적인 감정의 발산으로 정점을 찍었다. 이야기했듯이, 만나는 간격을 넓히려고 먼저 노력한 건 그였다. 지나치게 방심하다가 재닛의 남는 시간용 대타가 되고 싶진 않았기 때문이다. 하지만 습관은 기적을 만들었고, 그의 변덕에 그녀의 남아도는 시간이 더해진 것이라기보다는 필요에 더 많은 의미를 부여하게 되었다. 일단 마음을 결정하면, 주로 화요일이나 수요일에 찾아갔다. 월요일은 런던에서 온 남자친구의 짧은 체류가 빚어낸 마술에서 그녀가 벗어나지 못했고 목요일은 그가 오는 것만을 목매달아 기다리는 인상을 받았기 때문이었다. 그래서 젊은 아가씨가 가장 풀이 죽어 있고 가장 지루함을 느끼는, 그리고 애인에게 짜증과 분노를 느끼는 날을 선택한 것이었다. 자기도 모르게 조용히 남자친구에게 벌을 주고 싶다는 생각이 드는 날. 예컨대 그녀의 감춰진 속마음을 위해 그날을 선택한 것이다.

그 수요일도 다르지 않았다. 손님이 제일 없는 서점 3층의 책장 뒤에 숨어 수다를 떨었고 저녁을 위해 미리 전희를 즐겼다. 두툼한 키플링의 작품이 시선을 가려준 덕분에 이미 익숙했던 토마스는 길다면 길다고 할 수 있는 1분 동안이나 손을 치마 아래로 집어넣을 수 있었다. 젊은 나이엔 대부분 그렇듯이 선 채 살짝 살을 맞대기만 해도 본능적으로 달아올랐지만, 저녁 시간에 온몸의 감각을 다시 끌어올려 되살리기 위해 잠시 그 감정을 묻어두었다. 그리고 애슈몰린 박물관과 멋스러운 랜돌프 호텔 근처 세인트 존 거리에 있는 그녀의 아파트에서 다시 만나기로 약속하고, 심지어 자기들까지도 속이려는 듯이 저녁식사를 하러 나가지도 않았다. 그는 9시에 그곳에 들르겠다는 말을 남겼고, 더는 쓸데없는 말이 필요하지 않았다.

한 시간도 채 안 되는 시간을 함께 있었다. 가벼운 감상에 젖어 이미 예고되었던 환상의 시간을 보냈지만, 방금 있었던 일은 이미 기억도 그리움도 남기지 않고 사라져버렸다. 사실 그는 이 일이 거추장스럽다는 생각이 들기 시작했다. 똑같은 일이 계속 반복적으로 일어나는 중에도 깜빡 잊기도 했다. 그는 며칠에 한 번, 최소한 몇 주에 한 번은 섹스를 해야 한다고 생각했고 그렇지 않은 사람은 고자라고 생각했기에, 그리고 이미 접촉을—실제라기보다는 생각으로—하고 있기에 별생각 없이 스스로 처방한 깨끗하고 위생적인 섹스를 해야 했다. 하지만 마지못해 억지로 섹스를 하고 다시 뒤돌아볼 땐 짜증난다는 생각이 지배적이었다. '갑자기 욕망이 솟구치는 것을 느꼈지만, 사실 참을 수 있었는데 그랬어. 이제 다 끝나고 보니 별 재미도 없었고 오히려 유감스럽다는 생각만 난다. 정말 쓸데없는 짓을 했어. 다시 되돌릴 수 있다면 나는 참을 거야.' 그러나 누구든 이 생각이 진심은 아니라는 사실 또한 잘 알고 있을 것이다. 만일 뒤로 돌아간다고 해도 틀림없이 불쑥 튀어나온 욕망에 마냥 앞으로 나아갈 것이다.

토마스는 재닛에게 미안한 생각이 들었지만, 그녀도 자기에게 미안하다는 생각을 할지는 확신이 없었다. 그들은 옷을 다 벗지도 않았다. 아침에 서점에서 시작했던 행위의 연장선이었다. 그에 대한 기억이 너무 또렷이 연장되어 완전히 낯선 새로운 상황으로 이어지는 것 같았다. 그리고 이 상황은 다시 자발적이면서 우발적인 파도에 몸을 맡긴 채 낮 동안 그의 머리를 지배했던 생각에 고개를 숙이고 굴복하는 것만 같았다. 톰은 그녀의 스타킹과—팬티스타킹이었다—팬티를 벗겼다. 그리고 자기는 바바리와 재킷만 벗고 바지 지퍼를 내렸다. 그것으로 충분했다. 이를 마치자 아무것도 더럽히고 싶진 않다는 생각에 얼른 화장실로 갔다. 다시 방으로 돌아왔을 때, 재닛은 침대에 옆으로 비스듬히 누워 베개에 머리를 기댄 채 손에 책을 들고 있었다. 이미 다음 일로 넘어간 것 같았다. 그가 오는 바람에 끊겼던 독서를 빨리 다시 시작하고 싶었는지도 모른다. 구겨진 치마는 허벅지 중간까지 올라가 있었고, 왼쪽 손목엔 시계를 오른쪽 손목에는 팔찌를 차고 있었다. 토마스는 펌프질을 시작하면서도 초침이 짤깍거리는 소리를—확실히 산만하게 만드는 요소였다—들었고, 상당히 큰 귀걸이가 흔들리는 것도 본 것 같았다. 그녀는 주먹을 매트리스에 대고 일어서려고 애를 쓰더니 몸을 반쯤 일으켰다. 그는 차분하게 그녀 뒤에 섰다. 그녀는 섹스에 방해가 되지 않는 것까지 벗으려고는 하지 않았다. 자기 집에서 섹스를 하라고 자기 몸을 내주는 젊은 여자의 이미지라기보단 호텔 방에서 잠을 기다리며 독서에 몰두하고 있는 여성의 이미지에 더 가까웠다. 재닛은 그보다 나이가 서너 살 많았으며, 진한 금발이었는데 염색한 것 같았다. 섬세한 면도 없지 않았지만 야성적인 년과 결단력이 돋보이는 특징을 가지고 있었다. 시작점에서 멀어지며 위쪽으로 예쁜 곡선을 만든 눈썹은 머리카락보다 짙은 색이었고 입술은 아주 붉었으며 약간 벌어진 앞니는 웃음에 천진한 모습을 더해주었다. 그리고 세상에 아무 관심이 없는 것처럼 책장만 훑으며 뭔가 캐묻는 듯한 눈을 가지고 있었다. 그가 화장실에서 돌아왔을 때도 눈은 들지 않았지만, 옆에 왔음을 눈치챘는지 '여기까지 읽을 때까지 잠깐만 기다려'라고 이야기라도 하는 것처럼 왼손을 들었다. 손에 끼고 있던 반지 두 개 역시 빼지 않았다. 약혼반지는 약지에, 오닉스가 박힌 싸구려 반지를 중지에 끼고 있었다. 아마 애인인 휴에게서 받은 선물일 거라고 생각했다. 약혼반지는 약속에 대한 시뮬라크르*와 같은 것이었고 두 번째

---

* 가상, 거짓, 그림 등의 뜻을 가진 라틴어 '시뮬라크룸'에서 유래한 말로 시늉, 흉내, 모의 등의 의미를 지닌다.

반지는 아마 그녀를 기쁘게 해주고 싶어 선물한 것 같았다.

"남자친구인 휴와는 어떻게 지내? 합칠 생각이 있어? 그와 함께 살 거야?" 재닛에게 질문을 던졌다. 사실 이런 문제에 대해선 전혀 관심이 없었고, 게다가 이렇게 직설적으로 캐묻듯이 물어본 적은 한 번도 없었다. 그러나 재닛은 단 한 번도 그를 당황하게 하거나 화나게 하지 않았다. 간헐적인 만남에서 그녀가 애정을 보이거나 그의 곁에 쪼그리고 앉는 것은 전혀 기대하지 않았다. 그러나 아무 말도 없이 책에만 몰두하는 것은 좀 지나치다는 생각이 들었다. 엄밀하게 이야기하면 그녀는 육체적으로 그가 할 수 있는 일은 끝이 났으니 이젠 나가라고 문을 가리키고 있다는 사실을 깨닫게 해주었다. 그는 그녀의 주의를 다시 돌려놓을 만한 말이나 주제가 얼른 떠오르지 않았다.

그녀는 표식을 위해 읽던 곳에 손가락을 끼워 놓은 채 책을 덮었다. 토마스는 비로소 책 표지를 볼 수 있었다. 펭귄 출판사에서 나온 조셉 콘래드의 《비밀 요원》이라는 회색 책등을 가진 책이었다. 밑도 끝도 없이 이상한 생각이 들었다. 예전에는 그녀가 책을 읽는 것을 본 적이 없었다. 하긴 책더미에 싸여 일하기 때문에 책을 펴고 책 속으로 빠져들지 않는 것이 오히려 비정상일 수도 있겠다는 생각이 들었다.

"남자친구와 함께할 계획은 없어. 습관적으로 반복하고 있을 뿐이야." 그녀가 무심하게 대답했다. "너무 바빠서 계획을 세울 수도 없어. 다음날이나 다음주 너머엔 미래가 있을 수도 있다는 생각을 위해 멈출 수도 없고. 하루하루에 매달려 살아가는 사람이야. 그에겐 지금 이대로가 좋을 거야. 그는 무언가 바뀌는 것을 원치 않아."

"그런 너는? 지금이 좋아?"

"아니, 나는 아니야. 변화를 원한 지는 몇 년 되었지만, 변화가 생기지 않을 거라는 사실을 잘 알아."

"그럼 어떻게 할 건데?" 토마스는 갑자기 호기심이 일었다. 예전에 기회가 있었을 때 물어보지 않았던 것을 탓하고 싶었다.

재닛은 책에서 손가락을 빼고, 페이지를 접더니 베개 위에 던져놓았다. 팔꿈치를 침대에 기댄 채 몸을 조금 일으키더니 한 손으로 목을 만졌다. 그리고 기다란 손톱에 매니큐어를 칠한 다른 손으로 머리카락을 쓰다듬었다. 대답을 더 할지 말지 고민하는 것 같았다. 원래 금발이었던 것 같긴 했지만, 지금보다는 훨씬 광택이 덜한 색이었을 것 같았다. 그녀의 머리카락은 스칸디나비아 사람들처럼 광채가 나는 노란색이었다. 누구든 길거리에서 우연히 마주쳐도 머리카락 색이 너무 강렬해서 절대로 헷갈리지 않을 것 같았다. 가끔 옥스퍼드 하늘가를 떠다니는 구름 속에 숨어 있던 태양이 살짝 갈라진 틈 사이로 나와 그녀에게만 온통 햇빛을 쏟아부으면, 그녀의 머리는 햇살을 받아 번쩍이는 황금 투구처럼 보였다.

"그에게 최후통첩을 전했어." 그녀는 차갑게 입을 열었다. 얼굴선이 전체적으로 가늘어지며 나이든 사람들에게서만 찾아볼 수 있는 특징이 나타났다. 이것은 죽음의 징표였다. 코, 눈, 입이 잘린 얼음처럼 차갑게 변했다. 아름다운 곡선을 자랑하던 눈썹과 뺨까지도 마찬가지였다. "다음 주말까지 이 상황을 바꿔보라고 했어."

"그렇지 않으면 어떻게 할 건데? 그를 버릴 거야? 최후통첩은 대부분 이를 통보한 사람에게 불리한 쪽으로 반격해온다는 사실을 너도 잘 알고 있을 텐데."

"물론 잘 알지. 특히 이번 경우엔. 나도 그가 반응을 보일 거라곤 기대하지 않아. 내가 원하는 것은 그것이 아니야."

"아니라고? 그럼 왜 일주일이나 기다리는 거야?"

그녀는 잠시 입을 다물었다. 침대 옆 협탁에 놓여 있던 유리병에서 통통한 캐러멜을 꺼내 입에 넣었다. 그 순간 한쪽 뺨이 볼록해졌다가 곧이어 다른 쪽 뺨까지 볼록해지는 것이 눈에 들어왔다. 캐러멜이 너무 커서 한쪽 뺨엔 다 담을 수 없었던 것처럼 보였다.

"사실 너는 네가 처한 정반대의 상황에 어쩔 수 없다고 생각하면서도 언제나 뭔가를 기다리고 있어. 스캔들이 생기길 기다리고 있었던 거야. 누군가 너를 정말로 그리워하고 있을 거라고, 너 없이 지내는 것을 정말 힘들어할 거라 상상하면서 말이야. 그런데 아무도 그런 생각을 하지 않았어. 아무도 너의 통보를 그리 진지하게 받아들이지도 않았고. 분명히 그 사람도 주중 닷새 동안 나를 안 보고 지내는 데 익숙해져 있어. 아니 처음부터 그것을 원했을지도 몰라. 그렇다고 놀라게 만들고 싶진 않아. 다만 내가 보기엔 통보는 해야 할 것 같아. 앞으로 어떻게 할 건지. 경고도 없이 조처를 하는 건 안 될 것 같아. 왜냐면 나는 그를 버리는 것으로 끝나진 않을 거니까. 그의 인생을 무너트릴 거야. 몇 년째 약속을 어겼는데 그를 떠나는 것만으로는 아무 의미도 없어. 아무리 첫날부터 속인 것은 아니라고 해도 말이야. 아마 처음엔 호의를 가졌겠지. 하지만 나는 시간만 낭비했어. 정말 많은 시간을 투자했는데, 매일 밤 고독만 삼켜야 했어. 시간을 엄청 손해봤지만 아무도 시간을 돌려주지 않을 거야. 그에게서 떠나는 것만으론 보상이 되지 않아. 나에게 완전히 낭비였다면, 아니 완전히 손해였다면, 당연히 그도 손해를 봐야 해."

"유부남이야?" 토마스가 끼어들었다.

재닛은 자세를 바꾸며 팔찌를 흔들어 팔뚝까지 올렸다. 갑자기 그를 이상하다는 눈으로 바라보았다. 벌써 여러 번 만났지만, 한 번도 안 했던 이런 이야기를 왜 그에게 하고 있는지 의문이 생긴 것 같았다. 오물거리기엔 너무 커서 불편한 나머지 캐러멜을 잘라 입에 넣었다. 그녀는 허벅지를 반쯤 벌리고 있었고 팬티도 입지 않은 채였다. 팬티는 여전히 바닥을 뒹굴고 있었다. (그가 화장실에 갔을 때 깨끗이 닦지도 않은 것 같았다. 절망 때문인지 아니면 만사가 귀찮아서인지 알 수 없었다.) 톰은 조금 전 그녀의 그곳을 방문했었는데도 다시 돌아가고 싶다는 충동을 느꼈다. 시각적인 이유에서 전혀 예기치 않던 충동이 갑작스레 찾아와 참기 힘들었다. 조금 전 그곳을 찾았을 땐 눈에 들어오지 않았다. 그녀는 등을 돌리고 있었다. 쓸데없는 생각이 들었다. 어떻게 이것이 가능한가? 조금 전에도 지금 이 순간 원하는 것을 아껴두는 것이 더 나을 것 같다는 생각을 했었는데.

"오늘따라 물어보는 것이 너무 많네." 재닛은 의심스럽다는 표정이었다. 그녀는 그의 호기심을 채워주기 위해서가 아니라 어떻게 억눌러야 할지 몰라 한마디 덧붙였다. "네가 신문을 읽으면 알게 될 거야. 대부분의 경우 그런 것은 별거 아니야. 중요한 것은 '누구인가'지." 마지막 단어에 방점을 찍는 것처럼 들렸는데 '뭔가 있는 사람'이라는 의미인 것 같았다. "나는 그를 별 볼 일 없는 사람으로 만들 수 있어. 지나가버린 과거의 인간으로 말이야. 그도 그 사실을 잘 알고 있지만 믿질 않고 있어. 내가 감히 그렇게까지 하지는 않으리라고 생각하는 거지. 상황에 맞게 행동하다 보면 조금은 마음을 가라앉힐 거라고 말이야. 그러면 똑같은 일상이 계속될 거야. 언젠가는 이 또한 지나가겠지. 다음 주말에 그를 다시 만날 거고, 그는 네 가지 애무에 네 가지 농담을 할 거야. 아마 나는 최후통첩을 했던 것조차 잊어버릴지 몰라. 이 점이 그의 매력이야. 구제 불능일 정도로 낙천적이거든. 언제나 모든 일이 잘 풀릴 거라고 확신하고 있어. 모든 일이. 내가 그랬으면 좋겠는데."

"휴가 누군데?" 톰은 묻지 않을 수 없었다. "누구야? 나도 아는 사람인가?"

"정말 알고 싶긴 한가 보네. 그렇지만 난 지금 너무 피곤해. 이젠 그만 가는 것이 좋겠어." 그녀는 꼼짝도 하지 않은 채로 이야기했다. 문까지 바래다줄 생각도, 일어나 작별의 키스를 해줄 생각도 전혀 없었다. 토마스는 여전히 시야에 들어온 그녀의 은밀한 곳을 바라보고 있었다. 아직은 촉촉하게 젖어 부풀어올라 있었다. 아직도 헐떡이며 그를 큰 소리로 부르고 있는 것 같았다. 다시 그곳에 들어가고 싶었다. 아니 좀 더 자세히 보고 싶었다. 무엇이 그의 충동을 막을 수 있겠는가? 아무것도 막을 수 없었다. 뻔뻔하게 좀 더 가까이 눈을 들이대며 적당한 곳에서 보기 위해 몸을 웅크린 다음 두 손가락을 그곳으로 밀어넣었다. 시각은 촉각의 전주곡일 때가 많지만 언제나 그런 것은 아니었다. 바라보는 것만 원할 뿐, 접촉은 극도로 싫어하는 사람도 있다. "뭐 하는 거야?" 재닛은 믿기지 않을 만큼 화가 난 건조한 목소리로 차갑게 그를 제지했다. 칼이라도 들이댄 것처럼 얼른 허벅지를 오므려 시선을 먼저 차단했다. "오늘밤 왜 이래? 방금 피곤하다고 했잖아. 무슨 생각을 하는 거야. 오늘은 왜 얼른 빠져나가지 않는 거지? 나는 그만 자고 싶어."

토마스 네빈슨은 허공에 뜬 손가락만 바라보며 얼굴이 붉어졌다. '맞아! 내가 무슨 짓을 하고 있는 거지?' 생각하며 자책했다. 별 확신도 없고 설득력도 없는 변명만 늘어놓았다. 그녀가 믿을 거라곤 전혀 기대하지 않은 채, 듣고 흘려보냈으면 좋을 듯한 변명만 잔뜩 늘어놓았다.

"오해야. 미안해. 침대에 담배를 놔둔 줄 알았어. 거기 네 아래에 말이야. 재킷에 넣어뒀나 봐." 그는 벌떡 일어나 재킷 쪽으로 걸어가, 재킷 주머니에서 마르코비치 상표가 붙은 금속 담배 케이스를 꺼냈다. 담배를 입에 물었지만 불을 붙이지는 않았다. 이미 서 있었기에 얼른 코트를 걸치고 떠날 채비를 했다. 그곳에선 더 이상 할 일이 없었다. 사실 더는 하고 싶지도 않았다. "나중에 어떻게 되었는지 말해줘. 최후통첩 말이야. 행운을 빌어."

"행운은 없을 거야……." 그녀는 몇 초 동안 아무 말도 하지 않았다. 그러다 그가 아닌 자기에게 이야기하는 투로 입을 열었다. "그와 연결된 모든 것을 떠나보내면 나도 무기력해질 거야. 복수는 힘들 뿐만 아니라 스트레스까지 줘. 그렇지만 할 거야. 꼭 할 거야……."

재닛은 의지를 잃은 탓인지 멍한 눈길로 마지막 말을 내뱉었다. 갑자기 기운이 하나도 없는 것처럼 보였다. 다시 《비밀 요원》을 집어들더니, 책을 펴 멍한 표정으로 바라보며 읽는 척했다. 그 행동으로 그에게 '나를 위해서라도 이젠 가줘!'라고 이야기했다. 그러나 지금은 뭘 읽어도 단 한 줄도 이해할 수 없을 것이다. 톰이 다가가 뺨을 쓰다듬는 것으로 작별 인사를 대신했다. 그녀도 뭔가 반응을 보여주려는 듯이 기계적으로 손을 들었지만, 여전히 책에서 시선은 떼지 않았다. 덕분에 가늠을 잘못해서, 긴 손톱으로 그의 얼굴을 조금 할퀴었다. 톰은 입에 물고 있던 담배를 떨어트렸다. 톰은 얼른 얼굴을 뒤로 물렸다. 하지만 불평도 하지 않았고, 거울도 보지 않았다. 틀림없이 작은 상처가 났을 것이다. 그는 담배도 줍지 않았다. 침대 밑을 구르고 있을 것이다. 그러나 그녀는 이 작은 소동을 전혀 눈치채지 못했다. 반드시 외워야 할 지도를 공부라도 하는 양, 그녀의 두 눈은 여전히 똑같은 페이지에 머물러 있었다.

토마스는 거리로 나왔다. 쌀쌀한 밤이었다. 현관을 나서서 버몬트 거리 모퉁이까지 몇 걸음 나아갔다. 다시 마르코비치를 꺼내 불을 붙였다. 그는 그곳에서 불 켜진 그녀의 아파트 창문을 바라보며 담배 한 대를 피우기로 마음먹었다. 느닷없이 찾아온 두 번째 충동은 그녀의 책망에도 불구하고 완전히 가시지 않고 있었다. 그러나 오늘밤은 이미 막을 내렸으며 상황을 되돌릴 수 없다는 사실은 명백했다. 갑자기 밀려온 피곤함에 재닛은 어떤 유혹도 받아들이지 않을 것이다. 그는 불빛이 꺼지는 것을 기다렸다. 세인트 존 거리엔 가로등이 없었고, 현관 근처에 하나가 있었다. 덕분에 그는 볼 수 있었지만 다른 사람의 눈에는 띄지 않았다. 꽁초를 던지려는 순간 상당히 건장한 중간 키의 남자가 나타났다. 갑자기 나타난 탓에 차에서 내리는 것도 보지 못했을 뿐만 아니라, 불빛에 모습을 드러내기 전엔 걸음을 옮기는 소리도 듣지 못했다. 찰랑거리는 길고 검은 머리에 장딴지 중간까지 내려오는 검은색인지 짙은 바다색인지 모를 긴 외투를 입고 있었다. 키가 크고 날씬하게 보이고 싶었는지 모르겠다. 조심스럽게 안쪽으로 밀어넣은 밝은 회색 머플러로 목을 감고, 똑같은 색의 카레이서용 장갑을 끼고 있었다. 두 가지 액세서리의 색을 의도적으로 맞춘 것 같았다. 순간적으로, 섬광과 같은 찰나의 움직임 속에서 어슴푸레하게나마 그의 모습을 보았다. 콧구멍이 너무 커 옆으로 벌어진 코, 작지만 초롱초롱한 눈, 갈라진 턱. 첫눈에도 상당히 매력적인 조합이었다. 이것이 유일하게 톰이 봤던 것이었다. 40대쯤 되어 보이는 그는 당당하게 몸을 놀려 한 걸음에 세 계단씩 빠르게 뛰어올라갔다. 초인종을 누르고는 아주 빠르게 뭐라고 대답하는 것을 보았다. ('나야 문 열어'라고 말하는 것 같았다. 하긴 다른 말을 했을 리 없었다.) 그리고 곧장 안으로 들어갔다. 외투의 깃을 세운 채 문 안쪽으로 사라지자 다시 문이 닫혔다. 토마스 네빈슨은 다시 담배 한 대를 다 피울 때까지 위쪽을 지켜보았다. 창문은 여전히 불이 밝혀져 있었지만, 어떤 실루엣도 보이지 않았다. 아마 그 남자는 다른 가구로 간 것 같았다. 토마스도 더는 그곳에서 할 일이 없었다.

다음날, 톰은 세인트 피터스 대학에서 새로 채용한 아직 젊은 편에 속하는 사우스워스 교수의 방에서 개별 지도를 받고 있었다. 한편 그 밖에선 지방 경찰이 인내심을 가지고 정중한 태도로 수업이 끝나기만을 기다리고 있었다. 경찰은 톰과 이야기하고 싶다며 사우스워스 교수에게 들어가도 되는지 그닥 필요하지도 않은 허락을 구했다. 교수는 자기가 그곳에 있어도 되는지 아니면 나가야 할지 물었다. 경찰은 편한 대로 하라며, 자기보다는 오히려 네빈슨 씨가 어떻게 생각할지에 달려 있다고 이야기했다. 잠깐 몇 가지 사실을 확인하고 물어보겠다고 했다. 그 '잠깐'이라는 말이 그리 기분좋게 들리진 않았다. 그는 자기를 형사라고 소개하며 무엇이든 상관없으니 원하는 대로 생각하라면서 약자로 된 철자 하나 혹은 두 개를—DS인지, DI인지, 아니면 CID인지, DC인지 도대체 무엇이었는지 잘 기억이 나지 않았다 — 이름 앞에 붙였다. 톰은 이런 것에 익숙하지 않아 잘 기억하지 못했다. 그의 계급도 명확하게 기억나지 않았고 유일하게 머리에 남아있는 거라고는 옥스퍼드시 경찰국 소속으로 이름이 모스라는 것뿐이었다. 세 사람은 자리에 앉았다. 사우스워스 교수는 호기심도 호기심이지만 자기가 사랑하는 우등생에 대한 보호자로서의 본능도 작용해 함께했다. 경찰은 서른 살을 조금 넘긴 사람으로 밝은 푸른색의 물기 촉촉한 눈, 매부리코, 연필로 그린 것 같이 물결치는 입을 가진 약간 건방진 티가 나는 사람이었다. 그는 질문을 던진다기보다 이야기하는 것처럼 입을 열었다.

"네빈슨 씨, 당신은 어젯밤 세인트 존 거리에 있는 재닛 제퍼리스 양의 아파트에 있었습니다. 맞죠?"

"예! 아마 맞을 겁니다. 그런데 왜요?"

"아마라고요?" 모스는 경멸과 놀람의 표정을 하나로 담아 눈을 크게 뜨고 반문했다. "분명히 그곳에 있지 않았나요?"

"내가 하고 싶은 말은, 이제야 알게 된 사실인데 아직까지도 그녀의 성을 모르고 있었다는 겁니다. 언젠가 말했는지 잘 모르겠는데, 시간이 너무 오래되어 잊은 것 같군요. 나는 그저 워터필드서점에서 일하는 재닛으로만 알고 있었어요. 그렇지만 세인트 존 거리에 살고 있다면 아마 그녀가 맞을 겁니다. 그곳에 여러 번 갔었어요. 물론 어젯밤도 갔고요. 그런데 왜요? 무슨 일 있나요? 그것을 어떻게 알았죠?"

모스는 아무 대답도 하지 않았다.

"이미 죽어서 한 번 밖에 못 본 나도 그녀의 성을 알고 있는데, 오히려 당신이 모른다니 그건 좀 이상하지 않나요? 당신들 관계가 그렇게 피상적이었나요?"

"죽었다고요? 죽었다니 무슨 말이죠?" 토마스는 놀랐다기보다 이해가 되지 않는다는 표정이었다.

"내 추론이 맞는다면, 당신이 집을 나왔을 때까지만 해도 살아 있었겠지요. 얼마나 머물렀죠? 몇 시에 집을 떠났나요?"

토마스는 형사의 말을 똑똑히 들을 수 있었기에, 단어의 뜻을 있는 그대로 받아들이기 시작했다. 하긴 결과적으로 사실이기도 했다. 그는 얼굴이 창백해지며 어지러운 느낌과 함께 토할 것 같은 기분이 들었지만 꾹 참았다.

"그녀가 죽었다고요? 무슨 일이 있었던 거죠? 어떻게 그럴수가? 그녀와 10시까지 있었는데, 그때까진 전혀 문제가 없었어요. 9시부터 10시까지 한 시간 정도 같이 있었어요. 그 사이에도 전혀 문제가 없었고요."

경찰은 잠시 입을 다물었다. 무언가 이야기를 더하길 기대하는 듯이, 그의 표정에서 무언가를 발견하기를 기대하는 듯이 날카로운 눈빛으로 그를 관찰하고 있었다. 이것만으로도 토마스, 그리고 이야기에 끼어들기 위해 얼른 손을 들며 입을 열려던 사우스워스 교수 모두 불편한 기색을 느끼기엔 충분했다. 교수는 결국 끼어들지 않았다. 그는 정확한 인물이었는데, 무슨 말을 해야 할지 머릿속에서 채 정리가 되지 않은 것 같았다. 계속 이야길 진행하라는 듯이 들었던 손을 황급하게 모스를 향해 뺐었다. 정신이 팔려 뭔가 잊어버린 듯한 연기자에게 급히 요구사항을 전달하는 연출자 같았다. 교수는 간단하게 목적을 달성할 수 있었다.

"그렇게까지 불편해하실 이유는 없죠." 모스는 단호함과 부드러움이 묘하게 뒤섞인 목소리로 대답했다. "그녀는 자기 스타킹으로 목이 졸려 죽었어요. 우리가 알아본 바로는 당신이 집을 떠났다는 바로 그 시간쯤이에요. 조금 전이거나 후일 것 같아요."

위험에 대한 자각은 생존 본능만큼이나 빠르게 깨어난다. 톰 네빈슨은 이미 세상 밖 사람이 된 재닛에게 무슨 일이 일어났는지 더는 생각하지 않았다. 그녀는 벌어질 수 있는 가장 처참한 방식으로 축출되었다. 경고도 없었고 준비할 기회도 없이 그저 누군가의 결정에 맞춰 짓눌러오는 힘에 저항해야만 했을 것이다. 별 소용이 없음에도 맞서 싸우려들었을 것이다. 자기에게 일어나고 있는 일이 믿기지도 않았을 테고 도움을 청하고 싶었겠지만 외마디 비명조차 지르지 못했을 것이다. 살아 있음을 포기하는 일이 드물게 일어난다는 것을, 의식이 남아 있는 사람에겐 의식이 완전히 사라지기 전에 분명히 생겼음 직한 불신을 그는 생각조차 할 수 없었다. 오히려 정반대로 이런 생각이 들었다. '스타킹은 분명 어젯밤 별생각 없이 내가 벗겼어. 그렇다면 내가 목을 조르지 않았다는 것을 누가 믿어줄까? 실수로 스타킹을 찢었는지도 몰라. 팬티와 함께 바닥에 던졌고, 아무도 줍지 않았어. 나도 별 신경을 쓰지 않았고, 건들지도 않았지. 스타킹이 그런 용도로 사용되리라고 누가 상상이나 했겠어. 그러나 누군가가 스타킹이 거기에 있는 것을 봤을 테고, 그것을 이용하겠다는 생각도 했겠지. 그 음험한 살인범이 말이야. 어떻게 가능했을까? 그 팬티스타킹에는 지문이 엄청나게 찍혔을 거야. 나중에 왔던 건장한 남자의 지문이 아니라 내 지문이 말이야. 틀림없어. 그가 끼고 있던 카레이서용 회색 장갑은 절대로 벗지 않았을 거야. 한순간도 장갑을 벗었을 리가 없어. 따라서 현관 초인종에도 지문이 남아 있을 리 없을 거야. 너무 거리가 멀어서 그가 재닛의 남자친구인지 아닌지 확인할 수 없있어. 조금 뒤에 창문에 비친 그와 그녀의 실루엣까진 확인하진 못했지만, 틀림없이 그 친구였을 거야. 문과 침대가 멀리 떨어져 있어서 그녀는 내가 다시 관계를 맺으려고 돌아온 줄 알고 문을 열어주기 위해 일어났을 거야. 덕분에 다시 책 읽는 것을 중단했을 테고, 《비밀 요원》에 빠질 수도 없었겠지. 그렇다면 그 소설은 절대 다 읽진 못했겠네……' 위협이 다가오고 있다는 것을 깨닫는 순간, 우리의 모든 관심은 즉각적으로 자신과 자신의 구원을 향해 펼쳐진다. 아직 온기가 남아 있을 죽은 자 역시 관심권 밖으로 밀려난다. 죽은 자들을 위해, 시간조차 잘려 쓰레기통에 버려진 불쌍한 재닛을 위해 그는 아무것도 하지 않았다. 반대로 톰 스스로에 대해선 걱정해야 할 일이 태산 같았다.

"직후에 온 사람이 그랬을 겁니다." 순진한 그는 서둘러 입을 열었다. "분명히 말씀드릴 수 있는데 내가 자리를 떴을 때까지만 해도 살아 있었어요. 내가 떠난 직후에 왔던 그 남자가 그랬을 겁니다."

"무슨 남자?" 모스가 물었다.

톰은 버몬트 가의 그늘진 모퉁이에서 본 것을 이야기했다. 톰은 어떻게 생겼는지 설명하려고 했으나, 그의 얼굴을 기억 속에 확실하게 새겨둘 기회가 없었던 것이 유감이긴 했다. 잠깐 스쳐지나가듯 보았기 때문에 정확하게 떠올리려고 하면 할수록 모호해져만 갔다. 그러자 사우스워스 교수는 차분하게 그를 제지하며 모스에게 이야기했다.

"내 학생이 변호사도 입회하지 않은 상태로 계속 진술을 해야 하는지 잘 모르겠군요. 지금 이 상황에선 이 친구가 의심을 받을 수밖에 없다는 것은 잘 알겠어요. 맞죠?"

경찰은 교수의 말에 조금도 개의치 않았다. 어차피 경찰의 직업은 취조와 질문을 하는 것이었다. 그래서인지 그는 짧게 대답했다.

"아직 체포된 사람이 없는 이상 누구든 의심을 받을 수 있지요. 확실한 알리바이가 없다면 사우스워스 씨, 당신도 마찬가지예요. 누가 누구인지 알 수 없으니까요." 사우스워스 교수는 모스를 매섭게 노려보며 입을 꼭 다물었다. 금세라도 다시 입을 열 것 같은 표정이었지만, 입을 열진 않았다. 그럴 필요가 없다고 생각한 것 같았다. 그의 표정은 분명 '그 말은 무례할 뿐만 아니라 전적으로 부적절합니다'라고 이야기하고 있었다. "네빈슨 씨, 계속 말씀하세요. 모든 것이 다 유용하니까요."

무고한 용의자는 시선이 자기에게서 떨어지길 바라는 마음에, 의심이 흩어지기를 바라는 마음에 점점 더 서둘렀다. 열과 성을 다해 조금은 과장하면서까지 적극적으로 협조했다. 자기에게 쏟아지는 스포트라이트를 돌릴 수 있기만을 바라며 뭐든 이야기했다. 그러나 스포트라이트는 랜턴처럼 왔다 갔다 왕복만 하고 있다는 사실을 깨닫지 못했다. 톰은 이야기를 계속했고 결국 휴에 대해서도 말을 꺼냈다. 얼마 전까지만 해도 그에 대해선 아는 것이 거의 없었지만, 지난밤 재닛이 이야기했던 것까지 아는 대로 다 털어놓았다. 분명 '중요한 사람'이라고 이야기했고, 그녀가 그에게 최후통첩을 했다고 말했다. 재닛이 휴의 인생을 묻어버릴 수 있다는 식으로 표현했다. 그리고 복수라는 단어를 사용했다. 재닛은 복수는 힘이 들고 스트레스를 주기 때문에 복수를 시작하는 것 자체가 피곤하다고 했다. 그렇지만 그에게 상처를 주기 위해서라도 반드시 복수할 거라고 했다. 이것은 공정의 문제이니까. 토마스는 자기가 이 단어를 사용하는 것에 놀라지 않을 수 없었다. 비록 그녀의 의도와 모순되진 않았지만, 이것은 엄청난 수확이었다. 그는 그녀가 벌써 죽었다는 사실이, 더이상 숨도 쉬지 않고 자기처럼 말을 할 수 없다는 것이 믿기지 않았다. '그녀는 이미 죽었다'라는 생각을 했다. '더는 내가 그녀를 원하는 것은 허락되지 않을 것이다. 그렇지만 내 마지막 기억, 내 마지막 시선은 그녀의 반쯤 벌어진 허벅지 사이에, 다시 한번 삽입하고 싶었던 그녀의 성기에 머물러 있다. 그러나 시간이 죽은 그녀의 시신 위로 지나간다면, 나는 나이도 얼마 먹지 않았는데 폭력에 힘들었을 사자死者에게 바칠 존경심을 좀 더 키워야 할 것이다. 어제까진 부적절하단 생각을 하지 않았지만, 지금 이 순간부터 그런 이미지가 있다면 기억에서 지워버릴 것이다. 이유는 모르겠지만, 욕망을 간직하는 것 자체가 불경스럽다는 생각에 갑자기 적절치 못하다는 마음이 들었다. 그간 죽은 자들에게 털어놓았던 연민과 유감이라는 감정과는 맞지 않는 듯하다. 머리에선 산 자와 죽은 자가 아무런 차이도 없는 것 같다. 지금부터 재닛은, 불쌍한 재닛은 오직 연상 속에만 남아 있을 생각일 따름이다.'

모스는 어딘가 비꼬는 듯하면서도 온정 어린 미소를 지었다.

"다음에 무엇을 할 것인지는 나에게 맡겨요. 모든 게 유용하긴 하지만 추측일 뿐이니까요. 그를 먼저 찾아야 할 것 같군요. 그렇지만 세 가지만 말해보세요. 당신 담배 피워요?"

"예!"

"담배 케이스 좀 보여줄래요. 지금 몸에 지니고 있다면요. 물론 가지고 있을 테죠."

토마스는 장방형의 금속으로 된 마르코비치 담배 케이스를 꺼냈다. 왼쪽에는 흰색과 검은색 수직선이 있었고, 오른쪽엔 담배에 불을 붙이고 있는 검은색 모자를 쓴 신사가 그려져 있었는데, 장갑 낀 손으로 불을 보호하고 있었다. 그는 회색 장갑에 하얀색 엷은 비단 머플러로 목을 가리고 있었다. 토마호크 칼날처럼 잘 벼려진 코와 막 웃음을 터트리려는 듯한 촉촉한 붉은 입술, 굵은 눈썹과 흐릿한 눈, 이 모든 것이 화장한 것

Marcovitch

Black & White
MAGNUM
Cigarettes

MADE IN ENGLAND BY
MARCOVITCH OF PICCADILLY

처럼 보였다. 사실 민얼굴이라기보다는 가면을 쓴 것처럼 보인 탓에 무언가 불길해 보이는 얼굴이었다. 그의 등 뒤로는 지옥의 불길인지도 모를 거대한 불길이 솟구치고 있었다. 그는 모스에게 담배 케이스를 내밀었다.

"왜 이것을 보려고 하죠?"

경찰은 잠깐 담뱃갑을 바라보더니 다시 돌려주었다.

"유감이군요." 짧게 대답했다. "만약 당신이 이 브랜드의 담배를 피우지 않았다면 괜한 살인범을 찾아 헤매야 했을 겁니다. 그리 흔한 일은 아니지만, 당신이 이 브랜드 담배를 피운다는 것을 이젠 확실히 알았어요. 이젠 말해보세요. 뺨에 난 상처는 어떻게 된 거죠?" 경찰은 토마스에게 정확한 위치를 알려주려는 듯이 자기 뺨을 가리켰다. (휠러 교수의 오래된 상처 위치와 대동소이했다.)

모스는 관찰력이 뛰어난 사람이었다. 토마스는 오늘 아침 거울을 볼 때까지만 해도 상처에 대해서 까맣게 잊고 있었다. 딱지가 지기 시작해서 그 주변만 조심스레 면도했었다.

"이거요?" 토마스는 상처를 만졌다. "재닛이 실수했어요. 침대에 누운 채 나를 보지도 않고 손을 들어 얼굴을 어루만져준다는 것이 그만 잘못해서 할퀸 거죠. 손톱이 길었거든요. 그렇게 눈에 띄는지 몰랐어요. 엉뚱한 생각을 하는 것은 아니죠?"

"온갖 생각을 다 하지요. 물론 그렇지 않을 수도 있지만, 잘못했다가 나와 동료들이 대가를 치른 일도 있었으니까요. 그래서 내 능력의 범위 안에선 모든 경우의 수를 다 고려해요. 마지막으로 묻죠. 재닛 제퍼리스와 당신 관계는 정확하게 어떤 것이죠?"

톰은 의견을 묻고 싶다는 눈길로 사우스워스 교수를 바라보았다. 사우스워스 교수는 비록 젊었지만, 그의 지도교수 중 한 사람인 것은 분명했다. 사우스워스 교수는 입을 굳게 다무는 것으로 자신의 의사를 대신했다. 그와 재닛 사이에 있었던 육체적인 친밀도가 어느 정도였는지 묻는 말을 추인推認 하는 듯한 긍정적인 시선을 보냈다.

"알고 싶은 것이 이건지는 잘 모르겠습니다만, 우리는 가끔 같이 잠을 잤습니다. 가끔요. 그녀의 남자친구인 휴는 런던에 있었고, 내 여자친구는 마드리드에 있어서요. 몇 주도 긴데, 석달은 말할 것도 없잖아요."

"어젯밤은?"

"어젯밤 역시 마찬가지였어요."

"만날 때마다?"

"예! 대개 그랬어요. 가끔 예외도 있었지만요. 그러나 말씀 드렸다시피 정말 가끔 만났어요. 그녀에겐 내가 중요한 사람이 아니었고, 그녀 역시 나에게 중요한 사람이 아니었거든요. 그녀는 휴만 보고 살았어요. 덕분에 우리 관계는 피상적이었어요. 서로 즐기기 위한 상대에 불과했으니까요. 다른 곳을 찾아 봐야 할 거예요."

모스는 톰의 충고를 무시했다.

"언제부터 그런 관계였죠? 서로 즐기기 위한 상대가 된 건요?"

"아마, 여기에서 첫 학기를 보낼 때부터요……. 가끔 봤어요."

모스는 진짜 놀랐다는 듯이 눈썹을 치켜떴다.

"그렇게 오랫동안 반복적으로 만났다면, 몇 년씩 계속 만났다면, 피상적인 관계라고 말하긴 좀 어색한 것 아닌가요?"

모스의 마지막 말에 어딘지 모를 불신과 의혹, 암시 등이 들어있다고 느낀 사우스워스 교수는 제자에게 손을 내밀기로 마음먹었다. 경찰이 한 말은 15-20살 정도 어린 사람들의 습속에 대한 무지에서 나온 말이기도 했다. 애정이나, 섬세함 그리고 일관성 있는 자세가 부족한 요즘 젊은이들의 성적인 관습에 대한 추상적인 거부감에서 나온 것이었다.

"잠자리를 같이해도 피상적인 관계에서 벗어나지 못하는 사람들도 많죠. 안 그런가요? 글자 그대로 이런 관계를 유지하는 부부들도 적지 않을 텐데요." 사우스워스 교수는 스페인어 학부 학자들이 모이는 세미나에서는 오히려 소심한 모습을 보이긴 했지만 언제고 입을 다문 채 생각을 마음속에만 담아두는 사람은 아니었다.

모스는 어깨를 으쓱했다.

"결혼해서 그런지 잘 모르겠네요. 제 경우엔 그런 일은 상상하기 어렵네요." 그 말은 톰에게 가벼운 향수를 불러일으켰다. 결혼하고 싶었는데 할 수 없었던 누군가를 구체적으로 지목하고 있는 것 같았다. "나는 안 그래요."

그는 무언가 한마디 덧붙이려고 했으나, 결국 그만두었다.

손을 쥐었다 폈다 하면서 손바닥을 바라보기를 두어 차례 반복했다. 마침 끼고 있지 않았던 약혼반지가 몹시 아쉬웠던 것 같았다. '그런데 당신들에겐 이것이 뭐가 중요한데? 내 의견이 뭐가 중요한데? 그만둡시다'라는 말을 몸짓으로 표현하고 있었다. 모스는 고맙다는 인사와 함께 톰에게 아무 연락 없이 도시를 벗어나지 말라고, 허락을 받을 때까진 출국도 안 된다고 했다. 며칠 안으로 경찰서에 출두해 자기에게 했던 이야기와 똑같은 진술서를 작성한 다음 서명해달라고 이야기했다. 그리고 그가 집을 떠나자마자 재닛 제퍼리스의 아파트 현관에 도착했던 남자의 인상착의를 몽타주로 제작하는 데 협력을 요청할 수도 있다는 말을 마지막으로 덧붙였다.

"저 모스라는 분, 정말 독특한 캐릭터네요." 토마스는 계단을 내려가는 모스의 발걸음 소리를 들으며 지도교수에게 이야기했다.

사우스워스 교수는 개운하다기보다는 정반대라는 눈치였다. 그에게 다시 자리에 앉으라고 권하며 심각한 목소리로 입을 열었다.

"자네가 어느 정도 양심적인지는 잘 모르겠네. 하지만 자네에게 별로 좋은 그림은 아니야. 자네에게서 그 아가씨를 죽일 최소한의 동기를 찾아내지 못한 것 같긴 하네. 그렇지만 언제까지 못 찾는다는 보장은 없지. 지금 이 순간엔 자네가 가장 중요한 용의자니까. 그 사람을 찾아서, 그 사람이 다른 곳이 아닌 재닛의 아파트에 갔다는 것을 증명하지 못한다면 말일세. 게다가 자네는 그가 어디로 갔는지도 모르지 않나. 참, 그녀가 자네의 아이를 가지진 않았을 거야. 그렇지? 부검을 곧 할 텐데, 금방 알 수 있겠지." 사우스워스 교수는 차분한 목소리로 상당히 빠르게 이야기를 이어나갔다. 그의 말투에선 그를 얼마나 걱정하는지가 확실히 느껴졌다.

"피임약을 먹었어요. 혹시 실수했다면 휴의 아이를 가졌을 가능성보다는 훨씬 커요. 그렇지만 지금 당장은 그런 걱정까지 하라고는 말아주세요. 지금은 제 걱정을 하기도 바쁘니까요. 중요한 것은 누가 재닛을 죽였는가예요. 저는 아직도 너무 무섭다는 생각뿐이에요. 저는 어젯밤에 그녀와 함께 있었어요, 아시겠어요? 교수님. 그녀와 섹스를 했는데, 그놈이 그것 때문에 죽었을지도 몰라요." 토마스 네빈슨은 절망스럽다는 듯이 손으로 머리를 움켜쥐었다. 그 순간까지는, 그가 입을 열기 전까지는 이런 생각은 들지 않았었다.

"그래, 잘 알고 있네, 톰. 이미 들었어." 톰을 보호하고픈 마음에서 사우스워스 교수는 차분하게 말을 받았다. "그러나 자네 지금 착각하고 있어. 분명 걱정해야 하는 것은 자네가 맞아. 그리고 무섭고, 힘들고, 정신까지 혼미해질 정도라는 것도 이해하네. 게다가 자네에겐 그녀가 이젠 중요하지도 않을 거야. 하지만 나는 산 사람을 위해서 이야기하고 있는 걸세. 지금 위험에 처한 사람은 자네야. 변호사와 이야기를 나눠보게. 조언과 지도를, 그리고 변호를 부탁해야 하네. 앞으로 닥칠 일을 막아달라고 말이야. 상황이 매우 급하게 돌아가니까 빨리 서둘러야 해. 그리고 경찰인 모스와는 그렇게 이야기를 많이 해서는 안 되네. 너무 거리낌없이 모든 것을 다 까놓으면 안 된다는 말이야. 그는 교육을 잘 받은 데다가 탁월한 능력까지 지녔으니까. 조금 전에 자네에게 경고하려고 했네."

"나는 숨길 것이 없어요."

"너무 순진하게 굴지 말게. 얼마나 숨겨야 하는지는 아무도 모르는 법이야. 꾸며낸 이야기든 진짜 있었던 이야기든 증명할 수 없다면 아무 의미가 없다네. 사람들이 진술한 이야기를 다른 사람이 어떻게 받아들이는지가 가장 중요하지. 특히 사실을 틀어버리거나 자기에게 유리한 쪽으로 돌리려고 한다면 말이야. 혹시 자네가 어제 그녀를 방문했다는 사실을 아는 사람이 있나? 자네가 들어갔다가 나오는 것을 본 사람이 있을까?"

"있어요! 그곳에 갔을 때 이웃집 여자와 마주쳤어요. 처음은 아니었어요. 옛날에 재닛이 계단에서 소개했던 것이 기억나요. 잠깐 서서 이야기했죠. 그 여자가 내 이름을 잊지 않았는지도 모르겠어요. 나는 벌써 잊었거든요. 그때 내 성을 말했는지 모르겠고요."

"상관없네. 워터필드서점에 가서 벌써 물어봤을 걸세. 친구들에게도 물어봤을 테고. 그녀가 자네에 대해서 사람들에게 얼마나 이야기했는지, 어떤 식으로 이야기했는지, 누구에게 했는지 자네는 아무것도 모르지 않는가. 자네가 생각하는 것보다 자네를 더 중요하게 생각하고 있었는지도 모르고. 자네가 시간을 죽이기 위해 만나던 사람 이상일 수도 있고, 언젠가 한 걸음 더 나아가길 원했는지도 모르지. 휴에게서 구해주길 원했는지도 모르고." 그는 잠시 입을 다물었다가 프랑스어로 한마디 덧붙였는데, 뭔가 유명한 구절을 인용하는 것 같았다. "Elle avait eu, comme une autre, son histoire d'amour(그녀는 다른 사람과 마찬가지로 자기만의 사랑 이야기가 있었다)……. 누구나 다른 사람들의 사랑 타령은 잘 모르는 법이야. 더욱이 우리 자신이 사랑의 대상이자 목표이고 목적이라면 말이야. 빨리 변호사를 찾아보게. 자네는 이걸 너무 우습게 보는 것 같아."

"어디에서 구해야 하죠? 사우스워스 교수님. 비용이 많이 들텐데, 가족들에겐 알리고 싶지 않아요. 놀라게 하고 싶지도 않고, 필요 없는 일에 돈을 쓰게 하고 싶지도 않고요. 결국 아무것도 아닐 텐데. 아닐까요? 내 말은…… 빨리 그놈이 발견되었으면 좋겠어요. 그놈에게 불리한 증거도 나왔으면 좋겠고요."

사우스워스 교수는 연구실에서 멘토 역할을 하거나 테일러리안 건물에서 수업을 할 때는 언제나 검은 가운을 입었다. 폭포수처럼 흘러내리는 독특한 옷자락은 파도처럼 그를 감쌌다. 화가인 싱어 사전트Singer Sargent의 우표 같다는 생각이 들었다. 두 손의 손가락 끝부분을 서로 맞대고 있는 덕분에 성직자스러운 분위기를 풍겼다. 바로 그곳, 바로 그 순간에, 별로 경건하지 못한 책으로 뒤덮인 벽과 벽 사이에서 기도하려는 듯이 보였다. 아직 30대도 안 되었지만 몇 가닥 흘러내린 머리카락엔 흰머리가 눈에 띄었고, 덕분에 젊은 나이에 걸맞지 않은 위엄과 풍모를 보여주었다. 그는 지체 없이 젊음을 뒤로 넘기고 싶은 눈치였다.

"흠, 흠." 그는 생각에 잠긴 듯한 모습을 연기하는 것처럼 웅얼거리며 다리를 꼬았다 풀기를 두어 번 반복했다. 그를 감싼 검은 가운은 예술적인 모습을 만들어냈다. "흠, 베드로와 이야기해보는 것은 어떻겠나." 나이와 신분 차에도 불구하고 사우스워스 교수는 휠러 교수를 가끔 세례명으로 불렀다. "아, 참. 휠러 교수님과 이야기해보게." 얼른 정정했다. 사우스워스 교수가 아무리 뛰어난 능력을 지녔다고 해도, 아무리 교수단 평가가 좋다고 해도, 아무튼 그는 학생을 지도하던 중이었다. "그분은 알고 있을 걸세. 어떻게 해야 할지도 말이야. 나보다, 자네 가족이나 자네 대부인 스타키 선생보다 그분이 더 잘 이끌 걸세, 그 누구보다도 잘하실 거야. 지금까지 일어난 일을 다 말씀드리게. 가장 분명한 사실은 안 좋은 소식만 들었다는 것이긴 하지만 말일세. 지금까진." 그는 건성으로 시계를 보았다. "아마다 알고 계실 걸세. 자네보다도 더 많이 알고 있을지도 몰라."

"정말요?" 토마스 네빈슨은 깜짝 놀라 되물었다. "어떻게 그렇게 알 수 있죠? 제가 그곳에 있었다는 것까지요?"

"자네가 어젯밤에 그 여자와 무엇을 했는지는 모를 거고, 관심도 없을 거야. 하지만 자네가 그녀를 죽였는지는 확실히 알고 있을 걸세. 물론 나는 자네가 그랬으리라고는 생각하지 않고 휠러 교수님 역시 마찬가지겠지만 말이야. 하지만 그녀가 그동안 사귄 애인이 누구인가는 알고 있을지도 모르지. 휴의 정체를 말이야. 그리고 모스가 우리를 찾아왔던 것도 알고 계실지 몰라. 오늘 아침에 있었던 일부터 앞으로 일어날 일까지 다 꿰고 있을 거야. 그가 어떤 사람인지, 도움이 될 만한 사람인지 아닌지도 말이야." 그는 안경을 코 중간까지 내리고 톰을 바라보았다. 심각하면서도 조금은 딴청을 피우는 듯한 모습이 뒤섞여 있었다. "이곳 옥스퍼드에서 일어나는 일은 절대로 베드로를 벗어나지 못해. 살인이라면 더 말할 필요도 없어."

휠러 교수는 톰을 볼 필요도, 만날 필요도 없다는 판단이 들 정도로 모든 것을 잘 알고 있었다. "자네가 전화하길 기다리고 있었네." 그는 전화로 이야기했다. 그렇다고 놀라지도 호들갑을 떨지도 않았다. 그는 '자네가 휘말린 사건'이라고 덧붙였다. 이것은 분명 질문이 아니었는데 토마스는 질문으로 받아들여 장황하게 설명을 시작했다. 젊음에서 비롯된 단점이었다. 그러자 휠러 교수는 차분한 어조로 그를 제지했다. "다 알고 있네. 나는 시간이 별로 없네." 토마스는 며칠 전 제안을 거절했던 일로 교수가 기분도 상하고 실망해서 거리를 두려고 한다는 생각이 들었다. 그 이후로 휠러 교수의 수업엔 딱 한 번 참석했었고, 테일러리안 건물 복도에서 마주치긴 했지만 자연스럽게 인사만 나누었을 뿐이었다. 잠깐 멈춰서 이야기를 나누지 않은 것이 그리 이상한 일은 아니었다. 그러나 휠러 교수는 자기가 생각하는 일이 언제나 옳다고 생각했다. 게다가 누가 자기에게 대들 거나 자기 생각이나 제안을 받아들이겠다는 자세를 확실히 보여주지 않으면 그런 것을 전혀 이해하지 못하는 사람이었다. 아마 교수는 상처를 받았다기보다는 좀 당황했었던 것 같았다. "주의해서 내 말 잘 듣게. 자네는 자네가 상상하는 것 이상으로 곤경에 처해 있네. 자네가 잘 모르고 있는 부분이 있어. 탈출구를 찾지 못하게 막고 있는 것이 말일세. 자네는 정말 불리한 상황에 부닥쳤다는 것을 명심해야 하네. 런던에서 온 지인 한 사람이 자네에게 손을 내밀걸세. 이름은 투프라인데, 그가 무슨 방법이 있는지 살펴볼 걸세." 그는 이름 철자 하나하나를 또박또박 이야기했다. 영어 같다는 생각은 들지 않았다. "그 친구는 내일 옥스퍼드로 와서 10시 반에 블랙웰서점의 중고책 판매대가 있는 꼭대기 층에서 자네를 기다릴 걸세. 그와 이야기를 나눠보게. 잘 듣게. 그가 자네에게 뭔가 제안할 거야. 어떻게 할지는 자네가 결정하게 될 텐데, 내 조언은 될 수 있으면 그의 말을 잘 들으라는 거네. 정말 재주가 많은 사람이긴 하지만 근거 없는 낙관은 심어주진 않을 걸세. 다시 말해 자네가 엉뚱한 기대를 하게 만들지는 않겠지만 좋은 충고는 해줄 걸세." "누군지 어떻게 알아보죠?" 토마스가 물었다. "엘리엇의 책을 보고 있으면 그도 똑같이 할 걸세." "T. S. 엘리엇인가요? 아니면 조지 엘리엇인가요?" "토마스, 시인 엘리엇이네. 자네와 이름이 똑같은 시인 말일세." 휠러 교수의 목소리는 약간 격앙된 것 같았다. "《사중주》,《황무지》,《프루프록의 사랑 노래》 중에서 뭐든지 자네 마음에 드는 것을 고르면 되네." "교수님께서 직접 소개해주는 것이 더 낫지 않을까요? 저에게 무슨 말을 하는지도 함께 들을 수 있을 텐데요." 교수는 완강하게 거절했다. "필요 없네, 관심도 없고. 이것은 자네와 그 사람 사이의 일일세. 자네와 그 사람 사이의. 자네 맘에 들지 않을 수 있지만, 그 사람은 자네에게 가장 합리적인 말을 할 걸세. 자네 상황에서 마음에 드는 충고가 있을지 모르겠네." 휠러 교수는 잠시 말을 멈추었다. 대화나 업무를 후다닥 서둘러 마치고 싶은 사람처럼 굉장히 급하게 몰아치듯 이야기했다. 그런데 살짝 여담을 끼워넣기 위해서인지 잠시 뜸을 들였다. "살인 혐의로 체포되는 것이 더 나쁠 걸세. 안 그런가? 어떻게 결말이 날지 전혀 알 수 없거든. 자네가 아무리 결백하다고 해도, 모든 것이 자네에게 유리하게 흘러간다고 해도 말일세. 진실은 별 상관없거든. 진실이 뭔지 모르는 판사라는 사람이 모든 걸 재단하고 결정을 내리니까. 눈 감고 아무렇게나 몽둥이를 휘두르는 사람의 손에 맡길 문제는 아닌데 말이야. 추측하거나 직관적으로 동전의 앞면이 나올지 뒷면이 나올지 판단할 문제는 더더욱 아니지. 사실, 꼼꼼히 살펴보면 인간이 누굴 심판한다는 것 자체가 황당한 일이기도 하네. 그런 관습이 권위를 앞세워 이렇게 오래 계속되는 것도, 공평무사하다는 보장도 없는데 정도 차이를 인정하면서까지 믿을 만한 제도로서 전 세계로 퍼져나갔다는 사실도. 어떻게 보면 웃기는 짓이야……." 그는 잠시 말을 끊었다가 다시 입을 열었다. "태곳적부터 이어져온 보편적 과업은 수행 자체가 불가능하다는 사실을 아무도 눈치채지 못하는 걸까? 과업 자체가 말이 안 된다는 것을 말일세. 나는 영원히 이해하지 못 할 걸세. 나는 재판정의 권위를 인정할 수 없으니까. 할 수만 있다면 절대로 나 자신을 재판에 맡기는 일은 없을 걸세. 뭘 하든 그것보단 낫다고 생각하니까. 토마스, 마음에 잘 새겨두게. 잘 생각해봐. 줏대도 없는 변덕을 앞세워 사람을 감옥에 보낼 수 있다는 사실을 말일세. 단순히 잘못 보았다는 죄 때문에 말이야." 언젠가 톰은 교수에게 법정을 대신할 수 있는 것이 무엇이라고 생각하는지 물어본 적이 있었다. 이해 당사자들을 제외하고는 무엇이 거짓이고 무엇이 진실인지를 판단할 능력을 갖춘 사람이 없다면, 그들이 확실한 이해 당사자라는 이유로 그들의 견해를 믿을 수 없으며 고려할 대상이 아니라고 판단하는 것은 완벽한 모순이 아닐 수 없다. 그러나 일어난 사건에 대해 유일하게 아는 사람, 즉 피고인은 가장 신뢰할 수 없는 사람일 수 있다. 다시 말해 거짓말을 할, 거짓말을 지어낼 권리가 있는 사람인 것이다. 또한, 그는 자신이 교살당한 재닛 제퍼리스의 죽음과 전혀 상관이 없으며 결백하다는 사실을 휠러 교수가 확신하는지도 궁금했다. 물론 교수의 말투와 적극적으로 도와주려는 행동으로 미뤄 분명 믿고 있을 거라고 추론할 수도 있었지만, 마음의 평화를 위해 직접 말로 확인하고 싶었다. 그러나 실제로는 물어볼 시간이 없었다. 휠러 교수는 행운을 빌어주지도, 작별 인사도 하지 않고 바로 전화를 끊었다.

10시 15분에 블랙웰서점에 도착한 토마스 네빈슨은 꼭대기 층까지 올라가 희망을 안고 기다릴 준비를 했다. 사람들은 그리 많지 않았다. 학생이나 교수들 대부분 강의에 들어가 있을 시간이었다. 시집 코너에 엘리엇의 중고 시집이 상당히 많다는 사실을 알 수 있었다. 그곳에서 자리를 잡고 엘리엇의 책을 한 권 골라 책장만 뒤적이며 30분이 되기만을 기다렸다. 먼저 넓게 그곳을 돌아보았다. 투프라 씨가 어떻게 생겼는지 나이가 어느 정도일지 전혀 예상할 수 없었다. 역사 코너에서 뚱뚱한 남자를 보았다. 그는 책을 집어들더니 노안이 있는지 책 등을 멀리 떨어트려 살펴본 다음 내용은 보지도 않고 다시 꽂아놓았다. 연대순인지 작가순인지는 잘 모르겠지만, 아무튼 순서대로 잘 꼽혀 있는지 살펴보고 있는 것 같았다. 서머빌 대학 소속의 여교수도 눈에 들어왔다. 그녀는 옥스퍼드의 구성원 모두가 잘 아는 사람으로 40이 넘은 나이에도 매력적인 각선미와 상상력을 자극하는 관능적인 입으로 유명했다. 그녀가 속한 집단을 고려한다면 그리 흔치 않은 시선을 끌 만한, 한 걸음 더 나아가 이성애자인 교수 모두를 미치게 만들 만한 여자였다. 물론 옥스퍼드의 대학교수 대부분이 이성애자라는 것은 아니지만 말이다. 그녀는 전공인 식물학 분야의 책을 보고 있었다. 코가 크고 치렁치렁한 외투를 입은 청소년에 가까워 보이는 말라깽이도 눈에 들어왔다. 언젠가 다른 중고 책방에서, 예컨대 손턴, 타이틀스, 샌더스, 스위프트, 그리고 재닛이 일하던 워터필드 등에서 만난 적이 있었다. 환상 문학이나 초자연적인 사후 세계를 주로 다루는 문학 작품을 꽂아놓은 몇 안 되는 책장을 뒤지고 있었다. 이 분야를 광적으로 좋아하는 청년으로, 개를 정말 사랑하는지 언제나 훈련이 잘된 온순하고 조용한 개를 데리고 다녔다. 정확하게 10시 30분에 모습을 드러낸 20대의 남자도 있었다. 한 손엔 외투를 들고 소매를 두 겹으로 접은 재킷을 기본으로 한 깔끔한 줄무늬 정장에 하얀 깃의 옅은 파란색 와이셔츠를 입고 붉은 실크 넥타이를 하고 있었다. 대사관이나 정부 부처의 하위직으로 근무하는 것 같은 느낌이었다. 최근에 승진했는지 우아하게 보이고 싶었는지 모르겠지만, 정확하게 말하면 다른 사람들 눈에 확 띄게 우아하게 보이고 싶다는 열망 때문인지 오히려 가게 점원처럼 보였다. 고위직이라고 보기엔 경험도 침착함도 부족했고 나이도 여유도 없어 보였다. 몇 년은 더 기다려야 할 것 같았다. 깔끔하긴 했지만 조금 헐렁한 줄무늬 정장은 색이 너무 강렬해서 영국에서나 볼 수 있을 것 같았고, 사회적인 열망에 대한 조바심이 사방에 대고 소리를 지르는 것 같았다. 그곳에 있던 사람 중─서머빌의 여교수와 개를 동반한 거의 청소년에 가까운 남자아이는 제외해야 한다─누구에게서도 휠러 교수가 추천한 사람 같다는 인상을 받지 못했고, 곤경에 처한 그를 도와줄 수 있을 것 같지도 않았다. 뚱뚱한 남자는 지나치게 뚱뚱한 데다 산만해 보였고, 지나치게 카니발 풍인 젊은 공무원 냄새를 풍기는 사내는 그다지 능력 있어 보이지 않았다.

약속 시각에서 2분이 지났다. 톰은 시 코너로 가서 《리틀 기딩Little Gidding》을 집어들고 책장을 넘기기 시작했다. 물론 시가 제대로 이해도 되지 않았지만, 기다리면서 한 줄, 두 줄, 세 줄, 네 줄 천천히 읽어내려갔다.

'죽은 자들이 표현할 방법을 몰랐던 것, 그들이 살았을 때는 너에게 말해줄 수 있었다. 죽었기에, (……)' 읽어도 잘 이해가 되지 않았다. 다음 줄로 내려갔다.

'노인의 소매에 내려앉은 재 (……) 정지된 공기 속 먼지는 한 이야기 끝나는 곳을 표시하고.' 다시 두어 장을 넘겼다.

'작년의 말은 작년의 언어에 속하기에, 내년의 말은 또다른 목소리를 기다린다.' 이쪽저쪽을 힐끔힐끔 번갈아 바라보았다. 접근해 오는 사람이 없었다. 새로 나타난 두 사람의 모습이 눈에 들어왔다. 그러나 눈을 들고 싶지도 않았고, 눈을 크게 뜨고 바라보고 싶지도 않았다.

'뭐가 재미있는지 웃어대는 꼴이 살갗 찢는 느낌.' 아니, 아무도 없었다. 아직은 늦지 않았다.

'마치 죽음이 삶을 닮듯, 무관심은 다른 둘과 닮아 있어, 두 삶 사이에 있을 때…….' 그 순간 의문이 들어 이 구절에서 잠깐 멈췄다. '죽음이 삶과 비슷하다고? 맞아! 죽은 재닛도 산 재닛과 닮았어. 알아볼 수 있을 거야. 그런데 몇 시간이나 그럴까? 시신에도 시간이 흐를 거야. 시신을 함부로 다루는 게 너무 이른 것은 아닐까? 그제 밤 재닛은 오늘 나를 구해줄 수 있다고 말했는데, 시신은 아무 말도 하지 않고 있어. 누가 그녀의 신원을 알아봤을까? 나는 그녀를 보러 가지 않았는데.'

'우리가 시작이라고 하는 것은 흔히 끝이며, (……)' 다른 시구는 이렇게 이야기하고 있었다. 계속 읽고 싶지 않았다. 최소한 이 시가 처음 출판된 전쟁이 한창 진행 중이던 1942년에는 그렇게 쉬운 표현만은 아니었을 텐데, 지금은 쉽게 읽을 수 있었다.

'또 어떻게 행동하든 한 걸음 더 나아가는 것이다, 단두대 block로, 불구덩이로, 바다의 목구멍으로, 또는 읽을 수 없는 돌로.' 그는 이중언어 능력에서 비롯된 뭔가를 바로잡아야 한다는 생각과 갑작스레 든 불길한 예감 때문에 다시 이 문장에서 멈췄다. '블록block'이라는 단어는 스페인어로는 'tajo'로 바꿀 수 있는데 이는 사형집행인이 머리를 자를 때 사형수들의 머리를 얹는 단두대를 의미하기도 했다. 투프라 씨가 나타나지 않는다면, 아니 수렁에서 그를 꺼내주지 않는다면 아마 이것이—단두대, 불, 심연을 향해 모든 것을 집어삼키는 바다의 목구멍, 더는 읽을 수 없고 해독도 할 수 없는 텍스트가—그를 기다리고 있을 것이다. '자네에겐 별로 좋은 그림은 아니야.' 사우스워스 교수가 경고했었다. '지금 위험에 처한 사람은 자네야.' 띄엄띄엄 읽고 있던 장편시에선 불길한 징후가 계속해서 나왔다.

'우리는 죽은 자와 함께 죽으니, 보라! 그들은 떠나지 않나. 우리는 그들과 함께 가고, 우리는 죽은 자들과 함께 태어나니, 보라! 그들 돌아오지 않나. 우리를 함께 데리고.' 토마스는 생각하면 할수록 어지러웠다. 1942년 혹은 그 전에 쓰여졌을 단어에 빠져들고 있었다. '최소한 처음에 우리가 그들과 함께 간다는 것은 분명한 사실이다. 우리는 그들과 동행하길 원한다. 그들이 머무르는 차원으로, 이미 과거가 되어버린 그들의 길을 따라간다. 그들이 우리를 버리고 또다른 모험을 떠났다는 느낌이 든다. 이제 우리는 혼자 남겨져 어두운 길을 가야 하는 사람들이다. 그들에겐 아무 관심도 없어, 포기해버린 그 길을 말이다. 뒤따라갈 수 없기에 우리는 다시 태어나야 하고 비틀거리는 걸음을 내디뎌야 한다. 가까운 사람보다 더 오래 살 때마다, 나락으로 떨어질 때마다 그리고 나락이 우리를 잡아당길 때마다, 새롭게 태어난다. 그러나 모든 것을 삼키려드는 바다의 목구멍에선 빠져나오지 못했다. 오늘은 죽어 다신 돌아올 수 없는 유령이 되었지만, 살아 있던 사람의 몸속으로 들어갔던 그 순간만 생각한다면 내가 그제 밤에 가졌던 그녀보다 더 가까운 사람은 누구인가. 길지 짧을지 모르는 내 인생의 남은 날들을 위한 창백한 기억들. 아직도 다시 그 순간으로 돌아가고 싶었고, 나의 의지와 본능을 억제하고 싶었다. 물론 그렇다고 해서 내가 그녀의 죽음을 막을 수 있으리라고는 확신할 수 없다. 그럼에도 남자는 올라갔을 테고 혼자 있는 그녀를 보았을 테니까.'

'역사는 시간을 초월한 시간을 엮은 직물이니, (……)' 그 아래에 있던 세 줄이 눈에 들어왔다. 마지막까지 얼마 남지 않았지만, 읽는 척만 했다. 읽은 것을 또 읽기도 하고 읽은 것 이상으로 건너뛰기도 했다. 결국은 책장만 넘기고 있었다.

'어서 지금, 여기, 지금, 영원히……'

마지막 시행은 이런 단어를 사용하고 있었다. 그 순간 깊게 잠겼던 생각에서 벗어나 문득 시선을 들었다. 엘리엇을 읽고 있던 사람이 한 사람이 아니라 두 사람이라는 사실을 발견했다. 깔끔한 정장을 입은 사람은 《비평에 대한 비평 To Criticize the Critic》을 손에 들고 있었고 방금 도착한 것 같은 또다른 사람은《재의 수요일Ash Wednesday》의 책장을 넘기고 있었다. 그를 보려고 얼굴을 돌리고 싶지 않았다. 오히려 그를 주의 깊게 관찰하기 위해 조금 뒤로 물러섰다. 키도 몸집도 큰 건장한 체격을 가진 사람이었다. 톰 자신이나 한껏 차려입은 그 젊은이보다도 더 키가 큰 것 같았다. 짧은 몽고메리 더플코트에, 머리엔 그 유명한 마셜 몽고메리 장군을 떠올리게 하는 베레모를 쓰고 있었다. 살아 있을 당시의 몽고메리 장군과 똑같이 모자 한쪽을 아래로 당겨 쓰고 있었다. 그러나 베레모에 기장은 없었다. 틀림없이 몽고메리 장군의 군복 입은 모습을 그대로 흉내내고 싶은 따라쟁이거나 열성 팬일 것이다. 황금빛 콧수염까지도 전쟁 영웅의 콧수염을 빼닮았다. 그렇지만 닮았다고 생각되는 점은 당연히 여기에서 끝이 났다. 알라메인 전투를 승리로 이끌어 자작의 칭호를 받았던 몽고메리는 살집이 없어 뼈만 앙상한데다가 주름이 많은 얼굴이었다. 그런데 그 남자는 반대로 당당한 체격의 장신이었다. 한눈에 봐도 탄탄한 딱 벌어진 체격이었다. 뺨은 혈색이 좋아 윤기가 돌았고 통통하기까지 했다. 실내에 있었음에도 베레모를 벗지 않는 조금은 예의 없는 태도를 보였는데 시집《재의 수요일》('노인의 소매에 내려앉은 재, (……)' 톰에게는 이 시구를 비롯한 몇 구절이 계속 머리에 맴돌고 있었다)에도 그리 빠져 있는 것 같지 않았다. 톰의 오른쪽엔 그가 있었고, 왼쪽엔 공무원(옷맵시로 베테랑 흉내를 내고 싶었던 경험이 부족한 옥스퍼드시의 집행관일지도 모른다)일 것 같은 사람이 있었다. 두 사람은 일행 같지는 않았다. 토마스는 누가 투프라 씨일까 무척이나 궁금했다. 만일 그 시간 그곳에 엘리엇이 쓴 책의 책장을 넘기는 세 번째 사람이 있었다면 정말 황당했을 것이다. 그는 두 사람 중 한 사람이 입을 열기만 기다렸다. 다른 사람은 분명 입을 열지 않을 것이다. 학생처럼 보이는 사람은 톰뿐이었다. 30초가 지났지만 두 사람 중 누구도 톰에게 말을 걸지 않았고 신호도 보내지 않았다. 지금 이 순간 여기에서 일어나고 있는 일이 아니라, 결정해야 할 일, 아니 무슨 일이 일어났는지 추론하는 것이 더 중요하다는 생각이 강하게 들었다. 점점 더 깊은 심연으로 빠져드는 기분이었다. (그리고 어떻게 행동하든 한 걸음 더 나아가는 것이다, 교수대로, 불구덩이로.) 지금 당장은 투프라 씨가 붙잡아야 할 유일한 사람이라는 것을 의식하지 않을 수 없었다. 더는 참지 못하고 군인처럼 차려입은 사람을 향해 몸을 돌렸다. 아무튼, 비밀정보부를 상징하는 MI5와 MI6는 '군정보국'을 의미하니까. 먼저 책을 덮었다. 그리고 조금은 조심스럽게 덩치가 큰 몽고메리풍의 남자에게 다가가 귓속말을 했다.

"투프라 씨인가요?"

집채만 한 덩치의 남자는 왼손으로 절대로 우아해질 수 없을 것 같은, 그렇지만 영원히 우아함을 향한 갈망을 포기하진 못할 것 같은 남자를 가리키며 차갑게 대답했다.

"네빈슨, 네 옆에 있었어. 조금 전부터 말이야."

토마스는 아직 젊긴 했지만, 처음으로 함께 이야기를 나누는데 성 앞에 '미스터'도 붙이지 않은 것에 찝찝한 기분이 들었다. 최소한의 배려와 존중이 없어서는 안 된다는 생각이 든 것이다. 더 언짢았던 것은 손을 내밀어 악수하려고 했을 때 투프라 씨가 마치 나무라는 듯이 손으로 조금 기다리라는 경멸적인 몸짓을 한 것이었다. '꼬마야, 지금은 안 돼. 내가 다른 일로 바쁜 것 안 보여?' 투프라 씨는 그를 별 볼 일 없는 사람 취급했다. 일자리를 부탁하거나 청탁을 하러 온 사람처럼 말이다. 그래서 아랫사람, 학생, 제자를 부르듯이 간단하게 성으로만 부른 것이다. 게다가 그는 그를 향해 돌아서지도 않았다. 낯선 사람들의 이 두 가지 반응이 오히려 톰이 그들에게 더 기대게 했다. 그를 바라보지도 않고 그의 손을 멋쩍게 만들었던 투프라는 뒷짐을 진 채 발뒤꿈치로 부드럽게 몸을 흔들며 여전히 책을 찾아 서성이고 있던 서머빌 대학의 여교수를 뚫어지게 바라보았다. 그녀는 식물학이 아니라 예술 분야의 책을 찾고 있었다. 그녀는 몸을 숙이고 아래쪽 선반에 놓인 책을 뒤지고 있었다. 당시에는 짧은 치마가 유행이었기 때문에 40살이 넘은 그녀의 치마 역시 마찬가지로 짧았고, 덕분에 화려한 스타킹 속의 관능적인 허벅지 대부분이 그대로 드러났다. 눈곱만큼도 예의를 차리지 않고 투프라가 뚫어지게 바라보던 것이 바로 이것이었다. 이는 영국인이라기보다는 외국인— 특히 스페인 사람— 특유의 행태였다. 이 모습에 주목하다 보니 톰도 투프라의 추잡한 시선에 감염되어 여교수를 뚫어져라 바라보았다. 그가 보기엔 여교수 역시 시선을 느끼고 있었을 뿐만 아니라 그 게임에 적극적으로 참여하고 있는 것 같았다. 주체하기 어려울 정도로 두꺼운 책을 뽑아들어 탄탄해 보이는 허벅지 위에 올려놓았는데 그러다 보니 치마가 조금 더 올라갔다. 그녀는 뻔뻔하게 자기를 대놓고 바라보고 있는 남자를 곁눈질로 흘깃 바라보았다. 조금 놀라웠다. 토마스가 알고 있기론, 멋진 각선미를 자랑하던 여교수는 수많은 구혼자에게 정말 거만하기 짝이 없었을 뿐만 아니라 다가가기 힘들기로 악명이 자자했다. 그런데 자기보다 키가 더 작은 별 볼일도 없는 사람의 음탕한 눈길에 그냥 넘어가는 것이 아닌가. (이런 식으로 말해도 된다면, 추측이긴 했지만 그녀는 멀리서나마 다소곳이 고개를 숙이고 있었다.)

투프라가 그녀를 바라보는 동안 토마스는 그를 바라보았다. 곱슬곱슬하게 부푼 머리카락이 푹신한 완충 역할을 할 것 같은 커다란 두상을 가졌는데, 관자놀이 부근은 마치 달팽이가 기어가는 것 같았다. 눈은 푸른색인지 회색인지 애매했는데, 눈을 꾸미는 속눈썹이 인조인지 그린 것인지 알 수 없을 정도로 지나치게 길고 굵어 여자 같다는 느낌도 들었다. 그의 창백한 시선은 실제 본인의 의도와는 관계없이 사람을 조롱하는 듯하면서도 한편으로는 지긋이 감상하는 듯한 느낌과 함께 모든 것을 다 받아줄 것 같은 느낌을 줬다. 앞에 있는 사람에 절대로 무관심하진 않을 것 같은 느낌과 그가 바라보는 사람 누구에게나 호기심을 보인다는 느낌이 들게 했다. 마치 탐구할 만한 가치가 있는 사연이라도 지닌 것처럼 말이다. 토마스 네빈슨은 이런 시선을 가진 사람이라면, 다시 말해 사람에 맞춰 맑은 눈빛으로 집중할 줄 아는 투프라와 같은 시선을 가진 사람이라면 누구든 사로잡을 수 있을 거란 생각이 들었다. 도망치는 사람도 꼼짝 못 하게 사로잡을 수 있는 사람, 자기 앞에 놓인 이미지를 빨아들일 수 있는 사람은 아마 여자들 대부분에겐 거부할 수 없는 사람일 것이다. 계급, 직업, 경험, 아름다움, 나이, 도도함의 정도와는 상관없이 말이다. 휠러 교수의 지인은 사실 잘생기지는 않았지만, 과감하게 들이대는 것을 가장 큰 자산으로 사용한 것인지는 몰라도 전체적으로 매력적이라는 사실은 인정할 만했다. 전체 이미지와는 달리 별로 기분좋지 않은, 아니 혐오스럽기까지 한 특징도 있었다. 어렸을 적부터 싸움판을 전전한 사람처럼, 예전에 한 번 아니면 여러 번 두들겨 맞았는지 모르는 상당히 투박한 코를 가졌는데 권투를 했거나 몽둥이로 맞아 코뼈가 여러 번 부러졌을 것 같았다. 귀기가 서린 듯이 윤기가 도는 그의 피부는 영국에서는 보기 드문 황금색이어서, 혹시 지중해가 고향이 아닐까 하는 생각이 들었다. 검고 짙은 눈썹은 하나로 이어진 것처럼 보였다는 것을 고려하면 분명히 두 눈썹 사이 공간을 만들기 위해 가끔 핀셋으로 뽑았을 것이다. 특히 입은 심하다 싶을 정도로 살집이 많아 두툼하고 부드러웠는데 지나치게 커서 조금은 어색한 느낌도 들었다. 키스할 때면 너무 부드러워 주물럭거리고 싶단 생각이 드는 색점토처럼 뭔가를 넘겨주거나 뿜어낼 것 같은 슬라브 사람들의 입술과 비슷해서인지 모든 것을 다 빨아들일 것 같은, 매일매일 새로움을 안겨줄 수 있는 그 촉촉함은 영원히 사라질 것 같지 않을 느낌이었다. 그러나 객관적인 것은 그리 오래가지 않을 뿐만 아니라 사라지고 나면 그 무엇도 혐오감을 주지 않는다. 처음 봤을 땐 아무리 불쾌하단 생각이 들었어도 다 사그라지는 법이다. 그가 좋아할 만한, 그리고 그 입에 불을 지필 수 있는 여자는 계속해서 나올 것이다. 별로 어렵지 않게, 그다지 힘들여 노력하지 않아도 원시적인 충동을 일깨워 여자를 유혹할 수 있는 남자들도 있기 마련인데 이들은 직설적이고 본질적인 방법으로, 병적인 성욕을 발산하는 것만으로도 충분할 것이다. 비록 나이는 젊었지만 건방진 듯하면서도 당찬 투프라 씨의 행동은 자신의 나이를 별로 개의치 않는 사람도 적지 않다는 사실을 잘 보여주었다. 그는 수 세기가 지나도 언제나 똑같은 나이를 유지할 것만 같은 사람이자 어린 나이에도, 아니 태어나면

서부터 어른이었을 것 같은 사람이었다. 이런 부류의 사람들은 대부분 세상의, 운명적으로 접해야만 했던 이 세상의 스타일이 어떤 것인지, 이 세상 어둡고 깜깜한 부분의 스타일이 뭔지 태어나자마자 깨닫고는 유년 시절을 시간 낭비이자 사람을 나약하게 만드는 학교로 간주해 그냥 건너뛴다. 나이로는 토마스와 몇 살밖엔 차이가 나지 않았지만, 그는 토마스보다 인생을 한두 배 더 산 것 같았다.

'그러니까 이런 사람들은 안테나를 세우고 있는 사람과 눈짓을 한 번 주고받거나, 따뜻한 눈길을 한 번 교환하는 것만으로도 임무를 뒤로 미루거나 포기하는 것까지 가능해.' 그는 침착하게—이것은 일종의 항복 선언이었다—눈으로 열심히 던지고 있는 투프라의 추파가 마무리되기만을 기다렸다. 구경거리가 되었던 서머빌의 여교수가(그녀 역시 시간이 흐를수록 톰을 닮아갔다. 뭔가 좀 색다른 음란함이 전염병처럼 번지고 있었다) 자리에서 일어나 우아하게 치마를 매만지면서 이 일도 끝이 났다. (일어서면 치마는 무릎 바로 위까지 오는 길이였다. 그렇지만 몸을 숙이면 정도 이상으로 치마가 올라갔다.) 계산대가 거리로 통하는 1층에 있었던 탓에 그녀는 어렵게 고른 책을 손에 들고 계단을 내려가기 시작했다. 투프라 역시 재빨리 시집 코너에 있던 조그만 시집을, 그러니까 토마스가 뒤적이던 《리틀 기딩》을 집어들었다. 인사와 악수도 하지 않고, 아니 쳐다보지도 않은 채 그와 몽고메리에게 지체 없이 따라오라는 몸짓을 했다. 두 사람을 수행원으로 여기는 것처럼 말이다. '이럴 수는 없어.' 톰은 얼른 머리를 굴렸다. '이 인간은 자기 일을 할 거야. 얼마나 걸릴지도 몰라. 내 존재나, 내가 얼마나 위급한지 따위는 고려의 대상조차 아닐 거야. 전혀 중요하지도 않을 테고. 계산대에서 여교수와 마주치기 위해 아마 저 책을 사겠지. 최소한 저녁 약속 따위라든지 뭔가를 제안할 테니까. 그가 나를 더는 바람맞히지 않길 바랄 수밖엔 없어. 그렇지 않으면 내 문제는 아무 대책 없이 내일까지 기다려야 할지 몰라. 시간이 갈수록 상황이 더 안 좋아질 텐데. 모스 형사가 다시 찾아올 거야. 직설적이며 난해한 눈빛의 그가 나를 체포하려들 거야.' 그 순간 몽고메리의 경쟁지 행세를 하던 인간이 강철 같은 손을 그의 어깨에 올리고는 가볍게 계단 쪽으로 밀었다.

"네빈슨, 우린 갈 거야. 빨리 움직여!"

그는 다시 건조하게 성만 불렀다. 중간자의 명령이었다. 위축되긴 했지만 따라갈 수밖엔 없었다. 달리 방법도 없었을 뿐만 아니라, 손을 내밀 만한 사람이 더는 없었다. 책값을 내려고 줄을 섰다. 투프라는 최소한의 거리도 두지 않고 여교수 바로 뒤쪽에 딱 달라붙어 섰다. 너무 붙은 탓에 여교수는 목덜미에 와 닿는 그의 숨결과 치마 뒤쪽에 닿은 그의 재킷이 느껴질 정도였다. 그와 마찬가지로 여교수 역시 외투를 팔에 걸치고 있었다. 한 발짝도 더 나가지 못할 처지에 그렇다고 지나치게 달라붙는 것을 피할 수도 없었던 서머빌의 여교수는 그 자리에서 움짝달싹도 못 하고 선 채로 앞에 있던 손님들의 계산이 끝나기만을 기다렸다. 톰은 그 남자의 솜씨에 정말 놀랐다. 그는 찍어놓은 사냥감의 거부감이나 경계심을 불러일으키지도 않았다. 오히려 사냥감들이 입은 열지 않았지만, 은근히 그를 부추기고 있었다. 회색인지 푸른색인지 모를 두 눈이 묘한 신호를 방출하며 뜨겁게 사냥감을 압박해가고 있었다. 처음부터 불쾌하게 하지 않았고, 협박을 받는 느낌을 주지 않았을 뿐더러 정반대로 그의 관심을 끌기 위해 방패를 내려놓고 투구를 벗게 했다. 투프라는 그 순간 그녀가 어떤 책을 사려고 하는지 보았다. (에르빈 파노프스키의《무덤 조각Tomb Sculpture》이었다. 토마스도 책표지에서 저자와 제목을 볼 수 있었는데, 정말 엄청나게 커서 보기만 해도 무거운 책이었다. '고대 이집트에서 베르니니까지의 변화에 대한 네 강의Four Lectures on Its Changing Aspects from Ancient Egypt to Bernini'라는 부제는 달려 있었지만, 그 주제에 대해 어떤 망할 인간이 제대로 이야기할 수 있을까 궁금했다. 그는 분명히 당구장, 사람이 붐비는 지하실, 도박장, 볼링장, 개 경주장, 상상도 할 수 없는 최악의 슬럼가에서 교육을 받은 것 같았다. 그가 농담을 건넨 것 같았다. 흔히 그동안 공부만 하고 살아온 사람들이 보여주는 모습과는 달리 여교수는 그다지 오래 참지 못하고 금세 웃음을 터트렸다. (사실 그는 정말 관능적이었다. 게다가 눈빛이 강렬해지자 모든 것을 빨아들일 것 같은 투프라의 눈을 바라보던 여교수의 눈엔 빨려들어가고 있다는 느낌이 여실히 나타났다. 여교수는 이를 전혀 감추지 못했다.) 톰은 그들의 말을 조금밖엔 알아들을 수 없었다. 투프라는 은근히 여교수에게 말을 붙이고 있었다. 그런데 벌써 서로 자기소개를 주고받는 단계까지 넘어간 것이 분명했다. '테드 레레스비입니다, 잘 부탁합니다'라는 그의 말에 '저는 캐럴린 벡위스예요'라고 그녀가 답했다. '레레스비?' 토마스는 정신적으로 충격을 받지 않을 수 없었다. 집채만한 인간이 분명히 저 사람이 투프라가 맞다고 확인해주었던 사실이 떠올랐다. 휠러 교수가 말한 이름이 진짜라면, 토마스는 투프라가 자기 이름을 있는 그대로 밝히길 원치 않는다는 생각을 하기에 이르렀다. 너무 외국인 냄새가 나는 성과 이름 때문에 정복할 수 있는 멋진 여자가 도망치게 하고 싶진 않았던 것 같았다. 영국에서 외국인은 여전히 불신의 대상이었고 계급적인 관점에선 관용의 대상에 불과했다. 그러나 톰이 보기엔 그의 악센트와 말투는 전혀 비판의 여지가 없었을 뿐만 아니라 옥스퍼드 지방 특유의 색깔이 약간 묻어 있었다. 이것 때문에 톰은 둘 중 하나를 의심하게 되었다. 자부심을 한껏 드러낸 복장에도 불구하고 투프라가 혹시 옥스퍼드를 졸업한 사람이라거나, 원하는 말투에 쉽게 적응할 수 있는 모방 능력에 관해선 자기처럼 천부적인 재능을 타고난 예술가일 것 같다는 의심이었다.

덩치 큰 가짜 몽고메리 장군과 그는 마치 충복처럼 다소곳이 뒤에 서서 줄을 선 사람처럼 기다렸다. 토마스는 불안감을 떨칠 수 없었다. 아무튼, 가짜 몽고메리 장군은 이미 자기에게 무뚝뚝하게나마 말을 건넸고, 대장처럼 보이는 사람과는 달리 이미 자신의 존재를 인정했었다.

"레레스비라고 했나요?" 작은 소리로 물어보았다. "투프라 씨가 아닌가요?"

건장한 가짜 자작은 검은 베레모를 눌러쓴 채 단추를 채운 짧은 반코트를 입고 있었다. 진짜와 다른 점은 후드를 올리지 않았다는 것뿐이었다. 콧수염까지도 자기 모델을 정말 쏙 빼닮았다. 다만 유감스럽게도 체격이 스파르타 장군이라는 유명한 별명을 가진 몽고메리 장군과는 정반대였다. 그는 톰을 곁눈질로 바라보았는데, 너무 힐끔 바라본 탓에 마치 벌레를 보는 것처럼 느껴졌다.

"투프라 씨는 상황에 따라 마음대로 이름을 바꿔." 그는 짧게 끊어 대답했다. "네빈슨, 너는 아직 질문할 처지가 아니야." 투프라의 부하인 그까지도 냉담한 태도를 바꿀 생각은 전혀 없어 보였다. 훨씬 어려 보이는 사람에게 그렇게 깍듯하게 대하는 것이 조금은 이상했다. 알라메인 전투의 승자를 흉내내고 있는 저 인간은 분명 35살은 된 것 같았다. 그는 토마스를 학생이나 부하 취급을 했다. 반은 민간 복장이어도 군인이 틀림없다는 생각이 들었다. 톰은 자기와 함께 있어준다는 사실만으로, 예컨대 두 사람이 자기 눈앞에 있어준다는 사실만으로도 그들이 모종의 호의를 베풀고 있다는 느낌을 받았다.

매력 넘치는 백위스 교수가 책값을 지급하자, 투프라도 뒤따라 값을 치렀다. 그녀는 밝고 넓은 브로드 거리를 향해 두 사람이서 함께 나가자는 듯한 어정쩡한 태도를 보였다. 투프라인지 레레스비인지 알 수 없는 그는 여전히 톰은 거들떠보지도 않았고 말도 전혀 없었다. 온통 멋 부리는 데에만 정신이 팔려 있었다. 몽고메리와 그는 옛날 옛적의 하인들처럼 거리를 유지

한 채 다소곳한 태도로 두 사람을 따라갔다. 눈이 맞은 두 사람은 전화번호와 명함을 교환하고, 짧은 웃음과 농담을 주고받은 다음 헤어졌다. 톰은 몇 시간 안으로 작별 인사를 다시 할 거라고 확신했다. 투프라는 건달처럼 자신감 있는 모습으로 외투를 어깨에 걸치고는 바람에 망토를 휘날리며 세인트 힐스 거리라고 불리는 길을 향해 성큼성큼 걸어 나아갔다. 자기를 따라오라고 고개를 돌려 권하지도 않았다. 말년의 톨킨이 가끔 들렀던 '이글앤차일드Eagle & Child'라는 술집에 도착하자, 곧장 안으로 들어갔다. 두 사람도 서둘러 그를 따라 들어갔다. 내원수大元帥는 학생의 어깨에 커다랗고 두툼한 손을 얹고 안으로 안내했다. 이번에는 밀진 않았다.

맥주 석 잔을 들고 창가 테이블에 앉자, 드디어 투프라는 톰에게 말을 건넸다. 공식적인 인사까진 할 필요까진 없다고 생각한 것 같았다. 너무나 당연한 말이지만 두 사람은 나머지 한 사람이 누구인지 잘 알고 있었기에 그런 쓸데없는 짓은 할 필요가 없다는 분위기였다. 술집에 들어온 순간부터 토마스 네빈슨은 상당히 위축되어 감히 끼어들 생각도 하지 못했다. 긴장하다 못해 너무 겁먹었다는 느낌이 들 정도였다. 오늘 아침 잠에서 깨어났을 때부터 그의 머릿속에서는 그에게 벌어질 수 있는 최악의 상황에 대한 생각이, 다시 말해 긴급체포에서부터 평생을 영국 감옥에서 보내라는 최종 판결까지가 끈덕지게 맴돌고 있었다. (영국 감옥은 엄격하기로 악명이 높았다.) 인생을 시작하기도 전에 완전히 무너져내린 꼴이었다. 투프라의 경멸적인 태도와 전혀 예기치 않았던 까칠한 동반자로 인해 그는 더 불안하고 더 겁먹을 수밖에 없었다. 휠러 교수가 전화로 안겨 주었던 평정심은 완전히 사라져버렸다. 미신이라도 믿는 것처럼 교수가 던진 희망적인 말('자네에게 손을 내밀어줄 걸세', '자네에게 뭔가 제안할 거야', '내 조언은 될 수 있으면 그의 말을 잘 새겨들으라는 거네', '좋은 충고를 해줄 걸세', '정말 재주가 많은 사람이야')을 반복하며 여기에 매달렸다. 전혀 모르는 두 사람에게 모든 것을 맡겼다는 생각이 들자마자 이제 그의 운명은 두 사람 손에 달렸다는 것을 기정사실로 받아들였다. 정신적으로 너무 고통스러웠던 탓에 점점 더 그들의 지시를 수용하는 쪽으로 기울었다. 그런데 두 사람은 짐짓 아무것도 모르는 것처럼 자꾸만 뒤로 미루는 듯한 태도를 보여 그의 희망을 더 꺾어놓았다. 그는 이 세상에 의지할 사람이 두 사람 외엔 단 한 사람도 없는 것처럼 더 심하게 매달렸다.

투프라는 한참 시간을 끌다가, 마침내 고개를 들어 그를 뚫어져라 바라보며 한 모금씩 천천히 맥주를 마셨다. 그리고 테이블에 맥주잔을 내려놓은 다음 그의 하나하나를 꼼꼼하게 뜯어보았다. 그리고 그가 방금 목격했던, 일을 벌일 때와 마찬가지의 뭔가 알랑거리는 듯한 관심을 표하며 그를 바라보았다. 토마스는 그 순간 보호받는다는 느낌을 받아서인지 그에게, 좀 전까지만 해도 마음속 공간 한쪽을 차지하는 것을 전혀 허용하지 않았을 뿐 아니라 장애물로까지 생각했던 그에게 조금씩 빠져드는 것을 느꼈다. 아직 머리를 맴돌고 있는 《리틀 기딩》의 시구에서 이 말을 만들어냈다. '이 사람에게 나는 이미 세상을 등진 죽은 사람과 같은 존재였어. 우주에서 추방당한 사람이나 마찬가지였지. 그렇지만 이젠 다시 살아 돌아온 사람과 같은 존재가 된 것인지도 몰라. 그가 직접 데려온 사람 말이야.'

"네빈슨, 전체 상황이 상당히 어두워." 투프라가 단도직입적으로 이야기를 꺼냈다. 여교수와 이야기할 때보다는 목소리가 상당히 묵직한 것을 보면, 조금 전엔 가성을 사용했던 것 같았다. 혹은 지금 목소리가 가성일지도 모른다. "운이 안 좋았어. 휠러 교수가 나에게 이야기해서 이미 그 모스라는 양심적인 형사의 보고서까지 읽어보았어. 네가 그 형사에겐 그리 나쁜 인상을 준 것 같진 않은데, 이건 별 의미가 없어. 이런 문제에서 그것만으로는 충분하지 못하니까. 네가 말하려는 사건 개요는 이미 잘 알고 있으니 다시 반복할 필요는 없어. 너에게 사진 몇 장을 보여줄 텐데 뭔가 집히는 것이 있는지 한번 봐. 블레이크스톤." 투프라는 장군을 향해 손을 뻗었다. 장군은 술집 안으로 들어왔음에도 여전히 전쟁 영웅처럼 베레모를 쓰고 있었다. 절대로 벗을 생각이 없는 것 같았는데, 혹시 머리를 감지 않아서 그런지 대머리여서 그런지는 확실하지 않았다. 그런 것까진 알수 없었다. 이 사람도 상황과 맥락에 따라 자기에게 유리한 이름을 사용하는 것이 아니라면, 톰은 그의 이름이 블레이크스톤이라는 것을 새로 알게 되었다. 블레이크스톤은 겨드랑이에 끼고 있던 여학생들 가방처럼 생긴 손잡이 없는 서류 가방을 열어 봉투를 꺼내 투프라에게 건네주었고 투프라는 봉투에서 다시 4절지 크기의 사진 여덟 장을 꺼냈다. 마치 포커 놀이를 할 때 미리 공개한 카드를 죽 늘어놓는 것처럼 테이블 위에 사진을 두 줄로 늘어놓았다. "이 사람 중에 네가 나간 다음에 재닛 제퍼리스 집에 왔던 사람이 있나 서두르지 말고 꼼꼼하게 살펴봐. 네 생각에 근거해서 이야기하는 것이긴 하지만. 아무도 안 왔을지 누가 알겠어."

토마스는 은연중에 드러낸 불신이 달갑진 않았다. 왜 아무도 그 사람의 존재를 믿지 않는 걸까? 그렇다고 휠러 교수가 지적한 것처럼, 진실이 뭔지도 모르는 판사나 배심원들이 그를 믿어줄 이유가 있을까? 굳게 입을 다물고 사진 속 얼굴들을 뜯어보았다. 모두 하나씩은 특징이 있는 얼굴이었다. 존경할 만한 얼굴도, 유복해 보이는 얼굴도 아니었지만, 그렇다고 범죄자 상은 아니었다. 잔뜩 부어 있는 얼굴들이긴 했지만 불쾌하거나 무섭지는 않았고 깔끔하게 잘 차려입었을 뿐 아니라 머리까지 단정하게 손질한 사람들이었다. 경찰에서 찍은 머그 샷은 아니어서 투프라가 사용한 '사진'이라는 단어가 더 어울렸다. 스튜디오에서 찍은 것이 아니라 출판물에서 뽑은 것이 분명했다. 어떤 사람은 영국에서 힘께나 쓰는 사람들이 즐겨 입는다고 잘 알려진 줄무늬 정장을 입고 있었다. 금세 사진 두 장에 시선이 끌렸고, 나머지 여섯 명은 전혀 기억이 나지 않았다.

"이 두 사람 중 한 사람인 것 같아요." 얼굴 생김새가 멀리서 지켜봤던 사람의 인상착의와 상당히 일치하는 사진 두 장을 가리키며 입을 열었다. 한 사람은 펑퍼짐한 코에 작은 눈을 게슴츠레 뜨고 있었다. 다른 한 사람은 매우 충동적일 것 같은 눈이었는데, 플래시 세례에 눈이 부셔서 그런 것인지는 알 수 없었다. 한 사람이 다른 사람보다 아래턱이 더 길긴 했지만 두 사람 모두 턱 가운데가 갈라진 것처럼 살짝 들어갔다는 점에서는 똑같았다. (셜록 홈스와 드라큘라 역을 맡았던 배우 크리스토퍼 리처럼 말이다.) 물론 스냅 사진에서 일시적으로 턱이 갈라진 것처럼 보이는 것은 그늘 때문일 수도 있고 빛의 속임수일 수도 있다. 가로등 불빛에 봤던 것보다 곱슬기는 좀 덜 했지만 머리카락이 검은색인 것은 일치했다. 한 번도 정확하게 잡았다고 생각해 본 적이 없었던 그 사람의 이미지는 그나마도 자꾸만 머리에서 빠져나가려고 했다. 특징을 기억해 재현하려고 노력하면 할수록 거품처럼 사라지고, 헷갈리고, 자꾸만 도망쳐서 절망적이라는 단어만 떠올랐다. 사랑했던 망자들, 그들이 살아 있던 시절 매일 봤던 사람의 이미지에서도 똑같은 일이 벌어진다. 사라지고 증발한 사람들 역시 마찬가지로 단 하나의 표정이나 눈빛으로 얼어붙는 경향이 있다. 마찬가지로 토마스가 베르타의 이미지를 떠올렸을 때도 이렇게 헤어지던 그 순간의 이미지로만 떠올랐다. 그녀를 연상할 때마다 움직임이 있는 살아 숨쉬는 사람이 아니라, 그림 속 인물처럼 정적인 모습으로 나타났다. "맞아요. 이 사람인 것 같아요." 충동적인 눈에 짧은 턱수염이 있던 사람을 집으며 한마디 덧붙였다. "이 사람 누구죠? 이름이 뭔가요?" 그가 누구든 상관없었지만 이름만은 휴이길 바랐다.

투프라는 나머지 여섯 장의 사진을 주섬주섬 챙겨 얼른 봉투에 넣었다.

"네빈슨, 확실해? 잘 봐. 이 녀석이 그곳에 오는 것을 봤어?" 여기에서 그는 '녀석'이란 단어를 사용했는데, 그리 존중하는 표현은 아니었다. "만약 그날 본 사람이 이 녀석이라면, 이미 말했지만, 그것은 너에겐 나쁜 소식이야. 확실히 하는 것이 좋아."

"저에게요? 제가 무슨 잘못을 해서요? 100퍼센트는 확신할 수 없어요. 어젯밤 몇 초 동안 본 것이 다니까요. 게다가 이건 사진인 데다 최근 것인지도 잘 모르겠어요. 직접 실물로 보면 더 확실하게 알아볼 수 있을 거예요. 아닐 수도 있지만…… 키나, 생김새, 걸음걸이를 보면 말이에요. 이 사람 키가 190센티미터쯤 된다면 그는 아니에요. 이미 말한 것처럼요."

"175센티미터를 넘지 않을 거야."

"그렇다면 가능성이 커요. 이 사람 쪽으로 생각이 더 기울었어요. 그런데 왜 나쁜 소식이라는 거죠?"

대원수 블레이크스톤은 상관의 지시가 없었는데 뭔가 개입하고 싶으면 세심한 준비가 필요하다는 듯이, 끼어들기 전엔 반드시 기계적으로, 습관적으로 콧수염을 만졌다. 그는 집게손가락으로 그 작자의 사진을 톡톡 치면서 끼어들었다. 의식적으로 사진에 묻은 지문과 땀 그리고 맥주 한 방울까지도 꼼꼼하게 닦아냈을 것 같았다.

"네빈슨, 틀림없이 예전에는 한 번도 본 적이 없는 거지? 텔레비전이나 언론에서 말이야. 요즘은 많이 나오지 않지만, 예전에는 가끔 나왔거든. 이 사람은 '뭔가 있는 사람'이야." 마지막 밤, 아니 더 정확히 말하자면 마지막 시간에 재닛이 이야기했던 것처럼 방점까지 찍어 강조하고 있는 듯했다. 그녀와 똑같은 표현을 사용한 것이다. "자네 정부의 아파트 현관에서 본 것이 아니라 다른 곳에서 본 것이 기억이 남아 있을 수도 있어. 잘 생각해봐!" 토마스는 '정부'라는 단어가 좀 한물갔다는 생각이 들어 거슬렸다. 워터필드서점의 종업원 여자를 그렇게까지 거창하게 생각해본 적이 없었다. 그냥 잠이나 같이 잘 수 있는 그런 여자였을 뿐이다. 관계를 계속할 생각도 없었고, 나중 일까지 생각해본 적도 없었다. 아무튼, 별로 중요하게 생각하지 않았다. 이런 일은 그와 비슷한 연령대의 사람들에겐 학생이건 아니건 간에 끊임없이 벌어지는 일이었다. 누군가의 '정부'라고 한다면 그녀는 런던에 사는 휴의 '정부'였다. 사귄 지 몇 년이나 되었지만 그녀는 불만이 많았고 아무 변화도 없는 것에 지쳐 있었다. 그래서 최후통첩을 했다고 이야기했다.

"저는 텔레비전은 안 보고 신문만 보는데, 누구인지 전혀 모르겠어요. 기억도 없고요. 어젯밤 세인트 존 거리에서 본 것이 전부예요. 그 사람은 초인종을 눌렀는데 재닛의 집인지는 잘 모르겠어요. 하지만 이것은 사실이에요. 그렇지만 정확하게 이 사람이라고 맹세까진 못하겠어요. 제가 보기에 굉장히 닮긴 했어요. 맞아요. 그런데 제가 무슨 말을 하긴 원하죠? 확신은 없는데. 하여간 이 사람은 누구죠? 이름이 뭔가요?" 그는 재차 묻고 나섰다. '나쁜 소식'이라는 말을 들은 다음부터는 그의 이름이 휴였으면 좋겠다고 생각하는지 아닌지도 알 수 없었다.

투프라가 다시 입을 열었다. 명령적으로 블레이크스톤의 손가락을, 손가락이 사진에 닿지 않았음에도 불구하고 마치 벌레라도 쫓듯이 치우라는 몸짓을 했다. 블레이크스톤은 과장된 눈길로 사진을 뚫어지게 바라보았다.

"그는 MP야." 영국에서 오래 살지 않았던 토마스에겐 MP가 하원의원을 의미한다는 것을 떠올리기까진 몇 초 정도 걸렸다. 'Member of Parliament'의 약자였다. "이름은 휴 소머레즈-힐이야. 당신이 본 사람이 이 사람이라는 것이 아마 사실일 거야. 오래전부터 우리는 그가 재닛 제퍼리스와 관계를 맺고 있다는 사실을 알고 있었어. 그녀를 찾아왔다는 것이 아마 사실일 거야."

"그를 아나요? 누가 아는 거죠? 당신들 두 사람 모두 아는 사람인가요? 그럼 제가 본 사람과 동일인이라는 것이 분명해요?"

"우리 두 사람은 두 사람 이상의 몫을 하지. 100명 이상, 아니 도대체 몇 명 몫인지 모르겠는데."

"버트럼, 천 명 이상의 몫을 할 겁니다." 블레이크스톤 자작은 얼른 콧수염을 만지며 자랑스럽게 동의했다. 그러나 투프라는 전혀 개의치 않고 말을 이어나갔다.

"100명도 넘는 우리가 이미 충분히 알고 있지. 전부는 아니지만, 충분히 알고 있어. 누구는 이것을 알고, 다른 사람은 또 다른 것을 알고. 우리가 아는 것을 종합하면 거의 전부 다 알고 있다고 말해도 될 거야. 최소한 하원의원이나, 책임 있는 자리를 차지하고 있는 고관들에 대해선 말이야. 자료만 놓고 보면 두 사람이 동일인일 가능성이 큰데, 그렇게 되지는 않을 거야.

왜냐면 그는 용의선상에서 완전히 벗어나 있거든. 우리 부지런한 모스 형사가 이미 그를 비롯한 주변 사람들과 이야기했을 거야. 그는 어제 바로 런던에 갔거든. 소머레즈-힐은 재닛 제퍼리스와의 관계에 대해선 부정하지 않았어. 그건 멍청한 짓이니까. 그의 말에 의하면, 지난 주말에 마지막으로 그녀를 만났다는 거야. 늘 하던 식으로 말이야. 어떤 인간이 이 젊은 아가씨한테 나쁜 짓을 했는지 전혀 감이 잡히지 않는다고 이야기했지. 사실 그가 그녀를 만나러 여기에 온 적은 단 한 번도 없었어. 그녀가 항상 런던에 갔거든. 가족 소유의 작은 아파트를 이용해 만났지. 그는 그곳을 임시 사무실로 사용하거나 업무차로 비공식적인 만남이 필요할 때 주로 사용했어. 소머레즈-힐 씨는 아내와 별거하고 있으며 특히 토요일이나 일요일 같은 주말엔 함께하는 일이 거의 없다고 밝혔어. 흔히 대는 핑계지만 정치에 모든 시간을 쏟았다는 거야. 믿기지 않겠지만 믿어야 할 거야. 그는 사람들이 믿게끔 꾸밀 수 있거든."

"내가 만일 그의 아내라면 믿지 않을 건데." 블레이크스톤이 한마디 거들었다. 투프라는 그의 말을 무시하고 다시 말을 이어갔다.

"그러니까 그 녀석은 제퍼리스가 주중에는 어떻게 지냈는지 전혀 몰라. 누구와 사귀는지도 몰랐을걸. 자네에 대해서도 이름조차 듣지 못했을 거야. 그것은 분명하게 말할 수 있어." 그는 소머레즈-힐을 언급할 때는 뭔가 모르게 경멸적인 표현을 사용했지만, 이상하게 모스 형사에 대해서만큼은 아주 정중한 태도를 보였다. 실수가 아니라 일부러 그런 것 같았다. "모스 형사 말에 따르면, 그녀의 생활에 대해서 별로 궁금해하지 않았다는 거야. 물론 눈앞에 있는 것만 중시하고 나머지는 다 덤이라고 생각하는 사람들도 있긴 하지. 분명한 것은 수요일 저녁 내내 런던에 있었다는 거야. 증인도 있고. 그는 옥스퍼드에 올 수 없었어. 증인들이 착각했거나 거짓말을 한 것이 아니라면 말이야. 그런데 착각은 불가능해. 그제 밤은 얼마 안 되었거든. 물론 거짓 증언을 할 수도 있다는 사실은 그리 새삼스럽지 않아. 언제, 어디서든 정말 많이 있을 수 있는 일이니까. 그렇지만 증거가 없으면 증언이 유효해. 그래서 네가 본 사람이 이 너석이라면 그건 나쁜 소식이라고 한 거야. 그는 이미 용의선상에서 배제되었고, 그러고 나면 네가 유일하게 남은 용의자이니까. 다른 사람은 없는 마당에 모든 증거는 너를 가리키고 있어. 이해했어? 도둑이나 마약쟁이에게 죄를 뒤집어씌우는 건 정말 난처한 극단적인 경우에만 하는 짓이야. 아니면 시간이 너무 많이 흘렀는데 사건이 여전히 오리무중이거나. 아직은 시기상조야."

"아직은 받아들여지지 않을 겁니다. 그녀가 죽은 시간 전후로 그녀와 성관계를 맺은 사람도 있으니까요." 블레이크스톤이 확실히 못을 박았다. 이번에는 베레모를 고쳐쓸 필요가 없었는데도 다시 고쳐썼다.

"블레이크스톤이 짧고 간단하게 이야기한 것처럼 소머레즈-힐 씨는 뭔가 있는 사람이야. 영향력도 있고 중요한 인물이기도 하지. 게다가 자기 당의 보호도 받고 있고 말이야. 앞길이 창창한 휘그*Whig 당원이야. 알고 있어? 경찰은 동기나 단서가 없으면 뒤를 파지 않을 거야. 반대로, 뭔가 있다고 생각하면, 경찰은 끈질기게 온갖 곳을 다 뒤지고 다니는 경향이 있지. 누구냐에 따라 손을 떼기도 하지만, 너는 반대의 경우야." 투프라는 잠시 숨을 고르고 토마스를 위에서 아래로 샅샅이 훑어보았다. 톰에게서 공포와 탈진의 실마리를 찾아보고 싶은, 이어서 찾아올 절박한 항복 선언을 기다리는 눈치였다. "그와는 반대로 너는 별 볼 일 없는 사람이야."

---

* 휘그당은 17세기 후반 상공업 계급을 기반으로 성립한 영국 최초의 근대적 정당으로, 1830년대 자유당으로 당명을 바꿨다.

톰 네빈슨은 그 자리에서 바로 '우주에서 추방된 사람'을 떠올렸다. 휠러 교수의 말을 메아리처럼 따라 읊조리며 머릿속에 그 말을 복사해 넣었다. '거친 표현일 뿐만 아니라 문학적인 근거도 없지. 그는 거의 모든 인간의 운명은 아닌 것처럼, 태어나는 순간부터 우리 인간을 기다리고 있는 것은 우리 인간이란 존재가 절대로 지구를 변화시키지 않고 돌아다니길 기대하는 것은 아닌 것처럼 이야기했다. 우리는 일종의 장식품이나, 드라마 속 단역배우, 그림 속에서 영원히 움직이지 않는 배경에 묻힌 인물, 구별할 수도 배제할 수도 없지만, 분명히 다른 것으로 대체할 수 있고 눈에도 띄지 않는 잉여 인간에 불과하다. 결국 우리는 아무것도 아닌 존재일 뿐이다. 예외가 될 수 있는 사람은 너무 적어 헤아린다는 것 자체가 별 의미 없다. 더욱이 그 사람들에 대해선 몇 시간, 한 세기, 혹은 10년이 지나도 아무런 흔적도 찾아볼 수 없다. 대부분 전혀 중요하지 않은 사람으로 간주된다. 한 포기의 풀, 한 줌도 안 되는 먼지, 생명, 전쟁, 재, 흘러간 바람처럼 그 존재조차 전혀 인정할 수 없다고 취급한 것이다. 휠러 교수에게는 의미가 있을 수 있지만 아무도 기억해주지 않는 것. 전쟁터가 말끔히 치워지면 전쟁조차도 기억하지 못하는 법이다.' 그는 더 깊이 들어가고 싶지 않았다. 그는 자기 자신에게 닥친 절박한 상황에 매달려야 했다. 철부지에게 상이라도 주는 양 섬광 한 줄기가 그에게 다가왔다. '사람들 생각과는 달리 소머레즈-힐도 마찬가지야. 결국, 그도 아무것도 아니야. 그가 나와 정부情婦를 공유했다면, 이젠 그것을 알든 모르든 그녀를 매개로 나와 비슷해졌을 거야.'

"경찰이 진짜 그에게서 손을 뗄까요?" 진짜로 놀랍기도 했고, 상황에 걸맞지 않게 너무 비통하단 생각도 들어 한번 물어보았다. 노예근성도 있고, 제멋대로 횡포 부리기 일쑤고. 뿌리부터 부패한 독재국가 스페인의 경찰들이라면 얼마든지 일어날 수 있는 일상적인 일이었다. 하지만 영국에서는 상상도 하지 못할 일이라고 생각했다. 아마 모든 나라가 서로 닮은, 같은 방식으로 다스리는 분야나 영역이 분명 있긴 할 것이다. "모스형사도요? 그럴 사람 같아 보이진 않았는데. 팔짱 끼고 수수방관하거나 외면해버릴 사람 같진 않았어요."

"안 그럴지도 모르지." 투프라가 대답했다. 그에게서 눈을 떼지 않고 맥주를 한 모금 마셨다. "그러나 그도 별 비중 없는 졸개에 불과해. 그리고 다 똑같아. 시류와 타협하지 않으면 절대로 승진할 수 없어. 모든 것이 상관에게 달려 있기 때문에 명령에 복종해야 하거든. 그런데 높은 사람일수록 더 예민한 거야. 내가 말하고 싶은 것은, 그들은 호의에 예민하다는 거야. 호의를 받는 것뿐만 아니라 베푸는 것에도 예민하지. 네빈슨, 호의를 베푸는 것이야말로 사람들이 가장 좋아하는 거야. 아직 젊긴 하지만 그런 건 너도 봤을 거야. 이건 어린아이들도 아는 것이고, 어른들과 한번 거래를 해보면 얼마든지 알 수 있는 일이야. 호의를 받으면 위축되고 호의를 베풀면 우쭐거리게 되는 법이거든."

"호의를 베풀면 정말 기분이 좋아지지요." 블레이크스톤이 얼른 끼어들었다. 그는 한눈에 봐도 젊은 상관의 말을 거스를 생각이 전혀 없었다. "호의를 다시 갚지 않는다고 해도 말이에요. 호의를 고마워할 줄 모르는, 게다가 전혀 의식하지 않는 사람들도 있어요. 이런 사람들은 은혜도 모르고 괄괄해서 위축되지 않을지도 몰라요. 모든 것이 자기 잘난 덕이라고 생각하는 거죠. 그런 사람 상당히 많아요. 그렇지만 아무 대가 없이 호의를 베풀면 정말 즐겁긴 해요." 경험에서 나온 말 같았다. 그는 꼭두각시처럼 누군가가 방향을 지도하고 일러줘야 하는 주체적이지 못한 사람 같다는 인상이었다. 오로지 누군가를 섬기기는 하지만 아무 대가도 바라지 않는, 그리고 새로운 명령이나 임무가 떨어져야만 움직이는 사람이었다. 외부에서 자극이 주어지지 않으면 요람부터 무덤까지 계속 동면만 할 그런 사람이었다.

"이제 어떻게 하죠? 저에게 어떤 충고를 해줄 건가요? 내가 생각해도 저는 별 볼 일 없는 사람이긴 하지만 당신은 뭔가 저에게 호의를 베풀어줄 것 같긴 한데요. 저도 호의가 필요하기도 하고요. 호의를 베풀지 않았는데도 나는 이미 충분히 몸을 낮췄어요. 이 질곡에서 빠져나올 수만 있다면 더 낮춰도 상관없어요. 휠러 교수님이 말씀하시길 당신이 좋은 충고를 해줄 거라고 했어요. 투프라 씨, 당신의 제안을 수용해야 한다고요. 그런데 아직 아무런 제안도 듣지 못했어요. 지금까지는 전망이 어둡다는 이야기뿐이었어요. 당신을 만나기 전보다 훨씬 더 전망이 어두워진 것 같아요. 사실 휴의 존재가 저를 구해줄 수 있을 거라고 은근히 기대했어요. 운이 좋으면 초점이 그에게 맞춰질 거라고요. 그런데 제가 본 사람이, 아니 봤다고 믿는 사람이 바로 그 사람이 맞는다는 걸 당신들이 확인해주었어요. 이제 곧 저는 기소될 테고 그럼 재판을 받겠죠. 안 그래요?"

그는 문득 휠러 교수가 경고했던 말을 떠올렸다. '자네는 자네가 상상하는 것 이상으로 곤경에 처해 있네. 자네가 잘 모르고 있는 부분이 있어. 탈출구를 찾지 못하게 막고 있는 것이 말이야.' 재닛의 애인이 하원의원이라는 사실을 언급한 것이었다. 교수도 틀림없이 이 사실을 알고 있었던 것이 분명했다. 두 사람의 관계가 어떤 것인지는 잘 모르겠지만, 투프라와 교수 사이엔 계속 매끄럽게 오가는 채널이 있을 것 같았다. 두 사람은 입을 다물었다. 일종의 묵시적으로 동의를 표하는 행동이었다. 뭔가 너무 확실해서 한마디도 더 할 필요가 없다고 생각했는지도 모른다. 투프라는 상황을 즐긴다기보다 상황 자체가 재미있다는 듯이 장난기 어린 눈빛으로 그를 바라보았다. 그는 사람들에게 혼란과 '절망'이라는 감정을 안겨 출구가 없다는 생각에 빠지게 하거나, 자기만 유일하게 출구를 제시할 수 있다고 믿게끔 만드는 데 익숙해져 있는 것 같았다. (아마 상대를 구석으로 몰아넣은 다음 해결책을 달라고, 문제를 정리해달라고, 중재해달라고, 도망치게 해달라고 빌게 만드는 것이 그의 일인지도 모른다. 아무것도 강요하지 않는 것 같으면서도 부드럽게 강요하고 있었다. 그의 경멸적인 태도가 일을 대신했고 상대의 기운이 빠지도록 서서히 파괴하고 있었다.) 블레이크스톤은 상관을 흉내내려고 애를 썼지만 잘되는 것 같진 않았다. 톰에게 맞춰져 있던 그의 시선도 별 특징 없이 불안하게 서성대기만 해서 정말 최악이었다. 맥주는 마시지도 않으면서 다 꺼져버린 거품만 자꾸 불어대고 있었다. 톰은 엄지와 집게손가락으로 눈을 열심히 문질렀다. 자기를 스캔하는 듯한 두 사람의 눈길을 참기 어려웠다. 뭔가를 제안하는 사람은 그들의 몫이 아니라 그의 몫인 것 같았다. 담배를 꺼냈다. 그는 머리가 복잡했던 탓에 두 사람에겐 담배도 권하지 않는 무례를 저질렀다. 그러자 투프라는 자기 담배를 꺼내 물었다. 햇볕에 그을린 이집트 사람들, 즉 파라오가 그려진 '람세스 2세'라는 상표였다. 각자 담배에 불을 붙였다. 톰은 재닛이 실수로 얼굴을 긁었을 때 떨어트렸던 바로 그 마르코비치에 불을 붙였다. '그녀의 손가락이 더는 무언가를 어루만질 수도 없고, 집을 수도 없다는 사실이 정말 묘하다'라는 생각이 들었다. '그제 밤만 해도 원하는 것은 뭐든 할 수 있었는데 지금은 할 수 없다니, 전혀 이해가 안 돼. 죽음과 삶은 별로 닮은 것이 없어. 그런데 왜 죽음은 삶의 뒤를 따르는 거지? 이해를 할 수 없군.' 모스가 찾아낸 상처와 담배꽁초는 그에게 불리하게 작용할 것이다. 톰은 다시 별로 크지도 않은 상처를 매만졌다. 어리석게도 칠흑 같은 어둠에 빠져버린 현재를, 불은 꺼지고 안개에 싸인 미래를 생각하자 화가 치밀어올랐다. "그건 그렇고, 당신들은 누구죠? 누구 대신 나온 겁니까?" 톰은 이 점을 깜빡 잊고 있었다는 걸 깨달았다. 이에 대해 홀로 상상만 하고 있었을 뿐, 투프라도, 블레이크스톤도, 레레스비도, 몽고메리도 실제로 자기를 소개한 적이 없었고 경쟁 관계에 있는 사람이 누구인지, 어떤 단체에 속해 있는지, 그 단체가 무엇을 하는 단체인지 이야기한 것이 아무것도 없었다. (아마 개인적으로 활동하는 사람 혹은 거래에 능숙한 마피아 단원일 수도 있었다. 모든 것이 혼란스러웠다. 사우스워스 교수에 의하면 휠러 교수는 모든 부류의 사람들을 알고 있었다.) 그들이 신분증이나 명함을 보여준 적도 없었다. 그들은 자신들이 여기저기에 힘을 미칠 수 있다고 했는데, 경찰이나, 법원, 심지어는 내각보다 더 큰 영향력이 있는지도 궁금했다. 그들이 전지전능한 능력이 있어 며칠 전 일어난 일 전체를 잠시나마, 재닛이 목이 졸려 죽은 것까지 다 지워버리고 그녀를 죽음에서 꺼낼 수 있을 거라는 환상을 가졌었지만, 이런 생각은 불과 몇 초뿐이었다. 아직 그를 돕겠다는 구체적인 제안조차 없었다. 그들이 한 것이라곤 그가 직면한 불편한 문제에 관해 이야기를 나눈 것이 전부였다. 게다가 지금 이야기를 나누고 있는 사람이 누구인지도 전혀 모르는 상태였다. 그런데도 그는 그들에게 모든 것을 맡기고 완전히 두 손을 들어버렸다.

그러자 투프라는 안쓰러운 표정을 지으며 짧게 웃음을 흘렸다. 비록 무뚝뚝해 보이긴 했지만 전체적으로 정이 많은 사람 같았다. 비록 모든 사람을 곤경으로 몰아넣어 무언가를 단념하게 하고, 전망을 불투명하게 하여 희망을 포기하게 하고, 여기에 더해 위협까지도 했지만, 이 모든 짓을 부드러우면서 차분하게 진행했다. 물론 그가 냉혹하고 아주 지능적인 방법으로 폭력을 행사하는 사람도 될 수 있다는 것 또한 명확한 사실이었다. (그는 투박하게 갈라진 코와 상당히 큰 두상을 가지고 있었다. 곱슬머리가 두상의 문제를 줄여주긴 했지만 말이다.) 그렇지만 폭력적이지 않을 때는 송충이 같이 짙은 속눈썹, 언제나 촉촉함을 잃지 않았던 입술을 보면 상당히 정이 많은 모습이었다. 블레이크스톤은 투프라가 허락하거나 먼저 모범을 보여주어야만 언제나 한 박자 늦게 따라 웃었다.

"우리가 누구를 대표하냐고 이 친구가 묻는데요. 버트럼, 잘 들었죠? 우리에게 누구를 대표하냐고 묻잖아요. 정말 황당하네." 그는 재미있다는 듯이 큰 소리로 떠들었다. 이 질문이 정말 재미있었던 것 같았다. 발작적으로 웃기 시작하더니 멈출 기색을 보이지 않았다. 점점 커져만 가던 스스로의 목소리보다 더 날카로운 웃음소리였다. 뭔가 공격적인 웃음이었다. 하하하! 하하하! 시끌벅적한 웃음이 계속되었다. '이글앤차일드'에 온 손님들 모두 목을 길게 빼고 그들 쪽으로 시선을 돌릴 정도였다. 그때까진 조용조용하게 대화가 이어져 아무도 그들을 주목하지 않았는데 블레이크스톤의 비명에 가까운 웃음소리 탓에 모든 사람의 시선을 끌게 된 것이다. 콧수염을 비롯해 머리부터 발끝까지 전쟁 영웅 흉내를 내고 다니는 것만 봐도 그는 정상이 아니었다. 모든 사람이 그날 그 순간부턴 그를, 히스테릭한 자작을 기억할 수 있을 것 같았다. "네빈슨, 우린 아무도 대표하지 않아. 아무도. 정말 웃기네. 우리는 아무도 대표하질 않거든." 심하게 웃는 중에도 이 말을 빼지 않았다. 그 웃음엔 전염성도 있었지만, 한편으론 듣는 사람을 당황스럽게 만들기도 했다. 언젠가 순진하고 쾌활한 동성애자들에게서 들었던 그런 웃음이었다. 진짜 대원수 몽고메리 장군이었다면 아마 그 웃음을 받아들이지 않았을 뿐만 아니라, 아무리 간섭해 없애버리기 어려운 삼류 모방꾼의 짓이라곤 해도 그런 경박한 웃음에 자기가 연결되었다는 사실에 크게 화를 냈을 것이다. 블레이크스톤은 꽉 조여진 외투의 단추들 때문에 마음 놓고 웃을 수 없었다. 토마스는 블레이크스톤이 다시 웃음을 터트릴지도 모른다는 생각도 했지만, 웃음을 채 멈추지도 못한 그에게 이번에 닥친 것은 엉뚱한 기침이었다. 기침과 웃음이 묘하게 뒤섞여 들려왔다.

"그만해! 블레이크스톤." 투프라가 입을 열었다. "그만 웃고 뭘 좀 마셔! 그렇게 멈추지도 않고 웃다가는 숨이 넘어가겠어." 하지만 그 역시 조금은 느슨해진 웃음에 금세 다시 전염되었고, 그의 목소린 그다지 권위적이지도 않았다. 고민에 빠졌던 톰도 따라 웃기 시작했다.

몽고메리는 흠뻑 젖은 베레모 위로 후드를 들어올리더니 냅킨 두세 장을 뽑아 입을 훔쳤다. 천천히 웃음을 가라앉히고 맥주잔의 반을 단숨에 들이켰다.

"빠흐동Pardon, 빠흐동." 그는 이번엔 프랑스어로 미안하다고 이야기했다. "내가 보기엔 우리도 한 번쯤은 생각해봐야 할 좋은 질문이라는 생각이 들어서요." 그는 굉장히 어려운 상황에서 다시 웃기 시작하려들었다. (이번엔 후드가 그를 단단히 조이고 있었다.) 그리고 다행히 참아냈다.

"블레이크스톤, 이 친구는 그 정도 이야기는 할 만해." 두프라는 토마스를 바라보며 입을 열었다. "그렇게까지 웃음을 터트릴 이야기는 아닌데. 가끔 너무 쾌활한 것이 문제야. 그래도 다행인 것은 이런 일이 자주 일어나지는 않는다는 것이지. 이 친구가 이렇게 재미있어 하는 것은 우리는 공식적이건 비공식적이건 어디에도 속하지 않는다는 점 때문에 그래. 우리는 누구일 수도 있고 아무도 아닐 수도 있어. 우리는 어딘가 있긴 하지만 존재하지는 않지. 아니 존재하긴 하지만 어디에도 없다고 해야 하겠지. 일하는데, 일하지 않는다고 할 수도 있고 말이야. 네빈슨, 우리가 한 일을 우리는 하지 않았다고 하지. 우리가 한 일은, 어떤 사람이 의도적으로 한 것이 아니라, 그냥 일어난 거라고." 토마스에겐 그 말이 마치 당시 지식인들 사이에서 유행하던 베케트의 말처럼 들렸다. 마침 그의 작품들은 엘리트들의 찬사를 들으며 절찬리에 런던에서 공연되었고 급기야는 얼마 전 노벨상까지 받았다. 이런 맥락에서 이야기한다면 톰은 그의 말을 이해하기도, 이해할 수 없기도 했다. "우리는 사물을 바꿀 수 있지만, 흔적을 남기진 않아. 따라서 변화가 일어나도 우리에게 책임이 돌아오진 않지. 아무도 우리가 한 일에 대해서 우리에게 계산서를 청구하지 않을 거야. 우리는 아무 일도 하지 않았거든. 우리에게 명령을 내리는 사람도 없고, 우리를 파견 보내는 사람도 없어. 우리는 존재하지 않으니까."

"투프라 씨, 무슨 말인지 잘 모르겠는데요."

블레이크스톤은 완전히 진정된 것 같았다. 그래서 후드를 내렸는데, 그러다 베레모도 같이 벗겨져 순간적으로 그의 머리가 드러났다. 전혀 예상치 못한 모습이었다. 길지 않은 붉은 머리카락을 꼼꼼하게 위쪽으로 묶어놓았는데, 이로 인해 갑자기 모터사이클을 모는 험상궂은 인상의 야성적인 사람이 된 것 같았다. 덕분에 몇 초 동안 그는 장군 모습을 잃었다. 정말 몇 초 동안이었다. 그는 숙련된 솜씨로 한 손으론 머리카락을 들어올리면서 다른 한 손으로는 재빨리 장군의(챙이 없는) 베레모를 눌러썼다. 진짜 몽고메리 장군은 그의 날카로운 웃음소리보다 그 머리 스타일을 훨씬 더 싫어했을 것 같았다. 서둘러 모자를 고쳐쓰다가 블레이크스톤이 기침을 막기 위해 입을 가리고 있던 냅킨이 자기도 모르게 몽고메리 후드 안으로 들어갔다. 톰은 냅킨에서 눈을 뗄 수 없었다. 밀가루 반죽처럼 뭉쳐진 냅킨은 큰 바구니에 담아놓은 커다란 꽃양배추처럼 고개를 삐죽 내밀고 있었다.

"네빈슨, 우리는 소설 속 3인칭 화자와 비슷해. 너도 소설은 많이 봤을 거야." 투프라는 가르치려는 투로 말을 이어갔다. "소설 속에서, 뭔가 결정을 하고 이야기를 이끌어가는 사람은 3인칭 화자이지. 그렇지만 그에게는 질문을 던질 수도 말을 걸 수는 없어. 이름도 없을 뿐만 아니라 특정 인물도 아니지. 1인칭 서술자와는 달리 말이야. 그래서 우리는 그를 믿고 의심하지도 않아. 그가 어떻게 그것을 알고 있는지도 따지지도 않고, 왜 생략하고 입을 다무는지도 그냥 지나치지. 한마디로 왜 그에게 모든 것의 운명을 결정할 수 있는 능력이 부여되었는지 따지지 않을뿐더러, 절대 미심쩍은 듯한 눈길을 보내지 않지. 여기에서도 분명히 '그'가 있긴 한데 존재하진 않아. 반대로 분명히 존재하긴 하는데 눈에 띄진 않는다는 거야. 나는 지금 화자에 관해서 이야기하고 있어. 작가의 눈이 아닌 화자의 눈 말이야. 집에 틀어박혀 화자가 언급하는 것에 전혀 응답이 없는 작가가 아니라는 거지. 물론 화자 역시 자기가 왜 그렇게 많이 알고 있는지 설명은 못해. 달리 말하면, 전지적 시점의 3인칭 화자는 보편적으로 수용되는 하나의 관습이야. 소설을 펼쳐 든 독자도 왜, 무엇을 위해 화자가 그런 단어를 선택했는지는 물어보지 않아. 그렇다고 수백 페이지 넘게 읽으면서 그것을 뇌주지도 않아. 눈에 보이지 않는 사람의 목소리, 어디에서 들려온다고도 할 수 없는 외적이면서 자율적인 그 목소리를 말이야." 그는 잠시 말을 멈추고 관자놀이까지 늘어진 머리카락을 빙글빙글 꼬면서 이미 김이 다 빠진 맥주를 한 모금 마셨다. "한마디로 우리는 이와 비슷해. 보편적으로 수용되고 있는 그런 관습 말이야. 우연을 자연스럽게 받아들이고 거부하지 않듯이. 사건, 사고, 질병, 재난, 행운, 불행 등을 있는 그대로 받아들이고 거기에 대해서 왈가왈부하지 않듯이 말이야. 우리는 불행을 멈추게 할 수 있지. 방향을 바꿔 배를 구할 수 있는 돌풍처럼, 세상에 내려와 추적자들에게 쫓기고 있는 사람을 감춰주는 안개처럼, 추적당하는 사람의 발자국을 지워 추적자와 개가 방향을 찾지 못하게 방해하는 눈보라처럼 말이야. 그리고 그들이 전진하는 것을 막는, 아무것도 보지 못하게 막는 밤과 같은 존재가 될 수도 있어. 이스라엘 사람들에겐 길을 열어주고, 그들을 죽이려고 뒤쫓아온 파라오의 군대엔 길을 닫아버린 바다와 같은 존재가 될 수도 있고. 우리는 바로 이런 사람이야. 한마디로 우린 그 누구도 대표하거나 대리하지 않아."

'또 시작이군.' 토마스는 생각했다. '풀 한 포기, 먼지 한 점, 뿌리도 없는 생명, 출발점도 없는 전쟁, 재, 연기, 벌레, 무엇이라고도 할 수 있지만, 아무것도 아닌 것.' 그러나 그가 남긴 메시지는 이것이었다. '우리는 불행을 멈출 수 있다.' 아마 진실일 것이다. 그에게 닥친 불행을 막아 세울 수도 있을 것이다. 그러나 그에게 바람이 되기 위해선, 눈보라가 되기 위해선, 안개나 밤이 되기 위해선, 길을 열어준 바다가 되기 위해선 그들에게 무엇이 필요한지 그가 어떻게 해야 하는지는 말하지 않고 계속 자기 말만 했다. 그래서 그는 참지 못하고 투프라에게 자기 의견을 털어놓았다.

"투프라 씨, 문학을 공부하셨나 보네요. 맞죠? 이런 생각까지 한 것을 보면요."

투프라는 수긍한다는 듯 다시 웃었는데, 마치 톰에게 이런 이야기를 하는 것 같았다. '나를 어떤 사람으로 생각했어? 깊이 생각하지도 않고 단순히 행동만 하는 사람으로? 그래! 나는 양심 따윈 치워버리고 바로 행동으로 들어갈 수도 있어. 그렇지만 알고서, 생각하면서 그런 행동을 하는 거야.' 그는 톰보다 몇 살 정도가 아니라 25살은 더 먹은 것처럼 굴었다.

"나는 많은 것을 공부했어. 여기 옥스퍼드뿐만 아니라 다른 곳에서도 공부했지. 평생 계속 공부하고 다녔어. 내 전공은 중세사야. 그리고 우리는 똑같은 사람에게 배웠어. 네빈슨, 간접적으로 너를 구해주려는 사람들이 바로 그분들일 거야." 토마스는 그가 옥스퍼드 지방의 억양을 사용하는 이유를 이젠 알 것 같았다. 그렇지만 런던 동쪽의 '베스널그린Bethnal Green*'처럼 가라앉은 곳에서 태어나고 자란 것이 분명해 보이는 그를 계급적인 성격이 강한 옥스퍼드 대학교에서 받아들인 이유가 궁금했다. 그는 스트레텀, 클래펌, 브릭스턴과 같이 더 심한 슬럼가 출신일 수도 있다. 하지만 휠러 교수가 말했듯이 그는 정말 능력도 많고, 교활하기도 하고, 재주도 많은 사람일 것이다. 그는 사람을 설득하는 일을 맡고 있을 것이다. 그렇지 않다면

---

*   런던의 한 부분으로 동쪽에 위치한다. 현실적인 분위기를 보여주고 있는 이 곳은 젊은 전문직 종사자들의 주거 지역과 방글라데시 사람들의 대규모 커뮤니티가 몰려 있다.

사람들은 그를 두려워해야 할지도 모른다.

"간접적으로요?"

"그래. 우리를 통해서 말이야." 투프라가 빙긋 웃으며 이야기했다. "세상에 내려온 안개를 통해서. 너도 중간에 다리를 놓은 사람이 누군지 잘 알고 있잖아."

그러자 토마스는 더 돌리지 않고 직설적으로 물어보았다.

"당신들이 제 불행을 끝내줄 수 있나요?" 마음속에 단단히 갈무리해놨던 말이었다.

"그럴 수도 있지. 때에 따라서 말이야. 너를 별 볼 일 없는 사람이 아니라 뭔가 있는 사람처럼 바꿀 수도 있어. 블레이크스톤, 안 그래?" 블레이크스톤은 의심을 완전히 떨치지 못하고 절반쯤 동의했다. "그럴 경우, 너는 휴 소머레즈-힐처럼 보호받을 수도 있어. 형태도 이유도 그와 같지 않겠지만, 보호받는 정도는 비슷할 거야. 최악의 순간에 재닛 제퍼리스를 만나러 아파트에 갔던 두 사람을 동시에 빼내기는 쉽지 않아. 둘 다 섹스를 하려고 갔던 거라고는 말할 수 없겠지. 너는 그렇지만, 소머레즈-힐은 아마 아닐 테니까. 뭐든 상관없지만, 두 사람이 갑자기 생각지도 않던 같은 그림 속의 인물이 된 거야. 그래, 문제는 있지만 바꿀 수는 있어. 그렇지만 토마스 네빈슨 씨, 이건 지금부턴 당신에게 달렸어. 우리가 눈보라를 부를 가치가 있는지, 바람의 방향을 바꿀 가치가 있는지 말이야." 마치 그를 유혹이라도 하는 양, 이름에 '씨'를 붙인 것은 이번이 처음이었다. 아무것도 아닌 사람과 뭔가 있는 사람 사이의 간극을 그에게 보여주는 것 같았다.

"우리 두 사람을 다 빼내면 무슨 일이 일어나죠? 엄청난 스캔들이 일어나지 않을까요? 모스 형사는 뭐라고 할까요? 어떻게 설명하죠?"

"그래! 그 사람은 화를 낼 테고 몸부림치겠지. 아마 그의 직속상관도 마찬가지일 거야. 같은 부류라면 말이지. 그렇지만 그들의 불만은 그리 오래가지 않고, 위계질서가 분명한 모든 기관이 다 그렇듯이 곧 덮일 거야. 재닛 제퍼리스 사건은 증거 부족으로 당분간 미제 사건으로 남아 있을 거야. 확실하게 기소를 하기 위한 기본적인 증거가 부족한 것으로 말이야. 아무도 이기지 못할 재판은 하기가 싫거든. 이런 식으로 계류된 사건이 정말 많아. 가끔 범인을 찾는데 몇 년씩 기다리기도 하고, 가끔은 못 찾고 지나가기도 하지. 50년 전, 20년 전, 10년 전 서류도 많아. 이 나라에선 사람들이 범죄에 굉장히 관심을 가지고 신경을 쓰지. 그러나 지칠 때까지 경찰에 편지질을 해대는 그런 미친놈을 제외하고는 지속성이나 결말이 없으면 언젠가 다 잊어버리거든. 해결되지 않은 사건이 얼마나 많은지 안다면 사람들은 엄청난 항의를 할 거고, 계속 공포 상태에서 살게 될 거야. 그렇지만 이미 해결된 사건에 대해선 사람들은 정말 즐거워할 거야. 효율적이라는 인상을 줄 정도의 재판과 선고가 충분히 있어. 그러니 사람들에게 물어본다면 대부분 우리 경찰과 사법 시스템이 다른 어떤 나라보다 잘 작동하고 있다고 믿을 거야. 영국에선 살인범이 벌을 받지 않고 빠져나가지 못한다고 믿고 있을걸. 게다가 사람들은 망각으로 인해 희석되는 사건이 있다는 것을 계산하지 못해. 아무도 보지 않는 지옥의 변방을 떠다니는 것이 있다는 것을 말이야." 투프라는 분명 자기가 내뱉은 이 마지막 말이 너무 마음에 든 것 같았다. 시의 마지막 구절이나 되는 양 한참 뜸을 들이고 내뱉었다. "여섯 달만 지나면 아무도 재닛에 대해 기억조차 못 할 거야. 가까운 지인 몇 사람 빼고 말이야. 지금은 새로운 소식이 전해지기만을 기다리며 부글부글 끓고 있는 옥스퍼드 주민들도 아마 기억하지 못할걸. 물론 몇 주 동안은 계속될 거야. 그렇지만 몇 주만 지나면 그만이야. 한두 달만 새 소식이 없으면 그렇게 계속 이글이글 불타진 않아."

"그렇지만 제가 그녀와 함께 있었다는 소문이 돌 텐데요. 저를 봤던 이웃들이 이미 소문을 냈을 것 같아요. 저를 나쁘게 봤으면 의심하기도 할 거고, 왜 저를 체포하지 않는지 궁금해할 거고, 저를 따돌리겠죠. 최악은 나에게 드러내놓고 적대감을 표하는 거예요."

"아마 몇 주 동안은 그럴 거야." 투프라가 차분하게 말을 받았다. "그런데 시간이 지나면 너는 아무 관련 없다고, 결백하다고 생각할 거야. 정확하게 말하자면 체포되지도 않았고 기소되지도 않았으니까 말이야. 이렇게도 생각할 수 있지. '저 친구 정말 불쌍해. 그 여자와 함께 지냈던 밤에 누가 그녀를 죽였대. 정말 최악의 경험을 하게 된 거지. 그녀를 애무해줬을 텐데, 잠시 후에 누가 그 여자의 목을 졸라 죽였다니까.' 그리고 달리 생각하면, 너 이번 학기가 얼마 남지도 않았지. 이번 학기만 끝나면 공부도 끝날 것 아닌가. 여기 더 머물지 않을 거잖아. 스페인으로 돌아갈 거 아냐? 공부를 마무리하기 위해 잠시 다른 곳에 갈 수도 있고. 다시 옥스퍼드를 찾아왔을 땐 아무도 그 사건을 기억하지 못할 거야. 너와 연결하지도 않을 거고."

"내가 하고 싶은 말은, 우리가 너의 불행을 막아주려고 마음먹는다면 이 사건은 여기에서 종결된다는 게 확실하다는 거야." 블레이크스톤이 쐐기를 박았다.

'만일 막아주지 않는다면, 반대로 나는 여기서 많은 시간을 보내야 할 거야.' 톰은 문득 이런 생각이 들었다. '다른 살인범들과 함께 창살에 갇혀, 감옥 안에 갇혀서 말이야.'

베레모 밖으로 블레이크스톤의 붉은 머리카락이 후두부 왼편으로 빠져나온 것을 보았다. 몽골인이나 타타르인 같다는 다소 어색한 느낌과 함께 기다랗게 빠져나온 머리카락이 약간은 무섭게 느껴졌다. 그에게 뭔가 알려주는 듯한 몸짓을 하자, 자작은 얼른 머리카락을 잘 매만졌다. 그러자 토마스가 그의 후드에서 뭉쳐진 냅킨을 꺼내 재수 없는 물건이라도 되는 양 탁자 위에 올려놓았고, 이에 두 사람은 적지 않게 놀랐다.

"저에게 달렸다고 말씀하셨는데, 정확하게는 어떻게 해야 하는 거죠? 제가 뭘 해야 하나요?" 사실 토마스는 이미 그것을 알고 있었다. 그러나 분명하게 확인하고 싶었다. 짐작만으로, 아니 추측으로 결정하긴 너무 중차대한 문제였다. 하지만 사실 이건 짐작이 아니라 확신이었다.

투프라가 입을 열었다. "얼마 전에 우리 두 사람을 모두 가르친 교수님 중 한 분이 너에게 기가 막힌 제안을 했을 텐데, 네가 그것을 거절했다지. 이해할 수 있어. 너의 비상한 능력으로 국가에 유용한 사람이 되어 봉사하면 되는 거야. 비록 내가 스페인에서 그리 오래 살지 않아 아는 것이 적지만, 내가 알고 있는 범위에선 네가 그렇게 좋아하는 스페인과는 달리 우리나라는 고마워할 만한 그리고 믿을 만한 나라야. 네빈슨, 너는 스페인 사람이 한 약속을 믿을 수 있어? 믿어도 조금밖엔 믿지 못할 거야. 하지만 힘과 영향력을 가진 사람이라면, 나는 지금 그날 밤 일을 가라앉혀버리거나 그냥 지나갈 수 있게 물길을 열 수 있는 그런 사람을 이야기하는 건데…… 거꾸로 너는 그 사람이 시간이 되기 전에 다시 물길을 닫아버릴 수도 있다고 생각하지 못하는 것 같아. 아직 추적자의 시야에서 벗어나지 못해서 안전하다는 생각이 들기도 전에 혹여 그가 안개를 걷어내지는 않을지 확신이 서지 않는 거지. 그렇지만 우리는 반드시 약속을 지켜. 우리에게 협력하겠다는 의사를 밝히면 너도 뭔가 있는 사람이 되는 거야. 불쌍하긴 하지만 정의가 실현되기 위해서 재닛 제퍼리스는 얼마 동안은 기다려야 할 거야. 미신이긴 한데, 죽은 사람들은 자기를 죽인 사람이 벌을 받는 것을 그리 중요하게 생각하지 않는다고 우리는 믿고 있어. 그래서 죽은 사람들에겐 마지막 숨을 쉬기 직전이 가장 중요하지. 아직은 살려고 발버둥치면서 저항하고 용을 쓰고 있을 때, 살인범들에게 저항하고 있을 때가 말이야. 그렇지만 숨을 쉬지 않게 되면 그 순간은 이미 멀어지게 되지. 먼 과거로 바뀌는 거야. 우리는 죽은 사람에게 산 사람이나 갖는 특성과 반응을 부여하는 미신적인 행동으로 쓸데없이 고통받고 있어. 우리 상상력은 더 나아가지 못하고 있어. 죽음의 심연은 너무 깊다 보니 살아생전에 그들이 원했던 것은 전혀 중요하지 않아. 마지막으로 원했던 것도 말이야. 기다려야 한다는 것도 모를뿐더러 기다림이란 개념도 이해하지 못하기 때문에, 죽은 사람은 시간이 끝나는 순간까지도 기다릴 준비가 되어 있어. 한마디로, 아무것도 아는 것이 없는 거야. 조급하단 감정도, 욕망도 없으니까."

'시인이 생각한 것이 바로 이것 아니었을까.' 톰은 순간적으로 이런 생각이 들었다. '죽은 자들이 표현할 방법을 몰랐던 것, 그들이 살았을 때는 (……)' 문득 기억이 났다. '너에게 말해줄 수 있었다. 죽었기에, (……)' 이 구절이 이해가 되지 않았던 것은 분명한 사실이었다. 톰은 확실하게 해두기 위해 서둘렀다.

"재닛은 제가 체포되고 기소되더라도 정의가 실현되길 한마음으로 기다릴 거예요. 당신이 저에게 뭘 제공할지 제가 제대로 이해했는지 모르겠지만 말이에요. 저는 그녀를 죽이지 않았거든요. 당신들도 그 사실을 잘 알고 있다고 믿어요. 최소한 우리를 똑같이 가르친 선생님은 그 사실을 명확하게 알고 계실 거예요. 이미 선생님에게도 말씀드렸거든요."

투프라가 어깨를 으쓱하며 뭔가 우쭐대는 태도와 함께 안타깝다는 눈길로 그를 바라보았다. 여자와의 관계에서 성공적인 사람들에게 종종 볼 수 있는, 자신에 대해, 자신의 성격과 외모에 대해 자부심이 대단히 큰 모습이었다. 입고 있는 헐렁한 줄무늬 정장을 멋진 취향의 극치라고 확신하고 있는 것 같았다.

"그분이 어떻게 믿든 상관없어. 우리가 어떻게 믿든 상관없다고. 네가 뭐라고 하든 똑같아. 죽은 사람만 빼고 아무도 확신할 수 없어. 그것도 죽은 그 여자가 살인범을 봤다는 전제에서 말이야. 만약 등 뒤에서 목을 졸랐으면 못 봤을 수도 있거든. 그 여자는 더는 말을 할 수 없어. 그리고 네가 그녀를 죽였을 수도 있지. 이걸 완전히 배제할 수는 없거든. 완벽하게 벗어날 수 없어. 언제나 말하는 건 가능성이야. 판사나 배심원들은 가능성이 있다고, 증명할 수 있다고 볼 수도 있어. 기록에 남아 있는 것과 법이 판단한 것, 이것이 고려할 수 있는 유일한 것이지. 그런데 법이 판결을 내리고 기록을 남기는 곳엔 안타깝게도 많은 것이 존재하지 않아. 이 사실을 우리는 잘 알고 있지.

우리 임무는 부분적으론 우리가 한 일에 대한 기록이 존재하지 않는 곳에 기초하고 있어. 그렇지만 네빈슨, 계속해서 아무것도 아닌 존재로 남아 있다면 판사나 배심원 나부랭이들이 정한 기준에 노출되는 위험을 감수해야 해. 그들의 손에 모든 것을 맡겨야 할 테고 결국은 아주 비참하게 삶을 마감해야 할 거야." 이는 후견인을 자처했던 사우스워스 교수가 이야기한 것과 비슷했다. 한편으론 휠러 교수가 가진 사법부에 대한 경멸적인 태도와도 연결되었다. 옥스퍼드에선 사법부를 필수적인 제도로 높이 평가하는 사람이 없었다. 투프라, 블레이크스톤, 휠러 교수 등이 활동하는 영역에서만 특별히 그런지도 알 수 없었다. (사우스워스 교수에게 휠러 교수의 영향력은 강력했다.) 아마 이들은 바람, 밤, 눈, 안개라도 되는 양 사법부를 교묘히 피해갔거나 무심코 지나치며 살았을 것이다. 자기들에 관한 이야기를 넘겨주지 않았을 것이다. 그들의 행동은 법에 종속되지 않았고 그들의 행동은 기록으로 남지 않았다. "네가 너무 젊어서 더 유감이긴 해." 그는 분위기에 맞는 톤으로 한마디 덧붙였다. "아직 삶을 시작도 안 했잖아. 이제 막 첫걸음을 뗀 풋내기에 불과하니까 말이야."

"누가 약속을 지키죠?" 토마스가 불쑥 질문을 던졌다. "누구를 대표하거나 대리하는 것이 아니라고 했죠. 그러면 누가 책임지죠? 있긴 한데 존재하지 않는다면, 존재하긴 하는데 있지 않다면 말이에요. 똑같은 것 아닌가요? 당신들이 어떻게 이야기했는지 잘 모르겠어요. 뭔가 일을 하는데 일을 하지 않았다고, 누구일 수도 있는데 아무도 아니라고 했으니까요. 당신들 말에 의하면, 이 나라는 호의적으로 보답하는 믿을 만한 나라예요. 그러나 저는 이 나라에 대해 누구와 이야기하고 있는지 모르겠어요. 저를 곤경에서 꺼내준다는 약속을 누가 하는지도 모르겠고요. 당신에게 책임을 묻는 사람도 없고, 당신을 보낸 사람도 없고, 당신에게 명령을 내린 사람도 없다면, 제가 당신에게 답하길 원하는 사람이 누구죠? 그럼 저는 누구와 이야기하고 있는 건가요? 유령인가요?"

"네빈슨, 이 모든 것이 어디에서 시작했지?" 블레이크스톤이 참지 못하고 갑작스레 끼어들었다. "너는 지금 버트럼 투프라 씨와 이야기하고 있어. 그러니까 우리가 여기 약속 장소에 나온 것은 너를 돕기 위해서야." 그는 자기에겐 조직 자체이자 신성한 토템일 수밖에 없는 상관의 이름을 마치 우상숭배라도 하듯이 거명했다. 생긴 것만으로는 훨씬 더 젊어 보이는 사람에 대한 존경심이 잘 드러났다.

"아, 그렇군요!" 토마스는 조금 짜증이 났다. "결과적으로 저는 테드 레레스비 씨와 이야기하고 있는 거겠죠. 조금 전의 벡위스 교수가 그렇게 믿었던 것처럼요. 그런데 그 이름도 확실한 것 같진 않군요."

투프라는 토마스 네빈슨의 주의력에 흥미를 보이며 즐거워했다. 서머빌의 다혈질 여교수에게 자기를 소개했을 때 그렇게 귀를 쫑긋 세우고 듣고 있었다는 사실이 재미있었던 것 같았다. 그러나 여기에 대해선 한마디도 하지 않았다.

"아직도 모르겠나, 네빈슨? 네가 지금 누구와 이야기하는지 정말 몰라서 그러는 건가? 그럼 한번 이야기해보자고. 우리를 둘 다 가르친 교수님은 모든 것이 확실한 분이야. 그분이 나에게 네가 거절했다고 이야기했지. 정말 실망했다고 했어. 그러나 예를 들어 만일 안개가 너를 곤경에서 꺼내줄 수 있다면 말이야, 대가를 얼마나 청구할지 안개에게 미리 물어보지 않고도 너를 구해줄 수 있다는 것 그 자체로 너는 안개를 이용할 거야. 안 그래? 안개가 계속 껴서 네가 안전을 보장받을 수 있을 때까지 충분히 너를 감춰줄 거라는 것을 믿고 말이야. 조금 더 가볼까. 너는 안개에 싸일 거고 결국 안개와 섞여서 하나가 될 거야. 그때부턴 너 역시 안개라고 해도 되지 않을까. 영국의 안개, 수 세기에 걸쳐 짙기로 유명한 영국의 안개 말이야. 확실히 믿을 수 있을 거야. 너도 믿을 수 있을 거라고 확신해. 곧 너도 안개의 한 부분이 되어 있을 테니까. 네가 어딜 가든 안개도 함께 할 테니까. 너는 사고의, 우연의, 질병의, 행운의, 불행의 일부가 될 거야. 시간이 흐르면 너도 우리와 똑같은 사람이 될 거야. 쉽게 말하면 자넨 우리 후임자가 될 거야. 너와 구별할 수 없게 된 뭔가는 절대로 너를 곤경에 빠트리거나 포기하는 일이 없어. 네가 너를 포기하지 않는 것과 같은 이치지. 내 말을 잘 이해하고 있는지 모르겠네."

한편으로는 이해가 되기도 했지만, 한편으로는 이해할 수 없는 구석도 있었다. 그가 한 이야기의 기본적인 의미는 분명히 알아들었다. 하지만 은유를 이용한 실없는 소리는 잘 이해가 되지 않았다. 여기엔 분명 두 사람 모두를 가르친 휠러 교수의 영향이 남아 있었다. 투프라 역시 한때 휠러 교수가 사랑했던 제자였을 가능성이 크다는 생각이 들었다. 휠러 교수가 예전엔 자기가 했지만, 지금은 투프라가 맡은 막연하고 비현실적인 유령과 같은 임무를 위해 그를 끌어들였는지도 모른다. 만일 이것이 사실이라면 휠러 교수가 투프라든 레레스비든 간에 그를 설득해 끌어들이는 것은 그리 힘들지 않았을 것이다. 그가 옥스퍼드에 오기 전의 삶은 아마 액션과 즉흥적인 행동 그리고 기복으로 가득했을 테고 한 걸음 더 나아가 범죄와도 연결되었을 것이 뻔했다. 토마스는 이야기를 나누면 나눌수록 점점 더 또렷하게 그의 출신을 짐작할 수 있게 해주는 얼굴, 그리고 처음엔 빈민가에서 출발하여 각고의 노력 끝에 세련되게 바꾼 말투를 통해 양심 없이 살았던 그의 지난 과거를 확실히 잡아낼 수 있었다. 아직 정점에 달했다고는 할 수 없는, 오랜 교화 과정과 자신을 세련되게 다듬기 위한 자발적인 노력에도 불구하고 주로 거칠고 폭력적인 방법으로 해결을 모색했던 과거의 모습은 완전히 지워지지 않았다. 그는 분명히 신념보다는 편의를 위해, 다시 말해 세상에 좀 더 잘 보이고 출세하기 위해 자신을 바꿔보려고 노력했을 인간이었다. 목표를 달성하기 위해서는 카펫이나 양탄자를 밟는 법부터 배워야 한다는 사실을 뼈저리게 깨달았을 것이다. 그러나 그런 것에 대한 경멸이, 사무실과 살롱에 대한 경멸이 아직은 다 수그러들지 않았다. 그는 거리에서 단련되었으며, 거리의 삶이야말로 언제든 필요하고 마지막까지 의지할 수 있는 것이란 사실을, 특히 험악한 상황에 직면했을 때일수록 난관을 극복하고 문제를 해결하고 어려움을 이겨내기 위해선 최후의 순간에도 언제나 이에 의지해야 한다는 사실을 너무나 잘 알고 있었다. 투프라는 아마 예전엔 모든 것을 제치고 나아가기 위해 다른 사람의 인도를 받을 수 있는 편안한 삶은 살지 못했을 것이다. 그의 말대로 지금 활동하고 있는 조직에 들어온 것, 안개에 녹아드는 것이야말로 그에겐 일종의 구원이자 굽었던 길을 바로 펴는 것이었다. 한마디로 과거를 지우고 새로운 이야기를 만드는, 왜곡된 충동을 정당화할 수 있는 길이었을 것이다.

'그렇지만 나는 분명히 정상 궤도에 놓인 인생을 살고 있었어.' 토마스는 생각에 잠겼다. '그런데 앞으로 그런 인생을 살긴 힘들 것 같아. 갑자기 회복이 어려울 정도로 나락으로 떨어져 버렸으니까. 이젠 구부러진 인생을 살아야 할 거야. 정말 바보 같은 날이었어. 언제든 얼마든지 바보 같은 날이 될 수 있어. 사람들은 그 날이 어떤 날인지도 모르고, 반드시 피해야 하는 날인데도 미친 듯이 즐겁게 축제라도 하듯 뛰어들기도 하지. 그 날이 저주받은 불의 날, 칼날의 날인지도 모르고, 바다의 목구멍이자 모든 것을 파괴하는 날인지 알 방법이 없으니까…….
얼마나 바보 같은, 얼마나 쓸데없는 짓을 한 건지 알기나 할까. 절대로 발걸음을 떼어서는 안 되었는데, 그날은 절대 현관을 나서지 말았어야 했는데. 아침에 일어나 별일 없는 것처럼 서점에 갔고 별로 중요하지도 않은, 가끔 한 번씩 만나는 정부와 뜨겁게 섹스를 하고 지루해서, 통제할 수 없는 사소한 욕망 때문에, 혼자라는 비참한 생각을 떨치기 위해 그녀와 하룻밤을 함께 보낸 것뿐인데. 그날 밤 집에서 나가지만 않았다면, 그리고 '이젠 아무 의미도 없어. 즐거운 일은 없고 유감스러운 일만 남았으니까. 다시 돌릴 수 있다면 절대로 그런 짓은 하지 않을 거야'와 같은 뒤따라오는 골치 아픈 생각을 피할 수만 있었다면 심각한 일도 없었을 것을. 그 바보 같은 데이트 약속이, 그 쓸데없는 짓이 이미 보장된 인생을 망친 거야. 세워놓은 계획도 이젠 아무 의미 없어. 내 미래는 이미 사라져버렸고 엉뚱한 것으로 바뀌어버렸으니까. 아마 베르타와의 평범한, 그렇지만 원만한, 비밀이 없는 그런 삶은 포기해야 할 거야. 그리고 이런 비밀은 모든 사람들이 가지는 예외적인 것이 아니라 오히려 우리의 삶의 기초이자 법이 되어 우리를 지배할 거야. 두 가지 선택지가 주어질 텐데, 나는 그 두 가지 다 원치 않아. (그러나 내가 진정으로 원하는 것을 향한 선택지는 이미 없다고 봐야 했다.) 체포되어 결과가 불확실한 재판과 선고를 받고 최악의 경우 수년에 걸친 감옥 생활을 하는 것과 상상할 수 없는 모호한 임무를 영원히 계속해서 맡는 것, 둘 중 하나를 선택해야 해. 물론 나는 그런 임무를 맡을 준비가 전혀 되지 않은 상태고. 내가 아닌 타인으로 변신하여 끔찍한 미지의 인간들을, 친구가 되었다가 훗날 다시 배신해야 할 사람들을 적으로 상대하는 일을 해야 할 거야. 휠러 교수가 '침투 요원'이라는 단어를 사용해 나에게 제안했던 일이기도 해. 교수님이 이를 제안하긴 했지만, 나는 한 번도 이런 것을 꿈꿔본 적이 없어. '자넨 정말 뛰어난 침투 요원이 될 수 있을 걸세.' '자네는 적지 않은 곳에서 원주민으로 통할 수 있어.' 휠러 교수는 이렇게 말했고, 조금 후 이야기의 강도를 좀 누그러뜨렸었지. '오래 계속되는 일은 없을 거야.' '크게 일상을 벗어날 일은 없어. 따라서 가족이나 이웃에게 이상한 모습을 보일 것도 없지. 스페인에 머물 땐 모든 것이 평범한 일상일 거야. 그곳에 있지 않을 때는, 글쎄…… 자네에게 거짓말을 하진 않겠네. 소설과 같은 허구의 삶을 살게 되지 않을까. 자네의 삶이 아닌 타인의 삶을 살게 될 걸세. 하지만 일시적이지. 금세 그런 삶을 그만두고 자네의 원래 모습으로, 예전 모습으로 돌아가게 될 거야.' 그래! 교수는 분명 이런 이야기를 했고, 나는 잊으려고 애를 썼지. 모든 일이 질서 있게 돌아가던 시절에 교수가 했던 제안과 이 두 사람, 블레이크스톤과 투프라인지, 몽고메리와 레레스비인지는 잘 모르겠지만, 이 두 사람이 한 강압에 가까운 제안은 전혀 같은 성질의 것이 아니야. 그때는 분명히 거절이 가능한 제안이었는데……. 그러나 감옥은 더 나쁠 거야. 최악이야. 그 무엇보다 더 나쁠 테니까. 게다가 나이 먹어 감옥에서 나온다면, 막연한 기대를 안고 새로운 기분으로 출발한다 해도 내 인생은 계속 망가져만 갈 거야. 누가 나를 좋아하겠어? 끝까지 죄를 인정하지 않았다고 해도 누가 타락한 살인범일지도 모르는 사람을 써주겠어? 베르타도 떠날 거야. 다른 사람과 결혼해서 내가 아닌 엉뚱한 놈의 아들을 낳을 거야. 다시는 나를 보려고 하지 않을 거야. 나에 대해 알고 싶지도 않다고 할 거야. 내 이름은 다시는 듣고 싶지 않다고 말이야. 자꾸만 옥죄는 악몽이나 부끄러운 실수를 떨쳐내고 싶은 사람처럼 나를 머리에서 지워버리고 싶을 거야. 하지만 내가 제안을 수용한다면 아무리 혼란으로 뒤범벅이 된 어두운 동거를 의미한다고 해도, 침묵과 위선 그리고 부재로 가득 채워진다고 해도 최소한 베르타를 잃지 않을 수 있어. 잘해봐야 절반만이 진실인, 극단적인 어둠으로 채워질 가능성이 큰 삶이겠지만 말이야. 하지만 내가 그들의 제안을 거절한다고 해도, 어쩌면 혐의를 벗고 풀려날 수도 있지 않을까. 재판도 받지 않고 내 길을 계속 갈 수도 있어. 그 어리석은 날이 이 세상엔 없었던 것처럼, 그래서 내가 재닛 제퍼리스도 그 누구도 죽이지 않았다는 것이 사실일 수밖에 없었던 것처럼 말이야. 하지만 이것은 위험이 너무 클 수밖에 없어. 누가 알아? 누가 알겠냐고. 나는 두려워. 두려움은 내 눈과 판단력을 가릴 거야. 두려움은 견딜 수 없어. 하지만 떨쳐내고 싶어……'

"생각해봤어요." 토마스가 입을 열자 두 사람은 초조한 빛이 역력해졌다. "하지만 조금만 더 생각해볼게요."

"그렇지만 이제 결정할 시간이 되었어." 투프라가 차갑게 이야기했다. 자기 말에 힘을 실어주려는 듯이 테이블을 북처럼 두들겼는데, 그 순간 여자 같은 속눈썹이 파르르 떨렸다. "온종일을 쓸 수는 없어. 너에게 출구를 제안하려는 거야. 네빈슨, 제안을 수용하는 것이 나을 거야. 지금 이야기해야 해. 빨리 결정해야 한다고."

'지금 빨리, 여기에서, 지금, 언제나⋯⋯.' 토마스는 《리틀 기딩》의 짧막한 마지막 구절을 떠올렸다. '지금 일어나는 일이 영원히 갈 수도 있고, 묘하게 꼬일 수도 있어. 어떤 결정을 내리든 나는 그 결정으로 우주에서 추방된 사람이 될 거야. 휠러 교수가 나에게 피해야 한다고 말했던 것이 오히려 지금은 나를 기다리고 있는 것이 된 셈이야. 나는 내가 아닌 사람이, 허구의 사람이 될 거야. 이리저리 오가는 그리고 멀어졌다가도 금세 다시 돌아오는 환영이 될 거야. 투프라가 이야기했듯이 나는 후임자가 되겠지. 바다가, 눈이, 안개가 될 거야.' 이미 결론이 났다는 것을 깨달았다. 그러나 큰 소리로 인정하고 싶진 않았다. 그것을 몇 초 동안이라도 마음속에 간직하고 싶었고, 머리에만 담아두고 싶었다. 입을 열기 전까진 다시 뒤로 돌아갈 수 있으니까. '허공에 뜬 먼지는 역사가 끝나는 곳을 가리키고 있다.' 이어서 시 두 구절이 불현듯 머리에 떠올랐다. '내 이야기는 여기에서 끝이 난다. 무엇이 나를 기다리고 있을까. 나는 지금, 이곳에 있고, 지금은 영원하기 때문이다. 이것은 공기의 죽음이다.' 그 문구가 날아오른 것을 보았다. '그러나 그는 살아남는다. 얼마나 운이 좋은가. 아니 얼마나 불행한가.'

1974년 5월, 나는 토마스 네빈슨과 함께 다녔던 학교 근처의 산 페르민 데 로스 나바로스 교회에서 결혼했다. 토마스 네빈슨이 14살 때 우리 학교로 전학 오면서 우리 두 사람은 처음으로 만나게 되었다. 황당하게도 팔짱을 낀 채(단 한 번도 그와 이런 식으론 걸어본 적이 없었다. 결혼 후에도 마찬가지였다) 교회 문을 나섰을 때 우리는 채 23살도 안 된 나이였다. 나는 하얀 드레스에 꽃다발을 손에 들고 면사포를 걷어올린 채 입가에 승리의 미소를 짓고 있었다. 나는 옛날에 내렸던 결정을 이루어 냈다고 생각했다. 이것은 유년기, 아니 청년기에 정했던 계획 중 하나로, 아무리 상황이 바뀌어도 절대로 뿌리 뽑히지 않을, 다시 말해 적당히 조정하기가 오히려 더 어려울 수도 있는 그런 계획이었다. 감정 또한 마찬가지였다. 그러나 이 감정을 지켜보고 인정하기 위해선 상당히 많은 시간이 흘러야 했고, 특히 이를 포기할 계획을 세우기에는 먼저 오래된 프로젝트에 왕관을 씌우는 것이 필요할 것 같았다. 이해하고 후회하기 위해선, 예컨대 약속한 것을 깨고 싶다는 생각과 저질러버린 바보 같은 짓을 있는 그대로 받아들이기 위해선 반드시 지나야 하는 그 선을 넘어야 했다. 실수라는 것을 확인하기 위해서는 철저하게 실수를 해봐야 한다. 상처를 받지 않으면, 모든 걸 엉망으로 만들지 않으면 계약을 파기할 수 없다는 것을 깨달았을 때 비로소 실수에서 벗어나고자 노력하는 법이다. 그러니 내 입장에선 토마스와 결합하기도 전에 미리 모든 결과를 수용하고 남남이 된다는 것은 생각조차 할 수 없었다. 거리를 둔 채 살아가는 부부가 많은데도 이혼을 여전히 인정하지 않는 스페인과 같은 나라에서 어느 정도는 최종적인 결론일 수밖에 없었다. 매듭을 풀려면 때로는 먼저 매듭을 강하게 묶는 것이 필요할 수도 있으니까. 너무 과중해서 불가능하기까지 한 과제를 수행하기엔 우리가 너무 부족했던 것처럼, 어떤 사람들은 고뇌와 몸부림, 갈등과 드라마 같은 고난을 겪으며 사는 것 외에는 달리 인생을 살아갈 방법을 갖고 있지 않기에 그런 과제를 평생 안고 지낸다. 얽히고설킨 것을 풀기 위해 또 얽히고설키는 것이다. 이런 식으로 주어진 모든 시간에 얽매여 살아가는 것이다.

약간은 냉소적인 면도 있지만 물론 이런 의도로 결혼한 것은 아니었다. 반대로 그가 옥스퍼드에서 공부를 마치고 마드리드로 돌아온 후부터는, 물론 완전히 돌아온 것도 아니고 내가 기대했던 만큼도 아니었지만, 오히려 결혼을 통해 비정상이라고 여겼던 것과 오래전부터 뭔가 좀 이상하다고 생각했던 것에 종지부를 찍을 수 있을 거라고 생각했다. 그는 분명 순풍에 돛을 단 듯이 잘나가고 있었다. 옥스퍼드 대학교라는 학력은 엄청난 위력을 발휘했다. 아직 어린 나이에도 불구하고 영국 대사관에서 금세 문화담당관 자리를 꿰차고 일할 수 있었으며, 편하게 살 수 있을 정도로 충분한 연봉을 받았다. 나 역시 적긴 했지만 우리가 다녔던 에스투디오에서 선생님으로 근무하면서 받은 얼마 안 되는 월급을 그의 연봉에 보탤 수 있었다. 에스투디오는 학기 초마다 개학 직전에 빈자리가 있으면 듬직한 졸업생을 뽑아 교사로 채용했는데, 그 덕이었다. 대사관과 그보다 더 높은 곳에선 토마스를 상당히 유능하게 본 것 같았다. 그래서 가끔씩 반은 외교관으로서, 반은 기업가로서 교육을 받기 위해 한 달이나 혹은 그 이상 영국으로 파견을 나가 의전, 위기관리, 인력관리, 예산관리 등을 배웠다. 나는 이런 이야기가 정말 지루했고 그가 당시에 맡고 있던 일이나 이론상 앞으로 맡을 수 있는 일에 이런 것이 그리 필요하다는 생각도 들지 않았다. 아무튼, 그가 나에게 말한 것은 이런 것이었다. 이런 식으로 교육하는 것을 보면 그의 미래를 긍정적으로 봤다는 의미일 테고 그를 승진시켜 더 유용하게 사용하겠다는 의도로 볼 수 있었다. 그는 정식 외교관으로서의 경력은 밟지 않았지만, 먼 미래에 외무부 같은 영국 정부의 어떤 부처에서 그를 부르지 않을까 생각했다. 사람들에게 좋은 인상을 줄 뿐 아니라 영리하고 능력도 있으면서 언어에 특화된 재능까지 있는 공무원으로 말이다. 그래서 영국으로 이사할 가능성은 언제나 열려 있었다. 그가 유용하게 쓰일 수 있는 다른 나라, 예컨대 미국과 같은 나라로 파견되는 것 또한 마찬가지였다.

이상하게 이로 인해 이익을 얻은 사람은 나뿐이었다. 마드리드에 있을 때의 토마스는 집안일에만 충실했고 자신의 미래나 이런저런 것에 마음을 쓰지 않았다. 미래가 없는 것처럼 혹은 이미 미래가 쓰인 텍스트를 읽어버린 것처럼 말이다. 삶이 무엇을 제시할지, 미래의 목표나 야망, 미래에 대한 불안감이나 질문조차 전혀 알고 싶은 눈치가 아니었다. 인생이 이미 결정된 사람, 포로가 되어 탈출구가 사라진 사람, 그래서 주어진 나날을 무심하게 바라보는 사람, 예컨대 엄청 즐겁고 놀라운 일은 절대 자기에겐 일어나지 않을 거라고 생각하는 사람과 함께 살고 있는 느낌이었다. 어떤 의미에선 글자 그대로, 밤이 가고 아침이 밝아오는 것을 바라기보다는 낮이 끝나고 저녁이 오는 것을 기다리는 늙은이의 모습 같았다. 한밤중이든 아침이든, 내가 눈을 떴을 땐 언제나 그가 이미 깨어 있었다. 끝도 없이 이어지는 생각에 잠을 이루지 못하는 것 같았다. 선잠만 자는지도 알 수 없었다. 자세가 조금만 바뀌거나 스치기만 해도 후다닥 잠에서 깨어났다. 그럴 때마다 이따금 무슨 일인지 나지막한 소리로 물어보곤 했지만, 대답이 돌아오는 경우는 없었다. 혹시라도 착각했나 싶어 계속 물을까 하다가도 수면을 방해할까봐 더는 묻진 않았다. 그러나 여전히 잠을 이루지 못하고 있는 것 같은 숨소리를 느꼈다. 골똘히 생각에 잠긴 사람의 숨소리가 느껴졌다. 자신의 운명에 대해 조용히 숨을 죽이고 저주하는 사람의 숨소리였다. 그는 서글프게도 불만과 체념이 뒤섞인 냄새를 발산하며 만사에 늘 경각심을 보였다. 어둠 속에서 여러 번 그의 담배 불빛을 보았는데, 마치 참호에서 담배를 피우는 병사 같은 느낌이었다. 전쟁에 지치고 질린 나머지 자기 위치를 드러내는 병사. 결국은 끈덕진 생명력을 지닌 불빛에 이끌려 정확하게 과녁을 찾아온 총알 한 발에 죽을지도 모르지만 이것조차도 심각하게 생각하지 않는 병사 말이다. 그럴 때면 나는 그가 깨어 있다는 것을 확신하고 좀 더 목소리를 높여 물었다.

"잠이 안 와? 무엇을 생각하고 있는데?"

"아냐. 아무 생각도 안 해. 그저 담배 한 대 피우는 거야."

그의 어깨에 살포시 손을 얹고 가볍게 쓰다듬었다. 손길이 미치자 그는 조금 마음이 가라앉는 것 같았다.

"내가 도와줄 수 있을까? 이야기하고 싶어?"

가끔은 나에게 '아냐, 잠이나 자'라고 대답하곤 했다. 그렇지 않으면 담배를 재떨이에 눌러 끄고 나를 자기 쪽으로 끌어당겨 내 옷을 들추고 아무런 애무도 없이 짐승처럼 내 몸 안으로 바로 들어오곤 했다. 갑작스럽게 발기했는지, 잠을 이루지 못하다 보면 자연스레 발기되는지 알 수 없었다. 한마디로 그는 아직 젊었다. 그에게서는 피곤해지고 싶다거나, 긴장을 풀고 싶다는 듯한 느낌을 받았다. 누구든 그 자리에 있는 여자라면 다른 어떤 여자라도 그의 목적을 충족시켜 줄 수 있었는데 운 좋게 내가 그 자리에 있었을 뿐이었다. 분명 내 침대였는데, 내 마음을 떠보거나 나에게 허락을 구하지도 않았다. 결혼만 하면 남자들 대부분은 자신에게 당연히 그럴 권리가 있다고 믿었다. 이것은 토마스가 마음을 비우기 위해, 야행성인지 주행성인지는 잘 모르겠지만 혼자 매달려 있는 고민에서 벗어나 휴식을 취하기 위해 사용할 수 있는 몇 안 되는 방법이었는데, 육체적인 요구와 전율로 이를 덮고자 했던 것 같았다. 육체로 하여금 잠시나마 정신을 속이거나 헷갈리게 하도록, 가장 원초적인 욕구로 잠재우고자 하려는 것 같았다. (섹스는 언제나 가장 원초적인 것이었다. 여기에 아무리 세련된 행동을 덧붙인다 해도 달라지지 않았다.) 나는 섹스를 마치면 화장실에 갔는데, 돌아와 보면 그는 벌써 꾸벅꾸벅 졸고 있었다. 만약 일어날 시간이 아니라면 살금살금 침대로 기어올라 몇 분씩 그를 지켜보면서 얼굴과 호흡을 살피곤 했다. 완전히 잠이 든 사람의 숨소리가 아니면 부드럽게 그의 목을 어루만지며 이렇게 속삭였다.

"자기야, 가만히 누워 있어. 움직이지 말고 돌아보지도 마! 그러면 자기도 모르는 사이에 깊이 잠이 들 거야. 조금은 생각에서 벗어날 거야. 나에게 무엇을 생각하는지 털어놓으면 좋은데. 시간은 많아. 아무리 부인해도 자기는 끝도 없이 잠을 못 이루게 하는 뭔가를 생각하고 있어. 뭔지는 잘 모르겠는데, 뭔가 자꾸 생각나나 봐."

하지만 마지막 말은 그를 위한 것이라기보다는 나를 위한 것이었다.

그는 낮에는 일을 열심히 하면서 정상인 것처럼 흉내내려고 노력했다. 끊임없이 즐겁고 재미있게 받아들여질 수 있는 농담을 던지며 넉넉한 웃음을 지었다. 우리가 의무적으로 참석해야만 했던 수없이 많은 만찬과 사교 모임에서 사람들이 부탁할 때마다 그는 기꺼이 사람들 사이에 널리 알려진 성대모사를 하곤 했다. 학교 다닐 때와 마찬가지로 재미있는 사람이었다. 달라진 것이 있다면 상대가 말이 많고 과장되게 행동하는 어른들이라는 점뿐이었다. 그는 학창시절부터 성대모사를 완벽하게 다듬어 결국 대가의 경지에 이르렀고, 그는 모든 말투를, 공적인 인물이나 주변 사람을 흉내낼 수 있었다. 벌써 여러 사람이 그에게 이 일을 영국이나 스페인 텔레비전에 나가 직업 삼아 해볼 것을 제안했다. 그러나 우리들의 가볍고 즐거웠던 일상에서, 나는 막연하게나마 존재에 대한 그의 뿌리 깊은 무관심을 느낄 수 있었다. 그 무관심은 현재를 즐기지 못하게 가로막고 있었다. 미래에 대해 왜 호기심이 없는지, 수수께끼 같다는 생각이 들기도 했다. 영국에 머물러야 할 때가 다가오면, 그는 기분이 바뀌었다. 그의 불안과 예민함이 불쾌감으로 바뀌었다. 그것은 그가 옥스퍼드에서부터 가져온 불쾌한 기분이 조금씩 강해진 것이었다. 대학을 마치고 돌아온 젊은이는 옥스퍼드로 떠났던 사춘기 소년과는 뭔가 달라져 있었지만 그렇다고 눈에 띨 만큼 이상한 것은 없었다. 하지만 몇 년째 방학 때마다 스페인으로 돌아왔던, 덕분에 계속 볼 수 있었던 사람은 아니었다. 다소 실망스러웠지만 뒤늦게나마 그와 첫 번째 섹스를 나눴고, 그 이후 욕망과 격정은 걷잡을 수 없을 정도로 커져 그가 방학을 맞아 스페인에 올 때마다 나는 그와 잠자리를 가졌다. 그런데 예전과는, 그러니까 힐러리 텀의 끝과 트리니티 텀의 시작 사이에 마드리드에서 나와 함께 지냈던 5주 동안의 그와는 달라도 너무 달랐다. 자기 자신에 대해 무관심하다 못해 심드렁하기까지 했다. 하지만 그래도 그는 어느 정도 안정적이었다. 옥스퍼드에서 보낸 석 달과 그 석 달 사이의 마드리드 체류 기간에는 비슷한 모습이었다. 그러다 갑자기 반쯤은 도망자처럼 음울한 구석이 있는 사람으로 변해버렸다. 그의 장방형 회색 눈엔 잔뜩 불안이 깃들어 있었는데, 본래의 특징이라는 생각이 들 정도였다. 따뜻함이 깃든 평소의 그의 눈과는 대조적이었을 뿐더러 단 한순간도 차분하게 가라앉아 있다는 생각이 들지 않았다. 끝없이 이어지는 고통을, 나아지지도 않고 그렇다고 해서 더는 커지지도 않는 고통을, 오도 가도 못한 채 한곳에 뿌리 내려야만 했던 고민을 그대로 드러내는 것만 같았다. 처음에는 한 시기를 최종적으로 마감해버린 사람의 혼란과 가끔 길어지는 때도 있었지만 대부분은 일시적으로 지나갔던, 적응하지 못하고 헤매던 모습에 대한 책임을 그에게만 물었다. 완전히 여기에만 있었던 것도 그렇다고 영국에 있었던 것만도 아닌, 덕분에 언제나 잠정적일 수밖에 없는 일의 성격으로 인해 산만하고 어정쩡했던 몇 년을 보낸 다음 이젠 한 곳에 정착하기 위해 출발점으로 돌아왔음에도 여전히 적응하지 못하고 있는 것 같았다. 그러나 떠돌이 생활이 아직 완전히 끝나지 않았다고, 약속받은 자리를 위해 심화 과정을 밟을 목적으로 9월이나 10월부터는 잠시 런던에 있어야 한다는 말을 듣는 순간 나는 착각에서 깨어났다. 나는 주기적으로 찾아오는 고민에 대해 그에게 물어보았다.

"최근 몇 달 동안 무슨 일 있었어? 다른 뭔가가 느껴져. 갑작스레 열 살은 더 먹은 것 같아. 얼마 전까지만 해도 없었던 무거운 짐을 진 사람처럼 말이야."

그는 당혹스러운 눈으로 나를 바라보았다. 가벼운 장난기와 밝은 모습으로 속이고 싶었던 변화를 내가 감지한 것에 깜짝 놀란 모습이었다. 그는 평소처럼 뒤로 잘 빗어넘긴 머리카락을 두 번씩이나 뒤로 넘기는 듯한 모습을 보였는데, 대답을 좀 늦추고 싶었던 것 같았다. 두 눈엔 뭔가 애매한 그림자가 드리워져 나에게 털어놓을까 말까를 망설이는 듯한 인상을 주었다.

그러나 그것도 잠깐이었다. 그는 결국 모른 척 넘어가는 쪽을 택한 것 같았다.

"아니야." 나에게 대답했다. "아무 일도 없어. 무슨 일이 있어야 하는 거야? 아마 대학을 마친 탓일 거야. 축제가 이제 끝났거든. 그리고 무책임한 삶도 끝이 났고. 지금부턴 어떤 걸음을 내딛는가에 따라 내 남은 삶이 달라질 거야. 이젠 시험 삼아 뭘 할수는 없어, 다시 수정할 시간이 주어지지 않을 테니까. 지금 하는 일이 20년 후의 결과를 가져올 거야. 그런데 15살, 아니 8살 때보다 더 좋은 선택을 할 수 있을 것 같다는 생각이 들지 않아. 이 길로 가면 다시는 돌아올 수 없는 그런 곳으로 갈 것 같기도 하고. 어떤 길은 잘못 들어가면, 굉장히 바꾸기 어려울 것 같아. 내년에도 똑같은 일이 일어날 거야. 틀림없이 말이야." 스페인의 학위 과정은 5년이어서 그가 돌아왔을 때 나는 마지막 1년을 남겨두고 있었는데, 그와의 결혼과는 별개로 졸업한 다음 무엇을 할 것인가에 대한 결정은 미뤄두고 있었다. 결혼만큼은 아주 옛날부터 결정해둔 것으로, 이젠 코앞에 닥친 문제가 되었고 빠른 속도로 다가오고 있었다. 기다리고 있진 않았지만, 온 힘을 다해 그리움과 맞설 수는 없었다. 오랜 이별을 견딜 수 없었다. 평생 반복적으로 이별을 하더라도 그것이 간헐적으로 돌아온다면 별문제 없으리라 생각했다. 당시에 나는, 적어도 나는 조금도 주저하지 않았다. 변했더라도 돌아오긴 할 테고 갑자기 나이를 먹을 수도 있는 법이니까. 고민도 혼란도 쌓일 수 있었다. 그렇지만 나는 이 모든 것들과 함께 살 수 있을 것 같았고, 그가 보조를 맞출 것을 요구한다면 강행군해서라도 좀 더 성숙한 어른으로 살 수 있을 것 같았다. 절대로 뒷걸음치지 않을 자신이 있었다. 이건 단순히 투자한다는 개념은 아니었다. 나는 진정 그를 사랑했다. 만일 달리 표현한다면 '온 마음을 다했다'라고 할 수 있었다. 사춘기부터 온 마음을 다해 사랑했을 뿐만 아니라, 그렇게 하기로 굳게 마음먹었다. 감정에 의지가 더해지면 이보다 더 단단하고 변치 않는 것은 있을 수 없다. 당시 내 나이 또래의 적지 않은 여자들이 흰경의 사주를 받았던 것처럼 그가 마드리드에 없을 때는 성적인 일탈도 했지만, 그 무엇도 그를 향한 내 결심, 내 확신, 내 부조건적인 믿음을 흔들지 못했고 무너뜨리지도 못했다. 아주 어렸을 적에 나는 떨리는 손으로(감정에 북받쳐) 그를 지목했다. 이것이 결정적이었고, 그 후 그 무엇도 나를 흔들지 못했다. 그런데 그는 어땠을까? 그 역시 대수롭지 않은 성적인 모험을 하는 것은 당연한 것으로 간주했겠지만 나와의 관계에선 어떤 변화도, 냉각의 징후도, 열정이 식어간다는 것도 느끼지 못했다. 그의 불안이 영향을 주긴 해도 내가 그 불안의 원인은 아니라는 것은 확실하게 알고 있었다. 처음에 우리는 내가 학위를 마치는 열 두 달쯤 후에 결혼하려고 했다. 토마스는 자신의 부정적인 생각을 정당화하려는 듯이 이렇게 덧붙였다. "옥스퍼드에서 무슨 일이 있었냐고? 너도 잘 알지만, 그곳에선 아무 일도 일어나지 않았어. 심각한 일은 없었다고. 예상치 못했던 일도 없었고. 그곳은 치안도 확실하고 규범이 딱 잡힌 곳이야. 모든 것이 미라를 만드는 방부제로 처리된 곳인 셈이지. 좋은 것이나 나쁜 것, 비현실적인 것까지도 말이야……." 그는 여기에서 잠깐 멈칫했다. 사용하려던 어떤 표현이 불쾌한 감정을 불러일으킨 것 같았다. "그곳은 우주에서 완전히 추방된 그런 곳이야."

"뭔지는 모르겠지만 당신이 바꾸지 못할까봐 두려운 것에 나를 포함시키는 거야? 20년쯤 있으면 엄청나게 짐이 될 수도 있는 것, 존재하지 않길 바라는 것, 일어나지 않길 바라는 것에 말이야. 나를 이런 식으로 생각했어? 퇴로가 막히긴 했지만 갈 만한 길, 당신이 빠져나갈 수 없는 의무적인 길로 말이야. 잘 모르겠지만, 확실한 것은 없어. 아무도 미래가 어떻게 될지 몰라. 하지만 나는 당신에게 그걸 요구하지는 않아. 요구할 수도 없고. 그래도 나는 당신이 나를 위협으로 받아들이지 않았으면 좋겠어. 만약 당신이 8살 때보다 더 바람직한 선택을 할 능력이 없다고 느낀다면, 나는 그 범주에 내가 포함되지 않는다는 순진한 생각은 절대 하지 않을 거야. 그러나 내가 마지막까지 바라는 것이 있다면 오히려 당신을 구속할 수 있는 존재로 나를 봐주었으면 하는 것이야. 당신이 지금부터라도, 나를 두려운 존재로 봐줬으면 좋겠어."

"아냐, 베르타, 그건 아냐!" 그는 단호히 대답했다. 하지만 별로 나를 진정시키진 못했다. 내가 아무 대답도 없이 걱정스럽게 바라보기만 하자, 그는 다시 긴장되었는지 과장된 몸짓으로 머리카락을 뒤로 넘겼다. 한참 뜸을 들이다가 이렇게 덧붙였다. "당연히 아니야. 당신을 거기에 포함시키진 않아. 사실 당신은 내가 의무적으로 대하지 않는 몇 안 되는 사람이야. 내가 강요받지 않고 자유롭게 선택할 수 있었다고. 다른 측면에서 내 운명은 버려졌다는, 이미 주사위가 던져졌다는 느낌이야. 나는 선택을 받았지만 선택하지는 못했어. 당신은 유일하게 내 것이라고 할 수 있는 사람이야. 내가 알기엔 내가 좋아하는 유일한 사람이라고."

그가 사용한 단어들이 조금은 과장되었다는 느낌도 들었고, 암호 같기도 했다. 운명이 버림받았고 자유가 제한되었다는 말을 했는데 이것이 무엇을 의미하는 것인지 정확하게 알 수 없었다. 그 누구도 그에게 부여된 직업을 받아들이라고 강요하지 않았다. 오히려 그렇게 좋은 일자리를 대학을 졸업하자마자 젊은 나이에 얻을 수 있다는 것은 특권에 가까운 것이었다. 불안, 비정규직 일자리, 곤경, 실직 등으로 점철된 어려운 시기가 또래의 굼뜬 아이들을 기다리고 있었다. 선택하기보단 선택받은 것 같다는 그의 감정도 이해할 수 없었다. '무슨 일이 있었던 것이 분명해. 지금은 나에게 이야기하고 싶지 않은 묘하게 정신적으로 불안한 일이 말이야. 그래, 언젠가 이야기할 거야. 앞으로 시간은 창창해. 밤마다 자기 옆에서 자는 사람들에겐 대부분 다 털어놓잖아. 그런 사람에게 모든 것을 영원히 감추기는 어려워.' 불확실한 무언가에 두려움과 불안의 순간처럼 이기적인 생각이 일었다. 나는 나와 관계된 일에만, 사랑의 선언이라고도 할 수 있었던 내가 인정한 일에만 매달렸다. 안도의 한숨과 함께 다른 모든 것을 버렸다. 더는 깊이 생각하지 않았다. 그가 나를 끌어당겨 한 손으로 부드럽게 안아주자 생각은 순식간에 달아나버렸다. 절망에서 비롯된 포옹이었는지도 모른다. 그는 그의 가슴 쪽으로 내 얼굴을 부드럽게 끌어당겼다. 덕분에 나는 그를 볼 수 없었고, 향수와 담배 냄새 그리고 영국산 옷감 냄새에 집중할 수밖에 없었다. 다시 마음이 가라앉는 것을 느꼈다. 무사히. 그의 마음도 가라앉히고 싶어 목을 어루만져주었다. 훗날 그 장면과 그 대화를 떠올릴 때면 나는 내가 이런 식으로 느낀 이유가 시야에서 그의 고민스러운 얼굴이 사라졌기 때문은 아닐까 의문스러웠다. 그의 재킷에 얼굴을 묻으면 언제나 입을 맞추고 싶다는 생각을 불러일으키는 두툼한 입술이, 조종사 같은 금발이, 소용돌이치는 감정이 그대로 드러난 두 눈이 보이지 않았다. 평화롭고 맑은 눈은, 편안한 안식에 들어갔던 눈은 다시는 볼 수 없었다.

그가 나에게 털어놓기까진 많은 시간이 걸렸을 뿐 아니라, 그나마 털어놓은 것도 모든 것이 아니었다. 나는 그에게 상세한 것까지 요구하지는 않는 것에 익숙해졌다. 절대로 밝혀서는 안 된다는 금지 덕분인지 그는 아주 능수능란하게 숨길 줄 알았다. 그는 고백하고픈 유혹을 느낄 때마다 제재로 인해 받을 수도 있는 엄중한 조치와 다른 사람에게 갈지 모르는 위험을, 그뿐만 아니라 끝도 없는 질문의 문을 열게 될지 모른다는 것을 의식한 듯했다. 필요하다면 끝까지 밀봉해두는 것이, 하나도 털어놓지 않는 것이, 거짓말을 지어내는 것이, 부정하는 것이 더 낫다고 생각한 것 같았다.

우리가 결혼한 지 2년이 되었다. 우리의 첫째가 태어났을 때, 토마스는 털어놓지 않을 수 없었다. 그렇지만 그렇게 많이 꺼내놓을 수는 없어 허용된 것만 조금 이야기했다. 나의 강한 압박에도, 머나먼 곳에서 그가 저지른 일로 인해 우리 가족 전체가 위험에 노출되었음에도, 그는 먼저 상부의 허락을 구해야만 했다. 최소한 그제야 나는 그 활동들의 실체를 알 수 있었다. 아니, 그 활동이 무엇으로 구성되어 있는지 겨우 상상해볼 수 있을 정도였다. 가끔은 상상이 현실보다 훨씬 더 무서울 수 있다는 것은 주지의 사실이다. 그렇지만 구체성도 없고 모골이 송연해지는 무시무시한 힘도 없다면, 언제나 상상이 몰고 오는 것을 배제할 수도 있다. 이런 식으로 이야기할 수 있을 것이다. '그렇지만 이것은 일어나지 않았다고도 할 수 있어. 뭐가 일어날지 알 수도 없고. 사실 앞으로도 모를 거야. 이런 추측 때문에 힘들어할 필요가 있을까.' 그때부터 나는 모호한 두려움, 특히 그로 인한 두려움과 함께 살기 시작했다. 그러나 그것은 결국 아들과 나를 위한, 그리고 곧 태어날 딸을 위한 두려움이기도 했다. 그는 한 번 일어난 일이 두 번 다시는 일어나지 않을 거라고 나에게 맹세했다. 절대로 최악의 경우는 일어나지 않을 거라고 말이다. 자기 책임이 아닌 일이나, 피할 수는 있지만 쉽게 지킬 수 없는 것에 사람들이 얼마나 쉽게 맹세를 남발하는지 나는 잘 알고 있다. (보통은 뻔뻔하거나 궁지에 몰린 사람일수록 이런 경향이 강했다.) 그러나 바보 같이 나는 그를 믿었다. 아니, 나에겐 그럴 필요가 있었는지도 모른다. 앞으로 반이라도 정상적으로 살기 위해선 그를 믿는 수밖엔 별다른 대안이 없었다. 하지만, 그 후로 평범하고 정상적이라고 할 수 있었던 것은 사실 하나도 없었다. 그는 자신이 처한 상황을 감추기 위해 궁지에 몰린 느낌으로 헛된 맹세를 했고 나는 쓸데없이 그를 믿었다. 두려움이 예리하게 나를 찌르기보다 일시적이더라도 잠복해 있기만을 바라는 막연한 마음이었을 것이다.

그렇다. 그가 돌아온 지 3년 정도가 흘러갔다. 이야기해도 좋다고 허용된 진실을 그가 털어놓게 만든 사건이 일어났다. 예상한 대로 토마스는 대사관에서 일자리를 얻어 마드리드와 런던을 오가며 일을 하고 있었다. 런던에선 아마 다른 곳에서 일하고 있었을 것이다. 그는 이미 영국 국민이 다 되어 있었다. 그는 영국을 위해 일을 했고, 그에게 봉급을 주는 것도 영국이었다. 그의 여봉은 빠르게 올라 내가 할 수 있는 가족 경제에 대한 기여는 그와는 대조적으로 상징적인 의미뿐이었다. 덕분에 내가 번 돈은 나와 아이들을 위해서만 쓸 수 있었다. 사실 아이들에겐 끝도 없이 많은 돈이 들어가긴 했다. 그의 교육 과정은 자꾸만 길어지더니 급기야 안정적인 구실을 꾸며대야 할 날이 닥쳤다. 그의 이중언어 능력, 사람들과 원만하게 지내는 능력, 그 밖의 다양한 능력 덕분에(그는 많은 사람에게 매력이 넘치는 인물이었을 뿐만 아니라 사람들도 그에게 엄청난 호의를 보였다) 외무부는 그에게 상담과 중개 그리고 설득과 같은 일을 맡겨 그를 런던에 더 오래 잡아두려고 했다. BBC 라디오에서 스페인어로 방송하는 일을 맡기거나 스페인과 중남미에서 일어나고 있는 일을 영어로 방송하는 일을 맡기고 싶다고 했다. 그와 함께 그의 영국 체류는 끝도 없이 계속되었다. 어떤 때는 무한정 길어지기도 했고 어떤 때는 짧기도 했다. 그가 얼마나 머물게 될지 예측할 수 없었다.

우리는 띄엄띄엄 간헐적으로 함께 사는 부부가 되었다. 그러나 우리는 이미 적응해 이를 받아들이는 것이 그리 어렵지 않았다. 예전과 마찬가지로 서로 사랑했고 사랑하고 있다고 굳게 믿었다(특히 내 입장은 그랬다). 어떤 점에서는 그리움이란 특권 아닌 특권을 유지할 수 있다는 것도, 우리에게 육체적이거나 보고 싶다는 욕망을 압축할 수 있는 시간이 주어지는 것까지도 즐겁게 받아들였다. 계속해서 함께 지내는 흐뭇한 일상을 피할 수 있는 것도 또다른 즐거움이었다. 끝남과 중단이 없었기에 부담이 될 수도 있었지만 버겁지는 않았기에 자연스럽게 수용할 수 있었다. 우리는 기필코 평범한 일상을 회복하고자 치열하게 노력하진 않았다. 아무튼, 그는 있어야 할 곳에 언제나 있었다. 예컨대 그리움과 기억만 함께하며 혼자 있고 싶던, 차를 타고 어디론가 사라져 여기저기를 떠돌며 쏘다니고 싶던 어느 날의 저녁 무렵 한 번도 가본 적 없는 도시, 순전히 우연하게 선택한 호텔에서 전혀 모르는 사람과 하룻밤을 보내고 싶은 날까지도 말이다. 아직은 책임질 것이 없는 총각 행세를 할 수도, 반드시 돌아가야 할 연인이 없는 사람 행세를 할 수도 있었다. 그가 마드리드로 돌아와 몇 달씩 보낼 때마다 다시 흥분되고 환상에 젖을 수 있었기에 나는 환영하지 않을 수 없었다. 그의 귀가는 일종의 선물이라고 할 수 있는, 처음에는 정말 특별한 것이었다. 공간이 가득차는 기분이었고 모든 것이 제자리를 찾는 것 같았다. 침대에 누운 그의 몸은 밤새 온기와 열기를 발산하는 것 같았다. 그가 깨어 있다는 것을, 혹은 선잠을 자고 있다는 것을 깨달으면 나는 팔을 뻗어 그가 그곳에 있다는 사실을 확인하기 위해, 쉽게 믿기지 않는 환희를 느껴보기 위해, 이토록 가까운 곳에, 내 곁에 있다는 것을 느껴보기 위해 그의 등을 손가락 끝으로 스치듯 어루만졌다. 몇 달 동안 베개와 침대 시트 위를 맴돌던 헛헛한 공기만 마주치고 살면서 꿈에서조차 이런 생각뿐이었다. '그가 언제 올까? 그는 가끔은 텅 빈 마음을 채워줬고, 가끔은 여기 있어줬지. 이것은 상상이 아닐 거야.'

그렇지만 이 동거도 곧 끝날 것이었다. 마드리드에서 어느정도 시간을 보내면 그는 다시 떠나게 될 것이 분명했다. 그러면 또 그리움과 기다림의 시간이 시작될 거라는 사실을 깨닫게 되면서 우리는 우리가 함께 자리에서 일어난 아침마다, 집에서 저녁을 먹을 때마다, 일과를 마치고 사교 모임에 외출하기 위해 다시 만난 저녁마다 무슨 경사라도 난 것처럼 축하했다. 사교 모임은 대사관에서 일하는 사람들에겐 절대로 끝날 것 같지 않은 일 중의 하나였다. 그러나 그는 예전의 모습이 아니었다. 나는 그에게서 단 한 번도 이야기해본 적이 없지만 단연코 그 존재를 부정할 수 없는 그런 슬픔을 느낄 수 있었다. 그는 절대로 나에게 설명하지 않았다. 하지만 가볍긴 했으나 빈정대길 좋아했던 그 안의 젊은이는 완전히 사라지거나 영원히 자취를 감추진 않았고, 가끔, 정말 가끔 다시 돌아오곤 했다. 그 젊은이는 날이 지나 어른이 된 남자로 인해 기억에서 지워지지는 않았으며, 그렇다고 해서 미래에 대한 무관심으로 신비롭게 늙지도 않았다. 어디에서든 살아남는다면, 그 젊은이는 분명히 자기 마음속에 살아남아 있을 것이다. 너무 많이 변해 시도 때도 없이 괴로워하고 대인기피에 시달려도, 내가 손을 쓸 수 없을 정도의 불면증까지 있어도 그가 내 곁에 있을 때 그것은 그리 큰 문제가 아니었다. 중요한 것은 그가 웃을 때면 그의 부드러운 미소와 잿빛 시선을 볼 수 있다는, 사람들이 부탁할 때마다 늘어놓는 그의 농담과 성대모사를 들을 수 있다는 것이었다. 그리고 조심스레 그의 입술에 키스할 수 있고, 곁에 없었던 그가 다시 돌아와 내 곁에 며칠씩 있었다는 사실이었다. 처음 만났던 시절에 알고 지내던 토마스와 비교했을 때 지금 우리 관계가 불완전하고 훼손되었다 하더라도 말이다.

그는 어디든 자리를 잡았다가도 악몽에서 막 깨어난 사람 혹은 극단적인 긴장 속에서 오랜 시간을 보낸 사람처럼 불안하고 지친 모습으로 마드리드로 돌아오곤 했다. 그러나 며칠만 지나면 그동안 살아왔던 세계에서 홀연히 벗어난 듯, 다음 출정 때까지 잠시 휴식이라도 취하는 것처럼 진정되었고 기력도 되찾은 듯 보였다. 모호한 태도를 보이면서도 나와 몇 주를 함께 보내는 동안 그는 점차 마음의 안정을 되찾았고 기분도 좋아졌다. 그는 숨을 쉴 수 있는 공간을 얻었다. 다시 가족과 친구들 그리고 도시에서의 일상을 되찾았다. 여기에는 ETA*를

---

* Euskadi Ta Askatasuna. 스페인으로부터 바스크 지방의 분리독립을 주장하던 무장 혁명 단체.

비롯한 여타 조직들의 테러, 극우단체의 우발적인 범죄, 갈등과 논쟁, 군부 쿠데타의 위협까지도 포함되었다. 절대 끝나지 않을 것 같았던 프랑코 체제가 종식된 이후에도 우리 모두에게 희망을 안겨주거나 불안을 던져주곤 했던, 영원히 계속될 것만 같던 불확실성까지도 말이다. 하지만 이런 것은 그에게 그리 큰 영향을 미치는 것 같진 않았다. 그는 이것들을 자기와는 상관없는 일로 여겼을 뿐만 아니라, 이보다 더 안 좋은 일에도 익숙해진 것 같았다. 그가 영국에서 융단만 밟았다면, 그러니까 사무실에서만 일했고 리셉션에만 참석했다면, 통역이나 중재자로만 일했다고 한다면 내게 그의 이런 모습은 잘 이해가 되지 않았다. 아무 의심도 하지 않았다고는 이야기할 수 없다. 특히 두 달 남짓 자리를 비웠다가 상처를 입고 돌아왔을 때는, 특히 뺨에 눈에 띄는 상처를 입었는데 면도칼이 아닌 칼이나 단검으로 인한 자상이라는 생각이 들었을 때는 뭔가 다른 일을 하고 있다는 생각을 하지 않을 수 없었다. 내가 상처를 발견했을 때는 이미 상처가 아문 다음이었다. 그리 깊지는 않았지만, 상처를 볼 줄 아는 사람에겐 성형수술을 받지 않는다면 상당히 오랫동안 혹은 영원히 흔적이 남을 것만 같은 상처였다. 그는 나에겐 성형수술을 하겠다고 분명히 밝혔고, 그렇게 했다. 다음에 왔을 때 상흔은 믿기 힘들 정도로 완벽하게 사라졌다. 마치 상처를 입은 적이 없는 사람 같았다. 탁월한 의술이, 숙련된 전문가가 개입한 것이 분명했다. 그렇지만 내가 상처를 처음 본 그 순간엔 기겁하지 않을 수 없었다.

"거기에서 무슨 일 있었어? 누가 그랬어? 이 상처 뭐야?"

그는 상처를 만지는 것이 이미 습관이 된 것처럼 엄지손톱으로 뺨을 쓸어내렸다.

"이미 오래전 일이야. 어느 날 밤, 늦게 일을 마치고 집까지 걸어가고 있었어. 집에 거의 다 왔을 때 두 놈이 칼을 들고 내 지갑을 노렸는데, 나는 뺏기고 싶지 않았어. 한 놈의 가슴을 발로 걷어찬 다음 냅다 내달렸지. 그런데 다른 녀석이 칼을 휘둘러 조금 베인 거야. 다행히 칼날이 아니라 칼끝에 스쳐서 가벼운 상처로 끝났어. 피는 상당히 흘렀지만 말이야. 보다시피 이젠 다 나았어."

"가벼웠을지는 모르지만, 상처가 꽤 긴데." 상처는 구레나룻이 시작되는 곳에서부터 턱선 있는 곳까지 길게 그어져 있었다. 당시에 그는 분명 구레나룻을 아래쪽으로 길게 기르고 있었을 것이다. "이 상처는 오랫동안 남아 있을 거야. 왜 이런 일이 있었는데도 나에겐 말하지 않았어?" 나는 안타까운 마음을 담아 그의 상처를 부드럽게 어루만졌다. 우린 시간만 나면 전화했었는데, 그 일이 일어났다는 때도 그리고 그 후로도 강도사건에 대해선 아무 말도 없었던 것이다. "많이 아팠겠다." 상흔은 부드러웠지만 약간의 굴곡이 느껴졌다. 그의 입술과 비슷한 감촉이었다.

"너까지 놀라게 할 이유가 없잖아. 너는 분명히 달려오겠다고 했을 텐데. 상처는 걱정할 것 없어. 상관들이 상처가 확실히 아물면 상처를 없애줄 전문가에게 보내주겠대. 그들 말로는,

상류층에서는 얼굴에 상처가 있으면 별로 좋은 인상을 주지 못한다는 거야. 불신을 일으킨다나. 성질 고약한 불량배처럼 보인대. 그래서 흔적이 전혀 남지 않게 맨질맨질하게 만들어준다고 했어. 공격당한 일이 전혀 없었던 것처럼 말이야."

그 말은 현실로 이루어졌다. 그의 얼굴에선 그 사건이 남긴 어떤 흔적도 찾아볼 수 없었다. 너무 놀라 흔적을 찾아보려고 그가 자고 있거나 자는 척하고 있을 때 불을 켜고 꼼꼼히 살펴보기까지 했다. 하지만 이상하게도 손톱으로 아무것도 없는 뺨을 어루만지는 그의 버릇은 여전히 남아 있었다. 어쩌면 그 행동에서 만족감을 얻고 있는지도 몰랐다. 아무튼 전체적으로 봤을 때 그에게 상처가 있었던 시간은 그리 길지 않았다. 그러나 그가 진심 어린 설명을 했음에도 불구하고, 나는 이따금 그가 위험한 일을 하고 다니는 것이 아닌지 의심할 수밖에 없었다. (당시에 런던에는 'mugger'라고 불리는 노상강도가 넘쳐났다. 당시엔 강도를 이런 식으로 불렀고 지금도 마찬가지인데, 이는 사람들을 매료시켰던 〈시계태엽 오렌지〉라는 정말 형편없었던 영화 때문이기도 했다.) 국가를 위해 일을 할 때, 지금도 그렇지만 앞으로도 국가는 끝도 없이 요구할 것이고, 연결된 끈을 마구잡이로 잡아당겨 악용하려고 들 것이다. 다시 말해 국가에 봉사하는 사람들과 시민들 모두를 압박할 것이다. (시민들에겐 애국심 혹은 충성심이라는 이름으로, 국가에 봉사하는 사람들에겐 약자들과의 연대나 공동선을 위한다는 이름으로 말이다.) 그들이 무엇을 요구할지, 무엇을 뽑아내려고 할지, 어떤 황당한 일을 시킬지, 어떤 희생을 요구할지는 결코 알 수 없었다. 그러나 나는 언제나 신중했다. 그가 절대로 대답하지 않을 질문은, 아니면 진실을 털어놓지 않을 질문은 하지 않는 편이 더 낫다는 것을 잘 알고 있었다. 이것은 결국은 좌절감만 느끼게 하니까. 대안이 없을 때, 상황이 절박할 때, 발각되었을 때, 더는 입을 다물 수 없을 때가 되어 어쩔 수 없이 입을 열게 될 때까지 기다리는 편이 더 낫다고 생각했다. (자신의 흠결이나 나중엔 기억이 왜곡할 수 있는 사실들에 대해 무덤에 갈 때까지 입을 다무는 사람은 없다.) 나는 경험과 관행을 통해 이를 잘 알고 있었다. 나는 남들이 몰랐으면 좋겠다고 생각한 것에 대해 단 한 번도 솔직하게 대답해본 적이 없다.

하지만 질문을 비껴가는 대답만 얻을 것이라는 사실을 잘 알면서도 질문하지 않을 수 없는 날은 드디어 오고야 말았다. 토마스는 나를 조금이라도 만족시키려면 뭔가를, 부스러기라도, 불똥이라도, 한 줄기 섬광이라도, 아무리 작은 것이라도 털어놓아야만 했다. 물론 그는 털어놓은 것을 대단히 큰 것으로, 엄청난 것으로 생각할지도 모른다. 이미 말했듯이 우리가 결혼한 지 2년, 그가 옥스퍼드에서 확실히 돌아온 지는 3년이 되던 때였다. 그가 첫 번째 조국과 두 번째 조국에서 각각 하는 일이 무엇인지 거의 완벽한 침묵을 지키며 완벽하게 숨기고 지낸 지도 벌써 상당한 시간이 흘렀다. 물론 다른 나라들에서 하는 일 역시 말하지 않기는 마찬가지였다. 매일 밤 그가 어디에 있는지, 누구와 함께 있는지, 몇 날 몇 주 몇 달 동안이나 어디에서 보내는지 확실하게까지는 밝힐 수 없을 거라는 사실을 나는 잘 알고 있었다. 그럼에도, 내 버릇과 신중한 성격에도 불구하고 질문을 한 것은 불안과 우려, 두려움과 조바심이 극에 달했기 때문이었다. 무엇을 조심해야 하고 어디까지 내가 걱정해야 하는지를 알고 싶었다. 만약 위협을 받고 있다면, 아무것도 모르고 있는 것 자체가 가장 위험한 것이기 때문에 당연히 잘 알고 있어야 했다. 가능하다면 단단히 마음먹을 수도 있다. 그래야 잊어버릴 수도 있는 법이다. 그러나 이런 위협은 절대로 무시하지는 않는 것이 좋다.

이 사건은 '사바티니 정원'에서 시작되었다. 출산휴가 기간에 아침나절마다 바람도 쐬고 산책도 할 겸 아이를 유모차에 태우고 찾아가곤 했던, 우리 동네에 위치한 곳이었다. 우리는 공원에서 아주 가까운 파비아 거리, 예컨대 오리엔테 광장과 길게 이어진 곳에 살고 있었는데, 마드리드 왕궁Palacio Real의 맞은편이자 엥카르나시온 수도원의 옆쪽이었다. 나는 언제나 똑같이 작은 공원을 한 바퀴 돈 다음 벤치에 앉아 쉬곤 했다. 한 손에는 책을 들고 다른 한 손으로는 기예르모를 태운 유모차를 가볍게 흔들어주었다. 아들의 이름은 토마스의 기발한 생각이 반영된 것인데 내 마음에도 들었다. 영국의 동화작가 리치멀 크럼프턴의 동화 속 주인공의 스페인식 이름이었던 '기예르모 브라운'에서 따온 이름인데, 그의 어린 시절 우상이었다. 그러니까 '말썽꾸러기 기예르모' 혹은 '추방당한 기예르모'라고 불렸던 인물에게 바치는 존경의 의미이기도 했다. 토마스는 영어와 스페인어 모두 능숙했지만 기예르모의 모험을 친구들에게 이야기해주기 위해 스페인어 번역본으로 동화를 읽었다. 만약 친구들에게 영어판 별명인 '그래! 윌리엄이야' 혹은 '도망자 윌리엄'이라고 했다면 다들 누구를 이야기하는지 몰랐을 것이다.

공원에서는 열 줄 이상을 연달아 읽을 수 없었다. 엄마라면—내가 곧 엄마였으니까—아무리 아이가 그곳에 있는 것이 확실해도 끊임없이 아이가 잘 있는지 눈으로 확인하지 않을 수 없었다. 소리를 내는지, 입을 다물고 잠을 자는지, 입은 다물고 있는데 잠에선 깨어났는지 확인하고 또 확인해야만 했다. 18세기 스타일의 인적이 드문(인적이라고 해봐야 관광객이겠지만) 그리 크지 않은 공원에는 통나무로 만든 간단한 미로와 오리 몇 마리가 떠다니는 작은 연못이 있었다. 나는 발걸음 소리가 들리거나 누군가 내 시야에 들어올 때마다, 이런 식으로 이야기해도 되는지 모르겠지만, 바로 눈을 들어 만들어진 이 평화로운 상황이 과연 어떻게 새롭게 전개될지 감시하곤 했다. 멀리서 결혼한 사이 같은 한 쌍의 남녀가 다가오는 것을 보았는데, 남자는 뚱뚱한 사람들이 대체로 그렇듯이 처음엔 조금 둔해 보였지만 그저 그런 평범한 인상이었다. 남자는 분명 뚱뚱하긴 했지만 상당히 민첩하게 성큼성큼 걷고 있었고, 여자는 그리 뚱뚱하지 않았다. 남자의 팔을 끼고 있던 여자는 악의 없어 보이는 얼굴에 오히려 성격이 좋을 것 같았다. 뚱뚱한 사람은 절대로 날렵하게 생긴 드라큘라나 푸 만추*처럼 위험한 인물은 절대 될 수 없다는 생각을 나도 모르게 가졌던 것 같다. 그러나 몸집이 큰 사람은 주변의 사람들에게 뭔가 전염시키는 기운이 있었다.

나는 나무 그늘 아래 나무벤치에 앉아 있었는데, 두 사람은 바로 앞쪽의 돌의자에 자리를 잡았다. 그들은 나와는 반대로 선선한 5월의 따사로운 햇살을 즐기고 있었다. 두 사람이 나를 샅샅이 뜯어보고 있다는 것을 금세 눈치챌 수 있었다. 나를 알고 있는지, 아니면 나를 알고 싶은 것인지, 내 얼굴이 낯이 익은 건지, 아니면 기억을 더듬고 있는 것인지 알 수 없었다. 나에겐 생소한 얼굴이었고 전혀 모르는 사람이었는데, 갑자기 나에게 웃음을 지어서 나도 깍듯이 미소로 답했다. 날씨를 고려하면 과하다 싶을 버버리 색의 트렌치코트를 입고 있던 남자는 40대는 되어 보였다. 밤색의 짧고 꼽슬꼽슬한 머리카락에 불필요할 정도로 큰 플라스틱 테의 선글라스를 낀 채 아이들을 바라보고 있었다. 그렇게 눈에 띄는 특징은 없었지만, 살이 너무 쪄서 키는 더 작아 보였고, 짧은 코, 선이 가는 입술, 넉넉하고 따뜻한 느낌의 예쁜 미소, 타자기의 자판처럼 단정하고 고른 이는 부드러운 인상을 주었다. 여인의 약간은 사시처럼 보이는 커다랗고 푸른 두 눈이 시선을 끌었다. 악의가 있는 사람은 분명 그녀를 사팔뜨기라고 놀렸을 것이다. 남편과 비슷한 연령대였다. 조금은 과장되기도 하고 옛날식이기도 했던 화장 아래 드러난 그녀의 피부는 그리 매끄러워 보이진 않았다. 빨

---

* 영국 작가 색스 로머Sax Rohmer의 세계 정복의 야망을 품은 중국인 악당 캐릭터.

간색 입술과 금발은 조금 전 미장원에서 나왔거나 거울 앞에서 즐거운 한때를 보내다 온 사람 같았다. 여자는 확실히 외국인 같았는데, 남자는 외국인인지 아닌지 잘 알 수 없었다. 만약 그가 곱슬곱슬한 머리카락을 더 길게 길렀거나 옆으로 부피를 좀 키웠다면 룸바 댄서나 플라멩코 가수처럼 보였을 것이다. 반면에 그녀의 얼굴은 한 점 그을린 데가 없을 정도로 지나치게 하얀 편이어서, 주근깨가 없었음에도 아주 하얗고 예쁜 주근깨로 덮인 듯 보였다. 게다가 주름살도 없어 자기 남편보다는 훨씬 늦게 나이를 먹을 것 같았다. 남편보다 훨씬 더 우아한 여자는 관리를 잘한 것 같았고, 옷도 세련되고 깔끔하게 입고 있었다. 상냥한 미소에 도발적이라기보다는 모성을 느끼게 하는 가슴을 가지고 있었다. 뚱뚱하다고는 할 수 없었지만 그렇다고 마르지도 않았다. 그녀의 재킷은 풍만하고 둥글둥글한(그렇지만 끝부분은 조금은 뾰족한) 가슴을 가리는 데 별 도움이 되지 않았다. 성인 남성들에겐 좀 위압적으로 느껴질지 모르겠지만 어린이나 젊은이 그리고 같은 여성들에겐 상당히 호의적으로 보일 것 같은 모습이었다. 그러나 아무래도 사시처럼 보이는 두 눈은 조금 불편해 보였다. 눈동자 넷이 나와 캐노피를 걸은 유모차를(아기들에게 호기심을 보이는 것은 별로 이상하다곤 할 수 없었다) 그리고 내가 손에 들고 있는 책을 바라보고 있는 것은 분명한데, 그들이 어디를 보고 있는지는 확실히 알 수 없었다. 내가 들고 있던 책의 제목이 무엇인지, 작가가 누군지 알고 싶었을지도 모른다는 생각도 들었다. 나를 계속 뚫어져라 바라보며 미소를 지어대서 불편하다는 생각이 들자 급기야는 집으로 돌아가야겠다는 생각까지 들었다. 그런데 갑자기 뚱뚱한 남자가 나에게 말을 건넸다.

"네빈슨 부인, 맞죠?" 그는 벌떡 일어나 함박웃음을 지으며 나에게 다가왔다. 그리고 악수를 청하는 것처럼 손을 내밀었다.

나도 기계적으로 손을 내밀었다. 친한 듯이 다가오는데 아무 반응도 보이지 않기는 좀 어색했다.

"우리 아는 사이인가요? 잘 기억이 나지 않는데……."

"우리를 기억하지 못하는 것이 당연하지요. 우리는 주목을 받을 만한 사람도 아니고, 나이만 먹은 평범한 부부이니까요. 당신과 당신 남편처럼 젊고 잘생긴 부부와는 다르죠. 우린 몇 달 전 대사관에서 열린 칵테일파티에서 만났어요. 토(흐)마스의 대사관 파티에서요." 스페인에서는 그의 이름을 이런 식으로, 토(흐)마스Thomas라고 부르는 것은 아주 드문 일이었다. 언제나 토마스Tomás나 톰이라고 불렀다. "우린 잠시 담소를 나눴어요. 그렇지만 우연히 몇 마디 나눈 사람을 모두 다 기억하는 것은 힘들지요. 별로 좋은 인상을 남기지도 못했을 텐데요. 쯔쯧." 그는 겸손하게 이야기하면서 자신의 말을 뒷받침하기 위해 거짓으로 혀를 차기도 했다. 사실 남자는 너무 뚱뚱하고 여자는 사시여서 쉽게 기억이 되는 얼굴이었다. "저는 미겔 루이스 킨델란입니다. 제 아내는 메리 케이트이고요."

그러자 부인이 다가와 여자끼리 인사할 때는 모르는 사람들 사이에서도 일상적으로 2인칭 tú를 즐겨 사용하는 스페인 사람들처럼 친근감을 나타내고 싶었던지 내 뺨에 가볍게 입을 맞추었다. '아니, 가만히 있어도 돼요'라고 그녀는 내가 일어나지 못하게 어깨에 두툼하고 묵직한 손을 얹으며 이야기했다. 이름과 억양을 봐서는 외국인이라는 것을 알 수 있었지만, 그녀가 사용하는 스페인어는 정말 문법적으로도 정확했을 뿐 아니라 아주 유창했다. 이곳에서 오랫동안 산 것 같았다. 반면에 남자는 토마스나 나처럼, 다시 말해 외국인 냄새가 나는 '킨델란'이라기보다는 스페인 사람인 '루이스'처럼 이야기했다. 두 사람은 기예르모의 얼굴을 바라보았다. 조금은 호들갑스럽다고 할 정도로 감탄에 감탄을 거듭했다. 너무 과장이 심하다는 생각도 들었다. '예쁘게도 자네. 너무 잘생겼어.' 케이트는 연신 감탄했다. 사람들은 아무리 아기가 못생겼어도 좀 과장되게 칭찬하는 버릇이 있다.

"킨델란?" 남자의 성이 스페인 사람의 성처럼 들리진 않았지만, 아주 희귀한 것은 아니었다. 들어본 적도 있었고, 예전엔 두어 번 글에서 본 적도 있었다. "이런 성을 가진 유명 인사가 있었죠? 바로 생각나진 않는데."

"그럼요. 몇 년 전에 돌아가신 유명한 장군인 알프레도 킨델란이 있어요. 스페인 사람 중에선 처음으로 비행기를 조종한 사람으로 책도 몇 권 썼지요. 아마 당신은 이 킨델란 장군을 떠올렸을 거예요. 봉기에도 참여했었고, 정확하게는 모르겠지만 내전 당시 항공부 장관도 지냈을 거예요. 그분의 이름을 딴 거리도 있는 것 같은데. 아, 아닌 것도 같고." 그는 얼른 정정했다. "내가 생각했던 거리는 커크패트릭 장군이네요. 당신도 잘 알고 있겠지만, 이곳에도 아일랜드식 성이 상당히 있어요. 가톨릭 때문인 것 같아요. 오도넬도 여기에 해당되는데, 중심가 거리에 붙어 있는 이름이에요. 아시죠? 레이시 장군도 운이 나쁘진 않았죠. 이분들은 오파릴, 오리안, 월, 오도노휴O'Donohue와 같은 사람들보다는 운이 좋았지요. 아, 참 오도노휴는 멕시코 부왕까지 올라갔어요. 그는 멕시코가 수월하게 독립할 수 있도록 도와주었는데, 독립 이후의 멕시코를 직접 경험하진 못했죠. 오도노휴가 오도노후O'Donojú로 철자가 바뀐 것은 알고 있나요? 정말 재미있죠? 후안 오도노후, 이것이 그의 공식 이름이었어요. 아마 세비야 사람이었을 거예요. 프리메이슨에 가담하기도 했고요." 그는 토마스처럼 이중언어를 하는 사람이 분명한데도 오도노후가 아닌 나머지 성들을 발음할 때는 스페인식이 아닌 영국식으로 발음했다.

그가 1936년 공화국에 대한 군사 반란을 반대하고 싶지 않다는 의도로 일부로 '봉기'라는 단어를 사용했다는 것을 알 수 있었다. 물론 어떤 사람들은 관습적으로 이 단어를 사용하기도 하고 아무 의미 없이 다른 사람들이 사용하는 것을 따라 하기도 한다. 처음에는 실패했지만 3년 뒤엔 성공했던 쿠데타가 이런 식으로 체제 선전에 언급된 지는 벌써 몇십 년이 되었지만 1976년인 지금도 여전히 많이 들을 수 있는 단어였다. 최소한 그는 프랑코주의자들이 일상적으로 쓰는 '영광스러운'이란 형용사까진 동원하지 않았다.

"킨델란은 아일랜드 성씨인가요?"

"맞아요. 내가 아는 한 스페인에서도 11세기인가 12세기 이후론 계속해서 있었어요. 당신도 알지 모르겠는데, 원래는 오킨데란O' Kindelan이었어요. 산티아고 기사단에 속한 분도 여럿 있었고요."

"그럼 당신도 그 유서 깊은 가문 출신인가요?" 나는 약간 비꼬는 투로 물었다. 그는 공원을 걸은 탓에 흙투성이가 된 구두와 불룩한 배 때문에 바지에서 조금 삐져나온 셔츠를 제외한다면 상당히 깔끔하게 차려입긴 했지만 별로 귀족적이거나 유서 깊은 가문 출신인 섯 같지는 않았다. 셔츠가 절대로 삐져나오지 않게 하려면 셔츠 자락이 침대 시트만큼 긴 것을 입어야 할 것 같았다. 뚱뚱한데도 민첩할 것 같은 남자와의 대화는 그가 던진 첫마디만큼이나 재미있었다. 그는 아일랜드 출신의 스페인 사람들에 대해 여러 가지를 알고 있었다. 오도넬 외엔 들어본 적이 없는 이야기였는데, 최소한 나에겐 생소하고 모르던 이름과 성, 사실들에 관해 듣는 것이 정말이지 재미있었다. 가족과 친구가 많았지만, 아기가 생기면서부터는 아기하고만 지냈다. 그래서 오랫동안 혼자 외롭게 지낼 수밖에 없었다.

"아, 아니에요. 쯔쯧." 그는 뭔가 부정할 땐 혀를 찼다. "한번 볼까요. 먼 친척 관계일 수도 있어요. 나는 중세의 산티아고 기사단원들과는 좀 거리가 먼 지파에 속해요. 아마 내 조상은 불행에 빠졌거나 불명예스러운 일로 벽지로 밀려났거나 내쫓겼을 거예요. 킨델란 가문이라는 우주에서 영원히 추방당했거나 유배당했겠죠. 거기에서 내가 나온 거예요. 평생 명문이 뭔지는 알고 지냈지만, 기껏해야 나는 중간 계급으로, 잘해야 중간 계급으로 살아왔어요." 그는 다시 겸손한 태도를 보였다. 메리 케이트가 그를 꾸짖었지만, 그는 맑게 웃었다. 부인이 이어 말했다. "왜 이런 바보 같은 소리를 매일 반복해야 하는지 모르겠네. 당신은 무슨 일이 있었는지도 모르잖아. 분명 당신도 기사 단원이나, 공군 장군과 혈연이 있을 거야. 베르타, 미겔은 정말 농담을 좋아해. 베르타 맞지? 내 기억이 틀리지 않다면……."

"맞아요. 정말 기억력도 좋네요." 나는 깜짝 놀라 대답했다. 그들은 내 세례명까지 기억하고 있었다. 그런데도 나는 여전히 그들에 대해 아무 기억도 나지 않았다. 두 사람을 보면 볼수록 만일 리셉션에서 잠시라도 이야기를 나눴다면 절대로 잊거나 기억에서 지워지지 않았을 거라는 생각이 들었다. 여자의 두 눈이 무아지경에 빠진 것처럼 움직이지 않으면 무섭기도 했다. 그에 비해 여기저기로 눈을 움직이면 솔직하면서 뭔가 불안하단 느낌도 들었다.

"좋아요, 좋아요." 그는 자기를 방어하려 들었다. "내 고귀한 조상이 멀리 떠나온 사람이라고 하죠, 뭐. 가끔 사람들은 특권, 행복, 가장 좋은 것, 여기에 안녕까지도 포기하잖아요. 안 그래요? 여행을 떠났다가 돌아오지 않고 사라지거나 영원히 어디론가 가버리는 사람들도 있어요. 어떤 가문이든 인연을 끊고 살아가는 사람이 있는 법이죠. 운명적으로 나아가야 할 길을 원치 않아서, 심각할 정도로 불안하게 살아가는 사람 말이에요. 이런 사람들은 출신이나 교육 정도와는 달리 자신들에게 전혀 맞지 않는 삶을 살기도 하죠. 때로는 아무 흔적도 남기지 않아 친척들은 '속이 다 시원하네!'라고 소리치기도 해요. 당신도 이런 표현 아세요? '시야 밖으로 꺼져! 정말 속이 다 시원하네.' 이런 말을 듣는 사람이 되는 거예요." 다시 그는 주로 영어를 사용하는 사람처럼 발음했다. 이걸 보면 토마스처럼 이중언어를 하는 것이 분명했다. "이것은 '도망치는 적에겐 은으로 만든 다리를 놓아주어라'라는 속담과는 달라요. 왜냐면 처음에는 적이 아니었고 오히려 정반대라, 바로 거기에 의미가 있지요. 어느 날 적이 되기에는 자기와 혈연관계에 있는 사람이나 배우자가 최악이죠. 미안해요. 내가 너무 말이 많았어요. 참 토(흐)마스는 잘 지내고 있죠? 만나지 못한 지도 꽤 되었어요."

"지금 런던에 있어요. 일 때문에 그곳에서 꽤 오래 머무는 것 같아요."

"뭐라고?" 메리 케이트는 상당히 놀란 것 같았다. "이 보물과 당신을 여기에 남겨두고 갔다고? 이 귀한 아이를 남겨두고?" 그녀는 기예르모의 관심을 끌려는 듯이 손을 흔들며 예쁜 짓을 했다. 손목의 팔찌가 불길한 도자기 가게에 있던 것처럼 요란한 소리를 냈다. 아기에겐 그 소리가 재미있었던 것 같았다. 그러자 메리 케이트는 계속해서 미친 사람처럼 손을 두 번 세 번 반복해서 흔들어댔다.

"어쩔 수 없죠. 일이 우선이니까요. 그곳에서도 토마스를 너무나 원했을 거예요." 나는 두 사람에게 존칭을 사용했다. 루이스 킨넬란도 잠깐 나에게 말을 놓았다가 얼른 말투를 바꿨다. 나는 그들과 신뢰를 주고받을 수 있는 관계를 만들고 싶지 않았다. 내가 그들보단 상당히 나이가 어린 탓도 있었다. "혼자서도 잘 하고 있어요. 시간제로 유모를 쓰고 있죠. 꼭 나가야 할 일이 있으면 저녁에도 잠깐씩 쓰고 있고요. 친정어머니와 시어머니, 동생과 친구들도 가끔 일손을 거들어줘요. 아이들은 처음 몇 년 동안은 여자들 손에서 클 수밖에 없으니까요. 우리가 아이들의 우주인 셈이지요. 아이들의 유일한 조력자이자, 아이들이 느끼고 볼 수 있는 유일한 세계죠. 아이들이 움직이고 존재하는 것 자체가 우리를 의지함으로써 가능한 일이니까요. 그렇지만 우리가 그들에게 별다른 흔적을 남기지 못한다는 것이 좀 이상하긴 해요. 안 그래요? 그러니까 제 말은 남자들 말이에요. 아마 그들은 처음 삶의 시작점에 대해서, 다시 말해 훗날 발견하게 되는 세계보다는 훨씬 더 부드러운 세계에 대해서 반기를 들지 않을까요? 그들이 우리 여자들 뜻대로 움직였다는 것을 알면 아마 화를 내지 않을까 모르겠어요. 기예르모는 안 그랬으면 좋겠는데."

"베르타, 그렇게 생각하진 마." 메리 케이트가 강한 아일랜드 억양으로 이야기했다. "심리학자들은 이런 이야기를 할 거야. 태어나서 처음 몇 달이, 처음 몇 년이 인격 형성에 가장 중요한 시기라고 말이야. 그래서 우리 같은 여자들이 아이들의 인격을 통제할 수 있는 거야. 우리는 문명인이고, 이 점에 대해선 의심의 여지가 없어." 그녀는 '했어' 대신에 '할 거야'라고 말하는 문법적인 실수를 저질렀는데, 이런 부분까지 완벽한 외국인은 그리 많지 않았다. "처음에 우리 여자들의 돌봄을 받지 못하면 아이들이 얼마나 거칠어질지 상상도 할 수 없을 거야. 동물과 다름없지 않을까? 스페인이나 이탈리아의 아이들보다 더 열악한 환경에 있는 아이들이 아일랜드에 얼마나 많은지 당신은 잘 모를 거야. 이미 이야기했지만."

"더러운 짐승 새끼들이에요." 루이스 킨델란이 끼어들었다. 그러나 자기 빌언이 너무 지나친 데다 비정하다는 생각까지 들었는지, 금세 바로잡으려고 했다. 그러나 어머니가 된 지 얼마 되지 않은 사람 앞에서 수습하기는 쉽지 않았다. "내가 하고 싶었던 말은 정말 야성적인 아이들도, 야수처럼 사는 아이들도 있다는 말이에요. 특히 작은 마을에서는요. 스페인과 이탈리아 아이들은 응석받이로 자라면서 엄하게 교육을 받지만 아일랜드 아이들은 더 투박할 수밖에 없어요. 그곳은 너무 뒤처졌거든요." 아마 어렸을 적 그곳에서 지냈을 때, 혹은 성인이 되어 그곳에 방문했을 때 아이들이 뚱뚱하다고 그를 괴롭혔거나 왕따를 시켰을지 모른다는 생각이 들었다. 뚱뚱한 사람들은 언제나 어디서나 못된 사람들의 좋은 표적이 된다. "사제들은 그들이 할 수 있는 일을 하고 있지만, 그것만으로는 충분하지 못해요." 내가 놀라는 모습을 보이자 그는 이 말을 덧붙였다. 나는 사제들이 그곳을 고리타분하게 만드는 것에 적지 않은 공을 세웠다고 생각했었다.

"여기보다 훨씬 더 뒤처졌나요?"

그는 잠깐 몇 초 동안 생각했다.

"당신 말이 맞아요. 여기에도 진짜 바보 같은 아이들이 있긴 있어요. 아마 멍청한 어른이 되겠지요. 세월도 그들을 구하지 못할 거예요."

"당신들은 아일랜드 사람인가요? 아이도 있나요?" 나는 직설적으로 물어보았다. 그때까지 그들이 나에게 밝힌 거라곤 이름뿐이었다. 메리 케이트는 성도 이야기하지 않았다. 무슨 일을 하는지, 우리가 어떻게 대사관 칵테일파티에서 만나게 되었는지도 알 수 없었다. 그들은 배타적인 사람은 아니었지만 누구에게나 활짝 문을 열어놓는 그런 사람도 아니었다. 이즈음 두 사람은 내가 앉아 있던 벤치의 내 옆자리에 앉아 있었다. 나는 자리를 만들어주기 위해 가장자리에 밀린 채 그들과 밀착해서 앉아야 했다. 그들은 유쾌하고 정중하긴 했지만, 빈틈을 잘 파고드는 사람이었다.

메리 케이트는 아일랜드 사람이었다. 결혼하기 전에는 메리 케이트 오리아다라고 불렸다. ('음악가처럼 평화롭게 휴식하라'라는 의미라고 했다. '오레이디라고 발음하는 사람도 있었지만, 달리 발음하는 사람도 있었다'고. 그 음악가가 누구인지는 전혀 생각나지 않는다.) 루이스 킨델란은 아니었다. 그는 스페인 사람으로, 더블린에서 잠깐 살면서 아일랜드 전국을 여행하는 동안 아일랜드를 완벽하게 알게 되었다고 했다. 두 사람은 아일랜드 대사관에서 일했고 가끔 대사관에서 열리는 파티와 만찬에 초대했던 덕분에 토마스의 친구가 될 수 있었다고 했다. 그들은 자식이 없었다. 아이를 갖기엔 좀 늦었다. 아주 조금.

"아이를 가지려고 그렇게까지 열심히 노력한 것은 아니었어. 우리는 너무 바빴거든." 메리 케이트는 확연한 사시로 연못에서 헤엄치고 있던 어린 오리 한 쌍을 물끄러미 바라보았다. 가질 수 없었던 아이들을 떠올린 것 같았다. 그녀는 아이라는 존재에 대해 때가 되면 먹을 것을 주어야 하는 바보 같은 동물과 딱히 다르게 생각하는 것 같지 않았다. "우리는 그것보다 서로에게 좀 더 신경을 쓰기로 했어." 그들은 별 후회 없다는 듯이 이야기했다. "미겔은 나를 보살펴주고, 나는 미겔을 보살피기로. 우리는 부부이기 이전에 한 팀이고 절대로 떨어져 사는 법이 없을 거야. 죽음이 우리를 갈라놓을 때까지. 아마 우리를 동시에 데려갈 거야. 미겔, 그럴 거지?"

"물론이지. 당연해."

이 일을 '에피소드'라고 부를 수 있다면 이 에피소드는 4-5주 가량 계속되었다. 정말이지 불안과 공포, 아니 공황에 가까운 일이었고, 그 두 사람은 진짜로 한 팀이었으며 앞으로도 절대로 떨어지지 않을 거라는 느낌이었다. 그 후로 4-5주 동안 둘 중 한 사람만 있는 것은 단 한 번도 보지 못했다. 두 사람은 사바티니 정원에 빈번하게 모습을 드러냈다. (아마 예전에도 자주 왔을 텐데, 전혀 주목하지 않았었다.) 공원이 아닌 동네 여기저기에서도 나는 그들과 자주 마주쳤다. 언젠가 그들은 '핀토르 로살레스 거리' 쪽을 가리키며 그곳에 살고 있다고 했지만, 정확하게는 말하지 않았고 그 근처라고만 모호하게 이야기했다. 자식이 없어서 그들은 나를 아주 쉽게 심지어는 재빨리 '입양'했다. 두 사람은 활달하면서도 상냥한 모습을, 보호자이자 지극히 관심을 가진 사람의 모습을 보여주었다. 내가 필요할 때면 언제든 도움을 주겠다고 제안했다. 필요하면 아이도 돌봐줄 수도 있다고 했다. (꼭 필요한 것은 아니었다. 게다가 아무리 조건 없이 정답게 다가와도 내 앞에 스스로 모습을 드러낸 사람을, 최근에 알게 된 사람을 너무 쉽게 믿기는 어려웠다.) 우리의 관계는 어느 정도 서로의 비위를 맞출 정도까지 발전했다. 기예르모가 너무 어려 시야에서 조금만 벗어나도 불안했을 적엔 가끔 외로움을 느꼈다. 처음에는 아이들과 잠시라도 떨어져야 한다는 생각만으로도, 영원히 품에 안고 냄새를 맡을 수는 없다는 생각만으로도 엄청나게 두려웠다. 하지만 세상이 이런 식으로 멈추길 바란 것은, 아이가 절대로 크지 않고 모든 것이 정지되어 이 상황이 영원히 계속되길 바란 것은 아니었다. 나와 아이들, 아이들과 나, 나머지는 다 사라져버리길 바란 것도 아니었다. 그러나 분명히 혼자가 되어버린 듯한 어떤 느낌은 있었다. 함께 있을 수 있는 사람이 있다는 것 그리고 선물처럼 다가온 대화가 가능하다는 것은 축복이었다. 곤경에 처하면 언제나 달려올 수 있는 부모와 같은 이웃의 보호를 받는 듯한 느낌이었다. 그들은 나에게 전화번호를 주었고 나 역시 내 번호를 두 사람에게 주었다. 그때부터 그들은 나에게 안부를 묻기 위해, 필요한 것, 도와줄 것, 부탁할 것이 있는지, 혹시라도 잊어버린 것을 가져다줄지, 사다줄 것이 있는지, 시도 때도 없이 거리끼지 않고 자유롭게 전화를 하곤 했다. 모든 사람이 업무에 바쁠 아침나절에 대사관 자리를 비울 수 있다는 것이 때로는 좀 이상하단 생각이 들기도 했다. 그래서 아침나절에는 엄마와 시어머니, 동생, 친구 등 직장에 다니는 여자들에겐 어떤 일이든 부탁할 생각을 처음부터 하지 않았었다. 어느 날 이에 대해 물어보았더니 그들은 탄력 근무를 할 수 있다고 해서, 여기에 대해선 그리 대수롭지 않게 여겼다.

토마스는 간헐적으로 전화를 했는데 그때마다 자꾸만 서둘렀다. 한번은 통화를 하면서 루이스 킨델란 씨에 대해 이야기했다. 두 사람을 알게 되었는데, 그들을 기억하고 있는지 뚱뚱하지만 단단해 보이는 그 남자가 토(흐)마스Thomas라고 부를만큼 당신과 친하게 지냈는지 물어보았다. 메리 케이트는 남편흉내를 내느라 그러는 것 같긴 했지만, 그 남자와 똑같이 그를 토(흐)마스라고 불렀다.

그는 "이름도 생소하고, 전혀 기억이 나지 않는데"라고 대답했다. "얼굴을 보면 알지도…… 그런데 특별한 점이 없는 것 같은데. 1년이면 이런저런 칵테일파티나 모임과 만남에서 수백 명도 넘는 사람들과 인사를 해. 겨우 몇 분씩밖엔 이야기하지 않기 때문에 거의 다 잊어버려. 아주 중요하거나 아주 잘생긴 사람이 아니라면 말이야. 아니면 인상이라도 강렬하거나. 그렇지 않으면 즉시 잊어버리거든."

"아주 잘생긴 것은 아냐. 그렇지만 한 번 보면 쉽게 잊힐 것 같지는 않은 얼굴이야. 그래서 그들에 대해 전혀 기억이 없는 것이 좀 이상하긴 해. 남자는 사람들의 시선을 끌 정도로 뚱뚱하고 그 여자는 사시니까. 매력은 있는데 불안하단 생각이 조금 드는 사시야."

"모르겠어, 아무 생각도 나지 않아. 아무튼 AHGBI 활동을 하면서 잠깐 마주쳤을지도 모르지. 이제 전화 끊어야 해. 요즘 별로 상황이 안 좋아서."

"AHGBI?" 그는 영어로 된 약자를 이야기했다. "어떻게 항상 시간이 없어? 도대체 당신에게 무슨 일을 시키고 있는 거야?"

"영국과 아일랜드의 스페인연구자협회 La Asociación de Hispanistas de Gran Bretaña e Irlanda 사람들과 여러 가지 일들을 주최하고 있어. 스페인 방문차 오면 영국문화원이나 대사관을 방문할 기회를 그냥 포기하진 않거든. 특히 술자리가 있으면 말이야. 스타키 씨가 책임자였을 때부터 아일랜드인들은 그곳을 정말 많이 들락거렸어. 스타키 씨가 아일랜드 사람이라는 것을 절대로 잊지 마. 더블린의 트리니티 대힉에서 스페인어로 최초의 박사학위를 받았다는 것과 사뮈엘 베케트가 제자였다는 사실을 정말 자랑스러워했거든. 궁금한 것이 있으면 그분에게 물어봐. 아마 그 부부를 알고 있을 거야."

월터 스타키는 토마스가 우리 학교에 오기 전까지 다녔던 영국 학원의 창립자이자 교장 선생님이었다. 시아버지 잭과 아주 가까운 친구였고 토마스의 대부를 섰다. 토마스가 금세 일자리를 얻을 수 있었던 것도 어느 정도는 그분 덕이라고 생각했다. 캘리포니아에서 오랫동안 교편을 잡은 후 다시 마드리드로 돌아왔는데, 몇 달 뒤 만성 천식이 도져 세상을 떠났다.

"그분까지 귀찮게 하고 싶지 않아. 나이도 많은데. 그리고 그렇게까지 궁금하진 않고. 두 사람 모두 나에게는 정말 살갑게 대해주거든. 아이에게 선물 공세도 하고. 언젠가 집에 다녀가면서 아이 선물을 한 아름 안고 왔더라고. 정말 다정다감하고 배려심도 많은 사람들이야."

더 궁금했어야만 했다. 그랬으면 변고를, 불안을, 두려운 일을 겪지 않았을지도 모른다. 비록 이 일로 인해 토마스의 일부분을 알게 되는 계기가 되었지만 말이다.

미겔이라고 불렀던 루이스 킨델란과 메리 케이트는 자주 토마스에 대해 여러 가지를 물었다. (우리는 곧 말을 놓고 지냈다. 사실 1976년 당시 스페인에서는 경칭으로 부르는 관계를 오래 유지하기가 그리 쉽지 않았다.) 그들은 조금은 끈질기다 싶을 정도의 관심을 보였다. 나는 그것을 존중의 표시로, 나를 위로하고 걱정하는 마음에서 나에게 연대감을 표시하는 것으로 받아들였다.

"토(흐)마스에게서 새로운 소식 있어? 그에 대해 뭔가 새롭게 알게 된 것 있어? 지금 런던에서 뭐 하고 지내? 아니면 런던을 떠났나? 그가 하는 일을 감안하면 출장 간 것 같기도 한데? 외무부에서는 정확하게 무슨 일을 하는 거야? 누구를 위해 일해? 무슨 부서에 있지? 누구 명령을 받고 있어? 우리도 그곳에서 일하는 사람들을 많이 아는데. 아마 우리 친구인 개손과 함께 있을 것 같은데, 한번 물어봐줘. 레지 개손Reggie Gathorne이야. 그건 그렇고 그는 당신과 너무 오래 떨어져 있는 것 같은데, 안 그래? 만일 이번 시즌 내내 그들과 함께 일하고 있다면 파견근무치곤 너무 시간이 긴 거 아닌가? 그렇지? 가정 사정도 고려해야 하는데. 이렇게 어린아이도 있는데 말이야. 하느님도 용서하지 않을 거야. 내 말 이해하지? 그를 헐뜯고 싶은 게 아니야. 직업이니까 어쩔 수 없지. 하지만 아무리 그래도 당신과 좀 더 많은 시간을 보내야 하는데. 첫돌까지가 가장 힘드니까. 세심하게 보살펴야 하는 시기고 품도 많이 들어가는데. 아무리 도움을 받아도 지칠 수밖에 없는 때 아냐? 그런데 그는 사라져 버렸으니 말이야. 게다가 아이들은 정말 빨리 커. 기예르모도 하루하루의 모습이 다를 거야. 내가 알아도 되는지 모르겠네. 왜 그렇게 그를 오래 잡아놓고 있대? 복잡한 일이거나 임무가 있나 보지. 그도 당신들이 정말 그리울 텐데. 안 그래? 당신들을, 특히 당신을 보고 싶어 미칠 거야."

나는 두 사람의 질문에 정확하게는커녕 대충이라도 대답할 수 있는 것이 하나도 없었다. 사실 그가 언제 돌아왔었는지도 잊고 있었다. 레지 개손이라는 이름도 들어본 적이 없었다. 그는 런던 생활에 대해서는 나에게 한 번도 편지를 쓴 적이 없었다. 나에게 그런 이야기를 늘어놓는 것 자체가 귀찮았을 것이다. 물론 그가 돌아와 이런 이야기를 하면 나 역시 따분했다. 나는 성격 자체가 캐묻는 것을 좋아하지 않았고, 그도 젊어서부터—우리가 사춘기에 처음 만났을 때부터—약간 불투명한 부분이 없지 않았는데, 문제는 시간이 갈수록 그런 부분이 커져만 갔다는 점이었다. 실제 우리가 공유했던 유일한 영역은—모든 부부가 가장 중요하고 본질적이라고 생각했던—집, 침대, 아이, 웃고 키스하는 것, 집안일에 대한 시시콜콜하고 따분하거나 쓸데없는 고지서 따위를 제외한 대화, 함께 집에서 뒹굴뒹굴하거나 외출하거나 서로를 바라보는 즐거움을 대화로 풀어내는 것 정도였다. 정면으로, 아니면 위에서나 뒤에서 서로의 숨소리를 느끼는 것도 여기에 들어갔다. 별로 수줍음을 타지 않는 사람은 '사랑의 영역'이라는 말을 사용할지도 모른다. 아무튼 나는 그를 무척이나 그리워했고 그도 나를 그리워할 거라고 굳게 믿었다. 그러나 타인의 생각은 타인에 속해 있기에 언제나 상상의 영역일 뿐, 절대로 확실하게는 알 수 없었다. 명확하게 밝혀졌다고 생각한 부분도 진실인지 단순한 해석인지, 아니면 관습인지 명확히 알 수 없었다. 감정이 담긴 것인지 혹은 다른 사람이 어떤 느낌을 받고 이야기할 준비가 되어 있는 것인지 또한 분명하지 않았다. 나는 정말 미칠 듯이 그 사람이 보고 싶었으나, 그도 마찬가지일지는 확신할 수 없었다. 내가 이미 이야기했듯이 침묵의 무게, 그가 지고 있던 무게, 옥스퍼드에서 학업을 마쳤을 때부터 어깨에 지고 있던 무게, 그를 선택한 무게 등으로 인해 그는 나에게서 좀 멀어진 느낌이었다. 운명에 올라타 더는 자유로운 선택이 불가능해지면서 욕망은 점차 줄어들었고, 결국은 완전히 잠들어버렸다. 어떤 의미에서는 욕망이 자리잡을 만한 공간 자체가 존재하지 않았다. 오로지 키메라나 몽상처럼 불쑥불쑥 모습을 드러낼 뿐이었다. 운명은 몇 번 약해지는 기미가 보이더니 무시할 수 있을 정도가 되었다.

루이스 칸델란 부부를 처음 만난 지 거의 한 달쯤 지났을 때였다. 두 사람이 갑자기 아침에 찾아왔다. 기예르모가 밤새 열에 시달렸기 때문에 나는 밖에 나가 아이가 바람을 쐬게 하고 싶지 않았다. 그래서 두 사람이 나를 보러 와서 아기에 관심을 보였다. 체온은 새벽에 이미 내려갔지만, 충분히 잠을 못 자서 피곤하고 졸린 탓인지 아기는 자꾸 울면서 보챘다. 사실 나도 눈 한 번 붙일 수 없었다.

농담도 좋아하고 활달했던 떠버리 미겔도 처음 몇 분 동안
은 아무 말이 없었고 조금은 위축된 표정이었다. 두 사람은 소
파에 앉았고 나는 왼쪽에 있던 안락의자에 앉았다. 요람에 누
인 기예르모를 데려와 두 사람과 나 사이의 발치에 내려놓고
지켜보았다. 당시만 해도 아이가 있는 자리에서도 담배를 피우
는 것이 가능했는데, 루이스 킨델란 부부 모두 담배를 피웠다.
골초까진 아니었지만 어쨌든 피우는 것은 사실이었다. 토마스
와 나 역시 마찬가지였다. 나는 아홉 달인가 열 달을 끊었다가
다시 습관적으로 피우기 시작했다. 루이스 킨델란은 가죽 담배
케이스에서 담배를 꺼내긴 했지만 불을 붙이진 않았다. 그렇다
고 담배를 다른 사람에게 건네주지도 않았고, 손으로 만지작거
리며 놀고 있었다. 결국, 그는 기술자들이나 가게 주인들처럼
담배를 귀에 걸쳤다.

"베르타, 우리 이야기할 것이 하나 있는데." 그는 이런저런
잡담을 끝내며 가볍게 말을 꺼냈다. 짜증스러운 표정은 잠시
접고 피아노 건반처럼 작지만 반듯한 이를 드러내며 웃는 척했
다. 언제나 보여주었던 사근사근하면서 상냥한 모습에 가벼운
어조였다. 평소 그가 꺼내는 말에 쓰이는 단어들은 대체로 좋
은 것보다는 불행이나, 포기, 갈등과 같이 나쁜 소식들을 달고
나오는 일이 많았지만 그래서 나도 별다른 불안감 없이 받아들
일 수 있었다.

"말해보세요. 무슨 이야기인데요?"

"사실 두 가지 문제가 있어. 하나는 정말 가슴 아프긴 한데 우리는 작별 인사를 하러 온 거야. 우리를 다른 곳으로 전근 보내겠대. 상상해봐! 우리는 여기 마드리드에서 정말 오래 있었는데, 조금씩 이곳 생활에 익숙해져서 적응도 했는데, 갑자기 이곳을 떠나 생판 모르는 다른 곳에서 다시 시작해야 할 것 같아. 정말 황당해. 물론 당신도 알겠지만, 우리 직종에선 이런 일은 언제나 있을 수 있어. 우리도 이런 일이 일어날까 두려웠는데, 지금까진 몇 년 동안 피할 수 있었지. 이젠 운이 다했나 봐. 언제 다시 돌아올 수 있을지, 돌아오는 것 자체가 가능할지 모르겠어. 적어도 어느 곳이 되었든 우리 두 사람을 함께 보내긴 할 거야. 우리는 절대로 헤어질 수 없으니까. 물론 헤어질 위험도 완전히 배제할 수는 없지. 작긴 하지만 있긴 있어."

"미겔이 나를 돌봐주고, 나 역시 미겔을 돌봐줄 거야." 메리 케이트가 끼어들어 처음 만났던 날 했던 말을 똑같이 되풀이했다.

"정말 유감이네요. 두 분에게도 유감이지만, 나에게도 마찬가지예요. 정말 안타까워요." 내 입장에서 그렇게 느낀 것 역시 사실이었다. 누구든 편을 들어주었던 사람, 보호자를 자처했던 사람, 편의를 제공해주었던 사람들에 금세 익숙해지기 마련이다. "어디로 갈지 아직 모르나요?"

"몇 가지 가능성이 있어." 루이스 킨델란이 대답했다. "때론 마지막 순간에 통보하고 서둘러 이사하라고 하기도 하는데, 아마 예전에 있었던 이탈리아일 것 같아. 터키가 될지도 몰라. 우리가 전혀 원치 않는 곳인데, 가톨릭도 기독교 국가도 아닌 데

다가 이 종교를 가진 사람들은 정말 소수니까. 게다가 언어도 정말 어렵고. 다른 언어와 달라도 너무 달라. 좀 멀긴 하지만 헝가리어와 비슷하다고 하는데 무슨 위로가 되겠어. 그래도 헝가리로 가면, 아무리 유대인들이 적지 않고 앞으로도 더 돌아올지 모른다고 해도 최소한 기독교인들 틈에서 살 수는 있잖아." 직접 자신들의 종교를 언급하진 않았지만 몇 가지 말만 들어도 그들이 이 문제를 얼마나 중요하게 생각하는지 알 수 있었다. 그들은 일요일마다 미사에 나갔고 이에 대해 아주 자연스럽게 이야기하곤 했었다. 아마 일요일에만 간 것은 아닐 것이다. "앙카라에선 우리가 큰 도움이 되지 않을 텐데, 그곳이 인력이 부족하긴 한가 봐. 아무튼 명령은 상사들이 하니까. 그렇다고 그들이 언제나 옳다는 것은 아니지만. 어쨌든 곧 전근이 임박한 것은 맞는 것 같아."

"정말요? 얼마나 빨리요?" 절실하진 않았지만, 기분이 썩 좋진 않았다.

"우리가 알기로 일주일 정도 남았어. 아무리 길어야 열흘이야. 그러나 이것과는 별도로 베르타, 당신 역시 우리를 다시는 만나고 싶지 않을 테니까 그래서라도 작별 인사를 해야 해. 다른 무엇보다 이 문제 때문이야." 그는 여전히 웃는 얼굴로 그리 심각하게는 이야기하지 않았다. 평소에 사용하던 검은색 지포 라이터를 꺼내 뚜껑을 열지는 않고 손으로 만지작거리기만 했다. 그때만 해도 지포 라이터는 종전된 지 1년 밖에 되지 않은 베트남 전쟁에서 미군이 가지고 다녔던 첨단 유행 상품이었다. 마을에 불을 지르는 데 횃불보다 더 효과적이었다는 말도 있었다.

나는 조금 불안해지긴 했다.

"또다른 일이 있어요? 왜 제가 당신들을 만나고 싶지 않을 거라는 거죠?"

그러자 그들은 다시 한번 토마스에 대해 물었다.

"당신은 토마스가 런던에서 당신에게 이야기한 일을 하고 있을 거라고 확신해? 그러니까 토마스가 정말로 런던에 있을 거라고 믿어? 지금 이 순간에도 런던에 있을 거라고?"

"그럼요. 제가 아는 거라곤 그가 말한 것뿐인데요. 벌써 말했듯이 그는 별다른 이야기를 하지 않아요. 저와 상관없는 이야기는 시시콜콜하게 하지 않죠. 게다가 저도 별 관심이 없으니까요." 잠시 말을 멈추고 생각했다. "그리고 사람들 이야기를 꼭 믿을 필요도 없잖아요. 어떻게 다 믿겠어요? 안 그래요? 보통은 그가 전화를 하지만, 그래도 저는 긴급할 때 쓸 런던 전화번호 두 개를 가지고 있어요. 그가 말한 곳에 없을 이유가 없잖아요?"

"그곳에 전화하면 언제나 그가 전화를 받아?" 메리 케이트는 거의 취조하는 식으로 대화에 합류했다. "그의 집이나 아파트야? 아니면 일하는 사무실이나 외무부 전화번호야?"

두 사람이 그들의 입장만 앞세워 나에게 지나치게 집요하게 묻는 것이 조금 이상하긴 했다. 호기심이 너무 강하고 질문 또한 지나치다는 것은 분명한 사실이었다. 그러나 그때까지만 해도 그들 질문이 비정상적이라고는 생각하지 않았다.

"글쎄요……. 저는 두 전화번호를 딱 한 번씩 사용해봤어요. 그때마다 그가 전화를 받지 않긴 했어요. 당연하긴 한 것이 하나는 그가 집보다 시간을 더 많이 보내는 일하는 곳이었고, 또 하나는 글로스터 거리에 있는 대표번호로 된 아파트였어요. 그는 그곳에 살거나 아니면 잠만 잘 거예요. 내 전화를 받았던 두 사람이 그에게 메모를 전해주었어요. 그리고 얼마 되지 않아 그가 나에게 전화를 했고요. 사무실이 외무부 안에 있는지 다른 곳에 있는지는 잘 몰라요. 그런데 왜요? 왜 이런 질문을 하는 거죠?"

"그가 일하는 곳이 외무부가 아니라 MI6를 위해 일을 한다는 정보를 받았거든요." 내 얼굴에 곤혹스러운 표정이 드러나는 것을 본 루이스 킨텔란은 설명이 좀 필요하다는 생각을 한 것 같았다. 그는 내가 그가 어디에서 일하는지 잘 모르지는 않지만, MI6이나 MI7이 무슨 기관인지 안다 해도 이 두 기관이 등장하는 소설을 읽었거나 제임스 본드 영화를 보는 정도로 접했을 거라고 생각했다. "해외 작전을 주로 하는 비밀정보부야." 나는 들은 이야기가 농담이라는 의심이 일거나 진지하지 않다는 생각이 들었을 때처럼 재미는 있지만 좀 어안이 벙벙하기도 했다. 내가 아무 말이 없자 그는 나의 이해를 돕기 위해 몇 마디 덧붙였다. 내가 바보 멍청이거나 이런 것까지 알기엔 아직 어리다는 생각을 한 것 같았다. "한마디로 스파이야."

나는 믿을 수 없다는 듯이 짧게 웃었다. 불필요한 설명으로 인해 오히려 재미있다는 생각이 들었다. 설명치곤 너무 고지식한 것 같았다.

"그는 저한테 그런 말은 하지 않았어요. 물론 그들이 스파이인 것도 맞아요. 하지만 만약 비밀 업무를 하는 사람이라면 나에게 그런 이야기를 하지 않았겠죠." 내가 농담으로 질문을 가볍게 받아넘기려 하자 두 사람의 얼굴이 부지불식간에 살짝 굳어졌다. "그렇다고 해도 무슨 문제 있나요? 마음에 드는 것은 아니지만, 외무부에서 그쪽으로 옮기는 것이 어렵지는 않을 것 같네요. 그는 가끔 외국인을 심문하거나 통역해달라는 부탁을 받을 수도 있을 것 같아요. 언어에 능통하고 많은 외국어를 알고 있는 데다가, 그 대부분을 완벽하게 구사하니까요. MI6에 도움이 된다면 써먹지 않을 이유가 없겠지요."

루이스 킨델란 부부는 계속 웃음 띤 얼굴과 따뜻한 말투를 유지했다.

"그렇게 쉬운 문제는 아니야. 그렇게 쉽진 않아. 여기에서 MI는 군사정보를 의미해. 잘 모르는 것 같은데, 당신은 이것을 알아야 해. MI는 **군사조직**이지, 외교부도 사적인 조직도 아니야. 군에 소속되어 있다고. 경찰 권한 위에 있을 뿐만 아니라 거의 완벽하게 독립적으로 운영되는 조직이야. 요원들 역시 직급과 계급이 있어서, 엄격하게 규율에 묶여 있지. 한마디로⋯⋯." 그는 얼굴을 찌푸리며 말을 바꿨다. "장교들이야. 침략군 책임자급이라고."

"침략군요? 어딜 침략한다는 거죠?"

"아일랜드지. 바로 우리나라 말이야." 메리 케이트가 특유의 억양으로 얼른 말을 받았다. 이 말을 하면서 그녀는 분노에 찬 눈으로 나를 뚫어지게 노려보았다. 내가 그렇게 느꼈는지 모르겠지만, 그녀의 눈은 점점 강하게 사시가 되었고 나는 다시 한번 순간적으로 두려움을 느꼈다. 이러한 비합리적인 두려움은 보통 몇 초 정도면 끝이 났는데. 이번에는 조금 더 지속되었다. 그녀의 눈빛이 다시 온화해지는 데에는 한참 시간이 걸렸다. 뚫어져라 노려보면서도 계속 엉뚱한 곳만 바라보는 그 눈은 마치 나를 신랄하게 비난하는 것 같았다. '이 바보 같은 여자야, 그런데도 몰라? 세상과 담쌓고 사는 거야? 그와 담을 쌓고 지내냐고. 그는 우리나라를 침략하려는 군대라고.'

그녀의 시선을 피해 아이를 바라보았다. 아이 안에서 피난처를 구하고 싶었다. 아이의 시선은 부드러웠지만 여기저기 헤매는 것 같기도 했다. 사람이나 사물, 한 가지에 고정되지 않았고, 아무 방향 없이 지그재그로 움직이며 메리 케이트의 눈과는 정반대로 집중하지 못했다. 아이는 얼마 전부터 아팠던 흔적 전혀 없이 눈만 크게 뜬 채 조용히 누워 우리 발치에서 낑낑거리고 있었다.

허리를 굽혀 한 손가락으로 아이의 뺨을 어루만졌다. 그곳
엔 태어난 지 얼마 되지 않은, 세상의 때가 전혀 묻지 않은 말
랑말랑하고 둥글둥글한 내 아기가 있었다. 황당할지는 모르겠
지만, 아기의 눈빛은 늘 내 마음을 가라앉혔다. 아기와 같이 있
으면 아무 일도 없을 것 같았고 여타의 일들은 거품처럼 사라
져버릴 것만 같았다. 아직은 아기에 불과한 그가 어찌 나를 보
호해주겠느냐마는, 우리는 서로를 보호해주는 것 같았다. 지포
라이터 소리에 시선을 들었다. 루이스 킨델란이 마침내 담배를
입에 물고, 엄지손가락으로 라이터를 열어 불을 붙이려고 했
다. 그러나 불은 켜지지 않았다. 그는 라이터를 흔든 다음 다시
시도했지만, 이번에도 실패했다. 그의 구두를 바라보았다. 언제
나 조금은 지저분한, 최고로 봐줘봤자 광까진 내지 않은 구두
였다. 별로 구두에 신경을 쓰지 않는 것 같았다. 구둣솔, 구두

닦는 천, 구두약, 이런 것들을 정말 싫어하는 사람도 물론 적지 않다. 그래서 구두닦이가 필요한지도 모른다는 생각이 들었다. 비록 조금은 낡아 번들거리는 곳이 있긴 했지만, 최소한 깔끔하면서도 잘 맞는다는 느낌을 주는 그의 정장과 그 구두는 어울리지 않았다. 6월인데도 팔에 걸치고 다니던 바바리코트는 소파에 아무렇게나 던져놓았다.

"잘 봐! 베르타." 이 말을 하자마자, 그는 축제 분위기를 대화에 각인시키고 싶은 듯이 아무 이유 없이 씩 웃었다. "우리 벨파스트에 어마어마한 피해를 안긴 MI6 요원에 대한 정보를 받았어. 그가 그곳을 떠날 거라는 정보야. 옮기는 중인지 이미 옮겼는지는 잘 모르지만 다른 곳에서 작전을 펴기 위해 말이야." 북아일랜드의 수도 이름을 말할 때 그는 마지막 음절에 힘을 주어 발음했다. 어떤 스페인 사람도 그렇게 발음하지 않는다. 내 말은, 혼혈이 아닌 스페인 사람은 절대로 그렇게 발음하지 않는다는 것이다. 그는 다시 방금 사용했던 것과 똑같은 형식의 '정보를 받았다'라는 문장을 사용했다. 그런데 누구에게 정보를 받았다는 거지? 여기에서 '우리'는 누구를 말하는 것일까? 그와 메리 케이트만 의미하는 것일까? 아니면 누가 더 있는 걸까? 조직에 속한 사람인가? 아니면 정부? 국가? "우리도 누군지 확실하게는 몰라. 누구 명령으로 왔는지도 모르고. 생김새도 이미 한두 번은 바꿨을 테니까 정확하겐 알 수 없어. 예전에는 금발이었어도 지금은 갈색일 수 있으니까. 빨강 머리를 거쳤을 수도 있고, 치렁치렁하게 길렀을 수도 짧게 잘랐을 수도 있어. 예전에는 깨끗하게 면도하고 다녔어도 지금은 수염을 길렀을지도 몰라. 그것도 구레나룻이 콧수염과 하나로 이어질 때까지 말이야. 크로즈비의 콧수염에 스틸스나 닐 영의 구레나룻처럼 말이야." 당시엔 대중음악계의 슈퍼스타였던 크로즈비, 스틸스, 닐 영의 노래가 메아리처럼 울려퍼지고 있었다. 나는 루이스 킨델란 같은 인간이 대중음악을 즐겨듣는다는 것에 너무 놀랐다. "예전에는 안경을 안 썼다가 지금은 나처럼 상당히 큰 잠자리 안경을 쓰고 있을지도 모르고." 그는 다시 안경을 만졌다. 중지로 안경을 위로 밀어올리며 곱슬곱슬한 머리카락을 매만졌다. "진짜 모습을 감추는 것은 너무나 당연하지. 서로 다른 인물처럼 보여야 추적도 따돌리고 혼란도 줄 수 있으니까 자꾸 모습을 바꾸는 것은 너무나 당연해." 다시 씩 웃음을 흘렸다. 이 모든 것이 게임이라도 되는 양, 혹은 수수께끼라도 푸는 것처럼 자연스럽게 웃었다. "우리는 그 요원이 이제 막 훈련을 마친 새로운 요원일 수도 있다는 의심을 했었어. 한 번도 작전에 투입된 적이 없는, 한 번도 쓰인 적 없는 요원 말이야. 예컨대 당신도 알고 있는, 몰래 두더지처럼 침투하는 임무를 위해 양성한 그런 요원 말이지. 한마디로 토(흐)마스를 생각했어. 토(흐)마스의 아일랜드어 억양은 어떤 느낌일까? 우리와 비슷할까? 말투나 억양, 목소리 흉내는 정말 천부적이라고 하던데. 말투로는 구별이 어려울 거라고들 하더군. 그런데 우리는 아직 감탄할 만한 기회를 맛보지 못했어. 정말 환상적이라고 하던데." 그는 허세를 부리고 싶었는지 세 번째로 크게 웃었다. 이어서 손을 뻗어 쌓여 있는 옷더미에서 바바리를 집더니 차분하게 주머니에서 뭔가를 찾기 시작했다. 동시에 전혀 극적인 낌새가 없는 오히려 익살스럽기까지 한 말투로 계속해서 떠벌렸다. "토마스를 꼭 집어서 그 사람이라고 말한 것은 아니야. 아직 확실하지 않으니까. 이걸 밝히기는 쉽지 않아. 당연할 거야. 절대로 밝히지 못하게 하는 것이 상관들의 임무 아니겠어. 우리도 MI6가 그를 고용했는지 확신할 수 없을 정도니까. 사실 그가 아니길 바라고 있어. 아니길 원하지. 이 모든 것이 착각이었으면 좋겠어. 우리가 사랑했던 사람이 우리 아일랜드에 피해를 주고 있다면 이것은 정말 가슴 아픈 일이니까. 이것 때문에, 우리가 사랑한 사람의 남편 때문에 우리가 밀려난 것인지도 모르고. 한번 생각해봐."

"다름 아닌 이 보석처럼 예쁜 아기의 아버지가 말이야." 메리 케이트가 끼어들었다. 아기를 가리킬 때 그녀가 즐겨 사용하던 표현이었다. 그녀는 허리를 숙여 아기 얼굴 앞에 대고 팔찌를 흔들었다. 아기는 언제나 이 소리에, 딸랑이의 대용품이 내는 이 소리에 관심을 보였다.

"그렇지만 정말 지저분한 소문들이 있어, 당신도 알아?" 루이스 킨델란이 말을 이었다. "물론 어떤 소문은 거짓으로 밝혀지기도 하지만, 그렇지 않을 때도 있어. 제발 이번엔 잘못된 것이었으면 좋을 텐데." 그는 여전히 입에는 담배를 물고 있었고, 손에는 아직 뚜껑이 닫혀 있는 지포 라이터를 들고 있었다. 다른 손으로는 차분하게 서두르는 기색 없이, 대수롭지도 않고 별생각도 없다는 듯이 계속 바바리만 툭툭 치고 있었다. 마치 언젠가는 찾던 것이 나올 것이라는 듯한 표정이었다. "이것을 증명할 필요가 있어. 가능성을 배제할 필요가 있다는 거지. 우리에게도 당신에게도 빠르면 빠를수록 좋아. 우리 모두에게 말이야. 안 그래? 베르타, 당신은 할 수 있으리라고 믿어. 당신이 조사해야 해. 이에 대해 그와 이야기해야 한다고. 추악한 소문이 진실로 밝혀진다면 그에게 그만두라고 설득해야 해. 당신에게는 거짓말을 하지 않을 거야. 안 그래? 당신과 당신 아기에게, 당신들 세 사람에게 영향을 미칠 심각한 문제에 대해서 말이야. 최소한 아일랜드에서 당장 떠나라고 해. 그가 아일랜드에서 떠나지 않으면, 우린 모든 것을 잃고 이곳을 떠나야 할 거야. 정말 기분 나쁘게 떠나겠지. 당신도 그것을 볼 수 있을지 모르겠어." 그는 마침내 안주머니에서 뭔가를 꺼냈다. 석유인지 다른 가연성 물질인지는 모르겠지만 라이터와 똑같이 검은색의 지포 상표가 붙은 조그만 통이었는데, 붉은색 플라스틱 뚜껑이 덮여 있었다. 통의 끝부분이 일종의 주둥이처럼 길게 나와 있는데 이 역시 막혀 있었다. 이런저런 시도 끝에 뚜껑을 열자 기름이 작은 구멍을 통해 흘러나와 라이터에 기름을 채웠다. 라이터가 켜지지 않은 것은 닳아버린 라이터돌이 문제가 아니었다. 루이스 킨델란이 두어 차례 불을 붙이려고 시도할 때마다 소리도 정상적이었고 불꽃까진 일어났지만, 완전히 불이 붙진 않았다. 춤추는 듯 화려한 지포 라이터의 불꽃은 다른 것보단 훨씬 더 다루기 어렵긴 해도 그 덕분에 아무리 센 바람에도 쉽게 꺼지지 않고, 그래서 불을 붙이거나 불을 지를 땐 횃불보다도 훨씬 효과적이다. 기름이 떨어졌는지 킨델란은 기름을 채울 준비를 하고 있었다. 당시만 해도 모든 사람, 아니 모든 흡연자는 라이터가 어떤 메커니즘으로 작동하는지 잘 알고 있었다. 금속 케이스에서 라이터를 꺼내 아래쪽 솜이나 스펀지가 든 작은 구멍에 석유를 주입하면, 솜이든 스펀지든 흠뻑 적셔질 때까지 기름을 주입하면 이것으로 다시 라이터를 켤 준비가 끝나는 것이다. "딜레마이긴 해. 설득하지 못한다면." 평소처럼 따뜻하면서도 예쁜 미소를 지으며 덧붙였다. 그 순간 당연히 아래를 향하고 있어야 할 기름통의 뾰족한 부리 부분이 위를 향하고 있다는 것을 깨달았다. 루이스 킨델란은 사용하기 전에 주스라도 담아뒀던 것처럼 통을 흔들었다. 이번엔 인화성 액체가 기예르모가 누워있던 조그만 요람과 시트, 그리고 아기의 잠옷 위에 두어 방울 떨어졌다. (아니 주르륵 흘렀다.) 의도적이라기보다는 실수를 한 것 같았다. 주머니에서 꺼낼 때부터 통이 완전히 닫혀 있지 않았던 것 같았다. 통을 꺼내 최악의 곳에 휘발유가 떨어진 것까지, 이 모든 일이 눈 깜짝할 사이에 일어났다. (실제로도 손 한 번 까딱했을 뿐이었다.) 이 황당한 사고에 손쓸 틈이 없었다. 내 첫 번째 반응은 아기를 요람에서 꺼내 품에 안고 화장실로 가서 얼른 옷을 벗긴 다음 닦고 씻겨야겠다는 생각이었다. 보호받는다는 생각이 들도록 믿음을 준 사람에서 단숨에 공포를 안기는 사람으로 변해버린 두 사람에게서 아기를 떼어놓아야겠다는 생각뿐이었다. 그러나 이어진 공포로 나는 꼼짝도 할 수 없었다. 갓난아기를 안아올리기도 전에, 루이스 킨델란은 아직 스펀지에 석유를 충분히 주입한 것 같지도 않았는데 엄지손가락으로 라이터 뚜껑을 열고 재차 담배에 불을 붙이려는 듯한 모습을 보였다. 금방이라도 엉뚱한 짓을 할 사람처럼 기름통의 마개를 아직 덮지도 않은 상태였다. 여전히 담배는 입에 물고 있었고, 한 손에는 기름통을 다른 손에는 뚜껑을 연 라이터를 들고 있었다. 나는 얼어붙었다. 이해하고 싶지 않은 것을 이해할 수밖에 없었기에 꼼짝도 할 수 없었다. 상황을 악화시키거나 역효과를 내서 더 나쁜 쪽으로, 회복할 수 없는 끔찍한 일이 일어나지 않게 안락의자에 가만히 앉아 있어야만 했다. '라이터돌은 제대로 작동하고 있어.' 순식간에 이 생각이 들었다. 걱정이 시작되자마자 숨이 가빠지더니 결국 헐떡이는 지경에 이르렀다. '다시 켜면 이번엔 불이 붙을 거야. 만일 불이 켜지면 그는 아기 바구니에, 시트에, 아기 잠옷에 불을 붙일 수도 있어. 순식간에 불이 붙어 훨훨 타오를 거야. 의도적이지 않더라도, 혹시나 실수로 불이 잘 꺼지지도 않는, 그러니까 불이 붙은 라이터를 떨어뜨릴 수도 있어.' 가만히 있는 것 자체도 정말 힘든 일이었지만, 나는 꼼짝도 하지 않았다. 아기를 안고 달려 도망치고 싶었지만, 온몸이 마비된 것 같아 꼼짝도 할 수 없었다. 전혀 상황을 이해하지 못하고 있는 사람처럼, 마치 이 상황을 정상적인 것으로 받아들이는 사람처럼 그에게 간절한 눈빛을 보냈다. 나는 별일 없는 척 침착하고 자연스럽게 이야기했다. 그렇지만 이미 숨을 헐떡이고 있었고 목소리는 공포에 떨고 있었다. 아무 일 없는 것처럼 굴었지만 사실은 그에게 거의 매달리다시피 했다.

"제발, 미겔, 뚜껑을 닫아줘요. 절대 불을 붙이지 마요. 아기 바구니에 기름이 묻었어요. 왜 아기 바구니 위에서 이런 일을 하는지 모르겠어요. 빨리 그 기름통 뚜껑도 닫아요. 어떻게 기름통을 열어둘 수가 있어요. 당신 바바리에도 기름이 묻을 거예요. 당신에게도 손해예요."

내가 앉아 있던 곳에서도 기름 냄새가 나는 것을 보면 기예르모에겐 더 많이 났을 것이다. 그런 냄새를 많이 맡으면 그의 작은 폐에 좋을 리 없었다. 그런데 어떡하겠는가. 힘을 최대로 모아 무기가 될 수 있는 둘, 기름통과 라이터 중에서 하나를 재빨리 빼앗아야겠다는 생각이 들었다. 순간적으로 돌아가는 인간의 창의력은 정말 대단했다. 그러나 보기에 루이스는 두 개모두를 움켜쥐고 있었기 때문에 실패할 위험이 정말 컸다. '그런 짓은 할 수 없을 거야.' 나는 나를 위로하고 두려움을 떨치려 노력했다. '아기에게 불을 붙이면 그는 감옥에 가게 될 거야. 절대로 도망치지 못해. 나까지 태워 죽이기 전에는 말이야. 그렇지만 나중에 저 인간이 감옥에 간다고 나에게 무슨 소용이 있겠어. 행동에 옮기면, 한번 불을 붙이면 다시는 돌이킬 수 없는데.' 그는 아무 일도 없다는 듯이, 어떤 위험도 없다는 듯이 눈썹을 치켜떴다. 내가 두려워하는 모습에 덩달아 놀란 것 같았다. 그는 씩 웃었다.

"그렇게까지 놀랄 필요는 없어. 나쁜 일은 일어나지 않을 거야. 쯔쯧." 그는 평소 뭔가를 부정할 때의 모습으로 되돌아왔다. 기름통의 뚜껑은 아래로 내렸지만, 여전히 라이터 뚜껑은 닫지 않았다. '최소한 위협 하나는 줄었네.' 머릿속으로 그에게 감사했다. 그러나 이것은 잘못 생각한 것이었다는 사실을 깨달았다. 이미 기름은 떨어트려놨기에 더 떨어뜨릴 필요는 없었다. '기름이 다 날아가는데 시간이 얼마나 걸릴까?' 속으론 이런 생각뿐이었고 다른 생각은 아무것도 들지 않았다. 다행히 아기는 이런 분위기에서도 주먹을 쥐고 누워 천장만 바라보며 울지도 보채지도 않았다. 걸걸한 소리를 내며 가끔은 뭐라고 중얼거리는 것 같기도 했다. 냄새가 나는데도 별로 힘들진 않은 것 같았다.

나는 메리 케이트에게 도움을, 지원을 부탁하는 눈길을 보냈다. 같은 여자로서 연대 의식을 보여줬으면 좋겠다는 간절한 눈빛이었다. 그러나 그녀는 전혀 내 마음을 진정시키지 못했다. 그녀는 왼쪽에 있는 자기 남편을 향해 뭔가 기대하는, 그가 마땅히 해야 할 일을, 하기로 약속한 일을 실행하기를 기다리는 눈빛으로 뚫어져라 바라보았다. 그녀의 사시는 나에겐 뭔가 계시를 받은 듯한 광적인 모습으로 다가왔다. 눈길을 끌었던 파란 두 눈은 눈동자를 굴릴 때마다 보여주었던 맑고 천진한 느낌과 뭔지 모를 쓸쓸한 느낌뿐만 아니라 모든 사람에 대한 연민의 마음까지도 다 포기한 것 같았다. 나와는 정반대의, 예컨대 절대로 되돌릴 수 없는 최악의 상황을 그 눈은 담고 있었다. 문득 자식이 없다고 하면서도 그녀는 아이를 마치 연못을 헤엄치고 있던 멍청한 한 쌍의 오리처럼, 그는 작고 더러운 짐승처럼 취급했던 것이 떠올랐다.

"나쁜 일은 없을 거야. 사랑하는 베르타. 확실해." 메리 케이트는 킨텔란에서 시선을 떼지 않고 같은 말을 반복했다. 마음을 감추지 못하는 나의 간절한 시선을 잡을 수 있었다. "나쁜 일은 없어. 모든 것은 당신에게 달려 있으니까. 게다가 당신은 최고의 엄마고. 나는 잘 알아." 그녀는 갑자기 외국인이라기엔 너무 스페인 사람인 것처럼 이야기했다. 갑자기 나의 눈길이 아무 이유도 없이 정도 이상으로 큰 그녀의 가슴으로 향했다. 그녀의 무시무시한 사시를 보고 싶지 않아서 그랬는지도 모른다. 그렇게 포근한 가슴을 가진 여자라면 아무도 해치지 못할 거라고, 더욱이 아기라면 절대로 해치지 못할 거라고 스스로 마음을 가라앉히기 위해서 그랬는지도 모르겠다. 아마 그녀의 모성 본능에 호소하고 싶었을 것이다. 그러나 그녀는 단 한 번도 모성애를 느껴본 적이 없는 것 같았다. 나의 머리는 갈수록 정신없어졌고 아무리 낙관적으로 생각하려 해도 별 소용이 없었다. 마음속 깊은 곳에선 그녀는 자기 신념이나 국가가 요구하는 경우 누구든지 해를 입힐 수 있는 그런 여자라는 생각이 점점 설득력을 얻고 있었다. 어떤 나라이든 간에, 너무 많은 사람이 자신의 조국이 필요한 것이 무엇인지 자기는 정말 잘 알고 있다는 생각 하에 전염성이 강한 열정을 가지고 장기적인 안목에서 나라를 지배하려는 경향이 있다.

"물론이에요." 미친 사람들을 진정시키기 위해선 어쩔 수 없이 그들의 말에 동의해야 했다. 그런데 미친 사람들은 언제나 이를 눈치채고 오히려 달가워하지 않았다. 때로는 그들을 더 짜증나게 만들어 분노를 더 키우기도 했다. 그러나 달리 할 말이 없었고, 달리 어떤 식으로 말해야 할지도 알 수 없었다. "물론이에요!" 재차 이야기했다. "내가 최대한 빨리 토마스와 이야기해볼게요. 그에게 물어보고 그를 설득할게요. 걱정하지 마세요. 뭔가 확실한 것이 있으면요. 하지만 아마 없을 거예요. 잘못된 소문이거나 혼동한 걸 거예요. 그는 그럴 사람이 아니에요." 마지막 말은 전혀 의미가 없었지만, 나를 이해해주리라 생각했다. 두려움이 길어지면서 나는 마치 안개 속에 떠다니는 것처럼 생각하고 이야기했다.

"알았어. 그런데 그가 부정하면 어쩌지?" 메리 케이트가 말했다.

"부정한다면 그것은 사실이 아니기 때문일 거예요."

"당신이 그것을 어떻게 알지? 사실인데도 부정할 수 있어. 그가 만일 MI6를 위해 일을 한다면 부정할 수 없을 때까진 부정하라고 교육을 받았을 거야. 실제로 언제나 이런 식이거든. 그는 어디에 있었어도, 안 갔다고 거짓말을 할 거야."

내 머리로는 아무리 짧아도 오가는 말을 다 쫓아갈 수 없었다. 그저 완벽하게 무방비인 내 아기와 뚜껑이 열린 라이터에 온통 신경이 집중되어 있을 뿐이었다. 만일 루이스 킨델란이 엄지손가락을 놀려 불을 켠다면, 사고든 의도적이든 다음 단계는 재앙일 수밖에 없었다. 기예르모를 보호하는 것이, 아기를 구할 수 있느냐 없느냐가 내 손에 달려 있지 않다는 사실 때문에 더욱 불안감을 참을 수 없었다. 내 온 마음은 그 손가락에 매달려 있었고 몰아쉬는 숨은 점점 더 거칠고 빨라졌다. 덕분에 속마음을 있는 그대로 드러내기도 했지만, 한편으론 나는 무엇이든 할 준비가 되어 있었다. 그들은 나에게 가장 굴욕적이고 외설적이고 천박한 것까지도 시킬 수 있었다. 그래도 나는 시키는 대로 했을 것이다. 물론 40여 년에 걸친 독재가 끝난 뒤에도 별로 좋은 평가도 받지 못하고 있는 조국을 배신할 수도 있었다. 부모도 토마스도 배신할 수 있었다. 내 아기에게서 불을 멀리 밀어낼 수만 있다면 1초도 망설이지 않았을 것이다. 나는 불이 붙는 것은 상상할 수도 없었다. 만일 그렇게 된다면 이성을 잃었을 테고, 그냥 보고만 있진 않았을 것이다.

루이스 킨델란은 평소의 가벼운 행동을 이어가며 계속 싱글싱글 웃다가 급기야는 메리 케이트의 마지막 말이 너무 재미있었는지 큰 소리로 웃음을 터트렸다.

"어떻게 토(흐)마스가 이 일에 연루되었을까?" 그는 흥미롭기도 하고 재미도 있다는 듯이 이야기했다. 잘 모르겠다는 투가 아니라 오히려 분명한 기정사실로 받아들이는 투였다. "여기 스페인에서 가장 많은 시간을 보냈기 때문에 그는 영국에 대해서 그렇게 애국자가 될 수 없었을 텐데. 게다가 그곳에선 좋게 나오는 법이 없어. 사랑하는 베르타, 그가 빠져나올 수 있을지 모르겠어. 확실히 아는 것은 두어 명 정도지만, 우리는 많은 사람을 연구했어. 보통은 정신병에 걸려 나오거나 죽어서 나와. 죽거나 완전히 미쳐버리지 않으면, 결국은 자신이 누구인지, 정체성이 뭔지도 모르게 되는 거지. 한마디로 생명을 잃거나 정체성이 두 쪽이 나는 거야. 그리고 조각난 두 정체성은 절대 회복하지 못할 테고, 서로를 혐오만 하게 되겠지. 그들은 자신의 온전한 정체성도, 과거에 대한 기억까지도 잊게 될거야. 몇 년이 지나 다시 정상적인 생활로 돌아가려고 한 사람도 있어. 그렇지만 불가능해. 우리식 표현이긴 한데, 그들은 어떻게 해야 다시 일반 시민 생활에 통합될 수 있는지를 모르거든. 별 충격도 받지 않고 별 긴장을 느끼지 않는 상태에서 퇴직해서 연금 생활로 들어갈 수 있으면 좋은데 말이야. 여긴 나이도 상관없어. 봉사할 수 없는 나이가 되거나 쓸모가 없어지면 아무런 배려 없이 은퇴시키지. 집으로 돌려보내거나, 사무실에서 무위도식하게 만드는 거야. 축구 선수들처럼 30살이 되기도 전에 자기 시대가 다 끝났다는 생각에 풀이 죽는 사람들도 있어. 활동이나 더러운 짓, 사기나 거짓으로 점철된 시기를 그리워하는 거야. 모호한 과거에 사로잡혀 살기도 하고, 때로는 반대로 회한이 과거의 영광을 눌러버리기도 해. 멈춰 서서 생각하면 자기들이 했던 일이 정말 지저분한 일이었다는 사실을 깨닫게 되는 거야. 아무짝에도 쓸모없는 일을 했다는 것을 말이야. 게다가 대부분은 절대적으로 필요한 일도 아니거든. 다른 누구라도 그런 짓을 했을 것이라는 사실을, 모든 것이 다 똑같다는 사실을 깨닫게 되는 거야. 자기들이 했던 임무, 자기들이 무릅썼던 위험이 다른 사람들에겐 관심도 없는 일이라는 것을, 아무 쓸모도 없는 일이라는 사실을 깨닫는 거야. 혼자선 세상을 바꿀 만한 일은 할 수 없으며 본질적인 것까진 바꿀 수 없다는 사실도 말이야. 그뿐만 아니지. 아무도 그들이 쏟아부은 노력이나 능력과 책략 그리고 인내에 고마워하지 않는다는 것도 깨닫게 되지. 그 눈에 보이지 않는 세계엔 고마움도 존경도 존재하지 않으니까. 그들에게 중요한 것은 다른 사람들에겐 전혀 중요하지 않아. 뭐라고 할까. 그들에게 중요한 것은……. 토(흐)마스가 왜 그렇게 어리석은 일에 끼어들었는지 모르겠어. 경솔하게 말이야. 이미 말했듯이 거기선 멋지게 그만둘 수는 없어. 정말 끝이 좋지 않아." 나는 전혀 관심이 없었지만, 이런 생각은 들었다. '계속 이렇게 장광설만 늘어놓는다면 상황이 잘 마무리되지 않을까? 정신이 산만해져서 담배에 대해선 잊어버릴 테고, 불도 붙이려 하지 않을 거야.' 계속해서 생각을 이어나갔다. '이 사람은 누구일까? 이 사람들은? 지금 하는 이야기들은 혹시 자기들 이야기 아닐까? 자기들을 기다리는 운명이 뭔지 알기 때문에 이렇게 넋두리를 늘어놓는 것은 아닐까? 그들에게 주어진 임무는 토마스가 맡은 것과 비슷할 거야. 그렇지 않다면 나에게 먼저 경고하진 않았을 거야. 자기들 일에서 그를 떼어놓으려고도 하지 않았을 테고. 나는 그가 요원이라고는 믿지 않았는데. 분명 어딘가 잘못된 것 같아. 그를 다른 사람과 혼동한 것이 틀림없어. 그런데 사실 내가 그에 대해 아는 것이 정말 없긴 해.' "그가 당신과 주변 사람들을 위험에 빠트리고 있어. 사랑하는 베르타, 어떻게 생각해? 그가 피해를 준 사람들도 이를 피하고 싶지 않을까? 모든 수단을 다 동원해서라도 그를 무력화시키려고 할 거야. 복수도 할 것 같은데." '그들은 분명 자기들 이야기를 하고 있어. 저 남자와 메리 케이트의 이야기를. 아마 부부를 떠나서 한 팀일 거야. 그런데 왜 토마스를 단념시키거나 복수를 하거나 둘 중 하나를 책임진 사람이 자기들이 아니라 다른 사람인 것처럼 행동하지? 기예르모의 요람에 석유를 붓고도 이렇게 오랫동안 손에 지포 라이터 뚜껑을 연 채 계속 이야기할 수 있는 냉정함을 유지하고 있잖아. 석유도 없는 라이터를 말이야. 아니야. 라이터엔 언제든지 불을 붙일 수 있는 기름 한 방울 정도는 남아 있을 수 있어. 완전히 바닥난 것처럼 보여도 그렇지 않을 수 있으니까. 영화에서 텅 빈물통을 가지고 나오는 것을 본 적이 있었는데, 그걸 몇 번 두들기면 마지막 물방울이 천천히 땀방울처럼 떨어지곤 했어.'

기예르모가 기침하기 시작하자, 나는 더는 참을 수 없었다.

"미겔, 당신이 원하는 것은 뭐든 할게요. 제발 뚜껑을 닫고 제가 아기를 안게 해줘요. 아기를 깨끗이 씻기게요. 심한 석유 냄새 때문에 질식할 것 같을 거예요. 기침하는 것 좀 봐요. 저에게도 냄새가 느껴지는데, 당신도 아기 입장을 한번 생각해봐요. 이렇게 어린데, 폐도 작을 것 아니에요. 제발 놔줘요."

'불보다는 냄새를 언급하는 것이 더 나을 거야. 아이디어를 주지 않는 것이 좋아.' 말도 안 되는 생각을 한 꼴이었다. 우연히 기름을 흘린 것처럼 꾸민 그 순간부터 그의 의도가 무엇인지는 불 보듯 뻔했다. 어떤 요구든, 내가 약속할 수 없는 조건까지도 다 듣게, 내가 결정할 수 없는 것까지도 약속하게 나를 겁주려는 것이었다. 나는 몸을 숙여 팔을 뻗었다. 그들이 허락하든 말든 상관없이 기예르모를 그곳에서 꺼내 안으려고 했다. 그러나 그는 허용하지 않았다. 뜻을 이룰 수 없었던 나의 대담한 행동을 보자마자 그는 여전히 담배는 입에 문 채 지포 라이터를 켜려고 엄지손가락을 움직여 바퀴를 돌렸다. 이번에도 불은 켜지지 않았다. 그러나 킨델란이 라이터의 뚜껑을 여닫으며 위협하는 바람에 한숨을 내쉴 겨를도 없었다. 순간적으로 숨이 멎는 것 같았고 심장이 심하게 뛰기 시작했다. 나는 경솔했던 행동과 거동을 자책하며 마비가 온 것처럼 팔을 축 늘어트린 채 꼼짝도 하지 않았다. 아이에겐 다가갈 수 없을 것만 같았다. 눈에 보이지 않는 장벽에, 격자창에, 유리에 가로막혀 떨어져 있을 수밖에 없었다. 이 세상에서 가장 강한 힘을 가진 두려움이라는 존재에 가로막혔다. 킨델란은 평소처럼 나를 보며 빙글빙글 웃고 있었다. 실실 미소를 지으며 혼자 재미있어했다.

"당신 정말 겁이 많네." 그 목소리는 호의적으로 들렸다. "이미 말했지만, 나쁜 일은 일어나지 않아. 알았어?"

그리고 그는 다시 라이터의 휠을 돌렸다. 아마 놀라는 것을 보고 싶었던 것 같다. 작은 불이 올라왔다 내려가는 걸 반복하다 금세 꺼졌다. 이것은 내가 예견했던 상황이었다.

어떤 엄마라도 그랬을 것이다. 불이 붙고 이내 꺼짐과 동시에 본능적으로 있는 힘을 다해 아기를 팔로 낚아챘다. 더 기다릴 수 없었다. 잠깐이긴 했지만 약하게나마 불이 켜지는 것을 보았는데, 그것만으로도 충분했다. 루이스 킨델란이 이제 이

상황을 끝내려는 것이라고 확신했다. 메리 케이트도 마찬가지였다. 그날의 위험은 이젠 지나갔지만, 나는 다시 돌아올 거라고 확신했다. 이번 위험은 시작에 불과했다. 그는 찰칵 소리와 함께 뚜껑을 닫았다. 절대로 헷갈릴 수 없는 소리였다. 라이터를 재킷의 주머니에 갈무리하는 것을 보자 '이젠 쉴 수 있을 거야'라는 생각이 들었다. '그러나 오늘부턴 다시는 편안하게 쉬지 못할 거야. 이들은 언제든 다시 돌아올 수 있으니까. 진지하긴 하지만 모두 농담일 수도 있고. 내일이면 그것을 확인할 수 있겠지.' 우리는 믿기 어려울 정도로 우리에게 걱정을 안긴 것, 우리를 불안하게 만든 것을, 예컨대 우리가 정상적으로 사는 것을 방해하는 것을 쉽게 머리에서 지워버리는 경향이 있다. 사람들은 전쟁이 나면 폭격과 폭격 사이에 존재하는 괄호를 이용해 폭격이 없었던 것처럼 행동한다. 거리에 나서고, 카페에서 모인다. 나 역시 아직 끝나지도 않은 일을 일어나지 않았던 일로 믿고 싶었다. 아직 시야에서 루이스 킨델란 부부가 사라지지도 않았는데. 그들이 실제로 무슨 일을 하는 사람들인지 궁금했다. 불현듯 대사관 직원이라면 이런 식으로 행동할 수 없다는 생각이 들었다. 언뜻 보면 모든 것이 우연인 것처럼 신경써서 가장했지만 말이다. 물론 우연은 아니라는 것을 깨달았지만, 증명할 방법은 없었다. 그러니 고발할 수도, 그들의 상관에게 항의할 수도 없을 것이다. 할 수 있는 것이라고는 토마스에게 이야기하는 것, 그에게 일어났던 일을 털어놓고 그들이 한 말이 어느 정도 사실인지, 사실인 것이 있는지 물어보는 것뿐이었다. 나는 다행이라는 생각을 하면서도 계속 가쁜 숨을 몰아쉬었다. 거칠어진 호흡을 단숨에 멈출 수 없었고 밀려오는 공포심을 자를 수도 없었다.

이어서 킨델란은 작은 기름통의 뚜껑을 잘 잠근 다음 바바리 주머니에 넣었다. 이젠 두 개의 무기가 모두 사라졌다. 구겨진 옷을 집어들더니 왔을 때와 똑같이 다시 팔에 걸치고 벌떡 자리에서 일어섰다. 비만한 것과는 달리 언제나 그의 행동은 민첩했다. 그의 아내도 그의 움직임을 따랐다. 그녀는 립스틱이 약간 번져 입술 주변으로 삐져나온 것을 눈치챘는지 아무 일도 없었던 것처럼 가방을 열고 거울과 휴지를 꺼내 꼼꼼하게 닦았다. (혹시 이에 붉은색이 묻었을까봐 이도 잘 살펴보았다.) 그러고 나서도 불안했는지 그녀의 두 눈은 거울을 벗어나 다시 거실 여기저기를 둘러보았다. 신이 더 이상 존재하지 않는 양, 그녀는 애써 기예르모를 보지 않으려 했다. 나는 있는 힘을 다해 아기를 껴안았다. 그를 보호하려고 한 손으로 머리를 감싼 채, 가능하면 멀리 두 사람으로부터 떨어뜨려 놓고 싶었다. 아이가 나에게 밀착하면 할수록 석유 냄새가 더 심하게 느껴졌다. 내가 요람에서 꺼내 안자마자 아이의 기침은 멈췄지만 가여운 아기의 폐가 걱정되긴 했다. 만일을 대비해 소아과의사인 카스티야 박사인가 아란스 박사인가에게 빨리 달려가고 싶었다.

킨델란 부부는 분명히 작별 인사를 하고 떠났다. 임무를, 그들의 혐오스럽고 끔찍한 임무를 완수했으니 이젠 진짜로 터키나 외몽골로 가길 바라는 수밖엔 없었다. 두 사람은 차분하게 문을 향해 걸어나갔다. 나는 그들을 따라 나가지 않았다. 그들과 멀어질수록 더 안심되었다. 그들이 문밖으로 나가기만을 기다렸다가 서둘러 자물쇠를 채웠다. 비합리적인 집착이었다. 손잡이를 돌리기도 전에 층계참에서 뚱보는 한 번 더 웃음 지었다. 그는 실실 웃음을 흘렸다.

"사랑하는 베르타, 곧 알게 될 거야. 우리 말이 얼마나 맞는지 말이야. 조금 전에도 말했지만, 오늘 이후론 다시는 우리를 보고 싶지 않을 거야."

IV

그날 오후, 카스티야 박사가(친절하게도 그는 내가 부르자마자 달려와주었고, 평소의 자신감으로 나를 빠르게 안정시켰다) 집을 나서자마자 두 개의 전화번호로 토마스에게 전화했지만 별 소득이 없었다. 아파트의 전화교환원은 그의 방으로 전화를 연결하는 일밖에는 못 했는데, 안타깝게 그는 집에 없었다. 다시 전화해서 교환수에게 마드리드에 있는 아내가 급한 일로 전화했다는 메모를 네빈슨 씨에게 남겨달라는 부탁을 했다. 사무실로 전화를 하자 이번엔 기다려 달라는 말을 들었다. 아까와 같이 내선전화로 연결이 되자 신호는 갔는데, 전화가 끊길 때까지 받는 사람이 없었다. 그 순간 내가 얼마나 그로부터 멀리 떨어져 있는 존재인지 깨달았다. 그의 가장 가까운 친구나 동료로부터도 마찬가지였다. 기억을 짜내 그가 레레스비라는 사람을 두어 차례, 던다스 씨를 한 차례 언급했던 것을 떠올렸다.

(영어에는 악센트 부호가 없지만 그는 마지막 음절에 강세를 두어 던다아스라고 발음했었다.) 한 번도 문자화된 것을 본 적이 없는 성씨인 우레 씨에 대해 이야기하는 것을 들은 적도 있다. ('이우아' 비슷한 발음이었다.) 그는 내가 신기하다는 표정을 짓자 하나씩 철자를 끊어서 발음해주었다. '스코틀랜드에서 나온 성이야.' 그는 사람이 아니라, 이름에 대해서만 언급했다. 던다스 씨에 관해 이야기하던 날도 그는 똑같이 말했다. 나는 다시 전화를 걸어 레레스비 씨가 있는지 물어보았지만, 그런 이름을 가진 사람이 없다는 대답이 돌아왔다. 다시 던다스 씨에 대해선 아는 것이 있는지 시도해보았지만, 똑같은 대답만 되돌아왔다. '그러면 우레 씨와는 통화할 수 있나요?' 나는 계속 고집스레 물어보았다. 나도 토마스와 똑같이 발음하려고 애를 썼다. (영어 실력은 상당히 좋았지만, 토마스에 비할 바는 아니었다. 이것은 분명한 사실이다.) '이우아'라고 발음을 하면서도 웃음이 나오는 것을 느꼈다. 이 이름이 나에겐 감탄사처럼 들린다는 사실을 다시 한번 인지하고 이어서 다시 이름의 철자를 하나씩 끊어 읽었다. 그런데도 아무런 쓸모가 없었다. 그곳에서 일하는 사람 중엔 우레라는 사람이 없다고 했다. 절박한 심정에 한 가지 생각이 번개처럼 스쳐지나갔다. 갑자기 그의 입을 통해 몽고메리라는 이름을 한 차례 들었던 것을 떠올렸다. 비록 세례명이긴 했지만, 최소한 미국에선 상당히 사용되는 몽고메리라는 이름을 가진 사람이 있는지 물어보았다. 하지만 안타깝게도 우리는 지금 미국에 있는 것은 아니었다. 전화선 반대편에 있

던 사람 역시 끝까지 예의를 잃지는 않으려는 모습을 보였지만, 점차 인내심을 잃고 있었다. "부인, 몽고메리라는 사람도 없습니다. 정확한 번호로 전화하신 것 맞나요?" "외무부 맞죠? 네빈슨 씨가 그곳에서 일하는 것도 맞지 않나요?" 첫 번째 질문에서 놀랄 만한 침묵이 흘렀다. 나의 질문을 전혀 예기치 못한 것 같기도 했고, 나의 호기심을 채워줘야겠다는 필요성을 전혀 느끼지 못하는 것 같았다. 그는 분명히 전화를 받을 때 기관명도 이야기하지 않았다. 개인 전화인 것처럼 그저 '여보세요?'라는 말뿐이었다. "예! 네빈슨 씨는 여기에서 일하고 있어요. 전화를 놀려드릴게요." "아니요, 벌써 내선전화로 통화해 봤는데, 받는 사람이 없었어요." 말을 자른 순간 루이스 킨델란의 절친일지도 모르는, 레지 개손이라는 이름이 떠올랐다. 그도 분명 외무부나 외무부 관련 기관 사람일 것 같았다. 이번에는 운이 좋긴 했지만, 최고는 아니었다. "유감이네요. 개손 씨는 일주일째 부재중인데요. 언제 복귀할지는 잘 모르겠습니다." 어떤 점에선 킨델란 부부가 거짓말을 하지 않았다. 그곳에 레지 개손이 근무하는 것이 사실이라면, 그곳은 분명 외무부나 관련 기관일 것이다. 네빈슨 씨에게 최대한 빨리 연락을 취해달라는 메모를 전해달라고 했다. "굉장히 심각한 문제가 생겼어요. 나는 그의 아내인 네빈슨 부인이에요." 나는 보잘것없는 권한이라도 덧씌울 생각에 마지막으로 한마디 덧붙였다. (부부의 권리도 그들에게는 그리 크게 고려되는 것 같진 않았다.) "부인, 그분 역시 이곳엔 며칠째 부재중이라는 것을 전해드려야 할 것 같군요. 그분도 언제 다시 복귀할지는 잘 모르겠네요. 내가 당신 메모를 바로 전달할 수 있을지도 의문이에요." 내 전화를 받고 있던 사람이 대답했다. "그럼 어디에서 찾을 수 있는 알 수 있을까요? 그는 어디에 있을까요?" "죄송합니다, 부인. 저에겐 그런 정보는 없는데요."

나는 무기력하게 전화를 내려놓고 멍하니 한참 동안 전화기만 바라보았다. 다른 번호로도 몇 번씩 전화를 걸어봤다. 그러나 언제나와 같이 통화가 불가능했다. '부재중'이라는 말 대신 교환원은 '비웠다'라는 말을 사용했다. 이 말은 잘 생각해보면 '런던 밖에' 있다는 의미였다. 만일 토마스가 런던에 없다면 그의 구체적인 위치를 알아볼 방법이 없었다. 사실 나는 그와 이야기하는 것이, 나와 아기에게 일어난 일을 털어놓고 상담하는 것이 필요했다. 그리고 도대체 무슨 망할 짓을 저지르고 다니는지, 우리가 어떤 일에 끼어들게 되었는지도, 그 킨델란 부부가 했던 말이 맞는다면 실제로 무슨 일을 하고 있는지도 묻고 싶었다. 정말이지 사바티니 정원이건 어디건 간에 다시는 눈앞에 두 명의 부부가 나타나는 것을 보고 싶지 않았다. 해결책을 내놓으라고, 이런 일이 두 번 다시 반복되지 않게 해달라고 토마스에게 요구해야만 했다.

멍하니 전화기만 바라보고 있는데 벨이 울렸다. 통화에 실패한 지 30분 정도가 지난 시간이었다. 나는 전화기에 득달같이 매달렸다. '메모를 전해준 것 같아. 토마스일 거야.' 그러나 영국인의 목소리가 영어로 네빈슨 부인을, 다시 말해 나를 찾고 있었다.

"저는 테드 레레스비입니다." 자기를 소개하는 그의 목소리는 지난번 직원의 딱딱한 말투와는 달리 처음부터 편안하면서도 신뢰감을 주었다. "부인을 귀찮게 해서 죄송합니다. 그런데 부인께서 몇 분 전에 남편분을 찾으시다가 저를 비롯한 몇 사람에 대해 물으셨다고 들었습니다. 부인과 통화한 사람이 착각하고 제가 여기에서 근무하지 않는다고 대답했다는 것 같더군요. 몇 분 전까지만 해도 제 존재에 대해 몰랐던 것이 분명합니다. 이젠 잊지 않을 겁니다. 너무 그 사람을 탓하지 말아주십시오. 신입에 가까워, 여기에서 일하는 사람들을 다 알진 못했을 겁니다." 그는 '여기'라고 이야기했다. 최소한 여기가 외무부인지 아닌지 의심을 떨치기 위해 '여기'가 외무부를 의미하는 거냐고 묻고 싶었다. 그러나 그가 입을 열자마자 처음부터 말을 쏟아내는 바람에 질문할 기회를 놓쳤다. 그의 말을 이해하기 위해 온 신경을 곤두세워야만 했다. 그의 이야기 방식은 조금 건들건들했지만, 듣기엔 달콤했다. 그러나 공식적인 행사나 사교적인 모임에서의 외교적인 말투에 익숙해진 사람에겐 알아듣기 쉽지 않았다. 게다가 말하는 사람의 입을 볼 수 없는 전화 통화인 탓에 더 어려웠다. "톰은 런던에 없습니다." 그는 내가 조금도 끼어드는 것을 허용하지 않고 자기 말만 계속해나갔다. "베를린 근처에 사절단과 함께 있어요. 돌아오려면 시간이 좀 걸릴 겁니다. 귀국을 지연시킬 난제 없이 며칠 안에 돌아왔으면 좋겠습니다. 하지만 아무도 무슨 일이 생길지는 모르니까요. 그와 이야기할 심각한 문제가 생겨 급히 전화해달라고 하셨다는데, 네빈슨 부인, 제가 도움이 될지도 모르겠군요. 지금 당장은 톰과 통화할 방법이 없으니까요."

"통화할 방법이 없다고요?" 마침내 내가 적극적으로 끼어들 수 있는 틈이 생겼다. "왜 그런 거죠? 당신이 소식을 전해줄 수는 없나요?"

"부인, 어렵습니다. 불가능할 것 같아요. 협상이, 그러니까 대화가 계속되는 동안엔 사절단은 외부와 접촉이 금지되어 있어요. 가끔 이런 일이 있어요. 조금은 황당하고 극단적인 조건이긴 해요. 변명이긴 하지만 이런 조건은 대부분 상대방이 우리에게 이를 요구하는 경우에 그래요. 여기서 일하는 우리는 그렇게 민감하진 않거든요."

"그 사절단이 외부와 차단되어 있다고, 그래서 며칠 동안은 사절단과 접촉할 수 없다고 말씀하신 건가요?"

"정확하게는 아니에요. 우리는 협상 단장과는 접촉할 수 있고, 단장도 우리와 접촉을 시도할 수 있습니다. 그러나 다른 단원들은 개인 문제로 외부와 소통할 수는 없지요. 우리가 당신 문제를 협상 단장에게 전달할 수는 있습니다. 그러면 아마 단장이 톰에게 전달해주겠지요. 하지만 역효과를 낼지 몰라요. 왜냐면 그가 그곳에 있는 동안엔 당신에게 할 수 있는 일은 거의, 아니 전혀 없기 때문에 괜히 그를 불안하게만 할 테니까요. 유감입니다. 그러니 나에게 말씀해주십시오. 정말 심각하고 시급한 문제라면 여기에서 우리가 할 수 있는 일이 뭐가 있는지 찾아보겠습니다. 혹시 마드리드 주재 대사관과는 이야기를 해보셨나요?"

일어났던 일을 모르는 사람에게 전화로, 그것도 짧은 영어 실력으로 이야기한다는 것은 말이 되지 않았다. 게다가 레레스비라는 성을 토마스의 입을 통해 두어 차례 듣기는 했지만 정확하게 테드 레레스비가 누군지 나는 전혀 모르고 있었다. 별로 관심을 두지 않아서인지 토마스가 그에 관해 설명했는지조차 기억나지 않았다. 그들이 친구 사이인지, 단순한 동료인지, 명령하는 상관인지도 알 수 없었다. 다른 사람과 대화를 하던 중에 한두 번 들었을 수도 있었다.

"아니에요." 나는 대답했다. "아직은 아니에요. 반드시 톰에게 먼저 이야기해야 해요."

"네빈슨 부인, 대사관에 가서 이야기해보실 것을 권할게요. 만약 도움이 필요하시다면 마드리드 주재 대사관이 당신을 도와드리는 것이 더 쉬울 겁니다. 제가 대사관에 먼저 연락을 해둘까요? 여기에서 대사관으로 전화할 수 있는데요." 나는 몇 초 동안 침묵을 지켰다. 배려가 좀 과하단 생각에 기분이 이상하기도 했다. "제발, 말씀해주세요. 별일 없으신 거죠? 갓난아기가 있다고도 했는데, 맞나요? 아이도 잘 있죠?"

나도, 기예르모도 별일 없다는 것은 사실이었다. 당장 도움이 필요하진 않았다. 오늘 아침엔 분명히 필요했지만, 이젠 아니었다. 그날 아침엔 내 아들이 열이 펄펄 끓는 것을 지켜봐야 했고, 정말 절박했다. '어떤 행동이든 그것은 불구덩이를 향해 내딛는 걸음이었다.' 토마스가 널리 알려진 시 구절을 읊조리던 것을 몇 번 들었다. 그는 마음을 다잡으려는 양 영어로 중얼거리곤 했다. 기다릴 수 있을 것 같았다. 아니 기다려야 할 것 같았다. 레레스비에게 킨델란 부부에 대해서, 그들이 본색을 감추고 접근했던 것에 대해서, 지포 라이터와 기름통에 대해서, 그들이 털어놓은 이야기에 대해서, 그러니까 토마스가 받고 있는 의심에 대해서 이야기하는 것은 큰 문제는 아니었다. 만일 토마스가 베를린 근처에 있다면 아일랜드에는, 특히 북아일랜드에는 있진 않을 것이고, 따라서 아일랜드에 해를 끼치진 않을 것이다. 하지만 이 모든 것은 저 남자가 거짓말을 하지 않았다는 것을 전제로 한 추측이었다.

"예! 지금은 우리 둘 다 잘 있어요. 그게 문제가 아니에요."

"지금은 괜찮다고요? 그럼 전에는 아니었나요?" 나는 입을 다물었다. 나와 이야기를 나누는 사람이 내 말 하나하나를 뜯어가며 듣고 있다는 사실이 조금 힘들었다. 그는 그러더니 갑자기 다른 데로 화제를 돌렸다. "질문 하나 드려도 될까요? 아니 두 개라고 해야겠네요. 무례하지만 않다면요. 개인적인 건가요, 아니면 톰이 하는 일과 관계가 있나요? 급한 문제의 원인이 말이에요."

그 질문이 나에겐 좀 생소했다. 전혀 모르는 사람이, 게다가 영국인이 이런 질문을 하다니. 그때만 해도 이런 문제에 대해 일반적으로 말을 삼가던 시대였다. 내가 급하다고 한 것은 내가 줏대가 없어서 그런 것일 수도 있고, 그리움 때문일 수도 있으며, 멀리서 다가오고 있는 질투 때문일 수도 있었다. 불확실성이나 그의 목소리를 듣고 싶다는 욕망에서 비롯된 것일 수도 있었다.

"레레스비 씨, 그것은 그리 중요하게 생각하지 않아도 될 것 같아요." 나는 공손하게 그가 관여할 문제가 아니라는 식으로 대답했다. "토마스와 소통할 수 없다고 말씀하시면, 이야기할 수 없는 것이 맞겠죠. 토마스가 돌아오면 이야기를 하지요. 그와는 연락이 안 된다니까요. 그가 자기 아내와 아들의 안위에 대한 소식을 알게 될 때가 곧 오겠지요. 다만 이런 상황에 처할 거라는 이야기를 미리 나에게 하지 않았다는 것이 좀 이상하긴 하군요. 게다가 며칠씩이나 말이에요."

"그러네요. 맞습니다." 그는 서둘러 덮으려들었다. 거의 질책에 가까웠던 내 마지막 말을 거의 무시해버렸다. "좀 전에 물어본 것은 대사관에서 못한다고 하면 제가 혹시 도와드릴 수 있지 않을까 하는 생각 때문이었어요."

나는 더 이야기하지 않았다.

"다른 질문은요?" 그의 말을 알아듣기 위해 귀를 쫑긋 세우다 보니 너무 피곤했다. 나도 인내심을 잃기 시작했다. 아마 킨넬란 부부의 말이 맞을 거라는 생각이 들기 시작했다. 토마스는 외무부에서 일하는 것이 아닐 것이다. 외무부 사람들이 아니라 MI6 소속의 사람들과 대화를 나누고 있을 것이다.

"아닙니다, 됐어요. 참, 이것은 그냥 궁금해서 묻는 것인데요. 전화교환원 말이 부인께서 저에 대해서만 묻지 않으시고 던다스 씨와 우레 씨, 몽고메리 씨, 개손 씨에 대해서도 물으셨다고 해서요. 이 이름들을 어디서 알게 되셨는지 여쭤도 될까요? 단순한 호기심이긴 해요. 개손 씨와 저는 분명 이곳에서 근무하지만 다른 사람들은 없거든요. 그들이 여기에 없다는 것은 분명한 사실입니다. 영국 어딘가엔 분명 있을 수 있겠지만요." 물론 마지막 말은 농담이었지만 나는 재미있게 받아줄 생각도, 그렇다고 진지하게 받아줄 생각도 없었다.

"잘 모르겠어요. 언젠가 남편 입에서 들었던 것 같아요. 전화교환원은 남편 행적을 몰랐는지 아니면 알려주고 싶지 않았는지 모르겠어요.

그래서 당신들 중 누군가 나에게 알려주지 않을까 생각했거든요. 내가 생각한 대로 되긴 했네요. 그런데 레레스비 씨, 말씀해주시겠어요? 내가 지금 외무부 사람과 통화하고 있는 건 맞나요?"

"당연하죠. 물론이에요." 레레스비는 영어로 **'Of course, naturally'**라고 대답했다. "저를 소개할 때 직책을 정확하게 밝히지 않아서 미안합니다. 당연히 알고 계시리라 생각했어요. 지난번 전화했을 때, 외무부가 아니라면 어디에 전화한 줄 아셨나요?"

"알았어요. 알았어요. 레레스비 씨, 저에게 다시 전화해줘서 고마워요. 정말 친절하시네요. 최소한 톰이 지금 어디 있는지는 알게 되었으니까, 며칠 더 기다려보지요."

"좀 시간이 걸릴지 몰라요. 네빈슨 부인, 조금은 더 걸릴 수 있을 겁니다."

"됐어요. 가능하면 빨리 통화해야 한다는 말, 꼭 좀 전해주세요. 기회가 있으면 제발 이야기해줘요."

이것으로 전화가 끝났다. 나는 기다릴 수밖에 없었다. 베를린에서 심각한 협상을 마치고 돌아오기만을 기다릴 수밖에 없었다. 바로 그 순간 레레스비가 베를린이 아니라 베를린 근처라고 했던 것이 불현듯 머리에 떠올랐다. 아마 내가 잘못 알고 있는지도 모르겠지만, 그곳에서 가까운 곳이라면, 다시 말해 서베를린 외곽이라면 공산 독일 즉 동독이자 독일민주공화국 DDR의 영토일 거라는 생각이 머리를 스쳤다. 그래서 그가 항공편으로 그곳에 갔을 거란 생각이 들었지만, 멈추지도 빠져나가지도 못하는 자동차 전용도로가 있을 수도 있다는 생각이 들

베르타 이슬라   *277*

기도 했다. 어떻게 토마스가 '베를린 근처'에 있을 수 있을까? 소위 철의 장막*이라고 불렸던 다른 나라들처럼 독일민주공화국 역시 철저하게 봉쇄되어 있었을 뿐만 아니라 서방세계와는 거의 교류가 없었다. 그러나 외교 차원이나 정부 차원에서 접촉이 있는지 없는지 나는 알 수 없었다. '아니면 다른 형태의 접촉이 있을지도 몰라.' 이런 생각도 들었다. '아무도 모르는', '좀 더 비밀스러운 형태의 접촉'이. 토마스가 왜 나에게 그곳에 간다는, 나에겐 온데간데없이 증발해버린 상태가 될 수밖에 없는 그런 곳에 간다는 이야기를 하지 않았는지가 나는 너무 이상했다.

다음날 아침 마드리드 주재 아일랜드 대사관에 전화해서 미겔 루이스 킨델란에 관해 물어보았다. 혹시라도 사람들이 그와 연결해줄지도 몰랐지만 위험을 감수하기로 했다. 그의 농담조의 목소리는 다시는 듣고 싶지 않았고, 목소리만으로도 증오심이 일 정도였다. 그렇지만 한마디 하지 않고도 언제든 전화를 끊을 수 있었고, 이름을 물어도 가명을 댈 수 있었다. 그러나 나의 이런 걱정은 일어나지 않았다. 능숙한 스페인어 억양을 가진 여자가 그런 이름을 가진 사람은 대사관에 없다고 대답했다. 예전에 근무한 사람 중에도 없는지 다시 한번 물어보았다. 얼마 있으면 전근을 갈지 모른다고 했던 것이 생각났고, 그래

---

* 1945년 제2차세계대전 이후 1991년에 냉전이 종식될 때까지 유럽을 상징적·사상적·물리적으로 나누던 경계를 의미한다. 다시 말해 자본주의 체제와 사회주의 체제로 갈라놨던 장막을 의미한다.

서 명부에 없을지도 모른다는 생각이 들었기 때문이다.

"아니요. 여기엔 그런 이름을 가진 사람이 근무한 적 없어요, 아가씨. 비슷한 이름도 없어요." 내 목소리와 억양이 상당히 젊었던 것 같았다. 나는 이번에는 메리 케이트 오리아다를 물어보았다. 성은 스페인식으로, 다시 말해 오레이디로도 발음해주었다. "마찬가지예요. 누가 그런 사람들이 여기 대사관에서 근무한다고 말했나요?"

"사실, 그 사람들 입으로 말했어요." 나는 당황해서 나도 모르게 솔직하게 이야기했다.

"아가씨, 그들이 당신을 속인 것 같네요. 여기 대사관에선 오리아다도 루이스 킨델란도 근무하지 않았어요. 킨델란 장군처럼 말이에요. 당신에게 뭔가 있는 사람인 척하려고 그랬을 거예요."

나는 이번엔 시아버지 잭 네빈슨에게 전화를 걸었다. 시아버지나 시어머니 메르세데스에게, 아니 친정 부모님에게도 내가 누구를 만나고 어떻게 지내는지 단 한 번도 이야기한 적이 없었다. 이 선택은 청소년기의 유물이기도 했다. 또래 아이들처럼 나 역시 조용히 살길 원했고 내 작은 세계를 보호받고 싶었다. 게다가 킨델란 부부와 있었던 일을 단 한 번도 입 밖에 내본 적이 없었다. 그런데도 나는 전화로 이런 사람들 이야기를 들어본 적이 있는지, 혹시 생각나는 사람이 있는지 물어보았다.

"그런 사람에 대해선 들어본 적이 없는데. 왜 그러니?"

"아무것도 아니에요. 우연히 그 사람들을 알게 되었는데 좀 궁금해서요." 나에게 일어났던 일은 반드시 토마스가 제일 먼저 알아야 한다고 생각했다. 쓸데없이 다른 사람들을 놀라게 하고 싶지 않았고, 우리 일에 끼어들게 하고 싶지도 않았다. 누구라도 말이다. 토마스는 일하던 곳에서 일하고 있을 것이다. 그것뿐이다.

나이 많은 월터 스타키 씨까지 귀찮게 하고 싶지 않았지만, 지금은 별다른 방법이 없었다. 그는 여러 나라의 온갖 외교관들을 다 알고 있었다. 그는 수십 년 동안 그들과 알고 지냈을 뿐만 아니라 정말 기억력도 좋았다. 그런 그의 대답도 똑같았다.

"베르타, 예전에도 그런 이름은 들어본 적이 없구나." 그는 이유까진 묻지 않았다.

'어둠 속에 머무르긴 정말 쉬워. 어쩌면 우리 인간의 가장 자연스러운 상태가 바로 이것일 거야.' 그가 생명의 신호를 주기만을, 아무 연락 없이 갑자기 마드리드에 나타나기만을 참을성 있게 기다리면서 이어지는 며칠, 몇 주 동안 나는 이런 생각을 했다. 계단을 오르는 소리가 들려올 때마다, 엘리베이터가 올라오는 소리가 들릴 때마다 임무를 마친 토마스가 전화도 없이 나를 보려고, 아니 나와 아이를 보려고 집으로 돌아온 것이 아닐까 하는 터무니없는 기대와 희망을 품곤 했다. 어떠한 일로 불안해진 내가 잔뜩 긴장하고 있다는 소식을 레레스비로부터 듣고 베를린에서 직접 이리로 올지 누가 알겠는가. '우리는 듣지 못한 것에 대해선 아무것도 몰라. 하긴 들은 이야기도 잘 모르니까. 이야기를 들어도 말이야. 우리는 사람들이 대체로 진실을 말한다고 생각하기 때문에 들은 이야기를 옳다고 믿는 경향이 있어. 별로 주의를 기울이지도 않고 그렇다고 의심하려고 들지도 않지. 만일 우리가 의심을 품고 캐묻기 시작한다면, 예컨대 사소한 말 한마디 한마디를 의심한다면 살아가기 정말 힘들 거야. 즐거운 마음으로 서로 교환하는 이름, 직업, 직위, 출신, 기호, 습관 같은 중요한 정보에 대해서 무엇을 하려고 거짓말을 하겠어. 질문받을 일도 자주 없고, 우리가 누구인지, 무엇을 하는지, 어떻게 지내는지 알려고 관심을 보이는 사람도 별로 없는데 거의 모든 사람이 우리에게 필요한 것 이상으로 이야기해줘. 최악은 전혀 중요하지도 않은 정보나 이야기까지 강세로 들려줄 때가 있다는 사실이지. 있지도 않은 호기심 또한 당연하게 여기고 말이야. 무엇 때문에 나에 대해서, 너에 대해서, 그에 대해서 호기심을 갖겠어. 우리가 사라진다고 그리워할 사람은 몇 되지 않을 텐데. 그들은 물어보지도 않을 거야. 그들은 '알고 있긴 한데, 그 여자에게 무슨 일이 일어났는지는 잘 몰라요'라고 말할 거야. '어린아이도 있었어요. 이 건물에 잠시 살았는데, 남편은 가끔 나타났어요. 자주 집을 비웠죠. 여자만 여기에서 계속 살았어요. 아마 이사 갔을 거예요. 그녀만 간 것인지 둘 다 갔는지는 몰라요. 이혼했는지도 모르겠어요. 그 여자는 어딘지 모르게 좀 외로워 보였거든요. 남편이 오면 좀 기분이 좋아 보이기도 했죠. 아무튼, 아기는 그녀가 데려갔을 거예요. 보통은 그러니까요' 하고. 맞아. 사람들은 들은 이야기를 그대로 믿고, 정상이라고 생각할 거야. 그러나 토마스는 그가 나에게 말한 것과는 다른 사람일 수도 있어. 그가 어디 있다고 말한 곳에 있지 않을 수도 있고. 내가 그의 말을 듣고 기억하고 있는 이름들은 실상 존재하지 않는 사람들의 이름일 수도 있고. 사실 언제 들었는지조차 잘 기억이 나지 않아. 외무부에는 던다스도, 우레도, 몽고메리도 존재하지 않았고 유일하게 레레스비만 있었어. 그 사람이 나에게 설명한 것이 사실인지도 잘 모르겠고, 토마스가 서독에 있는지 동독에 있는지, 아니면 이 두 곳 모두에 없는지 나는 알 방법이 없어. 그가 벨파스트나 다른 곳에 있는지도 모르겠어. 루이스 킨델란 부부는 아일랜드 대사관에선 일한 적이 없다는 것을 봐서 앙카라나 로마, 토리노 등으로 전근 갔을 리도 없고, 아마 이 모든 이야기를 지어낸 것이 분명해. 이름도 마찬가지야. 그들은 오리아다도, 오레이디도, 루이스 킨델란도, 미겔도, 메리 케이트도 아닐 가능성이 커. 널리 알려진 이름이나 듣기 좋은 이름을 고르다 보니, 내가 모르는 음악가라거나 독재자 프랑코 편에 섰던 공군 장군이란 것 때문에 이런 이름을 골랐을 거야.' 그녀는 아마 아일랜드나 북아일랜드 사람일 것이다. 혹여 IRA* 단원일지도 모른다. 하지만 스페인어를 그 정도까지 잘하는 것은 좀 이상했다. 아무리 여기저기에, 특히 가톨릭을 광적으로 신봉하는 나라에서는 얼마든지 IRA를 도와줄 수 있는 협력자들이 있다고 해도 말이다. 물론 스페인 역시 여기에 속할 수 있는 나라이기도 했다. 그렇

---

*   Irish Republican Army. 영국으로부터 북아일랜드 분리독립을 주장하던 무장 혁명 단체.

지만 그는 어느 나라 사람일까? 혹시 ETA나 그 비슷한 단체에 속한 사람은 아닐까? ETA나 IRA 두 조직은 서로 접촉하고, 서로 돕고 있을 것이다. 이건 이미 주지의 사실이다. ETA의 단원이면서 완벽한 영어를 구사하는 사람이 있다면 그는 분명히 반은 바스크인이고 반은 아일랜드인으로, 이중언어를 사용하는 사람일 것이다. 교양도 있고 박식한 것을 보면 혹여 사제일지도 모른다. 가톨릭교회는 이 테러 단체들의 설립과 비호, 봉기와 면죄 등과 많은 관련을 맺고 있다. 미국으로부터 많은 자금이 IRA로 흘러들어가고 있었으니 아마 절반쯤 미국과 연결된 사람일 수도 있다.

'정말 아무것도 모르기 쉽고, 더듬거리기도 쉽고, 속기도 쉬워. 하지만 우리는 거짓말을 통해 얻을 수 있는 것도 없고 어떤 바보라도 할 수 있는 그런 거짓말을 하진 않아. 거짓말쟁이들은 거짓말에 재주가 필요한 것도 아닌데, 왜 자기들을 똑똑하고 재주가 많다고 믿는지 모르겠어. 우리가 들은 이야기 모두가 결정적인 것일 수도, 신경쓰지 않아도 되는 것일 수도 있고, 별 의미가 없는 것일 수도 있고, 중요한 것일 수도 있어. 우리 존재에 영향을 미칠 수도 있고 그냥 스쳐지나가는 것일 수도 있지. 우리는 지속적인 실수를 저질러도 이해할 만한 안정적인 삶을 영위할 수 있다고 믿고 있지. 그런데 실상은 그렇지 않아. 불확실한 세상에서, 흐릿하고 통제도 할 수 없는 세상에서, 땅에 뿌리를 내리지도 못한 채 우리는 살아가는 거야. 현실을 살아가고 있다고 믿지만 실은 연극에 불과한 것과 마찬가지로 이 모든 것은 다 연기일 뿐이야. 다만 불이 꺼지고 막이 올랐다는 사실을 인식하지 못할 뿐이지. 한마디로, 우리가 무대에 올랐다는 것을, 관객 사이에 있지 않다는 것을, 영화관의 스크린에서 빠져나오지 못하고 있다는 것을 인식하지 못하는 거지. 영화필름 속에 갇혀 영화를 상영할 때마다 반복적으로 등장할 거야. 하지만 우리의 인생은 누군가 지금 이대로 흘러가도록 이미 결정해놓은 사건이나 구성, 기획 의도, 관점과 조명, 줄거리 등을 바꿀 능력이 없는 옛날 영화가 되어버릴 거야. 이미 봤거나 읽은, 예컨대 사람들 사이에서 한번 거론된 이야기처럼 다시는 되돌릴 수 없는 일이 있다는 사실을 삶을 통해 깨닫게 되겠지. 헤어날 수 없는 길로, 잘해봐야 눈에 잘 띄지도 않는 몸짓 혹은 윙크 따위나 즉흥적으로 안겨줄 수 있는 그런 길로 우리를 인도할 그럴 일이 있다는 사실을 말이야. 물론 우리가 아무리 원치 않아도, 우리는 이미 그 길에 들어섰어. 그리고 그 길은 우리 행동 하나하나와 무례한 발걸음에 영향을 미칠 수 있지. 그 길을 계속 가든 아니면 그 길에서 빠져나오든, 탈출을 시도하기 위해선 반드시 이 길을 수용해야 해. 분명한 것은 우리가 믿고 있는 것과는 달리, 우리의 의지와는 달리 우리는 그 길을 따라 여행하고 있다는 거야. 누군가 우리를 그 길로 밀어넣은 거야. 그 누군가는 내 경우 오래전부터 내가 사랑한, 영원히 함께할 존재라고 생각한 남편이었어. 이건 내 의지에 따른 것이었지, 그리고 그 누군가는 바로 토마스였고.'

며칠, 아니 몇 주 동안 기다리면서 나는 짙은 안개 속에서 헤매는 듯한 기분이었다. 낙관론과 지독한 염세론 사이를 오가며 아직은 모든 가능성이 열려 있다고 생각했다. 토마스는 예전의 그의 모습에서 전혀 변하지 않았을 수도, 다시 말해 킨델란 부부가 착각했을 수도 있었다. 그렇지만 토마스가 처음부터 나에게 의도적으로 거짓말을 했을 수도 있었다. 예전과는 전혀 다른 비밀에 싸인 생활을 하면서 나에게까지 그 사실을 감추고 있을 수도 있었다. 갈팡질팡하는 가운데 질식할 것 같다는 생각에 토마스가 면도할 때마다 하염없이 콧노래 비슷하게 웅얼거리거나 암송하던 시 구절을 계속해서 속으로 따라했다. 그는 상당히 많은 장편 시를 외우고 있었다. 그중 몇 구절은 엘리엇의 시라는 것이 분명했지만, 똑같은 시에서 나온 구절인지 아니면 똑같은 시인의 다른 시인지는 확실히 알 수 없었다. 그는 종종 큰 소리로 아주 빠르게 시를 낭송했는데, 그를 다시 보게 되면 반드시 물어봐야겠다는 생각을 했다. 그렇지만 도대체 언제쯤 그를 다시 볼 수 있을까? 그 시 구절은 지금도 여전히 내 머리를 맴돌고 있었다. '이것은 공기의 죽음'이라는 구절이었다. 사실 나에겐 공기가 부족한 것이 아니라 그보다 훨씬 더 안 좋은 상황이었다. 즉 공기가 내 주변엔 전혀 돌아다니지 않는 것 같았다. 우주 전체에 공기가 없는, 아니 존재하지 않는 것 같았다. 전혀 이해가 되지 않았던, 그래서 기억에 별로 남아 있지도 않던 몇 구절이 지나면 토마스는 언제나 이 구절을 덧붙였다. '이것은 지구의 죽음' 여기에서 몇 구절이 더 지나가면 두 가지에 대한 최종 판결이 뒤따랐다. '이것은 물과 불의 죽음' 기름과 라이터로 공포에 떨어야만 했던 그날 아침 이 세상에 불이 죽어 있었다면 얼마나 좋았을까. 그러나 언제나 내 머리를 맴돌던 것은 첫 번째 구절이었던 '이것은 공기의 죽음'이었다. 토마스는 언제나 이를 영어로 낭송하곤 했다.

이런저런 생각과 불확실성에도 불구하고, 내 실수였기를 바라는 마음에도 불구하고, 하루하루를 흘려보내며 살아가는 데 필요했던 의심에도 불구하고, 사실 나는 잘 알고 있었다. 킨델란 부부가 제기했던 문제, 즉 그들이 토마스를 의심했다는 것 자체가 사실인 것 같지 않은 수많은 것들을 잘 설명해주고 있었다. 대학을 마친 이후 토마스의 성격 변화, 순간순간 돌변했던 그의 기분 등을 잘 설명해주었다. 잠들기 어려워했던 것이나, 런던에 돌아가야 할 날이 다가올수록 점점 더 예민해지고 우울해졌던 것도 마찬가지였다. 동갑인데도 불구하고 갑자기 나보다 훨씬 더 나이들어 보인 이유가, 정신적으로 왜 그렇게 늙어버렸는지가, 왜 갑자기 과묵해졌는지가 설명이 되었다. 나는 그가 한밤중과 새벽녘에 나를 사랑했던 방식까지도, 다시 말해 마치 나를 쌓이고 쌓인 정신적인 긴장을 받아내는 그릇으로, 치밀하게 설계된 암호를 이미 풀고 다 해석해낸 자기 운명에 대한 저주를 받아내는 그릇으로 여긴 것까지도 이해할 수 있었다. 병에 걸리거나 고통을 받고 있을 때 그리고 섹스를 통해 얻을 수 있는 엄청난 쾌락을 느낄 때 주로 그렇듯이, 육체가 정신을 지배할 수 있도록 몇 분 동안 — 남자의 경우 대개 몇 초에 불과했지만 — 격하게 몸을 흔들고 비워냄으로써 녹여

버리고 싶었던 그 긴장을 받아내는 그릇 말이다. 그뿐만이 아니었다. 미래에 대한 호기심이 부족한 이유도, 내일이나 모레 그리고 1년 뒤에 일어날 일에 대한 무관심 또한 잘 설명해주었다. 별로 기대하지 않았던 일에 대한 회의적인 태도 역시 마찬가지였다. 기대하지 않았던 일은 절대로 일어나지 않을 거란 태도를 보여주었다. 그리고 결혼하기 전에 나에게 '당신만큼은 내가 강요받지 않고 자유롭게 선택할 수 있었어. 다른 부분에선 내 운명은 이미 주사위가 던져졌다는 느낌이야. 나는 선택받았지 선택하질 못했어. 사실 당신은 유일하게 내 것이라고 할 수 있는 사람이야. 내가 알기엔 내가 좋아하는 유일한 사람이야'라고 이야기했던 것도 어느 정도는 설명이 되었다. 몇 년이 흘렀지만 그때 그 말은 무슨 보물이라도 되는 양 여전히 가슴에 담아두고 있었는데, 아마 그 정도로 또렷한 가치를 지닌 다른 것이 없어서 그랬는지도 모른다. 나는 이런 말들을 확신과 재확인에 대한 선언인 것처럼, 근사한 사랑의 선언인 것처럼 사랑의 밀어를 던지는 모습으로 갈무리해놓고 있었다. 그런데 지금 보니 그 말엔 상당히 많은 의미가, 상당히 대조적인 의미가 담겨 있는 것이 분명했다. 그 말을 들었던 순간 뭔가 분명히 느낀 것이 있었는데, 나는 바로 그것을 무시해버렸다. 대체로 우리 인간은 자기에게 유리한 의미만 간직하고 나머지 것은 배제하거나 흐릿한 안개 속에 밀어넣는다. 특히 기억과 메아리 그리고 반복되는 것에 있어서 말이다.

만일 토마스가 군사훈련을 받고 있었다면, 이미 그때 자신의 운명이 밀려났다는 것과 다가올 미래에도 별로 놀랄 만한 일은 없을 것이며 언제나 명령에 따르고 부여받은 임무를 완수해야 할 뿐만 아니라 여기에는 선택의 자유가 없다는 것까지 느꼈을 수도 있다. 영국에 돌아갈 때마다 직속상관의 명령에 따라야만 하고 절대로 미룰 수도 없고 조율도 불가능하다. 그러다 보니 쉽게 우울해지고 화도 났을 테고 급기야는 잠도 오지 않았을 것이다. 거부할 수도, 토론할 수도, 합리적으로 따질 수도, 논의할 수도 없다는 점은 인간이 상상할 수 있는 범위 안에선 최악이라고 할 수 있었다. 계급이 높은 사람에겐 누구에게나 복종해야 하고 혐오감 때문에 거부하고 싶은 명령까지도 따라야 하며 역겨운 포도주를 마시라고 건네줘도 벌컥벌컥 들이켜야 한다. 물론 이런 일은 정도 차이만 있을 뿐, 무슨 일을 하든 요람에서 무덤까지 언제나 모두가 겪는 일이다. 언제나 우리에겐 해야 할 일을 지시하는 상관이, 대들 수 없는 상관이 있기 마련이다. 그렇지만 유독 군대에선 이 모든 것이 두드러지며 계급이 더 선명하게 눈에 들어올 뿐만 아니라 모든 일의 근본이 된다. 그 망할 킨델란 부부의 말이 맞았다. MI5와 MI6에 속한 요원들이 군복을 입지는 않았지만, 그들은 분명히 외무부나 내무부가 아닌 군에 속해 있었다. 그렇다, 그들은 절대로 군복을 안 입을 것이다. 그러나 킨델란 부부의 말이 맞고 토마스가 비밀정보국을 위해 일을 하고 있다면, 그가 자신의 자발적인 의사를 토대로 일을 받았을 것이다. 따라서 이것은 순전히 내 생각이기는 하지만 경우에 따라 그는 은퇴할 수도, 스스로 물러날 수도 있을 것이다. 하지만 킨델란은 '그곳에선 좋게 나오는 법이 없어. 보통은 정신병에 걸려 나오거나 죽어서 나와. 죽거나 완전히 미쳐버리지 않으면, 결국은 자신이 누구인지, 정체성이 뭔지도 모르게 되는 거지'라는 전혀 다른 이야기를 했다. 진짜 토마스가 그곳에 몸담고 있다면 어떻게 그곳에 들어가게 되었을까? 그가 오래전에 내뱉었던, 수수께끼 같긴 했지만 내가 너무 좋아했던 '나는 선택을 받았지만 선택하지는 못했어'라는 이야기는 무슨 의미를 담고 있는 걸까?

완벽한 침묵의 시간이 2주나 흘렀다. 그는 모습을 드러내지 않았고 결국 나는 외무부 직원이라고 생각한 테드 레레스비에게 다시 전화하기로 했다. 이번에는 토마스가 아니라 직접 그를 찾았다. 그러나 그는 전화를 받지 않았고, 그가 어디 있는지도 모른다는 이야기만 돌아왔다. 다행인 것은 지난번과 마찬가지로 대략 30분이 지나자 그가 나에게 전화를 해왔다. 그의 목소리가 남편과의 유일한 소통의 통로가 되었다.

"레레스비 씨, 우리가 통화한 이후로도 톰에게서 아무 소식이 없어요. 지금도 외근 중인지, 아직도 독일에 있는지, 그 여부를 아시는지 궁금해요. 어떤 식으로든 내 메시지를 전해줬는지도요. 그이도 내가 통화를 원한다는 사실을 알고 있나요? 2주 동안이나 소식을 기다리며 애타게 찾고 있다는 사실을 그이는 아직 모르고 있나요?" 그리고 경솔했는지는 모르겠지만 나는 다시 몇 마디 덧붙였다. "잘 모르겠는 것이 하나 있는데요. 그는 독일에 있나요? 아니면 동독에 있나요? 내가 알아도 되는 것이라면……."

레레스비는 내 질문에 짜증이 난 듯한 태도를 보였고, 나에게 예전보다 훨씬 신경도 쓰지 않았고 배려도 하지 않았다. 나의 두 번째 전화가 상식을 완전히 벗어났다고 생각하는 것 같았다. 내가 보기엔 나를 존중할 생각이 없어 보였다. 자기 아내를 입 다물고 조용히 기다리게 하지 못했다는 것 때문에 토마스를 존중해주고픈 생각이 없어진 것 같았다. 그것도 아니면 토마스가 조직에 실망을 안겨 더는 필요하지 않은 사람이 되었는지도 모른다는 생각과 함께, 정말 그런지 궁금하기도 했다. 레레스비는 모호하게 실망 어린 어조를 보여주었다.

"네빈슨 부인." 그는 내 질문에는 하나도 답을 하지 않고 말을 이어갔다. "좀 지나치게 조급하게 구시는데, 이는 남편에게 도움이 되지 않습니다. 일이 길어질 수 있다고 이미 말씀드렸습니다. 만약 톰과 통화가 되지 않았다면, 그건 통화가 불가능해서일 겁니다. 알았습니까? 뭘 더 바라시는 거죠? 그는 곧 돌아올 겁니다."

나는 나에게 일어난 사건의 중요성을 가늠해봄으로써 그에게 경각심을 좀 불러일으키고 호기심도 자극할 심산으로 이번엔 그에게 뭔가 털어놓기로 마음먹었다.

"레레스비 씨, 우리 아이가 죽을지도 모르는 위험에 처해 있어요. 이것은 사소한 일이 아니라는 것을 이해해주셨으면 좋겠어요. 급히 그와 통화해야 한다는 것을 헤아려주세요. 방법을 한번 찾아보세요. 이런 일이 다시는 일어나지 않도록 뭔가 대책을 세워야 해요. 톰에게 무슨 일이 일어났는지, 실제로 무슨 일을 하고 있는지 나는 알 수 없어요. 내가 아는 것이라고는 우리 아이가 산 채로 화형을 당할 뻔했던 이유가 그이가 지금 하는 일 때문이라는 것뿐이에요. 누군가 그이가 MI6를 위해 일하고 있다고 했는데, 당신도 그를 알 텐데, 이것이 사실인가요?"

그러나 레레스비는 말이나 갑작스러운 충동에 쉽게 끌려들 사람이 아니었다. 나의 돌발적인 말은 2주나 지난 이번 전화보단 사건이 일어난 지 얼마 되지 않은 첫 번째 전화에서 말하는 것이 훨씬 더 자연스러웠을 것이다. 그는 이것이 충분히 계산된, 의도적인 것이라는 사실을 눈치챘는지도 모른다. 그렇다고 미끼를 덥석 물거나 속을 드러낼 사람도 아니었고, 대답을 원치 않는 질문에 쉽게 대답할 그런 사람도 물론 아니었다. 나에게 무슨 일이 일어났는지, 누가 아이의 생명을 위협했는지, 불에 타 죽을 뻔했다는 것이 무슨 의미인지, 누가 MI6에 관해서 이야기했는지, 그는 아무것도 묻지 않았다.

"네빈슨 부인, 그런 말을 들어 유감입니다." 겨우 이 말뿐이었다. "그렇지만 톰은 인생을 막 시작한 이 단계에선 아이를 갖지 않았어야 했습니다. 더는 이야기할 수 없습니다. 제가 아는 바로는 톰은 외무부와 마드리드 주재 영국 대사관을 오가며 일을 하고 있습니다. 양쪽 모두에서 능력을 발휘하고 있고, 전도가 양양하지요. 제 말을 믿어도 됩니다. 만약 비밀정보부에서 채용했다면 저는 그를 알 수 없었을 것입니다. 비밀정보부 소속이라면 아무도 몰라야 하지 않을까요? 당신도 그건 이해할 수 있을 겁니다. 그래야 정상이니까요. 그렇지 않다면 '비밀'이란 말이 무슨 의미가 있겠어요. 마드리드에 돌아오면 그와 이야기를 나눠보시고, 저에게 물으신 것은 톰에게 직접 물어보시는 것이 좋겠어요. 제가 잘 모르는 것까지 답해드릴 수는 없으니까요."

'알고 있으면서도 아무것도 모른다고 단정할 수 있을까?' 나는 이런 생각이 들었다. '어둠 속에 머무르긴 정말 쉬워. 어쩌면 우리 인간의 가장 자연스러운 상태가 바로 이런 걸 거야. 분명히 나만이 아니라, 토마스도 어둠 속에 있을 거야. 나만이 아냐. 그 또한 불안하고 혼탁한 세상에 놓여 있을 거야. 물론 나에 관해서도 마찬가지일 테고.'

토마스는 그 일이 있고서, 그러니까 그 사건이, 정신을 차릴 수 없었고 엄청나게 두려웠던 그 사건이 있고서 4주가 지나자 모습을 드러냈다. 전혀 시간이 흐른 것 같지 않았고 아직도 여전히 그날 그 사건 속 한 장면에 있는 것처럼, 나는 날마다 그 장면을 꿈꿨고 그럴 때마다 깜짝 놀라 꿈속에서조차 거친 숨을 몰아쉬며 땀으로 멱을 감았다. 그는 마드리드에 오기 전날 전화를 해서 우리는 모든 대화를 도착 이후로 미뤘다.

"내 말은 지금 당장은 아무 말도 하지 말라는 것이 아니야. 말싸움은 하지 말자고. 날 비난하지도 말고. 내일은 같이 저녁식사할 수 있을 거야. 저녁때까진 그곳에 도착할 테니까."

"그렇지만 나는 더 기다릴 수 없어. 어마어마한 일이 일어났으니까, 당신은 상상도 못 할 거야. 나는 당신이 하는 일을 모르겠지만, 이런 식으로 계속 갈 수는 없어. 왜 나에게 확실하게 털어놓지 않는 거야? 진실을 밝히지 않는 이유가 뭐야? 토마스, 뭘 하는 거냐고. 당신 때문에 아이 목숨이 위험할 뻔했잖아. 당신 알아? 그 인간들이 아이를 위협했다고!"

"귀국길에 들른 런던에서도 들은 말이 있어. 미안해. 겨우 어제 돌아왔어. 최소한 오늘은 숨 좀 쉬게 해줘."

"어디서? 어디서 돌아왔는데? 그렇게 오랫동안 연락도 하지 않고. 어떻게 이럴 수 있어?"

"거기에서 왔어." 그는 마치 사춘기 아이가 부모님이 이렇게 오랫동안 어디에서 무엇을 하고 있었느냐고 물었을 때처럼 대답했다. 이것은 그가 아직 비난을 받을 준비가, '내 탓이요'를 외칠 준비가 되지 않았다는 것을 여실히 보여주었다. 그렇지만 그는 간단히 설명이라도 하듯이 전혀 변명 같지는 않았던 몇 마디를 덧붙였다. "황망한 일이었어. 전혀 예상치 못했던 일이었다고. 내 일이 원래 그래. 당신에게 알릴 틈이 없었어."

"어디에서 돌아왔냐니까?" 나는 끈덕지게 몰아붙였다. "독일이야? 당신 친구인 레레스비가 이야기한 것처럼 말이야. 아니면 벨파스트에 있었어?" 나는 '미겔'이라고 친하게 부를 수 있었을 때, 그 미겔이 발음한 것과 똑같이 발음했다.

"거기에서 왔다고 했잖아." 그도 똑같이 반복했다. 그러나 이번엔 정확하게 '베르타, 이것은 당신 일이 아니야. 아무리 집요하게 물어도 당신은 절대로 알아선 안 돼.'라고 말하는 것처럼 들렸다. "내일 이야기하자. 내일 당신에게 설명할 수 있는 데까진 다 설명해줄 테니까. 나도 어디까지 말해야 할지 모르겠어. 한번 알아볼게.

여기 사람들이 그것을 지금 따져보고 있으니까, 오늘 이야기해줄 거야. 당신도 기다릴 수 있잖아. 하루만 더 기다리면 되는 일인데. 아무튼, 그만 걱정해도 돼. 무슨 일이 있어도 다시는 그런 일이 일어나지 않을 거야. 약속할게. 이건 확실해." 사람들은 언제나 약속할 수 없는 것까지도 약속한다.

다행히 절대로 끝날 것 같지 않았던 기다림, 그 기간에 킨델란 부부는 다시는 나타나지 않았다. 그 사건이 일어나고 상당히 시간이 흐르자, 나는 기예르모를 데리고 혼자 다시 외출할 수 있었다. 나는 예전처럼 사바티니 정원 근처까지 산책했다. 그렇지만 분명 경계의 눈을 크게 뜬 채였고, 사람 모습만 봐도 깜짝깜짝 놀랐다. 우습기는 했지만, 국왕의 동상까지도 못마땅해 했다. 그들은 다시 나타나지 않았고, 그곳과 그 근처에서도 다시는 볼 수 없었다. 나는 그들이 살았던 핀토르 로살레스 거리는 감히 지나갈 엄두도 내지 못했다. 그들과 교류했던 한 달 남짓한 기간 동안 그들이 이야기했던 것들이 사실인지 아닌지 어떻게 알겠는가. 나는 그들이 보이지 않아서 안도의 한숨을 내쉬었다. 그런데 어느 날 오후였다. 토마스가 살아 있다는 신호를 주기 며칠 전, 놀랍게도 메리 케이트가 나에게 전화를 해왔다. 그녀의 목소리를 알아듣자마자 최악의 순간에 봤던 그녀의 눈이, 사시였던 그녀의 눈이 떠올랐다. 그녀의 얼굴에 핏자국처럼 칠해져 있던 빨간 입술도 마찬가지였다.

"베르타, 제발 전화 끊지 마." 그녀의 말투엔 약간은 위압적인 뒷맛이 있긴 했지만, 아무튼 그녀는 나에게 부탁 아닌 부탁을 했다. "로마에서 전화하는 거야. 이젠 어느 정도는 정착한 것 같아. 물론 이탈리아에서만 계속 지낸다면, 이 나라가 얼마나 살기 힘든지 잘 모를 수도 있어. 그래도 우리를 이곳으로 보냈는데 어쩌겠어. 불행 중 다행이라니까." 친구라고도 할 수 없고, 분명히 대사관에서 일한 적조차 없는 사람인데도 그녀가 아직 계속해서 거짓말을 하는 것을 보고 나는 놀라지 않을 수 없었다. 나에게 가서 협박하라고 명령을 내렸던 사람이 그들을 다시 교황과 교황청이 있는 로마로 보내긴 했을 것이다. 나 역시 그러길 바라는 생각에 그 전화가 진짜 장거리 전화라고, 그녀가 진짜로 멀리 있어서 나에게까진 손길이 미치지 않는다고 믿고 싶었다.

"메리 케이트, 당신 이름이 이게 맞는지도 잘 모르겠지만…… 아일랜드 대사관엔 당신들 이야기를 들은 사람이 전혀 없었어요. 한마디로 그곳엔 당신들을 아는 사람이 없었어요."

그녀는 내 말을 무시하고 자기 말만 계속했다.

"당신과 보석 같은 당신 아들이 어떻게 지내는지 궁금하지 않은 날이 정말 하루도 없었어. 정말 당신들 생각이 많이 날 뿐만 아니라, 보고 싶기도 해. 잘 지내지?"

나는 불현듯 전화를 끊고 싶다는 충동을 느꼈다. 전화번호 변경 신청을 해야 할 것 같았고, 이번에는 네빈슨의 이름이 아니라 내 이름으로 신청해서 달갑지 않은 사람들이 쉽게 찾지 못하게 하고 싶었다. 전화번호부엔 이슬라라는 성을 가진 사람이 적지 않으니까 말이다. 그러나 충동에 끌려 당장 전화를 끊진 않았다. 우리가 어떻게 지내는지 궁금해서 전화한 것은 분

베르타 이슬라   *297*

명히 아닐 테니 그녀가 무엇을 원하는지 알아내는 것이 더 중요하다는 생각이 들었다.

"그래요, 다 잘 지내요. 당신들이 멀리 있는 덕분에 정말 잘 지내요."

"결론도 짓지 못한 일을 모두 우리 탓으로 돌리면 서운하지. 미겔이 바보 같은 짓을 한 건데. 그는 점점 더 산만해져서 얼간이 같은 짓만 하고 있어. 여기에서도 얼마나 말도 안 되는 짓만 하는지 당신은 모를 거야." 그녀는 무사태평한 목소리로 대답했다. "그렇지만, 베르타, 아무 일도 없었잖아. 당신도 아무 일도 없었다는 것 잘 알잖아. 기예르모도 건강하지? 여전히 예쁠 테고. 그렇지? 참, 토(흐)마스와는 이야기해봤어? 돌아왔는지 모르겠네. 우리 계산에 의하면 돌아왔을 때가 되었는데, 아니면 죽었을지도 몰라. 당신을 그렇게 혼자 있게 내버려두는 것을 우리는 원치 않는다는 것을 잘 알잖아."

"계산? 어떤 계산요? 당신들은 그 사람에 대해 뭔가 아는 것이 있나 본데, 그는 지금 어디에 있죠? 침묵도 길어지고 소통까지 끊겨 정말 함정에 빠진 기분이에요. 절망스럽다고요."

"아! 아직 안 돌아왔군." 메리 케이트는 자기가 '관심 있던' 것에만 대답했다.

"당신들이 우리 집에 왔던 날 이후 아직 돌아오지도 않았고, 전화도 없었어요. 메리 케이트. 그에 대해서 아는 것이 정말 하나도 없어요." 나는 레레스비와 나눈 대화에 대해선 신중을 기해 그녀에게 언급하지 않았다. "그와 이야기하고 싶었어요. 당신들이 우리 아이에게 한 짓을 이야기해주고 싶었다고요. 당신들이 한 짓을 말이에요. 그는 나만큼 겁먹을 거라고는 믿지 않아요."

이 말에도 전혀 반응이 없었다. 그녀는 이번에도 첫 번째 문장에만 방점을 찍었다.

"베르타, 당신 조금 과장하는 것 같아. 동네 아줌마들처럼 말이야." 이어서 처음에는 단순히 뒷맛으로만 느껴졌던 것이 다음 말에서 있는 그대로 모습을 드러냈다. 목소리에는 힘과 경고, 은근한 권고와 지시가 담겨 있었다. "그가 돌아오면 절대로 잊지 말고 그와 이야기해봐. 우리가 멀리 있다고 모든 문제가 다 해결된 것은 아니니까. 만족스럽게 끝나야 할 거 아냐. 아기에게도 키스해줘. 잘 지내고, 참, 미겔도 두 사람에게 얼간이의 사랑을 전해달라고 했어. 더 살이 쪘는데, 당신은 믿을지 모르겠네."

나는 토마스를 맞으러 공항에 나가지 않았다. 기예르모를 맡아달라고 가족들에게 부탁하기엔 너무 늦은 시간에 도착한 데다 그들에게 폐를 끼치고 싶지도 않았다. 보모를 쓸 수도 있었지만, 토마스에겐 비행기에서 내리자마자 내 불안한 모습을 보이지 않는 편이, 다른 사람들이 보는 앞에서 캐묻지도 못하고 입술만 깨무는 내 모습을 보이지 않는 편이 더 나을 것 같았다. 그리고 마드리드에 도착해 바라하스 공항에서 왕립극장 옆 파비아 거리에 있는 우리 집까지 택시를 타고 오는 길까지만이라도 질문 공세에 시달리지 않고 시선 가득 들어오는 커다란 나무들을 바라보며 혼자 준비할 시간을 갖는 것이 그에게는 훨씬 나을 것 같았다. 이곳에서 우리는 가끔 황홀한 나무들을 바라보기도 하고 바람 부는 날엔 바람이 속살대는 소리를 들으며 시간을 보내는 운 좋은 나날을 지냈다. 그가 이곳 마드리드로 돌아왔다는 생각을 할, 익숙했던 풍경에 다시 적응할 시간을 주고 싶었다. 그는 마드리드 입성을 확실하게 알리는 '아베니다 데 아메리카' 거리의 토레스 블랑카스 빌딩을 본 다음, 에르마노스 베케르*의 굽이진 비탈길을 지나 카스테야나까지 택시를 타고 와서 마드리드의 한복판에 있는 시내까지는 걸어올 것이다. 멀게만 느껴졌던 것이, 다시는 회복하기 힘든 먼 과거의 꿈처럼 느껴졌던 것이 다시 눈에 모습을 드러냈다는 것을 그도 의식하게 될 것이다. 나는 그가 어디에 있었든, 무슨 일을 했든 상관없이 말이다. 차갑게 식은 저녁식사와 함께 집에서 기다리겠다고, 그가 문을 여는 소리가 들릴 때까지, 혹시 열쇠를 잃어버렸으면 초인종을 누를 때까지 기다리겠다고 마음먹었다. 열쇠는 거의 사용하지 않거나 두어 달에 겨우 한 번 사용할까 말까 할 정도여서 잃어버릴 수도 잊어버릴 수도 있었다. 이젠 그가 언제 집을 떠났는지 정확하게 기억도 나지 않았다. 나에겐 영원처럼 느껴졌다. 당시의 상황과 두려움 때문에, 점점 더 깊어만 가는 의심 때문에 이젠 거의 킨델란 부부가 진실을 말했다고, 최소한 어느 정도는 진실을 이야기했다고 확신하고 있었다. 그가 마음을 가다듬고 정리할 수 있는 시간을 주기로 했다. 나에게 털어놓아야 할 것을 속으로 연습할 시간도 필요하다고 생각했다. 그들이 누군지는 모르겠지만 상관들과도 상의했을

---

* 19세기 스페인의 국민 예술가라고 할 수 있는 시인 구스타보 아돌포 베케르와 화가 발레리아노 도밍게스 베케르 형제를 기리기 위해 형제의 이름을 붙인 거리.

것이다. 그는 상관들이 이 문제를 논의하는 절차를 거친 다음 '오늘은 이야기해줄게'라고 말했었다. 그 오늘이 이젠 어제가 되었으니, 그들의 재가를 얻었으면 그는 나에게 털어놓을 것이고, 만일 얻지 못했으면 입을 다물거나 이 말 한마디로 끝내려고 할 것이다. '베르타, 나에게 더는 묻지 마. 다시는 질문을 하지 마. 이런 식으로라도 내 곁에 있겠다면 이곳을 떠나 자리를 비운 토마스에 대해선 눈감고 모른 척해야 해. 다시 돌아와 이곳에 있는 사람도 받아들이기 어렵다면 그땐 당신 마음대로 해. 나는 당신을 탓하지 않을 거야. 물론 영혼이 빠져나가는 듯한 고통을 받을 거야. 내가 스스로 선택한 안식처는 더는 이 세상에 존재하지 않을 테고, 평생 삶을 포기하고 살아가야겠지. 그렇지만 이것은 당신 잘못은 아니야. 나도 잘 알고 있어. 반대할 생각도 없고.'

그러나 저녁이 다가오면서 아무것도 하지 않고 마냥 기다리기만은 힘들었다. 계산해봤을 때 그가 얼추 파비아 거리에 도착할 시간이(내가 낙관적으로 계산한 시간, 다시 말해 지연되지 않는 것을 전제로 계산한 시간) 되자 나는 발코니에 기대서서 거리를 지켜보기 시작했다. 아마 그는 엥카르나시온 성당 옆에서 택시를 세우고 내릴 것이다. 창문을 열 때마다 자연스레 내 시선은 오른쪽을 향했다. 그러나 그쪽만 바라본 것은 아니고, 가끔은 오리엔테 광장과 레판토 공원 그리고 바일렌Bailén 쪽도 바라보았다. 사실 내 시야에 들어온 사방을 다 지켜보고 있었다. 얼마나 자주 그랬는지는 모르겠고, 내가 아는 것이라곤 겨우 한 줄기 햇살만 남은 채 사정없이 몰아치는 거센 바람도 (6, 7, 8월 스페인에선 이런 날씨가 끝도 없이 이어진다.) 내가 다시 창문을 열고, 다시, 또다시 창문을 열고 베란다에 몸을 내미는 것을 막지는 못했다는 것뿐이었다. 비록 잠깐씩 밖에 나가는 것이었고 빗줄기가 강해지면 얼른 들어왔지만, 머리카락과 얼굴 뿐만 아니라 블라우스와 치마까지도 흠뻑 젖었다. 굽이 있는 신발까지도 젖어 신을 수 없을 정도에 이르렀지만 전혀 개의치 않았다. 나는 옷을 갈아입을 생각이 없었다. 아무리 마른 옷으로 갈아입어도 전혀 통제되지 않는 초조하고 불안한 마음이 다시 찾아온다면 또 쫄딱 젖을 것이 뻔했다. 가만히 앉아 있을 수만은 없었지만 그렇다고 전화를 할 수도 없었다. 그러나 별 의미도 없이 발코니에 잠깐씩 모습을 드러내는 것만으로 그를 끌어당길 수는 없었다. 그는 이런 나의 모습을 생각도 하지 못할 텐데. 정말 오랜만에 만나는 터라 나는 치마와 하이힐을 신은 모습을 보여주고 싶었다. 그는 나의 이런 모습을 좋아했다. 물론 꼭 이런 모습만 좋아한 것은 아니었지만 유별나게 좋아하긴 했다. 느닷없는 폭로에 이어 찾아온 불안, 두려움, 당혹감, 얼마 전 메리 케이트의 전화로 돌아버릴 것만 같은 기분, 이런 것들뿐만 아니라 그의 욕구도, 다시 말해 뭔가 감상하는 듯한 그 특유의 시선을 당장 복원하는 일도 나에겐 상당히 중요했다. 오랜 공백기로 인해, 나와는 무관한 그의 변화로 인해 그의 시선이 어디론가 사라졌을 것만 같다는, 유리에 통과하며 꺾여버렸거나 무관심으로 인해 동면에 들어갔을 것만 같다는 생각이 들었다. 그는 이를 되살릴 능력이 없을지도, 아니 되살리는 것에 별 흥미를 느끼지 못하고 있을지도 모른다. 그래서 더욱이 행동으로 이를 지체 없이 되살려야만 한다는 생각이 들었다. 오랫동안 못 본 상태에선 다음에 어떤 일이 일어날지는 첫인상에 달려 있기 마련이다. 우리가 기억하기 위해 특별히 주의해야 할 얼굴은 처음엔 깔끔하고 강력한 힘을 가지고 있다. 하지만 분명히 기억하려는 노력이 그대로라고 해도 결국 닳고 닳아 힘을 잃고, 기억은 왜곡되기 시작한다. 시간이 흐름에 따라 선이 희미해지면서 결국 마음의 눈으로 다시 소환하고자 해도 쉽지 않고 온전하게 재현하는 것이 불가능한 지경에 이른다. 그 얼굴을 다시 떠올리려고 사진을 보다가 느닷없이 깜짝깜짝 놀라기도 한다. 전혀 변치 않은 사진이 진짜 얼굴을, 몸짓과 손동작을 대신할 것이다. 표정 하나하나가 얼어붙어 결국은 순간의 모습만 남게 된다. 사람 대신 사진을 바라보는 것으로 대체하여, 실제 사람은 지워버리거나 멀리 추방하거나 쫓아내버린다. 나에게도 이런 현상이 똑같이 일어났는데 토마스라고 해서 왜 이런 일이 일어나지 않겠는가. 내 옛 모습은 완벽하게 지우고, 전력을 다해 임무를 수행하라는 명령을 받고서 다른 곳에 있던 그에게 말이다.

나는 이것을 망상 취급 하고 싶진 않다. 정말 마음에 들어서, 피곤해서 그냥 쉬려고, 그것도 아니면 의무로 그는 다른 여자와 함께 있었을 수도 있다. 아니 목적 달성이나 필요한 정보나 데이터 두세 개를 얻기 위해서, 침대에 들어가 별로 진정성도 없는 가짜 사랑 타령으로 다른 여자의 마음을 얻어야 했을 수도 있다. 못생겼거나 심하게 뚱뚱한, 아니 심지어는 나이 많은 과부나 쉽게 넘어오는 별 볼 일 없는 여자라도 말이다. 그렇지만 별로 하고 싶지 않았거나 증오했던 일이라도, 그것이 결국은 우리를 강하게 꼬드겨 습관화시키거나 예상과는 달리 반복하고픈 욕망으로 만드는 경우가 적지 않음을 우리는 잘 알고 있다. 처음엔 별로 매력을 느끼지 못했던 사람에게, 예상과는 달리 최초의 자기 의지와는 무관하게 빠져드는 것을 우리는 볼 수 있다. 상상도 못 할 사람과의 성적인 욕망이 우리를 스쳐지나간 다음 두 번째로 그를 만나게 되면 무방비 상태에서 잠을 자다가 바이러스에 감염된 것처럼, 대부분 그 사람을 건달로, 속마음을 드러내지 않는, 문제 있는 호색한으로 간주하게 되는 것과 마찬가지의 이치이다. 눈을 부릅뜨고 이런 인간을 뿌리치려고 해도, 이들은 의식 속 일정 영역을, 예컨대 예전엔 없었던 그리고 맨정신으로는 결코 내어줄 수 없었던 그런 영역을 이미 떡하니 차지해버린다. 우리를 시험에 몰아넣고 결국은 정복해버린 사람, 욕망도 없었지만 그렇다고 저항할 의지도 없어 수동적이기만 했던 우리를 자극할 줄 알았던 사람, 우리에게 부끄러움을 느끼게 한 사람, 합의 하에 얻었던, 하지만 모든 예상을 빗겨가서 **마지 못해 받아들인** 쾌락을 유감스럽게 생각하게 만든 사람들이 오히려 더 그런 영역을 차지해나간다. 이것을 모르던 사람도 언젠가는……

나는 토마스가 진실을 숨겨 아이와 나를 위험에 빠트린 것에, 가장 필요했던 시기에 얼굴도 잊어버릴 정도로 오랫동안 사라져버렸던 것에 화가 나 있었다. 그러나 한편으로는 나를 다시 만났을 때 그의 반응이 어떨까 두렵기도 했다. 나는 그를 잘 알고 있었다. 그는 정말 성욕이 강했을 뿐만 아니라 세속적이기도 했다. 그를 되찾아야 할 것 같았다. 얼른 향수 냄새든 찝찝한 냄새든, 지나치게 매끄러웠던 촉감이든 불결한 감정이든 다 몰아내야만 할 것 같았다. 다시 말해 그와 같이 있었을지 모르는, 그래서 어느 정도 익숙해졌을지도 모르는 다른 여인, 아니 다른 여자들의 매끄러운 피부와 거친 피부에 대한 기억을, 단단한 근육질과 여린 살에 대한 기억을, 매력이나 추한 모습을 당장이라도 몰아내야만 할 것 같았다. 그마저도 나에겐 이것이 가장 가벼운 시나리오였다. 나는 쫄딱 젖을 수밖에 없었고, 구두도 망가지기 일보 직전으로 끝없이 쏟아지는 폭우에 창문을 수도 없이 여닫으면서 발코니에 몸을 내밀었던 광기 덕에 겨우 그날 밤이나 버틸 정도였다. '빨리 와! 어디 있는 거야? 설마 마지막 순간에 집에 돌아가도 좋다는 허락을 철회하진 않았을 거야. 그렇다고 비행기를 놓치지도 않았을 테고, 당신이 집에 오는 것을 미뤘을 리도 없어. 게다가 내가 당신을 기억하고 있는데, 내 인생에서 완전히 사라져버렸을 리도 없잖아'라는 생각만 되씹으며 그를 애타고 부르고 있었다. 나는 갑자기 전신 거울이 있는 침실에 가서, 나를 비추어 보았다. 갑자기 불어닥친 불확실성에, 아니 쓸데없는 자부심에(이 둘은 종종 같은 의미를 지닌다. 공존한다고 해야 할지, 아니면 서로 용을 쓰며 충돌하고 있다고 해야 할지 모르겠다) 이렇게 젖은 채 있는 것이 더 나을 거라는, 오히려 나를 더 좋게 볼지도 모르겠다는 생각이 들었다. 그래야 그가 바로 나를 정복하려들 테고 강한 욕망과 세속적인 감정에 젖을 것이다. 속이 환히 보이는 블라우스, 구겨진 채 조금 올라가 허벅지에 아니 엉덩이에 걸쳐 있는 치마. 만약 남자가 봤다면 조금은 선정적일 거란 생각이 들었다. 머리카락은 최악이었지만 별로 중요하지 않았고 오히려 허술하면서도 야성적인 느낌을 주었다. 이래야 경쟁자들을 이길 수 있을 것 같았다. 그러자 오기도 전에 말라버리지는 않을지, 비가 그쳐버리지는 않을지 두려웠다. 문득 스스로가 싸구려 여자 같다는, 우스꽝스럽다는 생각이 들었다. 가장 싫었던 생각은 '경쟁자를 이길 수 있겠다'였다. 생각뿐이었는지 몰라도 왜 그런 감정을 느꼈을까? 왜 갑자기 그런 것이 무섭다는 생각이 들었을까? 진짜 심각한 위협은 다른 데 있었고, 나만 연루된 것이 아니라 우리 세 사람이 다 걸린 문제였다. 그런데도 나에게 가장 시급한 문제는 이것이라는 생각이 강했다. 이것이 내가 가장 걱정한 것으로, 가장 중요한 관심사였다.

바로 그 순간 열쇠 소리와 함께 문 여는 소리를 듣고 나는 깜짝 놀랐다. 그가 도착해 택시에서 내리는 것을 위에서 지켜보지도 못했고, 옷을 갈아입을지 말지조차 결정할 수 없었다. 이젠 다 늦었다는 생각에, 입은 그대로 얼른 방에서 나왔다. 그가 가방을 현관에 내려놓는 것을 봤는데, 너무 지쳐 조금은 체념한 듯한 느낌이었다. 얼굴도 너무 변해 한동안 알아보지도 못할 정도였다. 밝은색의 짧은 수염에 장발까지는 아니었지만, 금발로 보이는 머리카락은 상당히 길어 있었다. 몇 킬로그램 정도 마른 것 같았고, 이곳을 떠나 있던 동안 그의 젊음은 흔적 조차 없이 사라져버린 것 같았다. 우리를 되돌릴 수 없는 성숙한 모습으로 이끌 다시는 돌이킬 수 없는 길에 들어선 것 같았다. 그래, 그는 제대로 된 사람으로서 매력적이긴 했지만, 글자 그대로 완벽한 이방인으로 보여 스페인 사람의 피는 어디론지 사라져버린 것 같았다. 토마스와는 달리 나만 유일하게 스페인 사람의 피를 이어받은 것 같았다.

　나를 미처 알아보지 못한 것처럼, 아니 최소한 내가 어떻게 생긴 여자였는지도 잊은 것처럼 그는 놀란 토끼 눈으로 나를 바라보았다. 지난 몇 달 동안 어떤 모험 속에서 어떤 일을 했는지, 어떤 제약이 있었는지 알고 있었던 사람들이 그의 기억 속에 얼어붙은 채 움직일 수 없는 이미지를 심어놓은 것 같았다. 눈길은 사라지고, 말도 잊었으며, 기백도 없고, 심장의 고동도 느껴지지 않았다. 나에겐, 엄마가 된 나에겐 사그라지는 것만 같은 이미지를 보여주었다. 남자들은 아내가 출산하고 나면, 아니 그 전에라도 아내의 변하는 모습을 보면, 예컨대 이제 그녀는 홀몸이 아니며 앞으로 끊임없이 성장하며 요구사항만 많아질 침입자와 함께 있을 거라는 사실을 알게 되면 언짢아하면서도 아내에 대한 존경심을 가지기도 한다. 어쨌든 이것 역시 시간이 상당히 지난 일이었다. 하지만 토마스는 내 임신한 모습을, 수유하는 모습을, 우선권이 있는 또다른 사람의 모습을,

다른 사람은 전혀 개의치 않는 사람의 모습을 머리에 담고 다녔을 것이다. 나는 완벽하게 몸매를 되찾았고, 처음 보는 사람은 내가 아기가 딸린 여자라는 생각은 절대로 하지 못할 정도였다. 물론 토마스 역시 이런 사람들과 마찬가지였다. 나를 처음으로 보거나, 발견한 사람 같았다. 그의 눈빛이 나의 외모를 훑어보고 있다는 것을, 나를 분명히 성적인 대상으로 보고 있다는 생각이 들자 바보처럼 그의 숨결이 거칠어지는 것을 느꼈다. 정말 촌스럽게 이렇게 중얼거리는 것 같았다. '나는 정말 운이 좋은 놈이야! 그동안 잊고 있었어.' 많은 여자들이 남자가 게걸스러운 눈빛으로 바라보는 것에 대해 투덜대며 '성적 만족의 대상'이 되었다는 표현을 사용한다. 그리고 그녀들은 엄청나게 불쾌해하며 아무도 쉽게 받아들이려 하지 않는다. 한마디로 그것이 굴욕적일 뿐만 아니라 우울하고 맥 빠지게 만드는 일이라고는 이야기하지 않지만, 그렇게 보이고 싶은 사람은 없다. 최소한 그럴 의무가 있다고 규정당하고 싶진 않은 것이다. 반대로 자기 스스로 자랑스럽게 사람을 선택, 선별하고 싶은 것이다. '이 사람은 나를 봐야 해. 이 사람도 마찬가지야. 그러나 저 사람은 아니야'라고 말이다. 그러나 나는 이미 오래전에 토마스 네빈슨을 선택했고 기다렸다. 젊은 시절엔 그의 욕망만을 기다렸다면 시간이 지나자 그의 모든 것을 기다렸다. 마침내 그는 다시 돌아와 내 앞에 섰다.

"이렇게 젖은 채 뭘 하는 거야?" 그는 나에게 질문을 던졌다. 실내에 들어오자마자 그의 관심을 끌었던 것이 분명했다.

나는 아무런 대답도 하지 않았다. 아마 얼굴이 붉어졌을 것이다. 이미 완전히 젖어 있다는 것을 전혀 모르고 있다가 그가 본 것을 확인이라도 하는 양 오른손으로 블라우스와 치마를 만지며, 왼손으로는 애매한 몸짓으로 발코니를 가리켰다. 발코니를.

그는 나에게 네 걸음을 걸어왔다. 하나, 둘, 셋, 그리고 넷. 나를 껴안았다. 그러나 그 포옹은 그리 오래가지 않았다. 진짜로 원한 건지는 알 수 없지만, 그는 금세 내가 지시한 행동으로 넘어갔다. 그는 내 블라우스와 치마를 더듬었다. 아니, 분명히 블라우스와 치마 아래에 있던 내 살을 더듬었다. 그리곤 내 뒤로 돌아가 등 뒤에서 나를 껴안았다. 그의 손은 내 가슴을 더듬었고, 그의 몸은 내 엉덩이에 맞닿아 있었다. 나는 그가 욕망이 묻어나는 눈으로 내 엉덩이를 볼 수 있는 시간을 내주었다. (방금 잠든 아이에 대해선 물어볼 겨를도 없었다. 별로 상황에 맞지 않는 것 같았을 뿐만 아니라, 사실 나는 그것을 너무나 원했다.) 그가 갑자기 내 치마를 올리고 속옷을 내렸다. 수많은 불면의 밤, 그가 자주 사용했던 방식이란 사실을 알 수 있었다. 거의 동물 같던. 아무런 서론도, 아무런 애무도 없는 방식이었다. 그가 불안감에 사로잡힌 상태에 있을 때는 우연히 그 자리에 있었던 다른 어떤 여자도 나와 똑같았을 거라는 느낌이었다. 분명한 것은, 다행히 그 자리에 있던 여자가 바로 '나'라는 사실이었다. 언제나 여기 있었고 오늘도 여기에 있었다. 그는 오늘 다시 돌아와 여기 이 자리에 섰고, 나는 다시 그런 여자가 되었다.

그는 그날 밤만은 모든 것을 내려놓고 쉬려고 했고, 육체적
으로 다시 만나는 나른한 밤을 만들고자 했다. 아직은 이야기
를 나누고 싶어 하지도, 내가 그에게 털어놓고 질문하는 것도
원치 않았다. 잠시 후, 젖은 옷을 벗고 샤워를 한 다음 깨끗이
닦고 나니 침실에서, 그의 것이라기보다는 이젠 내 것이 되어
버린 침대에서 그는 다시 시작하려고 했다. 오랫동안 그가 침
대를 찾지 않은 탓에, 어떤 고전 작가가 이야기한 것처럼— 분
명히 그 작가는 엘리엇은 아니었다—나에게 침대는 '슬픔에
겨운 잠자리'가 되어버렸다. 나는 엘리엇이 도대체 토마스에게
무슨 이야기를 해주었는지 알고 싶었고 토마스를 더 잘 이해하
고 싶어 호기심을 가지고 내가 할 수 있는 범위 안에서 사전을
곁에 두고 엘리엇을 영어로 읽고 있었다.

'날이 밝았다. 그는 나를 버리고 떠났다, 형체 일그러진 그

길에, 공허한 작별 인사만 남기고. 스르르 사라질 때 들려온 사이렌 소리.' 나 또한 완벽하게는 이해할 수 없었던, 사실 완벽하게 이해할 필요도 없었던 무운시無韻詩 몇 구절을 알게 되었다. 나는 기도문처럼 몇 구절을 반복해서 암송했는데, 아마 그도 똑같이 그랬을 것이다. 딱 그 정도에서 그쳤고 그 이상도 그 이하도 아니었다. '거듭 기도하소서, 아들이나 남편, 배 타고 떠났으나 돌아오지 않은 여인들의 이름으로.' 그러나 당신은 마침내 돌아왔다. 최소한 이번에는. '그래서 말들이 떠오르네. 이럴 줄 전혀 몰랐던, 다시 찾을 줄 전혀 몰랐던 이 거리에서. 내 몸 저 멀찍한 해안에 남겨놨을 때는.' 그러나 다음에도 당신은 돌아올까? 아니면 당신의 몸을 머나먼 해안에 남겨두고 올까? 따로따로 떨어진 구절과 운명에 맡긴 제멋대로의 문장들, 내가 기억하고 있는 것은 분명히 완벽하게 운명에 맡긴 제멋대로의 문장은 아니었다.

분노했다고는 말하기 어렵지만, 다시 화가 치밀었다. 나는 샤워를 한 다음 목욕 가운을 입었지만, 그의 곁에는 눕지 않았다. 다시 말해 침대 위에 몸을 던지지 않고, 침대 가장자리에 똑바로 앉았다. 그와 침대를 공유하면서 최대한 멀리 떨어져 앉았다. 만약 의자에 앉았다면 방금 있었던 일에 대해 금세 후회까지는 아니어도 유감으로 생각할 것 같았는데, 다행이었다. 그는 고집을 부리고 있었는데, 어느 정도는 대가를 치르고서라도 여기에서 빠져나갈 수 있는 사유를, 내일 아침이나 오후, 혹은 저녁이나 새벽까지 모든 이야기에서 손을 뗄 만한 정당한 사유를, 지금 당장만이라도 넘길 수 있는 정당한 사유를 찾았는지도 모른다.

"나를 버리고 떠났네. 형체 일그러진 그 길에, (……)'" 그에게 시 한 구절을 낭송하고 잠시 뜸을 들인 다음 다시 이어갔다. "'공허한 작별 인사만 남기고, (……)'" 한 구절 덧붙인 다음 다시 뜸을 들였다.

그는 다음 구절을 완성해야만 했다. 그러나 그는 외우고 있던 언어, 즉 영어로 이어나갔다.

"스르르 사라질 때 들려온 사이렌 소리."

"토마스, 벌써 몇 번씩 나를 버리고 떠났어. 앞으로 얼마나 더 버리고 떠날 거야? 언제나 이런 식이겠지. 안 그래? 점점 더 길어질 테고, 더 불확실할 테고."

그는 덮고 있던 이불은 한쪽으로 치우고 시트 속으로 들어갔다. 너무 더웠던지 시트만 덮었다. 내가 더는 섹스를 계속할 생각이 없다는 사실을, 두 번째 관계를 제공할 생각이 없다는 사실을 이해하고 받아들이겠다는 듯이 얼른 시트로 얼굴을 가렸다. 나 역시 가장 피상적인 허영기는 다 채웠기에 조바심도, 안달도, 불안도 다 떨칠 수 있었다. (내가 목욕 가운을 입고 욕실에서 나오는 것을 보고 그는 허리띠를 잡아당겨 가운을 열려고 했지만 나는 얼른 다시 가운을 여며버렸다.) 상관들이 그에게 말해도 좋다고 허락한 것까진 설명해야 하는 전혀 원치 않았던 시간이 되었다.

"맞아, 베르타. 맞아! 그건 사실이야." 똑같은 말을 반복하며,

그는 침대에서 일어나 셔츠 단추를 채운 다음 벗어 던졌던 바지에 양말까지 완벽하게 갖췄다. 대화하기 위해선 완벽하게 옷을 갖춰 입어야 보호받을 수 있다고 생각한 것 같았다. "언제나 이런 식일 거야. '언제나'라고 해서 정말 '언제나' 그렇다는 뜻은 아냐. 그냥 상투적인 말이긴 해." 그는 일단 옷으로 몸을 보호한 다음 머리는 베개에, 구두 신은 발은 시트 위에 올려놓았다. 그보다 더한 짓을 해도 이것을 가지고 꼬투리를 잡을 생각은 없었다. "당신이 계속 내 곁에 있고 싶으면, 있어도 돼. 그렇지 않다면…… 하긴 이런 식으로 지내는 것은 나를 위한 것이지 당신을 위한 것은 아니니까. 자, 이제 말해봐. 도대체 무슨 일이 있었다는 거야? 정확하게 말해봐."

나는 킨델란 부부와 있었던 일을 털어놓았다. 교활하게 나에게 접근했던 것부터, 교류하면서 어떻게 내 신뢰를 얻었는지, 그가 하는 일에 얼마나 관심이 많았는지, 그리고 마지막으로 그에 대해 어떤 말을 했는지, 그들이 알게 된 정보와 그에 대한 추문이 무엇이었는지까지 차례대로 빠트리지 않고 이야기했다. 라이터 사건과 그날 오갔던 이야기들, 최악의 이야기들을. '그가 당신과 주변 사람들을 위험에 빠트리고 있어. 사랑하는 베르타, 어떻게 생각해? 그가 피해를 준 사람들도 이를 피하고 싶지 않을까? 모든 수단을 다 동원해서라도 그를 무력화시키려고 할 거야. 복수도 할 것 같은데.' 이 말에 거의 무조건 항복의 의미를 담아 대답했었다. '미켈, 당신이 원하는 것은 뭐든 할게요.' 미켈이 원했던 것은 뭔가를 캐내는 것과 ─ 많은 것이 반절은 밝혀졌다—때에 따라선 토마스를 잘 구슬려 설득하라는 것이었다. 그를 설득하는 것이 이젠 나에게 달려 있었는데, 성공하면 이것은 분명히 모든 사람을 위해서 최선이었다. 물론 여기엔 적들, 즉 킨델란 부부도 포함되어 있었다.

"당신이 어떻게 이럴 수 있어. 이 기간에 진짜 어디에 있었어? 당신이 저지른 일은 잘 알고 있을 거 아냐?" 나는 차분한 이 세 마디 비난으로 이야기를 마무리했다. (어떤 대가를 치르든지 간에 차분함을 유지하고 싶었다. 그가 나에게 아무 말도 하지 않았는데 괜스레 초조해하거나 화를 내고 싶지 않았다.)

그는 나에게 가능한 범위 안에서 최선의 답을 한 것 같았다. 누군가 그에게 허락한 것, 예컨대 그를 최악의 상황으로 몰아넣지 않을 수 있는 것을 이야기했다. 나는 중간중간 질문을 던졌지만 뭐라고 질문했는지는 전혀 생각이 나지 않았고, 마치 그의 말을 외워 받아쓰기라도 한 것 같았던 몇 마디만 기억에 남아 있었다. 중간중간 이야기하는 사람이 토마스가 아니라 누군가 그의 위에, 아니 그의 뒤에 있는 사람 같다는 생각도 들었다. 그는 보호받고 싶은 것이 아니라, 지배하고 명령하고 싶어 옷을 입은 것 같았다. 옷을 입고 구두를 신은 사람이 벌거벗은 채 겨우 목욕 가운만 걸친 사람보다는 우위에 있는 것이 분명했다.

"이런 상황까지 왔는데, 당신도 뭔가를 알아야 할 거야. 그렇지 않으면 더 안 좋을 수도 있으니까. 가능하면 최소한의, 어쩔 수 없는 것만이라도. 당신에게 이야기해줄 수 있는 것은 그리 많지 않아. 내가 당신에게 모든 것을 다 털어놓을 수는 없다는 것을 당신도 인정해야 해. 그럴 수는 없고, 그럴 필요도 없을 거야. 이 정도면 충분하다고 생각해야 해. 나는 외무부만을 위해 일하고 있진 않고, 가끔은 비밀정보부를 위해서도 일하고 있어. 이런 식으로 일한 것은 꽤 됐어. 당신은 새롭다고 느낄지 모르겠지만, 별로 새로운 것은 없어. 먼 길을 온 것은 사실이지만, 우리가 살아온, 당신도 동의했고, 당신과 내가 영위했던 삶은 전혀 바뀐 것이 없어. 물론 나는 어디론가 파견을 갔어. 이런 일이 가끔 있을 텐데 언제까지 계속될지는 잘 모르겠어. 추측만 할 수 있을 뿐이지 확실하진 않으니까. 사실 내가 여기를 떠날 때는 언제 돌아올지도 모르고, 어디로 갈지도 몰라. 나에게 무슨 일을 맡길 건지, 정말 급한 일인지, 정말 필요한 일인지, 내가 할 수 있는 일이 뭔지에 달려 있으니까. 언제나 이럴 거라고는 생각하지 마, 별 이동 없이 조용히 런던에만 있을 때도 있으니까. 내가 무슨 일을 할 것인지는 물어선 안 돼. 나도 그것은 모르고 있거든. 그리고 내가 무슨 일을 했는지도 물어선 안 돼. 사실 나는 아무 일도 하지 않았을 테니까. 내가 했을 수 있는 일은 결코 세상에 알려지지 않을 거야. 어디에도 기록되지 않을 거고, 흔적도 없을 거야. 물론 흔적이 남아서도 안 되는 일이야. 무슨 일이 일어나든 그건 나 때문이 아니야. 여기에 참여한 우리는 실제론 존재하진 않으니까. 존재하긴 하지만 이 세상에 실재하지는 않고, 활동하긴 하지만 활동한 것은 없어. 바꿔 말하면 우리가 한 일을 우리는 하지 않았다는 말이 되는 거지. 우리가 한 일은 아무도 하지 않은 일이 되는 거야. 기상현상처럼 그냥 일어난 거야. 아무도 우리에게 계산서를 내밀지 않을 거야. 우리에게 명령을 내린 사람도 우리를 파견한 사람도 없고. 그러니 당신이 계속 내 곁에 머물겠다고 결심했다면, 당신과 관련이 없는 내 삶의 일정 부분에 대해선 질문을 던져선 안 돼. 절대로. 그러려니 해야 해. 아무리 그것이 시공간을 차지하고 있어도 당신이나 나를 위해선 존재하지 않는다고 생각해야 하는 거야. 그렇지만 걱정할 필요는 없어. 그 킨델란 부부는……. 이런 일은 다시는 일어나지 않을 거야. 확실히 뭔가 오해가 있었어. 나를 다른 사람과, 존재하지도 않는 사람과 혼동했을 거야. 그런 사람들은 존재하지도 않는 것을 존재한다고 믿으니까. 지금쯤은 그들도 알았을 거야. 따라서 다시는 당신을 괴롭히지 않을 거야."

"정말 그럴까?" 그에게 퉁명스럽게 말을 내뱉었던 것이 떠올랐다. "그런데 왜 며칠 전 메리 케이트가 로마인지 어딘지 모르는 곳에서 나에게 전화했을까? 왜 또 당신에 대해서 캐물었을까? 당신이 곧 돌아올 거란 사실은 어떻게 알았지? 그리고 '그런 사람은' 도대체 누구야? IRA에 소속된 사람이야? 도대체 누구야? 당신 벨파스트에 있었어?" 이것은 차원이 다른 문제라는 생각이 들었다. 모든 것을 떠나 이 가능성이 가장 마음에 들지 않았다. 4년 전인 1972년, 북아일랜드의 런던데리에서 '피의 일요일'이라는 사건이 터졌다. 그런데 토마스가 영국을 도와 그곳에 있었을 수도 있다는 생각에 도저히 참을 수 없었다. 영국군은 평화롭게 시위하던 비무장 참가자들을 향해 발포했고, 결국 13명을 사살했으며, 수많은 부상자를 냈다. 그런데도 책임자들은 처벌은커녕 경고조차 받지 않았을 뿐만 아니라, 오히려 얼마간의 시간이 지나자 영국 여왕의 훈장까지 받았다. 예전에는 IRA가 짐승 같은 짓을 한다고 믿었는데, 그 살육 행위는 IRA의 행동을 정당화시켰고 그들에 대한 지지를 공고히 다지는 계기가 되었다.

토마스는 첫 번째 질문에만 대답했을 뿐, 방금 나에게 밝혔던 것처럼 무슨 대가를 치르더라도 이 말을 지키려는 듯한 태도를 보였다. '절대로 나에게 질문하면 안 돼.'

"아직 그들에게 착각했다는 정보가 도착하지 않아서 그랬을 거야. 이젠 분명히 정보가 갔을 테니까 지난번과 같은 일은 다시는 일어나지 않을 거야. 기예르모나 당신이 무서워해야 할 일은 없어. 이런 일은 당신과는 전혀 상관이 없어. 당신과는 무관할 뿐 아니라, 아무도 나에 관해 묻는 일 따윈 없을 거야. 이건 그저 우연히 일어난 일이야. 따라서 두 번 다시는 일어나지 않을 거야. 굳이 이야기하자면 누군가 의심이 지나쳤던 거지. 언제나 의심을 떨치지 못하는 추적자들은 모든 사람을 다 의심하게 되어 있어. 그러다 보면 예기치 않게 부분적이나마 맞출 수도 있으니까. 경찰이 용의자들 중 그 누구도 배제하지 않는 것과 똑같은 이치야. 아무도 배제하지 않으면 용의자 중에 범인이 있을 수 있으니까. 그렇다고 이것이 누가 범인인지 정확하게 안다는 의미는 아니잖아. 아마 그 사람들은 외무부 직원 전체를 다 의심했을 거야. 여기에 나도 포함되었을 거고. 마음을 좀 가라앉혀도 될 거야. 맹세코 이런 일은 다시는 안 일어날 거야."

"그럴까?" 더 짜증이 났다. 나는 벌떡 일어나 담배에 불을 붙인 다음 방을 한 바퀴 돌았다. 천천히 걷자 벌어진 가운 사이로 다리가 드러났다. 뭔가를 감상하는 듯한 토마스의 눈길이 다시 느껴져 나도 그것을 알 수 있었다. 나는 이런 순간에도, 중요한 설명이나 말싸움을 하는 중에도 여기에 매달리는 남자들이 있다는 사실을 믿을 수 없었다. 너무 오랫동안 여자 없이 지낸 탓인지 모른다는 생각이 들었다. 나는 유치한 욕망이 사실이길 바라며, 그와 욕망을 연결해 생각하는 나를 발견하고는 부끄럽다는 생각이 들었다. 나는 앞으로도 알 수 없을 것이다. 정말 아무것도, 그가 어디에 있었는지, 무슨 일을 했는지 전혀 알 수 없을 것이다. 그의 곁에 있고 싶다면 이런 일이 언제까지라도 무한 반복되리라는 사실을 받아들여야만 했다. 그러나 나는 그와 함께 지내는 것을 제외하곤 다른 계획은 가져본 적이 없었고, 불현듯 이것도 고려해야 한다는 생각이 고개를 내밀었다. "당신이 외무부 직원 수천 명 중의 한 사람이어서 나를 그렇게 한 달 내내 괴롭혔다고. 외무부 다른 직원 가족에게도 킨델란 부부와 같은 짓을 하는 사람들이 엄청나게 많이 있다는 거야? 그렇게 많은 사람을 거느린 조직은 없어. 제발 부탁인데 웃기는 소리 하지 마."

엉뚱하게 웃음을 터트린 사람은 그였다. 내 반응이, 내 추론

방식이 너무 웃기다는 반응이었다.

"아니야. 베르타, 그렇진 않아. 과장되게 이야기한 것뿐이야. 상대적으로 신입에 대해 의심했을 거야. 능력이 있는 것 같긴 한데 아직 한 번도 써먹지 않은 그런 사람 말이야. 내가 그런 사람들 중 한 사람이었던 거지. 당신이 나에게 이야기한 것을 고려하면, 내 언어 모방 능력을 흉내낸 것이 분명해. 그리 드문 일은 아닌데, 마드리드와 옥스퍼드, 예컨대 런던권을 반반씩 섞은 사람이었을 거야. 우리가 스파이를 심어놨듯이 그들 역시 능력 범위 안에선 마찬가지일 거야." 그가 사용한 '우리'라는 말에 주목하지 않을 수 없었다. 뭐라고 표현해야 할지는 잘 모르겠는데, 처음에는 이상하게도 애국자 흉내를 내는 것처럼 들렸다. 조금 전에도 이와 비슷한 '여기에 참여한 우리'와 같은 표현을 사용하긴 했지만, 그런 식으로 들리진 않았다. ('국가에 대한 사랑은 이런 식으로 시작한다…….' 엘리엇의 시에 이런 구절이 나오긴 했는데, 그 뒤는 잘 기억이 나지 않았다.) "내가 당신에게 이야기하는 것은 사실 당신에겐 이야기하지 않아도 되는 거야. 그러나 당신은 예외야. 뭔가는 알아야 하니까. 오늘, 내일, 모레 이젠 이런 일은 없어. 그들이 착각했었다는 정보를 지금쯤은 가졌을 거라는 사실을 확실히 못박을 수 있고, 나에 대한 의심을 거두었을 거란 사실과 킨델란 부부가 앞으로는 당신을 귀찮게 하지 않을 거라고 말하는 것은 바로 이번주에 '나'로 추정한 사람이 죽어서 그래. 그들이 당신에게 했던 말대로, 그 사람은 분명히 벨파스트에 큰 피해를 줬고 앞으로 피해를 줄 수 있었던 사람이야. 다행히 쓰러지기 전에 가장 중요한 임무는 완수했어. 그렇지만 이젠 그 사람이 '내'가 아니라는 사실은 확실히 알았을 거야."

"쓰러졌다고? 무슨 말을 하는 거야? 그들이 그를 죽였어?"

"아냐. 그들이 그를 찾았다는 거야. 일부러 발각된 건지는 잘 모르겠어. 아무튼, 상관없어. 그는 더는 계속 활동할 수 없을 거야. 그곳에서 다 끝났으니까. 그들은 죽일 수 있었다면 그를 죽였을 거야. 이건 내 생각이긴 한데, 그는 이미 다른 이름으로, 다른 모습으로, 다른 얼굴로 먼 곳으로 떠났을 거야."

"당신 상처를 지워버린 것처럼 말이지." 이것은 질문이 아니라 확인이었다. 그는 엄지손가락 손톱을 뺨으로 가져갔다. 아무 말도 하지 않았다. "만일 그 사람이 쓰러졌다면, 없는 것이 있었다는 것이네. 안 그래?" 그는 이해할 수 없다는 표정으로 나를 바라보았다. "그들 같은 사람은 없는 것을 있다고 믿는다고 이야기했잖아. 그런데 있었잖아. 확실히 계속해서 있었어. 그런 것 아냐? 바로 그것이 당신이 하는 일이잖아, 그런 일이 벌어지는 곳에 당신이 있었던 거야. 거기에, 일이 있었던 곳에." 나는 이젠 자신이나 아이에 대해선, 그리고 그에 대해선 걱정이 되지 않았다. 오히려 다른 것이 걱정되었다. IRA도 아니었다. 벨파스트에 끼친 엄청난 피해 때문에 킨델란 부부가 가능하면 죽이고 싶다고 한 사람, 그 사람이 걱정되었다.

그는 자리에서 일어나 나에게 다가왔다. 나는 이야기를 나누는 동안 방을 왔다갔다하고 있었다. 그는 다시 내 가운의 허리띠를 잡아당겼다. 이번엔 잡아당길 수 있게, 가운을 열어젖힐 수 있게 허락해달라는 표정이었다. 어떻게 이런 생각을 할 수 있을까? 그러나 한 사람이 그것을 생각하고, 그런 생각을 드러내면 상대방도 똑같은 것을 생각하게 되는 법이다. 나는 다시 바보처럼 숨이 가빠지는 것을 느꼈고, 그것을 막을 수 없었다. 그러나 그의 손을 떼어내며 거부했다.

"베르타, 반대가 아닐까?" 그는 물러서면서 졌다는 듯이 손을 들어올렸다. (나는 그가 포기하길 원치 않았다. 다만 잠깐 뒤로 미뤘을 뿐이었다.) "존재하는 것도 존재하지 않아."

잠시 휴전하기로 했다. 아기를 돌보지 않은 지 꽤 시간이 흘렀는데, 칭얼거리는 소리도 우는 소리도 들리지 않았다. 지금은 아이 방이 있는 대신 그 문은 밤낮없이 언제나 열어두었다. 토마스는 벌써 몇 달째 아이를 보지 못했는데, 그제야 보고 싶다는 말을 했다. '정말 많이 변했네'라고 그는 이야기했다. 우리는 복도 불만 켰다. 기예르모가 눈을 감고 있었기에 쓸데없이 그를 깨우지 않는 것이 더 좋았다. 잠자리에 들기 전 몸을 숙여 그를 바라보곤 했듯이 우리 두 사람 모두 2분 정도 기예르모만 바라보았다. 그 수많은 밤, 나는 비록 혼자 있지 않았지만, 그는 멀리 떨어진 곳에 있었다. 누구와 있었는지, 어떤 신분으로 지냈는지 누가 알겠는가. 그는 내 어깨에 팔을 둘러 오랫동안 잊고 있었던 우리의 모습을 만들었다. 그 행동을 통해 마치 이런 이야기를 하는 것 같았다. '아기 좀 봐! 당신과 나의 작품이야.

우리 둘이 만들었다고.' 그는 혹시라도 아기가 잠에서 깰까봐 아주 부드럽게 뺨을 쓰다듬었다. 자기 뺨에 난 상처를 쓰다듬던 손톱이 아닌 엄지손가락 끝부분으로 만졌던 것 같았다. '점점 더 당신을 닮아가는 것 같은데, 안 그래?' 그는 이 말도 덧붙였다. 그는 저녁도 먹지 않은 상태였고 여행에 지쳤을 것이다. 당연히 배도 고팠을 테고 그동안 겪었던 수없이 많은 일에 지치기도 했을 것이다. 그러나 지금 이 순간 그가 경험했던 모든 일이 나에겐 투명하지 못했고 이해하기도 어려웠다. 더욱이 그의 삶의 일정 부분이 나와 관련 없다면, 앞으로도 똑같은 경험이 계속될 것이다. 그가 피곤한 것은 맞다. 그는 그동안 머물고 있던 독일에서 돌아와 영국에 잠시 들렀을 뿐이었다. 아마 벨파스트에 있었던 그 사람처럼 두 달 동안 중요한 임무를 수행하면서 보냈을 것이다. 아마 그도 발각되거나 노출된 적이 있을지도 모른다. 그는 일을 계속하다가 얼굴까지 까맣게 탄 상태였다. 수염도 깎지 않았고 머리는 덥수룩했지만 아직 얼굴만은 그의 얼굴 그대로였다. 레레스비 씨의 말이 맞는다면 독일에서 왔다는 이야기가 맞을 수도 있었다. 외교 차원의 협상을 하러 갔을 것이다. 그런데 그러다 만일 얼굴까지 바뀌면 어떡하지?

"나와 통화했던 그 레레스비 말이야. 전화로 당신과 빨리 통화해야 한다는 말을 전해달라고 했던 그 레레스비는 당신 상관이야? 아니면 당신과 똑같은 일을, 예컨대 이 세상엔 없는 일을 하는 사람이야?" 그에게 물어보면 안 된다는 그의 말은, 최소한 처음에는, 지키기 너무 어려웠다. 그러나 그도 그날 밤만은 예외라는 것을 이해했고, 나 역시 그 기회를 살려야 했다. 한번 시도해본다고 잃을 것은 없었고, 그도 그 나름으로 제지하거나 원치 않는 대답을 하지도 않을 것이었다.

우리는 식탁에 앉았다. 그에게 멜론을 곁들인 하몽과 아스파라거스, 맛조개, 치즈 조금, 파테*, 토스트, 마르멜루, 호두 등을 꺼내줬다. 더 원하는 것이 있으면 그가 직접 이야기할 것이다. 그는 여전히 옷을 입고 있었고 나는 가운만 걸치고 있었다.

예상했던 것처럼 그는 그 질문에 대해 대답하지 않았다.

"없는 것은 이야기할 수 없어. 아무것도 없는데, 뭘 이야기할 수 있겠어."

"최소한 이유는 말해야 하잖아."

"무슨 이유?"

"왜 여기에 발을 담그게 된 거야? 그리고 언제부터 그랬는지도 말해봐. 예전에 옥스퍼드에 갔었는데 그다음 어떻게 된 거지? 우리가 결혼하기 전부터라고는 하지 않았으면 좋겠어. 다음이지? 아무도 강요하지 않은 건 맞아? 게다가 당신은 완전한 영국인도 아니잖아. 그리고 평생 여기에서 살았고." 나는 내가 킨델란 부부의 이야기를 반복하고 있으며, 그들의 논리를 완벽하게 내 것으로 만들었다는 사실을 깨달았다. 그 뚱보의 이

---

* 돼지나 조류의 간이나 자투리 고기를 갈아 밀가루 반죽을 입혀 오븐에 구워낸 프랑스 요리.

야기가 진짜로 맞는다면 그는 정말 많은 것을 알려준 셈이었다. 그렇게 단단하고 위험한 토마스의 약속도 아무 의미 없었다. "킨델란이 누구든 상관없이 그는 나에게 상당히 많은 사람을 알고 있다고 했고, 그곳에서 나올 땐 모두가 뒤끝이 안 좋다고 했어. 정신이 완전히 이상해져서 나오거나 죽어서 나온다고, 그도 아니면 미쳐버리거나 감옥에 간다고 말이야. 결국, 삶도 정체성도 잃게 된다고도 했어. 종국엔 자기가 누구인지도 모르게 된다고 말이야. 어떤 희생에도 아무도 그들을 존경하거나 감사하게 생각하지 않을 거고, 쓸모가 없어지면 고장 난 기계처럼 일고의 가치도 없이 퇴역시킬 거라고 말했어. 그는 지신이 이야기하는 것에 대해선 잘 알고 있는 듯한 인상이었어. 자기도 그런 사람 중의 한 사람인 것처럼 이야기했지. 조직에 속해 있는 사람이라면, 그 조직이 합법이든 불법이든 간에, 비밀 조직이든 공적 조직이든 간에 누구에게나 위험은 비슷하다는 것이 내 생각이야. 당신이 왜 여기에 발을 들여놓게 되었는지, 나는 이해가 되지 않아."

이것저것 천천히 음미해가며 먹고 있던 토마스는 접시에서 눈을 들었다. 그는 일종의 도덕적인 우월감이 어린 눈으로, 어찌 보면 동정 어린 눈빛으로 나를 바라보았다. 아무것도 모르는 무지렁이나 피상적인 것밖엔 모르는 사람을 보는 것처럼, 그렇게 나를 바라보았다.

"당신은 혹시 왕국 방어에 대해 이야기하는 것을 들어본 적 없어?"

"무슨 방어? 무슨 왕국? 무슨 이야기를 하는 거야?"

"왕국 말이야. 물론 이 말은 때와 장소에 따라 다른 의미로 사용되긴 하지만 말이야. 어떻게 생각할지 모르지만, 언제나 왕국을 지켜야 해. 만일 지키지 못했다면 어떻게 여기까지 올 수 있었겠어? 왜 사람들이 자기 일에 종사하면서 개인적인 고통이나 고난에 집중해서 살 수 있을까? 다시 말해 어째서 사람들은 자기 자신이나 몇 명 되지 않는 자기 가족만 생각하면서 평온하게 살 수 있다고 생각해? 다른 일은 전혀 신경쓰지 않고 불행만 저주하면서 말이야. 어떻게 사람들이 자신의 불행에만 매달려 살아갈 수 있을까? 한 사람 한 사람 모두 자기 생각만 하면서 말이야. 이 모든 것은 방어가 없으면 불가능해. 매일 아침 이 세상 모든 일이 질서 있게 굴러갈 수 있는 이유가 뭐라고 생각해? 최소한의 질서가 잡힌 상태로 말이야. 사람들이 자기 할 일을 하러 나올 수 있고, 편지와 택배가 제시간에 도착하고, 시장 공급이 원활하게 이루어지고, 버스와 지하철, 기차와 비행기가 제대로 운행되고, 은행원이 은행을 열고, 시민들이 각자 자기 사업을 할 수 있는 것이, 안전하게 저금할 수 있는 것이 누구 덕분이라고 생각해? 왜 빵집에 빵이 놓여 있을 수 있고 생과자점엔 쿠키가 있을 수 있지? 왜 가로등이 꺼졌다가도 저녁이 되면 다시 켜질까? 왜 주가가 오르내리고 사람들이 많든 적든 월말이 되면 봉급을 받을 수 있을까? 이 모든 것이 정상적인 것으로 보이지만 사실은 정말 특별한 거야. 매일 앞으로 나아갈 수 있고 하루하루가 계속되는 것 자체가 정말 대단한 거라고. 이런 것이 가능한 것은 왕국에 대한 방어 행위가 조용히 계속해서 이루어지고 있기 때문이야. 이에 대해선 아마 아무도 이해하지 못할 거야. 물론 이해할 필요도 없어. 전시에만 눈에 보이는, 다시 말해 군인들의 떠들썩한 방어와는 달리 우리가 하는 방어는 언제나 활동하면서도 침묵을 지키고, 전시에만 활동하는 것이 아니라 평화로운 날에도 마찬가지로 이루어져. 분명한 것은 이런 방어 행위가 없었다면 평화가, 눈에 보이는 평화가 있을 수 없다는 거야. 내부나 외부로부터 공격받지 않고, 약탈당하거나, 침략당하거나, 파괴당하지 않고, 안정을 위협받지 않았던 그런 왕국은 역사 어디에두 없어. 이런 일들은 끊임없이 일어나지. 전혀 위협이 없는 것 같이 보여도 분명히 위협은 상존하고 있어. 유럽엔 성과 성곽, 탑과 요새, 그 흔적이나 유적지가 널려 있지. 이젠 그런 것을 만들지 않는다고 해서 위협이 존재하지 않는다는 것을 의미하는 것은 아니야. 이젠 그런 것이 필요 없다는 것을 의미하는 것이 아니라고. 우리는 망루이자, 참호이고, 방어벽 역할을 하는 거야. 우리는 밤이든 아니든 언제나 경계근무를 서야 하는 망원경이자, 초병이고, 파수꾼인 셈이야. 다른 사람이 편안하게 휴식을 취하려면 누군가가 경계를 유지해야 해. 누군가가 위협을 감지해야 하고, 누군가가 더 늦기 전에 예방해야 해. 한마디로 당신이 기예르모를 데리고 산책을 할 수 있으려면 누군가 왕국을 방어해야 하는 거야. 그런데 당신은 나에게 왜 그러냐고 물어본 거야."

　이런 식의 설득력도 있고 합리적이란 생각이 들 수도 있는 일장 연설을 들으리라고는 전혀 생각지 못했다. 사실 이런 일은 그와는 전혀 어울리지 않는 일이었다. 그는 주의력도 산만했고, 자기 자신의 정체성에도 별 관심이 없었으며, 자신과 타인에 대해 뭔가 읽어내려는 노력조차 하지 않던 사람이었다. 하긴 바로 이런 점이 그의 매력의 가장 큰 지분을 차지하고 있었다. 그는 자기가 살아가는 세상에 대해 무관심했을 뿐만 아니라, 그 세상 안에 자신이 존재한다는 것조차 별로 심각하게 생각하지 않았다. 그는 주기적으로 흐릿하고 멍한 표정을 지었는데, 이젠 그 까닭을 이해할 것 같았다. 그는 확신을 보여주지 않았다. '분명히 그를 훈련시키며 임무의 중요성을 주지시켰을 거야.' 나는 생각을 확장하기 시작했다. '거의 모든 사람이 자신은 없어선 안 될 사람으로 믿어. 존재 자체로 뭔가 이바지하고 있다고 믿지. 불필요하지도 전적으로 무의미한 것도 아니라고 말이야. 나도 마찬가지야. 내가 한 아이의 엄마가 된 다음부턴, 나도 스스로를 아이에겐 영웅 비슷한 사람이라고 생각했고, 그래서 거리를 걸으며 나도 존경과 감사의 마음을 받을 만한 가치가 있는 사람이라고 느꼈어. 다른 아기 엄마들이 하는 것을 보면서. 나도 이젠 공동체에 뭔가 이바지했다고 믿은 거지. 나는 이 지구로 누군가를, 어쩌면 가장 중요할 수도 있는 누군가를 데려왔어. 불쌍한 아이, 불쌍한 아이들. 아이들은 우리가 자기들에게 얼마나 추상적으로만 믿음을 주는지 알기나 할까. 우리 대부분 이것을 믿고 싶긴 하지만, 꼭 그렇지만은 않다는 사실 또한 잘 알고 있어. 토마스가 끝없이 나열했던 이 모든 것은 우리가 없어도 똑같이 움직일 거야. 얼마든지 우리를 다른 사람과 교환하거나 대체할 수 있기 때문이지. 아무리 별 볼 일 없는 사람이라도 자기 공간을 비운다면, 그 자리를 채우려고 기다리는 사람들이 끝도 없이 줄지어 서 있어. 우리가 사라진다고 해도 아무도 우리가 사라진 것을 눈치채지 못할 테고, 잠깐 비어 있던 공간은 순식간에 재생되는 신체조직처럼, 예컨대 금세 다시 자라는 도마뱀의 꼬리처럼 채워질 텐데, 뭔가 떨어져나갔다는 사실을 누가 기억하겠어? 그러나 그는 반대로 자기가 시대를 초월한 중요 인물이라는 생각을 할 기회를 얻었다고 방금 이야기했어. 다른 사람이 편하게 잠잘 수 있게 언제나 경비를 서는 파수꾼이자 위험을 막는 비밀조직원, 왕국의 수호자가 될 기회를 말이야. 어떻게 그런 황당하고 단순한 말에 현혹될 수 있을까? 어떻게 그런 말도 안 되는 소리에 넘어갔을까? 이런 이야기들은 어떻게 들으면 분명히 합리적인 것 같기도 하지만 대체로 애국심에 호소하는 헛소리에 불과해. 언제나 반쪽짜리 진실에서 영감을 취하기 때문이야. 계략이, 적이, 위험이 있다는 것은 분명한 사실이야. 그래서 진리를 단순하게 만들어 그런 진리가 나타나기만을 열망하는 대중을 쉽게 끌어들이기도 해. 그러나 토마스는 그런 부류의 대중은 아니었어. 그래서 자신의 결정에 뭔가 근거를 찾아 자기를 정당화시켜야만 했을 거야. 다른 사람들을 위해, 다시 말해 자기 나라인 왕국을 위해 가장 필요한 서비스를 제공하고 있다고 믿지 않고서는, 자신이 원해서 계획했던 삶을 포기하면서까지 이런 허구적인 삶에 빠

져드는 사람은 없지. 그나저나 언제부터 영국이 자기 나라가 되었을까?'

그는 중간에 식사를 멈추고 담배를 피웠다. 식탁에서 일어나 발코니 쪽으로 가더니 유리창 너머로 세찬 바람에 심하게 흔들리는 나무를 바라보았다. 우리가 침실에 있는 동안 비가 잠시 멈췄었는데, 어느 틈에 다시 빗줄기가 굵어져 있었다. 그를 따라가 옆에 나란히 서서 이야기했다.

"당신은 스페인에서 성장했는데 어떻게 그런 조직에 가담할 생각을 했지? 당신은 나 못지않게 정통 스페인 사람이야. 지어낸 이야기는 그만해. 당신은 언제나 스페인 사람이었다고. 그런 당신이 언제 영국에 대한 애국심이 생겼지? 언제부터 당신의 고향이 스페인이 아니라 영국이 되었지? 당신의 아들과 내가 이곳에 있는데 말이야."

"베르타, 나는 당신만큼 정통 스페인 사람이 아니야." 그는 나에게 대답했다. "당신은 어디를 봐도 마드리드 여자지. 그렇지만 나는 아니야. 바로 그런 점이 그들이 나를 붙잡은 이유야. 바로 그런 점에서 나의 가능성을 본 것이기도 하고. 그래서 나에게 함께 하자고 했던 거야. 내 잠재력을 높이 평가하고 말이야. 우리는 대체로 자기를 높이 평가해 주는 곳으로, 특히 자기를 적극적으로 원하는 곳으로, 끌어당기는 곳으로 쏠리는 경향이 있어. 여기에선 아무도 나를 적극적으로 원하지 않았어. 쫓아내거나 박해하진 않았지만, 이 나라 사람이고 도움이 될 수 있는 사람인데도 이용하지 않았어. 그뿐만 아니야. 당신은 무엇을 원했지? 여기에선 우리가 어떻게 될지 알 수 없었어. 아무리 이 나라가 나에게 관심을 보였다고 해도 나는 독재정권의 명령을 따르진 않았을 거야. 이건 당신도 원치 않았을 테니까. 나를 더 이상하게 봤을 테고 분명히 용서하지 않았을 거야. 불과 4일 전만 해도 수상은 아리아스 나바로였고, 아돌포 수아레스라는 인물은 알려지지도 않았었지. 물론 수아레스가 진정한 변화를 원한다는 말을 우리에게 하긴 했지만, 진짜인지는 아무도 몰라. 아무리 후안 카를로스 국왕이 지원한다고 해도 그것이 가능할지는 아무도 모른다고."

그는 떠도는 소문이 아니라 믿을 만한 정보에 기초하고 있는 것처럼 이야기했다. (그는 '우리에게 하긴 했다'라고 또 '우리'라는 단어를 사용했다.) 하긴 그가 영국의 비밀정보부 소속이라면 이런 것 정도는 충분히 알 수 있으리란 생각이 들었다. 사실 며칠 전인 7월 1일 후안 카를로스 국왕은 프랑코 총통이 임명했던 그의 심복 아리아스 나바로의 사임을 강요했다. 사실 나바로는 텔레비전에 나와 사람들 눈에 보일 정도로 눈물을 흘리며 떨리는 목소리로 프랑코 총통의 죽음을 알린 사람이었다. 겨우 예닐곱 달밖엔 지나지 않았고, 더욱이 똑같은 체제가 계속되고 있었는데도 몇 년은 지난 것 같았다. 내 기억이 잘못된 것이 아니라면 지방에서의 지독한 억압으로 그는 '말라가의 도살자'라는 별명을 가지고 있었다. 스페인 내전이 끝날 무렵 그는 지방검사에 불과했다. 그는 당시 역사에 등장했던 여타 등장인물들처럼 피에 굶주린 감정적인 사람이었는데, 감정적인 사람이 피에 굶주리기까지 하면 얼마나 무서운지 여실히 보여주었다. 수백 명이 넘는 사람들이 재판도 받지 못한 채, 혹은 재판 같지도 않은 광대놀음이나 다름없는 재판을 받고 처형되었다. 예민한 개인적인 감정에 기초해 타인의 감정을 잔인하게 대했던 것이다. 3일 아돌포 수아레스가 수상에 임명되었고, 그는 진짜로 적극적인 변화를 추진했다. 다만 그 당시엔 별로 알려지지 않은 무명 정치인이었기 때문에 그리 신뢰를 주지 못했다. 영국 역시 형편이 그다지 좋지 못했다. 몇 달 전 수상이었던 해럴드 윌슨Harold Wilson이 사임하자 같은 노동당 출신인 제임스 캘러헌James Callaghan이 그 자리를 이어받았다. 캘러헌은 3년 후 경쟁 관계에 있던 마거릿 대처의 부상과 승리에 적지 않은 책임이 있는 인물이었다. 그러나 그것은 3년 후 이야기이고, 캘러헌이 수상이 될 때까지만 해도 아무도 그녀의 존재를 모르고 있었다. 아무튼, 1976년은 내 인생에 영원히 기록될 만한 해였다. 실제로 삶이 무엇인지, 뭘 알아야 하는지 막 깨닫기 시작한 해였다. 나는 그날 밤 내 앞에 쌍갈래 길이 펼쳐있다는 것을, 이젠 결정을 해야 한다는 사실을 깨달았다. 다시 말해 그를 따를 것인지, 그의 곁을 떠날 것인지를 결정해야만 했다. 예전보다 훨씬 더 띄엄띄엄 돌아올지도 모르는 그의 삶을 따를 것인지, 그의 나머지 절반의 삶에 대해선 모른 체하고 지나칠 것인지, 그가 어떤 일에 개입해 손과 영혼을 얼마나 더럽혔는지 모르고 살아갈 것인지 결정해야만 했다. 얼마나 많은 거짓말을 했는지, 자기를 친구나 동료라고 생각한 사람들을 얼마나 배신했는지, 그들을 얼마나 감옥에 보내거나 죽음에 **빠트렸는지**, 이 모든 것을 물어보면 안 된다고 해도 말이다. 토마스가 아무리 그런 일은 없을 거라고 했지만 그는 나와 아이를 위험에 **빠트**릴 수도 있었고, 토마스 자신에게도 엄청난 위험이 닥칠 수 있었다. 발코니에서 오리엔테 광장에 내리는 빗줄기를 바라보며 하나로 연결된 이 모든 것을 생각했다. 그는 있었다. 손만 움직이면 그의 손을 잡을 수 있었고, 머리만 움직이면 그의 어깨에 머리를 기댈 수 있었다. 방향만 틀면 그를 안을 수도, 그에게 안길 수도 있었다. '어느 날 갑자기 돌아오지 않을 수도 있어. 혹시 부재의 시간이 마냥 길어져, 소식도 없이 몇 달, 아니 몇 년이 지날지도 몰라. 어딘가에 살아 있는지 아니면 죽었는지도 모른 채 무한정 기다려야 할지도 몰라. 킨델란 부부가 말했듯이 그가 발각되어서 사형을 당할지도 모르고. 스스로 사라져 돌아오지 않기로 마음먹을 수도 있어. 완전히 딴 사람으로 변신해 다른 곳에서 새 삶을 시작할 수도 있고. 매번 그를 기다리며 내 곁으로 돌아올지나 궁금해하며 시간을 보내야 하는데, 안개 속으로, 눈보라 속으로, 연기 속으로, 꽉 닫힌 밤거리로, 폭우 속으로 사라질지도 모르는데, 어디론가 떠나 편지 한 장 없이, 시신도, 흔적도 없이 사라진, 바다의 목구멍이 삼킨 남편 중 한 사람이 될지도 모르는데, 그를 소유한다는 것과 소유하지 못한다는 것, 이것이 무슨 의미가 있을까? 대안이 있다면 그를 포기하고 헤어져 천천히 그를 잊는 거야. 다른 사람을, 천천히 다른 사랑을 찾을 수 있게끔 그를 희미하게 지우는 거지. 그러나 이것은 아주 느리게 진행되어야 할 거야. (나는 젊다. 아직 시간은 충분하다. 잊을 수 없는 것까지도 결국은 잊힌다는 이야기가 있다. 나보다 나이가 많은 사람은 모두 이런 말을 한다.) 그의 행적이나 목적지 따위는 참견할 필요도 없고, 다시 나타나든지 말든지 매달릴 필요도 없고, 그가 스스로 선택한 비밀스러운 세상에서, 예컨대 내 소유가 아니고 내 소유가 될 수도 없는 세상을 어떻게 헤쳐나가는지 간섭할 필요도 없어. 충분히 아는 것이 불가능할 때는 아예 아무것도 모르는 것이, 결코 투명하지도 매끄럽지도 않고 활짝 열리지도 않을, 그리고 언제나 구겨진 채 안개에 싸여 있는 것은 완벽하게 포기하는 것이 나을지도 몰라. 어쩌면 어둠 그 자체일지도 모르니까. 사실 언제부턴가 그에게는 투명한 것이 아무것도 없었어. 모든 것이 반쯤은 닫힌 채였고. 어느 정도는 내 무관심 때문이기도 해. 그의 런던 체류나, 런던에 있을 거라고 믿었던 것이 나에겐 존재하지 않는 것과 똑같아진 지 오래였어. 그의 대학 시절부터 그의 공백은 익숙하긴 해도 거북한 괄호에 지나지 않았다고. 사실 우리는 오래전부터 조각난 삶을 살고 있었어. 예전에도 이런 식으로 살았는데 무슨 차이가 있을까? 아냐! 커. 엄청 큰 차이가 있다고. 외무부에서 외교적인 업무를 하는 것과 두더지처럼 잠입하거나 사기꾼처럼 얼굴을 바꾼 다음 언어와 뛰어난 모방 능력을 사용하는 것과는 별개니까. 왕국에 맞서고 있는 적에게 들키지 않고 그들과 친목을 쌓은 다음 한 패인 것처럼 행동하고 똑같이 생각하며 음모도 꾸미고, 그러다가 결국 정체 확인에,

밀고에, 계속되는 장부 정리에 정체가 드러나겠지. 평화의 시대에도, 눈에 확연히 보이는 평화의 시대에도 스파이는 스파이일 수밖에 없으니까, 똑같이 처형될 거야. 킨델란 부부의 북아일랜드에 평화가 존재하지 않아도 이것은 마찬가지야……'

"토마스, 그건 큰 문제가 아니야. 문제는 스페인에서도 영국에서도 아무도 당신더러 그들에게 가담하라고 강요하지 않았다는 거야. 나는 그것을 설명할 수가 없어. 당신은 그곳에 들어가지 않을 수 있었고, 그러면 아무 일도 일어나지 않았을 거야. 그 부부가 내 삶에 끼어들지도 않았을 테고, 우리 아기에게 불을 들이대지도 않았을 거야. 얼마나 무서웠는지 알아? 내가 무슨 일을 겪었는지 아느냐고." 그는 간접적이고 거리가 멀 수밖엔 없었지만, 내가 겪은 일이 자기 탓이긴 했기에 잘못을 인정한다는 듯이 입을 다물고 있었다. "그리고 우리가 앞으로도 함께할 것인지 아닌지 따위를 고민하지 않아도 되었을 거야. 당신이 말했듯이, 나에게 그런 질문을 하지 않아도 되었을 거야. 이 모든 것에도 불구하고 당신이 나와 함께 있기를 원한다는 것을 잘 알고 있어. 나에게 통보한 것에도 불구하고, 나에게 제안한 비정상적인 생활에도 불구하고 말이야. 당신이 정말 말도 안 되는 규칙을 강요해서 나는 당신에게 질문도 할 수 없는데도 말이야. 이게 나는 정말 불만이야. 당신이 어떤 계산을 하고 있는지는 알 수 없어. 이 결과를 어떻게 판단하고 있는지 알 수 없다고."

그는 얼굴을 돌리고 나를 바라보았다. 나는 계속해서 앞만,

나무들과 폭풍우 치는 밖만 바라보고 있었다. 그러나 곁눈질로 그의 표정을 어느 정도는 눈치챌 수 있었다. 이번에는 도덕적인 우월감이 아니라, 반대로 열등감에서 나온 표정이었다. 뭔가 들킨 것 같은 사람, 뭔가 귀한 것을 땅에 떨어트린 사람, 다시는 무를 수 없는 행동을 후회하는 사람의 열등감이 얼굴에 묻어 있었다.

"베르타, 나는 당신의 질문에 대답할 권한을 받지 못했어. 대답하면 감옥에 가게 될 거야. 한 가지 분명한 것은 당신과 함께하고 싶다는 거야. 다른 생각은 하지 마. 내가 누구였는지 떠올릴 수 있게 해주는 유일한 사람이 당신이야. 당신은 그들이 무엇을 강요하는지 잘 모를 거야. 무슨 의무를 강요하는지 말이야." 그는 반복했다.

"그럼 나에게라도 말해봐."

그는 자신의 형편을, 나에게 말해도 될지에 대한 가능성의 무게를 가늠하는 것처럼 한동안 침묵을 지켰다. 절대로 말하면 안 된다는 것을 잘 알고 있으면서도, 유혹에 넘어가면 미래에는 후회할 수밖엔 없을 거라는 점을 잘 알고 있으면서도 그것을 저울질하는 것처럼 보였다. 잠시 후 그는 유감스럽다는 표정을 조금 가라앉히며 대답했다.

"베르타, 불행을 막아야 할 의무야. 당신은 그게 작아 보여? 그것이 우리가 하는 일이야. 우리는 불행을 막고 있다고. 이 불행이 지나가면 또다른 불행이 오는데, 그러면 또 그 불행을 막고. 끝도 없이 불행이 밀려오니까."

그의 말은 그럴듯하게 들렸다. 나는 그가 언급하고 싶은 것은 그것이 아니라는 것을 확신했다. 그러나 그날 밤은 그 정도로 충분하다고 생각했다. 다시 비가 그쳤다. 이젠 나도 피곤했다. 그 역시 녹초가 되었을 것이다. 어디에서부터 얼마나 오랫동안 피로와 고통을 안고 다녔는지 알 수 없었지만, 그는 마침내 집에 와 머물고 있었다. 그는 내 옆에서 잠을 잘 것이고, 침대에 누워 있는 그의 모습을 볼 수 있을 것이다. 그의 얼굴, 베개를 베고 있는 그의 목덜미, 그의 수염까지도. 거짓말 같긴 했지만, 이것이 내 마음을 가라앉혔다. 어떻게 할지는 내일 생각할 것이다. 그의 어깨에 머리를 기대었다. 그는 내 행동을 잘못 이해한 것 같았다.

V

그날 밤, 사실 어떻게 해야 할지 알 수 없었지만, 토마스와 계속 함께한 것은 분명했다. 가진 것을 기꺼이 포기하기 전에 우리는 이미 많은 것을 잃었다. 특히 우리가 오랫동안 계획을 가지고 있었고, 그것에 양보하기 힘든 부분이 있었다면 더욱 그렇다. 성급하고 충동적인 행동과 기대는 접어야 한다. 성취하고 싶었거나 이미 성취했다고 생각했던 것이 다소 망가진 형태로 다가오더라도 받아들여야 한다. 인생을 살아가면서 에누리와 불완전함은 어쩔 수 없다는 점을 수용하고 절실한 요구를 잠시 옆으로 밀어둬야 한다. '그래, 이것은 그가 의도하지 않았던 거야.' 이런 식으로 받아들여야 한다. '그러나 아직 충분히 남아 있어. 아직은 벌충할 수 있고 묵인할 수도 있어. 만약 아무 일도 없었다면, 모든 것이 실패로 끝났다면 더 안 좋았을 거야.' 불륜(일상에선 이런 식으로 부르지만, 이런 식으로 생각하고 싶진 않다)을 눈치채는 순간 처음에는 분노가 치민다. 불륜을 저지른 상대에게 발길질해서 집에서 쫓아낸 다음 문을 걸어 잠그는 것이 너무나 당연하다고 할 수 있다. 자존심이 강해서, 청교도적이거나 너무 정숙해서 끝까지 이러한 태도를 견지할 사람도 많다. 그러나 대다수는 처음에는 불같이 화를 내지만, 내심 이것이 사소해서 용서할 수 있는 일이 되길, 경솔한 일이지만 지나갈 수 있는 일이길, 변덕이길, 따분해서 벌인 일시적인 일이길, 허영에서 일어난 일이길, 순간적으로 정신을 잃은 까닭에 벌어진 일이길 기대한다. 완벽하게 속아넘어간 여자 관점에서 늘 이야기하듯이 그가 작별을 고하거나, 여자를 바꾸거나 그 여자가 자리를 빼앗을 정도로 위협적이고 심각한 일은 아니길 기대하는 것이다. 이러한 반응에는 이미 차지해서 아직까진 소유하고 있는 것을 유지하려는 것뿐만 아니라—공허함과 관계의 첫걸음을 다시 떼어야 한다는 것 등에서 끝없이 밀려올 노곤함에 대한 두려움 때문에라도—자신에게 빚진 유책배우자를 곁에 두는 장점이 있기 때문이었다. 그의 곁에 계속 머무르며 실수를 묵인한다면, 시선이나 걸음걸이 그리고 숨쉬는 모습을 통해 언제든지 상처를 드러내며 그를 비난할 수 있을 것이다. 특히 입을 다무는 것이 좋겠다는 생각이 들면 침묵으로 대응하는 것이 충분할 테고, 그러면 배우자는 물어보게 될 것이다. '왜 대답하지 않지? 왜 아무 말도 하지 않는 거야? 왜 고개를 들지 않아? 옛날 일을 다시 되씹는 거야?'

그러나 내 경우는 이와는 달랐다. 만약 그가 부정을 저질렀다면 최소한 처음에는 필요와 일 그리고 생존을 위해 그랬을 테니까, 여자든 남자든 배우들에겐 다반사인 키스나 정사 장면을 찍는 것에 더 가까울 것이다. 단순한 연기라고, 그래서 감독이 '컷'을 외치면 금세 키스나 정사를 멈추고 떨어져 전혀 친밀감이 없었던 것처럼 서로를 대할 거라고 나는 믿었다. 육체적으로만 관계가 있지 정신적으로는 아무 관계도 없기에 얼마든지 거리 두기가 가능한 영역 중 하나라고 생각했다. 물론 토마스의 행동은 감독이나 카메라 그리고 촬영 팀이 있는 것은 아니었고 목격자도, 끝을 알리는 명령도 없었다는 것 또한 분명한 사실이었다. 오히려 모든 것이 진정성이 깃든 진짜 같다는 생각이 들 것이다. 특히나 바보처럼 사랑에 빠져 이야기해선 안 될 사람에게, 파멸을 안길 수 있는 사람에게, 숨어 있는 적에게, 사기꾼이자 배신자에게 하지 말아야 할 이야기를 그 이상으로 주절주절 털어놓는 여자에겐 그렇게 보였을 것이다. 자기가 정보에 밝으며 유용한 정보를 많이 가지고 있다는 것을 과시하려고, 그의 환심을 사려고, 날짜나 이름을 제공하여 원치는 않았지만 고발하려고, 자신의 몸값을 높이려고 이야기를 할 것이다. 사랑의 영역에선 빠르고 늦고의 속도 차는 있지만, 더 많은 사랑을 받기 위해 어느 정도 자랑하거나 더 쓸모 있는 척하는 것은 불가피한 일이다. 그래서 이야기가 오가다 보면 결국엔 끝없이 이야기를 털어놓게 된다. 호기심을 충족시켜주는 것이, 가끔은 원치 않는 정보까지 제공하는 것이 최고의 선물이나 되는 양 말이다. 그러나 이것은 쓸데없는 선물이다. 대부분 그 정보를 어떻게 얻었는지는 금세 잊어버리기 때문에, 그러한 정보를 알려준 사람에게 감사하는 마음이나 갸륵하단 마음을 느끼진 못한다. 일단 정보나 데이터를 소유하게 되면 어느 순간 자기 혼자 힘으로 획득했다고 믿게 되며, 그 정보가 어디에서 왔는지, 획득한 경로가 어떻게 되는지는 곧 잊어버린다. 한마디로 정보를 전달해준 메신저는 금세 희미해져버리는 것이다.

어느 날 나는 토마스가 나에게 그런 성격의 가벼운 선물을 해주길 유도했다. 금지되어 있기에, 애매하게 유도하려고 강요하지 않으려 노력했지만, 단도직입적으로 물어보았다.

"당신이 어딘가에 있으면서 다른 사람인 척하고 지내야 한다면, 내 생각엔 가끔 다른 여자들과 잠자리도 가질 수 있다고 생각해. 아무리 그런 여자들의 등을 치거나, 믿음을 얻고 유대감을 만들려는 방법일지라도 말이야. 맞지? 말해봐. 이해하니까. 절대로 당신을 탓하지 않을 거야."

그가 나를 믿는다는 것이 불가능한 일은 아니었다. 내가 이해할 거라고 믿을 수도 있었다. 70년대에는 이런 문제에 대해 대단히 관대했고 사회적으로도 널리 허용되는 분위기였다. 아무도 자신을 다른 사람의 소유라고는 생각지 않았고 오히려 계약이나 속박은 경멸의 대상이었다. 내가 그와 같이 지내는 동안 다른 사람들과 함께 있는 것을 삼간다면, 그것은 의무가 아니라 순전히 나의 욕망이나 의지에서 나온 것으로 봐야 하며, 우리는 자유인이기에 매일 새롭게 시작할 수 있다. 아무리 평생을 가졌다는 생각으로 결혼했지만 이 모든 것은 당대의 연인들에겐 아주 평범한 진리였다. 게다가 토마스와 나는 아주 일찍부터, 아주 젊어서부터, 쉽게 유혹에 빠질 수 있는 그런 시절부터 오랜 시간 떨어져 지냈다. 그뿐만 아니라, 그가 내 인생에서 첫 번째 남자도 아니었고 나 역시 그의 첫 번째 여자도 아니었다. 그와 내가 마침내 함께 살게 되었을 때 우리는 그 사실을 깨끗이 털어놓았다. 나는 마지막 이야기까지, 마음 가장 깊숙한 곳에 간직했던 과거사를, 법적으로는 시효가 끝난 이야기까지도 털어놓고 싶었다. 다만 아주 세세한 것까진, 어떻게 만났고 이름이 뭔지는 고백하지 않았다. 그러나 그런 사람이 있었다는 사실과 그들이 다른 사람의 흠은 아니라는 것까지도 당연하게 받아들였다. 그들은 이미 지나간 과거의 사람이었다. 그래서 어떤 정도까지는 허구에 지나지 않는다는 생각도 했다. 우리가 결혼했다고 사물의 본질적인 ─ 일종의 성취로 받아들인 순수한 경험이었기에 나에겐 상당히 본질적인 것이었다 ─ 부분까지 바뀌진 않았지만, 그것은 우리가 결혼하기 전에 있었던 일이라고 생각했다. 결혼에는 모성의 신비와 마찬가지로 그 누구도 벗어날 수 없는 그리고 그 누구도 자유로울 수 없는 운, 그런 묘한 신비함이 있었다. 이는 분명히 인간 본연의 감정이었다. 결혼한 여자와 결혼한 남자는 결혼을 해보지 않은 사람들과는 절대로 똑같을 수 없다. 아무리 결혼이라는 의식의 의미를 믿지 않고 단순한 법적인 절차에 불과하다고 생각한다고 해도, 의식은 분명히 어떤 효과가 있기에 만들어졌다고 사람들은 믿는다.

경계선을 긋고 결혼 전과 결혼 후를 구분하여 예전과는 다른 사람으로 진지하게 변신할 수 있는, 뭔가를 한층 강조할 수 있고 엄숙한 분위기를 만들 수 있는 효과가 있는 것이다. 여기에 더해 소식을 전함으로써 공동체가 결혼한 것을 받아들이고 승인하는 효과도 있다. 왕위를 계승하지 않은 경우, 특히 계승을 둘러싼 분쟁이 있었던 경우는 제외되지만, 새로운 왕이 누구인지는 늘 알릴 필요가 없다. 그러나 대관식을 포기하거나 건너뛴 왕은 없다. 그렇기에 나의 이 질문은 내가 직접 질문하면서 생각했던 것보다 그에게 훨씬 더 심각하게 받아들여졌을 것이다.

우리는 나무들 사이에 자리잡은 로살레스 카페의 테라스에 앉아 있었다. 벌써 여름의 끝자락인 9월이었다. 아이를 할아버지 집에 맡기고 우리 두 사람만 거리에 나왔다. 토마스는 다소 놀랍고 화가 난 표정으로 나를 바라보았는데, 이것만으로도 부분적으로는 내 질문에 대한 답이 되었다고 생각했다.

"왜 지금 그걸 물어봐? 나에게 그런 질문은 하지 않기로 약속했다고 생각하고 있었는데. 그 말을 어긴 거야?"

"그래. 하지만 어디에 있었는지, 이유는 뭔지, 누구와 있었는지, 누구와 싸웠는지, 뭘 했는지, 뭘 그만두었는지 구체적으로 물어본 것은 아니야. 다만 대충이라도 뭔 일이 있었는지 물어본 거야. 일반적인 거야. 자연스러운 호기심이고. 반대로 입장을 바꿔 생각하면 당신도 나에 대해 궁금하지 않을까? 다른 사람의 신분으로 미혼에 아이도 없는 것처럼 낯선 사람들과 어울리고 있다고 한다면 말이야. 당연히 궁금할 거야. 엄청나게 궁

금할걸. 안 그런다면 나는 오히려 기분이 나쁠 것 같은데." 나
는 질문을 좀 가볍게 받아들이도록 농담을 끼워넣었고, 마지막
말엔 웃기까지 했다. 그러나 농담은 통하지 않았다.

그는 시선을 돌리고 생각에 잠겼다. 맥주를 한 모금 마시고
테이블에 내려놓기 무섭게 다시 잔을 들어 벌컥벌컥 들이켰다.

"그걸 알아서 뭐해? 그러면 내가 집을 떠날 때마다 걱정만
더 할 거잖아? 내가 임무를 위해 어떤 여자와 잠자리를 할까
걱정할 거 아냐? 임무 중에 일어나는 일은 당신과는 아무 상관
이 없어. 그것은 이미 명확하게 밝혔고, 당신도 이해했다고 믿
고 있어. 당신에겐 그런 일은 없어. 나에게도 있어서는 안 되고.
한마디로 내가 당신에게 어떻게 이야기하길 원하든 상관없이
그럴 일은 절대 없어. 절대 일어나지 않아. 일어날 여지가 없어.
군인들 이야기 못 들었어? 집으로 돌아왔을 때, 전쟁터에서 겪
은 일과 무엇을 했는지 절대로 이야기하지 않잖아. 봤던 것들
에 대해서 한마디도 안 해. 평생 전투는 단 한 번도 해본 적 없
는 사람처럼 50년 이상이 흘러도 한마디도 하지 않고 무덤에
든다고. 이것도 마찬가지야. 다만 차이가 있다면 군인들은 스
스로 침묵을 선택했지만, 우리는 선택조차 할 수 없다는 거야.
우리는 침묵을 지키는 것이 의무야. 영원히. 만일 그렇지 않으
면 국가 기밀을 누설했다는 죄로 기소당할 거야. 이것은 농담
이 아니라 분명한 사실이라고." 그는 여러 차례 '우리'라는 단
어를 사용했다. 스스로가 어떤 단체의 일원이라는 것을, 조직
의 일원이라는 것을 강하게 느끼는 것 같았고, 그것이 그를 북

돋우는 것 같았다.

"나는 여전히 당신이 왜 이 일에 끼어들었는지 이해할 수 없어. 당신 표현대로 왕국을 방어하고 있을지는 모르지. 그런데 아무도 그것을 모르니까 자랑할 수도 없잖아. 너무 비싼 대가를 치르고 있는 것 아냐? 당신의 모든 활동이 당신이 죽을 때까지, 아니 죽은 다음에도 지켜야 하는 '기밀'로 분류되잖아. 더많은 봉급을 받는 것을 제외하면 대체 무엇을 얻을 수 있는 것인지 모르겠어. 물론 그 봉급에 전적으로 의지해서 살아가긴 하지만 말이야. 그러나 아무도 당신들을 영웅이나 애국자로 생각하지 않을 거야. 당신들이 하는 일은 망각 속으로, 안개 속으로 사라질 테니까. 아무리 중요한 일이라고 해도, 당신들이 아무리 큰 비극을 멈춰 세웠다고 해도. 그 일에 대해 아무도 모른다면……. 사람들은 중간에 사라진 위협이나 저지된 비극에 대해선 크게 두렵다는 생각을 하지 않지. 실현되지 않은 두려움은 별 근거 없는 두려움으로 보는 경향이 있으니까. 예컨대 귀납적으로 봐서 과장이나 편집증 아니면 농담의 대상으로 치부할 거야. 50년대와 60년대 미국에서 핵무기를 피하려고 벙커를 만들었던 사람들을 이젠 어리석은 사람으로 여기잖아. 잘모르겠어. 일어나지 않은 일은 신망을 얻을 수 없는 것과 비슷한 거야. 알려지지 않은 것도 마찬가지지. 그보다 더할 수 있어. 일어난 일과 일어나지 않은 일의 간극은 너무 커서, 일어나지 않은 일은 용해되어 사라지거나 비중을 잃기 마련이야. 물론고려해야 할 가치도 없고. 우리는 사실이 가진 힘에만 복종하

고 사실이 가진 힘에 따라서만 움직여. 나에게 일어났던 일을
잘 생각해봐. 만일 킨델란이 기예르모에게 불을 붙였다면, 만
일 아이가 산 채로 불타는 것을 보았다면, 만일 죽었다면, 우리
의 삶은 영원히 산산조각이 났을 테고 나는 절대로 당신을 용
서하지 못했을 거야. 그 순간 미쳐 부엌으로 달려가 칼을 집어
들고 두 사람을, 미겔과 메리 케이트를 찔렀을 거야. 그래서 감
옥에 갔을지도 모르지. 잘되어야 정신병원으로 보내졌을 거야.
그렇지만 그때는 단지 위협뿐이었고 공포로 끝났기에, 다시
말해 그런 일이 일어나지 않았기에, 상대적으로 차분하게 지
난 일을 돌아보며 당신에게 이야기할 수 있는 거야. 가장 근본
적인 것은 바뀌지 않았기 때문이지. 아이는 상처를 입지 않았
고 잘 성장하고 있으며 정상적인 상태이니까. 이게 내가 바라
는 바이기도 하고. 언젠가 아이가 아직 요람에 누워 있을 때 겪
었던 어마어마한 위험을 기억할 만한 에피소드로 유머를 섞어
가면서 이야기할 수 있을지 누가 알겠어. 결과적으로 보면 일
어날 수 있었던 일과 일어난 일 사이의 간극은 너무 커서, 결국
일어날 수 있었던 일은 잊힐 수밖에 없어. 아무리 절박한 일이
어도 말이야. 일어날 수 있다는 사실을 애써 무시했다고는 이
야기하지 말자. 그러면 잊을 수도 없고 더 황당하기도 하니까.
프랑코 총통의 쿠데타가 며칠 만에 실패하는 상상을 해본 적
있어? 그랬다면 아마 공화국 시대에 일어난 사소한 사건으로
역사책 하단의 각주로 처리되었을 거야. 엄청 무서워했고 소문
도 심하게 났는데, 실제로 일어나진 않았다면 어떨까? 아무도

그걸 막아낸 사람의 이름을 모를 거야. 내전을 막아 백만 명에 가까운 사람들이 죽음을 피할 수 있게 해준 사람의 이름조차도 말이야. 죽은 사람이 없기에 봉기를 진압했어도 극적인 결과는 없을 테고, 그러니까 명예도 의미도 없을 거야." 나는 잠깐 입을 다물었다. 토마스는 내가 이렇게 말을 많이 하는 것을 놀란 토끼 눈으로 바라보았다. 나는 한마디 덧붙였다. "나에게 이야기한 대로라면 당신은 계속 그 조직에 남을 거야. 앞으로도 마찬가지겠지. 설사 그 조직의 이름이 기억되지 않고 무시된다고 해도 당신은 신경쓰지 않을 거야."

토마스는 한쪽 팔꿈치를 탁자에 괸 채, 손에 아주 무거운 지구와 같은 물체를 들고 있는 것처럼 부들부들 떨며 손을 들어올리는 동작을 취했다. 《햄릿》에 등장하는 요릭의 가벼운 두개골을 들고 있는 것인지도 알 수 없었다. 나는 이유를 알 수 없었지만, 그 몸짓에서 상대에 대한 관용을 읽어냈다.

"베르타, 당신은 이해할 수 없어. 그래서 그것을 이해 못 하는 거야. 당신 일이 아니니까 특별할 것도 없고. 당신이 지금 동사의 시제를 착각하는 것이 당신의 이해 범위를 벗어났다는 확실한 증거야. 당신은 본래 의미가 아닌 것을 생각하고 있어. 당신은 우리가 한 일이 망각에 놓일 거라고, 잊힐 거라고 이야기했어. 그런데 우리가 한 일은 이미 잊혔다고 하는 것이 맞을 거야. 우리가 그 일을 마친 바로 그 순간에 말이야. 그리곤 바로 무無의 영역으로 들어가는 거지. 예를 들면 이 세상에 태어나지도 않은 사람이 한 행동처럼 말이야. 어쩌면 이런 거야. 우리가 그걸 하기 전부터 이미 그곳에 있었는지도 몰라. 사실 그 일 전후 사이에는 어떠한 차이도 없거든. 일이 일어나기 전에도 분명 일어나지 않았고, 그 일이 있은 후에도 그 일은 일어나지 않았다고 할 수 있어. 그래서 모든 것이 언제나 있던 그대로, 예전과 똑같지. 이미 일어났어도, 아니 더 쉽게 말해서 지금 일어나고 있는 중에도 마찬가지야. 나도 물론 이해하기가 쉽진 않을 것이란 사실을 인정해."

'그렇게 어렵지 않아. 이미 이것도 배운 것이니까.' 나는 이런 생각을 하기 시작했다. '그들이 이것을 토마스에게 주입했어. 그리고 그도 이젠 완전히 익혔고. 나에게 뭔가 어쩔 수 없이 털어놓아야 하는 부분 정도는 말할 수 있도록 허락을 받았기에, 그는 지금 내 앞에서 자랑하고 있는 거야. 그것도 겨우 아내인 내 앞에서만 가능한 것이겠지만. 나는 아무것도 아닌 사람은 아니라, 뭔가 있는 사람이니까. 물론 모든 사람이 조금씩은 자랑하지, 그리고 그것은 어쩔 수 없어. 하지만 그는 자랑하는 것을 포기하라고 해도 이를 수긍할 테고, 금지해도 그 말을 따를 거야.'

"그렇게 어렵진 않아." 입을 열었다. 나무 아래에서 시작한 대화의 주제로 다시 돌아갔다. 그가 대답을 거부하면 할수록 호기심은 더 커져만 갔다. "그 미지의 여인을, 아마 외국인일 텐데 그 여인들을 나는 존중해. 최소한 이건 말해줘. 우리가 아직 일어나지 않았고 현재나 머지않은 미래에도 일어나지 않을 일의 앞이나 뒤, 어디에 있는 건지 말이야. '일어나는 중'은 아니라고 생각하니까."

이번엔 농담이 효과가 있었다. 그는 여전히 손으론 지구를 떠받들고 있는 모습으로 웃음을 지으며 대답하려고 했다. 물론 그의 대답이 진실이어야 할 이유도 없었고 분명히 진실도 아닐 것이다. 그는 맥주를 마시며 살짝 만족스러운 표정으로 이야기했다.

"그것은 지금까진 일어나지 않았어. 그러나 일어날 수도 있어."

"당신 말대로라면 일어나도 일어나지 않은 것일 수도 있잖아."

그는 너무 말을 많이 했다는 것을, 세심하게 조심하지 못한 탓에 말에 모순이 생겼다는 것을 깨달은 것 같았다. 준비가 소홀해서, 아니면 너무 건방을 떨다가 나와버린 것일 수도 있는 아주 짧은 단 두 마디에서 말이다. 그는 모순에 빠져 내가 미래로 나아갈 수 있는 통로를 반쯤 열어놓았다. 그는 더 많은 질문을 할 수 있는 여지를 보였고, 나에게 뭔가 붙잡을 수 있는 것을 던져주었다. 물론 순식간에 꺼질 테지만, 방심한 탓에 실수로 어둠 속에서 성냥불로 불을 붙인 것이다. 태어나지 않은 사람이 태어나기 시작한 것처럼 말이다. 그는 '그것'이라는 뭔가가 앞으로 일어날 수 있다는 사실을 인정했다. 그는 이내 바로잡고 싶어 했지만 그 사실을 정리한 나는 그러기엔 너무 늦었다는 생각이 들었다. 그렇지만 그는 이런 식으로라도 바로잡기 위해 노력했다. 그는 이렇게 대답했다.

"그것은 일어나지 않을 거야. 왜냐면 아무리 일어나도 실제로는 일어나지 않을 테니까."

이렇게 1년이, 그리고 2년, 3년, 4년, 5년, 6년이 흘렀다. 토마스가 부분적으로나마 실제로 하는 일이 무엇인지 나에게 털어놓은 다음부터 마드리드에 있을 땐 조금은 걱정도 줄어들었고 조금은 기분도 가벼워지고 좋아진 것 같았다. 혼란과 불면이 계속되진 않았고 그것은 일시적인 현상이 되었다. 그가 이런 모습을 보이는 것은, 아니 이런 현상이 심해지는 것은 런던으로 떠나기 직전으로 국한되었다. 그러나 런던에서 돌아올 때면 그는 그것들을 다시 안고 들어왔다. 다른 삶에서, 또다른 삶들에서, 바람 불듯 지나간 너무나 생생하고 밀도 있는 삶에서 빠져나오기 위해선, 순간순간 지나온 조금 전의 삶은 이미 뒤로 지나갔기에 다시는 뒤집을 수 없다는 생각을 하기 위해선 시간이 좀 필요한 것 같았다. 그에게 유일하게 다시 돌아올 수 있는 삶은, 반복할 수 있고 회복할 수 있는 유일한 삶은 마드리드에서 내가 제공한 삶이었다. 처음에는 천천히 진행되었지만, 시간이 흐르면서 그는 점점 더 빠르게 평화를 되찾았다. 자리를 비웠던 기간에 기꺼이 했던 일을, 경험했던 것을, 그가 어디에서 누구를 속였는지 아는 사람을 다 남에게 넘겨준 것처럼 보였다. 그는 몇 주, 몇 달 동안 그렇고 그런 사람인 것처럼, 같은 교우인 것처럼, 동향 사람인 것처럼, 동포인 것처럼 탁월한 모방 능력과 연기력 그리고 웃으면서 사기를 치는 능력을 바탕으로 멋진 연기를 했을 것이다. 한마디로 '이런 일'을 하고 다녔을 것이다. 나는 언제든지 그가 런던에 갈 수 있다는 사실을, 언제나 그런 것은 아니지만 그곳에서 다시 어디론가 파견 나갈 거라는 사실을 당연하게 받아들였다. 나는 그가 다른 곳에 언제 나가는지 아는 방법을 익혔다. 아니 추측하는 방법이라고 하는 것이 더 맞을 것이다. 추측하건대 그는 런던, 외무부 혹은 M15, M16 지부에 있을 때는 규칙적으로 전화를 했다. 물론 두 곳은 엄청난 차이가 있긴 하지만 말이다. 특히 우리 딸, 엘리사가 태어난 이후엔 그랬다. 남자들 대부분이 보여주는 딸에 대한 감정 즉 딸에 대한 과도한 사랑을 그는 똑같이 보여주었다. 남자들은 딸을 너무나 사랑한 나머지 언제나 도움이 필요한 존재로 여기며 절대 미래의 경쟁자로 보지 않는다. 항상 자신이 딸들보단 우월하다고 믿기에 딸이 자기들을 경멸하거나 밀어낼 거라고 보지 않는 것이다. 그와 반대로 아들들은 태어나는 순간부터 경쟁자로 보는 경우도 적지 않다.

내가 이해한 것이 맞는지 단순한 추측에 불과한지는 잘 모르겠지만, 그가 영국의 어떤 곳에서 특수 훈련을 받기 시작하면서부터 접촉 빈도가 점차 줄어들었다. 내가 보기에, 그 희한한 직업 세계에선 배우고 연구하고 훈련하길 그치지 않았다. 임무를 맡을 때마다 임무에 맞는 특별 훈련과 준비를 하는 것 같았다. 특정 방언을 아주 유창하고 자연스럽게 구사할 수 있도록 언어와 악센트 하나까지도 흠잡을 데 없을 만큼 완벽하게 정복한 다음, 역사에 대한 정확한 지식을 익히고, 날짜와 지명, 지리, 관습, 전통에 익숙해질 때까지 연습에 연습을 거듭했다. 내가 상상하기엔 이런 훈련을 받으면 토마스든 누구든 성공적으로 다른 사람 행세를 할 수 있을 것 같았다. 물론 아무리 모습을 바꾸고 변장한다 한들 다양한 상황 다양한 장소에서 완벽하게 다른 사람 행세를 하긴 어려울 것 같았다. 무슨 기억이든 여기에 엮인 수많은 요소가 작용할 뿐만 아니라, 누군가로 변신하려면 그를 해석하고 창조하여 대체할 적절한 시점에 대해서도 고려해야 하기 때문이다. 사실이야 어떨지 모르지만, 그가 전화하지 않으면 그가 이야기했던 것처럼 다른 임무, 즉 '야전'의 특수 임무가 시작되었다고 생각했다. 전화를 끊으면, 완벽하게 끊으면, 대부분의 침묵은 최소한 한 달 이상 계속되었다. 보통 두 달이, 경우에 따라선 석 달 이상도 갔다. 그러면 나는 그 몇 달 동안 불안과 초조 그리고 두려움으로 가득찬 생활에서 벗어날 수 없었다. 편지 한 장 전화 한 통 없이, 살았는지 죽었는지도 모른 채 이 기간을 보내야 했다. 혹시 토마스가 발각되었는지, 그 경우 그들이 어떤 방법으로 그를 찾아냈는지가 궁금했다. 그가 침투했던 곳에서 탈출하는 데 성공했는지, 다시 내 곁으로 돌아올지, 도움이 필요한지, 일이 꼬이거나 그가 체포되었을 때 구출의 가능성은 있는지 역시 궁금했다. 레레스비나 여타 다른 동료들이 그에게 손을 내밀지, 아니면 그를 포기하고 운명에 맡긴 채 행방불명된 사람으로, 예컨대 타지에서 사라진 사람으로 치부할지도 마찬가지로 궁금했다.

그러나 그의 운명뿐만 아니라 그가 어떤 활동을 하는지 그 일의 성격도 두려웠다. 추상적이긴 하지만 나는 진심으로 그의 모든 일이 잘 풀리길 기원했고, 당연히 언제나 그의 편이었다. 그는 내 남편이었고, 내 아이들의 아버지였다. 아무리 바뀌었어도 그리고 내 이해의 범주를 벗어나 전혀 필요하다는 생각이 들지 않는 극단적이고 어두운 삶을 선택한다고 해도 토마스는 토마스였다. 그렇지만 간혹 직접적인 행동으로 악을 행할 것이라는 생각을, 본질적인 면에서 악이라고 밖엔 할 수 없는 짓을 할 거라는 생각을 피할 수 없었다. 자기를 형제로 연인으로 사랑으로 받아들인 남녀의 믿음을 위선적인 모습을 이용해 얻을 것이라는 생각 역시 마찬가지였다. 그러나 시간이 지나면 그는 배신할 테고, 자기를 받아들였던 사람들을 고발할 것이다. 그들의 이름과 그들에 대한 설명 그리고 몰래 찍었던 사진을 넘길 것이다. 그들의 계획과 행동에 대한 정보를 넘겨 사지로 몰아넣을 것이다. ('어떤 행동은 단두대로, 불구덩이로, 바다의 목구멍으로, 글자를 읽을 수 없는 돌로 가는 첩경이다……') 한때는 절친했던 사람, 성실한 동료였던 사람, 침대에서 살과 살을 맞대고 따뜻하게 안아주었던 사람, 자기를 살리기 위해 목숨까지 내던졌던 사람, 이런 사람들의 죽음을 가져올 그런 행동을 과연 할 수 있을까? 그런데 토마스는 모든 사람이 쉽게 마음의 문을 열고 좋아할 수 있는 사람이었기에 이 모든 일이 가능했다. 가장 잔인하고 독한 사람들까지도 고통을 따뜻하게 안아주는 마음에 약해지는 순간이 있기 마련이다. 예컨대 호감이나 사랑하고 픈 마음을 억제할 수 없으며, 단순한 성적인 욕망도 잘 통제가 되지 않는 법이다. 이걸 보면 우리의 의지가 얼마나 약한지 알 수 있다. 토마스는 자기를 믿었던 순진한 사람들을 잡히게 하거나 실패하게 할 것이다. 어떤 나라, 어떤 조직이든지 실패는 절대로 용서받지 못한다. 이미 한 일이나 앞으로 할 일에 대해 지나치게 정보를 제공하는 등 '두더지'나 적의 요원에게 속는 것 역시 두말할 나위가 없다.

엄밀한 의미에선 이것이 그의 일이라는 것과 이런 식으로 불행을 막아왔다는 것을 이해할 수 있었다. 그러나 적대감과 증오의 세계에선 모든 것이 어떤 관점을 택할 것인가에 달려 있었고, 한쪽 편에서는 불행인 것이 반대편에서는 축복일 수 있었다. 그는 자기가 선택한 영국의 대의에, 그것이 정당하든 아니든 상관없이 자기 자신을 오롯이 바쳤다. 대의의 옳고 그름을 판단하는 것이 아니라 그저 받아들이고 복종해야 한다고 믿는 것 같았다. 그러나 나는 그와 애국심을 공유할 입장은 아니었다. 달리 말하면, 절대 그럴 수 없었다. 당시 스페인 사람들 대부분은 프랑코 총통을 지지하지 않았고, 비밀경찰에 대해 억제할 수 없을 정도로 혐오감을 느꼈으며 프락치도 엄청나게 경멸하고 있었다. 그들은 한쪽 편에만, 다시 말해 독재의 편에 서서 단 하나의 노선만을 견지하고 있었다. 혐오스러운 '정치-사회 여단'의 구성원으로, 공장과 조선소에서는 노동자, 광산에서는 광부, 조합에서는 조합원, 정당에서는 투사이자 지도자(모두 비밀로 부쳐졌다), 감옥에서는 정치범, 대학에서는 대학생 행세를 하는 사회'요원'으로 활동했다. 그뿐만 아니었다. 그들은 압력을 행사하고, 충동질하고, 아스투리아스* 사람으로 위장하여 공격적인 연설을 하고, 사람들을 설득하고, 현란한 극단주의자의 모습을 보이는 등의 가짜 급진주의자 흉내를 통해 사람들이 범죄를 저지르도록 유도했다. 많은 사람이 이 사기꾼들 때문에 감옥에 들어갔다. 이들은 밀고자로 활동했을 뿐만 아니라 선동꾼으로도 일하며, '반체제 인사들'에게 내려질 형량을 늘리는 데 일조했다. 유인물을 배포하는 것과 은행이나 대형마트 진열장에 돌을 던지는 것, 아니면 시위 현장에서 경찰관을 피해 도망치는 것과 경찰에게 반격하거나 쇠파이프로 그들이 탄 말을 쓰러뜨리는 것은 그들이 저지른 일과 절대로 같다고 할 수 없다. 정당에 가입하는 것과 차에 폭탄을 장착하거나 육군 대령을 암살하는 것은 저것과는 절대로 똑같다고 할 순 없는 것이다. 비밀경찰들은 평화를 원하는 사람들이 자발적

---

* 아스투리아스는 스페인 내전 당시 인민 연합 편에서 프랑코의 군사 쿠데타에 맞서 싸웠던 전통이 있는 지역이다.

으로 조직이나 협회를 만들지 못하게 하는 데에만 관심이 있었다. 그들은 이런 일을 하려는 사람들의 이름을 밝히는 일에만 국한하지 않고, 자기들의 영향권에 들어온 사람들의 입을 강제로 열려고 노력했다. 그래야만 그들을 좀 더 중한 범죄로 기소할 수 있었다. 그뿐만 아니었다. 잡아온 사람들을 고문하고, 계단이나 창문으로 밀거나 던지기까지 했다. 이는 학창시절 엔리케 루아노를 비롯한 여러 사람에게 일어났던 일이기도 했다. 그들은 언제나 탈출구도 없는 곳에서 탈출을 시도하다가 떨어졌거나 '뛰어내렸다'고 이야기되었다. 손을 등 뒤로 한 채 수갑이 채워졌음에도 불구하고, 계속 감시를 받았음에도 불구하고 말이다. 그 재수 없는 조직은 아직도 완전히 해산되거나 해체되지 않았다. 게다가 그 조직원들 누구도 벌이나 정직 처분을 받지 않았으며, 최소한의 재판을 받은 적도 없다. 기껏해야 새로운 민주주의 시대에 맞게 더 심하게 은폐된 임무와 일거리를 찾아 나섰을 뿐이다.

영국은 스페인과는 다르고, 그곳엔 독재가 없으며 비밀정보국도 엄격한 법을 준수하고 선출된 정치인들과 정직하고 독립적인 성격을 띤 판사들의 통제를 받고 있다고 생각하게끔 무진 애를 썼다. 우리는 이제야 겨우 누리기 시작한 권력의 분립과 언론의 자유가 있는 나라이기 때문에 영국은 스페인 비밀경찰들이 저질렀던 그런 범죄나 권력남용을 저지르진 않을 거라고 애써 생각했다. 그곳에서 만약 죄를 저지르면, 거의 40여 년 동안 프랑코 독재에 봉사했던 많은 인간들처럼, 별 의미도 없으면서 사회에 해악이 끼쳤던 직책을 가졌던 그런 인간들처럼 그냥 무죄로 풀려나진 않을 거라고 생각했다. 그러나 확신할 순 없었다. 알마그로 거리에 있던 영국문화원 도서관에서 책 몇 권을 찾아 제2차세계대전과 관련된 일화와 머리카락을 곤두서게 만드는 'SOE특수공작국', 'SIS비밀정보부' 'PWE정치전 집행국'(이젠 이런 약자에도 상당히 익숙해졌다) 등이 벌인 끔찍한 작전들에 대해 읽었다. 전시엔 모든 것이 평시와는 다를 수밖에 없으며 과장된 것도 없진 않을 거라고 생각하려 애를 썼다. 전쟁에서는 모든 것이 허용되었고 적군을 이기는 데 필요하다면, 짓밟히지 않고 살아남는 데 필요하다면 무슨 짓이든 다 할 수 있다는 생각도 만연했다. 게다가 조금은 과한 행위들도 이미 다 흘러간 과거의 일이고 전쟁이라는 끔찍한 상황에서 비롯된 일이라고 믿었다. 그러나 뭔가 밝혀진다면 아무리 극단적인 상황에서 강요된 것이라고 해도—비밀을 밝힌 주체가 국가든 개인이든 상관없다. 대체로 국가는 그런 사실을 모른 척하려고 애쓸 뿐 알려고 노력하지 않는다—뭔가 있었던 일을 없었던 일로 돌릴 수는 없다. 하지만 우리는 우리가 상상했던 것 이상으로 쉽게 이런 수단에 의지하려는 경향이 있다. 한번 규칙을 깨면 꼭 필요한 일이 아니어도 다시 규칙을 깨는 것을 그다지 어렵게 생각하지 않는다. 그것을 가장 효과적이고 간단한 방법이자 가장 가까운 지름길이라고, 다른 사람에게 설명하지 않아도 되고 계산서를 제출할 필요도 없는 방식이라고 생각한다. 살인범들에 관해 이야기할 때 늘 나오는 이야기다. 첫발만 내디디면, 한 번만 독약을 주사하면, 한 번만 칼질하면, 양심의 가책을 받으면 서도 문제없이 살아갈 수 있다는 사실을, 다시 말해 양심의 가 책은 점점 더 희미해진다는 사실을 깨닫게 되는 것이다. 사실 이러한 부담이나 마음의 걸림돌이 없다고 생각하는 편이, 혹은 위협이 없다고 생각하는 편이, 더 단순하게 말하면 우리를 힘 들게 한 존재 자체가 없다고 생각하는 편이 훨씬 더 낫다. 그렇 기 때문에 결국 우리는 '그런' 짓을 하는 게 그리 힘들지 않은 일이며 빼앗아버린 생명에 대해서도 언제든 일정 정도는 쉽게 잊을 수 있다는 사실을 금세 알게 된다. 이 세상에 우리와 다르 게 살아가는 사람이 없으면 훨씬 숨쉬기가 편하다. 이건 자신 의 삶을 가볍게 이끌어갈 수 있게 보조하는 일이다. 선을 넘었 음에도 그 결과가 그다지 부담스럽지 않다는 것을 일단 한번 경험하게 되면, 살인범은 다시 범죄를 저지르는 것을 그리 어 렵게 생각하지 않으며 두 번째, 세 번째, 네 번째 범죄까지 쉽 게 저지를 수 있게 된다. 이는 너무나 평범한 생각이지만, 다른 것들도 이것과 마찬가지로 상당한 진실을 담고 있다.

완벽한 확신은 아니었다. 이젠 상당한 수준까지 발전한 영 어 실력으로 책장을 가볍게 넘기며 적당히 읽어내려갈 수 있었 던 책《불길한 흔적Trail Sinister》, 즉 나치 독일과의 갈등 국면에 서 소위 '흑색선전'이라 불리운 더러운 전쟁을 수행하기 위한 조직 PWE의 최고책임자이자 머리 역할을 했던 세프턴 델머 의 자서전에서 나는 토마스의 '하고 있는데 하진 않았다'라는, 내 머리를 한 방 때린 것처럼 커다란 울림을 췄던 바로 그 문장을 발견했다. 실행했는데 실행하지 않았고, 존재하는데 존재하지 않는 것과—둘 다 원하는 것이 불가능한—지워진 행동에 관한 내용이었다. (분명 토마스가 아니라 델머가 먼저였을 것이다. 토마스가 사용했던 말은 어찌 보면 이 책에서 배운 말로 일종의 메아리였다.) 그 팀에 합류했던 독일인들은(국제여단 출신과 이민자와 망명자 그리고 협력할 준비가 된 전쟁포로와 탈영병으로 구성되었다) 워번Woburn이라는 곳에 있는 PWE의 비밀 사령부에 도착하자마자 델머는 그들에게 이 연설이라고 할 수 있을지 모르는 이야기를 늘어놓았다. '우리는 히틀러에 맞서 일종의 총력전을 벌이고 있다. 전쟁을 끝내고 나치 독일에 완벽한 패배를 안기기 위한 모든 것이 가능할 것이다. 여기에서 너희 동족에게 행하라고 요구하는 것과 관련하여 조금이라도 양심의 가책을 느낀다면 반드시 지금 말해라. 나는 이해할 것이다. 그 경우, 우리에게 봉사하지 않아도 되며, 다른 일을 맡게 될 것이다. 그러나 만약 나와 힘을 합치겠다고 결심했다면, 우리 부대에선 인간이 생각할 수 있는 모든 추악한 짓을 할 준비가 되어 있다는 사실을 먼저 알아라. 어떤 행동이든지 도량의 범위를 정해놓고 금지될 일은 없을 것이다. 더러우면 더러울수록 좋다. 거짓말, 도청, 횡령, 배신, 위조, 명예훼손, 허위정보, 허위진술, 고발, 변절, 뭐든 상관없다. 글자 그대로의 살인까지도 괜찮다. 이것을 잊지 마라.' 영어로 쓰여 있던 '글자 그대로의 살인sheer murder'이라는 표현은 아직도 또렷이 머리에 남아 있다.

우연히 당시 영어권 세계에 심각한 결과를 가져왔던 워터

게이트 사건과 관련된 기사를 봤다. 나는 이 기사를 받아들일 확실한 근거가 있었다. 그 기사에서 글쓴이, 리처드 크로스먼 Richard Crossman은 60년대에 해럴드 윌슨과 함께 장관직을 수행했던 사람으로 당시 델머만큼이나 PWE에서 주요 보직을 맡았던 인물이었다. 잔인했을 뿐만 아니라 도량 자체가 없었던 이 조직이 만들어진 1941년과 전쟁이라는 개념 사이에서, 영국에는 눈에 보이는 공적인 정부 규범이나 행동강령과는 전혀 다른 형태의 규범과 행동강령을 가진 '정부 안의 정부'가 있었다는 것을 인정하며, 전면전의 경우 절대적으로 필요한 기구라고 덧붙였다. 엄청나게 높은 위치에 있었기에 크로스먼 같은 인물의 말에 아무도 함부로 반박하거나 부인할 수 없었다. 크로스먼은 드레스덴, 함부르크, 쾰른, 만하임 등등의 독일 도시와 시민들에게 '전략적인' 폭격을 하는 것과 똑같은 개념으로 받아들여진 흑색선전이 '목적에선 허무주의적이었지만, 효과에선 독보적으로 파괴적'이었다는 사실을 인정했다.

《불길한 흔적》인지 혹은 그 후속편인 《블랙 부메랑Black Boomerang》인지 아니면 다른 책이었는지는 잘 기억이 나지 않는데, 세프턴 델머 부대는 공식적으로는 존재하지 않았다는 내용이 나왔다. 모든 세상 사람들뿐만 아니라 거의 비슷한 정도로 폐쇄적이었던 여타 조직들, 예컨대 실제 작전을 수행하는데 서로 협력했던 다른 조직에도 부대의 존재에 대해선 철저하게 부정하라는 명령이 조직 구성원들에게 하달되었다는 것이다. (분명히 단순한 이론상의 이야기가 아니었다. 분명한 것은 그들 조직에 대해선 아무런 기록이 없었다는 것이다.) 특수전이나 기습 공격을 맡고 있던 SOE와 스파이 역할을 하던 MI6와 같은 조직에도 철저하게 비밀에 부쳐졌으며, 이름과 약자도 아주 오랫동안 세상 사람들에게 알려지지 않았다. PWE에서 일을 했던 사람들 대부분 자기가 그곳에서 일한다는 사실조차 모르고 있었으며 외무부의 PID정치정보국에서 일한다고 믿고 있었다. PID는 사실 외무부의 작은 부서로 처음에는 비밀 부서도 아니었다. 백색선전을(예를 들어 BBC가 독일과 피점령지를 대상으로 한 방송) 담당하고 있던 사람들은흑색선전이 존재한다는 사실과 자기 동료가 별개 부서에서 비밀리에 그런 일을 하고 있다는 사실을 전혀 모르고 있었다. 정치전 집행국이 저질렀던 끔찍하면서도 엄청났던 피해에도 불구하고 이 부서가 가졌던 가장 큰 장점은 이들이 절대로 영국 정부 소속이라는 사실을 인정하지 않았다는 것이었다. 덕분에 뭔가가 밝혀져 책임을 져야 할 때도 이 모든 야만적이고 지나친 행동에 대한 책임을 부정할 수 있었다. 이는 그들이 자유재량권을 내세워 무슨 작전이든 수행할 수 있게 해주었다. 다시 말해 양심의 가책 없이 무제한으로 뭐든 할 수 있게 해주었던 것이다.

　PWE는 심지어 작전 중에도 정체불명의 조직으로 간주되었다. 전쟁을 승리로 이끄는데 결정적인 역할을 했다는 것에 의심의 여지가 없는 이들은 1945년 5월 7일 독일이 무조건 항복 문서에 서명하자마자 바로 해체되면서 마지막 명령이자 작별의 인사로 다음과 같은 이야기를 조직원들에게 전했다. '몇 년 동안 우리는 남편과 아내 그리고 아버지와 아들을 포함하여 우리 부대에 속하지 않은 모든 사람에게 우리 일을 거론하는 것을 극도로 삼갔다. 우리는 여러분들이 똑같이 일관된 모습을 보이길 원한다. 그 무엇도, 그 누구도 우리가 수행한 과업에 대해 자랑하도록 부추기지 않을 것이다. 멋지게 작전을 수행했다고, 극악무도한 인간들이 생각해낸 작전보다 훨씬 더 뛰어난 기발한 작전을 폈다고 떠벌리기 시작하면, 이 이야기가 어디까지 나아갈지 알 수 없다. 그래서 반드시 입을 다물어야 한다.' 이 모든 이야기를 읽긴 했지만 군데군데 건너뛰며 읽어서 그런지, PWE가 왜 이렇게 빨리 해체되었는지는 알 수 없었디. 신중을 기하려고 그랬는지, 부끄러워서 그랬는지, 미래의 적에게 정보를 넘겨주지 않기 위해 그랬는지, 강요를 받아서인지, 그것도 아니면 실행했던 작전을 감추기 위해서인지 정확한 이유를 판단하기 어려웠다. 극악무도한 인간들보다 더 뛰어났다는 것은 어떤 의미에선 더 극악무도했다는 것 아닐까. 누가 되었든 PWE 소속이 되면 산 채로 묻히기도 했고 죽어서 묻히기도 했다. 다시 말해 존재하는 동안에도 존재하지 않았고, 존재하지 않게 되었을 때는 이미 존재하지 않은 것이다. 내 생각에 그들은 누군가 많은 것을 털어놓을 때까진 존재하지 않을 것이다. 극악무도하든 아니든, 누군가 자랑하고 싶어 더는 참는 것이 불가능할 때가 올 때까지는.

토마스는 자랑하고 싶은 유혹에 빠져도 상당히 잘 참아냈다. 그의 여행이 어떤 목적인지, 목적지가 어디인지, 스페인을 떠난 진짜 이유가 뭔지, 그와 관련된 사람들, 다시 말해 철저하게 파괴하고픈 사람들의 이름이 뭔지 아무에게도 말하지 말라는 명령을 잘 따랐다. 마드리드에서 최소한 자기가 무슨 활동을 하고 있는지 알려야 할 유일한 사람이 있다면 그것은 나였는데, 그런 나한테도 털어놓지 않은 것을 보면 다른 어떤 사람에게도 누설하지 않았으리라고 믿는다. 나는 그가 나의 호기심과 나쁜 짓에서—뭔가를 엿보거나 집에 있는 소지품을 뒤지는 짓에서—벗어나기 위해서라도, 어쩔 수 없이 자기의 이중적인 역할을 최소한이라도 알려야 하는 유일한 사람이었다. 나는 내 눈과 귀에서 벗어난 먼 곳에서 일어나는 일에 대해선, 아무리 그의 삶의 일부여도 나와는 상관이 없는 일에 대해선 절대로 물어보지 않기로 약속했다. 그러나 불쑥 호기심이 일어 직설적으로 묻든 돌려 묻든 묻지 않고는 배길 수 없는 때가 있었다. (알고 싶다는 욕망은 가끔 저주이자 불행의 근원이기도 했다. 사람들은 이러한 사실을 잘 알고 있음에도 불구하고, 무슨 일이 일어날지 눈에 훤히 보이는 데도 이러한 욕망을 완전히 억누르지 못한다.) 그럴 때 그는 즉시 예측 가능한 몇 마디 말로 나를 가로막았다. '그것은 모르는 것이 좋아' 혹은 '당신이 절대로 그걸 알아서는 안 된다는 사실을 당신도 잘 알고 있잖아', '당신에게 대답을 허락하지 않은 것을 고마워해야겠네. 공무상 비밀엄수법이 엄연히 존재하고 나도 거기에 묶여 있거든' 따위의 말이었다. (이는 지나간 일이나 그가 했던 일이 결국은 조금 어둡고 자랑할 만한 것이 아니라는 것을 의미했다.) 아니면 그는 간단하게 '묻지 마! 우리가 합의한 것을 잊으면 안 돼!'라고 딱 잘라 말했다. 가끔은 나에게 겁을 주기도 했다. 좀 야비하긴 하지만 개인이든 집단이든 생각을 고쳐먹게 만드는 데는 이것이 가장 효과적인 방법이었다. '이것에 대해서 당신에게 이야기하면, 당신이 위험에 빠질 수 있어. 당신과 아이들이 말이야. 우리는 이런 결과를 원치 않아. 안 그래? 또다른 킨델란을 원치 않잖아. 그보다 더 나쁜 인간이 올지도 모르지. 라이터를 주머니에 갈무리하는 사람이 아니라 던져버릴 수 있는 인간 말이야. 아무튼 그들은 라이터를 집어넣었지. 덕분에 우리 아이들도 무사히 잘 지내고 있고.'

아무리 이성적으로는 그래선 안 된다고 해도, 자신의 일을 간접적으로 과시할 방법도 적진 않았다. 토마스는 심지가 굳고

신중했지만, 가끔은 재미도 있었고 권위를 살짝 내려놓을 줄
도 알았으며 가끔은 동정심이나 존경을 요구하기도 했다. 요컨
대 가장 애를 쓰고, 힘든 사람은 그였다. 그가 벌어오는 돈이,
그러니까 월급이 많아졌다. 나 역시 이것을 잘 알고 있었고, 덕
분에 여유를 누리며 살 수 있었다. 특히 애를 먹고 위험했던 임
무를 마쳤을 때나, 고도로 창의적인 성격에도 불구하고 임무를
정확하게 잘 이행하고 돌아왔을 때는 간단하게 논평을 하거나
말로 표현하기엔 너무 어려웠던 점을 두어 마디 늘어놓기도 했
다. 예를 들자면 이런 식이었다. '이번에 얼마나 힘들었는지 당
신은 상상도 못 할 거야.' '완전히 녹초가 됐어. 한 3일은 계속
잘 것 같아. 그동안 봤던 일들이 다시 떠오르는 것을 막기 위해
선 말이야. 말짱한 상태에서 그것을 보지 않으려면 말이야.' 아
니면 '쓰러뜨려야 할 사람을 정확하게 쓰러뜨리는 것이 얼마나
힘든지 당신은 전혀 감을 잡지 못할 거야. 아무리 우리가 절실
해할 뿐 아니라 그들이 그럴 대접을 받을 만한 놈들이라고 해
도 말이야. 진짜로 그런 대접 받을 만한 놈들이야. 망할 놈들이
라니까.' 나는 언제나 첫 번째 함정에 걸려들었다. 안 빠질 수
가 없었다. '무슨 일을 겪었는데? 뭘 봤어? 누구를 쓰러트려야
했는데? 어떤 놈들을 말하는 거야? 뭐라도 나에게 말을 해줘야
당신을 위로하지. 나는 당신조차 이해를 못 하겠는데 말이야.'
그러면 토마스는 얼른 입을 다물었다. 그가 허용했던 최대치
는 자기가 했던 일의 본질과 연결된 실없는 소리였다. 그를 존
경하지도 않을 것이며, 호기심을 보이지도 깜짝 놀라 입을 벌

리지도 않을 동료를 제외하고는 이런 이야기가 가능한 세상에서 둘도 없는 존재일 아내에게조차도 정말 최소한만 허용했다. '베르타, 안 돼. 너무 뻔뻔해서 미안하긴 한데, 이 정도에서 끝내는 것이 좋아. 나의 삶에서 당신과 상관없는 부분에 대해선 아무것도 모르는 것이 더 좋아. 유쾌하지 않은 정도가 아니라 상당히 슬픈 이야기도 많으니까. 이쪽이건 저쪽이건 불행하게 끝나는 것이 많아.' 그는 이런 이야기와 함께 쓸데없는 소리만 한참 늘어놓았다.

아니다. 토마스는 훈련을 잘 받았고 아무리 말하고 싶어도 절대로 꼬투리가 될 만한 말은 하지 않았다. 내 곁에 머무는 동안엔 분명히 주기적으로 맹세를 되새기며 혀를 깨물었을 것이다. (일어났던 일을, 겪은 일을, 흘러간 위험을, 직접 꾸몄을 계략을, 당면한 딜레마를, 최종 선택을 털어놓지 못하니 얼마나 안타까울까? 수많은 우여곡절은 먼 훗날에라도 털어놓아야 그가 견딜 수 있을 것 같았고, 그의 직업엔 그런 위험이 가득할 수밖엔 없다고 생각했다.) 나에게선 체념과 무관심을 찾아볼 수 없었고 오히려 정반대였다. 나는 내가 읽은 책의 내용과 그의 선배 격인 사람들의 과거 공적을 언급하며 그의 이야기를 끌어내려고 했다. 제2차세계대전 당시의 PWE에 대해서, 과감하게 적진을 교란했던 MI6과 SOE, 그리고 SIS와 SAS, NID 그리고 조금은 규모가 작았던 PID까지 이야기했다. 언제부턴지 이런 약어가 익숙해졌다. (이언 플레밍Ian Fleming과 르 카레John Le Carré의 소설, 즉 현대를 다룬 픽션인 두 사람의 작품에 관해서도 이야기했다.) 과거의 일을 살샅이 연구하는 것이 나쁠 리 없다. 특히나 역사에서 가장 감동을 줄 만한 시대에 관한 연구라면 더 말할 나위 없다. 게다가 이 모든 것이 다 책에 들어 있었고, 누구든 쉽게 손에 넣을 수 있었다. 이런 부분에 대한 나의 관심은 분명히 내가 찾아냈고 그가 허가를 받아 고백했던 짧은 이야기에서 비롯되었다. 그의 행적에 대해 알 수 없다는 생각이 들면, 30-40년 전 전성기에 매우 활발하게 활동했던 전임자들의 행적을 연구함으로써 나는 최소한의 아이디어를 얻을 수 있었다. 나에게는 이런 책에 빠지게 된 동기가 그와는 상관이 없다는 것과 그가 선택한 내가 접근할 수 없는 존재와도 상관이 없다는 것을 증명할 수 있는 좋은 알리바이가 있었다. 모든 걸 수용할 수밖에 없고 참아내야만 했던 그 몇 년 동안 나는 박사학위를 마쳤고 학위 과정 마지막 3년 동안 공부했던 전공에 전념했는데, 나의 전공은 당시 내가 아주 가까이 두고 있던 분야와 잘 맞아떨어졌다. 게다가 나는 나를 중심으로 이야기하고 싶었다. 콤플루텐세 대학교에서 정교수까지는 아니지만 시간강사 자리를 얻었고, 이걸 핑계삼을 수 있었다. 학계에 만연한 프랑코 총통 시대의 느슨한 연구 자세 탓에, 공식적으로는 아프다는 핑계를 대고 게으름만 피우는 소극적인 정교수와 전임교수들이 많아 나는 그들 대신 영문학을 가르치기도 했고, 영어 음성학이나 역사를 가르치기도 했다. 우리 시대의 개척자적인 위치의 많은 여성이 다 그러했듯이, 나 역시 연구와 아이들의 양육이라는 두 가지 일에 잘 적응해나갔다. 토마스의 넉넉한 수입(명목상으론 외무부에서 나온 것이어서 파운드화로 입금되었다) 덕분에 많은 사람이 누리지 못했던 것을 누릴 수 있었다. 그것에 엄청나게 도움을 받았던 것 또한 사실이었다. 내 영어 실력 역시 비약적으로 성장했지만 언제나 남편의 선천적인 이중언어 능력과는 거리가 있었다. 언어에 대한 그의 탁월한 재능은 두말할 나위가 없었다. 이런 식으로 나의 지식은 날로 새로워졌고 날로 깊이를 더해갔다. 기나긴 영국의 역사는 확실히 나를 바쁘게 만들었다.

"왜 그렇게 제2차세계대전에 집중하고 있는 거야?" 비비안, 밍기스, 카킬, 크로스먼 그리고 델머 등에 관한 이야기를 들은 토마스도 다소 의심스럽다는 듯이 물어보았다. 이런 식으로 나는 내가 골목 끝자락에 서 있다는 것을 보여주었다. 적어도 비밀정보부의 수장이었던 Menzies의 발음이 밍기스로 난다는 것까지 나는 알고 있었다. "분명히 학생들에게 알프레도 대제, 정복자 윌리엄, 장미전쟁과 크롬웰에 관해서도 설명해야 할 테고, 이것만으로도 한 학기에 다 이야기하긴 벅찰 텐데."

"내가 하는 일을 중요하게 생각하는 사람도 없고 나를 통제할 사람도 없어서, 내가 특히 좋아하는 것만 가르쳐도 돼." 이런 식으로 대답했다. "그리고 나는 우리를 지금 이 자리에 있게 만들었단 의미에서 상대적으로 근대사에 대해 아는 것이 더 중요하다고 생각하거든. 어느 정도는 지금도 여전히 현존하는 사실이기도 하고. MI6나 PWE를 대체한 조직이 아직도 여전히 살아남아 활동 중이지 않을까? 다른 조직이 그것을 대체했을 거라고 나는 확신하고 있어. 아니, 한 걸음 더 나아가 틀림없이 검은 공작을, 그러니까 여타 민주주의 국가에까지 촉수를 뻗어 고도의 비밀공작을 하고 있을 거야. 당신도 잘 알고 있겠지만, 비민주적인 국가들은 모두 그런 조직을 하나쯤은 가지고 있으니까." 말하면 할수록 나는 나의 말이 점점 더 사실처럼 느껴졌지만, 그렇다고 해서 그가 구체적인 것인 것은 이야기하지 않을 터이니 추상적인 점이라도 말하게 하려고 그를 자꾸 자극했다. 사실 이 분야는 그가 더 말하고 싶어 하던 분야였다.

"왜 그런 말을 하지? 근거가 뭐야?" 그의 표정엔 짜증이 묻어났다. "더 조사해 보면 PWE는 전쟁 직후에 해산되었다는 것을 알게 될 거야. PWE는 딱 필요한 만큼만 존재했어, 1분, 1초도 더 존재할 수 없었던 거지. 시대가 만들어낸 특별한 조직이었으니까. 그때는 죽느냐 사느냐 하는 시대였거든. 독일을 멸망시키지 못하면, 독일에 무릎을 꿇어야 하는 시대였어. 당신은 어떻게 되었으면 좋았겠어? 법 테두리 안에서만 행동할 수는 없는, 예컨대 무슨 일을 할 때마다 계속 허락을 구할 수는 없는 그런 상황도 있을 수 있는 거야. 적에게 통보하지 않고 작전을 할 때 양심의 가책을 받는 사람은 전쟁에서 질 수밖에 없어. 지옥에 떨어질 거라고. 옛날부터 전쟁은 이런 식이었어. '전쟁범죄'라는 근대적인 개념은 정말 웃기는 거야. 멍청한 거라고. 전쟁은 범죄로 구성된 거야. 모든 전선에서, 전쟁이 시작되는 날부터 끝나는 날까지 말이야. 전쟁이 시작된 경우 승리를 얻기 위해서라면 둘 중 하나를 택해야 해. 전쟁에서 이길 생각을 하지 말든가, 아니면 일어날 수 있는 범죄는 언제든지 저지를 수 있다고 생각하든지 말이야."

"그럼 글자 그대로의 살인이라고 밖엔 할 수 없는 행동도 괜찮아? 책에서 봤듯이 델머가 부하들과 추종자들에게 요구했다고 하는 '글자 그대로의 살인'이라고 밖엔 할 수 없는 것까지도 말이야." 나는 과거사에 대해 내가 얼마나 많이 알고 있는지 그에게 보여줄 기회를 놓치지 않았다. 알마그로 거리의 영국문화원에서 읽었던 것들은 어찌 보면 산만하고, 불완전하고, 엉뚱한 것투성이였지만 반대로 보이기 위해 나는 몇몇 사건들과 이와 관련된 이름을 확실하게 머리에 담아두었다. 분명 나는 토마스에게 뻐기고 있었다. 그렇지만 그가 어디까지 공부했는지는 전혀 모르고 있었다. 틀림없이 그들은 토마스에게 이와 관련된 과정을 가르쳤을 텐데 어쩌면 그의 호기심이나 시간이 부족했을지도 모른다. "나는 그 조직이 후방에서 시민들을 대상으로 사기를 꺾고, 공포심을 일으키고, 무사히 살아남기는 어렵겠다고 생각하게끔 벌였던 짓을 말하고 싶은 거야. 전쟁 중이나 임무를 수행할 때 그리고 기습 공격 시 일어난 이야기를 하는 것이 아니야. 그런 짓은 절대 없었다고 말하지 마."

"절대로 그럴 리 없어." 그가 강조한 '절대로'라는 말은 오히려 그가 거짓말을 하고 있다고 생각하게 만들었다. "지금은 전쟁하는 것이 아니니까. 공개적으로 전쟁을 하는 것이 아니잖아. 그런데 왜 그런 생각을 했어?"

"아주 소박한 믿음 때문이야. 인간의 특징 중 하나는 이미 한번 어떤 짓을 저질렀다면, 게다가 그 행동이 제대로 처벌받지 않고 성공해 결과적으로 많은 것을 얻게 되었다면 절대로 포기하지 않는다는 거야. 개인이든 집단이든 관계없이 한번 했던 일은 당연히 반복하게 되어 있어. 인간이 만든 것은 당장 필요하진 않더라도 언젠가 반드시 실현될 거야. 실현이 가능하고, 이미 만들어진 것이니까. 인간이 할 수 있는 것은 그게 언제든 하게 될 거야. 아무 생각 없이 과학을 통한 발견과 발전을 구체화하라고 시킬 테지. 아니, 그것을 원하는 정도를 넘어 간절히 바랄걸. 모든 것은 축적되게 되어 있고, 버려지는 것은 없어. 수사적인 의미일 수도 있지만, 나치 반대편에 섰던 적들도 나치에 대한 어쩔 수 없는 공포심과 함께 그들이 겪었던 경험을 학습했고, 자기도 모르는 사이에 동화되었을 거야. 소련도 마찬가지야. 나치를 극복하고 이기는 데 유용하다면 어떻게 제아무리 사소한 것이라도 포기할 수 있겠어? 어떻게 이용하지 않을 수 있겠냐고. 누군가를 확실하게 제거하거나 위협을 막기 위해서라면, 계속 써먹진 않아도 최소한 가끔 산발적으로는 활용하겠지만 완전히 포기하는 일은 절대로 없을 거야. 다만 유보할 뿐이지. 이미 한번 했던 일인데, 너무 과도하고 범죄의 성격도 있는 데다가 부당하기도 해서 포기하기로 했다는 것들도 실제로는 포기한 것이 아니라 다만 유보되었거나 잠복 중이거나 휴면상태에 들어갔을 뿐이야. 원하면 언제든 불러낼 수 있어. 돌아오라는 말 한마디면 잠에서 깨어날 거야. 금세 다시 돌아올 정의에 대한 생각조차 없는 가장 악질적인 그런 시대가 오기만을 학수고대할 거야. 그리고 그런 시대가 오기만 하면 얼른 다

베르타 이슬라 　　　　　　　373

시 그들에게 손을 내밀겠지. 틀림없어. 당신은 당신과 당신 동료들이 하는 일을 한 적이 없다고, 절대로 그런 일 없었다고 스스로 이야기했잖아. 그러니 나 같은 사람은 이런 식으로밖엔 이해할 수 없어. 거론하지도 않을 거고, 무조건 부정할 테고, 알려지지도 않을 테고, 영원히 감춰질 테니까. 이것이 PWE가 자기들 조직과 활동에 적용했던 바로 그 원칙이니까."

내가 그와 동료들까지 언급한 것이 맘에 들지 않았던지 그의 얼굴이 금세 구겨졌다. 델머와 크로스먼의 조직이 되었든 누가 되었든 자신이 다른 사람과 직접 비교되는 것은 그다지 달갑지 않은 일이나. 절대로 잊지 못할 그날 킨델란 부부가 앉았던 바로 그 거실 소파에 그는 앉아 있었다. 그는 굉장히 짜증이 났는지 낮은 탁자를 내리치려는 듯한 몸짓을 했지만 억지로 참아내며, 탁자를 내려치진 않았다. 그러나 긴장도는 점점 더 높아졌고, 그는 내가 그만두기만 간절히 바라고 있었다.

"그 이야긴 그만하자. 그만하자고." 토마스는 평소엔 명령하는 사람은 아니었고 나에게 명령하는 법이 거의 없었지만, 그 말은 명령처럼 들렸다. "그런 일은 이젠 일어나지 않는다고 말했잖아. 1945년 이후엔 그런 일은 없었어. 내가 일하는 분야에서 무슨 일이 일어나는지 나에게 설명까지 할 필요까진 없어. 그건 지나친 거야. 당신이 뭘 알아. 내가 더 잘 알겠지. 안 그래?"

무척이나 화가 났는지 말투가 상당히 냉소적이었다. 당연히 평소와는 달랐기에 경고로 받아들여야 했다. 그러나 그가 이런 말을 했다고 멈추고 싶진 않았다.

"당신 말이 맞아. 그땐 죽느냐 사느냐 하는 시대였어. 사실이야. 영국이 졌다면 세계는 지옥이 되었을 거야. 덕분에 우리는 이렇게 우리 부모님 세대보다는 덜 공격적인 세계에 사는 거야. 그렇지만 어떤 시대든 다 조금씩은 과장된 면도 있고 자랑도 좀 필요했지. 모든 세대가 다 자기 갈등은 심각한 것으로, 죽고 사는 문제라고 인식해. 그뿐만 아니야. 자기들이 처한 상황에서는 극단적인 수단도 정당화할 수 있다고 믿어. 코앞에 닥친 위험은 엄청나게 부풀어서 받아들여지는 거야. 중요성을 부여하지 않을 수 없다고 말이야. 한마디로 누구나 다 자기가 가장 큰 위험에 노출되었다고 믿어. 스스로 정한 원칙도 뛰어넘으려 하고, 스스로 그어놓은 선 안에서 제약받는 것도 싫어해. 피할 방법이 없으면 털어낼 방법을 찾지. 그래서 당신 같은 사람은 언제나 두려움 속에서 사는 거야. 당신은 나에게 이런 말도 했어. '우리가 불행을 막고 있어'라고. 이런 일에 종사하고 있는 사람은 매일 사방에서 벌어지는 불행한 일을 찾아낼 거야. 그러다 보면 불행을 막으려는 열망의 정도를 뛰어넘을 수도 있고, 무슨 일이든 침소봉대할 뿐만 아니라 조금만 이상한 움직임이 있어도 경보를 울리려고 할 거야. 경계태세를 갖추고 다음 행동을 미리 준비한 다음 잘 지켜보고 있다가 진압하려고 할 거야. 당신이 좋아하는 엘리엇의 시구 '한마디로 나는 두려웠다'처럼."

그 순간 그는 용수철이 튀어오르듯이 영어로 끼어들었다. 정말 완벽하게 외우고 있었다. 아주 짧게 개입했지만, 목소리가 잠긴 탓인지 다른 사람 찾았다. 그의 목소리가 아닌 것 같았고, 가슴이 아니라 갑옷을 뚫고 나온 것 같았다.

"And in short, I was afraid 한마디로 나는 두려웠다."

나는 그를 무시하고 계속 말을 이어갔다.

"당신이 현재 위치를 고수한다면, 예컨대 조직을 박차고 나오지 않는다면, 그 구절이 당신의 삶을 요약한 모양새가 될 거야. 삶은 전혀 개의치 않고 당신에게 두려움을 안길 거라고. 물론 당신은 무엇이 옳거니 그릇된 것인지, 균형이 잘 잡힌 생각인지 아닌지, 저지르는 행동이 범죄인지, 그 결과가 어떨 것인지 시간을 가지고 살피지 않을 거야. 한마디로 정의가 뭔지 전혀 고려하지 않을 거라는 거지. 나는 당신이 두려움에 몰려 무슨 일을 저지르지 않을까 무서워. 토마스, 내가 모르고 있는 이 모든 것이, 아마 앞으로도 모를 것이 뻔한 이 모든 것이 너무 무섭다고. 나는 자꾸 상상할 수밖에 없는데, 내 상상 속에선, 몇 가지만 제외한다면 여기 스페인에서 비밀경찰이 했던 일과 별반 다르지 않을 것 같다는 생각이 자꾸 들어. 그들 역시 두려움에 매몰되어 있었고 사방에서 적을 발견했어. 프랑코 총통 체제에 불안 요소로 작용했던 것을 막아내는 데 전력을 다했지. 그들도 다른 사람의 모습을 하고 숨어 살았어. 몰래 잠입해 사람들을 고발했지. 아무튼, 먼 훗날까지 그들이 했던 짓은 절대 지워지지 않을 거야."

그는 이번엔 탁자를 세게 내리쳐 재떨이를 비롯한 탁자 위에 있던 물건들을 춤추게 했다. 돋보기, 작은 시계, 나침반까지. 칼싸움을 하는 두 명의 검투사 모양의 납 인형은 실제로 넘어졌다. 우리가 마시고 있던 위스키 잔도 얼음이 흔들리며 소리를 냈다. 어둠이 내려 이제 막 방에서 잠이 든 아이들이 깰까봐 무서웠다. 평소 때는 물론이고 아무리 힘들 때도 다정한 모습을 잃지 않았던 그의 얼굴은 분노로 일그러졌으며, 두 눈도 방향을 잃고 마구 흔들렸다. 그러나 가장 심한 변화를 보인 것은 그의 목소리였다. 분노한 노인 목소리처럼 들렸다.

"나를 절대로 스페인의 비밀경찰과 비교하진 마! 절대로 다시는 이런 비교는 하지 마! 끔찍한 내전에서 벗어난 다음에도 수십 년 동안 동포들을 억눌렀던 독재체제와 내가 도대체 무슨 관계가 있다는 거야. 역사상 최악의 악마 프랑코 총통을 보호하고 나섰던 동맹국에 맞서 싸운 전통 있는 민주주의 국가가 그것과 무슨 상관이 있어. 영국이 나서서 반대편에 선 저런 인간들에 맞서 전쟁을 했던 거라고. 그런데 감히 나를 그런 사람들과 비교하다니. 당신이 뭘 안다고 그래. 우리가 뭘 방지하고 있는지 알아? 우리가 얼마나 좋은 일을 하는지, 얼마나 많은 사람을 돕고 있는지 아는 것 있어? 이 세상에서, 지하실에서, 술집에서, 아니면 농장에서 무슨 일이 일어나고 있는지 알고 있는 것이 있냐고! 당신이 뭘 안다고!"

나는 그가 거칠고 폭력적으로 변해가고 있다는 느낌을 지울 수가 없었다. 그에게서 뭔가 이례적인 모습을, 다시 말해 말로는 표현하기 어렵지만, 몸에서 풍기는 평소와는 다른 모습을 보았다. '그가 폭력을 행사할 수도 있겠어'라는 생각이 섬광처럼 스쳐지나갔다. '아마 훈련에서 배웠을 거야.' 나는 순간적으로 두려움을 느꼈다. 그러나 이건 뭔가 차원이 다른 두려움이었다. 순간적으로 갑작스럽게 밀려온 두려움은 버럭 내지른 소리와 화가 나 뭐라도 두들겨 팰 것 같은 모습에 대한 두려움이었다. 평소에 보이던 조용하면서도 뭔가 경계하는 듯한 모습, 무자비한 복수심으로 끊임없이 사방을 두리번거리던 모습, 닥쳐올 위험을 막으려 두 눈을 부릅뜬 채 지평선만 노려보던 그의 모습 속에 빠져 몇 년째 벗어나지 못하고 있던 두려움과는 분명히 색깔이 달랐다. 이미 말했지만, 나를 두려움에 떨게 한 것은 두툼한 유리 탁자를 내리친 주먹질이나 얼굴에 드러난 험상궂은 표정이 아니라 진실이 묻어나지 않는 목소리였다. 한편으론 노인의 것 같기도 한데, 다른 한편으론 나이에 걸맞은 힘이 실린 묘한 목소리였다. 그러나 나도 한번 시작을 했기 때문에 그의 첫 번째 변화에, 아니 첫 번째 공격에 바로 입을 다물 순 없었다. 몇 년째 그가 내세운 조건을 존중하며 그의 곁에 머물러왔다. 물론 이 모든 것이 내 뜻이긴 했다. 계속해서 그를 사랑했기에, 어렸을 적부터 사랑한 사람을 단념하기로 마음먹는 것이 그리 쉬운 일은 아니었다. 외고집에 가까운 사랑은 대체로 어렸을 적에 버려지는 법이다. 물질적인 안락함 때문인지도 모른다. 그와의 삶은 모든 면에서 안락했고, 몇 가지 특권도 누릴 수 있었다. 뭐든 쉽게 익숙해졌는데, 특히나 떨어져 사는 것은 처음부터도 익숙했다. 조바심은 커지는 것이 아니라 점차 희석되었고, 그러다 보니 30살이나 된 지금은 그런 것 정도야 별문제가 아니었다. 그래서 왜 떠나는지, 무슨 임무인지, 임무 중 공식적으로 허가를 받은 범죄가 무엇인지 등의 구체적인 질문은 절대로 하지 않았다. 다시 말해 그가 나에게 이야기해선 안 되는 것에 대해선 묻지 않았다. 다만 마음을 고쳐먹으라는 식의 쓸데없는 충고나 설득은 가끔 했는데, 아마 두 가지가 사람을 제일 짜증나게 만드는 일임엔 틀림없었다. 그래서 부드럽게 이야기하거나, 가능하면 이야기를 하지 않으려고 노력했다.

"토마스, 나는 잘 모르겠어. 당신 말이 맞을지도 몰라. 아는 척하고 싶지도 않고, 알고 싶지도 않아." 이 대목에서 나는 거짓말을 했다. 불쑥불쑥 그가 한 일을 세세하게 알고 싶었고, 간절히 알고 싶었다. 친구인 척하다가 금세 배신을 한 사람이 누구인지, 그의 계획을 망친 사람이 누구인지, 왜 망쳤는지, 어떤 비극을 막아냈는지 궁금했다. 어떤 여자를, 다시 말해 과부인지 젊은 아가씨인지 아니면 노처녀인지 모를 누군가의 누구를 구워삶았는지, 누구에게 정보를 빼내 부모 형제를 벌 받게 했는지, 흔적이나 그리움을 아무에게도 남기지 않았는지 너무 알고 싶었다. "그렇지만 여기저기에서 일어나는 일 한 가지만은 잘 알아. 논란의 여지가 있을지는 모르겠지만 당신은 민주적인 정부, 아마도 흠결이 없는 정부를 위해, 그런 정부와 가치를 위해, 그런 가치를 수호하기 위해 일하고 있다고 믿고 있어. 그렇지만 당신은 영국 정부의 책임자급 사람들의 목소리나 모습은 겨우 텔레비전이나 언론을 통해 접할 뿐이야. 절대로 사적인 자리에서는 접하지 못해. 이런 점에선 당신 역시 일반 시민들과 다를 바 없어. 당신은 겨우 중위나 하사 정도만 상대하지 절대로 장군은 상대하지 못해. 중위나 하사는 최소한 자기 부하들에겐 자기들이 원하는 대로 결정을 내릴 수 있어. 물론 장군들 역시 마찬가지일 거야. 장관은 더 말할 나위도 없고. 그런데 명령을 내리지 않고서도 자기들 생각을 스스로 알아채 그대로 움직인다면 더 좋긴 할 거야. 그러면 사람들 모르게 개입할 수 있고, 언젠가 필요하면 이런 식으로도 이야기할 수 있지 않을까? '나는 전혀 모르고 있었고, 내가 모르는 사이에 벌어졌다. 물론 내 동의도 없었다'라고 말이야. 당신은 지금 대처 수상을 위해 일하고 있다고 믿고 있어. 쿠데타나 내전을 일으킨 것도 아니고, 독재도 아니라는 점이 대처 수상에게 봉사하는 중요한 요인이겠지. 그래서 좋은 점도 많긴 하겠지만, 나는 그가 프랑코 총통과 완전히 다른 인물인지는 잘 모르겠어." 나는 그의 옆구리를 찔러 애국심이 어느 정도인지 알아보려고 의도적으로 과장해서 이야기했다. 그러나 그는 전혀 반응을 보이지 않았다. "당신은 예전처럼 캘러헌이나 윌슨을 위해서 일하고 있다고 믿고 있을 거야. 아니 누구든 상관없어. 아직 언제부터 이 일을 시작했는지도 이야기하지 않았으니까. 학창 시절부터 시작한 것은 아니었으면 좋겠는데……."

"히스." 그가 입을 열었다.

"뭐라고?"

"에드워드 히스Edward Heath가 윌슨의 전임 수상이었어." 그는 갑자기 이상하게 'Premier수상'라고 영어로 이야기했다. (그가 이중언어를 구사할 줄 알았고 내 영어 실력이 좋아졌다고 해도, 서로 영어로 대화를 나눈 적은 없었다.) 그뿐만 아니라, 미국식 영어를 흉내내서 그런지 미국식 억양이 느껴졌다. 그는 여전히 노인 목소리를 내고 있었다.

"누구든. 상관없어." 나는 말을 이어갔다. "확실한 것이 있다면, 당신이 하사든 중위든 상관없이, 영국 수상 중엔 당신이나 당신 친구들과 조직이 한 일을 아는 사람이 단 한 사람도 없을 거라는 거야. 지금도 그렇지만 예전에도 몰랐을 거라고. 게다가 명령도 내리지 않았을 거야. 당신이 '왕실'이라고 부르는 그룹은 말할 것도 없고, 여왕도 전혀 아무 생각 없을걸. 생각할 준비도 하지 않았을 거야. 불쌍한 여인이긴 한데, 그게 더 나을

지도 몰라. 토마스, 제2차세계대전 이후 이런 점에선 아무것도 변한 것이 없어. 영국이든 어디든 말이야. PWE를 위해 일을 했던 사람은 처칠을 위해, 아니 당시엔 처칠로 상징되는 나라를 위해 일을 했다고 믿었을 거야. 아무리 그렇게 믿었다고 해도, 이것은 좀 삐뚤어진 생각이지. 그들은 오로지 록하트Lockhart나 크로스먼, 델머를 위해 일을 한 것뿐이야." 나는 내 지식이 잘 포장되었다는 인상을 강하게 주기 위해 계속 이름과 약자로 된 조직명을 툭툭 던지고 있었다. "아니면 그들 밑에 있는 다른 사람을 위해 일을 한 것이지. MI6 사람들은 밍기스나 비비안을 위해 혹은 그들 측근이나 조금 더 밑에 있는 부하들을 위해 일했을 거야. 밍기스가 매일 처칠을 만났는지는 잘 모르겠어. 만났을 수도 있지만 처칠과 정보부대 사이엔 엄청난 거리가 있었을 거야. 대처가 되었든 누가 되었든 간에 당신과 당신들을 지휘하는 사람들 사이만큼은 떨어져 있었을걸. 이건 어디서나 마찬가지니까. 결정권이 있는 최종 책임자들은 항상 일을 떠넘기고 베일에 싸여 모르는 척하지. 베일은 많은 장점을 제공하니까. 보이기도 하고, 안 보이기도 하고. 원할 때는 희미하게 보이고, 필요할 때는 주름을 만들어 두께를 두 배로 해서 보이지 않게 할 수도 있고, 이것을 다시 두 배로 늘려 전혀 안 보이게도 할 수 있지. 이런 식으로 거의 모든 사람이 누구를 위해 일을 하는지, 실제로 집행하고 있는 명령이 어디에서 내려오는지 모르게 하는 거야. 정말 황당하지. 무엇을 위해 일을 하는지, 누구를 위해 봉사하는지 다들 알고 있다고 믿고 있어……. 그러나 그것을 안다고 해도 거의 더듬거리는 수준이거나 시각장애인과 마찬가지인 경우가 많아."

그의 기분을 살피기 위해 잠시 말을 멈췄다. 계속해서 화가 나 있는지, 내 말을 잘 듣고 있는지 알고 싶었다. 보기엔 너무 화가 나 흥분했는지 내 말을 초집중해서 듣고 있었다.

"내가 알기로는 딕 프랭크스Dick Franks이지." 나는 당시 그들을 지휘하고 있던 사람이 딕이라고 믿고 있었다. "계속해봐. 당신이 알고 있다면, 그는 어떻게 하겠어?" 그는 영어를 포기하지도, 미국식 억양을 버리지도 않았다. 그것이 나를 더 혼란스럽게 만들었고 확신할 수 없게 했다. 그러나 그의 말은 너무 짧아 내 말을 그리 오래 막진 않았다. 나는 다시 이야기를 이어나갔다.

"당신이 셰익스피어의 《헨리 5세》의 그 장면을 기억하는지 모르겠다." 나는 학부 영문학 강의에서 학생들에게 설명할 경우를 대비해 연극 작품을 심도 있게 읽은 적이 있다.

"어떤 장면?"

"전쟁에 나가기 전날 밤 왕은 망토로 몸을 가리고선, 두려움에 벌벌 떨며 무기를 들고 잠도 자지 못하면서 날이 새기만을 기다리고 있던 세 명의 병사 속으로 끼어들었지. 친구인 척, 병사인 척하며 불 옆에 자리를 잡고 앉아 대화를 나눴어. 병사들도 동료들끼리 이야기하듯이 평소처럼 맘 놓고 터놓고 이야기했지. 두 사람은 왕을 앞에 두고 몇 차례 거만하게 굴었어. 그는 그들에겐 왕은커녕 아무도 아니었거든. 다시 말해 그 순간엔 자기들이 부하라는 생각을 하지 않은 거야. 그러니 토론할 수도 있었고 원하는 것을 털어놓고 이야기할 수도 있었지. 왕은 변장한 채 모습을 감추고 있었거든."

"그래, 굉장히 유명한 장면이야. 맞아. 바로 이어서 화려한 의식儀式에 대한 독백이 나오지. 그런데 그 장면은 왜?"

토마스는 겉으론 상당히 차분해진 것 같았지만 노인 목소리로 내뱉는 어색한 말투는 화가 나서 고래고래 소리를 지르는 것보다, 주먹으로 탁자를 내리치는 것보다 더 무서웠다. 그가 무엇을 생각하고 있는지, 왜 그러는지 알 수 없었다. 그것은 평생 재미로 해오던 그런 성대모사와는 상관이 없었고 지금은 그럴 상황도 아니었다. 갑자기 전혀 가본 적 없는 거리를 걷다 우연히 마주친 타인과 이야기하는 것 같았다. 그를 바라보았다. 오랜 부재 끝에 집에 돌아올 때마다 느꼈던, 약간씩 변한 모습에도 불구하고 분명히 그가 맞긴 했다. 머리카락은 조금 자라기도 했고 짧아지기도 했으며, 어떤 때는 밀어버리기까지 했다. 더 밝은색이 되기도 했고, 더 어두운색으로 변할 때도 있었다. 수염이나, 콧수염, 구레나룻을 기르기도 했고, 어떤 때는 아주 깔끔하게 면도해버리기도 했다. 몇 킬로그램 정도는 살이 찌기도 했고 빠지기도 했는데, 얼굴과 몸이 동시에 마르기도 했고 부풀어오른 것처럼 통통히 살이 오르기도 했다. 코는 더 넓어진 것 같았고, 눈 그늘이 생기기도 했다. 자동차 사고로 등에 새 흉터가 자리잡기도 했다. 그는 심각한 것은 아니라고 이야기했지만, 그가 던진 몇 마디에 나는 불안해지기 시작하더니 급기야는 공황이 왔다. 그는 서부영화나 그 비슷한 영화에 출연했던 노배우의 영혼에, 예를 들어 수백 편의 영화에 출연해 오스카 남우조연상까지 받았던 월터 브레넌Walter Brennan 같은 배우의 영혼에 사로잡힌 것 같았다. 우리 두 사람 모두 좋아했던 브레넌은 〈황야의 결투My Darling Clementine〉, 〈붉은 강Red River〉 그리고 〈리오 브라보Rio Bravo〉와 같은 고전영화에 주로 출연했는데, 이가 빠진 사람처럼 이야기하거나 담배를 씹곤 해서 가끔은 무슨 말을 하는지 알아들을 수가 없었다. 나는 토마스와 그의 목소리와 말투 사이에서 느껴지는 괴리감에 불안해지기 시작했고, 흔들리는 땅을 밟고 서 있는 것처럼 나도 모르는 사이에 위험하다는 생각까지 들었다. 그런 식으로 변신할 수 있다면, 다시 말해 그의 본모습에서 벗어나 있을 때는 무엇이든지 가능할 것 같았다. 그러나 금세 그는 본래의 젊은 모습으로 돌아와 초조한 듯하면서 힘이 실린 목소리로 나를 몰아세웠다. 나에게 빨리 대답하라고 성화를 부렸다.

"그 병사들은 비록 왕을 개인적으로 본 적은 없었지만, 왕에게 봉사하고 있다는 사실을 잘 알고 있었고 준비도 되어 있었어. 당신이 몇 년 전부터 엄청 사랑하고 있는, 아니 전혀 예기치 않게 사랑하게 된 영국을 위해 봉사하는 것처럼 말이야. 그러나 그 병사들까지도 여명이 밝으면 시작될 전쟁, 자기 목숨을 바쳐야 할지도 모를 전쟁의 이유를 궁금해했지. 그들 중 한 사람은 이런 말을 했어. '이번 전쟁의 대의가 옳지 않다면, 전쟁 통에 팔과 다리, 머리가 잘려나간 우리 모두가 마지막 날에 다시 모여 큰소리로 '우리는 이런 곳에서 죽었다'라고 외칠 때 왕께서도 깊이 생각해봐야 할 거야'라고. 사실 남의 대의가 옳은지 그릇된 것인지는 아무도 몰라. 아무리 자기 나라가 부끄러워해야 할 나라가 아니라고 해도 대의까진 모를 수 있으니까. 4일 전까지만 하더라도 우리 두 사람의 조국이었지만 이젠 나만의 조국이라고 해야 할 스페인의 대의도 마찬가지지. 대의라는 것은 대표자들의 것만은 아니야. 명심할 것은, 대의란 언제나 일시적인 것이고, 다음 사람에게 넘어갈 때마나 권위를 잃기 마련이라는 거야. 요즘 어떤 식으로 일이 벌어지는지를 잘 봐. 모두 자국의 애국자들이 했던 일에 대해 사과를 요구하고 있잖아. 수 세기 동안 묻혀 있던 일에 대해서 말이야. 좀 웃기지 않아? 어떻게 당신의 대의에 정당성을 부여할 것인지 한번 이야기해봐. 누군가를 거쳐, 다시 말해 중위나 하사를 거쳐 당신에게 온 그런 대의 말이야. 훼손되거나 왜곡되거나 꾸며졌을지 몰라. 아마 설명도 없었을걸. 그런데 당신에게 내린 명령을 정당화하려고도 안 했을 거야. 당신을 이곳저곳으로 파견하며 '이것을 해야 해!' 아니면 '저들을 죽여야 해'라고 말했겠지. 그것으로 끝일 거야. 내 목숨을 걸고 내기할 수도 있어. 우리는 우리의 대의가 옳은지 판단하는 것을 때로는 힘들어하고, 대의와 관련한 진실을 외면하려고 할지도 몰라. 그런데 다른 사람의 대의가 옳은지 그릇된 것인지를 어떻게 알 수 있겠어. 우리 것도 제대로 모르는데."

내가 그에게 가장 알려주고 싶었던 것은 이것이 아니었기 때문에, 나는 계속해서 말을 이어가려고 했다. 이것은 다만 서론에 불과했다. 그러나 그는 내가 잠시 말을 멈춘 틈을 타서 내말을 가로막고 나섰다. 이번에도 여전히 월터 브레넌의 말투였는데, 정말 안타깝게도 이야기가 좀 더 길어지면서 1초가 지날때마다 점점 더 음산하게 들렸다. 목구멍과 입술에서 솟아난그의 목소리는 점점 더 나를 화나게 만들었다.

"내 기억이 맞는다면 그 유명한 장면엔 '임금님의 대의가 잘못되었다면, 우리가 대의를 믿고 왕에게 복종하다 보니 저지를수밖에 없었던 죄는 용서받을 거야'라는 또다른 병사의 대사가나오지. 우리 분야에선 셰익스피어까진 공부하지 않을 거라고는 생각하지 마. 선장이 중범죄를 저질렀다고 그 배를 탔던 불쌍한 선원에게까지 책임을 묻고 비난하는 것이 현실 세계의 원칙은 아니거든. 헨리 5세의 불쌍한 병사는 복을 받을 거란 자부심 때문이라도 가장 위선적인 이 세상 사람보다는 자기들이더 옳다고 믿었을걸. 그런데 이 아가씨 지금 어디까지 가려는지, 무슨 이야기를 하려는지 모르겠네." 자기는 늙은 카우보이고 나는 꼬마 여자아이인 것처럼 그는 나를 '아가씨'라고 불렀다. 나를 바보 얼간이 취급한 것인지도 몰랐다. "상사와 계급이존재하는 한 언제나 다 이런 식이었어. 바로 위의 상사로부터명령을 받아 아래 사람에게 전달하는 명령의 사슬이 존재하는거지. 이런 명령체계에서 셰익스피어 연극에 나오는 병사들처럼 각자가 명령에 의문을 제기하고 도덕에 관심을 보인다면 아무 일도 못 할 거야. 모든 것이 불가능한 완벽한 카오스의 세계가 될 거야. 군대나 기업, 심지어는 식료품점이든 어떤 모든 사업에서도 마찬가지야. 이러면 누구도 효율적으로 작전을 수행할 수 없고 당연히 전쟁에서도 이길 수 없지. 소규모 전투에서도 못 이겨. 스페인에선 이런 전통이, 다시 말해 훈련은 안 되어있고 생각만 많은 군대라는 전통 아닌 전통이 생긴 지 정말오래되었다는 것을 나는 잘 알고 있어." 이 말을 할 때 그는 다시 스페인어를 사용했다. 모든 언어는 다른 언어에 대한 그리움을 안고 있다. "사람들은 모든 것에 대해 논쟁하고 자기 기준만 강요하려고 하지. 그러다 뜻을 이루지 못하면 혼자서 제멋대로 행동하고. 태곳적부터 무능하고 어리석은 대장들이 이딴짓을 했어. 그러나 영국은 다르게 처신했어. 그래서 어찌 보면내가 영국을 선택한 것도 그렇게 이상한 일은 아니야. 물론 역사적으로 봤을 때 정말 멍청하게 지휘권을 행사한 인간들도 적지 않았지만……."

토마스의 이야기 중간쯤부터 아기가 울면서 우리를 찾고 있었다. 그러나 토마스는 말을 멈추지 않았고, 전혀 들리지 않는 사람처럼 행동했다. 말도 안 되는 헛소리를 하면서도 중간에 그만둬야 할 정도로 급한 일이 아이에게 일어난 건 아니라고 생각했는지도 모른다. 물론 결국은 그도 이야기를 다 끝내지 못했고 나 역시 이야기를 마무리 짓지 못했지만, 더는 참고 기다릴 수 없어서 벌떡 일어나 아기에게 가며 이렇게 이야기했다.

"이제 그만해. 도대체 뭘 원하는 거야? 나에게 서부영화에 나오는 노인네처럼 이야기하는 이유가 뭐야? 뭘 하자는 거냐고. 지금 당신이 나를 짜증나게 하고 있다는 것을 몰라? 나를 자꾸만 불안하게 하고 있다고. 다른 사람 같아. 내가 뭘 알겠어. 하지만 당신은 꼭 월터 브레넌 같단 말이야. 게다가 당신 말은 잘 모르겠어. 이해할 수 없다고. 이젠 그만해. 쓸데없는 소리 그만하라고."

아이를 안고 목말라하는 것 같아 마실 것을 주었다. 그런 다
음 우리가 있던 거실로 데려왔다. 내 어깨에 아기의 머리를 얹
고 선 채로 어르며 자장가를 들려주었다. 살짝살짝 걸음을 떼며
아기가 마음을 가라앉히고 다시 잠들기만을 기다렸다. 토마스
가 원래 자기 모습으로 돌아가지 않는 한 이것도 쉬운 문제가
아니었다. 토마스와 두 아이, 기예르모와 엘리사와의 관계에는
모순이 있었다. 토마스는 아이들을 정말 사랑했고, 그들만 보면
눈 녹아 사라진듯 넋을 잃을 정도였다. 그러나 마드리드에서
함께 있을 때는 아이들과 약간 거리를 두려고 노력했다. 정을
주지 않으려고 억지로 노력했을 뿐 아니라, 본능적으로 그들에
게 향하는 정까지 억눌렀다. 곧 닥칠 외유 기간엔 아이들과 가
깝게 지낼 수 없을 텐데, 그러면 너무 가슴 아프기에 그런 것
같았다. 이곳에 몇 달은 머물 테지만 금세 다시 소환되어 떠나
야 한다는 사실을 그는 잘 알고 있었다. 그가 집에 머무는 것은
일시적인 일이고 언젠가는 다시 돌아가야 한다는 것을 잘 알고
있었던 것이다. 이 생각만 나면 나는 슬퍼졌고, 그에 대한 반감
도 줄어들었다. 토마스는 자기가 언젠가 우리 세상에서 추방
될 수 있다는 사실을 잘 인식하고 있었다. 그래서 전적으로 우
리 세계에 얽매이지 않고 가능한 범위 안에서 어느 정도는 손
님으로만 남아 있으려고 노력했다. 그는 나에게 아기를 달라고
팔을 내밀었다. 그에게 아기를 건네주자 어깨에 기대게 하더
니 등을 가볍게 토닥였다. 그는 조금은 어설프게 아기를 흔들

어 재웠다. 아기의 울음소리는 어느새 잦아들면서 칭얼거리는 소리로 바뀌었다. 금세 다시 잠들 것 같았다. 그는 그 틈을 타얼른 대답했다. 여전히 영어를 사용했지만, 이번에는 완벽하게 다른 목소리와 말투였는데 이번에는 교양 없는 영국인 같았다. 거의 모든 모음을 'o'에 가깝게 발음했는데, 예를 들면 'like'와 'mind'를 '라이크' '마인드'라고 발음하는 것이 아니라 '로이크' '모인드'라고 발음했다. 사실 나는 여전히 그의 발음의 변화가 확실하게는 구별이 되지 않았다. 다만 이번엔 젊고 건장한 청년의 쩌렁쩌렁한 목소리였지, 노인의 목소리가 아니었다.

"찰리 그레이프윈이 더 낫겠지." 그는 나는 잘 모르는 사람이야기를 했다. 조연급 배우일 거라는 추측은 할 수 있었다. 다양한 목소리, 말하는 방식, 억양을 모사하는 방법을 익히기 위해 훈련 중에 옛날 영화부터 최근 영화까지 다 보게 되었을 것이다. 그가 다양한 언어와 방언으로 녹화된 필름을 봤을 거라는 생각도 했다. "당신이 그렇게 화가 난다면 다른 사람의 목소리는 어떤지 한번 들어봐."

그렇게 바뀐 목소리 역시 불쾌하긴 매한가지였다. 나를 예민하고 질겁하게 만든 것은 그에게서 나올 수 없는 전혀 다른 사람의 목소리라는 것이었다. 우리 집에 몰래 들어와 토마스의 자리를 차지한, 완전히 토마스를 대신하고 있는 낯선 사람의 목소리였다. 중세 시대에 이런 짓을 했다면 분명 엑소시스트를 불렀을 것이다. 그의 성대모사는 누구든 맘만 먹으면 흉내낼 수 있어 무서운 것까진 아니었으나 어딘지 모르게 으스스한 기분이 들 정도로 완벽했다. 조직이 그를 정말 잘 가르쳤다는 생각이 들었다. 훈련기간에 공들여 그의 능력을 매만져준 덕에 그를 카멜레온과 같은 배우로, 라디오에도 나올 법한 전문 성대 모사꾼으로 만들었다. 듣는 사람도 이야기하고 있는 사람이 진짜로 정부 수반이나 왕, 혹은 교황이라고 믿을 정도였다. 이와 같은 언어 차원의 변신이 예전에는 즐거움과 재미를 위해서 하는 것이었는데, 이젠 너무 진지하고 심각하게 연기를 해서 오히려 음침하다는 생각까지 들었다. 수많은 고전극에서 달도 없는 어두운 밤을 틈타 은근슬쩍 다른 여자들의 침대로 숨어 들어가 사랑하는 사람 흉내를 내면서 육체관계를 갖는 바람둥이와 마찬가지로 위작을 전시하고 진품으로 판매하는 것은 엄밀한 의미에선 분명히 사기였다. 따라서 성대모사는 분명히 사기를 치기 위한 도구였다. 사기를 칠 수 있는 사람은 언제든 누구나 놀릴 수 있는 사람으로 결국은 위험을 안고 있는 사람이란 생각이 들었다. 그런데 이 생각이, 다시 말해 내 남편이자 내 오랜 사랑이 그런 성대모사 능력이 있는 데다, 여기 마드리드에서 멀리 떨어진 곳에서 내가 접근할 수 없던 그런 삶을 살아갈 때 분명 이를 활용할 거라는 생각에 갑자기 불쾌해졌다. 마음이 흔들리는 가운데 다시 내 이야기로, 그에게 이야기하고 싶었지만 중간에서 잠깐 맥이 끊겼던 주제로 돌아오고 싶은 이유가 생겼다. 아기는 아버지의 꾸며낸 낭랑한 목소리에 별로 신경을 쓰지 않았고, 아버지의 품에 안긴 채, 아버지의 체취를 맡으며 잠들었다. 아이들은 누구든 차분하게 마음을 가라앉혀

주기만 하면 어떤 목소리든 상관없이, 혼자 있지 않고 누군가가 가까운 곳에서 자기를 지켜주고 있다는 사실을 아는 것으로 충분한 것 같았다.

"토마스, 잘 듣고 여기에 대해 어떤 생각이 드는지 이야기해줘. 그 장면에 나오는 병사 중 한 사람이, 내 기억이 맞는다면 이름이 베이츠였던 것 같은데 정확하게는 잘 모르겠어. 윌리엄이었는지도 모르겠네. 변장한 왕, 예컨대 망토로 얼굴을 반쯤 가리고 있었고, 게다가 밤이어서 잘 보이지 않았을 왕과 토론을 하다 그가 목소리를 높였지. 윌리엄은 뭔가 왕을 모욕하는 이야기를 했는데, 왕은 이를 방어하려고 했어. 다시 말해서, 다른 사람인 척하면서 자기 자신을 방어한 거야. 두 사람은 핏대를 세웠고, 전투가 끝났는데도 살아 있으면 그때 이야기를 매듭짓자고 약속을 했지. 서로를 알아보기 위한 징표로 장갑을 교환했어. 다시 만날 때까지 한 사람은 투구에, 다른 사람은 모자에 묶어놨지. 그리고 몇 장면이 지난 후에 다시 이야기가 이어지지. 헨리 5세는 살아남아 프랑스 측과 아군의 사상자 수를 보고받는 자리에서 윌리엄이 지나가는 것을 봤어. 왕은 신하들에 둘러싸여서 진짜 왕처럼 보였어. 그는 모자에 장갑을 묶어놓은 병사를 보고는 다가갔지. 왜 장갑을 이런 식으로 묶어놨는지 묻자, 병사는 어젯밤에 영국인인지 웨일스 사람인지도 모르는 낯선 사람과 있었던 일을 털어놨지. 헨리 5세는 '그 사람 혹시 기사 아니었을까?'라고 장난기가 서린 목소리로 물어보자, 여기에 윌리엄은 그 자리에 있던 대장의 말투로 대답했어.

논쟁을 뒤로 미뤄둔 사람이 아무리 지체 높은 가문 출신이라고 해도 맹세는 지켜야 한다며, 만일 그가 살아 있다면 그에게 결투를 신청할 것이라고 했어. 별로 개의치 않아도 될 말들이 오갔고, 마침내 왕이 신분을 숨긴 어둠 속에서 윌리엄에게 건넸던 장갑의 남은 한 짝을 내보였지. 그리고 헨리 5세는 그 자리에 없다고 그런 식으로 왕을 모욕한 것을 나무랐어. '네가 가만두지 않겠다고, 가장 신랄하게 대하겠다고 약속한 사람이 바로 나였다'라고 이야기했지. 수업에서 그 작품을 마지막으로 읽었을 때 주목한 구절인데, 왕은 그 병사를 겁주기 위해 극존칭을 의미하는 복수를 사용하는 것을 봤어. '네가 폄훼한 것이 바로 우리다'라고 말이야. 그러자 그 자리에 있던 장군은 얼른 의견을 바꿔 헨리 5세에게 윌리엄을 처벌하기를 간청했어. '폐하께 간절히 청하오니, 이 일에 대해 이 사악한 자의 목이 책임을 지게 하소서'라고."

"그 장면은 기억이 잘 나지 않네. 다른 유명한 장면은 생각이 또렷이 나는데, 이 장면은 전혀 기억이 안 나." 토마스가 원래의 자기 말투로 스페인어를 이용해 이야기했다. 갑자기 내 이야기에 관심과 호기심도 생긴 것 같았다. "왕은 어떻게 했지? 그를 사형시켰나? 그랬다면 좀 부당하긴 해. 권력을 남용한 것이 되니까. 자기가 이야기하고 있는 사람이 누군지 어떻게 알았겠어? 그것도 깜깜한 밤에. 또다른 병사라고만 생각했을 거야. 토론하고 논쟁할 만한 비슷한 계급의 사람이라고."

"그래서 윌리엄은 이렇게 대답을 했지. '폐하, 폐하께선 폐하의 모습으로 제 앞에 나타나시지 않았습니다. 제 앞엔 평민으로 오셨습니다. 그 모습으로 오셨기 때문에 폐하께서 겪어야만 했던 것에 대해선 간절히 바라옵건대 폐하께서 직접 책임을 지시고 저에게 죄를 묻지 말아주시옵소서. 저는 폐하를 다른 사람으로 봤을 뿐이지, 불경을 저지르고 싶은 생각은 없었습니다. 다시 한번 간절히 바라옵건대, 저를 용서해 주십시오.' 기억나는 대로 말한 건데 아마 본질적으론 이런 내용이었을 거야."

"윌리엄이 용서를 구해야 했을까?" 토마스는 뭔가 격한 반응을 보였다. (순수한 독자나 관객, 어린이들과 청년들은 주로 그런 감정을 드러냈다.) "그는 왕을 욕보이지 않았어. 만일 왕이 평소처럼 행동하지 않았다면, 예컨대 얼굴을 가리거나 변장을 했다면, 그럴 때의 그는 절대로 왕이라고 할 수 없는 거야. 변장한 상태에서 다른 사람이 왕에게 한 말은 아무리 공격적이고, 불온하고 반역자의 냄새가 난다고 해도 따지면 안 되는 거야. 그런 이야기는 없었던 것으로 생각해야 해. 무시하거나 지워버려야 하는 거야. 당시 헨리 5세는 어떻게 했지? 그를 사형시켰어, 용서했어?" 그는 이 장면이 어떤 식으로 결말이 났는지 몹시 궁금해했다. 헨리 5세가 함정수사를 끝까지 이용해 그 병사가 왕을 경멸했는지를(바로 여기에서 토론과 논쟁 그리고 그 장면의 소환이 시작되었다) 알아보기 위한 기회로 삼았는지 알고 싶은 것 같았다. 무슨 의견을 냈든지 간에 누구를 비난했든 간에 누구와 이야기하고 있는지도 몰랐고 누구 앞에서 의견을 밝히고 있는지도 몰랐기 때문에 왕이 윌리엄의 죄를 사면해주었는지를 궁금해하는 것 같았다.

나는 잠시 토마스를 바라보았다. 그가 당황한 건지, 다정한 혹은 가여워하는 눈길을 짓고 있는 것인지, 무의식적으로 이야기를 돌리는 건지 알 수 없었다. 딴전 피우는 것은 피할 수 없었던 것 같았다. 엘리사는 이미 깊이 잠들어 평화롭게 가는 숨을 내쉬고 있었음에도, 그는 여전히 엘리사를 흔들고 있었다. 나는 다시 아기를 받아들고 방에 데려가 재우고 싶었지만 잠시 기다렸다. 아직은 그럴 때가 아니라는 생각에서였다.

"당신 말이 맞아. 나도 그렇게 생각해. 우리도 그 병사가 옳았던 것으로 봐야 할 거야. 전장에 나가기 전날 밤 왕이 병사들 사이에, 왕을 받들고 있고 왕과 국가를 위해 죽을 각오가 된 병사들 사이에 몰래 잠입했다면, 당시에는 왕을 알아볼 방법이 없었을 거야. 오늘날의 부대에서도 마찬가지일거야. 오늘날 상당히 많은 정치인이 자기들과 국가 사이에는 아무런 차이가 없는 것처럼 굴지. 적지 않은 정치인들이 이 세상 끝도 없는 변화에도 불구하고 오만가지 비슷한 것들을 앞세워 많은 사람을 승복하게 했어. 당신도 1415년을 한번 생각해봐. 병사들은 전쟁의 대의가 무엇인가에 대해, 전쟁의 선함과 악함에 대해 의문을 가졌는데도 전쟁에서 도망치거나 상관에게 불복종할 생각은 없었어. 그래서 정확하게 이야기하면 침입자로서 들은 이야기를, 다시 말해 병사들이 별다르게 두려워하지 않고 선의로 이야기한 것을 왕은 이용할 권리가 없어. 만일 이것을 이용한다면, 한 걸음 더 나아가 이걸 가지고 벌까지 내린다면, 그것은 부하가 왕에게 부여한 신뢰를 남용하는 꼴이 되는 거야. 자유롭게 이야기하다간 대화 상대의 손에 목숨을 잃을 수도 있다는 것을 전혀 의식하지 못했던 부하에게 말이야. 그는 계급이 달라 자기 자신을 지키지도 못했을 것이 뻔해. 그래서 우리가 이런 식으로 판단하는 것이겠지. 안 그래? 그 전쟁이 있고 2세기가 흐른 뒤에도, 즉 셰익스피어가 살았던 당시에도 그렇게 생각했을 거야. 헨리 왕의 그런 행동은 너무 영악하고 비정상적이라고 보이긴 하지만, 왕은 전지전능한 힘을 가지고 있지. 왕의 뜻은 논란의 여지가 없어. 아마 그래서 장군이 빨리 그 병사에게 엄한 벌을 내리라고 경솔하게 말했을 거야. 조금 전 승리로 끝난 전투에서 적들도 뺏지 못한 그 병사의 생명을 빼앗으라고 말이야. 이 장군 말대로라면 윌리엄이 했던 무례한 말을 왕이 어떻게 알게 되었는지는 전혀 중요하지 않다는 거지. 자신이 뺨을 때리고 결투를 신청하고 협박을 할 사람이 누군지 윌리엄이 몰랐다는 사실은 별로 중요하지 않다는 거야. 아무튼, 왕을 협박했다는 것은 변하지 않는 사실이라고 생각했을 테니까. 동화에서처럼 거지로 변장을 해도 왕은 왕이라는 거야. 이것이 장군의 논리였어. 아니 확고한 신념이자 믿음이었지. 그의 이름은 아마 플루엘렌이었던 것 같아······."

여기에서 나는 잠시 말을 멈추었다. 오랫동안 머릿속에 넣어두었던 그 말을 듣고 토마스는 뭔가 방어 태세를 갖추는 듯한 경계 서린 표정을 지었다. '잠입이라는 단어가 자기를 언급하는 것으로 받아들인 것 같아. 이젠 내가 내세우려는 방향도,

무엇을 욕하려는 것인지도 알았을 거야. 왜 이 장면을 이야기한 것인지, 내가 하고 싶은 말이 뭔지도 눈치챘을 테고. 그렇다면 그는 방금 제시했던 의견과 똑같은 의견을 다시는 내지 않겠지. 즉 병사는 죄가 없고, 왕이 그를 벌한다면 이것은 부당하다는 의견 말이야. 말과 행동의 결과와 심각성까지도 그것을 밝히기 위해 올바르고 정당한 방법을 사용했는지 아닌지에 따라 달라질 수 있으니까.' 그는 내 말에 즉시 대답하지 않았다. 한참 후에 이 딜레마를 어떻게 해결했는지 다시 물었디.

"나에게 직접 책을 찾아보라고는 하지 마. 몇 막 몇 장인지 알고 싶지 않으니까, 지금 당장 왕이 어떻게 했는지 말해봐. 그 장면에 대해선 전혀 기억나지 않는다고 말했잖아. 읽지 않은 것처럼 말이야. 아마 그에게 교수형을 내리지 않았을까 싶은데. 아니면 전쟁에서 승리했으니까 그를 그냥 보내주었는지도 모르겠네. 자기를 위해 싸웠던 병사를 가혹하게 대했다고 해서 그리 큰 문제가 되는 것은 아니니까. 아무리 역사에 영웅적인 업적으로 기록할 만한 전혀 예상치 못한 대승을 안겨줬다고 해도 말이야."

그가 경계심을 낮추게끔 좀 더 기다리게 만들어야겠다는 생각을 했다. 나는 엘리사를 안아들었다. "아기를 줘. 침대에 누이는 편이 더 나을 거야." 그리고 아기를 방으로 데려갔다. 그동안 기예르모가 깨지 않았는지도, 방으로 옮기는 동안 엘리사가 다시 깨어나지는 않았는지 확인한 다음 거실로 돌아와 자리에 앉았다. 술을 한 모금 마시고 그의 의문을 풀어주었다.

"맞아. 헨리 왕은 플루엘렌의 말을 개의치 않았어. 삼촌인 엑서터 공작에게 명령을 내려 길고 길었던 하루 밤낮 동안 윌리엄이 간직하고 있던 그 장갑에 금화를 가득 채우라고 했어. 그는 '친구여, 이것을 너에게 주겠다'라고 말했지. '내가 요구할 때까지 상으로 모자에 넣어서 다녀라.' 이 구절은 좀 이상하긴 하지만 달리 이해할 수는 없었어. 당신이라면 어떨지 모르겠는데. 나보다는 영어 능력이 훨씬 뛰어나니까. 벌써 두 가지나 보여줬잖아. 그러니까 귀찮더라도 직접 한번 봐." 나는 그의 호기심을 확실히 건드렸다고 믿었고 그가 혼자 있을 때 분명히 그 책을 찾아볼 거라고 확신했다.

"그렇다면 장군은 어떤 반응을 보였는데? 헨리 왕이 많은 사람 앞에서 자기의 의견을 무시해버렸는데."

"다시 변했어. 바람개비처럼 말이야. 병사의 용기를 인정하고 자기 주머니에서 12펜스를 꺼내 보태주었어. 그리고 하느님을 아버지처럼 섬기는 마음으로 앞으로는 다툼과 불화를 피하라고 충고했지. 그러면 편안한 삶을 누릴 수 있을 거라며 말이야. 그런데 윌리엄은 이 돈을 거절했어. '저는 당신의 돈을 원치 않습니다'라고 말했지."

"정말 자존심이 센 친구군. 당연해. 아무리 졸병이지만 말이야."

"그렇지만 셰익스피어는 멋진 솜씨를 가지고 있었음에도 이 만남에서 병사가 했던 마지막 말을 허락하지 않았어. 그것을 너무 싸구려 같다고 생각했던 거지. 장군은 계속 고집을 피웠어. 선의를 따르면 좋을 거라고 그에게 재차 말했지. 이런 식으로 공격하기도 했고. '너의 구두를 고치는 데 쓸 수 있을 거다. 이봐, 왜 그렇게 까다롭게 구는 거지? 그 구두는 꼴이 말이 아니잖아.' 사람들의 구두를 지적하는 것은, 그것을 언급하는 것은 좀……. 당신도 잘 알 거야. 그 장면에 대한 지문에서도 이 문제에 대해선 입을 다물었어. 아무것도 밝히지 않았지. 그렇지만 추측은 가능해. 결국, 윌리엄은 그 돈을 받아들었을 거야. 1분 전만 해도 자기를 교수대로 보내라고 했던 사람이 준 돈을 말이야. 윌리엄의 구두는 정말 형편없는 상태였을 테니까."

토마스는 내 턱을 어루만지며 눈을 바라보았다. 30초 아니 60초 동안은 아무 말도 하지 않았다. 시선에 뜻 모를 미소를 담았다. 아마 나의 마지막 말이 그에겐 무척이나 재미있었는지도 모른다. 다음에 무엇이 이어질지, 내가 무슨 제안을 할지 추측했는지도 모른다. 잠시 후 그는 시선을 발코니 쪽으로, 아니 오리엔테 광장의 키 큰 나무들 쪽으로 돌렸다. 우리 두 사람은 가끔 그런 식으로 나무를 바라보며 앉아 있곤 했었다. 함께 있을 때도 있었고, 각자 혼자서 앉아 있을 때도 있었다. 밤이든 낮이든 상관없었다. 나는 거의 언제나 마드리드에 있었기 때문에 그럴 기회는 내 쪽이 더 많았다. 그는 언제 돌아올지도 모른 채 멀리 나가 있을 때가 많았다. 돌아올 수 있을지조차 알 수 없었다. 그 순간 그는 모든 것을 잊은 듯 깊은 생각에 빠져들었다. '그는 공허한 작별 인사와 함께 나를 형체 일그러진 그 길에 버리고 떠났다.' 혼잣말을 하듯이 중얼거렸다.

"1415년에 신었을 구두, 당신도 한번 상상해봐. 부대는 프랑스까지 진격했지. 상당한 거리였을 거야. 수세기 동안 군인들이 이것을 어떻게 견뎠는지 모르겠어. 그리도 오랜 시간 동안 말이야. 정말 힘들었을 텐데. 오늘날에도 자기들에게 닥친 문제에 불평을 늘어놓는 사람들이 얼마나 많은데. 짜증이 솟구쳤을 텐데."

그는 운명에 대해선 불평을 하지 않았다. 이건 분명한 사실이었다. 불평하다 보면 구체적이고 세세한 정보가 빠져나갈 수 있기 때문에라도 불평할 권리조차 없었는지 모른다. 거의 6세기 이전의 윌리엄이나 플루엘렌 그리고 여타 병사들처럼 공개적인 전쟁터에 나선 것은 아니겠지만, 그는 틀림없이 '군 정보부'라는 이름의 조직에 속해 있을 것이다. 시간이 지나 진급도 했을 텐데 지금의 계급이 어느 정도인지 궁금하긴 했다. 장교인지 그보다 아래인지 알고 싶었다. 나에게 털어놔도 된다고 허락받은 것을 그가 이야기한 지 벌써 몇 년이 지났다. 말로는 토로하지 않는 불평이나 표현하지 않는 고민도 점차 줄어들었다. (어떤 경우든 절대로 말로는 유감을 표명하지 않았다.) 사람은 뭐든 익숙해진다. 이것은 낡은 표현이긴 하지만 여기엔 현실적인 진실이 담겨 있긴 했다. 그는 자기가 벌인 일들을 수용해야 했을 것이다. 들뜬 마음으로 받아들였는지 아니면 일순간 찾아온 광기 어린 마음으로 받아들였는지는 알 수 없었다. 의심하면서도 어쩔 수 없어 그랬을지는 모르겠지만 그래도 한 길을 선택했다면, 사람은 결국엔 자기가 선택한 길이 옳았다는 생각을 하기 마련이다. 여기에 한 단계 심화된다면 그 길에서 벗어날 수 없을 뿐만 아니라, 어떤 식으로든 벗어나고 싶지도 않다고 생각하게 될 것이다. 만약 정체가 발각되어 은퇴를 강요당한다면 숨쉴 공기를 빼앗긴 것처럼 느낄 것이다. '결국 이것이 나의 삶이라면, 나는 이 삶을 쓸모 있고 멋진 삶으로, 대체 불가능한 삶으로 만들어야 하고 믿어야 한다.' 지난 5-6년, 아니 몇 년이 되었든 상관없이 토마스는 자기가 수행하는 일에 대해 굳게 믿고 자신의 대의에 몰두했을 것이다. 처음부터 그런 것은 아니었을 것이다. 그렇지만 그는 단 한 번도 나에게 충분하게 설명해준 적이 없었다. 왜 젊은 나이에 그런 곳에 뛰어들었는지, 그런 제의를 왜 거절하지 않았는지, 나 혼자의 힘만으로는 이해할 수 없었다. 분명한 사실은 당시 군사적인 훈련이나 여타 이와 관계된 훈련을 받고 있진 않았다는 것이다. 머리가 아플 정도는 아니더라도 최소한 불편하긴 했을 텐데, 왜 이중적이고 비밀로 가득찬 삶을 선택했을까? 다른 사람들과는 달리 그림자처럼 살아야 하는 그런 삶이, 모호한 안개에 싸인 것 같은 그의 삶이 나는 정말 골치아팠다. 쉽게 말하자면, 도덕적으로 모호한 태도가 너무 싫었다. 원칙과 지침 그리고 삶의 방식이라는 면에서 그의 선택은 일종의 배신이었다.

"당신은 헨리 왕이 잠입한 것이, 다른 사람으로 오인하게끔 속임수를 쓴 것이 나쁘다고 생각하는 것 같아." 그에게 이야기했다. "그런 계략을 사용해서 조심성이 없는 사람에게 벌을 주는 것을 부정적으로 생각하는 것 같기도 하고. 토마스, 당신이 하는 일과 당신은 잘 맞는 것 같아? 당신이라면 그것을 어떻게 정당화할 거야?"

그는 벌떡 자리에서 일어나 버럭 화를 내며 빠르게 발코니 쪽으로 걸어갔다. 질책에 가까운 말을 듣자마자 내 곁에서 살을 맞대고 있는 것 자체가 역겹다는 생각이 든 것 같았다. 창문을 열고 밖으로 나가 담배에 불을 붙여 두어 모금 빤 다음 그가 입을 열었다.

"베르타, 당신은 짜증나게 말도 안 되는 비교를 하고 있어. 왕이 자기 부하들 속으로 잠입한 것은 잘못된 거야. 왜냐면 자기 부하들이니까. 자기를 위해 목숨을 바칠 사람들을 믿지 않는다면 이것은 잘못된 거야. 충직한 부하들에게 덫을 놔선 안 돼. 왕도 확실히 알고 있었어. 그래서 윌리엄이 자신을 그렇게 멸시하고 무시했는데도 보복을 하지 않았던 거야. 어찌 그것을 모를 리 있겠어. 장소가 어디였는지는 잘 모르겠지만, 그 작품에서 헨리는 전투를 앞두고 유명한 연설을 했어. 자신의 군대 앞에서, 수많은 부하 앞에서 '우리는 소수고, 좋은 일은 별로 없을 것이다. 그렇지만 우리는 형제들이다'라는 유명한 연설을 남겼지."

"맞아. 성 크리스핀의 축일이었어." 나는 얼른 맞장구를 치며 한마디 덧붙였다. "'나와 함께 피 흘린 사람은 나의 형제가 될 것이다'라고 했지. 그날 밤, 아니 다음날이나 한 달쯤 후에 당신이 유다와 함께 있는 것을 보고도 당신을 형제로 생각할 사람이 얼마나 될까? 그들의 관점에서 말이야."

그는 목소리가 커지긴 했지만, 이번엔 그리 화가 난 것 같지도 않았고 자신이 이해받지 못한 것에 그렇게 낙담한 것 같지도 않았다. 다만 분명하게 설명은 해야 할 것 같다는 표정이었다.

"당신의 상상이나 추측에서 비롯된 말인 것 같은데 말이야, 내가 했는지 안 했는지 당신이 알지도 못하는 것과 이걸 연결할 필요가 있을까?

"확실히는 모르겠어. 당신은 언제나 이야기할 수 없다, 물어봐서는 안 된다는 것만 나에게 주지시키고 있잖아. 우리 두 사람 다 그것을 확실히 지키고 있지. 눈을 감고 지내야 하는데 나에게 추측 이상의 다른 해법이 있겠어? 이 문제에 대해 스스로 질문을 던져보는 것조차 해선 안 된다는 거야? 당신이 삶의 반을 유령처럼 지내는데 어디에서 무엇을 하는지, 어떤 위험이 있는지, 누구에게 피해를 주는지 나더러 생각조차 말라는 거야? 나도 상상하고 싶지 않아. 정말 싫다고. 그렇지만 당신이 나에게 아무 말도 하지 않으니까 나는 상상할 수밖에 없는 거야. 그렇지 않다면 절대로 상상하지 않았을 거야. 이것은 확실히 말할 수 있어. 나에게 온 상상은 절로 온 거야. 두려움이나 걱정이나 불안과 마찬가지로 말이야. 질투, 내 질투도 똑같아. 물론 이론적으론 질투해서는 안 되고 질투를 할 이유도 없지. 직업상 필요한 것이니까. 사람들도 다 그렇게 이야기하고……." 사실 무슨 말을 해야 할지 몰라 말을 다 맺지 못했다. 더는 말을 잇지 못하고 여기에서 그만 멈췄다. 이쯤에서 마칠 수밖에 없었다. 다음 기회, 다음날로 미루기로 했다. "내 상상은 상상일 뿐이야. 내가 어떻게 해주길 원해? 제발 내 상상과는 다르다고 말해줘. 그것이 뭐든 달리 내 상상을 채울 거리를 달라고. 그러면 그것을 바꿀 수 있을지도 모르잖아. 내게 아무것도 모른 채 지낸 세월과 꽉 찬 것 같은데도 공허한 세월만 남아 있다면 나는 절대로 달라지지 못할 거야."

"당신 말대로, 나를 침입자라고 생각한다면." 그는 자신이 참고 있다는 것을 보여줄 생각에 이번에는 상당히 느릿느릿하게 나에게 대답했다. "당신이 믿는 소설 속 등장인물처럼 내가 몰래 잠입하는 일을 한다면, 오히려 왕과 윌리엄에 대한 내 의견은 아무 상관도 없을 것 같은데. 나는 주로 자기편이나 형제들 속이 아니라 적진에 침투할 테니까 말이야. 그러면 전투에서 수단 방법을 가리지 않고 자기를 죽이려는 적을 죽이는 병사를 꾸짖는 것과 마찬가지 아닐까?"

"아니야. 똑같지 않아. 스파이, 다시 말해 침입자는 적과 관계를 맺어 신뢰를 얻은 다음 친구인 척하면서 몰래 등 뒤에서 칼을 찌르지. 병사들은 이런 짓을 하지 않아. 자기 의도를 숨기지 않고 적과 맞서지. 속이거나 유혹하거나 배신하지 않는다고. 한마디로 엉큼한 짓은 안 해."

토마스는 방어적인 모습의 쓴웃음을 지었다. 그러나 그렇게 자연스럽진 않았다.

"그렇지만 베르타, 당신이 비판하고 싶은 것이 도대체 뭐야? 스파이 짓? 나쁘게 보고 있는 것이 뭔데? 우리를 해치거나 파괴하려는 사람의 행동을 미리 막으려는 것이 잘못되었다는 거야? 그들이 계획이나 테러 음모를, 예컨대 꼼꼼하게 준비한 살인 계획을 밝히거나 막으면 안 된다는 거야? 그들이 범죄를 저지르지 못하게 막는 것이 잘못되었다는 거야? 이것은 일종의 방어……."

"뭘 방어하는데? 왕국을 방어하는 거야?" 그가 나에게 그 표현을 사용했었다는 것을 잊었는지도 모른다. 왕국은 절대로 공격은 하지 않고 단지 방어한다고만 했었다.

"맞아! 방어야." 그는 의도적으로 나의 말을 똑같이 반복하지 않았다. 갑자기 너무 부풀려 말한 것 같다는 생각이 들었는지도 모른다. "야전에서의 전투나, 해전이나, 전혀 예측도 예상도 할 수 없는 공습이나 다 똑같은 거야. 당신은 여기엔 속임수나 배신이 없다고 믿고 있지? 전략도 있고 전술도 있어. 이 두 가지 모두 기본적으로는 기습, 매복, 양동작전, 위장, 은폐, 은닉, 배신 등 당신이 비난하는 요소들이 다 담겨 있어. 이런 단어는 이젠 누구나 쓰는 것은 아니어서 뭘 의미하는지도 당신은 잘 모를 거야. 당신은 망할 놈의 잠수함이 왜 있는지 모르지? 눈에 보이지 않는 것은 사실이지만, 뭔가 이유가 있을 거라고는 생각해보지 않았어? 예전과 지금이 역사가 시작된 이래 다 똑같다는 생각은 안 해봤어? 테르모필레 전투에서도 침입자도 있었고 배신자도 있었다고. 트로이 전쟁에선 어떻게 이겼다고 생각해? 목마가 책략이 아니라면, 독이 든 선물이 아니라면, 속임수가 아니라면 도대체 뭘까? 목마를 해변에 가져다놓은 사람이 아니라 그것을 안으로 들여놓은 사람들이 책임져야 하는 것 아닐까? 사기꾼은 사기를 치는 것이 자기가 할 일인데, 그렇다면 사기를 친 사람이 아니라 사기를 당한 사람이 책임져야 하는 것 아닐까? 양쪽 다 그것을 알고 있다면 양쪽이 다 책임이 있는 거야. 전쟁에선 언제나 약아야 해. 그래야만 전쟁에서 벗어날 수 있는 거라고."

잠깐 나는 순진한 생각을 했다. 그의 말이 완전히 틀린 것은 아니었다. 그렇다고 마음에 들진 않았지만, 그가 하는 일, 엄밀히 말한다면 내가 상상하고 있는 그의 일이 너무 안타깝다는 생각이 들었다. 전쟁보다 더 안타까웠다.

"여전히 같지 않다고 생각해. 잠수함 승조원은 개인적으로 관계를 맺지 않아. 잠수함을 탐지하지 못해 침몰하는 배의 승조원과는 말이야." 나는 '개인적으로'라는 말에 방점을 찍었다. "서로 대화하지 않고, 얼굴을 맞대지도 않지. 정을 나누지도 않고 동료나 형제로 생각하지도 않아. 과연 정식 전쟁에서는 모든 것이 정당화될 수 있는 건지 잘 모르겠어. 나중에는, 먼 미래에 올 사람들에겐 정당화될 수 없는 것까지도 말이야. 전쟁을 겪지 않았지만, 전쟁으로 이익을 보거나 뭔가 얻은 사람들에겐 그것들이 정당화될 수 있을까? 지금 바다와 육지에서 전쟁이 일어나고 있고 공습이 있을 거라곤 생각하지 않아. 영국이 개입한 전쟁이 아니라면 말이야. 종전된 지 거의 40년이 다 되어가는데, 당신은 마치 나에게 제2차세계대전이 계속되는 것처럼 이야기하고 있어. 조금 전에 당신은 변장한 왕이 자기 부하들의 뒷말을, 본모습을 보이지 않았다면(그는 내 말을 잘 이해하고 있었다) 아무리 얼굴 앞에서 무례한 말을 들었어도 절대 벌을 고려하지도 내리지도 말아야 한다고 말했어. 그것이 아무리 공격적이고 뭔가 뒤집으려는 의도였어도, 아니 더 심하게는 반역적인 성격을 띠었더라도 말이야. 당신은 분명히 이렇게 말했어."

"나는 아직도 그렇게 생각해." 그가 대답했다. 그러나 내가 보기엔 그렇게 딱 잘라 이야기하지 않는 편이 좋았을 것 같다는 표정이었다. "전쟁이 일어나기 전날 밤, 죽음 앞에서 아무런 대비도 못 하고 겁에 질린 불쌍한 병사들은 우리와 같이 염탐하는, 다시 말해 스파이 짓을 하는 사람하고는 아무런 관계가 없어. 눈에 보이는 정식 전쟁은 없지만, 적은 분명히 존재해. 아주 강한 적이 존재한다고. 그뿐만 아니야. 언제나 전쟁은 있어. 사람들이 보지 못하고 이해하지 못한다는 것이 다를 뿐이야. 덕분에 많은 사람이 평화롭게 살 수 있는 거야. 우리는 전쟁이 드러나지 않게 하는 역할을 맡고 있어. 우리가 얼마나 좋은 일을 하는지 당신은 몰라." 그는 담배를 끄자마자 다시 다음 담배에 불을 붙였다. 이젠 마르코비치를 피우지 않기 때문에 나는 그 담배가 더는 생산되지 않는다고 생각했다. 그는 여전히 발코니 밖을 내다보며 한마디 덧붙였다. "정말 개새끼들이야. 그 새끼들은."

나는 토마스답지 않은 험악한 표현에 깜짝 놀랐다. 그는 갑자기 개인적이고 주관적인 평가를 늘어놓았다. 아무튼, 그는 그들을 잘 알고 있었다. 그들이 아무리 터무니없는 가설에 몸을 숨겨도 토마스는 그들을 근거리에서 지켜봤을 뿐만 아니라, 그들이 자기의 활동을 여전히 의심하고 있을 수도 있다고 믿었기에 자기가 당한 짓을 기초로 그들을 판단하고 있었다.

"그들도 당신과 당신 동료들에 대해 똑같은 생각을 하고 있을 거야. 비밀경찰들도 자기들이 체포해서 고문하고 창문으로 던져버린 사람들에 대해 똑같은 생각을 가졌을 거고. 모두 다 개 같은 놈들이야."

"당신은 또 혼동하고 있어. 나는 애들 엄마 앞에서 아기를 불태우겠다고 협박한 적이 없어. 이것은 맹세할 수 있어. 절대 넘지 않는 선이 있다고. 언제나 정도를 지킨단 말이야."

그 악랄했던 킨델란 부부를 떠올릴 때마다 나는 부르르 떨렸다. 메리 케이트가 로마에서 전화한 이후엔 다행히 몇 년째 내 눈앞에 나타나지 않았다. 그리고 나는 전화를 받을 때마다 언제나 두려움이 앞서고 발신자의 목소리를 들을 때까진 제대로 숨도 쉬지 못하게 되었다. 이게 그 전화 탓이라는 건 분명한 사실이다.

"언젠가 그들이 누군지 나에게 이야기했었지? IRA 소속이라고 했던 것 같은데?"

"모르겠는데. 아마 그럴 거야. 알아본 적이 없지만 그렇다면 더 좋은 일이야. 만약에 당신이 그 사람들을 잊어버려서 끈질기게 찾거나 공격하지 않는다면 그 사람들 역시 당신을 잊기 쉬울 테니까. 그들은 벌써 우리를 까맣게 잊었을 거야. 이것은 내가 장담할 수 있어."

그가 이렇게 단호하게 말한 것은 이번이 처음은 아니었다. 그는 언젠가 이렇게 말을 한 적도 있었다. '이런 일은 다시는 일어나지 않을 거야.' 그때는 아무 생각 없었지만, 불현듯 그가 미겔과 케이트를 죽였는지 궁금해졌다. 그들의 신원을 정확하게 밝혀낸 다음, 위치까지 알아내 완전히 제거했는지도 모른다. 토마스가 하지 않고도(누가 알겠는가? 그는 아무 말도 없이 자리를 비웠던 시간에 언제든 로마로 건너갈 수도 있었다) '우리' 중 누군가가, 다시 말해 이 불행을 막고 싶었던 동료 중 한 사람이 죽였을 거라고 믿고 싶었다. 사실 어떻게 그가 대화가 끝난 듯이 킨텔란 부부 그리고 그들과 같은 부류의 사람은 다시는 나타나지 않을 거라고 못박을 수 있었는지도 이해하기 어려웠다. 나에겐 불과 며칠 전에 있었던 일 같았는데 말이다. 메리 케이트는 '그가 돌아오면 절대로 잊지 말고 그와 이야기해봐'라고 조금은 가벼운 명령조로 이야기했었다. '우리가 멀리 있다고 모든 문제가 다 해결된 것은 아니니까. 만족스럽게 해결되어야 할 거 아냐.' 이어서 그녀는 감히 아이에게 안부를 전해달라는 말까지 했었다. 정말 재수 없는 안부 인사였다. 그 인간들 좋으라고 그 말을 그에게 전하고 싶진 않았다. 나는 토마스나 그의 상관들이 겁에 질려 북아일랜드에서 꾸미던 일을 포기할 거라고는 믿지 않았다. 만약 그곳에서 뭔가를 꾸미고 있었다면 말이다. 미겔과 메리 케이트가 죽어서, 다시 말해 옛날처럼 '살인'이라는 방식을 통해 게임 밖으로 밀려났을지도 모른다는 생각이 들었다. 그러므로 토마스는 그들이 우리를 '영원히' 잊었을 거라고 확신할 수 있었을 것이다.

내가 놀랐던 것은 몇 년 동안 단 한 번도 생각하지 않았던 이 생각이 아니라, 이 생각에 대한 나의 반응 때문이었다. 내가 킨델란 부부가 아직 죽을 때도 되지 않았는데 폭력에 의해 지구상에서 사라진 존재가 되었는지를 그리 중요하게 여기지 않는다는 사실을 깨달았다. 아니 그 이상이었다. 내가 보기에 나는 평온할뿐더러 몸도 마음도 가벼웠다. 그들은 내 신뢰를 얻은 다음 이를 최대한으로 이용했을 뿐만 아니라, 사전에 치밀한 계획을 짜서 아무런 방어력이 없는 내 아이의 생명을 위험에 빠뜨렸다. 그것은 아기 엄마에게 할 수 있는 최악의 행동이었고, 아기 엄마로 하여금 마음을 독하게 먹지 않을 수 없게 만들 만한 사건이었다. 토마스가 직접 그들을 죽이는 일을 맡았다고 해도 나는 두렵지 않았고, 그 사람이 전혀 모르는 개새끼라도 살아 있는 사람을 개인적으로 냉혹하게 살해한다는 생각에 언뜻 구역질이 날지도 모른다고 생각했지만, 전혀 그러지 않았다. 살인의 대상이 킨델란 부부였다면 얼마든지 받아들일 수 있었다. 그 일이 정당하다는, 아니 오히려 칭찬하고 싶은 생각까지 들었다. 그들은 벌 받을 만한 짓을 했다. 다시 말해 절대로 잊히지 않을 그날 아침 우리 집에서 직접 자기 손으로 죄를 저지른 것이다. 분명히 절대로 넘어서는 안 될 선이 있다.

하지만 그들은 위선적인 웃음을 띤 채 빈정거리며 그 선을 넘었다. 그 결과 모두가 다 벼랑으로, 불구덩이로 향할 수밖에 없는 행동들이 이어졌고 그들이 세상에 존재한다는 사실만으로도 우리 두 사람은 어떤 위험을 무릅쓰더라도 그들을 향해 돌진할 수밖에 없게 된 것이다. 미겔과 메리 케이트는 그동안 범죄를 향해 몇 걸음이나 내디뎠을까? 그들의 진짜 이름은 뭘까? '누군가 토마스에게 그런 관점을 전한 것처럼 그도 나에게 그런 관점을 옮기고 있는지 몰라. 듣고 있으면 언젠가는 옮을 수밖에 없어'라는 생각이 들었다. 그러나 나에게 일어났던 일을 더는 언급하고 싶진 않았다. 최소한 아직까진. 나는 여전히《헨리 5세》와 관련해서 할 말이 남아 있었다.

"병사들의 대화에 음모가 담겨 있었다면 왕은 어떻게 했을까? 말해봐. 그날 밤 날이 새기 전에 왕을 암살해서 머리와 사지를 잃을 수 있는 전쟁을 막을 계획을 세우고 있었는데 왕이 이 사실을 알게 되었다면 어떻게 했을까? 그래도 아무런 조치도 취하지 않고, 벌을 내리지도 않고, 망토를 쓰고 알아낸 것을 이용하지도 않았을까? 변장한 모습이었기에 들은 것도 모른 척 다 기억에서 지워야 할까? 당신은 이런 식으로 이야기했는데 말이야. 당신 말대로라면 지금은 어떻게 해야 할까? 장막 안에서 깊게 잠든 채 아무것도 하지 않고 칼을 든 병사들이 들이닥칠 때까지, 그들이 자신을 죽이기만을 기다려야 할까?"

토마스가 공감한다는 듯이 빙그레 웃었다. 기껏 공들인 나의 이야기가 너무 웃긴 것 같기도 했고, 한편으론 그를 상당히 자극한 것 같기도 했다. 그는 아직도 나와 잘 지내고 있다고 생각하고 있다. 처음에도 그랬고 지금도 그런 관계는 끝나지 않았다고 믿고 있는 듯했다. 우리를 감쌌던 안개와 연무에도 불구하고 사실 우리는 잘 지내고 있었다. 그에 대한 나의 제한된 시각을 비롯한 이 모든 것에도 불구하고 말이다. 한쪽 눈은 감은 채 다른 쪽 눈으로만 그의 삶을 지켜보고 있는 것 같았다. 때로는 참기 어려웠지만 참아냈다. 여전히 그를 사랑했지만 모든 사람처럼 감정은 불완전했고 복잡해서, 서로를 제일 사랑하는 사람들만큼은 아니었다. 그저 그와 헤어지는 것보다는, 영원히 내 시야에서 사라져 추억 속의 한 장면으로 남기기보다는 그의 일부라도 갖고 싶었다.

"아니야, 상황이 완전히 바뀔 거야. 이런 경우라면 윌리엄과 다른 두 병사는 이젠 그의 부하라곤 할 수 없으니까, 다시 말해 부하이길 포기했으니까 적이 된 것이나 마찬가지지. 만일 변장한 덕에 왕이 그날 밤 자기를 죽여 전쟁을 포기하고 항복하기로 한 음모를 알았다면, 병사들과 장교들 그리고 귀족들 모두를 샅샅이 염탐할 권리가 있다는 것을 부정해선 안 돼. 정말 개 같은 놈들이고 배려할 필요가 없는 놈들이야. 바람개비 같은 장군도 군법으로 그들의 목을 베라고 요구해야 할 거야. 그들의 목을 베는 것은 권력을 남용하는 것이 아니니까. 국가에 해를 끼치지 않기 위해 왕에게 추천할 만한 타당한 조치야."

나는 다시 한번 프랑코 총통의 비밀경찰이 생각났다. 각자의 시각에서 본다면 모든 것이 정당화될 수 있고, 누구나 자기 시각은 있기에 자신의 말이 맞는다고 우기는 것 또한 쉽다. 그러나 내 이야기를 끄집어낼 가장 좋은 기회라는 생각에 그것을 그냥 지나쳤다.

"당신 혹시 킨델란 부부에게도 그렇게 했어? 벌을 줬어? 그래서 그들이 영원히 우리를 잊었을 거라고 자신했던 거야?" 나는 그들을 영원히 용서하지 않을 것이라는 사실을 그가 깨달았으면 하는 마음에서 가볍게 덧붙였다. 그들 부부가 죽어 시체가 되었다면 내 아이들이 안전하게 지낼 수 있을 것이다. 아이들이 아직 어린 시기에는 이것 외엔 그 무엇도 중요하지 않았다. "당신들이 그들을 처벌했다면 그들은 우리만 아니라 모든 것을 다 잊었을 거야. 자기 진짜 얼굴과 이름까지도."

그는 내 질문에 전혀 대비되어 있지 않았다(그 일이 있은 지 많은 시간이 흐른 데다 그가 하지도 않았을 테니까). 아니 그렇게 보이려고 애를 쓴 것인지도 모른다. 당연히 전부 다 대답하진 않았지만.

"베르타, 무슨 생각을 하는 거야. 분명히 말하지만 우리는 그런 짓을 하지 않아. 말도 안 되는 일이야. 당신은 우리를 어떻게 보는 거야? KGB, Stasi*, 모사드**, DINA*** 같은 부류로 보

---

* 1950년부터 1990년까지 존재했던 동독의 정보기관으로 '국가보안부', 또는 '국가보안원'이라고 했다.

** 이스라엘의 정보기관으로 정보수집, 테러방지, 잠복근무, 암살 등 여러 가지 임무를 맡고 있다.

*** 칠레의 피노체트 독재 당시 정보부이다.

는 거야? 제임스 본드나 CIA로 보는 거냐고." 이런 비밀조직이 아무런 재판도 거치지 않고 적을 처벌했다면 그들 역시 똑같지 않을 이유가 없을 것 같다는 생각이 번개처럼 스쳤다. "혹시 더 황당한 것을 상상하는 거야? 설마 마피아 말이야? 나는 예전에도 이야기했지만, 다행히도 그들에 대해선 아무것도 몰라." 그는 잠시 말을 멈추었다. 그의 기억 속에만 남아 있을 뿐 흔적도 남기지 않고 사라진 흉터를 매만졌다. 그는 잠시 후 다시 말을 이었다. "그뿐만 아니야. 왜 나에게 해서는 안 될 질문을 하는 기아? 내납도 할 수 없는데."

VI

비록 한 달이나 지났지만, 그날 오후 나에게 이야기했던 것을 증명할 기회가 토마스에게 주어졌다. 어리석게도 아르헨티나 독재정권을 장악하고 있던 군인들이 말도 안 되는 애국심을 앞세워 제도를 공격한 것이다. 사람들은 어느 편인지 어떤 언어를 사용하는지에 따라 이 지역을 '말비나스 제도'와 '포클랜드 제도'로 달리 부르고 있었는데, 이 제도는 1833년부터 영국이 소유하고 있었다. 무력으로 남의 영토를 불법 점유한 행동에 영국은 당연히 팔짱만 끼고 있지 않았다. 게다가 철의 여인 대처가 영국 정부의 전면에 서 있었다는 사실을 고려한다면 가만히 있을 리가 없었다. (비록 그 제도가) 스페인어로 '그리스도께서 라이터를 잃어버린 곳'이라고 부르는 남극과 그리 멀지 않은 곳에, 즉 마젤란 해협의 동쪽이자 티에라델푸에고의 북동쪽이라는 머나먼 곳에 있었지만 말이다.

침략국이 독재국가였다는 사실은 얼마든지 예측 가능했던 영국의 호전적인 반응을 공식적으로 정당화시켜 주었다. 물론 이웃하고 있던 칠레의 독재자 피노체트는 그때부터 정권을 내놓을 때까지 대처와 좋은 관계를 유지했다. 피노체트와 대처 여사 중 누가 먼저 죽었는지는 잘 기억이 나지 않는다. 하지만 정치인 대부분은 자신이 직접 모순된 관계에 엮여 있는 경우 이를 애써 무시하는 경향이 있다. 포클랜드에 상륙하여 수도인 스탠리를 점령하기 전날까지 우리는 이데올로기적으로는 멀지 않지만, 지리적으로는 너무 멀었던 두 나라 사이에 상상하기 어려운 황당한 전쟁이 다가오는 것을 지켜보고만 있었다. 아무튼, 아르헨티나 군인들은 6년간 정권을 차지하고 온갖 잔인한 짓을 했다. 그런데도 소위 '자유세계'라고 부르는 나라들은 아르헨티나의 군인들에게 얼굴을 바꾸지 않았고 공개적으로 적대감을 드러내지도 않았다. 그러나 침략 행위는 침략 행위였고, 한마디로 전쟁 행위였다. 위협에 대처하여 외교적으로 빠른 경로로 해결하지 못한다면 아무런 대응도 하지 않고 그냥 있을 수만은 없었다.

"이걸 봐!" 토마스는 호전적인 영국 신문 1면 기사를 나에게 보여주면서 이렇게 말했다. "불과 얼마 전에 당신은 바다에서의 전쟁도, 육상에서의 전투도, 공습도 없을 거라고 했지. 그런데 내가 당신에게 곧 그런 전쟁을 보게 될까봐 무섭다고 했었어. 특히 바다에서 말이야. 그곳엔 바다만 펼쳐져 있어. 포클랜드 제도는 대륙에서 300마일이나 떨어져 있거든. 이번 전쟁의 주 전력은 프리깃함, 구축함, 잠수함, 항공모함, 순양함, 병력수송선, 전마선, 상륙정과 같은 배가 될 거야. 영국이 참전하게 되면 당신은 넓게 펼쳐진 바다에서 펼쳐질 해전을 곧 보게 될 거야. 달리 무슨 방법이 있겠어. 내가 당신에게 이야기했지만 언제나 전쟁은 있어. 눈에 보이는 전쟁은 얼마 되지 않지만 말이야. 이번 전쟁은 전 세계 사람 모두가 눈으로 확인할 수 있는 전쟁이기 때문에 절대 잊히지 않을 거야. 그렇지만 끝나기까지 시간은 얼마 걸리지 않을 거야. 장담할 수 있어. 아르헨티나 군인들이 팡파르를 울렸는데 결국 이 최후의 발악은 자기 무덤을 파는 행위였어." '바다의 목구멍으로'라는 구절이 떠올랐는데, 그럴만 했다.

그의 목소리엔 만족스러움과 자랑스러움이 묻어났다. 얼마나 자기 말이 옳았는지 과시할 수 있었을 뿐만 아니라 양쪽 모두 사상자가 나올 수밖에 없는 무력 충돌이 임박했다는 사실에 조금은 들떠 있는 것 같았다. 문제만 빨리 해결된다면 사상자는 그리 많지 않을 테지만 그렇다고 최악이 아니라고는 할 수 없었다. 그가 그렇게 정열적으로 떠벌린 것도 그리 이상하진 않았다. 영국은 대처와 아르헨티나의 대통령직을 찬탈했던 장군 갈티에리 두 사람이 부추긴 분위기에 휩싸였고 게다가 아무리 멀리 떨어져 있다고 해도 토마스는 대처를 위해 일하고 있었다. 장막 뒤에 숨어 있는 권력자들은 사람들이 스스로 해석하게 할 뿐 절대로 자기가 직접 명령을 하달하려고는 하지 않는다. 그러나 대처 여사가 모르는 편이 더 나을 명령 몇 가지를 제외한 모든 명령이 수상인 대처 여사로부터 내려왔다. 특히 영국인들의 오랜 경험에 비춰 봤을 땐 이해가 되지 않는 것이긴 했지만, 영국인이나 아르헨티나 사람 모두 감정이 격해져 서로 상대를 강하게 응징할 것을 요구했다. 사람들이 가장 원했던 것엔—자기는 그런 사람이 아니라고 믿는 비양심적인 이들이 수백만 명도 넘었다—영국과 아르헨티나 두 건달 간의 멋진 전쟁도 있었다. 그러나 멋진 전쟁이라는 것은 아직 전쟁이 시작되지 않았을 때의 생각일 뿐이었다.

갑자기 다른 생각이 떠올랐다. 스페인어권 국가와 전쟁이 벌어지면 런던에서 도청이나 번역, 혹은 취조나 그 비슷한 것을 위해 토마스를 소환할 것이 분명하단 생각이다. 섬을 침공한 날부터 이미 패는 드러나 있었기 때문에 염탐이 필요한 시점은 아닌 것 같으니 어딜 잠입하라고 요구할 것 같진 않았다. 내 생각에 불과했지만, 밝혀야 할 것도 예측할 것도 그리 많지 않았고, 영국의 군사력은 아르헨티나에 비교해 월등히 강했다. 그래서 아르헨티나의 자폭에 가까운 경솔하고 무책임한 행동에 경악할 수밖에 없었다. 어떤 경우라도 필요하다면 토마스는 완전무결하게 다른 사람 흉내를 낼 수 있다는 점에 대해선 나는 눈곱만큼도 의심하지 않았다. 무서운 생각이 들 정도로 목소리를 바꿔 영어로 누구든 흉내낼 수 있다면, 부에노스아이레스 지방 방언을 사용하는 아르헨티나 사람 행세도 별로 어렵지 않을 것이다. 물론 스페인어를 사용하는 우리에게는 부에노스아이레스 사람들 말투를 서투르게 흉내내는 것처럼 들릴 수도 있다. 하지만 토마스 정도의 능력이라면 큰 의심을 불러일으키지 않고 똑같이 재현할 수 있을 것이다. 나는 완전히 제정신을 잃어 아무것도 통제가 되지 않았다. 이미 말했듯이 나는 옛날부터 추측과 억측에 사로잡혀 있는 상태였다. 그래서 내 마음대로 그를 부에노스아이레스든, 리오가예고스*든, 티에라델푸에고든 어디로든 보낼 수 있었다. 내 환상 속에선 뭐든 가능했다

그때까지만 해도 토마스가 나를 이긴 것을 과시하고 즐길 수 있었다고 이야기한 것은, 내가 예견한 것과 똑같은 일이 비로 이어서 일어났기 때문이었다. 1982년 4월 3일, 유엔안전보장이사회는 적대행위를 즉각 멈추고 모든 아르헨티나군은 당상 포클랜드 제도에서(나도 그와 마찬가지로 포클랜드라고 부르는 것에 익숙해져 있었다) 철수할 것을 요구했으며, 양국 정부에 이 분쟁을 외교적으로 해결할 것을 촉구했다. 다음날 토마스는 당장 영국으로 떠나야 한다고 이야기했다. 단 하루 뒤인 4월 5일, 영국의 특별 전담반이 포츠머스에서 출발했다. 상상을 뛰어넘을 정도로 피에 굶주린 모습을 보여주었는데도 전쟁에 미친 군중들이 거리로 나와 소리를 지르며 그들을 떠나보냈다. 어떻든 지난 한 세기 반 동안 영국은 나폴레옹, 차르, 카이저, 히틀러를 비롯한 많은 사람과 맞서 싸운 나라였다. 그럼에도 군중들은 영국이 과거의 무공과 저항을 통해 획득한 명예에 비해 너무 질 낮은 명예 회복을 외치고 있었다.

---

* 아르헨티나 남단 산타크루스 주의 주도.

4월 4일, 그를 배웅하려고 공항에 갔다. 그가 떠날 때 배웅한 것은 몇 차례 되지 않았다. 언제 돌아올지 몰랐지만 나는 이미 그의 출장에 익숙해져 있었고, 그의 출타를 마치 안절부절 못한 채 급하게 사업차 떠나는 경영진의 여행과 똑같이 받아들이려고 노력했다. 집을 떠나 끊임없이 움직여야지만 마음이 편한 사람처럼, 전 세계를 돌고 돌아 언젠가는 원점으로 다시 돌아올 테지만 가끔은 예기치 못한 일로 길어지곤 하던 그런 여행으로 말이다. 그러나 이번엔 늘 그가 이야기하던 진짜 전쟁, 눈에 보이는 전쟁이었다. 물론 처음에는 언어 차원에서의 지원이나 그와 비슷한 임무를 위해 그를 배에 태워 최전선으로 보낼까봐 걱정하진 않았다. 하지만 그는 분명 군대에 갈 만한 나이였고 나에겐 모든 것이 가능한 것처럼 보였다. 안개 속 같은 예전과는 달리 이번엔 그가 노출될 수 있는 위험의 유형이 시각화되어 나타났다. 우리는 무시무시한 해전을 그린 영화란 영화는 다 봤는데, 그때마다 전함은 불에 타 침몰했고 승조원들은 갈기갈기 찢겨 물속으로 사라져갔었다. 나는 천연덕스러운 표정으로 조용히 그를 따라갔다. 한마디도 하지 않았고, 이번에 맡은 임무가 무엇인지도 당연히 묻지 않았다. 그도 아직은 모르고 있을 것이다. 좋은 의미에서 그는 조금 흥분한 것처럼 보였다. (흥분을 느껴 본 사람은 이해할 수 있을 것이다.) 개인적으로 해야 할 일이 아니라 전쟁으로 인한 호전적인 분위기 탓이었다. 영국을 사로잡아버린 이상한 허세에 그도 감염된 것 같았다. 사실 나는 그 분위기가 짜증났을 뿐만 아니라 혐오스럽기까지 했다. 물론 부에노스아이레스의 5월 광장에서 열렸던 말비나스 제도 무력 탈환을 지지하는 대중집회가 보여준 아르헨티나 쪽 분위기 역시 만만치 않았다. 몇 년째 범죄를 저지르고 있던 군 장성들에게 무력 탈환을 강하게 요구하며, 별반 이익도 없고 승리도 장담하기 어려운 전쟁에서, 한마디로 말도 안 되는 대의를 위해 젊은이들을 희생시킬 준비를 하고 있었다. 역사와 셰익스피어가 묘사한 아쟁쿠르에서의 헨리 5세의 대의와는 달리 대처가 표방한 대의는 그리 긍정적인 것은 아니었지만, 먼저 화살을 날린 게 대처 여사는 아니었다. 물론 처음에는 이것도 상당한 의미가 있었지만, 엄청난 포격과 함께 무시무시한 칼날의 쿠크리 단검으로 무장하고 백병전을 벌이는 네팔 출신 용병 구르카를 파견하는 등 과잉대응을 하면서 그 대의도 뇌리에서 사라진 듯했다.

"언제 돌아올지 전혀 모를 거야. 맞지?" 바라하스 공항으로 가는 택시 안에서 그에게 했던 몇 마디 중 하나였다. "내 생각엔, 옛날보다 더 예상이 안 될 거야. 전쟁이 언제까지 갈지 아무도 모를 테니까. 쉽게 이길 것 같긴 한데, 그렇지?"

"누가 당신에게 내가 전쟁에 나간다고 했어?" 그는 나를 평소보다 더 불안하게 만들고 싶었던지 장난기 어린 대답을 했다. "나는 그런 말 안 했는데. 이번엔 꼼짝도 하지 않고 런던에 그대로 있어야 할지도 몰라." 알고 있는지 모르고 있는지는 더는 덧붙이지 않았다. 그는 어떤 정보도 건네주지 않았다.

"맞아. 당신은 그런 말 하지 않았어. 그러나 셜록 홈스가 될 수도 있잖아. 스페인어 사용 국가로부터 그 섬을 되찾기 위해 함대를 준비하면서, 당신을 급하게 소환한 것을 보면 아마 그것과 관련이 있지 않을까? 내 말은 그들이 당신을 곧장 포클랜드 제도로 가는 구축함에 태울 거라는 것은 아니야. 그러지 않았으면 좋겠어. 그러나 이런 식의 충돌에선 당신이 분명히 유용할 거야. 그렇게 생각 안 해?"

"베르타, 나는 언제나 쓸모 있는 인간이었어." 그는 때로는 이런 것을 잘 참지 못하고 우쭐한 웃음으로 대답했다. '정말 많이 변했다'는 생각이 들었다. '비밀로 가득찬 황당한 생활을 하면서부터 몇 년 전의 그와는 너무 많이 달라졌어. 겨우 내 앞에서만 잘난 체하면서, 그것도 정말 조금밖엔 못 하면서 말이야. 실패했다는 느낌인 것 같긴 해. 불쌍한 인간. 집에 있는 아내 앞에서만 잘난 체하는 것을 빼면 아무것도 없어. 그런데 어떻게 이렇게 확고할 수 있지? 자기 주관도 내던지고 어떻게 그렇게 단단하게 영국의 애국자가 되었을까? 주관이 있었다면, 분명 그것은 한쪽으로 밀어놓은 다음 7개의 열쇠로 잠가놨을 거야. 왕실과 의견이 다르다고 밝힌다면 그것은 자신의 활동이나 행적 그리고 외길로 걸어온 자신의 존재까지 의심하는 것과 같을 거야. 유일하게 변하지 않은 것이 있다면 자신에 대한 고민이나 의문과는 담을 쌓았다는 건데, 한마디로 반성이 부족하다는 의미가 아닐까? 그는 해야 할 일을 하는 것만으로, 혹은 하기로 마음먹은 일을 하는 것만으로도 충분하다고 생각하고 있을 거야. 찬찬히 자신을 돌아보는 것 자체를 시간 낭비라고 생각하고 있을 거야. 자기가 어떤 부류의 사람인지, 어떤 능력이 있는지 잘 알고 있을 텐데, 지금의 이런 모습을 받아들일 수 있다고, 아니 만족스럽다고 느끼는 것 같아. 가끔은 자랑스럽게 생각할지도 모르고, 자기가 쓸모 있다는 사실을 증명한 것만으로도 만족하고 있을 거야. 그에게 그 이상의 어떤 계획이 있을 것 같진 않아. 물론 그의 능력이나 그가 하는 일은 분명 의미가 있어. 하지만 예전의 그가 그립긴 해. 하긴 여전히 그를 좋아할 뿐만 아니라, 일부밖에는 소유하지 못한다고 해도 절대로 그를 잃고 싶지 않아. 어쨌든, 여기에 머물다가 벗어나기도 하고, 떠났다가도 다시 돌아오는 지금 그의 모습 안엔 예전의 그가 남겨 있으니까. 선잠이 든 채, 아니 기나긴 마법의 희생양이 되어 예전의 그는 그곳을 떠돌 거야. 빨리 돌아왔으면. 그 섬에서 아무 일도 없었으면. 이 어리석은 전쟁이 제발 빨리 끝났으면.' 그는 이 말을 덧붙였다. "계속 다른 갈등이 생길 거야. 절대로 진실을 외면해선 안 돼. 유감이긴 하지만 관심을 받는 것, 즉 호전적인 행동이 다른 어떤 것들을 감출 수 있기에 절대로 갈등은 끝나지 않을 거야. 적들이 휴식만 취하고 있진 않아. 절대 그런 일은 없어. 한 사람이 잠들면 다른 사람이 활동할 테니까. 잠을 자면서도 뭔가 결과를 가져올 수 있고 그래서 어떤 의미를 지닐 수 있는 음모를 꿈꾸고 있을 거야. 오히려 적대심을 키우고 저강도 타격을 하기 위해 그들은 다른 문이 열려 있는 것을, 우리가 방심한 틈과 우리 힘이 분산된 것을 이용한다고. 예를 들어 당신은 아일랜드 문제가 이젠 잠잠해졌다고 믿고 있을 거야. 제2차세계대전 동안 우리에게 쉴 수 있는 시간을 주었다고 말이야. 물론 어떤 점에선 그렇게 이야기할 수도 있어. 아일랜드가 중립을 선언했으니까. 정말 뻔뻔하게 중립을. 1944년(전쟁이 시작되고 포위공격을 받은 지 벌써 5년째라는 걸 명심해야 해) 아일랜드에 주재하던 추축국* 외교관들을 추방하는 것을 거절했어. 우리뿐만이 아니라 미국도 강하게 요청했는데 말이야." 여기에서 그는 '우리'를 과거로, 그가 태어나지도 않았던 시대로 확장했다. 정말 믿기 힘들었다. 그는 최소한 1415년의 아쟁쿠르 전투까지 외연을 확장할 수 있다고 믿는 것 같았다. "결과적으로 적지 않은 아일랜드 사람이 스파이 짓이나 사보타주를 벌여 독일 사람들에게 협력했어. 아무튼 독일인들은 우리를 무너트리고 싶어 했는데, 아일랜드 사람들은 이것을 정말 좋은 기회라고 생각했던 거야. 나치가 승리하면 아일랜드가 어떻게 될지 전혀 생각하지 않았던 거지. 비교하자면, 나치는 우리의 구둣발과 통치 방식을 아주 자비롭고 정중하다고 생각했을걸. 다 끝난 것 같아도, 모든 것이 이런 식으로 계속되고 있어. 철의 장막에 갇힌 국가들과 국제 테러리스트, 얼스터**와 언론들도 잘 모르는 또다른 적들이 여전히 똑같은 짓을 하고

---

* 제2차세계대전 때에 일본, 독일, 이탈리아가 맺은 삼국 동맹을 지지하여 미국, 영국, 프랑스 등의 연합국과 대립한 나라를 가리키는 단어. 1936년에 무솔리니가 "유럽의 국제 관계는 로마와 베를린을 연결하는 선을 추축으로 하여 변화할 것이다."라고 연설한 데서 유래한 말이다.

** 아일랜드의 네 지방 중 하나이다. 이곳에서 가장 큰 도시는 벨파스트이다.

있다고. 세상엔 정말 많은 일이 일어나고 있어. 그러니까 당신도 내가 어디로 갈지 지금 상황만 가지고 함부로 추측하지 마. 벌써 당신에게 말했지만, 외무부를 떠나지 않을 수도 있어."

"알았어. 괜한 추측은 그만할게. 이번이 마지막이었으면 좋겠어."

얼스터에 대한 언급만으로도 나는 몸과 마음이 위축되었다. 내가 읽었던 기사대로 그를 포클랜드 제도로 보내기로 했다는 핵잠수함 HMS 컨커러Conqueror호에 태워 그곳으로 보내는 것이 더 나을 거란 생각이 들었다. 나는 경험을 통해 아일랜드와 같은 갈등이 더 무섭다는 것을 알고 있었다. 그 재수 없는 킨델란 부부를 기억에서 털어낼 수 없어서 그날 이후 나는 북아일랜드 뉴스를 쫓아다니는 것이 습관이 되었다. 그렇다고 강박관념에 사로잡힐 정도는 아니었지만, 스페인 신문에 뭐든 기사가 뜨면 절대로 그냥 지나치지 않았다. 나는 좀 황당하게도, 악명 높은 '카를로스' 같은 매우 활동적인 테러리스트들이나 동유럽 국가들에 대해선 크게 걱정하지 않았다. 확실히는 모르지만, 스페인어를 사용하던 베네수엘라 사람으로 추정되는 '카를로스'를 토마스가 추적하고 있을 것 같은 시기에도 마찬가지였다. 나는 잠시 입을 다물고 그의 손을 잡았다. 그도 내 손을 꼭 잡았다가 얼른 손을 놓고 담배를 꺼내 불을 붙였다. 너무 흥분한 탓에 손을 잡고 있으면 생각이 흐트러질 것 같다는 생각에 얼른 놓아버린 것 같은 느낌이었다. 그는 자기 일에만 정신이 빠져 있었다. 문득 그의 역할이 무엇인지 정확히 알아야 한다는 생각이 들면서, 목전에 그를 기다리는 것이 무엇인지 알고 싶어졌다. 다음날, 아니면 다음날 저녁에 그가 무엇을 해야하고 어디로 갈지 알고 싶었다. 그는 머릿속으로는 이미 그곳에 가 있었고 다음 행보에 집중하고 있었다. '흥분'이란 단어는 적당한 것 같진 않았지만 흥분과 비슷한 무언가를 느끼고 있었다. 그 역시 영국민 전체가 보여준 조급함을 공유하고 있었고 영국 함대가 지구 저 먼 곳으로 나아가 오만한 독재자들이 다스리는 아르헨티나에 따끔한 교훈을 주기 위해 얼른 작전을 펴야 한다고 생각하고 있었다. 아르헨티나 사람들은 무엇을 생각하고 있었을까? 별 피해 없이 전통 있는 제국에 맞서 싸울 수 있을 거라고 생각했을까? 그러나 영국은 갑자기 철부지처럼 기억을 되살렸고 몇 세기 전에 이미 잃어버렸던 제국의 망령을 살려냈다.

"잘 다녀와! 몸조심해. 가능할 때마다 연락하고. 언제나 그랬듯이 말이야. 아무리 멀리 가더라도 다시 가능해지면……. 이번 파견이 너무 길어지지 않았으면 좋겠다." 이것이 그가 출발하기 전에 내가 던진 마지막 말이었다. 나는 손가락으로 그의 입술을 가볍게 만졌다. 그리고 깔끔하게 면도한 그의 턱을 쓰다듬으며 평소처럼 포옹했다. 뭔가 불만스럽긴 했지만, 예전의 무한한 사랑으로 안아주었다.

"물론이지." 그가 대답했다. "당신도 잘 알겠지만, 내가 소식을 주지 못하면 그럴 만한 사정이 있을 것으로 생각하면 돼. 언제나 그랬듯이 말이야. 시간이 좀 걸리더라도 너무 조급하게

생각하지 마. 아무리 시간이 걸려도 말이야. 평소와 같을 테니
까. 아무튼, 이번 전쟁은 시간이 좀 걸릴 거야. 이게 나에게도
영향을 줄 수도 있고. 그냥 지나갈지도 모르지만."

2달 반에 걸친, 좀 더 정확하게 이야기하면 태스크 포스 팀이 포츠머스를 출발한 4월 5일부터 말비나스 제도의 총독으로 임명된 메넨데스 장군이 영국군 사령관인 무어 장군에게 항복한 6월 14일까지 나는 매일 전쟁만 따라다녔다. 항복한 그날부에노스아이레스에선 많은 시민이 거리로 쏟아져나와 엄청나게 항의했고 덕분에 소란한 저녁을 보내야 했다.

전쟁 기간 내내 영어 신문 두세 가지를 사서 재빨리 훑어보았다. 토마스가 귀띔했던 것처럼 그 분쟁은 그와 별 상관이 없을 수도 있다는 생각에 가끔은 쓸데없는 숙제라는 생각도 들었다. 게다가 엉터리 기사도 있었고, 비밀도 침묵도 적지 않았기에, 다 읽지도 않았고 읽을 수도 없었다. 그렇지만 4월 4일 그가 갑자기 떠난 것은 어떤 식으로든 아르헨티나의 침공과 관련이 있다고 나는 믿고 있었다. 외무부든 MI6든, 그 어디로부터도 단 한 통의 전화가 없었다. 그리 길지 않았을지는 모르지만, 단 며칠이라도 그는 분명 최종 목적지로 가기 위해 그곳에서 기다렸을 터인데 말이다. 나는 그가 런던에 도착하자마자 모처로 이동되었을 거라고 생각했다. 당시 가장 시급했던 새로운 이슈는 섬을 빼앗긴 것이었고 이 문제는 강경파인 마거릿 대처와 그녀의 내각, 육군, 공군, 해군, 외교, 비밀정보부를 분주하게 만들었다. 모든 시간을 여기에 쏟아부어야만 했다. 그렇다고 다른 것들 역시 숨죽이고 있지는 않을 것 또한 사실이었다. 비상사대에 직면했는데 적이 가만히 있을 이유가 없고, 오히려 더 강력하게 대응할 것이다. 아무리 사소하게 보이거나 부차적인 것이라도 단 하나의 전선도 소홀히 취급해서는 안 된다는 생각이 들었다. 그러나 평소 때처럼 나는 아무것도 모르고 있었다. 요컨대 평소처럼, 모든 것을 무시했다. 전 세계 사람이 그랬을 테지만 나 역시 전쟁을 따라 한 걸음 한 걸음 움직였다. 전 세계가 여기에 매달려 있는 것 자체가 상당히 이상한 상황이었지만, 전쟁은 미국 대통령 레이건과 여행을 좋아하는 교황 요한 바오로 2세부터 시작해서 모든 사람의 시선을 잡아끌고 있었다.

5월 2일, 나는 엄청난 슬픔을 느낌과 동시에 조금은 안도가 섞인 한숨을 내쉬었다. 핵잠수함 컨커러가 아르헨티나의 순양함 헤네랄 벨그라노호를 어뢰로 격침시켜 300명 이상의 승조원이 사망했다. 엄청난 수의 사망자에 가슴이 너무 아팠지만, 만약 영국 해군 함정이 침몰했다면 더 기분이 나빴을 거라는 생각도 들었다. 토마스가 어떤 배에 타고 있는지 알 수 없었기 때문이었다.

5월 4일, 여전히 마음이 놓이지 않았다. 이번에는 엑조세 미사일을 장착한 아르헨티나 해군 비행기가 영국의 구축함 셰필드호를 침몰시켰고, 20여 명의 영국 해군이 사망했다. 그렇지만 그들과 함께 배를 탔던 사람 중에 협상팀, 통역관, 그 지역에 정통한 스파이 등이 있었는지 없었는지는 아무도 알 수 없었다.

5월 10일, 영국의 프리깃함 '얼래크리티호'가 아르헨티나의 '이슬라 데 로스 에스타도스호'를 격침시켜 선장과 20여 명의 선원이 사망했다. 당시 나는 슬픔보다는 안도감이 앞섰다. 한 걸음 더 나아가 그때부터는 많은 사망자를 내지 않고 빨리 평화를 정착시키기 위해 불쌍한 군인이 몇 명 죽더라도 영국이 될 수 있으면 빨리 정치군인들 수중에 있는 악마 같은 아르헨티나를 박살 냈으면 좋겠다는 생각을 하기 시작했다. 나는 진격보다는 후퇴에, 다시 말해 승리보다는 '우리 편'에 불리한 상황에 더 관심을 두었고, 이 상황이 나를 더 놀라게 했다.

5월 20, 24, 25일은 정말 끔찍한 공포를 느꼈다. 첫 번째 날, 영국 해군의 프리깃함 아덴트호가 침몰했고 세 대의 해리어 전투기와 헬리콥터 두 대가 추락했다. 토마스가 헬리콥터를 타고 이동 중이었을지도 모른다는 생각이 들었다. 두 번째 날엔 프리깃함 앤털로프호가 어딘지 잘 모르는 해협에서 가라앉았다. 세 번째 날엔 아르헨티나 전투기들이 구축함 코번트리호와 중수송선 애틀랜틱 컨베이어호를 격침했다. 사망자 수는 정확하게 나오지 않았다. 얼마 전에 읽은 바로는 대처 여사가 슬픈 이야기를 듣고 싶어하지 않아서 발표하지 않았다는데—그 녀는 이런 것을 거론하는 것조차 싫어했을 거라는 생각이 들었 다—잠시라도 안개 속에 싸여 있는 것이 더 나을 것 같았다.

영국인들은 차근차근 전투에서 승리를 거둬나갔고, 결국 전쟁에서 이겼다. 물론 이것은 시간문제이긴 했지만 영국도 적지 않은 타격을 받았다. 나는 텔레비전과 신문을 보면서 멀리서나마 해군의 팬이 되었다. 유연한 모습은 전혀 없이 툭하면 태도를 바꾸는 등의 매우 호전적이고 동네 조폭 기질이 있는 영국이나 대처 여사에 대해선 자꾸만 반감이 커졌던 것과는 정반대 현상이었다. 영국 여기저기에서 열리는 축세를 보면서는 엉뚱하게도 부끄럽단 생각이 들었다. 내가 유럽인이라는 것 때문에 느낀 부끄러움이었다. (아메리카인들은 훨씬 극적이고 열광적일 뿐 아니라, 호들갑을 떠는 것도 그들에겐 별로 놀랄 만한 일이 아닐 것이다.) 하지만 그렇다고 해서 6월 8일 병력수송선인 '갤러헤드 경함卿艦'의 침몰을 저주한 것이나 12일 해안에서 발사한 엑조세 미사일에 13명의 승조원을 태운 글러모건호가 전쟁에서 강제 퇴역당한 것을 보고 낙담한 것은 막아주지 못했다.

먼 훗날엔 이런 종류의 피해는 직업상 안을 수밖에 없는 어쩔 수 없는 위험으로 여겨질 테다. 사망자의 가족을 제외한 다른 사람들은 전체 분쟁에선 불가피했던 소소한 변사로 간주하고, 그냥 잊어버릴 것이다. 그러나 아르헨티나와의 분쟁이 계속되고 결론이 쉽게 나지 않으면 않을수록 나는 실망할 수밖에 없었고, 군인들의 통행이 끊임없이 이어지면 이어질수록 절망할 수밖에 없었다. 교황 요한 바오로 2세는 11일 부에노스아이레스에 나타나 열광적인 대중 앞에서 평화를 기원했다. 그날 앞뒤로 똑같이 호전적인 모습으로 복수를 외쳤던 군중 앞에서 말이다. 반면에 5월 28일 교황은 런던 거리에 있었지만, 별 주목을 받지 못했다. (아르헨티나에선 분명히 결이 다른 반응을 일으켰었다.) 이런 일상은 나를 너무 피곤하게 만들었고, 2달 반 동안 이어진 관심과 불안감은 여전히 끝이 보이지 않았다. 토마스가 떠날 때 남긴 미리 준비한 듯한 모호한 말에 매달릴 때 그나마 잠시 쉴 수 있었다. 그가 다른 곳에, 발트해 국가, 아랍 국가, 동독, 생각하기도 싫은 북아일랜드 등에 있을 수도 있다는 생각이 들었다. 마지막 국가인 북아일랜드에 있을 가능성은 얼른 내 마음속에서 지워버리고 싶었는데, 단순히 앞에서 이야기한 이유 때문은 아니었다. 얼마나 되었는지는 잘 모르겠는데 (아마 1982년 이후겠지만 나는 그 사진을 훨씬 전에 치워놓은 것 같다), 지금까지 봤던 사진 중에서 가장 끔찍한 사진이 여러 신문 1면에 실린 적이 있었다. 너무 끔찍해서 얼른 보고 신문을 덮어버렸을 뿐만 아니라, 밤이 되기 전에 읽지도 않고 쓰레기통에 버렸다. 그러나 한번 흘깃 봤는데도 모호한 이미지는 오랫동안 기억에 남아 있었다. 불쑥불쑥 기억이 떠올랐고 지금도 마찬가지였다. 벨파스트인지, 데리*인지, 아니면 작은 시골 마을이었

---

* 북아일랜드의 도시. 교외까지 합쳐 약 9만 명 정도의 인구를 가진 도시로 북아일랜드에선 벨파스트에 이은 두 번째로 큰 도시이다.

는지는 잘 기억나지 않는다. 군중들이 영국 군인을 공격해 가죽을 벗겼다. 아직도 나는 죽은 다음에 가죽을 벗겼다고 믿고 있다. 나는 그 상황에 대해 될 수 있으면 알고 싶지 않아 자세히 읽지 않았고, 사진 아래 있던 몇 마디만 읽었던 것 같다. 세세한 것은 오히려 잊고 싶었다. 그 병사의 시신은 발가벗겨진 채 십자가에 못박힌 성 안드레아처럼 풍차 날개에 엎어져 있었다. 벽인지 타이어 더미인지 맥주 통인지 하여튼 어딘가에 기대어져 있었는데, 잘 기억나지는 않는다. 인터넷이 있어 모든 것을 되돌릴 수 있고 완전히 지워지는 것은 아무것도 없는 세상이기에 그 사진도 복구해서 다시 볼 수 있겠지만 나는 그럴 생각은 추호도 하지 않았다. 그의 주위엔 사람들이 있었던 것 같았고, 그는 버려지긴 했지만 혼자는 아니었다. 마드리드나 유럽의 어느 도시에서든, 우리 주변 마을에서도 볼 수 있는 평범한 얼굴의 사람들이 시신을 살피기 위해 모여들었는데, 개중에는 이 잔혹한 짓에 가담했던 사람도 전혀 상관이 없는 사람도 있었을 것이다. 이런 끔찍한 짓을 저지르고도 자신들이 한 일에 대해 전혀 가책도 느끼지 않고—아마 후회는 나중에 할지 모른다. 아니, 절대 후회하지 않을 수도 있다—바라보고 있었을지도 모른다. 어떤 행위든 일단 끝이 나서 다시 되돌릴 수 없게 되면 정신이 혼미해져서 그랬을 수도 있다. 어쨌든 그 사람들은 평소보다 더 어두운색으로 변한—가죽이 벗겨진 몸뚱이는 붉은색이 돌았을 텐데, 생각하지 않는 편이 더 나을 것이다. 이미지는 흑백사진으로 재현되어 있었다—백인 남자의 몸뚱이를 바라보고 있었는데, 마치 박물관의 〈에케 호모Ecce Homo*〉 그림을 보는 것 같았다. 2천 년이 지난 뒤 예루살렘과 멀리 떨어진 곳에서 그 병사를 버렸듯이 사람들은 그리스도를 버렸다. 그러나 박물관의 에케 호모는 2차원의 세계에서 영원히 그곳에 남아 있을 것이다. 부피는 없을지 모르지만, 그 젊은 병사처럼 현실도 아니고 최근에 있었던 일도 아니니까.

우리 대부분은 살아가는 동안 몇 번씩은 구체적으로 증오를 느끼기도 하고 추상적으로 느끼기도 한다. 그러나 직접 목격하는 일은 정말 드물다. 겉으로 드러난 증오의 결과물을 틀에 넣어 인정하기도, 수용하기도 쉽지 않다. 우리는 이를 참지 못하는 것이다. 유럽에서 살아가는 우리는 아직도 기억에 남아 있는 지난 수 세기 동안의 폭력에 강제로 익숙해졌다. 얼스터에서 정말 못되게 군 영국군도 있겠지만, 죽은 그 병사는 증오의 대상이 된 군복을 입었던 죄밖엔 없을지도 모르고 그곳에 온 지 얼마 되지 않았는지도 모른다. 진실이 무엇이든 그 일이 가장 충격적이었던 점은(내 시각에서 말하는 것이지만) 분노에 찬 통제되지 않는 군중은 무슨 짓이든 할 수 있다는 사실을 보여주었다는 것이었다. 몇 년 후 북아일랜드의 그 사진을 다시 한번 떠올리게 만든 다른 장면을 보았다. (텔레비전에서 부분

---

*   요한복음 19장 5절에 나오는 라틴어 어구로, 폰티우스 필라투스가 예수를 채 찍질하고 머리에 가시관을 씌운 뒤 성난 무리 앞에서 예수를 가리키면서 한 '이 사람을 보라'라는 의미의 말이다. 이 장면의 예수의 모습을 묘사한 스페인의 화가 엘리아스 가르시아 마르티네스의 벽화를 의미하기도 한다.

적으로 보여주었다.) 이번엔 스페인에서 있었던 장면으로 그보다는 조금은 덜 무서웠고 덜 끔찍했다. 바스크 민족주의자들이 길 한복판에 무방비 상태로 쓰러져 있는 지방 경찰관의 머리를 심하게 발길질하는 장면이었다. 군중들은 무표정한 얼굴로 지켜보면서 은근히 부추기고 있었다. 그는 침략자의 위상을 가진 국가가 파견한 국립 경찰이 아니라 지방 자치 경찰이었다. 공격하는 사람들과 같은 바스크인이었다. 그 사람은 다행히 죽지는 않았지만 오랫동안 병원 신세를 졌을 테고, 지워지지 않을 상처가 남았을 것이다. 자랑스러운 '애국자'들, 다시 말해 이성이라고는 털끝만큼도 없었던 아일랜드 사람들의 행동을 모방했던 사람들과는 달리, 그 경찰은 그날을 절대로 잊지 못할 것이다. 뭔가가, 아니 누군가가 그들을 막아섰는데 만일 이 사람이 없었다면 그들은 아무런 거리낌도 없이 가벼운 마음으로 무차별적인 발길질을 해서 그 지방 경찰을 죽였을 것이다.

나는 생각으로부터 도망치고 싶었다. 토마스가 프리깃함이나 헬리콥터를 타고 남대서양을 돌아다니고 있는 편이 더 나을 거란 생각을 했다. 부에노스아이레스의 은신처에 있는 편이 북아일랜드에 있는 것보다는 더 나았다. 북아일랜드에 있다가 혹시라도 발각된다면 그들은 영국 편에 선 침입자이자 배신자에게, 스파이에게 무슨 짓을 할지 몰랐다. 구체적이건 추상적이건 이 세상 모든 증오란 증오는 다 그에게 쏟아부을 것이다. 가장 지독한 증오를 퍼부을 것이다. 속아넘어간 자들의 증오를 말이다.

그렇다. 말비나스, 아니 포클랜드 전쟁은 공식적으로는 6월 20일 섬을 반환하는 것으로 끝이 났고, 세상 사람들은 금세 그 전쟁에 대해 잊어버렸다. 방금 일어난 일도 더는 계속되지 않으면 사람들은 전혀 흥미를 느끼지 못한다. 사람들의 관심은 다음에 벌어질 일을, 다시 말해 이제 막 벌어지기 시작한 일이나 앞으로 벌어질지 모르는 일만 따라간다. 아직 결론이 나지 않았거나 결론을 내지 못한 일만 좇아가는 것이다. 사실 영원히 불안정한 상태에서 계속 위협을 받으며 그 대신 살아가는 것이다. 최소한 지구 어딘가엔 우리보다 훨씬 상황이 안 좋은 사람도 있다는 것과 그런 사람들이 사는 곳엔 엄청난 위험에 도사리고 있다는 사실을 자꾸 상기시키는 사람도 있다는 것 역시 잘 알고 있다. 이는 예전에도 지금도 마찬가지이지만 3차원으로 승화되었다는 점만 달라졌다. 언제든 이런저런 재앙이 닥칠 수 있고, 결국 우리에게 직간접으로 영향을 미칠 수 있다는 생각에(수 세기, 아니 거의 모든 인류의 역사에서, 내 인생의 어느 부분은 이런 변화와 접해 있었다) 나는 점차 익숙해졌다. 아프가니스탄, 이라크, 우크라이나, 시리아, 리비아, 에티오피아, 소말리아 등의 문제에는 전혀 관심을 보이지 않던 시대는 끝이 났다. 한때 우리 스페인의 식민지였던 멕시코, 필리핀 등의 문제에는 관심을 보이지 않아도 상관없던 그런 시대는 이제 끝이 난 것이다.

영웅적인 업적으로 평가된 승전을 최대한으로 활용하여, 화약 냄새도 맡지 않았고 피부가 포연에 검게 그을리거나 찢겨나가지도 않는 등, 위험에 단 1분도 직면하지 않았던 사람들에게, 다시 말해 천박하게 집에서 팔짱만 낀 채 BBC를 시청하던 사람들에게 국가에 대한 자부심을 느끼게 해줬다고 열렬히 추켜세우던 영어 신문들조차 조금씩 관심을 끊기 시작했다. 그러나 나는 절대로 관심을 끊을 수 없었다. 파견부대의 본국 송환이 늦어지는 것, 날이 갈수록 서서히 차갑게 식어가는 환영 행사, 앞으로 있을 포클랜드 제도 방어를 위한 조치들, 아르헨티나 군부의 퇴진과 갈티에리의 사임과 같이 똑같은 일이 반복해서 일어나는 것을 예방하기 위한 선제적 조치에 매일매일 신경을 곤두세우고 있었다. 전쟁은 전쟁에 패배한 나라에도 이익을, 즉 독재정권의 종식이라는 이익을 안겨주었다. 그뿐만 아니라 1985년인지 86년인지 정확하진 않지만, 과실을 비롯한 여러 가지 죄목으로 기소된 장군에게 많은 사람을 죽음으로 몰았을 뿐만 아니라 국가를 재난에 빠트린 죄를 물어 몇 년의 금고형이 선고되었다. 수많은 애국자가 열렬히 응원했고 용기를 불어넣어줬던 포클랜드 전쟁에 대해 그는 용서받지 못했다. 패배하는 순간 우리는 언제나 속죄의 희생양을 찾는다. 정당하든 말든 희생양은 반드시 있어야 한다. 그래야 다른 사람은 책임을 면할 수 있고 국민도 무죄를 선고받을 수 있다. 게다가 정치인들은 가끔은 사악하고 비겁하고 분별력도 없는 민중을 절대로 비판하지 않는다. 민중을 나무라는 법이 없으며 절대로 그들의 행동을 힐난하지 않는다. 오히려 칭찬할 것이 전혀 없는데도 언제나 변함없는 칭찬 일색이다. 민중은 절대로 건드릴 수 없는 존재가 되었으며, 절대적인 권력을 가지고 전횡했던 과거의 군주를 대신하고 있다. 한마디로 왕들과 마찬가지로 민중 역시 아무리 경솔한 짓을 해도 벌을 받지 않는 특권을 가졌다. 누구에게 투표하든, 누구를 뽑든, 누구를 지지하든 하등의 책임을 지지 않는다. 입을 다물었던 것에 대해서, 동의한 것에 대해서, 강요했거나 요구했던 것에 대해서도 마찬가지다. 스페인의 프랑코주의, 이탈리아의 파시즘, 독일과 오스트리아 그리고 헝가리와 크로아티아의 나치즘은 과연 누구 잘못인가? 소련의 스탈린주의, 중국의 모택동주의 또한 누구의 잘못이라고 해야 할까? 민중은 단 한 번도 책임지지 않았고, 언제나 피해자 행세를 하며 벌도 받지 않았다. (앞으로도 마찬가지로 그들이 스스로를 벌하는 일은 없을 것이다. 언제나 자신을 불쌍히 여길 것이며 동정하기에 급급할 것이다.) 민중은 변덕스럽고 제멋대로였던 군주의 계승자였다. 한마디로 머리는 수백만 개도 넘지만 어쩌면 머리가 하나도 없는 존재인 것이다. 그들은 제각기 관대한 마음으로 거울에 비친 자신의 모습을 바라보며 어깨를 으쓱이며 자기를 변호할 것이다. '아! 내가 잘 몰랐어. 그들이 나를 조종하고, 꼬드기고, 속이고, 잘못된 길로 인도했어. 내가 뭘 알았겠어. 착한 마음으로 성실하게 살아가는 불쌍한 아줌마이자 순진한 아저씨인 우리가 말이야.' 그들의 죄는 너무 분산되다 보니 흐릿해지다 못해 히끼해졌다. 그래서 몇 년이 지나고 아무도 지난 일을 기억하지 못할 정도가 되면 이명의 범죄 주체들은 다음 범죄를 준비하곤 했다.

8월이 되자 나는 가족들과 함께 산세바스티안에 갔다. 물론 아이들도 데리고 갔다. 내가 가는 곳이면 언제나 아이들도 함께였다. 우리 부모님은 상당히 오랫동안 내가 혼자 지내고 있다는 것을 눈치채고 사려 깊은 태도로 나를 맞아주었다. 그들도 토마스의 부재에 익숙해져 절대로 이에 대해선 묻지 않았다. 더욱이 그가 늦어지는 것에 아주 좋은 핑계가 있었다. 아무도 예상하지 못했던 전쟁이 끝난 지 얼마 되지 않았기에 외무부는 재정비할 시간이 필요했고 미묘한 현안도 많았을 텐데, 수많은 사람을 떠나보냈기에 토마스는 죽은 사람들의 자리를 대신해야 할 거라고 덧붙였다. 그리고 우리의 편안한 삶과 더 나은 미래를 통해 그가 늦는 것은 얼마든지 정당화될 수 있다는 것을 은근히 드러냈다.

토마스가 해외에 나가 있는 동안 부모님과 친지들, 그리고 대학 동기들 앞에선 훨씬 더 자주 소통하고 있는 척했다. 그러나 그는 런던을 떠나자마자(이미 런던을 벗어나 다른 곳에 있을 것이 분명했다) 연락이 끊어지는 것이 보통이었다. 몇 년이 지나그가 겨우 허락받은 것 몇 가지를 털어놓은 이후론, 다시 말해최소한의 진실을 털어놓은 이후론 언제나 이런 식이었다. 그러나 일부의 사실은—아주 일부이긴 했지만 어찌 보면 가장 본질적인 부분이기도 했다—나를 그의 은밀한 이중생활의 공범으로 만들기 충분했다. 이젠 나 역시도 의심을 사지 않기 위해,무의식적이라도 그의 신분을 드러내지 않기 위해 자연스럽게거짓말을 했다. 마드리드에 있는 그 누구도 그의 해명을 의심하지 않도록, 우리의 비정상적인 상황을 이상하게 여기지 않도록 말이다. 그가 실제로 무슨 일을 하는지는 영국 대사관의 가장 큰 책임을 가진 대사라고 해도 알고 있을지 확신이 서질 않았다. 런던에서 직원 중 한 사람을 요구하면 그들은 별 반대 없이, 별다른 의심 없이 명령에 따랐을 것이다.

이번도 마찬가지였다. 9월이 되어 마드리드로 돌아왔을 때까지도 그는 전화 한 통 없었고 편지나 엽서, 전보도 마찬가지였다. 레레스비나 여타의 상관들 그리고 동료들을 통한 간접적인 연락도 없었다. '다른 곳에 있는 것이 틀림없어'라고 생각했다. '나는 쓸데없이 포클랜드에 대해 걱정한 거야. 두 달 반에걸친 대치와 그 결과에 매달려서 말이야. 아마 전쟁과는 상관이 없을 거라고 살짝 귀띔했었지. 그렇다면 그는 도대체 어디있을까? 그를 어디로 보낸 걸까? 세상은 넓고 나도 모르는 여러 나라에 전선이 형성되어 있을 텐데.' 이런 생각을 하면서도 확신할 수 없었다. 눈에 보이는 사상자가 발생한 눈에 보이는 전쟁이 있었다는 사실은 이젠 완전히 바뀌었다. 그곳에선 그에게 아무 일도 벌어지지 않았다는 것을, 털어놓고 말할 수도 없었던 전상자에도 끼지 않았다는 사실을 확인해야 했다. 공식적으로는 이야기할 수도 공표할 수도 없고, 행정 서류엔 나타나지도 않는 그런 전상자 말이다. 그들이 맡았던 임무가 은밀하고 비열했기에, 그들과 함께해서 그들을 알고 있었던 그리고 그들에게 명령을 내린 사람까지도 마지막 순간까지 부정할 것이 뻔해 그들에겐 전상자라는 명예도 안겨줄 수 없었을 것이다. (나는 마거릿 대처가 추문은 부인하고 '슬픈 이야기'는 깡그리 지워버리고 무시하는 것을 보았다.) 그들이 배신자로서 맞이한 죽음과 그들이 맡았던 임무의 천박한 성격 때문에, PWE가—아마다른 약자를 사용하여 계속 존재하고 있을 것이다—활약했던 시절과 마찬가지로 모든 사람의 추모 대상이면서도 영국에선 어마어마하게 긴 명판에도 절대 이름 한자 새겨지지 않을—잘해야 미스터리한 이름 첫 글자로 남을—전상자들에겐 본질적인 면에서 변한 것은 아무것도 없었다.

외무부의 옛날 전화번호든 뭐든 누르고 싶은 유혹을 느꼈다. 레레스비에게(그가 아직 그곳에 있다면, 자리를 옮기지 않았고 퇴출당하지도 않았다면) 아니면 누구든 전화를 받는 사람에게 레지 개손에 대해서 물어보고 싶었다. 던다스나 우레, 몽고메리와는 달리 이 사람은 분명 그곳에 근무하고 있었다. 그렇지만 토마스는 시간이 좀 지나도 너무 초조해하지 말라고 이야기했었다. 이것이 공항에서 남긴 그의 마지막 말이었기에, 그의 말을 따라야 했다. 이번은 뭔가 좀 달랐지만, 옛날처럼 참고 기다려야만 했다. 참는 것이 점점 더 힘들어졌다. 밤만 되면 참기 힘든 불안감에 혼자 침대에 들어 이번이 마지막일 것만 같은 두려움에 더욱 짙어진 그의 빈자리를, 있어야 할 자리에 없는 그의 몸을 찾아 더듬거려야만 했다. 유혹에 맞서기 위해 전화를 들 때마다 그가 했던 말을 반복적으로 기억해냈다(좀 더 실감 나게 큰 소리로 나에게 반복했다). 이런 일이 매일 반복되었다. '당신도 잘 알고 있겠지만, 내가 소식을 주지 못하면 그럴 만한 사정이 있을 거라고 생각하면 돼. 언제나 그랬듯이 말이야.' 나는 그의 이 말을 수용했다. '가능할 때마다 연락하고, 언제나 그랬듯이 말이야. 아무리 멀리 가더라도 다시 가능해지면…….' 나는 이 약속을 지켜야 했다.

그러나 이번은 예전과는 달랐다. 아무 연락도 없이 9월, 10월, 11월이 지나갔다. 12월은 그가 돌아오기 적당한 달 같다는 생각에, 미신에 가까운 희망을 안고 날짜를 헤아리기 시작했다. 성탄절엔 모든 사람이 휴가를 낸다는 생각이 들었다. 프락치나 테러리스트도 일하지 않고 지낼 테고, 모든 활동을 연기한 채 일종의 휴식을 누릴 것이다. 성탄절엔 모두 어딘가에서 보내야 한다. 사형집행인이나 사형수 역시 그들을 간절히 기다리는 가족이 있다. 사형집행인은 의심을 불러일으킬 만한 행동을 자제하고 지나친 관심 역시 사양할 것이며, 사형수도 평소처럼 생활할 수 있을 것이다. 설마 그날 사형이 집행될 거라곤 절대로 생각하지 않을 것이다. 물론 세상 여기저기 외톨이들도 분명히 있다. 아무도 기다리지 않는 사람, 갈 곳도 없고 받아 줄 사람도 없는 사람. 이런 사람들에게는 성탄절이라고 해도 별다르지

않을 것이다. 집에 돌아가는 척 외딴 시골 마을 호텔로 숨어드
는 사람도 있다. 토마스가 이런 사람은 되지 않았으면, 이런 흉
내는 내지 않았으면 좋겠다는 생각이 들었다. 아일랜드, 스코
틀랜드, 이스라엘, 팔레스타인, 시리아, 러시아, 체코슬로바키
아, 어디든 상관없었다. 안전문제로 아직 떠나지 못했을지 모
르는 아르헨티나라도 상관없었다. 모든 것이 추측이었고, 모든
것이 환상이었다.

　최소한 안부를 전하기 위해 전화라도 할 줄 알았다. 나를 안
심시키려고, 아이들이 궁금해서, 혹시 기예르모가 아빠를 까맣
게 잊지 않았나 궁금해서라도 전화할 거라고 생각했다. 엘리사
는 아직 아빠에 대한 기억이 없다. 그러나 12월이 상당히 지나
갔는데도 여전히 그는 살아 있다는 그 어떤 징후도 보이지 않
았고, 나는 절망에 가까운 기분이었다. 만약 이달에도 전화를
주지 않는다면, 언제까지 이 상태가 가능할까 궁금했다. 겨울
이 가고 봄이 가도 소식이 없을 수 있다면, 여름과 가을이 다시
가도 그럴 수도 있지 않을까? 나는 외교부에 전화할 생각에 가
만히 두고만 있진 않았다. 결국, 여러 차례 직접 전화를 했다.
그러나 두세 차례 신호음이 울리면—그때마다 '여보세요?'라
는 말을 들었지만—두려움과 후회로 아무 말 없이 전화를 내
려놓았다. 내 머리엔 계속해서 기도 소리만 울렸다. 최악의 두
려움을 몰아내기 위한 주문이었을 것이다. '당신도 잘 알고 있
겠지만, 내가 소식을 주지 못하면 그럴 만한 사정이 있을 것으
로 생각하면 돼. 시간이 좀 걸리더라도 너무 조급하게 생각하

지 마. 아무리 시간이 걸려도 말이야.' 도대체 시간이 얼마나 지나야 하는 걸까? 가끔 그 주문은 역효과를 냈다. 아마 소식을 전하지 못한 것은 산 사람들 틈에 있는 것이 아니라서 그런 것은 아닐까? 그가 말하고 싶었던 것은 이것이 아닐까?

모든 걸 다 알고 있던 월터 스타키는 이미 몇 년 전에 세상을 떠났다. 하지만 토마스의 아버지이자 나의 시아버지인 잭 네빈슨은 대사관과 문화원에서 손을 떼긴 했지만, 70이 가까운 나이에도 여전히 살아 있었다. 토마스는 그의 막내아들이었다. 시아버지는 아무 일 없이 빈둥거리고 싶진 않았는지 콤플루텐세 대학교 영문학과에서 교수들이 임시 휴가를 가거나 안식년일 경우 그들 대신 기꺼이 영어 음성학 수업을 맡고 있었다. 확실치는 않지만 스페인 사람이 다 된 영국인이자 내 지도교수였던 멋쟁이 잭 크레시 화이트 교수 대신 강의를 했던 것 같다. 덕분에 그 학기엔 내가 살던 아파트나 시댁에서보다 학교 복도에서 더 자주 시아버지와 마주쳤다. 나는 종종 시댁에 손자들을 맡기긴 했지만 언제나 우리의 주요 관심사였던 토마스 이야기는 피하고 싶어 시아버지에게 그리 많은 시간을 할애하진 않았다. 그러나 이번에는 전화하고픈 유혹에 넘어가 이제는 나를 기억도 하지 못할 레레스비를 귀찮게 하기 전에, 그러니까 다시 한번 그의 일에 직접 끼어들기 전에 내가 먼저 시아버지와 토마스에 대해 이야기를 나누고 싶었다. 어느 날 시아버지인 잭에게 아이들과 시어머니인 메르세데스가 없는 곳에서 잠깐 이야기할 수 있는지 물었다. 시아버지는 화이트 교수 대신 강의를 하는 동안 연구실을 마음대로 사용하고 있었던 덕에 그곳으로 나를 데려갔다. 며느리가 아니라 동료 교수나 학생을 대하듯이 조심스럽게 의자를 내주었다. 약간 튀어나온 파란 눈에 불그스레한 피부, 이마가 훤하게 드러난 백발에 보조개가 있었는데—쉽게 사람들 눈에 띄는 깊은 보조개가 턱 쪽에 있었다—자신감이 드러나는 얼굴이었다. 순수한 마음과 다정한 모습이 나이가 들었음에도 전혀 변치 않고 그대로 남아 있었다. 사람을 속이거나 거짓말을 할 것 같지 않았다. 옥스퍼드의 펨브로크 대학에서 공부한 그는 그곳에서 상당한 나이 차에도 불구하고 작가 톨킨과 루이스 그리고 철학자 아이제이아 벌린과 교우 관계를 맺었다. 그러나 그들과 있었던 이야기를 떠벌리지 않았고 자랑하지도 않았다.

"베르타, 말해보렴." 그는 마드리드에 그렇게 오래 있었음에도 아직도 강한 영국식 억양을 벗어던지지 못해 완벽하다곤 할 수 없는 스페인어로 입을 열었다.

"잭, 부탁인데, 솔직히 말해주세요. 토마스에 대해 아는 것 있죠?"

이 말에 그는 깜짝 놀라 영어로 대답했다. 그토록 노력했음에도 그다지 발전하지 않았던 스페인어에서 벗어나 편하게 이야기하기 위해 그는 내 영어 실력이 크나큰 발전을 한 것을 적극적으로 이용했다.

"내가 뭘 안다는 거지? 베르타, 나도 네가 우리에게 이야기해준 것밖엔 모르는데. 런던에 있으면서 전화할 시간도 없을 정도로 바빠 너한테만 전화하는 줄 알고 있었는데. 출장 갔을 때 우리한테는 전화 한 통 하지 않았어. 그래도 우리는 이해하고 별로 기분 나쁘게 생각하지 않았어. 네가 그의 아내고, 아무래도 부모는 뒷전일 테니까. 형과 누나와도 일절 접촉이 없는 것으로 알고 있다. 우리에겐 아주 오래전부터, 그러니까 영국에 있을 때부터 모든 소식을 너를 통해 전할 거라고 이야기했어. 너를 통해 말이야."

"한 번도 대화를 나누지 않았어요? 한 빈도 아버님께 속 깊은 이야기를 하지 않았어요? 조언을 구한 적도 없고요?"

"조언?" 살짝 웃음을 지었다. "아니. 토마스는 오히려 언제나 나를 용서해주겠다는 듯한 표정으로 봤던 것 같은데. 나를 아버지로서 해야 할 바를 못하고 있는 뭔가 좀 부족한 아버지로 생각했어. 그 녀석은 나와 성격이 너무 달라. 나보다 자신감도 있고 결단력도 있지. 아주 어릴 적부터 고민이나 의심이 일어도 절대로 나와 의논하지 않았어. 문제를 다 해결한 다음에 나에게 통보하는 식이었지."

"혹시 아버님께 밝힌 것 있나요? 포클랜드 전쟁이 막 시작되었을 때 그가 마지막으로 떠났는데, 그 후론 단 한마디도 소식을 듣지 못했어요. 그동안 제가 두 분께 말씀드린 모든 것은, 그러니까 모호한 소식이지만 짧게나마 전화를 해왔다 말했던 것은 다 거짓말이었어요. 혹시라도 걱정할까봐 지어낸 이야기였다고요. 게다가 저와 우리 아이가 버려졌다는 생각을 할까봐 그랬어요. 그는 4월 4일 떠났으니까 이제 8개월이 넘었어요.

이렇게 오랫동안 소식을 모르고 지낸 적은 없고, 대부분 두세 달 정도였어요. 조금 더 길었던 적이 있었는지는 잘 모르겠어요. 날짜를 정확하게 헤아리지 않는 것이 마음 편했고 여기에 익숙해져 있었거든요. 지나치게 걱정하지 않고 마냥 기다리는 법을 익혔어요. 그렇지만 이번엔 전쟁이 시작될 때 떠났는데, 전쟁이 끝났는데도 그 이후로 소식을 전해주는 사람이 한 사람도 없어요. 외무부나 대사관, 그 누구도 말이에요. 뭔가 심각한 일이 일어났다면 소식을 전해주지 않았을까요? 혹시 두 분께라도 말이에요. 아닌가요? 그래서 혹시 아버님이 뭔가 알고 있나 했어요. 그가 무슨 일을 하고 있는지는 아시나요?"

잭 네빈슨은 눈을 크게 떴다. 그는 집중하고 있다는 것을 보여주려고 아직도 눈을 크게 뜨는 순진한 사람이었다. 나는 그의 몰입도가 무엇을 의미하는지 이해할 수 있었다. 그는 내가 알고 있는 것이 무엇인지 알아내려고 애를 썼으며, 분명한 것이 있다면 나에게 거짓말을 할 생각이 없다는 점이었다. 아들과 뭔가 짜고 있는 것 같지도 않았지만, 그렇다고 아들의 부탁을 어기고 싶은 표정도 아니었다.

"아! 그거." 그는 이 말뿐이었다.

"그래요! 아버님, 그거요. 우리 두 사람 모두 알고 있는 것이 있는 것 같아요. 아버님이 아시는 것을 좀 이야기해주세요. 제발요."

그는 순간적으로 말을 잃었는지 잠깐 입을 다물었다. 말을 하지 않고도 이야기할 방법을 찾고 있는 것 같았다. 차를 한 잔

내주었지만, 나는 고개를 저었다. 그는 들릴락 말락 몇 마디 중얼거리더니, 마침내 이야기를 시작했다.

"베르타, 아마 너보단 아는 것이 적을 거야. 너에게 더 많은 이야기를 했을 테니까. 그렇지만 나도 보기보다는 눈치가 없진 않아. 그 녀석이 멀리 떠났다가 돌아올 때마다 아무리 힘들고 복잡해도 외교적인 업무로 인해 힘들다는 그런 표정은 아니었어. 그 표정은 다른 사람들의 얼굴에서 봤던 것이었지. 전쟁 중에 충분히 봤던 그런 표정이었어. 제2차세계대전 밀이야. 자부심과 누려움이 얽혀 있는 묘한 표정이었어. 자기들이 봤던 것에 대한 두려움과 그것을 이겨낸 것에 대한 자부심, 다시 말해 정신을 놓지 않고 도망치지 않은 것에 대한 자부심, 이 두 가지가 서로 떼어낼 수 없을 정도로 묘하게 뒤섞인 그런 표정 말이야. 여기에 자기가 했던 야만적인 행동이나 앞으로 할 수도 있는 야만적인 행동에 대한 두려움과 자부심이 뒤섞여 있었어. 그런 표정으로 사람들은 전선에서 돌아왔고 다른 비밀 활동으로부터 귀환했지. 최근엔 공개적인 전쟁이 없어서, 요 몇 년 동안 무슨 일을 하는지 대충 짐작은 하고 있었어."

"그럼 한 번도 확실히 말한 적은 없나요?"

"베르타, 나도 정말 알고 싶단다. 아무튼, 토마스는 포클랜드 제도에는 가지 않았을 것 같아. 그를 그곳에 보내는 것은 일종의 낭비니까."

"잭, 그렇지만 저에겐 그렇게 말했어요." 나는 조심스럽고도 망설이는 투로 이야기했다. "그가 아버님께 이야기하는 실수를 저질렀을 것 같진 않아요." 잭은 눈 한 번 깜빡이지 않았다. 잭이 직접 대놓고 인정하진 않았지만, 내가 보기엔 어느 정도는 눈치는 채고 있는 것 같았다. "내가 알기론 토마스는 MI5나 MI6과 같은 비밀정보부를 위해 일을 했어요. 그러나 그가 어디에 가는지, 무슨 일을 하는지, 무슨 일을 했는지, 어떤 위험이 있는지 저는 모르고 있었어요. 이야기해주지도 않았고, 저도 묻지 않았어요. 이것이 우리 사이에 맺은 약속이었거든요."

"다른 데보다는 MI6일 가능성이 커. 내 생각이긴 하지만 말이야. 그곳에서 가장 능력을 발휘할 수 있었을 테니까." 잭은 부정확한 사실을 고쳐주려는 듯이 이야기했다. "임무에 따라 차출하는 사람을 바꾸는 일이 드물진 않지만 말이야."

날이 갈수록 잃고 있던 평온함을 그는 잘 유지했다. 그럴수록 나는 더 절망을 느꼈다. 팔꿈치를 화이트 교수의 책상에 기댄 채 손으로 이마를 감싸안았다. 울음이 터질 것만 같았다.

"잭, 어떻게 해야 할지 모르겠어요. 토마스가 충고한 대로 참고 기다리려고 했어요. 그렇지만 살았는지 죽었는지는 알아야 할 것 같아요."

"그럴 수도 있지. 그런 임무는 때로는 시간이 오래 걸릴 수도 있어. 몇 개월이 아니라 몇 년씩 걸리는 때도 있으니까. 사실 너희 부부는 지금까지 운이 좋았던 거야. 서너 달 정도라면 그리 긴 것은 아니니까. 누군가 도청할 수도 있으니까 집에 전화하는 그런 잘못을 저지르면 절대로 안 돼. 전보를 치는 것도 마찬가지지. 이건 더 나쁠 수도 있어. 누군가 읽을 수 있으니까."

나는 이야기를 더 듣고 싶지 않았다. 토마스가 우체국에 가거나, 몰래 공중전화 박스를 찾는 등의 구체적인 장면을 상상하고 싶지도 않았다. 다른 사람들에겐 자연스러운 행동일지 모르겠지만 그에겐 생명의 위협이 될 수도 있다는 생각이 들었다. 나는 생각하고 싶지 않은 일은 가능하면 피하고 싶었다.

"8개월은 정말 긴 시간이에요. 저에게는요. 잭, 더는 참을 수 없어요. 뭔가를 밝히고 싶어요. 언젠가 몇 년 전에 런던에 있는 테드 레레스비라는 사람과 전화했어요. 여기 마드리드에서 뭔가 우려할 만한 사건이 일어났었거든요. 아직 두 분께는 말씀드리지 않았어요. 그런데 토마스와 연락이 닿지 않았어요. 아버님도 지금 토마스가 어디 있는지 모르신다면 다시 그 레레스비에게 전화할 거예요. 한번 해봐야겠어요."

"테드 레레스비?" 시아버지는 그의 이름을 다시 한번 반복했다. "나는 한 번도 그런 사람 이야기를 들은 적이 없는데. 내가 중요하게 생각했던 이름은 투프라였어, 투프라 버트럼. 최후의 순간엔 꽉 잡아야 할 사람으로, 찾아내야 할 사람으로 말이야. 내가 런던에 여행 갔을 때 마침 톰이 그곳에 있었는데 그때 나에게 소개한 적이 있어. 사실 우연히 거리에서, 스트랜드에서 두 사람을 만났거든. 토마스의 상관 같다는, 그 사람에게서 직접 명령을 받고 있다는 인상을 받았지. 그가 누군지는 확실히 몰라. '같이 일하고 있어요'라고 그는 말했지. 조금은 헐렁한 줄무늬에 조끼까지 있는 외교관들이 즐겨 입는 전형적인 정장을 하고 있었는데, 실제 외교관이나 공무원이라고 보기엔 너무 빼입고 있었어. 친절해 보이긴 했는데 너무 고압적이란 인상도 받았지. 내가 '고압적이다'라는 표현을 쓴 것은 결단력도 있고 유능해 보인다는 의미도 있어." 그는 이 꾸밈말이 혹시라도 나에게 겁을 줬을까봐 몇 마디 덧붙였다. "느긋하면서도 침착했지. 아무튼, 베르타, 나도 확실히 아는 것은 하나도 없어. 어느 정도 생각은 하고 있지만, 확신은 못 하니까. 하지만 톰이 무슨 일을 하는지는 어느 정도까진 안다고 믿어." 시아버지는 그를 톰이라고 불렀다. "그렇지만 증명은 못 하겠다. 그것이 무엇이든 간에 그 녀석은 몸과 영혼까지 다 바치고 있어. 직관적으로 그것은 알 수 있지. 그 정도는 잡아낼 수 있으니까. 최소한 톰이 여기에 없을 때는 그렇다고 봐야 해. 여기에 없을 때는 여기를 까맣게 잊고 지낼 거야, 우리가 존재하지 않는 것처럼 말이야. 너나 나, 그리고 톰의 엄마와 자식들까지, 모두 다 존재하지 않는다고 생각하겠지. 다른 삶을 꾸려 다른 사람이 된다면, 때로는 진짜 그 사람이라고 믿어야 하니까. 일을 잘 헤쳐나가려면 그래야만 해. 그렇지만 일이 끝나면 돌아오잖아? 안 그래? 최선을 다해 평소의 자기 모습으로 다시 돌아오잖아."

잭 네빈슨은 뭔가를 알고 있었다. 그의 행동은 분명히 뭔가 알고 있다는 의심을 받을 만했다. 누군가 하나의 길을 선택했다면, 거기에 맞는 시야로 바라보며 행운을 빌어주고, 그가 행운을 다시 돌려줄 때까지 기다려야 한다는 사실을 잘 알고 있는 사람처럼, 너무도 차분하게 이야기했다.

"그럼 어떻게 하면 제가 그 투프라와 접촉할 수 있는지 알고 계세요? 이름이 참 독특하긴 하네요."

"영국 사람은 아닐 거야. 그렇지만 언어적인 측면에선 확실히 영국 사람이긴 했어. 완벽한 발음이었거든. 잘 모르겠는데, 외무부로 전화하면 되지 않을까? MI6로 해야 할지도 모르겠구나. 하지만 그곳으로 전화하는 것은 미로에 들어가는 것이나 마찬가지일 텐데. 결국, 거꾸로 질문만 받다가 끝날 거야. 내 생각으론 아직은 좀더 기다려야 할 것 같구나. 조금만 더. 벌써 이야기했지만, 2-3년씩 걸리는 작전도 드물지는 않으니까. 1년이 될 때까지는 기다려보렴. 최소한 그 정노는 말이야."

"4월까지요? 아버님, 그때까지 어떻게 기다려요?"

"4월, 5월, 6월까진. 토마스로 인해 나는 힘들지 않을 거라곤 생각하지 마라. 어디에 가는지도 모르는데, 그가 멀리 갈 때마다 불쑥불쑥 두렵고 불안한 마음이 나인들 왜 일어나지 않겠니? 막내아들인데. 그렇지만 나는 기다릴 거다. 내가 달리 할 수 있는 것이 없으니까. 그렇다고 해서 자기가 아는 걸 가지고, 자기가 가진 재능으로 나라를 위해 봉사하겠다는데 그를 비판할 수도 없는 것 아니겠니? 그를 설득할 생각도 없단다. 오히려 그가 자랑스러워. 내가 확실히 이야기할 수 있는 것은 이런 일을 할 때는 자꾸 괴롭히면서 뭔가 밝혀내려고 하는 아내가 문제가 될 수 있다는 거야. 그러면 톰이 하는 일이 어려워질 수도 있어. 그를 위험에 빠트릴 수 있다고. 아빠나 엄마도 마찬가지야. 만약 여자라면 남편도 마찬가지고. 똑같아."

엄마라는 단어를 언급하자 나는 문득 생각이 났다.

"메르세데스는요? 이상하다고 생각하거나 걱정하지 않아요?"

잭은 나에게 더는 이야기하지 말라는 듯이 손가락을 입으로 가져갔다. 맑은 눈빛에 점잖은 몸짓이었다. 명령이 아니라, 부탁의 몸짓이었다.

"애 엄마는 묻고 싶진 않은 눈치야. 네가 우리에게 전해주는 거짓말에 만족하고 있어. 제발 그렇게 지내도록 내버려둬. 꼬치꼬치 묻지 않게 톰에게 전화가 왔다고 적당히 꾸며서 이야기해줘. 지금까지 해왔듯이 말이야. 너는 모를 수도 있지만, 사실 너는 연기를 잘해왔단다."

나는 잭이 제안한 대로 좀 더 기다리기로 했다. 4월, 5월, 6월까지 기다렸다. 손가락을 움직이지 않고—정확하게 말하자면 외교부나 여타 영국 정부 기관에 전화하지 않고—잘 참고 기다렸다. 1983년 7월, 8월, 9월에는, 누구든 오래 기다리면 결과적으로 느끼게 되는 두 가지의 모순적인 감정이 만들어졌다. 즉 기다리는 것에 익숙해진다는 사실과 상황이 달라지는 것은 원치 않는다는 사실을 깨달은 것이다. 사람들은 기다림이 끊어지는 것을, 예를 들어 기다리던 전화가 오고, 기다리던 그가 돌아와서, 너무나 간절히 원했던 그가 드디어 눈 앞에 나타남으로 인해 기다림의 끝을 마주하는 것을 원치 않는다. 그렇다고 해서 그 반대의 경우 또한 원치 않는다. 나 역시 그런 일은 절대로 일어나지 않을 거라는 연락이 오거나, 남편이 살아 있어서 곧 돌아올 거라는 조짐이 전혀 보이지 않는다는 소식을 받는 것을 원치 않았다. 두 번째 이야기가 더 심각하고 극적이긴 했지만 사실 두 가지 가능성은 비슷한 수준이었다. 아무튼, 감정은 기대와 의심의 양극단을 보여주는데, 대체로 사람들은 이런 기대나 의심에 너무 익숙해져 별로 여기에서 벗어나려들지 않는다. 그렇지만 나는 이런 사념들 때문에 아침에 일어나는 이유와 잠자리에 들면서 떠올리는 생각까지는 빼앗기지 않았으면 했고, 결국 그가 어디로도 이동하지 않았으면 했다. '만일 토마스가 돌아왔다면 이미 이리 왔을 거야.' 공개적으로 이야기하진 않았지만 이렇게 중얼거리곤 했다. 오랜 숙고 끝에 나왔다기보다는 일종의 감이었다. '모든 것이 다시 예전으로 돌아갈 거야. 아무것도 변하지 않은 옛날로. 그래. 더 많은 시간이 흘러갈 테고, 끝도 없이 괴로워하겠지. 그러나 사실 무의미하게 오갔던, 그리고 그의 편에만 섰기에 투명하지 못했던 이 황당한 삶의 장을 한 차원 뛰어넘는 것일 수도 있어. 이번 일역시 이전에 있었던 부재 위에 다시 쌓일 것이고, 더는 예전의 다른 부재와 구별할 수 없는 그런 시간이 올 거야. 특히 미래가 이렇게 길어진다면, 두세 달이 아니라 이번처럼 1년 반씩이나 계속된다면. 얼마나 더 길어질지 누가 알겠어. 그는 거의 1년 반이나 되는 시간 동안 있었던 일에 대해 나에게 단 한마디도 하지 않을 테고, 나 역시 먼저 질문하지 않을 거야. 언제나 그러했듯이, 언제나. 그가 소환되어 다시 집을 떠날 때까진 이런식으로 그럴싸한 정상적인 삶을 구가하는 새 시기를 보낼 수도 있어. 아냐, 지금이 더 나을 수도 있지. 앞으로 닥칠 미래에 대한 환상이, 내 마음대로 그릴 수 있는 환상이 있으니까. 앞으로 올 미래의 모양을 내 마음대로 만들 수 있으니까. 갑자기 그가 다시 나타나 이젠 은퇴했다고 통보하는 꿈을 꿀 수도 있어. 이번 임무가 이렇게 길어진 것은 결정적인 일을 마무리하고 결별하기 위함이라고, 이번 일이 그가 수용한 마지막 임무라고 이야기하는 걸 상상해볼 수도 있잖아. 자기 인생에서 가장 좋은 세월을 이미 다 써버렸지만 영원히 계속되는 일은 없다고 이야기할 수도 있겠지. 이젠 그만두고 이곳에 영원히 남고 싶다고 이야기할 수도 있고. 이 끔찍한 세상에 대해, 우리처럼 평범한 시민들은 지켜볼 의무도 없고 경험히거나 슬쩍 바라볼 필요도 없는 그런 세상에 대해서 이젠 충분히 알게 되었으니까. 이젠 지쳤고 질렸다고, 자기가 했던 일이나 다른 사람이 한 일을 다시 보는 것도 너무 메스껍다고, 추악한 비전을 안고 혼자 지내고 싶지 않다고, 불쾌하고 미심쩍고 잔인하고 환멸을 느끼는 일엔 그만 매달리고 싶다고 나에게 털어놓는 것을 그려볼 수도 있어. 더는 이 세상의 배신으로 점철된 주변부에서 살지 않겠다고 이야기하는 걸 꿈꿀 수도 있고. 토마스가 돌아오지 않는 때까진 이런 생각을 어루만지며 보낼 수 있을 거야. 그가 돌아오면 이런 생각은 물거품처럼 사라질 거야. 일어난 일들, 다시 말해 관습의 타성에 젖어 나 스스로가 이를 부인할 것이라는 사실을 잘 알아. 잭은 '그것이 무엇이든 간에 그 녀석은 몸과 영혼까지 다 바치고 있어. 직관적으로 그것은 알 수 있지. 그 정도는 잡아낼 수 있으니까'라고 했어. 잭은 그의 아버지이고 나보다도 훨씬 더 옛날부터 그를 잘 알고 지냈을 거야. 그의 말대로 토마스는 자기가 선택한 길에서, 자기가 꾸민 일에서 절대로 빠져나오지 않을 거야. 푹 빠져 있으니까. 지금은 여기 있어서는 안 될 이유가, 자기의 본모습을 버리고 다른 사람이, 전혀 다른 사람이 되어 살아가야 할 필요가 있을 거야. 분명한 것은 그가 단 한 사람의 모습으로 계속 사는 것을 참지 못한다는 거야. '여기에 없을 때는 여기를 까맣게 잊고 지낼 거야, 우리가 존재하지 않는 것처럼 말이야. 너나 나, 그리고 톰의 엄마와 자식들까지, 모두 다 존재하지 않는다고 생각하겠지.' 잭은 이런 말도 했었어. 이런 점에선 나는 진실을 외면할 생각은 없어. 시아버지의 말이 백번 옳아. 우리를 머릿속에서 지워버리는 것이 토마스에겐 필요할 거야. 우리를 수증기로 날려보내는 것이, 그의 시야에서 우리가 사라져주는 것이 필요할지도 모르지. 아니, 그의 상상과 기억의 공간에서도 나가주어야 할 거야. 하이드가 지킬을 기억하지 못하고 지킬이 하이드를 기억하지 못하듯이 말이야. 그들은 서로를 떠나는 순간, 다시 말해 변신의 순간에만 서로를 기억했어. 이젠 쓸모없다고 그를 공직에서 강제로 내몰 때, 마지막 한 방울까지 고혈을 다 빨고서 내칠 때 그는 비로소 물러날 거야. 그에게 살인 면허를 준 사람이, 그에게 명령을 하달하는 사람이, 비밀정보부 다시 말해 SIS 조직의 대장이 투프라든 레레스비든 상관없어. 출발하기에 앞서 나에게 '피겨스Figures'라는 이상한 성을 가진 사람이 있다고, 곧 올 거라고 이야기했었는데, 몇 년에 한 번씩 그와 완전히 교대하는 것 같아. 윗사람들은 정신을 차린 채 부하들만 정신을 잃게 하려는 건 아닐까. 조만간 그를 제거하려 할 거야. 그러면 어떡하지?'

루이스 킨델란을 떠올리는 것은 죽기보다 싫었다. 그러나 이 사람은 은퇴한 요원들의 앞날에 펼쳐질 파노라마와 같은 그림을 나에게 보여주었다. 은퇴한 테러리스트와도 그리 다르지 않은 그림. 그러니 자기도 알고 있었을 것이다. 그것이 바로 자신과 메리 케이트의 운명이라고 생각했을 것이다. 그는 나에게 그만둔 요원들은 대부분이 '정신이 돌아버리거나 죽어서' 조직을 떠난다고 했다.

'살아남은 사람 대부분은 결국은 자신이 누구인지, 정체성이 뭔지도 모르게 되는 거지. 여긴 나이도 상관없어. 봉사할 수 없는 나이가 되거나 쓸모가 없어지면 아무런 배려 없이 은퇴시키지. 집으로 돌려보내거나, 사무실에서 무위도식하게 만드는 거야. 30살이 되기도 전에 자기 시대가 다 끝났다는 생각에 풀이 죽는 사람들도 있어. 모호한 과거에 사로잡혀 살기도 하고, 때로는 반대로 회한이 과거의 영광을 눌러버리기도 해. 현재라는 시간은 무자비하게 그들이 저질렀던 일들을 희미하게 지워버릴 거야. 그들에겐 중요했던 것이 다른 사람들에겐 전혀 중요하지 않을 테니까.' 70년을 살아 이제 자기 전성기가 다 끝났다는 것을 의식하고 있는 사람에겐 32살에 있었던 일을 그리움으로 받아들이는 것이 그다지 매력적이지도 위안을 주지도 않을 것이다. 이젠 더 이상 쓸모없다는 말에 아픈 가슴을 부여안은 채, 불만을 안고 영원히 고통 속에 살아가야 할 사람들에겐 말이다. 좋은 해결책이란 절대로 있을 수 없다. 그 무엇도 내가 사랑했던 젊은 토마스를 나에게 다시 돌려주진 못할 것이다. (여자들이 반드시 소유를 의미하는 전치사 'de'와 함께 남편의 성을 뒤에 붙여 써야 했을 때는, 나는 베르타 이슬라 '데' 네빈슨이 되고 싶었다.) 토마스는 자신에 대해 알려고도 이해하려고도 하지 않았다. 그러나 반대로 해고당한다면 그제야 끊임없이 자기를 돌아볼 것이다. 나와 함께 살아왔던 모든 것이 단조롭고 무미건조하게, 무미건조하고 실망스럽게 계속 나락으로 떨어지는 일이자 불만의 동기가 될 수도 있다. '그러니 아직은 좀 더 기다려야 할 것 같네.' 밖으로 꺼내놓고 이야기하진 않고 중얼거리기만 했다. '그가 돌아온다면, 어느 날 우편함에서 그의 편지를 발견한다면 오히려 더 안 좋을 수도 있어. 그렇다고 돌아오지 않을 거란 사실을, 앞으로 다시는 돌아오지 않을 거란 사실을 알아도 좋을 건 없지. 그가 이미 먼 곳에서 세상을 떴고 나에게 남은 것은 상실과 이에 따른 망각의 과정만 남았다는 것을 알게 되더라도 마찬가지고. 그러다 보면 이렇게 계속되는 것이 최선일 수도 있어. 최고로 모호한 상태에서 결론이 나지 않고 둥둥 떠다니는 것이.'

1983년, 애틋하고 감상에 젖은 영혼을 쉽게 사로잡는 눅눅한 가랑비만 흩뿌리던 11월, 현관문에서 난 초인종 소리에 나도 모르게 불안해졌다. 악의 길로 유도할 수 있는 가장 큰 악행을 피하기 위해선 날카로운 발톱으로 영혼을 움켜쥐고 가볍게 분별없는 짓을 하게 만들어야 한다. 그래서 《모비 딕》 앞부분에서 멜빌과 화자는 그런 영혼을 가진 사람들에게 '권총과 총알을 대신할 것'을 찾으라고 간절하게 부탁한다. 그 앞부분은 수업 시간에 여러 번 가르쳤던 부분이었다. 당시는 불안감이 통제할 수 없는 지경에 이르러, 언제나 그런 것은 아니지만 자주 눈물이 앞을 가리곤 했었다. 아무 일도 일어나지 않기를, 이 기다림의 상태에서 어떤 변화도 일어나지 않기를 원했다. 하루하루가 그 전날과 똑같기를 원했던 것이다. 그러나 균형이 무너져내리는 순간이 오면, 다시 말해 내 인생의 전반부인 32년이라는 긴 시간에 그만 막을 내리고 작별 인사를 고하고 싶을 때가 오면 순식간에 감정이 뒤바뀌어 걷잡을 수 없는 분노로 번지곤 했다. 뭔가가 나를 흔들어댔다. 뒤도 돌아보지 말고 떠나라고, 움직이라고, 차를 잡아타고 정처 없이 아무 데나 떠돌라고, 미지의 지방 도시에서 길을 잃고 헤매보라고, 토마스처럼 증발해버리라고 자꾸만 몰아붙였다. 그가 돌아와 나처럼 너무 당황하거나 무서워하지는 않고 침착하게 내가 어디 갔는지 물어보고 다녔으면 좋겠다는 생각을 했다. '베르타는 어디 있지? 왜 아무도 그녀에 대해 모를까? 왜 경찰에 찾아달라고 신고하지 않았을까? 살아서 자의로 숨었는지, 아니면 죽어서 타의로 숨은 꼴이 된 건지 확실히 알 수가 없네. 어떻게 흔적도, 작별의 신호도, 경고의 말도 남기지 않을 수 있지? 왜 결심을 암시하는 모호한 말조차 남기지 않았을까?'

그러나 여자들 대부분은 자식 때문에 그렇게 할 수 없다. 그래서 우리 여자들은 이런 말까진 하진 않지만 가끔은 아이들이 없었으면 좋겠다는, 덕분에 자유롭고 평화롭게 지낼 수 있었으면 좋겠다는 생각을 한다. 아이들이 태어나지 않았으면, 태어나면서부터 스스로 살아갈 수 있는 존재라면, 끊임없이 요구하거나 묻지 않는다면 얼마나 좋을까. 아침에 옷 입는 것을 포함한 모든 것을 우리에게 전적으로 의존하지 않았으면 좋겠다는 생각도 든다. 그렇다고 아이들의 자연스러운 특성인 움직일 때, 밥을 먹을 때, 무서울 때, 즐거울 때마저 우리에게 의존하지 않았으면 좋겠다는 것은 아니다. (아이들이 죽어버릴 원하는 것은 절대로 아니다.) 그러나 나는 기예르모와 엘리사에 완전히 묶여 있었고, 이는 뒤집을 수 없는 현실이었다. 나는 가끔 이렇게 얽매일 수밖에 없는 상황에 반기를 들곤 했다. 아이들은 내 자식이기도 했지만, 토마스의 자식이기도 했다. (사실 내 아이들이라고 하는 것이 더 맞다. 전적으로 이들은 내 아이였다.) 그는 두툼한 봉투를 집에 가져다주었고, 조국에 생명을 건 봉사를 하고 있었다. 이보다 더 좋은 알리바이가 없었으며, 오랫동안 자리를 비웠음에도 모든 것이 국가에 대한 의무로 정당화되있다. 최소한 돈은 부족하지 않았다. 그가 사라진 19개월 동안 그의 월급은 변함없이 정확한 날짜에 우리 계좌로 들어왔다. (그가 수행한 임무의 가치, 기간, 난이도, 위험도에 따라 보너스를 받는 것이 분명했다.) 몇 년 전부터 금액은 그가 마드리드에 있거나 런던에 있거나, 혹은 나도 모르는 은밀한 안가에 있거나 상관없이 언제나 똑같았다. 이것이 그가 받는 월급 전체는 아니고 다른 주머니로 들어가는 부분도 있다는 사실을 나도 잘 알고 있었다. 들어오지 않는 나머지는 굳이 밝히지 않아도 되는 것일 테고, 아무도 모르는 것일 수도 있다. 영국 정부가 지급하는 것이 아닐 수도 있는데, 내가 접근할 수 없는 계좌로 직접 그에게 전달되는 돈이었다. 여기에 대해선 액수는, 그러니까 모아놓은 돈이 얼마나 되는지는 고사하고 존재조차 알 수 없는 그런 계좌로 말이다. 토마스는 언제나 '외국에 자산을 마련하는 것이 좋아'라고 이야기했었다. '파운드로 저축하는 것이 말이야. 언제 스페인을 떠나야 할지, 얼마나 빨리 떠나야 할지 모르거든. 게

다가 진절머리가 나서 떠나고 싶을지도 모르고. 자살 본능이 있어 그러는지 모르겠지만 수 세기 전부터 스페인은 일류 시민들을 망명하게끔 만드는 나라가 되어버렸어. 자기 나라를 개선할 수도 구원할 수도 있는 그런 사람들을 쫓아내는 나라가. 물론 사람은 죽이진 않지. 이 점에선 비교할 만한 나라가 없기도 하고.'

수업이 없는 날 오전 11시쯤 벨이 힘차게 울렸다. 아이들은 평소처럼 외출 중이었다. 기예르모는 내가 어렸을 적부터 다닌 학교에, 즉 토마스가 청소년기부터 다닌 바로 그 학교에 다니고 있었다. 그리고 엘리사는 어린이집에 있었다. 나는 그 학기에 맡은 미국 문학 수업에 쓸《모비 딕》강의를 준비하고 있었다. ('세상에서 가장 물이 많았던 곳.' 작품에서 바다를 이런 식으로 불렀다는 것이 좀 이상하긴 했다. 나는 이 점에 주목했고, 여기에 대해 생각하고 있었다.) 나는 동물처럼 깜짝 놀라 벌떡 고개를 들었다. 기다리던 사람이 없었기에, 인기척을 내지 않기 위해 조심스럽게 뒤꿈치를 들고 현관문 렌즈가 있는 쪽으로 갔다(킨델란 부부 사건 이후 나는 항상 방문객을 경계했다). 변장하려는 듯이 상당히 부풀린 곱슬머리에 대두인 남자가 서 있는 것이 눈에 들어왔는데, 한 번도 본 적이 없는 사람이었다. 현관문의 작은 볼록렌즈가 이미지를 일그러트린 탓에 그렇게 보일 뿐이지, 사실 대두까진 아닐 수도 있었다. 외모 때문이라기보다는 그가 입고 있는 짙은 회색의 더블브레스트 재킷 때문에 첫인상으론 영국인 같다는 생각이 들었다. 맨해튼의 소호나 런던의 이스트엔드에서 방금 뛰쳐나온 듯한 갱단 단원 같기도 했고 마드리드의 중산층 같기도 했는데, 잔뜩 멋을 부려 코트를 어깨에 걸치고 있었다. 얼굴은 전혀 악의가 없는 그런 인상은 아니었지만, 영국인이 맞는다면 혹시라도 토마스의 소식을 가지고 왔을 수도 있겠다는 생각이 들어 문은 열지 않고 질문을 던졌다.

"누구세요?"

"네빈슨 부인? 베르타 네빈슨 부인 맞나요?" 그는 분명히 영국인이었다. "제 이름은 버트럼 투프라입니다. 가능하다면 이야기를 좀 나누고 싶습니다. 남편분의 동료인데 마드리드에 잠시 들렀어요. 문을 좀 열어주시면……." 그는 이 모든 이야기를 자기 나라말로 했다. 물론 스페인어를 전혀 못 하는 사람일 수도 있었다.

잭 네빈슨의 입에서 나왔던 그 이름을 듣자마자 나는 망설이지 않고 문을 열어주었다. 공포와 두려움, 호기심이 동시에 밀려왔다. '토마스의 상관이 개인적으로 찾아왔다면, 나쁜 소식을 전하려는 것은 아닐까?' 이런 생각이 섬광처럼 지나가기에 충분한 시간이었다. 남편이 죽었을 거라는 믿고 싶지 않은 생각이 머리를 스쳤다. '토마스는 죽었을 거야'라는 생각. 하지만 믿기지는 않았다. '그럼 이제 어떡하지? 어떡해?' 거짓말이나 착오일 거란 생각에 여전히 믿기지 않았다.

그 남자는 나를 보자마자 미소를 지었고, 이로 인해 순간적으로 생각이 바뀌었다. 불행을 전하러 왔다면, 아내에게는 과부가, 어린아이들에게는 고아가 되었다는 말을 전하러 왔다면 절대로 웃지 않았을 것이다. 놀리는 듯한 미소에 푸른색, 혹은 약간 흐린 잿빛 시선에서 불행을 전하고 애도를 준비하려는 것과는 거리가 먼, 일종의 나를 존중하고 있는 듯한 태도를 느낄 수 있었다. 그러나 거리에 쓰러진 희생자를 보고 도와줄 준비를 했다가도 치마가 올라갔다거나 넘어지면서 블라우스의 단추가 풀어져서 결국 도움을 줄 수 없었다고 하는 사람도 있다는 사실을 나는 잘 알고 있었다. 이런 사람들은 난관을 헤쳐나갈 방법을 찾지 못하거나 존중할 방법을 모른다. 버트럼 투프라 역시 이런 부류의 사람일 수 있었다. 사실 영국에는 그처럼 생긴 사람이 그리 많지 않았다. 그는 평균적인 영국인보다는 거무스름하면서도 윤기가 나는 얼굴에 한 대 얻어맞은 것 같은 펑퍼짐한 코, 그리고 러시아 사람처럼 보이는 입과 남부 사람 같은 긴 속눈썹을 가지고 있었다. 빠르게 훑어보기만 해도 이런 사람에게서는 헤어날 수 없을 것이다. 우리 여자들은 이런 사람을 한눈에 알아본다. 게다가 이런 남성들은 여자들이 흔들리는 것을 순식간에 잘도 잡아낸다. 짐작건대 그는 30대 중반쯤으로 나보다 4-5살 정도 더 나이를 먹었을 것 같았다. 그러나 그의 뭔지 모르게 불안하고 차가워 보이는 외모는 어떤 나이라도 갖다붙일 수 있을 것 같았다.

"투프라 씨, 들어오세요. 당신이 누구인지 알 것 같아요. 톰을 알고 있죠? 잘 있나요? 살아 있어요?"

그는 일단 손을 들어 질문 공세를 막았다. 그 동작 하나로 나에게 주의를 줬다. '기다려요. 좀 기다려요. 아직 그 이야기를 하긴 좀 일러요. 다 시간이 있는 법이에요.' 나는 그 외에는 하고 싶은 말이 없었지만, 그의 몸짓이 너무 단호해서 초조한 마음을 다시 가다듬고 억누른 다음 그가 시키는 대로 했다. 그의 차분한 행동이 나까지도 잠시나마 마음을 가라앉힐 수 있게 만들었다. 그러나 효과는 그리 오래가지 않았다.

"저를 아세요?" 그는 내 말은 한마디도 듣지 못한 사람처럼 엉뚱한 이야기를 꺼냈다. "톰이 언제 저에 관해 이야기한 적이 있나요?"

"아니요. 이야기한 적은 없어요. 시아버지인 잭 네빈슨한테 들었지요. 당신과 한 번 인사를 나눈 적이 있다고요."

"아! 맞아요. 톰의 아버지요." 그는 투우사처럼 어깨에 걸쳤던 외투를 멋들어지게 내려놓으며 이야기했다. 그리고는 내가 디스코텍에서 옷을 보관하는 일을 하는 사람이라도 되는 양 자연스럽게 외투를 건넸다. 자신에 대해 무척이나 자신감이 있어 보였고, 돌려 말하는 데는 익숙해 보이지 않았다. "어디에 앉을까요?"

그를 거실로 안내했다. 그 악몽과도 같던 날 아침, 미겔 킨델란이 앉았던 바로 그 자리에 앉혔다. 나 역시 그때처럼 왼쪽에 있던 안락의자에 앉았다. 다만 이번엔 가운데에 요람이 없었다. 무엇을 마실지, 커피를 마실지 음료수를 마실지 물어보았다. 그는 나를 무시하는 태도로 머리를 저으며 차가운 표정으로 손을 흔들었다. '됐어요, 됐어요. 오늘은 인사차 방문한 것은 아니에요.'

다시 불안감이 밀려왔지만, 어렵사리 참아냈다. '본론으로 들어가죠. 빨리요.' 머리 가득 이런 생각뿐이었다. 나는 이미 모든 것을 잃고 최악의 상황을 예상하고 있는 사람처럼 어느 정도 마음을 놓았다. 그러나 예상하는 것과 그로부터 직접 이야기를 듣는 것은 절대로 같을 수가 없다. 아직은 아무 이야기도 듣지 못한 상태였지만 말이다.

"말씀해주세요. 톰에 대한 어떤 소식이 있죠? 작년 4월 4일 이후로는 아무것도 모르고 있어요. 내가 얼마나 걱정하고 있는지 충분히 상상할 수 있을 거예요. 사실대로 말해줘요. 제발요. 살아 있나요?"

그는 따뜻한 눈길로 나를 정면에서 바라보았다. 나를 빨아들일 것 같은 눈길이었다. 나에게 죽음을 통보할 것 같은 심각한 눈빛은 아니었지만 그렇다고 나를 안심시키는 눈빛도 아니었다. 무의식적으로 발산하고 있는 아무 의도 없는 묘한 오만함이 느껴지는 그런 눈빛이었다. 모두가 자기만의 홍채 색깔을 가졌듯이 그의 눈 또한 오만함을 자연스럽게 담아내고 있었다. 그는 희한하게 생긴 담배 케이스를 꺼냈는데, 정말 화려하단 생각이 들었다. 그가 담배를 피워도 되냐고 물었다. 내가 상관없다고 하자 나에게도 한 대 권했다. 담배를 받아들자, 불을 붙여주면서 자신 몫의 담배 한 대를 꺼내 물었다. 나는 불꽃에 집중했고, 그는 마침내 입을 열었다.

"저도 그가 살아 있길 바라고 있어요. 그렇지만 정확하겐 모르겠어요." 라이터 불꽃이 켜져 있는 동안 그가 한 말은 이것이 전부였다. 그리고 그는 말을 멈추지 않았다. 그가 불을 붙여준 다음 나는 그와 어느 정도 거리를 두고 있었는데, 그가 다시 입을 열자 담배에 불을 붙이기 위해 다가갔을 때 맡았던 박하와 신선한 허브 냄새가 섞인 담배의 톡 쏘는 맛을 느낄 수 있었다. "이 말을 해주려고 왔어요. 이 말을 하기 전 말씀드리고 싶은 건, 저희는 최대한 알아보았고 당신에게 정말 고맙게 생각하고 있다는 거예요. 그동안 잘 이해하고 기다려줘서요. 가족의 침묵이 이렇게까지 길어지면 하늘과 땅을 움직이려는 여자들도 있어요. 매일같이 임무를 방해하면서 이것저것 캐묻는 여자도 있고요. 분명한 것은, 우리 역시 그에 대해 아는 것이 아무것도 없다는 겁니다. 당신에게는 이 말을 하기 위해 왔습니다. 그의 소식이 끊어진 것이 당신만큼 오래되진 않았지만, 몇 달 전부터는 전혀 알 수 없게 되었어요. 아무것도요. 그는 아무 흔적도 없이 사라졌어요. 돌아오기로 한 시간에 돌아오지 않았어요. 그가 돌아오기로 저희가 알고 있는 시간에 말이에요. 여러 이유가 있을 텐데 확실한 것은 없어요. 미처 예측하지 못했던 일이 일어났거나, 지연되었거나, 무슨 곡절이 있거나, 차질이 생긴 거겠지요. 접촉해야 할 사람과 접촉도 하지 않았어요. 도움을 요청하지도 않았고, 교대를 요청하지도 않았어요. 어려움이 있다는 말도 없었고, 위험에 처했다는 말도 없었어요. 그래서 아직은 그가 살아 있다고 믿고 있어요. 우리 요원들은 언제 물러나야 가장 좋은지 잘 알고 있거든요. 언제 현장을 떠나는 것이 가장 좋은지 말이에요. 아직은 어디에서도 시신으로 발견되지 않았어요. 이것이 지나치게 걱정하지 않는 이유이자 최악의 상황을 가정하지 않는 이유예요. 살아 있는 사람보다는 시신이 더 빨리 발견되거든요. 시신은 없어지거나 움직이는 일이 없으니까요. 언제나 제자리에 그대로 있어요. 그래서 빠르고 늦고의 차이는 있지만, 예외 없이 찾을 수 있지요. 모든 것이 가능해요. 당신에게 희망을 뺏고 싶진 않지만 그렇다고 당신에게 무한정 희망만 안겨줄 수도 없어요. 아직 그는 모든 것이 가능해요. 군사적인 용어를 사용한다면 탈영을 했을 수도 있고, 스스로 잠적했을 수도 있어요. 이런 소모적인 생활에 지쳤는지도 모르고, 우리에게 더는 협력하고 싶지 않았는지도 모르지요. 처음은 아닐 거예요. 조직에서 빠져나오는 가장 효과적인 방법은 아무 말 없이, 아무 통보 없이, 부름에 답하지 않고 사라지는 것이니까요. 죽은 척한다고 하지요. 이런 일이 일어나면 우리는 이런 식으로 이야기해요. 몇 년째 사라졌다가 다시 나타나는 사람도 있어요. 그동안 어딘가에 꼼짝 않고 숨어 지낸 것으로 밝혀진 사람도 있어요. 어떤 사람은 가짜 신분증으로 전혀 의심을 사지 않을 직업을 가지고 살아가기도 하지요. 적성이나 교육받은 것과는 전혀 무관한 그런 직업 말이에요. 빠져나갈 수만 있다면 사람은 뭐든지 배우게 되니까요. 양을 치기도 하고, 소젖을 짜기도 해요. 그런 직업이 가장 눈에 띄지 않거든요. 우리도 가끔 그런 방법을 사용하기도 해요. 특히 어떤 요원을 순환 근무에서 빼낼 때나 적의 보복에서 벗어나게 하고 싶을 때 사용하지요. 망명을 계획하고 실행하기 위해 각자의 능력을 사용하지 않을 이유가 없는 셈이에요. 물론 그가 잡혔을 수도 있어요. 이런 경우라면 우리가 사태를 파악하는 데 시간이 좀 걸릴 거예요. 상대방이 포로 교환에 관심을 보일 때까지는 그가 처한 상황을 모를 수 있어요. 몇 년이 지나서야 포로의 이름을 가방에서 꺼내 테이블에 올려놓는 경우도 허다하니까요. 우리는 완전히 실종되거나 행방불명된 걸로, 아니면 죽은 것으로 생각하고 있던 그런 이름을 말이에요. 마지막으로, 어떤 이유에서 그런지는 모르겠지만, 외부와 차단되고 은폐되어 자신의 존재가 수면 위로 다시 떠오르기만을 기다리고 있을 수도 있어요. 이 경우엔 그를 잠든 사람으로 여길 수밖엔 없어요. 단기간에 깨어날 전망은 없는 사람으로요. 그래도 갑자기 다시 나타날 수 있어요. 여기든, 런던이든 아니면 그에게 안전을 보장할 수 있는 다른 어떤 곳에서든 말이에요. 네빈슨 부인, 제가 할 수 있는 조언은 더는 톰을 기다리지 말라는 것입니다. 조금이든 오래든 상관없어요. 그렇다고 체념하라는 것은 아니에요. 절대로요. 그렇지만 이건 받아들여야 해요." 그는 주저하기보다는 내가 받아들여야만 할 생각을 스스로 받아들일 수 있도록 잠시 뜸을 들였다. "그가 다시는 돌아오지 않을 수 있다는 생각을요."

그 순간 톰이 몇 년 전부터 암송했던 시 구절이 문득 떠오르며 갑자기 그 의미가 완전히 이해되었다. 마치 무의식중에 내게 전해진 것 같았다. 예를 들어 '죽음이 삶을 닮듯'이란 구절은 방금 투프라가 나에게 펼쳐놓은 상황을 묘사하고 있었다. 이젠 살았는지 죽었는지 확실치 않은 토마스에겐 삶과 죽음이 별반 다르지 않았다. 어쨌든 어디 머나먼 곳에서 살아 숨쉬고 있을지라도 다시는 돌아오지 않을지도 모른다. 나는 그를 기다리지 않을 수도, 계속해서 기다릴 수도 있었다. 결과야 어쨌든 '그 사실을 세상에 밝힐 수'도 있고, 아직 그가 굳건히 땅을 밟고 이 세상을 가로질러 존재하고 있을 것이라고 '마음을 굳게 먹을 수'도 있다. 이 내적인 모든 문제는 내 마음을 다스리기 위한, 다시 말해 이런 식으로 이야기함으로써 나를 통제하기 위한 것이었다. 그렇지만 외적인 문제는 어떻게 된 걸까?

"당신들이 알고 있는, 그가 마지막으로 있었던 곳은 어디죠? 그는 어디에 갔죠? 어디로 보냈어요?"

투프라는 어쩔 수 없는 상황에 부딪혔을 때 무기력함을 드러내는 보편적인 몸짓인 두 손을 펴는 동작을 했다.

"유감입니다. 그것까진 말씀드릴 수가 없습니다. 시간이 좀 더 흘러 이 모든 것에 거리가 좀 생길 때까진 힘들어요. 게다가 무슨 일이 일어났는지도 확실하게 알아야 하고요."

"나에게도 말할 수 없다는 것인가요?" 놀랍기도 하고 분노도 치밀어 따지듯이 물었다. 언제나 그렇듯이 분노는 오히려 평정심을 유지하는 데 도움이 되었나. 나는 아직 그 소식을 받아들이지도, 믿지도 않았다. (나는 일종의 환상의 세계에 머무르고 있었다.) 그러나 눈물이 흐르고 턱이 떨렸다. 조금만 방심하면 걷잡을 수 없는 오열이 터져 말도 잇지 못할 것이라는 사실을, 대화를 잇는 것도 어려울 뿐만 아니라 그가 이야기하는 것을 알아듣지도 못할 거란 사실을 잘 알고 있었다. 눈물을 흘리면 누군가가 나를 안고 위로해주어야 하지만 영국인들은 대체로 그런 모습을 보이지 않았다. 기껏해야 등을 몇 번 토닥이는 것으로 그칠 것이다. 하지만 그는 전형적인 영국인이 아닐지도 모른다. 그의 눈길은 상당히 사람을 잡아끄는 데가 있었다. 뭔가를 감추지 못하고 있었다. 처음에는 최소한 혼자 남을 때까진 북받치는 오열에, 참을 수 없는 눈물에 굴복하지 않으려고 했다. 나는 아랫입술을 지그시 깨물었다. 투프라는 생각이 깊은 것 같으면서도 조금은 차가운 면이 있었고 모든 것이 계산적이었다. 이젠 모든 것이 명확해졌다. 그는 나에게서 희망을 뺏고 싶지도 않았지만, 그렇다고 희망을 안겨줄 생각도 없었다. 나에게 전할 소식을 축소하지도 않았지만 그렇다고 과장하지도 않았다. 알고 있는 것을 사실대로, 나에게 이야기해줄 수 있는 범위 안에서 이야기했다. 그가 보는 앞에서 무너지고 싶지 않았지만, 그는 여전히 실질적인 문제에 대해서 할 말이 상당히 남아 있는 것 같았다. "그가 어디에서 죽었는지 알 권리가 있다고 믿어요. 만약 죽었다면요. 아니면 어디에 갇혀 있는지도요. 남은 일생 동안 추측만 하면서 보내라고 저를 내버려두진 않겠지요? 최소한 포클랜드로 보냈는지만 말해주세요. 전쟁이 시작될 때 그는 그곳에 갔나요?"

내 마지막 질문에 대해선 그는 내가 질문을 했다는 사실조차 무시했다.

"네빈슨 부인, 저도 이해할 수 있어요. 제가 이해를 못 해서 그런다고는 생각하지 마세요. 그렇지만 톰은 그곳에 있었던 유일한 사람은 아니었어요. 아직도 자기 의지와 반대로 그곳에 있을 수도 있고, 조심하다가 그럴 수도 있어요. 아니면 우리를 피하려는 지도 모르고요. 다른 사람들은 아직도 그곳에 남아 있는데, 만약 정보가 누출되면 위험에 빠질 수도 있어요. 당신을 믿지 못해서 그런 것은 아니지만, 우리 원칙은 아무도 믿지 않고 아무에게도 말하지 않는 것이에요. 그렇지만 남은 일생 동안 추측만 하고 있게 만들진 않을 겁니다. 이건 확실하게 이야기할 수 있어요. 조만간에 우리는 소식을 얻을 것입니다. 다는 밝힐 수 없겠지만 충분할 정도는 알아낼 수 있을 거예요. 그리고 톰이 내일 저 문으로 들어올지도 모른다는 가능성도 배제할 수는 없지요. 물론 이미 말했듯이 그를 다시는 못 볼지도 모르지만요." 그 말은 내가 완전하게 비관론에 빠지는 것도 막았지만, 그렇다고 낙관론에 다가가는 것도 꺼리게 했다. "만약 후자라면, 물론 그렇지 않으리라고 믿고 있지만, 만약 그렇다면 그가 목숨을 잃었다는 사실을 알자마자 바로 당신에게 소식을 전할 겁니다. 그 전에는, 유감이긴 하지만……."

"그동안 나는 어떻게 해야 하죠? 상복을 입어야 하나요? 아니면 계속 기다려야 하나요? 나는 미망인인가요, 유부녀인가요? 우리 아이들에겐 아버지가 있는 건가요, 이젠 없는 것인가요? 당신도 물론 정확하겐 모르겠지만 도대체 시간이 얼마나 지나야 하죠? 이것이 얼마나 어려운 일인지 당신이 아는지 모르겠네요. 투프라 씨, 얼마나……." 나는 단어가 생각나지 않았다. "감당하기 힘든지요. 너무 힘들다고요."

"원하시면 버트럼이라고 불러도 돼요. 저도 베르타라고 불러도 될까요?" 이런 식의 이야기를 하다 보니 우리 이름이 상당히 비슷하다는 생각에 잠시 우습다는 생각이 들었다. '버트럼, 잘 들어보세요!' '베르타, 말해봐요.' 여기까진 넘어가지 않는 것이 나을 것 같았다.

"원하는 대로 하세요." 이것이 최선의 대답이었다. 그 당시에는 정말 부주의했다. 스페인에서는 모두가 만나기만 하면 금세 친해졌다는 듯이 2인칭 단수인 'tú'를 사용하곤 하니까.

"베르타, 감당할 수 있을 겁니다. 감당할 수 있을 거예요. 곧 감당할 수 있게 될 거예요. 선원들의 아내를 생각해봐요. 몇 년에 한 번 돌아오는 사람도 있고, 결국 돌아오지 못하는 사람도 있잖아요. 몇 세기 전만 해도 무슨 일이 일어났는지도 전혀 몰랐어요. 매복했던 곳이나 전쟁터에서 시체조차 찾지 못한 군인들의 아내도 한번 생각해보세요. 물론 탈영했는데 죽은 것으로 알려진 사람도 있을 수 있지요. 구출할 수 없는 포로의 아내도 있고, 납치된 사람의 아내도 있어요. 돌아오지 않는 탐험가들의 아내도요. 시신도 발견되지 않고, 죽었는데도 증거도 없어요. 확실하지 않은 가능성만 남은 셈이에요. 이런 여자들에게도 희망을 안고 살아야 하는지, 희망을 포기해야 하는지 따위를 뭔가가 속삭였을 거예요. 언제, 언제까지 희망을 가져야 하는지를 말이에요. 오늘날엔 이런 일이 훨씬 덜 일어나지만, 그래도 뭔가가 속삭여요. 분명한 것이 있다면 그의 필요예요. 아니면 불필요성, 혹은 지겨움일 수 있고요. 율리시스처럼 위험에 노출될 수밖에 없는 모험을 떠났다가 결국 사라져버린 남편에 대한 분노나 무관심이 커져서 그럴 수도 있어요. 어쩔 수 없이 집을 떠났어도 분노는 마찬가지일 거예요. 그렇지만 잊어버리고 싶어지면 언젠가 잊힐 거예요. 잊을 준비가 되거나, 기억이 더는 즐거움이나 위로가 되지 않고, 걸음을 내딛거나 숨을 쉬는 데도 별 도움이 되지 않는다면 언젠간 잊히겠죠. 베르타, 지금은 이 사실을 받아들이기 힘들 거예요. 그러나 언젠가 방법을 찾을 수 있을 거예요. 이건 시간이 오래 걸리는 일이에요. 경로를 벗어나지 않고 정확하게 과녁을 향해 직선으로 날아가는 화살과는 달리, 나아가기도 하고 되돌아오기도 하고 입구에서 다시 엉뚱한 곳으로 빠지기도 할 거예요. 무슨 일이 일어났었는지 확실히 알 때까지는요. 물론 이것도 알 수 있을 거란 사실을 전제로 하는 것이지만요. 화살은 목적지에 도착하기도 하지만, 가끔은 허공으로 사라져버리죠." '이것이 공기의 죽음이다'라는 생각이 들었다. 영어에는 존경의 의미를 담아내는 표현이 존재하지 않는다. 하지만 만약 투프라가 스페인어로 이야기했다면 나를 베르타라고 친근하게 부르긴 했지만, 여전히 'usted'이라는 경칭을 포기하지 않고 사용했을 거라는 생각이 들었다. 그는 조금은 사무적인 말투로 계속해서 이야기했다. "미망인 문제는…… 영국법으로는 상황에 따라 확률에 따라 다른데, 죽었다는 사실을 반박할 수 없을 정도로 결정적인 증거도 없이 사라진 경우엔 일반적으로는 공식적으로 사망 선고를 받으려면 마지막으로 목격된 지, 혹은 마지막 행적이 밝혀진 날로부터 7년하고 하루가 지나야 해요. 그때가 되어야 모든 것을 상속받을 수 있고 미망인이든 홀아비이든 재혼도 할 수 있어요. **부재중** 이혼까지는, 이것까진 가능한지 깊이 따져보지 않아 잘 모르겠습니다. 혹시 여기에 관심이 있을지도 모르겠네요. 아무튼, 이 기간이 지나면 법적으로 사망 선고를 받고 모든 법적인 효과를 가질 수 있는데, 이를 **부재중** 사망이라고 해요. 두말할 필요도 없지만, 훗날 사라졌던 사람이 살아 돌아오면 앞에서 말한 선고는 대부분 효력을 잃게 되고요."

생각지도 않은 이 황당한 말에 관심이 생겼다. 잠시라도 슬픔이나 근심에서 벗어나는 데는 호기심이나 웃기는 것만 한 것은 없다.

"대부분이요? 그렇다면 확실히 살았는데도 죽은 사람 취급할 수 있나요? 말도 하고 숨도 쉬고 걷기도 하고 항의도 하는데 말이에요. 그러면 법이 그런 사람에게 '입을 다무세요. 공식적으론 당신은 죽었으니까 주장도, 요구도 할 수 없어요. 여기 이 서류에 그렇게 쓰여 있어요'라고 말하나요?"

투프라는 해맑게 웃었다. 비통하고 애절한 나의 마음이 허용하는 범위 안에서 가능했던 것이지만, 내가 그 말을 재미있게 받아들였다는 사실을 그도 깨달았다. 결과적으로 조금 전 짧은 대화를 제외하곤 비통하고 애절하긴 했지만, 나는 모든 걸 다 받아들였다.

"아직 발자크의 《샤베르 대령》을 읽진 않으신 것 같네요. 군 기록에는 샤베르 대령이 나폴레옹 전쟁 당시 아일라우 전투에서 전사했다고 되어 있었어요. 그렇기에 모든 사람이 이 불쌍한 군인의 존재를 부정했을 뿐만 아니라, 사기꾼이라는 딱지까지 붙였지요. 물론 소설이긴 하지만 가끔 관료주의가 이런 일을 만들 수도 있죠. 더 황당한 것은, 놀라지 마세요, 이 문제에 대해 사람들은 어떠한 견해도 가지지 않는다는 거예요. 게다가 아무도 절대로 건드릴 수 없는 권리를 법적으로 보장받아야 한다고 믿고 있는데, 국가 권력은 반드시 있어야 할 뿐 아니라 절대적이어야 합니다. 우리는 이렇게 움직이고 있어요. 민주주의 체제에서 아무리 우리가 권력분립을 요구하더라도 말이에요. 법을 바꾸거나 새로운 법을 만들면 누구든 돈도 없고, 집도 없고, 일자리도 없는 사람으로 만들 수 있어요. 조금 더 심각하게는 존재하지 않는 사람으로 결론 낼 수도 있지요. 국적도 시민권도 뺏을 수 있고, 불법체류자나 무국적자로 선고해버릴 수도, 감옥에 가두거나 추방할 수도 있지요. 실성했다고 할 수도 있고, 금치산자로 선고할 수도 있어요. 더 나아가 죽었다고 할 수도 있고요. 사람들이 우리에게 대들 때 보면 정말 무모하단 생각이 들어요. 너무 순진한 거지요." 나는 '우리'라는 단어를, 앞에서 사용한 우리와는 분명한 차이가 있는 이 단어를 놓치지 않았다. 앞에서 사용한 '우리'는 MI6나, 이런 부류의 조직을 포괄하는 SIS를 의미했다. 그러나 이번에 사용한 '우리'는 그가 속해 있고 봉사하고 있는 전지전능한 국가를 가리키고 있었다. 오래전부터 토마스가 사용했던 것과 똑같은 의미였다. 토마스에 대한 그의 영향력을 볼 수 있는 대목이었다. "그러나 제가 당신에게 말한 것은 만일 상속자들이 유산을 다 나누어 가졌다면 다시 돌려주라고 강제되진 않는다는 것이죠. 특히 다 써버린 경우에는요. 그럴 수도 있지 않겠어요? 남자든 여자든 재혼했다면, 상대가 살아 돌아왔을 때 두 번째 결혼이 자동적으로 무효가 되는 것은 아니라는 것이죠. 모든 것이 선의와 법적인 판결에 따라 이루어지니까요. 어떻든 아주 드문 경우이긴 해요. 《몬테크리스토 백작》이 보편적인 이야기는 아니라는 것이지요. 더욱이 영국에서는요." '투프라는 정말 소설을 많이 읽는구나'라는 쓸데없는 생각이 들었다. 이야기할 때마다 느낀 것이지만, 그의 목소리와 말투는 처음 듣는 것 같지가 않았다. 살집이 많으면서 포근할 것만 같은 그의 입술이 빠르게 움직이는 것을 지켜보았다. 이렇게 생긴 입술은 한 번도 본 적이 없어 쉽게 잊힐 것 같지 않았다. 혼란스러운 가운데 투프라가 불쾌하단 생각도 없진 않았지만 그래도 묘하게 사람을 끄는 매력이 있었다. (머리가 어지럽고 고민이 많아 아무 생각이 나지 않아도 우리는 무의식적으로 이런 점에 주목한다.) 그의 독특한 얼굴 생김새는 긴 속눈썹 그리고 회색 눈동자와 어우러져 자석과도 같이 사람을 끄는 매력이 있었다. 그는 내 관심거리를 이용해 계속해서 본론과는 거리가 먼 곳으로 몰고 갔다. 내가 남편 소식에만 빠지지 않고 주어진 상황에, 다시 말해 남편에 대해선 명령을 하달한 사람도, 어디로 갈지 목적지를 정해준 사람도, 몇 달 전부터는 남편의 행적에 대해 아무도 아는 바가 전혀 없다는 사실에 적응하게 했다. 그리고 1982년 4월 4일이 내가 그를 마지막으로 본 날이라는 사실까지도 말이다. "국민들은 국가가 자기들을 보호하고 있다고 믿습니다. 보통은 이것이 당연하고, 정상이며 최우선 과제이긴 하지요. 저도 이걸 확고하게 믿고 있어요. 그러나 시민들이 이러한 보호를 등에 업고 착각하고 있는 것이 있다면, 국가에 지나친 요구를 하거나 국가의 보호에 맞선다는 겁니다. 만일 시민들이 옆길로 샌다면 국가 역시 방해가 되는 것은 제거할 것이고 자격을 박탈할 것이라는 건 사실입니다. 어떻게 하냐고요? 모든 것을 빼앗아버릴 것입니다. 아무 힘도 없는 사람이 뭘 할 수 있겠어요. 모든 재산을 압수하고, 땅과 부동산을 빼앗아버릴 것입니다. 전혀 예상치 못한 세금과 벌금을 이용해 재산을 빼앗아버릴 겁니다. 모든 것엔 허용치가 있는 법이지요. 정부와 의회가 모든 범위를 결정할 것입니다. 예전에 어떤 법을 공표했든지 다들 자기가 통치를 하고 법을 만들 때가 되어서야 눈을 크게 뜰 것입니다. 하지만 이런 이야기는 그만하죠. 당신은 지금 너무 놀랐을 테고 그 사실은 나도 잘 알고 있으니까요. 그러나 대의를 위해서 일을 하다가 벌어진 일입니다. 어려운 시기엔 다른 선택지는 없어요. 엄청난 소동이나, 혼돈을 상상해본 적 있으세요? 중요한 결정을 내릴 때마다 사람들에게 직접 의견을 구한다고 생각해보세요. 세상은 금세 마비될 것입니다. 매일매일 시급하게 결정을 내려야 할 일이 있으니까요. 가끔 있는 일이 아니에요." 그는 '대의를 위해서'라고 이야기했다. '더 큰 것을 위해'라고. 말이 너무 빨라 내 영어 실력으로는, 대화보다는 강독을 위해 쌓은 내 어학 실력으로는 따라가기 바빴다. "스페인 법체계도 좀 살펴보았습니다. 당신하고 관련된 법 말입니다. 제가 말하고 싶은 것은 사망했다고 추정되는 사람들에 관한 법인데요, 찾아본 것이 맞는다면 몇 가지 장점이 있더군요. 사라진 사람이 죽은 것이 확실하다고 판단되면 오래 기다릴 필요가 없다는 점이에요. 2년만 기다리면 됩니다." 그는 승리의 V자 표시처럼 두 손가락을 들어 보였다. 지금 상황을 고려한다면 전혀 어울리지 않는 행동이었다. "난파를 당했거나. 인적이 끊긴 곳이나 사람이 살지 않는 곳에서 비행기 사고가 일어났을 경우, 아니면 이와 유사한 경우에는 말이에요. 3년이었는지도 모르겠어요." 그는 이번에는 손가락 세 개를 들었다. "몇 년이 되었든, 우리의 경우에 참조할 수 있는 규정집이 여기 있는데, 스페인어로도 번역되어 있어요." 그는 내가 읽을 수 있게끔 스페인어로 타이핑된 된 두 장짜리 서류를 재킷 주머니에서 꺼내 나에게 내밀었다. "이 일과 비슷한 이야기가 쓰여 있는 것, 맞죠? '군부대에 소속된 자, 혹은 자의로 보조원 자격을 얻어 군에 합류하여 정보와 관련된 임무를 수행하는 등 군사작전에 참여했다가 실종된 자는 2년이 지나면 사망 선고를 내릴 수 있다'고요." 그는 처칠 흉내를 냈다. "평화조약 체결일로부터 계산한다. 다만 조약이 맺어지지 않는 경우엔 공식적으로 전쟁이 끝났다고 선언된 날로부터 계산한다.' 맙소사!" 그는 '맙소사!'라는 말을 덧붙였다. "행정 서식에 사용되는 글은 전 세계 어디에서나 정말 어려워요. 이해하기만 해도 정말 대단한 거예요."

좀 복잡하긴 했지만 이해할 수 있었다. 그래서 그에게 이렇게 이야기했다.

"최근에 있었던 유일한 전쟁은 포클랜드 전쟁이에요. 그런데 당신은 토마스를 그곳으로 보냈는지도 답하지 않았어요."

"그것은 중요하지 않아요." 그가 대답했다. 그리고는 내 질문엔 대답도 하지 않고 계속 자기 말만 이어나갔다. "최대한 빨리 법적으로 미망인의 지위를 획득하고자 하는 경우엔, 우리가 그가 그곳에 있었으며 그곳에서 실종되었음을 증명해줄 수 있어요. 그러나 스페인 법은 상속을 위해선 더 상당히 긴 기간을 설정하고 있죠." 그는 세 번째 쪽을 꺼내들었다. "자, 봅시다. 여기 있군요. '공식 사망 선고 후 5년이 지날 때까지는' 하고요." 그는 이번에는 손 전체를 들어올렸다. "'유산 상속인에게는 유산이 양도되지 않으며, 따라서 유산 상속인이 무상으로(기증이나 선물로) 귀속된 재산을 처분할 수 없다.' 포클랜드 전쟁에서 적대행위가 끝난 것이 1982년 6월 20일이니, 이 명분에 따르면 스페인에서는 8개월 후인 내년 6월 20일에는 법적으로는 톰이 사망한 것으로 선고할 수 있습니다. 그리고 우리 영국은 법적인 효력 발생에 대해 어떠한 이의 제기도 하지 않을 거라고 믿습니다. 이것은 확실해요. 하지만 베르타, 문제는 당신이 5년 뒤인 1989년까지는 상속을 받을 수 없다는 거예요. 그렇지만 걱정하지 마세요. 우리가 생각하고 있는 것이 있어요. 당신이 대학에서 주는 몇 푼 안 되는 봉급을 가지고 살아가게 놔두진 않을 거예요. 이것은 정당하지 못하니까요. 톰이 탈영을 했다 손 치더라도 말이에요. 우리가 확실하게 증명하지 못하면, 그때까진 탈영이 아니니까요."

이 모든 것이 나에게는 뭔가 요령이 없다는 느낌을 주었다. 아니면 반대로 정말 세심한, 냉정하게 약을 투여하는 실용적이고 섬세한 방식일 수도 있었다. 그는 모든 희망을 포기하고 더는 기다리지 말라는 충고를 하고 있었다. 톰을 땅에 묻진 않았지만 죽은 것으로 간주하라는 것이었다. 다시 눈물이 핑 돌았다. 그러나 투프라가 나의 그런 모습을 보는 것은 원치 않았다. 나는 자리에서 일어나, 그에게 등을 돌리고 발코니로 나갔다. 눈물이 나는 것을 참기 위해 이마와 광대뼈에 손을 댔다. (손가락 세 개는 이마에, 엄지는 광대뼈에 댔다.) 나무들 너머로 광장에 서 있는 불쾌한 모습의 동상을 바라보자 문득 동상에 새겨져 있던 비문이 떠올랐다. '군인 루이스 노발의 영광에 바치는 이 기념물은 스페인 여인들의 주도로 건립되었다. 조국이여, 당신을 위해 목숨을 바친 사람들을 절대로 잊지 마라!' 1912년의 일이었다. 빅토리아 에우헤니아 왕비Reina Victoria Eugenia와 작가 에밀리아 파르도 바산Emilia Pardo Bazán의 후원을 받아 세워진 그 동상 속 군인이 누구인지 알아본 적이 없어 어떤 전쟁에서 전사했는지도 모르고 있었다. 토마스처럼 14년 전에 대서양 반대편에서 일어났던 미서 전쟁에서 죽었을까? '바다의 목구멍으로 혹은 읽을 수 없는 돌로.' 나는 언제나 똑같았고, 우리 조국 스페인 역시 언제나 잊는 데 익숙했고, 비문이나 조각이 흐려져 결국 읽을 수 없게 만드는 데 선수였다. 쉬지 않고 여기에만 내달려 누가 조국을 위해 목숨을 바쳤는지 별 관심도 없었고, 고마움도 몰랐다. 아니 고마움이란 개념 자체를 증오했는지도 모른다. 루이스 노발은 그림자이자, 공허한 이름만 가진 유령이었다. 비록 기념물이 있긴 했지만 그 누구의 기억 속에도 남아 있지 않았고, 아무도 그에게 관심을 주지 않았다. 토마스는 더 심한 유령이 될 것이다. 살아 있지도 죽지도 않은 유령. 자식들조차 기억하지 못 할 유령. 자식도 기억을 못 할 텐데 누가 기억을 하겠는가? 풀 한 줄기, 먼지 한 톨, 흩어져가는 안개, 떨어지면서 뭉치지도 못하는 눈송이, 재, 벌레 한 마리, 한 줄기 바람, 결국 스러지고 마는 한 줄기 연기.

'그의 시신은 어디에 있을까?'라는 생각을 하면서도 이를 악물고 눈물이 쏟아지는 것을 참았다. '아무도 그를 위해 울어주지 않았을 거야. 눈이나 감겨주었을까? 아마 묻어주지도 않았을지 몰라. 아냐, 묻어주었을 수는 있겠어. 만약 묻어줬다면 서둘러 무덤처럼 보이지 않게 평장으로 봉분도 없이 묻었을 거야. 무덤을 숨기기 위해, 만약 누군가 찾아 나서도 아무도 발견하지 못하게 말이야.' 잠깐 생각을 멈췄다. 아무 말도 하지 않았는데도, 내가 등을 돌리고 있었는데도 투프라가 다시 말을 걸었다. 그는 내가 너무 깊은 생각에 빠져 어쩔 줄 모르는 것을 원치 않았고, 가능하면 실용적이고 법적인 문제나 궁금한 문제에만 몰두하길 원했다.

"베르타, 잘 보세요. 여기 법령에 만약 죽었다고 생각했던 사람이 돌아오면 어떤 일이 벌어지는지 명시해놓았어요. 이것을 잘 들어두세요. '사망 선고 이후에, 실종자가 나타나 그의 생존이 입증되면 그의 재산을 환수할 수 있다. 그러나 그가 나타난 시점에 남아 있는 재산만 환수될 것이다.' 저는 이것이 '다시 나타남' 혹은 '재현'을 의미한다고 생각해요. '또한, 그는 권리를 가진다.' 법령은 이런 식으로 이어지고 있어요. '그의 재산을 팔아 만든 돈과 이 돈을 이용해 구매한 재화는 그에게 양도되어야 한다. 그러나 그가 다시 나타난 이후에는 그의 재산이 생산한 과실이나 수익만을 요구할 수 있다.' 또 한 번 '다시 나타남'을 강조하고 있어요. 가장 정확한 표현인 것 같아요." 그는 꼼꼼하게 덧붙이며, 책망하듯이 가볍게 종이를 툭툭 쳤다. "한마디로, 상속자들이 전 재산을 다 써버렸다면, 옛날 재산에서 동전 하나 남은 것이 없다면, 회복할 수 있는 것이 하나도 없다는 것이지요. 남자는 무엇으로 살죠? 다시 나타난 사람이 불쌍하긴 해요. (실종되었던 사람이 여자인 경우에도 마찬가지죠.) 죽은 사람 취급당한 것도 억울한데 재산도 다 빼앗겼으니까요, 친구들 우정에 기대야 할까요? 그렇지만 우정이 그리 오래갈 거라고는 믿지 못하겠어요. 다시 말해 죽었다고 공표된 이후에도 이어질지는 의심스럽죠. 그렇다면 자식들의 효성에 기대야 하나요? 실종되었던 사람이 부활한 것을 보고 두려움이나 위협을 느끼지나 않을지 모르겠어요. 마음속으론 다시 무덤으로 돌려보내고 싶지 않을까요? 국가 역시 어떤 식으로든 보상할 생각도 연금을 지급할 생각도 없는 것 같아요. 몇 년 동안 죽은 것으로 간주되었어도 다시 살아 돌아오면 최소한 퇴직자 취급은 해줘야 한다고 생각해요. 더 좋은 대우를 해주면 더 좋고요."

사실 나는 그의 말을 전혀 듣고 있지 않았다. 공과功過가 각각 반반이지만 투프라가 나에게 이야기하면서 보인 태도는 나에게 법적인 문제와 앞으로 먹고살 문제에만 집중하라고 강요하고 있다는 생각을 하게 만들었다. 사실상 그는 내가 미망인인 것처럼 말하고 있었다. 자기들이 일을 잘 처리하지 못하면 내가 곤경에 처할 수 있기에 가능하면 빨리 미망인 지위를 인정받는 것이 좋을 그런 미망인 말이다. 그리고 내 인생을 다시 설계하라고, 원한다면 다시 결혼하라고 유도하고 있었다. 그는 내 나이에 내 생김새 정도면 얼마든지 구혼자가 있을 수 있다고 생각하는 것이 틀림없었고, 덕분에 그가 나를 어떤 식으로 보고 있는가를 느낄 수 있었다. 숨이 턱턱 막힐 정도의 성적인 시선이 느껴졌다. 그가 여자들을 좋아하는 것이 틀림없다는 생각이 들었다. 게다가 여자들을 유혹하는 데에 익숙한 것 같았다. 이 모든 것이 그의 눈빛에서 느껴졌고 몸짓에 배어 있었다.

아마 슬픔과 절망을 안겨야 하는 이런 우울하고 비관적인 상황에서 나를 만난 것에 악담을 퍼붓고 있을 것이다. 용기를 북돋우고 따뜻한 관심을 표명해야 하는, 관계의 발전 따위는 생각할 수 없는 그런 자리였다. 오늘은 형편도 좋지 않았고 뭔가 다른 이야기를 꺼내기엔 적절하지도 않아서 실패할 수밖에 없는 그런 자리였던 것이다. 한마디로 때와 장소가 맞지 않았다. 그를 막아선 것은 이 점이었지, 자기와 가까운 조력자의 아내라는 사실 때문이 아니었다. 이런 부류의 인간은 양심의 가책 따위는 전혀 문제삼지 않을뿐더러, 눈을 감고 입을 다물어야 할 것에는 눈을 감고 입을 다물 줄도 안다. 그들은 언제나 자신들이 설정한 이런 환경 안에서 살아간다. 이 남자는 내가 원한다면 다시 결혼할 수 있다고 보고 있었다. 즉 내가 데리고 살아야 할 어린 두 아이를 장애물로 생각하지 않았다. 어쩌면 그는 나에 대해서 폭넓게 배려하고 있는 것인지도 모른다. 토마스가 탈영했든, 적에게 넘어갔든, 변절했든 상관없이 나를 도와주려고 했다. 마지막의 변절 역시 가능성이 없진 않은 일이다. 물론 그는 그렇게는 생각하지 않았고 비록 공식적으로는 희망의 끈을, 열린 가능성을 남겨두어야 했지만 죽었을 거라고, 세상에서 추방되었을 거라고 믿고 있었다. 시신이 없으면 결론을 내릴 수 없다. 다시 말해 직접적인 증거가 없으면 아무 결론도 내릴 수 없다. 토마스는 수증기처럼 증발해버렸는데도, 언제 어떻게 사라졌는지 본 사람이 한 사람도 없었던 것이다.

나는 발코니에서 꼼짝도 하지 않았고, 여전히 그에게 등을 돌린 채 서 있었다. 시야를 흐리게 하는 눈물을 억지로 참고 있었다. 한마디로 나는 계속해서 눈물만 삼키고 있었다. 그리고 마침내 눈물을 다 삼켜버릴 수 있었다. 아니, 다 삼켰다고 믿었다. 투프라가 이집트에서 가져온 듯한 화려한 담배 케이스에서 담배 한 대를 꺼내 다시 불을 붙이는 소리를 들었다.

"언젠가 토마스가 돌아온다면, 내가 자기 돈에 손도 대지 않았다는 것을 알게 될 거예요. 확실하게 말할 수 있어요. 이 세상 끝에 있다고 하더라도, 그가 살아 있을 가능성이 눈곱만하다고 해도 나는 절대로 그 돈에 손을 대지 않을 거예요." 한참 만에 입을 열었지만 그를 바라보지는 않았다.

"베르타, 저는 당신 생각에 대해선 조금도 의심하지 않아요. 그렇지만 너무 그럴 필요는 없어요. 당신 생각은 가능한 범위 안에서만 신경쓰면 되는 법이에요. 이를 위해선 수입도 필요하고 그래야 생계도 꾸릴 수 있어요. 1989년은 아직 멀었고, 1990년은 더 멀었어요. 그때나 되어야 영국법에선 톰이 죽었다고 선고할 테고, 당신도 외무부에서 미망인들에게 지급하는 연금 혜택을 볼 수 있을 거예요. 물론 이것이 옳진 않아요. 우리와 같이 일하다 죽은 동료의 미망인이 곤경에 처하는 것 말이에요. 이런 일이 일어나지 않도록 최선을 다할 거예요. 우리는 죽은 사람들의 가족을 절대 그냥 놔두지 않고, 우리가 생계를 책임질 거예요."

나는 그의 말을 중간에서 끊었다. '죽은'이란 단어가 내 영혼에 무거운 돌멩이처럼 떨어져 내렸다. 다시 한번 못을 박는 것 같았지만, 나는 그것에 관해 이야기를 꺼내지는 않았다.

"1990년요? 그 말은 1983년 올해엔 톰과 접촉이 있었다는 것을 의미하나요? 최소한 1982년까지는 사라지지 않았나요? 정말 포클랜드 전쟁에 나가진 않았나요? 그럼 어디에 갔죠? 이것만이라도 말해주세요."

나는 몸을 돌려 두어 발짝 투프라 쪽으로 다가갔다. 내 엄청나게 빠른 계산이 재미있었는지, 자기가 부주의했다고 생각했는지 그는 실소했다. 그런 실수를 허용해선 안 된다는 사실을 깨달은 것 같았다. 그러나 그는 대수롭지 않게 생각했고, 대답하지 않고 벗어날 방법을 많이 알고 있었다.

"베르타, 조금 더 있다가, 우리가 무슨 일이 일어났는지 재구성할 수 있으면 그때 말씀드릴게요. 이미 말씀드렸듯이요." 그는 아무 일도 없었다는 듯이 계속 말을 이어갔다. "그래서 당신을 위해 다음과 같은 것을 생각하고 있어요. 당신을 번역가로 명단에 올릴 거예요. 어떤 점에선 이건 완벽한 사실이죠. 마드리드에 본부를 두고 있는 국제기구 중 하나인 IOC International Olive Council나 WTO World Tourism Organization 소속 번역가로 올릴 거예요. 이런 단체에서 일하는 사람은 유엔이나 국제식량농업기구에서 일하는 사람과 마찬가지로 세금을 면제받기 때문에, 받은 급여가 총액 그대로 지갑에 들어와요. 나쁘지 않죠. 나쁘지 않아요. 출신 국가를 떠나 일해야 하는 이런 공무원들에게 주어진 특권이자, 일종의 보상이죠. 물론 당신은 여기에 해당하진 않지만 이와 똑같은 대우를 받을 거예요. 결론적으로 명단에 오르긴 하겠지만 출근할 필요는 없고 계속 수업을 하면서 평소대로 살면 돼요. 당신이 수입이 줄어 고통받는 일은 없도록 우리가 신경쓸 테니까, 톰이 공식적으로 받았던 것과 비슷한 정도의 급여를 계속 받을 거예요. 물론 약간은 줄긴 줄 텐데 눈에 띌 정도는 아니에요. 잘 알겠지만, 톰이 정말 가치가 있는 어려운 임무를 수행했거나, 긴 시간을 요구하는 특별 임무를 수행한 경우엔 가끔 보너스 형식으로 현금을 받았어요. 이것은 더는 지급되지 않을 거예요."

"IOC도 WTO도 무슨 일을 하는 곳인지 모르겠어요."

"국제올리브협회와 세계관광기구요." 그는 어눌하긴 했지만 스페인어로 발음해주었다. 특히나 올리브라는 발음이 이상했는데 악센트를 잘못 붙인 탓이었다. "이미 이야기했듯이 이 두 기구는 마드리드에 본부가 있어요. 따라서 여기에서도 거절하지 않을 거예요. 이미 동의를 받아놓았어요. 많은 곳에서 우리의 일을 기꺼이 도와주고 있는데, 이런 점이 가장 큰 장점이죠. 우리가 도움을 청하면 언제나 즐거운 마음으로 우리를 도와줘요."

그 모호한 '우리'라는 말은 몇 번이고 반복되었다. 토마스는 그곳에 속해 있었고, 죽었는지 실종되었는지 모르는, 탈영했는지 배신했는지도 모르는 지금도 여전히 그곳에 속해 있었다. 그리고 뭔가 미심쩍은 수입을, 정체불명의 수입을 안겨주었다. 나는 고맙다고 생각했다. 그들은 분명 손을 씻어버릴 수도 있었다. 토마스에겐 불행이긴 하지만, 죽었다는 것은 아미 활동력을 잃었다는 것이고, 따라서 방해물로 작용하지 않는다는 전제하에 그는 분명 효용성을 잃은 존재였다. 그렇지만 만약 죽지 않았고, 돌아온다면 그는 엄청난 가치를 지닌 존재가 될 수도 있었다.

"일하지 않고도 월급을 받을 거라는 것인가요?"

"베르타, 그건 불필요한 질문 같군요. 이에 대해 이의를 제기하지는 마세요. 당신이 만약 아무 일도 하지 않으면서 월급을 받는 사람들, 예를 들어 재단 임원으로 1년에 두세 차례 중역회의 등에 참여하는 대가로, 혹은 별 자문도 하지 않으면서 자문료로 월급을 받는 사람들의 수를 안다면 그런 말은 나오지 않을 거예요. 사실 당신은 조용히 입을 다물고 있는 대가로 돈을 받는 거죠. 국가는 기생충을 고용하기도 합니다. 적극적으로요. 문제에서 벗어날 수 있고 많은 불만을 잠재울 수 있으니까, 일종의 투자로 간주하는 거죠. 그렇다면 당신의 경우는 정말 정당한 거예요. 이건 정의의 문제이니까요. 조국을 위해 헌신한 남편을 잃었는데 이 정도는 정말 약소하죠. 이것이 가장 좋은 방법이에요. 나를 믿으세요. 가장 간단하면서도 좋은 방법이에요."

나는 다시 그에게 등을 돌리고 발코니 쪽으로 두어 걸음 옮겼다. 이번엔 발코니를 열고 밖을 내다보았다. 군인인 루이스 노발의 동상이 길게 그림자를 만들었다. '남편을 잃었는데'라고 반복해 말했다. 결국, 남편을 잃은 것이다. 아직 살아 있든지, 죽은 지 오래되었든지 마찬가지였다. 다시는 돌아오지 않을 것이다. 돌아오지 않을 거라고 믿어야 한다. 이미 1년 반을, 19개월을 남편 없이 지냈다는 생각을 했다. 이미 오랫동안 그의 부재와 간헐적인 귀환에 익숙해져 있었지만, 이번엔 달랐다. '이젠 다시는 그를 보지 못할 수도 있어. 아냐! 이것은 확실한 사실이야'라는 생각이 들었다. '다시는 절대로' 이를 피할 수 없다는 생각에 나는 조용히 눈물을 흘리기 시작했다. 흐느끼거나 소리를 내지는 않았다. 눈은 눈물범벅이 되었고 결국 두 뺨과 턱 그리고 블라우스까지 적셨다. 더는 참을 수 없었다. (그렇다. 그는 공허한 작별 인사와 함께 나를 형체 일그러진 그 길에 버리고 떠난 거다.) 나를 주시하던 투프라는 보통의 영국인들과는 달리 나의 눈물을 금세 눈치챘다. 투프라는 내가 눈물을 그치기만을 제자리에서 기다리지 않았다. 그가 자리에서 일어나는 소리를 들었다. 그는 천천히 차분하게 나에게 다가왔다. 분명 속으로는 숫자를 세고 있었을 것이다.―하나, 둘, 셋, 넷, 다섯―그것은 분명 나에게 뭔가를 통보하는 듯한 걸음걸이였다. 나에게 말이나 동작으로, 예컨대 '기다려요!' '나를 내버려두세요' '그냥 그곳에 있어요' 등의 말로 그를 제지할 기회를 주려는 것인지도 모른다. 그러나 그때 나는 의지할 사람이 한 사람도 없었다. 다른 사람의 손길을 거부할 힘이 없었다. 누구든 마찬가지였을 것이다. 목덜미에서 그의 입김을 느꼈다. 이번엔 어깨에서 그의 손길을 느꼈다. 그의 오른손이 내 왼쪽 어깨 위에 놓였고, 그의 팔은 서툰 솜씨로 포옹하는 것처럼 내 목을 감싸안았다. 나는 그의 팔에 얼굴을 묻었다. 도피처를, 아니 얼굴을 기댈 곳을 찾고 있었다. 그 순간 그의 소매를 적셨다. 그래도 나는 그로 인해 옷을 망가트렸다고는 생각하지 않았다.

VII

몇 년이, 다시 몇 년이 흘러갔다. 시간이 흐르고 흘러 첫인상에 젊다는 소리는 더는 듣지 못할 나이가 되더니, 이젠 제법 나이가 들어 보이기 시작했다. 아니 늙기 시작했다는 말이 맞을지도 모른다. 외견상 내 모습은 언제나 나이보다 상당히 젊어 보였다. 분명 운이 좋은 편이었고, 여기에 대해선 전혀 불만이 없다. 아직도 나이보다 10살 정도는 어려 보였다. 아마 토마스가 사라졌을 당시 그가 기억하고 있던 내 모습에서 멀어지는 것을 완강히 거부하고 있는 것인지도 모른다. 너무 많이 변한다면 그것 자체가 그를 포기하고 그를 배신하는 걸지도 모른다는 생각이 들었다.

날이 갈수록 가능성 역시 커지는 그의 죽음을 수용하기가 당장에는 쉽지 않았다. 이것은, 눈으로 직접 죽음을 확인해도, 시신이 되어 아무 말 없이 조용히 누워있는 것을 보고 얼굴을 덮고 법에서 정한 절차에 의해 매장을 해도, 이 모든 것을 추호도 의심할 수 없어도 수용하기가 그리 쉽지는 않을 것이다. 나는 이 경우에도, 다시 말해 앞서 말한 모든 것을 당연하게 받아들여야만 할 때도, 오랫동안 이어진 부재조차 일시적일 것만 같았고 조만간 끝날 것 같았다. 공기와 마찬가지로 우리 삶의 일부가 된 아주 가까운 사랑하는 사람의 마지막에 대해선 누구나 일종의 잘못 울린 경보이자 농담이라는, 혹은 거짓말 아니면 가장 끔찍한 상상의 산물이라는 느낌을 받는다. 그래서 꿈은 우리를 혼란하게 만들기도 한다. 우리는 망자의 꿈을 꾸고, 망자가 움직이는 것을 보기도 하고, 가끔은 따뜻한 감촉을 느끼기도 하며, 관계를 갖기도 하고, 목소리와 웃음소리를 듣기도 한다. 그래서 꿈에서 깨어나면 그가 어딘가에 숨어 있다고, 곧 나타날 거라고, 영원히 사라졌을 리 없으며 잠을 자지 못해 우리가 속고 있다고 믿기도 한다. 시간이 다소 걸리긴 하겠지만 언젠가 반드시 돌아올 거라고 우리는 굳게 믿는다. 일상적인 대화에선 아무 생각 없이 사용하고 있는 단어인데도 우리 이성은 소멸의 개념이나 '영원히'라는 개념을 잘 받아들이지 못한다. 상식 차원에서 '영원히'는 미래를 가리키지만, '영永'은 사실 과거를 포함한 긴 시간을 가리킨다. 이는 유효기간이 정해져 있지 않으며 완전히 지워지지 않는 시간이다. 과거에 존재했던 것은 미래에도 존재할 것이고 과거에 있었던 것은 미래에도 있을 것이다. 다시 말해 예전에 흘러갔던 것은 미래에도 흘러갈 것이고, 끊임없이 반복할 것이다. 이러한 개념을 이성적으로 받아들여 마음에 담아내는 데에도 어려움이 있는데, 하물며 감정은 말할 필요가 있겠는가. 나 스스로도 모르는 사이에 본능적으로 남편이 집에 있을 때 주로 누워 있던 자리 쪽에 손을 뻗었다. 그곳에 없는 남편의 몸을 느꼈고, 다리가 스치는 것을 느꼈으며, 이젠 어디에서도 숨을 쉬고 있지 않을지도 모르는 사람의 잠 못 이루고 뒤척이는 숨소리가 베개에서 들려오는 것만 같다는 생각까지 들었다. 감정적으로든 이성적으로든 그토록 가까웠던 사람이 갑자기 황당하게 우주에서 추방된 존재가 되어버렸다는 사실을 받아들이기가 너무 힘들었다.

그러나 모든 것은 시간이 되면 오기 마련이며, 고집도 열매를 맺는다. 갑자기 모든 것이 끝나는 날이 있다. 부재는 뒤로 미뤄놨던 일시적이고 잠정적인 느낌을 떠나보내고 결정적이고 되돌릴 수 없는 느낌을 강요한다. 꿈까지도 더는 우리를 혼란스럽게 하지 않는다. 신기루나 비현실적인 영역에 갇힌 존재는 잠에서 깨어나면 더 거론할 필요가 없어진다. 그러니까 누구든 뛰어넘을 수 있는 것으로 괄호 처리된다. 죽은 사람의 모습 역시 시간이 흐르면 점차 멀어지면서 흐려진다. 늙어가기도 하고 젊음을 되찾기도 한다. 늙어간다는 것은 죽음이 오랫동안 그대로 남아, 더는 새롭지도 않고 재난처럼 심각하게 받아들여지지도 않기 때문이다. 젊어진다는 것은 살아 있는 사람은 점점 더 나이를 먹어가는 데 반해, 망자는 우리가 보기엔 더 천진난만하고 어려 보이기 때문이다. 물론 이것은 한쪽은 나이가 멈춰선 채로 동결되었는데, 다른 쪽은 나이를 정말 신속하게 뒤로 넘겨버린 탓이기도 하다. 여기에 망자는 자신이 죽은 후에 무슨 일이 일어났는지 모른다는 까닭도 있다. 언젠가 죽은 사람의 존재 여부를 우리 스스로 묻는 날이 올 것이다. 우리의 과거가 아니라 현재에도 그가 존재했는지, 손이 미치는 곳에 있어서 기억할 필요도 없었던 때가 있었는지, 여기 이곳에 있었는지 의심스러워지는 날이 언젠가 올 것이다. ('이것이 공기의 죽음이다.' 그런데 지금 그는 진짜로 죽었다.)

나는 확실히는 알 수 없었다. 투프라의 약속은 지켜지지 않았다. '여생 동안 추측만 하고 있게 만들진 않을 겁니다. 이건 확실하게 이야기할 수 있어요'라고 그는 이야기했었다. '조만간에 우리는 소식을 얻을 것입니다. 다는 밝힐 수 없겠지만 충분할 정도까진 알아낼 수 있을 겁니다. 그가 목숨을 잃었다는 사실을 알자마자 바로 당신에게 소식을 전할 겁니다. 그 전에는, 유감이란 말밖엔 할 수 없군요. 우리가 확실히 알게 될 때까지는요.' 그러나 이런 일은 일어나지 않았다.

그는 런던으로 돌아가기 전에 다시 나를 찾아왔다. 그는 내가 혼자 있는지 확인하기 위해 미리 전화했는데, 그의 전화 목소리는 몇 년 전 레레스비의 목소리와 똑같았다. 하지만 나는 목소리가 비슷한 것에 대해 그리 깊게 생각하지 않았다. 아마 외교부나 MI6에서 불안해진 실종자 가족들을 어떤 식으로 다뤄야 하는지 교육한 것이 분명했다. 이틀 후 두 번째 방문에서 나는 그에게 '굴복'하고 말았다. 2-3세기 전 소설에서는 남자가 아닌 여자에 대해 늘 이런 식으로 표현한다. 이상한 일도,

더군다나 특별한 일도 아니었다. 1982년 4월 4일 이후 1년 반 이상을 홀로 지냈다. 벌써 83년 11월이었고, 인간의 온기를 느끼지 못한지 정말 오래되었다. 사람들 중 일부는 사라진 사람을 그리워하지 않고, 별 필요를 느끼지 않고, 그 사람 없이도 얼마든지 평화롭게 살 수 있다. 내가 보기에 그 남자는 허세를 부린 양복이나 약간은 거부감을 일으킬 수 있는 요소에도 불구하고 처음 보는 순간부터 상당히 매력적인 부분이 있었다. 처음에는 반감을 일으켰던 것도 익숙해지거나 긍정적으로 보기 시작하면 그리고 결정을 내리고 나면, 나중에는 묘하게 사람을 끄는 면이 있었다. 나는 그토록 가슴 아프던 중에도, 눈물을 참다 참다 못해 터트리던 중에도 무의식적으로 유혹을 느꼈다. (다시 말해 나는 잠시 그 유혹을 뒤로 미뤄뒀었다.) 정신이 어지러웠던 중에도 고통이 클수록, 혼미해질수록, 가슴이 텅 빈 것 같다는 생각이 들면 들수록, 곤혹스러워질수록, 버림받았다는 생각이 들수록 방어력은 약해졌고 나를 지키겠다는 생각도 줄어들었다. 전문적인 바람둥이들은 이것을 잘 알고 남의 불행을 몰래 숨어 살피고 있다. 토마스의 부재는 5년에 걸쳐 쌓인 효과가 있었을 뿐만 아니라 점점 무겁게 짓누르며 양심을 키워왔기에, 이젠 그 양심을 일정 범위에서 유지해야 한다는 생각은 들지 않았다. 이번의 부재는 결정적인 것이거나 최소한 **무한히 계속될 것 같다는** 징조가 보였다. 게다가 그는 절대로 모를 것이다. 투프라는 전날 내가 고마워한 것에 대해 따뜻한 애정의 표시로 내 목에 팔을 두르고 내 어깨에 손을 얹었다. 나는 그의 소매에 얼굴을 묻고 체취를 맡으며 몸을 맞댔다. 그리 중요한 것 같지도 않았고 성적으로 느껴지지 않았지만 언제나 이것이 첫 번째 단계이긴 했다. 단순히 위로하기 위한 것이었고, 도와주겠다는 표시였다. 다시 말해 얼굴을 묻기 위해, 아니 무너지지 않고 서 있기 위해 잠시 기댄 것뿐이었다.

하루아침에 만든 친밀감은 언제까지나 수동적으로 기다리지만 말고 가끔 런던으로 전화해서, 나에게 있어 전화하기엔 '마땅한 것'이 아니더라도 토마스에 대해 새로운 소식이 있는지, 뭔가 새로 밝혀진 것이 있는지 물어볼 수 있는 권리를 주었다. 그가 전화를 받을 수 있거나 자리에 있을 때는(내가 가진 것은 그의 직장 전화번호뿐이었는데, 그는 언제나 맨 처음 전화 받는 사람은 아니었고 대부분 여행 중일 때가 많았다) 조금은 조바심이 담긴 목소리였지만 전화를 정중하게 받아주었다. 그러나 대답하는 목소리에 묻어났던 조바심은 날이 갈수록 신중해지면서 점차 피곤함이 느껴졌다. 그는 나를 뭔가 위험한 비물질적인 빚을 진 사람처럼 대했다. 아마 양심에 거리끼는 점이 있었던 것 같았다. 그는 공손하게 정성을 다했지만 그다지 신뢰는 가지 않았고, 나를 다시 보고 싶다는 기색도, 육체적인 경험을 다시 반복하고 싶다는 기색도 보이지 않았다. 그가 런던으로 오라는 제안을 했다면 갔을지도 모른다. 그렇지만 그는 한 번이면 충분하다고 생각하는 사람 같았다. (기억에 한 획을 긋고 나면 다시는 매력을 느끼지 않는 그런 유형의 사람이었다.) 이런 사람들은 그런 경험을 유감스럽게 생각하지 않을 뿐만 아니라 지워버릴 생각도 하지 않는다. 하지만 그 경험이 자신들에게 접근하기 위한 일종의 자유 통행권이, 우대권이 되지 않도록 무척 노력한다. 마드리드에서 그에게 결혼했는지 물어본 적이 있었지만, 그는 아무런 대답도 하지 않았고 결국 질문을 허공으로 날려보냈다. 나는 순진하게도 그가 긍정으로 대답한 것으로 받아들였다. 어떤 사람들은 일순간 즐겼던 여자가 달라붙어 귀찮게 구는 것을 피하려고 기혼자인 척하기도 한다.

"베르타, 아직 아무 소식도 없어요. 전혀 없어요. 소식이 있었다면 당연히 당신에게 먼저 전화했을 거예요. 땅이, 입을 굳게 다문 땅이, 분노한 땅이 그를 삼켜버린 것 같아요. 우리는 여진히 그가 어떻게 되었는지 아무것도 모르고 있어요."

그러면 나는 언제나 똑같은 질문을 했다.

"그것은 무엇을 의미하는 거죠? 어떻게 해석해야 하나요? 죽었을 가능성이 높아진 것인가요? 아니면 어디든 살아 있을 가능성이 높아진 것인가요? 만약 죽었다면 살해당한 것이 분명한가요? 그는 폭력에 의해 숨졌을까요? 그가 어디에 있었는지 아직도 말해줄 수 없나요? 시간이 이젠 상당히 흘렀으니 나도 최소한 그 정도는 알고 싶어요. 어떤 땅이 그를 삼켰는지 말이에요. 그가 심하게 고통을 받았는지 아닌지도요."

그러면 그는 이렇게 귀에 걸면 귀걸이 코에 걸면 코걸이라는 식으로, 되는대로 대답했다.

"아무리 시간이 흘러도, 죽었을 가능성이 아무리 커도, 우리는 절대로 당신을 속이진 않을 겁니다. 그렇지만 아무도 아는 것이 없다는 점을 고려한다면, 사고를 당했을 수도 있고 갑자기 심근경색이 왔는지도 모르겠어요. 그 무엇도 배제할 수 없으니까요. 아직은 당신에게 그가 어디에서 자취가 끊어졌는지, 어디에서 사라졌는지 말씀드릴 수 없고요. 조사를 시작할 만한 확실한 단서가 하나도 없어요. 토마스는 이동 중이었는데, 언제 이동했는지 정확히 알 수 없어요. 미리 알려주진 않거든요. 정말 다양한 요인이 있어요. 아무런 소식 없이 몇 달이 더 흐르면 우리도 법적으로 사망했다는 것을 밝힐 목적으로 공식적인 성명을 공표할 거예요. 지금 이 순간까지 우리가 내부적으로 논의하고 있는 견해는 1982년 부에노스아이레스에서 사라졌다는 것이지만, 물론 이것은 편의를 위한 것일 뿐이에요. 이미 당신에게 이야기했지만 만일 전쟁 중에, 배가 난파되어서, 아니면 비행기 사고나 재난으로 실종된 경우에는 **부재중** 사망 증명서 발급이 더 쉬워요. 그의 경우엔 스파이 임무 중이지만요. 앞에서 말한 견해가 공식화되어 부모님과 주변 사람들은 수용해도, 아마 당신은 그 설명을 사실로 받아들이지 않을 겁니다. 아무튼, 언제가 되었든 밝혀지기만 한다면, 저는 당신에게 사실대로 이야기할 겁니다." 우리가 다음번에 이야기를 나눴을 때, 나를 지겹다고 여길 수도 있을 거라는 위험을 감수해가며 전화를 했을 때 그는 꾹꾹 눌러 참으며 다시 한번 똑같은 이야기를 했다. 새로운 소식은 전혀 없었지만, 다만 이 말을 덧붙였다. "지금은 좀 비관적이에요. 우리가 길을 잃어버렸다는 생각이 들기 시작했어요. 그래서 제가 예전에 당신에게 권한 것과는 달리, 공식적인 버전을 믿는 것이 당신에게도 도움이 될 것 같아요. 그것이 도움이 된다면 말이에요. 아무리 불완전하고 공허하다고 해도 최소한 이야기를 꾸며낼 수는 있으니까요. 다른 사람에게나 당신에게 해줄 이야기 말이에요. 아이들

이 크면 설명을 해줄 수도 있을 거고요." 잠시 말을 멈췄다. "오랫동
안 기억할 만한 이야기요. 다른 이야기는 없을 수도 있으니까요. 더는
아무것도 아는 것이 없다면 말이에요."

결국 다른 이야기는 없었다. 아무것도, 완벽하게 아무것도 없었다. 언제부턴가 투프라를 귀찮게 하는 것도 그만두었다. 나에게도 아무 의미 없는 일이었고, 그 역시 나의 삶에서 자연스럽게 지워졌다. 관료주의는 여전히 느린 행보를 계속했고 시간이 한참 지나서야 토마스 네빈슨은 스페인과 영국 양쪽에서 법적으로 완전히 죽은 사람이 되었다. 다른 나라에서도 마찬가지로 죽은 사람이 되었을 거라는 생각이 들었다. 덕분에 나는 미망인이 되었고 아이들은, 내가 말하고 싶은 것은 우리 아이들인데, 아버지를 잃은 고아가 되었다. 아이들 삶에서 토마스는 너무 짧은 시간 존재한 탓에 나는 가끔 아이들이 그의 자식이기도 했다는 사실조차 깜빡깜빡 잊기도 했다. 아이들은 언제나 나와 함께 지냈고 나에게만 속해 있었다. 오로지 나에게만.

부재중 사망 선고를 기다리는 1989년과 1990년, 정말 느리게 흘러갔던 그 기간에, 다시 말해 나와 내 아이들이 유산을 받을 수 있게 될 때까지는 너무 어렵지 않게 생활할 수 있도록 투프라가 제안하고 준비해준 세금까지 면제된 월급을 WTO로부터 받기 시작했다. 영국에서도 의무로 규정된 7년이 지날 때까지 기다릴 필요가 없었다. 주어진 상황도 그렇고 토마스의 경우 사망 가능성이 컸던 탓에 기간 단축이라는 예외가 받아들여졌다. 시간이 흐르며 포클랜드를 둘러싼 대치 국면은 전쟁의 범위가 축소되긴 했지만, 공식적으로 그는 전장에서 실종된 것으로 되어 있었다. 그러나 축소된 전쟁에서는 죽은 사람들에 대해선 별로 가치를 부여하지도 않고 기억하시도 않는다. 하지만 축소된 전쟁 역시 엄청난 규모의 전쟁 못지않게 많은 시신을 남긴다. 아무튼, 법적으로 사망이 선고된 순간부터 영국 정부는 나에게 미망인 연금을 지급했다. 마드리드 대사관 직원, 즉 영국에서는 'civil servant'라고 부르는 공무원의 미망인인 셈이었다. 보너스와 같은 이 돈은 나의 삶을 한층 여유 있게 만들었다. (나는 이미 대학에서 정규직이 되었고, 고정적으로 받는 월급 외에 일하지 않아도 가외로 받는 부당한 월급까지 받고 있었다.) 나는 토마스의 돈은, 최소한 영국 계좌에 들어 있는 돈은 건드리지 않겠다는 결심을 지킬 수 있었다. 이 돈은 어쩌면 비공식적인 곳에서, 뭔가 어두운 곳에서 나온 돈일 것 같다는 생각이 들었다. 임무를, 즉 위장 전술, 침투 등의 험한 일을 완수하면 투프라가 직접 그의 손에 쥐여줬던 그런 돈일 가능성이 컸다.

세상 어디에나 인간의 몸과 관련된 미신적인 요소가 있다.

시신이 나타나지 않을 때는 아무도 그를 완전히 죽은 사람으로 간주하지 않는다. 특히 임종한 사람의 구두 증언이나 서면으로 된 서류가 없는 경우에는 말할 것도 없다. 그런데 토마스가 죽은 것을 본 사람이 없었다. 투프라의 말을 듣고 나는《샤베르 대령》을 읽었고, 토마스가 죽은 자들 가운데서 부활했을 때는 작품 속의 그런 일이 일어나지 않기를 바랐다. 백작과 결혼하여 두 번째 남편의 아이들과 함께 살게 된 아내는 사회적 지위가 높아졌고 훨씬 더 좋은 미래를 보장받았기에, 그의 부활에 겁을 먹을 수밖에 없었던 그녀는 그 불쌍한 대령이 살아 있다는 사실 자체를 부정했다. 머리에 칼을 맞아 큰 흉터가 생긴 샤베르 대령은 아내와 중혼하고, 그녀의 자식들을 사생아로 만들어버릴 수도 있었다. 그러나 역으로 그녀는 그의 재산을 빼앗았고 당연히 그 결과로 그는 자신의 정체성까지 빼앗겼다. 그는 결국 사기꾼으로 고소를 당했고 결국 사람에게 속아 보호시설에서 넋두리만 늘어놓는 최악의 상황에 빠지게 되었다. 살아 있는(중간에 끊기지 않는 삶을 살아온) 사람의 편의에 따라 잊힌 사람이 되어야 했다. 그는 별수 없이 고집을 버려야 했다. 나는 예전엔 그의 이런 모습이 불필요한 집착이라고 이야기했다. 사실 토마스가 다시 살아올 거라곤 믿지 않았다. 발자크의 소설은 허구일 뿐이었다.

소설을 읽은 후에 본 인기작이었던 프랑스 영화 〈마틴 기어의 귀향〉의 줄거리는 이와는 정반대였다. 1981년인가 82년에 만들어졌음에도 나는 1984년에야 영화에 대한 꺼림칙한 마음을 간신히 이겨내고 볼 수 있었다. 많은 사람이 그 영화 이야기를 했는데 끔찍한 주제의 영화라는 생각이 들었다. 16세기에 스페인에서 가까운 남부 프랑스에서 실제로 일어났던 이야기로, 당시까지만 해도 전혀 몰랐던—나중에 알게 된 사실이지만—미국 여류 작가인 재닛 루이스Janet Lewis가 1941년에 집필한 멋진 소설 《마르탱 게르의 귀향》에 기초하고 있었다. 소재가 되었던 재판이 대중적으로 너무 인기를 끌었던 덕에 당시 젊었던 몽테뉴까지 법정의 모습을 직접 보기 위해 리외Rieux인가 툴루즈Toulouse인가로 여행까지 갔다는 이야기를 《수상록》에서 언급하기도 했다. 이 영화는 시골에서 편하게 살아가던 남편이 어느 날 갑자기 아무 설명도 없이 사라져버린 사건을 다루고 있었다. 몇 년이 지난 다음 한 남자가 돌아왔는데, 엄청나게 닮은 모습에 마르탱 게르의 과거사까지도 낱낱이 기억하고 있어 동일 인물이 아니라곤 생각할 수 없었다. 누이들과 삼촌들, 과부이면서 가장으로 살아가던 아내인 베르트랑드 드 롤스까지도 그를 받아들일 수밖에 없었다. 수수께끼에 싸인 가출 직전에 그녀는 첫 남편 마르탱과의 관계에서 첫째 아들을 얻었는데, 돌아온 그와의 관계에서 둘째 아들을 얻기도 했다. 나는 이 모든 이야기가 영화에서 다룬 것인지, 40년 전의 소설에서 나온 이야기인지, 훗날 프린스턴 대학교의 여교수가 쓴 '미시사微視史'를 다룬 책에서 나왔는지 명확하게 알 수 없었다. 그래서 귀찮고 두렵기도 했지만, 호기심에 한번 읽어보았다. 세 가지 모두 그 사건을 다루고 있었는데, 본질적인 면에선 그 어느 것도 다르지 않았을 뿐더러 사실에서 크게 벗어나지도 않았다. 처음에는 모두 기쁜 마음으로 환영했지만(그리고 이런 반응은 상당히 오래 지속되었다), 아내였던 베르트랑드에겐 의심이 싹텄고 그녀는 죄책감을 느끼기 시작했다. 결국, 그녀는 두 번째 마르탱을 자신을 속여서 간통하게 만든(아니 사기를 쳐서 그녀를 성폭행하고 최악의 상황을 만든) 사기꾼이라고, 사생아를 임신시켜 출산하게 만들고, 사라진 사람의 재산을 차지하려는 사기꾼이라고 확신하기에 이르렀다. 여기에서 고발이 이루어지고 재판이 열린다. 제1심 재판은 작은 시골 마을이었던 리외에서, 최종 재판은 대도시였던 툴루즈에서 열렸다. 이 재판에서 역설적이면서 충격적인 장면은 이 황당한 사기꾼이 몇 년 전 그녀를 버리고 떠났던 무뚝뚝하고 게으르고 불만투성이였던 인간보다 훨씬 더 친절하고 마음씨도 고왔으며 정도 많고 일도 잘했다는 점이었다. 이 이야기는 확실한 사실이고 일어난 일이다. 예술적으로 재구성하고 다시 꾸미긴 했지만, 당시의 많은 신문 기사와 재판 기록이 여전히 남아 있다. 한마디로 문서가 존재하는 것이다. 그러나 16세기는 너무 먼 옛날이긴 해서 발자크가 상상했던 것만큼이나 나에게도 비현실적으로 다가왔다. 기억은 자꾸만 흔들렸을 테고 얼굴과 피부의 촉감, 체취 또한 인식이 어려웠을 것이다.

이렇게 시간이 흐르고 또 흘렀다. 한 달 한 달 시간이 지날 때마다 토마스는 이미 죽었다는 생각이 강해졌고, 세상의 눈으로 토마스를 죽은 사람 취급하고 그 사실을 각인시켜준 증명서가 날아왔던 때를 전후해선 그가 죽은 사람이라는 생각이 확신으로 변했다. 그러나 보고 읽고 들을 수 있는 것을 과소평가할 수는 없다. 사람들은 삶의 부침에 대해선 금세 잊고 세세한 점에 대해선 그것이 사실이든 허구든 구별하지 않고 별로 거론하지도 않는다. 시간이 쌓임에 따라 모든 것은 같은 높이로 평평해진다. 그러나 우리가 들었던 이야기는 우리들의 상상의 세계 한쪽 구석이나 경계에 숨어 있기도 하고, 우리 지식의 일부가 되어 가능성으로 남아 있기도 한다. 토마스가 샤베르 대령이나 마르탱 게르처럼 다시 나타나진 않을 거라고 굳게 믿으면서도, 너무 절실하게 외로울 때면 희미하게나마 이 가능성에 대해 떠올리곤 했다. '서로 다른 두 삶 사이에 있을 때는 죽음이 삶과 비슷하기에'라는 구절을 그의 두 번째 삶을 기다리며 다시 떠올렸다. 절망 속에서 피어난 꿈에나 어울릴 시구를 마음속으로, 혹은 작은 소리로 암송하곤 했다. '우리는 죽은 자들과 함께 태어나니, 보라! 그들 돌아오지 않나. 우리를 함께 데리고.'

그 기간에도 나는 가만히 있지 않았다. 즉 깊은 수렁에 빠져 마비된 채 시간만 보내진 않았다. 가끔 절망하기도 했다. 물론 모든 걸 즐겁게 받아들일 수 있는 것은 아니었지만, 절망은 불시에 공격해왔고 나는 어쩔 수 없이 겪어야만 했다. 하지만 그리 깊게 빠지진 않았고, 다시는 돌아오지 않을 사람의 부재를 안고 살아갈 생각도 없었다. 시간이 조금 흐르자 모든 면에서 스스로가 과부라는 생각이 들기 시작했다. 가장 심각한 점은 내가 그렇게 느꼈다는 것이다. 나는 다시 삶을 시작하기로 굳게 마음을 다지며 나를 둘러싸고 있던 짙은 안개를 몰아내려 시선을 들어 주변을 바라보았다. 사랑하는 사람을 잃는 좋지 못한 경험을 한 사람이나, 불행이 일상이 된 금욕적이고 억압적인 감옥 같은 결혼 생활을 했던 사람들이 새롭게 짝을 구하고자 할 때 흔하게 이야기되는 방식이었다. 그렇지만 내 경우는 조금은 달랐다. 결혼 초기에는 이해할 만한 만족스러운 삶을 누렸던 편이었다. 다만 나와 멀리 떨어져 있을 때 그는 그가 묻혀온 알 수 없는 독, 다시 말해 그늘진 모습과 고통으로 점철되어 순간적으로 혹은 영원히 이별을 반복하며 유령이나 지킬 박사처럼 행동했다. 나는 내 침상이 '고통에 몸부림치는 침대'가 되는 것을 용납하지 않았고, 가끔 그럴 수밖에 없을 때도 그것은 내 뜻에 반하는 것으로 생각했다. 몇몇 남자가 내 침대를 거쳐가긴 했다. 투프라는 초기에 경험한 첫 번째 남자였다. 즉흥적이었는지 의도적이었는지는 모를 거리감과 선천적인 것 같은 우울한 분위기에도 불구하고 관계가 계속될 수 있었던 유일한 경우였다. 그러나 이런저런 이유로 아무도 내 침대에 오래 머물지 않았고, 영원히 남아 있었던 사람은 단 한 사람도 없었다. 이유는 알 수 없었지만, 그 누구도 토마스를 대신할 수 없었다. 멍청한 대학 동기, 너무나 헌신적이고 사랑스러웠던 내 친구의 남자친구, 내 아이들의 소아과 의사, 토마스가 일했던 영국 대사관의 영국인 직원, 모두 길게 관계를 지속하고 싶었지만 '길게'라는 것이 1년이나 그 이상을 의미한다고 했을 때 그렇게까지 길게 간 사람은 한 사람도 없었다. 보통 몇 달 정도였다. 그 몇 달도 결국은 금세 끝이 났고 엄청 빠르게 지나갔다. 혼자 보낸 시간도, 고통으로 점철되었던 시간도, 결코 끝날 것 같지 않고 영원히 이어질 것만 같았던 시간도 결국은 어디론가 도망쳐버렸고 금세 과거사가 되었다.

그중 한 명은 내가 사랑을 느끼고 감정을 주기 시작하자 바로 도망쳐버렸다. 그는 깜짝 놀라 혹시라도 내가 누굴 잡으려고 하는 것은 아닌가 생각했다고 한다. 그는 내 곁에 관습적으로라도 너무 오래 있으면 내 아이들까지 돌봐야 할 것 같은 두려움이 앞선다고 말했다. 나를 보면 진심으로 반갑게 인사하던 그는 자신의 육체적인 욕망을 반쯤 해소하고 나자 학교 복도에서 마주쳤을 때 건성으로 고개만 까딱하고 지나치는 모습을 보였다. 망할 놈. 두 번째 남자는 더 빨리 감당하기 힘든 사람이 되어버렸다. 나를 갈망하긴 했지만, 결코 다가설 수는 없는 곳에 서 있는 자신을 발견한 사람이자 갑자기 찾아온 행운을 믿지 못했던 사람으로, 조용한 숭배자였다. 이런 사람들은 자기에게 찾아온 기적과 같은 사실을 잃게 될까 무서워, 지나치게 예민해지면서 소유욕이 강해진다. 사실 언제든 버림받을지 모른다는 것을 알고 자기가 대접을 받을 만한 가치가 없는 사람이라는 것을 잘 알고 있기에, 그때를 기다리며 끊임없이 촉각을 곤두세우고 살아간다. 조그만 일만 있어도 상대방이 싫증이 났다고 생각하고 곧 끝내자는 통보를 할 것으로 생각한다. 그래서 오히려 끝을 재촉하는 꼴이 된다. 너무 소심하고 불안정하고 간절한 사람은 참아주기 힘들다. 특권을 누릴 수 있는 위치에 들어섰다고 생각하는 사람이나 꿈속에서 사는 사람은 참아주기 힘든 것이다. 나는 그 사람의 꿈이 되고 싶지 않았다. 그에게 기회를 주었을 때 어떤 상황에서든, 다시 말해 가장 일상적이고 가장 평범한 상황에서도 그가 나를 떠받들고 있다고 느끼고 싶지 않았다. 나는 재치 있게 좋은 말로 그를 보내줬다.

내가 유리그릇이라도 되는 듯이, 아니 성스러운 뭔가가 된다는 듯이 아주 조심스럽게 격식을 갖추고 잠자리를 같이 하거나 어리광을 피웠을 뿐 그와 나 사이에 별다른 진지한 것은 없었다.

내 아이들의 소아과의사는 잘 웃고 살살거리는 남자로, 금세 믿음을 주었다. 아이들이 좋은 보살핌을 받으며 성장하고 있다고 느꼈는지, 그런 확신을 나에게도 쉽게 전해주었다. 아무튼, 그는 상당 기간 아이들을 잘 돌보는 척했다. 앞선 맹목적인 숭배자와는 달리, 활달하게 농담을 즐겼던 소아과의사는 여자를 밝히는 인물이었던 것 같다. 환자의 어머니와 이런 식으로 은밀하게 관계를 맺은 저이 나뿐이 아니라는 느낌을 적어도 몇 번은 받았다. 방문 시간이 길어질 때면 결국 일종의 보상을, 정말 신중하면서도 빠른 보상을 받았다. (우리는 옷도 벗지 않고 했다.) 너무 빨리 끝내 아이들이 우리가 어디 있었는지 묻지도 않을 정도였다. 그가 언제 집을 나설지 아이들은 잘 알고 있었다. (내 생각으론, 그는 뭔가 받을 대가가 있을 때만 집에 왔다.) 돌아갈 때면 언제나 아픈 아이의 방에 잠깐 들려 신소리를 하거나 즉흥적으로 찬송가를 부르거나(아이들은 이 찬송가를 너무 재미있어했다) 마음을 안정시키는 말을 했기 때문이다. 그는 어디에서건 함께하기엔 너무나 공허한 사람으로, 이혼한 지 얼마 되지 않아 완벽한 자유를 누릴 수 있는 시간을 즐기고 있었다. 만남을 중단하기로 한 사람은 바로 나였다. 이미 말했듯이 나는 어느 정도 안정을 찾고 싶다며 그에게 동료를 소개해달라고 부탁했는데, 이것이 악순환에서 빠져나올 수 있는 유일한 방법이었다. 그가 왕진 가방을 들고 집에 와 청진기를 가슴에 대면 차마 거절할 수 없었기 때문이었다. 그는 실망했지만 어쩔 수 없이 이해하고 받아들였다. '생각이 바뀌면 언제든지 당신 뜻에 따를게요. 낮이든 밤이든 언제든지, 아픈 아이가 있든 없든 언제든 말이에요.'

영국인은 다른 사람들보다 더 오래갔고, 11개월이나 계속 만났다. 차분하면서도 조금은 신중한 성격으로 존경스러운 점도 있었다. 세심한 사람이긴 했지만 사람을 짜증나게 할 정도는 아니었고, 그렇다고 재미있는 사람도 말이 많은 사람도 아니었다. 그는 내밀한 열정으로 잠시나마 과거를 잊게 해줬을 뿐만 아니라 언제나 처음처럼 느끼게 해주는 묘한 능력을 보유한 사람이었다. 그와 함께 있을 때만 아니라 평소에도, 아무도 내 몸 안으로 들어온 적이 없었던 처녀 시절로 되돌아간 듯한 느낌을 주었다. 문제는 이런 영역 밖에선 정반대였다는 점이다. 그는 토마스가 하던 일을 똑같이 하고 있었다. 한마디로 대사관에서 토마스의 자리를 이어받은 것이다. 다만 남편의 경우 명목상의 자리여서 실제로는 자리를 비우는 일이 잦았고 중요한 업무에는 소홀한 점이 없지 않았다. 그 영국인은 두 가지 일을 병행하지 않았다. 즉 다른 영역에서까지 토마스를 대체한 것 같진 않았다. 이 점은 확신할 수 있었는데, 아마 성격이 맞지 않고 재능이 부족하여 특별히 쓸모가 있는 것 같진 않았다. (스페인어를 할 줄도 몰랐는데 선뜻 배우려들지도 않았다. 이것은 그가 뽑히지 않을 이유였다.) 그나마 런던이나 다른 곳으로 가끔 여행이나 출장을 갈 때면, 매번 나에게 떠난다는 것을 알려주긴 했다. 주말만 잠시 비울 때도 작별 인사를 할 때마다 수도 없이 반복했던 토마스와의 이별을 떠올렸다. 모호한, 언제 돌아올지 기약도 없는, 처음에는 안개에 휩싸였던. 그런데 나중엔 존재하지 않는 것의 침묵에 휩싸인 그런 이별. 이것은 내가 토마스를 마음속에 묻는 데 도움이 되지 않았다. 시체는 발견되지 않았고, 앞으로도 발견될 것 같지 않았다. 그러나 최소한 내 상상 속 세계에서리도 묻을 필요가 있었다. 그를 묻을 수 있는 유일한 방법은, 더는 떠올리지 않고 다른 인생을 살아가는 것이었다. 완성하지 못한 것, 잃어버린 것, 과거의 삶이 절대로 간섭을 하지 않을 그런 인생 말이다. 소아과의사가 시원스레 얼굴을 스치고 금세 떠나버린 돌풍과 같은 사람만 아니었다면 아마 이런 점에선 도움이 되었을 것이다. 그러나 그는 완전히 다른 세계에서 살고 있었다. 영국인은 끊임없이 옛일을 상기시켰고, 토마스에 대한 기억을 떨쳐내는 것을 방해했다. 몸은 힘들었지만 조금씩 그를 멀리했고, 천천히 그를 떠나가게 내버려두었다. 덕분에 엘리엇의 시에서, 이야기가 끝나는 곳이 지시하는 공중에 떠 있는 먼지를 나는 볼 수 없었다.

만약 부모님이 아셨다면, 방금 했듯이 일일이 나열하지 않았더라도 나에게 남자가 꽤 많다는 생각을 했을 것이다. 그러나 사실은 그렇지 않았고, 이에 대해선 나보다 더 잘 아는 사람은 없었다. 그들은 단지 몇 년에 걸쳐 나를 스쳐지나간 사람들이었다. 다른 사람과 함께한 날보다 고독한 날이 훨씬 더 많아 밤마다 처절한 외로움을 느껴야만 했다. 다른 사람들과는 밤을 지새우기도 했지만, 소아과의사와는 단 하루도 아침까지 함께하지 못했다. 그럴 때마다 나는 같은 분야의 학자들과의 회의나 심포지엄을 핑계로 친정 부모님이나 시부모님께 아이들을 맡기고는 그의 집이나 마드리드 근교(엘에스코리알, 아빌라, 세고비아, 아랑후에스, 알칼라 등)에 있는 호텔로 잠을 자러 갔다. 그리 자주 있는 일은 아니었다. 유쾌한 탈출은 아니었고, 즉흥적이고 예외적이며 부자연스럽다는 생각을 했다. 우리는 연인으로서 가끔은 제 역할을, 거의 의무에 가까운 역할을 해야 한다고 결심한 사람처럼 도시를 떠나 함께 하루를 보냈다. 하루를 어떻게 쓸 것인지에 대해서는 아무 생각도 없었다. 산책하고, 밥을 먹고, 방을 사용했다. 전혀 익숙하지 않은 아니 어쩌면 귀찮은 침입자처럼 느껴지는 몸을 서로 부비며 자고 싶다는 욕망도 별로 없었지만, 함께 잠을 자기도 했다. 마음 한쪽엔 주말이 끝나고 다시 일상으로, 마드리드로 돌아가기만을 기다리고 있었다.

한 편의 이야기가 끝나거나 묶어질 때마다, 혹은 그리 멀리는 나아가지 못할 것이 분명해질 때마다 토마스의 유령은 다시 힘을 얻어 원기를 회복했다. 내 환상이었는지도 모른다. 이것은 희한한 일은 아니었고 어쩌면 너무나 평범한 일이었다. 우리가 믿었던 사람이 우리를 실망하게 하거나 꿈을 깨면, 실패할 시간이 이미 지나갔기에 절대로 실패할 수 없는 곳으로 도피하려는 경향이 있다. 그것이 이미 와르르 무너져내렸다는 것도, 괴로움과 좌절 그리고 이해할 수 없는 상황을 가져왔다는 것도, 그래서 결국 우리를 어두컴컴한 낙담과 영속적인 불만족으로 밀어넣었다는 것도 그리 중요하지 않다. 이미 잃어버렸거나 과거에 속한 것이 미적지근한 현재나 별로 가능성이 없어 보이는 미래보다 훨씬 더 편하다. 우리에게 야기된 피해는 멀리 떠나가 비현실적인 것이 되었다. 따라서 이미 일어난 일은 더는 위협이 되지 않고, 예견된 불안과 절망 속으로 우리를 몰아넣지도 않는다. 우리는 슬픔으로 살았지만 두렵진 않다. 이미 겪은 두려움은 일단 진정이 되면 다시는 두려움을 겪지 않아도 되기에, 그 안에서 도피처를 찾을 수도 있다.

실패한 다음, 본능적으로 비합리적인 것을 원할 때(가끔 비합리적인 것에 매달리지 않는 사람이 어디 있는가) 마지막 의심을 하게 된다. 시체도, 최종 보고도 없었다. 투프라의 초기 예측은 착각이었다. '여생 동안 추측만 하고 있게 만들진 않을 겁니다'라고 그는 못을 박았었다. 여생은 아마 상당히 길 것이다. 그런데 몇 년이라는 시간이 흘렀지만 나는 여전히 추측만 하고 있었다. 계속 하고 있지는 않았지만, 가끔 하곤 했다. 그것은 특히 깊은 환멸을 느낀 다음엔 심해졌다. 투프라의 또다른 말들이 생각나곤 했다. 그 말들은 극단적인 비관으로부터 나를 구하기 위한, 그리고 상황을 누그러뜨리기 위한 말처럼 들렸다. '톰은 내일 저 문으로 들어올지도 몰라요. 그것도 배제할 수는 없지요.' 아침이 지나가면 또다른 아침이 찾아온다. 계속해서 다른 아침이 찾아오는 것이다. 이것은 좋기도 하지만 나쁜 점도 있다. 먼저 우리를 잠에서 깨워 일어나게 만든다는 것은 분명히 좋은 점이다. 하지만 나쁜 점은 우리를 마비시켜 하루가 끝나는 시간을 기다리며 일과를 마치도록 유도한다는 것이다. 나는 그의 이해가 반영된 충고를 고려해야만 했고, 수천 명도 넘는 여성이 나보다 먼저 이런 일을 겪었다는 사실과 내 경우가 예외적인 경우가 아니라는 사실을 인정해야 했다. 집에 돌아오는데 여러 해가 걸렸던 선원들의 아내가, 감히 돌아올 생각을 하지 못하고 있는 군인들의 아내가, 포로가 된 사람들과 유괴된 사람들의 아내가, 난파된 사람들의 아내가, 실종된 탐험가들의 아내가 차례로 떠올랐다. 소설 속엔 집에 혼자 남아 무한정 기다리는, 해질녘 다정한 사람의 모습이 눈에 띌까 매일 수평선만 바라보는 여인들로 넘쳐났다. 그녀들은 '오늘도 안 보이네. 오늘도. 그렇지만 내일은 나타날 거야. 그래 내일은'이라고 말할 것이다.

한 가지만은 투프라 이야기가 맞았다. 그는 이런 여인들이 계속 희망을 갖는 것이 옳은지 아니면 버리는 것이 옳은지를 이야기했었다. 그가 필요한지, 필요하지 않은지, 질릴 정도인지, 점점 관심이 없어지는지, 아무 말도 없이 떠나 위험에 처한 사라져버린 사람에 대해 분노가 이는지에 대해서 이야기했다. 율리시스뿐만 아니라 트로이를 향해 출항했던 모든 사람들 그리고 몇 년 동안 트로이를 포위하고 공격했던 사람들 역시 마찬가지다. 그들은 모두 이런 식으로 문학작품과 현실에서 오랜 부재의 시작을 알렸다. (우리에게 남아 있는 것은 전승되어 이야기를 만들 수 있었던 것뿐이다.) '잊길 원할 때가 되면 잊힌다.' 따라서 '이것은 긴 과정이다. 우회하지 않고 과녁을 향해 똑바로 날아가는 화살과는 같을 수 없다. 오히려 나아갈 때도, 물러날 때도 있으며, 입구에서 엉뚱한 데로 빠지기도 한다'라는 것이 가장 적절한 말일 것이다. 그리고 결과적으로 이것은 사실이었다. 내가 심란해질 때마다 혹은 어떤 프로젝트에 마음이 들뜰 때마다, 그럴싸한 연인이 나타날 때마다, 망각의 화살은 힘과 속도를 얻곤 했다. 그 무엇도 경로를 벗어나게 하지 못하고 분명히 과녁에 명중할 것 같았다. 토마스에 대한 기억은 희미해졌고 내 가슴 속엔 회한만 가득했다. 그는 왜 그 황당한 삶을 선택했을까? 흔들리다 결국 떨어지고 마는 낙엽이 될 텐데, 그는 왜 나에게서 멀어지게 할 수도 있는 이중생활을 선택했던 걸까? 그런 생각이 들 때면 그를 거부하고, 미워하고, 저주를 퍼부었다. 그럴 때면 그를 묻어버릴 수 있었다. 반대로 애인이 약속을 해주지 않아 결국 혼자라는 생각이 들 때마다 화살은 빗나가버렸다. 왔던 길을 되돌아가기 위해, 기억과 향수, 인내와 근거 없는 희망이라는 다른 길을 가기 위해 돌아서야만 했다. 갑자기 마지막 남은 의문이 떠올랐다. '만약 죽지 않았다면? 숨어 있을 만한 곳도 없고 어디로 가야 할지 몰라 어느 날 갑자기 다시 나타난다면? 어디로 가야 할지 모르면 그제야 돌아올까?' 한 줄기 광풍이 불어닥치면 나는 그의 얼굴을 떠올리려고 무진 애를 썼다. 하지만 애를 쓰면 쓸수록 그의 얼굴은 더 희미해졌고 나에게서 멀어져가는 바람에 그의 모습을 그려보기가 너무 힘들었다. 그의 얼굴을 선명하게, 아니 빛과 각도 그리고 순간에만 반응하는 착시가 만들어낸 선명함으로라도 보고 싶으면 사진을 봐야만 했다. 앨범을 덮자마자 또 얼굴이 떠오르지 않았다. 상상하지 않으면 아무것도 볼 수 없었다. 일이 벌어지고 있는 현재 상황에서도 상상이 필요했다. 행동 하나하나를 돋보이게 하고, 무슨 일이 일어났을 때 그것을 기억할 것인가 기억하지 않아도 될 것인가를 구별하는 법을 가르치는 유일한 것이었기 때문이다.

습관이나 이미 몸에 젖은 우울함 때문에 매일 그의 서재에 들어가 사방을 둘러보았다. 그곳은 그가 집에 있을 때면 일하던 곳으로 기록을 하거나, 크로키를 그리거나, 보고서를 준비하거나, 나에겐 보여주지 않던 뭔가를 끄적이던 곳이었다. 가끔은 문을 닫고 영어로 통화하기도 했다. 그렇다고 해서 그렇게까지 많이 사용하던 곳은 아니었지만, 그 외에는 아무도 이 방을 사용하지 않았다. 하지만 방을 비우거나 막아버릴 생각은 없었다. 방은 그가 마지막으로 머물렀던 1982년 4월 3일의 모습을 그대로 유지하고 있었다. 1987년, 1988년, 1989년 그리고 더 많은 세월이 흐른 뒤엔 그날이—기억보나, 그와의 이별보다 그날이—얼마나 멀게만 느껴졌는지 모른다. 그 방을 조금 정리했다. 눈에 보이지도 않는 먼지를 털고, 지구본을 바라보며 도대체 토마스는 어디에 있을까 생각에 잠겼다. 지구본을 돌려보았다. 매일 아침 어떤 옷을 입을까 고민할 때마다 함께 사용하던 침실 옷장에 걸린 그의 옷이 눈에 띄었지만, 그 옷을 버릴 수도 없었다. 언젠가 냄새도 맡아보고 손으로 만져보기도 했다. 순간적으로 슬픔에 젖었다. 그의 체취는 이미 다 사라졌을 텐데 뭔가 냄새가 나는 것만 같았다. 재킷에 조그만 얼룩이라도 있다면 세탁소에 가져가야 한다는 생각이 들었다. 그러나 그 생각은 '뭐 하려고?'라고 중얼거리는 순간 금세 거짓말처럼 사라졌다. 만약 주름 잡힌 곳이 있다면 그것은 머나먼 옛날 그의 몸동작이 만들어낸 산물일 거라는 생각을 했다. 부풀어오른 곳과 축 늘어진 주머니는 지갑과 열쇠, 담배 케이스와 라이터 그리고 안경집의 흔적을 이야기해주고 있었다. 그는 언제나 안경을 안경집에 넣고 다녔다. 언젠가 나는 그 안경들이 도수가 없는 것이라는 사실을 알았다. 책상 서랍에도 각각 테가 다른 안경이 세 개 더 있었는데, 공통점은 모두 도수가 없다는 점이었다. 얼굴은 어떤 안경을 쓰느냐에 따라 달라 보였다. 불현듯 변장을 위한 수단일 것 같다는 생각이 들었다.

때때로 나는 생각에 잠긴 채, 혹은 그와 이야기를 나누는 생각을 하며 의자에 멍하니 앉아 있었다. '당신에 대해 아는 것이 정말 없다. 당신의 나머지 반쪽 인생에 대해 아는 것이 전혀 없는 거지. 그쪽이 당신에겐 더 가치가 있었는지도 모르는데. 나는 머나먼 곳에 있는 당신을, 여행을 떠난 당신을, 당신의 유치한 임무를 잘 몰랐어. 당신에게 폭력적인 죽음을 안겨줬을지도 모르는 그 임무 말이야. 피할 수도 있었을지 모르는 고초를 얼마나 많이 겪었을까? 얼마나 무서웠을까? 얼마나 많은 나쁜 짓을 했을까? 당신의 영혼을 얼마나 많은 납덩이로 내려쳤을까? 예리한 칼날로 당신을 얼마나 찔러댔을까? 얼마나 많은 불면의 밤을 보냈을까? 무릎으로 가슴을 짓누르는, 아니 혼자서는 옴짝달싹할 수 없이 축 늘어진 커다란 동물, 말이나 황소 따위의 몸뚱이가 가슴을 짓누르는 악몽을 얼마나 꾸었을까? 얼마나 많은 여인이 당신을 사랑했을까? 얼마나 많은 여인을 속이고 실망하게 했을까? 당신을 믿고 다가온 사람들에게서 얼마나 많은 비밀을 캐냈을까? 얼마나 많은 사람을 죽음에 빠뜨렸을까? 죽은 사람들은 전혀 죽음을 예상하지 못했을 테고 불신으로 맞이했을 거야. 당신의 일은 정말 비비 꼬인 것이었어. 아무리 선의로 했다고 하더라도 말이야. 나는 그것에 대해선 아무것도 몰라. 당신이 돌아온다고 하더라도 아무 말도 하지 않을 거야. 분명히 이번에도 그럴 거야. 몇 년 동안 어디에 있었는지 무슨 일이 있었는지 왜 돌아올 수 없었는지, 아니 돌아오고 싶지 않았는지, 살아 있다는 신호도 보내지 않았는지, 나에게 전화해서 '나는 살아 있어. 조금만 기다려줘'라는 최소한의 이야기도 하지 않았는지 말이야. 왜 내가 여전히 당신 곁에 남아 있는지 모르겠어. 완전히 떠나지 않는 이유가 뭔지 모르겠다고. 여기에도, 그 어디에도 이미 당신이 없는데, 당신의 삶은 이미 멈춰버렸고, 나는 여전히 살아가고 있는데. 별 의식도 없이, 방향도 없이, 오로지 나의 아이이자 당신의 아이가 나에게 가리키는 길에 만족하면서. 아이들이 나의 나침반인 셈이지. 당신은 아마 아이들을 잘 모를 거야. 앞으로도 알 수 없을 테고. 아이들과 당신에게서 벗어나 나만의 길을 찾아보려고 할 때마다 내 눈앞엔 잘려나간 길만 나타났고 그럴 때마다 길을 헤맬 수밖에 없었어. 헐렁한 당신의 양복을 봤어. 당신이 마치 내 눈앞에 있는 것 같다는 생각이 들었지. 당신을 볼 수 있을 것 같았어. 축 늘어진 주머니, 부풀어 있는 주머니, 얼룩, 주름. 텅 빈 헐렁한 양복을 입고 당신이 나타날 것 같았어. 아니 당신 자신이 텅 빈 동굴인지도 몰라. 부재와 침묵. 기껏해야 눈 덮인 돌비석의 닳아 읽을 수도 없는 비문과 같은 시구를 반복하기만 했어. 기껏해야 전혀 이해할 수도 없는 속삭임만 내 귓가에 맴돌았지. 당신을 청소년기부터 알았고, 그때부터 고집스레 당신만 사랑했지. 그러나 그 후엔 억지로 끌고 온 오랜 시간이, 아니 아직도 여전히 많이 남아 나를 기다리고 있는 시간이 마저 흐른다 해도, 나는 여전히 당신에 대해 아는 것이 없을 거야.'

11개월 만에 친정 부모님 두 분이 다 돌아가셨고 이어서 시어머니인 미스 메르세데스도 세상을 떴다. 영국 학교 학생들은 토마스의 어머니인 시어머니를 그렇게 불렀다. 그들은 마치 이야기의 끝을, 한 세대의 종말을 함께 맺기로 약속이라도 한 것처럼 비슷한 시기에 세상을 떴다. 약속을 어긴 유일한 사람은 혼자 외롭게 남은 시아버지 잭 네빈슨이었다. 그의 두 딸과 또다른 아들은 마드리드에 살지 않았고 멀리 떨어져 지냈다. 시누이 중 한 사람이 처음 며칠을 아버지와 함께 지내기 위해 마드리드에 2주 정도 머물렀다. 그러나 남편과 아이들이 바르셀로나에 남아 있어서 금세 그들에게 돌아가야만 했다. 또다른 시누이는 브뤼셀에서 공무원으로 일하고 있어서 장례식에만 잠깐 참석했다. 시아주버니인 호르헤는 거리도 멀고 할 일도 있다는 평계로 나타나지도 않았다. 문학이나 학위 따위엔 관심이 없었고 몇 년째 캐나다에서 배수 설비회사를 운영하며 지내는 사람이었다. 젊어서부터 가족들과 연을 끊고 지냈기에 대서양을 건널 이유가 없다고 생각해서인지 이번에도 마찬가지로 행동했다. 그는 시누이에게 전화로 이렇게 말했다. '엄마에겐 내가 여기 있든 그곳에 있든 다 똑같을 거야. 우리 네 사람 모두 한꺼번에 엄마와 마지막 인사를 나누는 것을 원했을 것 같지도 않고. 엄마는 네 사람이 왔는지 안 왔는지도 모르지 않을까? 게다가 토마스도 없잖아. 여기 몬트리올에 있다고 내 슬픔이 작을 거라곤 생각하지 마.' 그는 그곳에선 조지라는 이름으로 불렸다.

잭도 이젠 아내를 잃었으니 완전히 정복하지 못한 언어를 사용하는 외국에서, 아무도 잡아주는 사람이 없는 외국에서, 사랑할 사람도 일자리도 없는 외국에서 도대체 무엇을 할지 곰곰이 생각해봐야 할 것 같았다. 물론 그는 영국문화원이나 대사관에 종종 들르곤 했지만, 이젠 그곳에도 그를 알아보는 사람이 거의 없었고, 사람들이 예전처럼 충성을 다하지도 않았다. 그렇다고 영국으로 돌아가는 것 역시 선택지가 되지 못했다. 따라서 국가가 변화를 멈추거나 그가 나이 먹는 것을 그만두어야 했다. 그런데 시대와 장소를 불문하고 이 두 가지 모두 멈출 수 있는 것이 아니었다. 국가는 태어나고 싶지도 않았는데 태어난 사람들의 권리를 강제로 약탈하려들었고, 모두가 역시 원치는 않지만 언젠가 노인이 될 텐데, 어른과 노인들은 젊은 사람들의 시간과 권리를 빼앗았다.

아마 시아버지의 주된 관심사는 기예르모와 엘리사 그리고 나였을 것이다. 그와 함께해줄 수 있는 사람도 우리뿐이었고 그가 여기에 계속해서 머물 수 있는 구실을 제공한 사람도 태어날 때부터 아버지가 없었던 손자 손녀와 공식적으로 과부이자 고아가 되어버린 며느리 가족뿐이었다. 그는 언제나 아이들에게 신중하면서 조심스럽게 다가가 최대한 토마스의 빈자리를 대신해주려고 노력했다. 최근에 부모를 잃은 나에겐 조심스럽게 아버지 노릇까지도 해주었다. 상황이 이렇게 되자 그는 나를 친딸 이상으로 생각했고 의무를 다하기 위해 젊은 나이에 목숨을 바쳐 죽은 자식의, 묻어주지도 못했고 속 시원하게 단 한 번 울어보지도 못한 아들의(이는 시신도 흔적도 남기지 않은 이들의 문제점이기도 했다. 슬픔은 단계적으로 한번에 몰려오지 않고 조금씩 다가왔으며, 망설이며 시간을 늘이다 보면 당연히 느껴야 할 고통도 다 느끼지 못했다) 유산이었기에 기예르모와 엘리사를 수시로 찾아와 아들 대신 보살폈다. 미스 메르세데스가 죽고 제너 거리에 있던 집에, 그동안은 가족과 함께 살던 집에 혼자 남게 된 이후에는 학교에 가기 전이나 집에서 작업을 시작하기 전에 잘 일어났는지 확인차 매일 안부 전화를 드렸다. 사실 잘 일어났는지 혹시나 밤새 아무 말도 하지 못하고 홀로 외롭게 죽진 않았는지 확인하려는 것이었기에, 그것을 티 내거나 말로 표현하기가 쉽진 않았다. 당시에는 핸드폰 대신 자동 응답기가 있었다. 전화를 받지 않을 때는 반드시 연락해달라는 메시지를 남겼고, 그가 내 부탁을 들어줄 때까진 마음 편하게 있을 수 없었다.

그가 어머니 장례식에 올 거라고는 기대하지 않았지만 진짜로 나타나지 않았다는 사실은 그 자체만으로 상상의 관에 대못을 박는 일이기도 했다. 그는 자기만의 방식으로 어머니와 긴밀하게 연결되어 있었다. (사실 그는 어머니보다는 아버지의 보호자 노릇을 했기 때문에 만약 죽은 사람이 아버지였다면 관에 더 큰 대못을 박은 셈이 되었을 것이다.) 부고는 최대한 널리 알렸다. 잭은 스페인과 영국 신문 양쪽에 부고를 실었고, 며칠 후 영국에 있던 그의 직장 동료는 신문에 짤막하게 사망 관련 기사를 냈다. 한 사람의 생애를 가볍게 다룬, 순수하고 애정 어린 찬사로 가득한 기사였다. 토마스는 살아 있다고 해도 먼 나라에 있었을 테니까 이 소식까진 듣지 못했을 것이다.

상상의 관에 대못을 박은 다음 나는 황당하고 아무 의미도 없는 일을 시도했다. 내가 처음으로 잠자리를 가졌던, 다시 말해 나의 첫 경험을 가져간 그 청년을—이젠 그렇게 어릴 것 같지도 않지만—찾아 나섰다. 그날의 일은 정말 우연이었고 다음으로 이어지지도 않았다. 학생들의 시위에서 경찰에 쫓겨 도망치다가 거리에서 그를 알게 되었다. 1969년 당시 나는 18살도 채 되지 않았고, 그는 시위에 참여한 학생도 아니었다. 그는 내가 기마 경찰로부터 도망치는 것을 도와주었으며 보호해주었을 뿐만 아니라 기마 경찰의 기세를 누른 다음 집으로 데려가 무릎에 난 상처를 치료해주었는데, 그 과정에서 내 허벅지를 만지게 되었다. 물론 처음에는 의도적이지 않았지만(상

처를 치료하다 보면 손에 닿을 수밖엔 없었다) 두 번째는 의도적이
었다. 그는 라스 벤타스 광장 근처에 살고 있던 투우사로 이름
은 에스테반 야네스였다. 왜 그런 일이 일어났는지 아직도 이
해할 수 없다. 너무 충동적으로 일어난 일이었고, 성적으로 느
슨했던 당시의 사회 분위기와 너무 놀랐던 탓에 수동적일 수밖
에 없었던 상황 그리고 마지막으로 호기심 때문에 일어난 일이
었다고 생각했다. 여기에 더해 그의 원초적인 매력에 끌린 것
도 엄연한 사실이었다. 검은 머리에 파란색인지 흐릿한 갈색인
지 구별이 어려웠던 눈, 지중해 주변 사람들의 특징인 숱이 많
은 눈썹, 부러울 정도의 치열, 차분하면서도 구김살 없는 미소
등을 가지고 있었다. 토마스는 이미 마드리드를 떠나 공부하기
위해 옥스퍼드에 가 있었고, 방학 때만 돌아왔다. 이런 식의 주
기적인 떠남과 돌아옴이 끝도 없이 길어지리라고는, 이것이 우
리가 함께 살아가는 방식이 되리라고는 전혀 생각하지 못했다.
함께 있다가 헤어지길 반복하다 우리는 결국 영원히 이별하게
되었다.

　나는 투우사에게 전화번호를 주지 않았고, 그 역시 나에게
전화번호를 주지 않았다. 상대방을 찾으려는 노력도 하지 않았
다. 함께 보냈던 짧은 시간으로도 우리는 서로 공통점이 없다
는 사실를 충분히 알 수 있었고, 따라서 평행관계를 유지할 생
각 역시 없었다. 당시 토마스와 일시적으로 멀리 떨어져 지내
긴 했지만 나는 조만간에 '베르타 이슬라 데 네빈슨'이 되겠다
는 결심을 굳힌 상태였다. 그러나 세월이 흐르는 동안, 혼자 있

을 때도 토마스와 함께 있을 때도 여러 차례 에스테반 야네스 생각이 났다. 이런 꾸밈말을 써도 되는지 모르겠지만 상큼하고 예쁜 추억이었다. 방심과 참을 수 없는 욕망 그리고 즉흥적인 충동과 경솔함으로 점철된 시절이긴 했다. 세상의 절반을 보지 못하게 막아선 토마스 탓에 외눈으로만 세상을 보기 전의 맑고 구름 한 점 없던 그런 시절이었다. 이런 식으로 말해도 되는지 모르겠지만, 그날 있었던 일은 일종의 작은 '기억의 안전지대' 였다. 사실 내 인생에서 이런 일이 일어난 적은 별로 없다. 토마스를 오랫동안 알고 지낸 탓에 그의 모호한 삶에 영향을 받지 않은 시절은 어렸을 적밖에 없다. 나는 투우사가 살았던 곳을 알고 있었고, 20년이 지나긴 했지만, 여전히 건물 현관을 알아볼 수 있을 것 같았다. 다만 투우 관련 사진과 포스터 그리고 책이 가득한 책장 등이 있었던 그 아파트에 그가 아직까지 살고 있을 것 같진 않았다. 나에게 이야기한 것에 비춰 봤을 때, 그는 책에 굶주린 것 같긴 했지만 조금은 정리가 되지 않은 듯한 느낌이었다.

무엇이 나를 그 옛날 일로 이끌었는지는 잘 모르겠다. 가만히 있고 싶진 않다는 열망, 결과적으로 과부가 되고 싶진 않다는 열망, 혹은 그가 내 젊음에 어떤 추억을 남겼는지 밝히고 싶다는 욕망 때문이 아니었을까 싶다. (공허하단 생각에 갇혀 살아갈 때는 어떤 식으로든 그 텅 빈 공간을 채울 필요가 있다. 그것이 아무리 모호하고 의미 없는 과거일지라도.) 재회가 가능하다고 해도, 그 만남을 통해 얻을 수 있는 것은 아무것도 없다는 사실을 생각하면 좀 웃긴다는 생각도 들었다. 야네스도 분명히 결혼했을 테고 아이들이 여럿 있을 것이다. 다른 도시로 이사했을 가능성도 크고 직업을 포기했을지도 모른다. 투우장을 걸었던 20대 초반이 40대가 된 지금과 같을 수는 없었다. 그 거리에 도착했을 때 갑자기 의심이 일었다. 그 당시에는 건물 주소를 그리 눈여겨보지 않았는데, 비슷하게 생긴 문이 연달아 두 개가 있었다. 벨을 눌러보고 싶은 생각이 강하게 드는 곳으로 가서 경비원에게 '돈 에스테반 야네스'가 있는지 물어보았다. "여긴 없어요. 야네스라고 했죠? 여긴 야네스라는 사람은 없어요." 경비원은 퉁명스럽게 대답했다. 별로 기내는 하지 않았지만, 이번엔 옆 건물로 가서 경비원에게 똑같이 물어보았다. 그런데 놀랍게도 엉뚱한 답이 돌아왔다. "에스테반 씨는 여행 중이라 다음 달까진 돌아오지 않을 거예요. 정확하게 알 수는 없지만, 더 오래 걸릴지도 몰라요." "혹시 그분이 돌아오면 쪽지 하나 전해줄 수 있나요?" "물론이죠. 이리 주세요. 다른 우편물과 함께 우편함에 넣어둘게요." 미리 준비하지 않았던 탓에 카페에 가서 급하게 쪽지를 쓴 다음 동네 가게에서 봉투를 사야 했다. 특별한 이유는 없었고 습관적으로 한 행동이지만 다른 사람의 눈에 띄지 않았으면 좋겠다고 생각했다. 먼저 단순한 우연의 일치가 아니라는 것을 확인하고 싶었다. "우리가 지금 이야기하는 사람이 투우사 맞지요?" 그러자 그 남자는 모호한 표정으로 나를 바라보았다. "투우사라고요? ……. 에스테반 씨가 투우계에서 종사하는 것은 맞지만 투우사는 아닌데요. 혹시 당신 에이전트 말하는 것 아닌가요?" "맞아요. 잠깐 실언을 한 것 같네요. 미안해요." 그러자 경비원은 자기를 무시하려고 일부러 '실언'이라는 어려운 단어를 사용했나 싶었는지 뭔가 미심쩍은 듯한 얼굴로 나를 바라보았다. 그 단어를 잘 알아듣지 못한 것 같았다. "쪽지를 써서 가져올게요." 나는 "고마워요"라고 덧붙였다. 돌아와선 팁이라도 줘야 할 것 같다는 생각을 했다.

내가 야네스에게 쓴 쪽지는 대략 이런 내용이었다. '친애하는 에스테반 야네스 씨. 저를 기억하지 못할 거예요. 저는 베르타 이슬라인데, 20년 전 당신은 마누엘 베세라 광장 근처에서 기마 경찰의 말발굽과 곤봉에서 저를 구해주었습니다. 그리고 저를 당신의 아파트로 데려가 상처를 치료해주었지요.' 젊은 날의 에피소드를 되살리는 것을 원치 않는 사람도 있다는 생각에 그다음에 일어난 일을 쓰지 않는 것이 오히려 바람직할 것 같다는 생각이 들었다. '우연히 이곳을 지나가다가 그날 일이 기억나 잠시 들렀어요. 당신이 마드리드로 돌아오려면 한참 있어야 할 것 같다고 아파트 경비원이 그러더군요. 잘 모르지만 알 수도 있는 사람을 위해 시간을 낼 수 있다면, 그것이 나쁘진 않다고 생각한다면 저는 다시 만나 당신에 대해 알고 싶습니다. 저에게 전화하고 싶다면 여기 전화번호가 있어요. 당신이 멋진 인생을 살았길 바랍니다. 누구나 알겠지만 우리가 만난 지도 벌써 반평생이 지났습니다. 사실 단 한 번 만난 것이지만 말이에요. 간절한 소망을 담아 이 글을 씁니다. 베르타 이슬라.' 나는 다시 돌아와 봉투와 함께 200페세타를 주었다. 간단한 일치고는 그리 박하지 않은 팁이었다. 이것으로 그 쪽지를 악의로 그냥 버려버리거나 찢어버리지는 않을 것이라는 생각이 들었다. 집에 도착하면서부터 긴 기다림이 시작되었다. 기다리는 것엔 익숙해져 있었지만, 이틀이 지나자 나는 그 일을 까맣게 잊어버렸다.

거의 한 달 뒤에 걸려온 에스테반 야네스의 전화에 당황할 수밖에 없었다. "당신이 똑똑히 기억나요"라고 말했다. "어떻게 기억하지 못할 수 있겠어요. 그날 밤 당신 전화번호를 묻지 않았던 것을 정말 후회했어요. 하지만 나는 당신을 괴롭히고 싶지 않았어요. 이렇게 들러줬는데, 자기를 다시 만날 수 있으면 정말 멋질 것 같아요. 시간과 장소만 말해주면 물불 가리지 않고 나갈게요." 나는 20년 전에 들었던, 그러나 이미 내 뇌리에선 사라져버린 '자기'라는 단어를 그가 아직도 사용하고 있다는 사실이 재미있었다. 좀 어색하긴 했지만, 친밀함을 나타내는 데에는 적절한 말이었다. "경비원 말로는 당신이 대단히 높은 사람이 되었다고 이야기했어요." 나는 말했다. "매니저일 뿐이에요. 잘 모르는 사람들은 상상할 땐 입에 시가만 물고 있으면 돈다발을 가지고 엄청나게 사람을 부리고 있다고 생각하지요." 그는 그리고 한바탕 웃더니 "별 볼 일 없어요. 지금은 생초보 몇 명 데리고 있을 뿐이에요. 별거 아니에요. 그중 누군가 정말 탁월한 투우사가 되면 저에게 돈다발을 안겨줄지도 모르죠. 하느님이 이 멋쟁이의 말 좀 잘 들어주었으면 좋겠네요." 그는 점점 더 저속한 표현을 사용하기 시작했다. 그의 말투가 귀에 거슬렸다. "투우사는 그만뒀어요?" 그에게 물어보았다. "진작 그만뒀죠. 옛날에요. 그걸 하려면 많이 뛰고 잘 달려야 해요." 나는 오리엔테 광장의 카페에서 커피를 마시자고 제안했다. 그런데 69년 1월 이후 딱 한 번밖엔 가본 적이 없는 별로 마음에도 들지 않던 자기 동네로 오라고 그가 답해서 좀 피곤하단 생각이 들었다. 결국은 실패했던 영국 환상소설 선집의 출판 가능성을 타진하려고 '시루엘라' 출판사를 방문하면서 가봤던 동네였다. 출판사는 마누엘 베세라 광장에 사무실을 두고 있었는데, 그렇게 살풍경한 동네에선 전혀 기대할 수 없었던 상당히 멋진 곳이었다. 아무튼, 에스테반 야네스는 여러모로 친절한 느낌의 사람이었고 아프리카 사람을 닮은 함박웃음을 짓는 그를 상상하는 것만으로도 기분이 좋았다. 오랜만에 그를 만난다는 것 자체를 생각만 해도 즐거웠고, 가끔 서로 만나 이야기를 나눌 수 있는 관계가 될 수도 있겠다는 생각이 들었다. 언제나 기억은 정적인 이미지 혹은 외국에서 단 한 번밖에 보지 못한 그림에 대한 기억처럼 희미하지만, 살아가는 동안 잠자리를 함께했던 사람만은 평생 잊지 못한다. 최종적으로 실망스럽고 참기 어려운 사람이라고 판단하더라도, 그들에게 무의식 중에 정이나 의리 비슷한 것을 느낄 것이다. 내가 실망하거나 감내하기 어렵다는 생각이 들 정도로 긴 시간이 아직 투우사에겐 주어지지 않았다. 아직은 손도 대지 않은 상태였다.

그런데 약속한 오후가 되자 예견했던 후회가, 달리 말하자
면 두려운 마음이 찾아왔다. 에이전트가 된 그가 나를 알아보
지 못할까봐. 아니면 내가 그를 알아보지 못할까봐 두려웠다.
특히 실망할까 두려웠다. 20년 동안 자신이 얼마나 변했는지
확실히 의식하고 있는 사람은 아무도 없다. 더욱이 혼자서 매
일 보채는 두 아이를 키우는 40대에 접어든 엄마가 젊은 여대
생과 같을 수는 없었다. 특히나 나의 경우 불확실성과 상실감
(끝도 없고 그렇다고 확증도 없는 데에서 오는 상실감은 사람을 옥죄
는 최악의 것이었다) 속에서 그리 달갑지 못한 삶을 살아온 여자
였다. 왠지 움츠러드는 기분이었다. 이 옷 저 옷 갈아입어봤지
만, 마음에 드는 것이 없었다. 화장도 이렇게 저렇게 할 수 있
는 방법은 다 써보았지만 어떨 때는 지나치게 수수하단 생각이
들었고 어떨 때는 지나치게 화려하단 생각이 들었다. 다양한

각도에서 거울을 보았지만 어떤 각도도 만족스러운 모습을 보여주지 않았다. 이런 일은 처음이었다. 나에 대해 큰 불만은 없이 살아왔고 평상시에도 최소한 외모만큼은 자신이 없진 않았다.

쌍안경을 이용하면 카페에 앉아 때 이르게 찾아온 5월의 따뜻한 날씨를 즐기고 있는 사람들을 집에서 지켜볼 수도 있겠다는 생각이 들었다. 약속 시각 5분 전이 되자 건물 발코니에서 신경을 곤두세우고 관찰하기 시작했다. 기다리고 또 기다렸다. 그 사람일 것 같은 사람은, 오래된 그림 속의 사람은 보이지 않았다. 처음엔 정각에 나타나 자리를 잡으며 주변을 여기저기 살펴보던 상당히 뚱뚱한 사람이 그 사람일 거라고는 전혀 생각하지 못했다. 그는 자주 볼 수 없는, 다시 말해 구식 챙 모자를 만지작거렸다. 69년에도 투우사는 모자를 쓰고 있었다. 깜빡 잊고 있었던 그 모습을 다시 보게 된 것이다. 다만 그때는 챙이 좁은 모자였는데, 당시에 내가 그 모자를 주제넘게 비판하자, 그는 길거리 쓰레기통에 모자를 던져버리며 이런 말을 했었다. '당신 말을 듣지요. 당신 맘에 들지 않는다면 두말할 필요가 없어요.' 당시에 구식이라고 생각했던 것은 모자 때문만은 아니었다. 전체적인 옷매무새, 넥타이, 치렁치렁한 외투 때문이기도 했다.

오늘 내 앞에 나타난 남자는 크림색 정장에, 나이를 먹으며 심해진 비만에 잘 어울리지도 않는 재킷을 입고 있었다. 하나짜리 재킷 단추는 금방이라도 터질 것만 같았다. 탁자에 앉기 전에 단추를 풀자, 양복이 양쪽으로 벌어지며 기다란 넥타이가 눈에 들어왔다. 아마 넥타이로 통통한 그의 배를 가리고 싶었던 것 같은데, 너무 길어 바지까지 내려와 있었다. '저 사람일 리 없어'라는 생각을 했다. '너무 지나치게 변했잖아. 하지만 20년은 상당히 긴 세월이어서, 가끔은 잔인할 수도 있어. 변화는 전혀 예측할 수 없는 거야.' 그 순간 그는 모자를 벗고(양복과 색을 맞춘 것 같았다. 모든 것이 고급스럽긴 했지만, 그에게 어울리진 않았다) 주머니에서 손수건을 꺼내 이마와 관자놀이뿐만 아니라 완전히 드러난 대머리까지도 가볍게 두드렸다. '머리숱이 정말 많았었는데'라는 생각이 들었다. '그렇다면 더더욱 그 사람일 리 없어. 그렇지만 탈모가 빠르게 진행되었다면 순식간에 머리카락이 다 빠져버릴 수도 있잖아. 심하게 힘들었거나 공포를 느낀 경우엔 며칠 만에 백발로 변할 수도 있으니까. 20년이면 어떤 황당한 일이 벌어지기에 충분한 시간이야. 생각지도 못한 끔찍한 변화도 가능해. 늙어 죽기 직전까지 완벽하게 젊은 시절의 모습이 살아 있는 사람도 있지만, 얼마 안 되는 시간에 다른 사람의 얼굴과 몸을 훔친 것처럼 완전히 딴 사람으로 변해버린 사람도 있어. 남자들에겐 비만과 대머리가 그런 황당한 기적과도 같은 변화를, 변신을 가져다줄 수 있어.' 저 사람이 투우사라면, 저 사람이 매니저라면 그를 만나 이야기를 나누기 위해 테라스에서 내려가고 싶지 않았다. 내가 모호한 향수를 느끼며 자주 떠올렸던 기억 속의 수려했던 젊은이와는 완전히 딴판이었다. 내가 알지도 못하는 저 대머리에 뚱뚱한 남자와 무슨 이야기를 나눌 수 있단 말인가. 전혀 관심도 없고, 아는 것도 없으며, 알고 싶지도 않은 일을 하는 남자와 말이다. 최근 폼보라는 작가의 글에서 읽었던 '돌아가는 것은 가장 심각한 배신이다'라는 한 구절이 머리에 떠올랐다. 그래, 그 말이 맞는 것 같았다. 만일 저 사람이 젊은 날 하룻밤을 함께 보냈던 투우사가 맞는다면 내가 반평생 간직해왔던 추억을 망쳐놓을 것 같았다.

계속해서 쌍안경을 이용해 다른 탁자와 지나가던 사람들을 바라보았다. 다른 사람이 나타나는지, 내 기억에 더 부합하는 사람이 나타나는지 살펴보았다. 그러나 없었다. 다시 초점을 잘 맞춰 보았다. 이미 약속 시각에서 5분 정도가 지났다. 이 정도는 허용할 수 있는 시간 범위 안에 있었지만 이젠 내려갈지 아니면 내려가지 않을지를 결정해야 할 순간이 왔다. 내가 먼저 제안했던 약속을 지킬지 아니면 완전히 바람맞힐지 결정해야 했다. 마침내 여종업원이 그에게 다가가 무엇을 주문할지 물었다. 그 순간 그는 활짝 웃었는데, 나는 그 순간 그가 많이 변하긴 했지만 에스테반 야네스라는 사실은 분명하다는 것을 깨달았다. 미소만큼은 1969년과 똑같았고, 그때의 그 미소를 조금도 잃지 않았다. 조금 튀어나오긴 했지만 단단해 보이는 치열이 그의 다정해 보이는 얼굴을 더욱 돋보이게 해주었다. 관대함을 보여주는 살아 움직이는 듯한 미소, 두툼한 뺨 한가운데 자리잡은 순수하면서도 매력 넘치는 미소였다. 그러나 이러한 긍정적이고 상큼한 효과들을 지워버리는 또다른 점이 있다는 것도 깨달았다. 종업원을 행해 몸을 돌렸을 때 나는 일종의 일본식 매듭의 일종이 정수리에 자리잡은 것을 보았다. 그는 마치 사무라이처럼 머리를 묶었는데, 옛날 군모에 붙인 장식처럼 하늘을 향해 봉긋 솟아 있었다. 그 당시의 몇몇 남자들 사이에서는 꽁지머리가 나타나기 시작했는데, 이는 대단히 파격적인 것이었다. 그러나 곧 질릴 정도로 퍼져나가 진부하게 보일 정도였는데, 내 생각에 그것은 끔찍한 혁신으로 느껴졌다. 꽁지머리를 하고 다니는 사람들은 믿을 만한 사람이 아니라는 묘한 선입견이 있었다. 게다가 그 머리를 일본식 매듭으로 묶은 사람이라면, 나는 인도를 뛰쳐나가 길을 건너 도망갈 것이다. 특히나 꽁지머리가 대머리에 대한 보상으로 관심을 다른 데로 돌리고 싶은 것이라면 말할 것도 없었다. 우리 모두 경박한 면도 있고 제멋대로인 점도 있다. 그래서 내가 괴상한 머리 장식에 눈길이 꽂혀 결국 내려가지 않기로 했는지 모른다. 바로 여기에서 위선과 어리석음의 극치를 본 것이다.

그러나 조금 더 그를 관찰하기로 했다. 상당히 더 지켜보았다. 몇 분이 지났다. 그는 계속해서 나를 찾으려고 주변을 둘러보기도 하고 시계를 보기도 했다. 연거푸 담배를 세 대나 피웠다. 두 번째 커피를 시켰고 모자를 썼다 벗기를 반복했다. 갑자기 나를 봤다는 느낌을, 멀리 발코니에 드러낸 내 모습을 주목하고 있다는 느낌을 받았다. 그는 쌍안경이 없었다. 이것은 분명한 사실이었다. 그래서 나를 좀 더 확실하게 보려는 듯이 눈을 찡그리며 모자를 푹 눌러썼다. (딱 투우사들이 모자를 눌러쓰는 모습 그대로였다.) 그는 나를 똑바로 바라보며 자리에서 일어났다. 아니 내가 그렇게 믿은 것인지도 모른다. 배율을 높이자 나를 뜯어보는 것처럼 느꼈다. 나에게 인사를 건네고 싶은 건지 아니면 신호를 보내는 건지 손을 흔들었다. '저기, 저기요! 당신이 베르타라면 나, 여기 있어요! 나예요.' 이렇게 말하는 것 같았다. 나는 발각된 것 같다는 생각에 얼굴이 붉어져 잔뜩 경계심을 높였다. 발각된 스파이처럼 발코니에서 조금 뒤로 물러나 안으로 들어가 숨어버렸다. 잠시 놀라긴 했지만, 차츰 마음이 가라앉았다. 그도 확신이 서지 않았을 것이다. 쌍안경으로 보고 있어서 내 얼굴까지 봤을 리는 없었다. 더욱이 그 사람보다는 덜 변했지만 나도 상당히 많이 변한 편이었다. 몇 분 동안을 그대로 있다가 최대한으로 몸을 감춘 채 조심스레 다시 발코니로 나갔다. 그가 사라져 보이지 않았다. 그 순간 전화벨이 울려 깜짝 놀랐다. '아마 나에게 전화하려고 카페에 들어갔는지 몰라. 전화번호를 준 것은 실수였어. 전화번호가 있으니까, 언제든 다시 전화할 거야.' 나는 전화를 받지 않겠다고 굳게 마음먹었다. 10번 이상 벨이 울렸다. 두 번째 다시 벨이 울렸을 때는 다섯 번 정도 울리고 끊어졌다. 두 번째 전화는 그 사람 전화인지 확신이 서질 않았다. 잠시 기다렸다가 다시 발코니로 나갔다. 내 추측이 맞았다는 것을 알았다. 그는 다시 탁자로 돌아와 있었다. 자리에서 일어나지도 손을 들어 인사를 하지도 않았다. 그 자리에 끈덕지게 앉아 지칠 줄도 모르고 담배를 피우며 계속 커피만 마시고 있었다.

나는 시계를 바라보았다. 그 사람은 40분이나 나를 기다리
고 있었다. 언제면 질릴까? 언제면 짜증을 내기 시작할까? 내
가 먼저 이야기를 꺼내고 제안하긴 했지만, 약속을 지킬 생각
이 없다는 사실을 언제면 알게 될까? 이런 생각에 나도 모르
게 화도 나고 창피하다는 생각도 들었다. '나도 변덕이 죽 끓듯
한 황당한 여자야! 그를 찾아 집에까지 가서 전화해달라고 부
탁하고선. 먼저 만나자고 제안하고선 좀 심하게 변했다고 저
렇게 바람맞히다니. 외모가 변한 것뿐인데. 물론 그것이 옛날
을 떠올리게 한 유일한 것이긴 했지만. 외모도 그렇고 나를 도
와주기도 했고 정말 잘 대해주기도 했는데. 특히나 비보 같은
토마스가 그토록 존중해주었던 나의 처녀성에 종지부를 찍었
던 잠자리까지 나눴는데.' 저 뚱뚱한 남자와 잠자리를 했다는
생각이 머리를 꿰뚫자 더 거부감이 심해졌다. 불쾌하단 생각까
지 들었다. 만약 내려가 그와 이야기를 하다 보면, 아직도 순수
함을 간직한 그 미소를 다시 보게 된다면, 새롭게 변한 그의 외
모에 빠르게 적응할지도 모른다. 이를 통해 예전의 그의 모습
을 보게 될지도 모르니까. '그럴 것 같진 않아'라는 생각이 들
었다. 다시 한번 확인했다. '만일 그를 바람맞힌다면, 그것은 나
를 '멋쟁이'라고 불렀기 때문이야. 사무라이나 할 매듭 때문이
라고. 불쌍한 인간. 아직도 투우사 흉내를 내고 싶다는 공허한
마음 때문일 거야. 꽁지머리로 묶기엔 뒷머리가 충분하지도 않
고, 게다가 어떻게 저런 배를 가지고 황소에 작살을 꽂을 수 있
겠어. 많이 뛰고 잘 달려야 한다고 했는데 말이야.'

그 순간 나는 내가 똬리를 틀고 있던 장소를 바꾸고 있다는 사실을 깨달았다. 내가 토마스를 마지막으로 본 것이 훨씬 최근의 일이었다. 토마스는 겨우 7년째였지만, 이 정도 시간이라면 소설이든 현실이든 상관없이 샤베르 대령이나 마르탱 게르와 같은 인물처럼 잘 살아 있다가 다시 모습을 드러내고 집으로 돌아온다고 해도, 그가 자신을 벌하려고 쫓아오는 모든 사람으로부터 끝도 없이 도망쳐야 했던 탈주자로 살았다면 그동안의 고난과 박해로 인해 에스테반 야네스처럼 정말 황당하게 변했을 수도 있었다. 토마스와 나 사이에 혹시라도 이뤄질 수 있는 가상의 만남이 어떤 모습일지 상상해보기도 했다. 나의 불행을 이런 식으로 재차 확인했다. 비합리적인 줄 번연히 알면서도 희망을 버리지 못했다. 돌아오리라는 생각은 공상 속에서나 가능한 일이었다. '안 만나는 것이 나을 거야.' 비합리적인 희망을 쫓아버리기 위해 이렇게 생각했다. '저런 새내기 투우사의 매니저와 같은 모습으로 나타날 거면 안 나타나는 것이 더 나을 거야. 내가 불러 저기에서 쓸데없이 집요하게 나를 기다리고 있는 저 매니저처럼 대머리에 뚱보가 되어 완전히 다른 모습으로 나타날 거면 말이야. 게다가 성격까지 까칠해지고 말수까지 잃어 사람을 내치는 성격이 되었다면 더 말할 나위도 없어. 아무 관심이 없는 사람이 되었을지도 모르고. 게다가 나에겐 어떤 사람으로 지내왔는지도 이야기하지 않을 거야. 불행, 위험, 혐오스러운 행동들로 점철된 삶에 매몰되어 떠돌며 계략을 꾸몄던 시절의 날 선 감정과 비교하면 그 어떤 미래도 무미건조해 보일 거란 사실을 잘 알고 있을 테고. 후회할지도 모르지만, 반대로 극단적으로 둔감해진 나머지 가는 곳곳 페스트와 콜레라를 풀어놓고 분란을 일으킨 것에 대해, 불화의 씨를 퍼트리고 불을 퍼트린 것에 대해, 적들을 죽음으로 이끌었거나 직접 자기 손으로 목을 조르거나 권총이나 단검을 이용해 죽인 것에 대해 자랑스러워할지도 몰라. 내가 어떻게 알겠어, 앞으로도 알 수 없을 텐데. 그래. 살아 돌아온다면 그것이 오히려 최악일 수도 있어. 너무 많은 시간이 지났어. 이젠 아무도 돌아와선 안 돼. 그런데 정말 모르겠어.'

나는 갑자기 눈물이 터졌다. 가끔 있는 일로 어쩔 수 없었다. 사전 예고 없이 불쑥 울음이 터지곤 했다. 이런 식으로 이야기해도 될지 모르겠지만, 울음은 보통 때든 감정을 드러내지 않아야 할 때든 가리지 않고 터졌다. 그때처럼 생각이 맴돌 때만 그런 것은 아니었다. 친구들과 웃고 떠들다가도, 수업하다가도 (이럴 때는 억지로 눈물을 참아야 했다) 눈물이 핑 돌곤 했다. 혼자 일하러 가던 중에도, 다 자란 아이들과 놀아주다가도 이런 일은 자주 있었다. 눈물을 참지 못하면 아이들은 나를 걱정스러운 눈빛으로 바라보곤 했다. 아이들은 부모가 무기력한 모습을 보이면 불안해진다. 이럴 땐 자기들이 보호받을 수 없을 거란 사실을 잘 알기 때문이다. 그러나 우리 아이들은 아버지의 행복한 모습도 슬픈 모습도 본 적이 없었다. 아이들이 성장하여 질문을 시작하자 나는 버트럼 투프라와 외무부, 혹은 왕실이 공식적으로 늘어놓은 '그는 포클랜드 전쟁의 희생자'라는 이야기만 했다. 그 작은 전쟁에서의 전사자라는, 조금은 영웅적인 인물이었다는, 아무도 기억하지 못하는 사망자라는 이야기만 늘어놓았다. 그 황당한 대결에서 군인들은 불명예를 뒤집어썼고, 오만한 대처 여사만 영광을, 엄청난 이익을 얻었다. 언제나 그렇듯이 소중한 생명의 낭비, 명분 없는 죽음뿐이었다.

다시 밖을 내다보았을 때는 투우사가 카페에 도착한 지 벌써 65분이 지난 다음이었다. 눈물이 가득해서 아무것도 보이지 않았다. 눈물이 그칠 때까지 기다렸다가 얼굴을 훔쳤지만 한참 흐느낌이 이어졌다. 65분 동안이나 그는 그곳에 있었다. 전화가 다시 울렸다. 10번이나 벨이 울렸다. 끝없이 고집 피우고 싶진 않았을 텐데 뭔가 확인하고 싶었을 것이다. 그 인내심에 마음이 움직였다. 저 사람은 나를 만나는 것이 그렇게 중요할까? 얼마나 큰 환상을 가지고 있는 걸까? 그는 처음도 아니었을 텐데, 아직 정식 투우사로 데뷔도 못 했던 시절 그 어두운 밤에 길을 잃고 헤매다 짧고 허망한 섹스를 나눴다고 20년이란 긴 시간 동안 나를 얼마나 생각했을까? 잠시 망설였다. 그가 아직 떠나지 않고 있었기에 아직은 내려갈 기회가 있었고, 용서받기 힘들 정도로 늦긴 했지만 어떤 식으로든 평계를 댈 수 있을 것 같아 그와 잠시라도 이야기를 나누고 싶었다. 그의 충직한 모습에 너무 가슴이 아팠다. 전혀 모르는 여자를 위해, 자기처럼 뚱뚱해지고 엉망으로 망가졌을지도 모르는 과거의 유령과도 같은 여자를 위해, 내가 그를 보면서 느꼈을 절망을 똑같이 느끼게 해줄지도 모르는 여자를 위해 한 시간 이상 그냥 보낼 수 있는 것을 보면 아마 할 일이 그리 많진 않은 것 같았다. 망설이고 또 망설였다. 뒤늦게 망설이고 있는데, 그가 종업원에게 계산서를 요구하는 것을 보았다. 정시에 도착했음에도 실패로 끝난 약속 시각에서 딱 70분이 지나고 있었다. 그는 계산을 하더니 자리에서 일어나 젊은 여자와 몇 마디를 나눴다. (쓸데없이 오래 기다린 것에 너무 창피해서 변명을 늘어놓고 있는 것인지도 모른다.) 주변을 마지막으로 한번 둘러보고는 모자를 푹 눌러쓰더니 재킷의 단추를 채운 다음 마드리드 왕궁과 바일렌 쪽으로 걸음을 옮겼다. 천천히 아주 느리게 걸었다. 열패감과 실망감을 강하게 느끼고 있는 것이 분명했다.

다시는 전화가 오지 않았다. 다시 약속을 잡을 생각이 없는 것 같았다. 약속을 잊었는지, 날짜, 시간, 장소를 착각한 것인지 알아볼 생각도 없는 것 같았다. 그는 이유를 캐묻고 싶지 않았고, 내가 파비아 거리의 발코니에 서 있었는지, 예컨대 그곳에 서 있던 사람이 나였는지 물어 나를 어렵게 만들고 싶진 않았을 것이다. 일어난 일을 그냥 받아들였고, 있는 그대로 이해했다.

1990년, 91년, 92년이 차례로 왔다. 92년은 올림픽과 관련된 엄청난 공식 환영식과 경기 그리고 스페인에서 불길처럼 일어난 낙관론 등이 한꺼번에 몰려왔다. 갑자기 나라가 번창한 것 같았다. 그러나 나에겐 토마스가 떠난 지, 4월 4일 바라하스 공항에서 잠시 이별을 고한 지 딱 10년째 되는 해였다. 그와의 이별은 멀면서도 가까운 것 같았고, 가까우면서도 멀게 느껴졌다. 가깝게 느껴질 때는 마치 엊그제인 것 같았다. 지난 9월에 나도 40살이 되었는데, 잘 믿기지 않았다. 나이보다 늙은 것 같기도 했고, 젊은 것 같기도 했다. 어쩌면 경험할 수 있는 모든 것을 다 경험한, 나이가 없는 여자 같다는 생각이 들었다. 사실 그리 길지 않은 짧은 시간만을 살았을 뿐이다. 인생은 완전히 시작하지도 않았고 그렇다고 끝나지도 않았다. 나는 독신이자 과부였고, 동시에 기혼자였다. 정지되어 버린 삶을, 중단된 삶을, 아니 이상하게 뒤로 미뤄진 삶을 살고 있었다. 시간은 분명 흐르고 있는데도 불구하고, 시간이 진짜 흐르지 않는 것 같기도 했다. 시간이 우리를 기다리고 있는 것 같다는 생각이 들 때도, 우리에게 다정하게 다가와 모라토리엄 선언을 할 때도 시간은 언제나 멈추지 않고 흘렀다. 청소년기나 청년기에 머무르고 있는 사람도 수십만 명은 된다. 그 시기를 포기하지 않은 사람들, 모든 가능성이 아직 열려 있다고, 과거가 아직 도착하지 않았기에 험난한 과거에 영향을 전혀 받지 않는다는 믿음을 영원히 고수하려는 사람들도 수십만 명이 있다. 어느 날 시간에게 특별히 강조하는 것도 없이, 맥없이 '멈춰줘. 가만히 있어줘. 멈춰. 생각할 시간이 필요해'라고 이야기했는데도 시간이 부탁을 들어준 것 같았다. 분명히 이것도 병은 병인데, 너무 길어지다 보니 최근엔 병이라는 생각조차 들지 않았다. 이것이 내 경우와 정확하게 부합하진 않았지만, 1982년 나에겐 괄호가 열렸고 언제 그것을 닫아야 할지 알 수 없었다. 수업에서 포크너를 가르쳐야 했는데(대충 가르쳤지만), 한번은 누군가 포크너에게 왜 이렇게 문장이 긴지, 다시 말해 왜 몇 킬로는 족히 될 것 같은, 끝도 없이 긴 문장을 썼는지 묻자, '다음 문장을 시작할 수 있을 때까지 계속 살 수 있을까에 대해 의문이 들어서 그랬다'라고 대답했다는 글을 읽은 적이 있다. 나에게도 끝도 없는 괄호라는, 이와 비슷한 일이 일어났다. 만약 괄호를 닫으면 죽음이 찾아올까봐 두려웠다. 아니 죽일까봐, 토마스를 영원히 죽일까봐 두려웠다.

가끔 발코니에 나가보지 않을 수 없었다. 특히 해가 질 무렵이면, 어둠이 밀려오기 시작하면 나도 모르게 내 시야에 들어온 광장 전체를 살펴보고 있었다. 집을 향해 걸어오는 혹은 엥카르나시온 성당 옆에서 택시에서 내리는 그의 다정한 모습을 찾아보고 싶었다. 여행 가방을 든 사람이 보이면(이곳을 찾아오는 관광객 수가 적지 않기 때문에 상당히 흔히 보였다) 에스테반 야네스를 염탐할 때 썼던 쌍안경을 찾으러 득달같이 달려가곤 했다. 문제의 여행객을 향해 초점을 맞추는 건 언제나 부질없는 짓이었다. 그토록 오랜 시간 사라졌다가 다시 나타난다면 분명 상당히 큰 짐 보따리가 있을 것으로 생각했다. 설령 그렇다 해도 아마 그는 상황에 맞춰 인내심이 있게 나를 기다려준 충직한 투우사만큼이나 알아보기 힘들 정도로 변했을 것이다. 그러나 나는 비합리적인 바보처럼, 땅에 묻혔거나 깊은 바다에 가라앉지 않았더라도 그의 모습은 이미 나에게 친숙한 모습은 아닐 거라는 사실조차 잊고 있었다.

순전히 미신과도 같은 행동이었다. 어느 정도는 잭 네빈슨이 아침 아니면 점심시간이 다 되었을 때 했던 행동 탓이기도 했다. 시어머니가 돌아가신 이후 그는 매주 일요일 우리와 함께 점심을 먹으러 왔다. 기예르모와 엘리사는(기예르모는 이미 13살이었다) '사바티니 정원' 아니면 '마드리드 왕궁 정원'으로 놀러가곤 했는데, 마지막까지 놀다가 집에 돌아왔다. 그때까지만 해도 시아버지와 나, 두 사람 다 전혀 예상하지 못했다. 잭은 그리 오래 버티지 못했다. 그는 그날부터 딱 두 달 후 밤에 갑자기 심장마비로 인해 생을 마감했다. 평소처럼 아침에 문안 전화를 했는데 받지 않았다. 응답기에 메시지를 남겨놓았지만, 생각했던 것보다 답신이 늦어지자 나는 불안한 마음에 벌써 마음이 아프기 시작했다. 부랴부랴 서둘러 택시를 잡아타고 제너 거리에 있는 시아버지 집에 갔다. 영원히 잠든 그의 모습을 보게 될지도 모른다는 생각이 들었다. 나도 열쇠를 가지고 있어서 쉽게 들어갈 수 있었는데, 침대 옆 바닥에 쓰러져 있는 그를 발견했다. 밝은색 잠옷을 입은 채 한 손으로는 어두운색의 실크 가운을 잡고 있었는데, 막 입으려고 했던 것 같았다. 침대 옆 탁자에 있던 전화를 받으려고 일어나다가, 아니면 전화기를 들려다가 쓰러진 것 같았다. 나에게 연락하려던 것이 분명했다. 너무 갑작스레 발작이 오고 마비가 와서 손을 뻗다가 쓰러지는 바람에 미처 전화할 수 없었던 것 같았다. 몸이 좋지 않을 때는 서늘함이 조금은 고통을 덜어주기 때문에 죽기 직전에 방바닥의 차가움을 찾았는지도, 그래서 시트의 따뜻함에서 벗어나고 싶었는지도 모른다. 도움을 청하고 싶지도, 자신을 구하려는 시도도 하지 않았을지도 모른다. 때가 되면, 있는 그대로 수용하려는 사람들도 있긴 있다. 괜찮다는, 혹은 나쁘지 않다는 생각에, 충분하다는 생각에 더는 싸울 생각도 하지 않고, 몇 달이나 몇 주를 연장하기 위해 노력할 필요가 없다고 마지막으로 생각을 정리하는 사람도 있다. 이렇게 냉정한 사람은 그리 많지 않지만, 분명히 있긴 있다. 가끔 내가 그런 사람이었으면 좋겠다는 생각도 했다. 이 일이 일어났을 당시에는 그것을 원했다. 시어머니인 메르세데스는 이미 몇 년 전에 죽었고 토마스의 형제들은 다 멀리 있었기 때문에, 시아버지 잭의 죽음으로 인해 이제 네빈슨 가와의 관계는 완전히 끝났다는 생각이 들었다. 물론 내 아이들인 기예르모와 엘리사는 언제나 네빈슨이라는 성을 가지고 살아가긴 할 것이다. 하지만 내 명함엔 더는 베르타 이슬라 데 네빈슨이라고 쓰지 않는다. 기혼 여성은 남편의 성을 소유격으로 뒤에 더해 사용하는 것이 관습처럼 된 스페인에서 살면서도 이를 안 쓴지 상당히 되었다. 명함은 다시 베르타 이슬라로 되돌아갔지만, 내 기억과 내 머리에선 여전히 되돌아가지 않고 있었다.

돌아가시기 두 달 전 일요일까진 잭의 건강은 나쁘지 않았고, 걱정할 만한 징후도 전혀 없었다. 그는 나에게 백포도주를 한 잔 달라고 하더니 늘 앉았던 곳에 자리를 잡았다. 그리 많진 않았지만, 집에 오는 손님 대부분이 즐겨 앉는 곳이었다. 다시 말해 오래전 나를 엄청 놀라게 했던 미겔 루이스 킨델란도 앉았던 바로 그 자리였다. 그는 손으론 산 지 얼마 되지 않은 금속제 손잡이가 달린 지팡이를 짚고 있었다. 그는 아주 만족스러운 표정으로 지팡이를 보여주었다. 지팡이 손잡이를 돌리면 가늘고 예리한 칼이 모습을 드러내며 가볍게 던질 수 있는 모양의 작은 창이나 작은 작살로 변했는데, 이는 상대에게 치명적인 상처를 입힐 수 있을 것 같아 보였다.

"거리를 다니다 보면 안전한 것 같지 않아서. 내 몸을 보호할 수 있는 무기가 필요할지도 모르잖아. 내 주먹으로 방어할 수도 없고 내뺄 수도 없으니까 말이야. 누군가 나를 토끼처럼 사냥할지도 몰라. 아니야. 달팽이라고 하는 것이 맞겠지."

"그렇지만 제가 보기엔 그 손잡이를 돌리는데 시간이 너무 걸릴 것 같은데요." 나는 시아버지에게 반박했다. "무기를 사용하려고 할 때는 벌써 아버님을 제압했을걸요. 아니면 지팡이를 뺏어서 오히려 아버님에게 들이댈지도 몰라요. 더 나쁜 결과를 맞을 수도 있어요."

"그럴 수도 있지." 그는 어깨를 으쓱했다. "위험이 닥치는 것을 미리 볼 수 있으면 유용할 거야. 방심하지 않고 다니면, 손잡이를 돌려 칼을 보여줄 시간이 있지 않을까? 무섭지? 상당히 깊은 상처를 낼 수 있을 거야."

손잡이를 수없이 돌려봤지만, 내가 보기엔 진짜로 효과가 있을 것 같진 않았다. 그러나 그에게 정말 안전하다는 느낌을 주었다면, 아니 단순히 그런 환상이라도 심어줄 수 있었다면 그것으로 성공이었다.

"몇 년 전 런던에서 강도들이 토마스를 공격했던 것 기억하세요? 그의 얼굴에 상당히 심한 자상을 남겼어요. 물론 한참 뒤엔 언제 그런 상처가 있었느냐는 듯이 감쪽같이 사라지긴 했지만, 정말 미스터리였어요. 제 기억이 맞는다면, 토마스 말로는 외무부에서 성형수술을 해주었다고 했어요. 당시엔 분명히 그렇게 말하긴 했는데, 진짜 무슨 일이 있었는지는 알 길이 없었어요."

잭은 사람을 죽일 수도 있는 금속제 지팡이를 두 손으로 잡고서, 보조개가 깊게 파인 턱을 그 위에 얹었다. 보조개는 나이를 먹으면서 더 깊게 파였다. 그는 잠시 생각에 잠기더니 나에게 이렇게 대답했다.

"지금까지도 톰과 관련된 것은 모두 다 미스터리였지." 나는 얼른 시아버지가 사용한 시제를 고쳐주었다. 시아버지는 이미 종료된 행동에 사용해야 하는 '부정과거'를 사용하지 않고, '현재완료'를 사용했다. 그가 옥스퍼드로 떠난 이후엔, 아니 그곳을 떠난 이후엔 줄곧 '현재완료'를 사용했다. "내 입장에선 토마스에게 그곳에 가서 학위를 받으라고 했던 것이 잘못이 아니었을까 하는 생각이 들어. 분명히 뭔가 일이 있었어. 토마스에게 뭔가 일이 있었고, 결국 그것 때문에 그가 변한 것 같아. 무엇인지는 잘 모르겠지만. 너한테는 뭔가 이야기한 적이 있니?" 여전히 죽은 사람에게는 너무나 당연한 부정과거를 그는 사용하지 않았다. 여기에 그토록 오래 살았음에도 잭 네빈슨의 스페인어 실력은 완벽과는 거리가 있었던 것도 사실이었다. 우리는 영어와 스페인어를 번갈아 사용했다. 한참 이야기하다가도 편하게 느끼는 언어로 갑자기 바꿔 이야기를 이어나가곤 했다. "하지만 내가 그에게 어떤 일이 일어날지 어떻게 알 수 있었겠니. 너도 몰랐니?" 그는 나도 모르고 있으리라고는 믿기 어렵다는 듯이 반복해서 물었다.

"잭, 저도 몰라요. 토마스는 언제나 비밀스러웠어요. 자기 임무나 목적지, 그 무엇도 밝힐 수 있는 권한이 없다고 저에게 연막을 쳤어요. 저에게 뭔가 털어놓으면 법을 어기는 거라고, 공무상 비밀엄수법을 어기는 것이라고 했어요. 자기는 이 법에 묶여 있어서 심각한 결과까지 감수하지 않고선 아무것도 누설할 수 없다고요. 은퇴한 다음에도 죽을 때까지 침묵을 지켜야 한다고 해서, 이걸 어긴 사람은 대역죄로 기소당할 수도 있겠다는 생각도 들었는걸요. 지금도 그래요. 이런 것도 그가 실제로 누구를 위해 일하는지 고백한 다음에야 비로소 알게 되었어요. 그 전에는 아무 말도 하지 않았고요. 물론 저도 외교적인 문제에 대해선 그리 관심이 없었고요." 나는 잠시 입을 다물고, 기억을 너듬어 몇 마디 덧붙였다. "하지만 옥스퍼드에서 마지막 학기에 무슨 일이 있었던 것은 분명해요. 이점은 의심의 여지가 없어요. 저도 그 변화를 느낄 수 있었거든요. 우리가 결혼하기 전에도요. 아마 토마스는 그때 뽑혔을 거예요. 처음 옥스퍼드로 갔을 때는 상상도 못 했던 일을 떠맡았을 거예요. 이중 생활을 시작했는데, 그러다 보니 그가 살았던 두 삶 모두 거짓과 은폐로 가득했어요. 그것만으로도 성격이 바뀌기엔 충분하지 않을까요?"

"맞아, 충분하지." 잭이 얼른 말을 받았다. "그렇지만, 그렇지만……. 나는 그 이상의 뭐가 있는 것 같아. 톰은 지금도 너무 미스터리야." 이번엔 시제도 현재완료조차 사용하지 않고 현재를 사용했다.

"왜 '지금'이라고 했어요?"

잭은 깜짝 놀라 지팡이에서 턱을 떼었다. 하지만 여전히 두 손은 손잡이를 잡고 있었는데, 그 자세가 마음에 드는 것 같왔다.

"내가 '지금'이라고 했니?"

"예. 방금 '톰은 지금도 너무 미스터리야'라고 말씀하셨어요."

그는 천진하고 무심해 보이는 푸른 눈으로 창밖의 나무를 바라보았다.

"그랬구나. 나도 잘 모르겠구나. 조그맣게만 봤던 아들 녀석이, 활기 넘치던 녀석이 이젠 더는 이 세상에 존재하지 않는다는 생각은 아무도 하지 못할 거야. 태어난 순간부터 아들이 자기보단 더 오래 살 거라고, 아들이 죽는 것은 보지 않을 거라고 확신하지 않을까? 아무튼, 나는 아직 그가 죽은 것도 시신도 보지 못했고 묻히는 것도 보지 못했어." 그는 금세 말을 바로잡았다. "이것은 아주 쉬운 대답이야. 그렇지만 이것만은 아니지. 베르타, 너에게 거짓말을 할 이유는 없어. 나는 네가 토마스를 잊고, 다른 남자와 너만의 삶을 다시 세우길 바란 첫 번째 사람이란다. 내 말 잘 들어야 해. 작은 불확실성에 너를 얽어매는 것은 바람직하지 않아. 그에 대한 기억은 짐이 될 뿐이야. 그런데 톰은 정말 미스터리야. 어린 시절부터 너무 파악하기 힘들었을 뿐더러 카멜레온 같아서, 나는 아직도 그가 진짜로 죽었다는 것을 믿을 수가 없어. 이점은 네가 원하는 대로 생각하렴. 아버지의 직감일 수도 있고, 가슴으로 느끼는 것일 수도 있어. 공식 발표에 대한 의심일 수도 있고 회의적인 생각일 수도 있지. 스페인어로는 어떻게 표현해야 할지 잘 모르겠지만, '**희망에서**

베르타 이슬라   557

비롯된 생각'일 수도 있지. 아마 현실을 부정하고 싶어서 그럴 거야. 그렇지만 나는 그럴 권리가 있어. 우리 늙은이들은 얼마든지 그럴 수 있어. 우리에겐 시간이 얼마 남지 않았고 현실도 우리에겐 그리 큰 영향을 미치지 않으니까. 현실은 우리 노인들 일에는 참견도 하지 않을 거야, 그냥 지나쳐가겠지. 써볼 수 있는 카드는 다 써봤으니까 더는 놀랄 것도 없어. 현실이 우리에겐 등을 돌렸기 때문에 우리도 현실에 등을 돌릴 수 있고, 우리 편한 대로 현실을 부정할 수 있지. 이것이 우리에게 남겨진 얼마 되지 않는 카드 중에 하나이기도 하지. 이건 헛소리가 아니야. 나는 메르세데스가 죽었나는 것을 부정하진 않아. 어떻게 부정하겠어. 그렇지만 톰은 아직 어딘가 살아 있을 것 같다는 느낌이 들어. 어딘가 도망쳐서, 숨어서, 다른 정체성을 가지고 말이야. 성형수술을 다시 받았을 수도 있어. 정말 수술을 했는지, 이유가 뭔지는 알 수 없지만 말이야. 물론 내가 이걸 증명할 수도 없을 거야. 하긴 갑자기 그의 시신이라도 나타나야 내가 믿겠지. 내가 죽기 전에 나타날 것 같진 않아. 10년을 숨어 지냈는데, 그 기간이 15년 20년, 아니 잊혀야 할 것이 모두 잊힐 때까지 이어질 수도 있잖아. 마침내 모든 것이 잊히면, 우리 뒤에 올 사람들에겐 무관심한 존재가 되면 말이야. 분명히 나는 이것까진 확실히 알지 못한 채 죽을 거야. 한편으론 힘들긴 하지만, 좋을 수도 있어. 아무도 내 생각이 잘못되었다고 설득시킬 수 없을 테니까. 그 생각을 안고 갈 수도 있지."

나는 전율이 일었다. '잭도 나름대로 추측을 하고 있었어. 이 생각을 얼마나 오랫동안 갈고 닦았을까?'라는 생각이 들었다.

"진짜 살아 있다는 느낌이 사실이에요?"

잭은 나무에서 시선을 거둬 나를 바라보았다. 일상의 맑은 눈빛이었다.

"사실. 사실이냐. 사실이냐고?" 마치 뭔가 의심이 가는 것이 있다는 듯이 잠시 입을 다물었다. "베르타 이것까지 말하려고는 하지 않았는데, 아직은 확실한 증거가 없어서 말이야. 너는 모르는 것을 내가 알고 있다고 생각하진 말거라. 그렇진 않으니까. 그러나 나는 뭔가 조금 더 가진 것이 있어. 이것은 신념 같은 거란다."

분명 그의 말이 옳았다. 노인뿐만 아니라 모든 살아 있는 사람은 현실의 어떤 부분에 대해선 모른 체 할 권리가 있다. 명백하지 않은 것, 우리를 괴롭히는 것, 우리를 슬프게 하는 것, 우리에게 희망을 앗아가는 것, 아니 더 단순하게 말하자면 우리를 당황하게 만드는 그런 현실을 말이다. 우리는 언제나 확실히 믿을 수 없는 것에 대해선 '확신할 수 없다'라고 말할 수 있다. 게다가 더 분명한 사실이 있다면 그것은 우리가 확신할 수 있는 것은 그리 많지 않다는 것이다. 우리가 알고 있는 거의 모든 것이 다른 사람, 책, 신문, 백과사전, 역사, 연감 등이 우리에게 믿으라고 강요한 것일 뿐이다. 특히나 그 시대에는 이런 것에 대해서 전혀 거짓말을 하지 않았고 전설이 우위를 점할 수 없었기에, 우리는 오래된 이야기인데도 굳게 믿을 수밖에 없었다. 우리가 직접 목격한 것도, 입회한 것도 거의 없었기에 확신할 수 있는 것이 아무것도 없었는데도 우리는 늘 굳게 믿었다. 그래서 정말 우리가 어떤 사실이나 존재를 부정하고 싶은 경우, 그것은 그렇게 어려운 일이 아니었다. 이런 면에서 혼탁한 세상과 우리의 나쁜 기억력은(기억은 일시적이거나, 불확실하거나, 자꾸 왔다갔다한다) 우리에게 정말 많은 편의를 제공한다. 존경받고 사랑받는 누군가가 잘못을 저지르면, 대부분은 이렇게 말한다. '아냐. 그가(혹은 그녀가) 그럴 리 없어. 아마 뭔가 잘못되었을 거야. 그 사람으로 보였지만, 아마 내가 착각했을 거야. 잘 보이지 않았거든. 어둡기도 했고, 내가 좀 흥분해서 그랬을 거야. 각도도 좋지 못했고 안경도 안 쓰고 있었거든. 그와 비슷하게 생긴 다른 사람하고 혼동한 것 같아. 아마 그럴 거야.' 그러니 사라진 어린 아들이 어딘가에 여전히 살아 있을 거라는 생각을 어떻게 하지 않을 수 있겠는가. 트로이의 왕 프리아모스는 자기 눈으로 후계자인 헥토르가 창에 맞아 죽은 것을 보았기에, 헥토르의 시신을 비참하게 전차에 매달아 끌고 다닌 아킬레우스에게 가서 시신을 묻을 수 있게 돌려달라고 간청을 했다. 프리아모스가 그렇게 몸을 낮추고 협상을 했던 것은 아들의 죽음을 확실하게 봤기 때문이다. 만일 아들이 죽은 것을 보지 못했다면, 멀리 있는 들판에서 단 한 번의 교전으로 허망하게 죽었다는 소식을 전해 들었다면 아마 헥토르가 돌아오길 기다렸을지도 모른다. 증언이 잘못되었다고, 본 사람의 눈이 안 좋았다고, 혹은 너무 빨리 결론을 내렸다고 믿었을 것이다. 불확실한 상태에선 혹시라도 아들이 살았을까 희망을 안고 기다리는 것을 아무도 막을 수는 없을 것이다. 그래서 확인, 증명, 확증, 실증, 확언, 재확인, 진실에 대한 보증과 같은 단어들이 나왔을 것이다. 지나친 것도 아니고, 단지 명목상의 것도 아니다. 정말 필요해서 만들어진 것이다.

나는 잭 네빈슨의 말을 확실히 믿을 수도 없었고, 부정할 수도 없었다. 그럴 것 같다는 그의 감 아닌 확신을 부정할 수 없었다. 그렇지만 시간이 흐르며 누그러지긴 했어도 1988년 당시의 내 감정과 믿음이 어땠는지를 시아버지에게 말하는 것은 꾹 참았다. 혹시라도 너무 놀라실까봐, 너무 불안해하실까봐 감춰놓았던 그 옛날 킨델란과의 일을 두 분께 이야기했어야 했는지 잘 판단이 되지 않았다. 그 일은 분명히 토마스가 북아일랜드에서 더러운 임무를 맡지 않았을까 하는 의심과 두려운 마음을 품게 만든 가장 중요한 계기였다. 증오에 찬 성마른 그곳의 사람을 봤고, 다른 누구보다도 무섭다는 생각이 들었다. IRA 조직원도 무장한 연합주의자도 아니었고 오히려 평범한 주민이었는데도 그랬다. 나는 그들이 지난 세기 30년대의 우리 스페인 사람처럼 복수에 대한 열망과 야만에 사로잡혀 있다고 생각했다. 나는 '지난'이라고 부르는 것에 잘 적응하지 못했다. 여전히 나의 문제이자 현재의 문제라고 생각한 것이다. (1980년대의 바스크인들, ETA가 지배하는 곳처럼) 내가 전혀 모르는 상태에서 토마스를 파견했을 거라는 생각이 들었던 또다른 무대로는 소련, 쿠바, 동독 등이 있었다. 황당하긴 하지만 게다가 더 위험할 수도 있지만 이런 곳들은 그렇게 공포심을 불러일으키지는 않았다. 이런 곳들은 최소한 주민들이 폭압적인 지배를 받고 있으니 그가 직접 개입하는 일은 없을 거라는 생각을 한 것이다.

1988년 3월 19일, '상병 살해 사건'으로 알려진 끔찍한 일이 일어났다. 관련자, 희생자, 사형집행인, 증인들은 이 사건을 영어로 'corporals killings'라고 불렀다. 테러를 일으키려다 영국군에 의해 사살된 IRA 조직원 세 명의 장례식이 3일 전 벨파스트에서 거행되었는데, 마이클 스톤이라는 이름의 얼스터 민병대가 장례식에 참가한 사람들을 권총과 수류탄으로 공격했다. 여기에서 다시 IRA 조직원 3명을 죽였는데, 그 중엔 영어로는 케빈 브래디라는 이름을 가진 퀴빈 맥 브라다이Caoimhín Mac Brádaigh가 있었다. 19일 이 사람의 장례식이 긴장과 분노, 공포와 경계심으로 가득찬 분위기에서 열렸다. 지나치게 열기가 고조되는 것을 막기 위해 경찰은 자리를 비키고 장례식을 감시하지 않기로 결정했다. IRA와 IRA 임시파 조직원 상당수가 질서를 세우는 임무를 맡았다. 여기엔 TV 방송국 스태프를 포함해 상당히 많은 신문기자가 참석했다. 우연인지 아니면 가장 최근의 명령을 전해 듣지 못해서 그랬는지는 모르겠지만, 민간인 복장을 한 영국군 상병 두 명이 은색 폭스바겐 파사트를 타고 검은색 택시를 따라 장례식이 거행되는 곳을 가로지르는 것이 보였다. 군중들은 차량에 타고 있던 사람이 3일 전 브래디를 죽인 스톤과 같이 얼스터 민병대 조직원이며 또 공격하려는 거라고 믿었다. 상병이 타고 있던 차량은 어쩔 줄 몰라서 방향을 잃고 후진하려고 했다. 그러다가 보도로 올라가는 바람에 사람들에게 공포와 분노를 동시에 불러일으켰고 장례식 참석자들을 흩어지게 했다. 결국 검은색 택시에 가로막히게 되자, 군중들은 차에 돌진해 유리창을 깨고 두 상병을 끄집어내려고 했다. 그중 한 사람이었던 24살의 데릭 우드는 권총을 꺼내 창문밖으로 내밀고 허공에 공포탄을 쏴 사람들을 뒤로 물러나게 하려고 했다. 그러나 효과는 순간이었고, 대중들의 분노를 더 부추긴 꼴이 되고 말았다. 사람들은 우드와 한 살 아래인 데이비드 하우즈 두 사람을 끌어낸 다음 땅바닥에 쓰러트리고 주먹질과 발길질을 했다. 신문기자는 당시 상황에 대해 두 상병은 길을 잃은 듯이 보였다고 썼다. 그리고 '소리도 비명도 지르지 못했고, 도움을 청하려 했는데 언어를 전혀 이해하지 못하는 외국이었던 탓에 우리 모두를 적으로 생각한 나머지 두 사람은 겁에 질린 눈으로 서로만 바라보았다'라고 묘사했다. 두 사람을 근처에 있던 운동장으로 끌고 간 사람들은 속옷과 양말만 신긴 채 옷을 홀딱 벗겼다. BBC에 의하면 군인들은 고문을 당했다고 했다. 그런데 구속주회* 소속 앨릭 리드 신부가 이를 말리면서 구급차를 불러달라고 하자, 군중은 신부를 밀어재끼며 더 개입하면 총을 쏠 거라고 협박했다. 사람들은 계속해서 군인들을 몽둥이로 구타하다가 담장 너머로 던졌다. 그리고는 담

---

* 1732년 이탈리아의 주교 성 알폰소 리구오리에 의해 세워진 로마 가톨릭교회 소속의 기독교 수도회이다.

장 너머에 세워져 있던 런던 택시처럼 공간이 넓은 검은색 차에 두 사람을 태우고는, 전속력으로 그곳을 떴다. 차 안에는 기사와 거의 죽어가는 상태였던 두 상병 외에도 두세 명이 더 타고 있었다. 조수석에 앉아 있던 사람이 의기양양하게 주먹을 휘두르는 것이 두어 차례 창문을 통해 보였다. 지금은 이 모든 상황의 일부분을 유튜브를 통해 볼 수 있다. 텔레비전 제작팀이 영상에 담았는데, 무슨 일이 일어날지 걱정이 된 군중은 촬영을 막아서며 카메라를 거칠게 밀어붙였다. 하지만 어떻게 처리될지 너무 확실한 전리품을 데리고 자리를 뜨던 사람의 주먹 쥔 모습은 똑똑히 볼 수 있었다.

눈에 뻔히 보이는 일은 언제나 금세 이루어진다. 아니 약속을 지키기 위해 서둘렀다는 표현이 맞을지도 모른다. 차는 그리 멀리 가지 않았다. 겨우 200여 미터 떨어진 인적이 끊어진 곳으로 두 사람을 끌고 간 그들은 장례식장에 난입한 사람의 신분을 확인했다. 곧이어 IRA의 벨파스트 여단은 '그들을 처형했다'라고 발표했다. '처형'이라는 개념은 군중들에게 에워싸이자 허공에 총을 쐈던 우드 상병의 시신 상태와는 잘 어울리지 않았다. 그는 온몸에 여섯 발을 맞았는데, 두 발은 머리에 나머지 네 발은 가슴에 맞았다. 거기에 더해 목덜미엔 칼에 찔린 자국이 네 곳이 있었고 다른 곳에도 적지 않게 상처가 있었다. 이 모든 상처는 단 한 명의 차가운 사형집행인의 작품이 아니라 통제할 수 없었던 수많은 사람의 손에서 나온 것이었다. 앨릭 리드 신부는 두 사람의 운명을 예측하고 이를 막고자 뛰어서 차를 쫓아갔다. 그러나 그곳에 도착했을 때는 이미 늦었다. (이 사건이 끝나기까지는 기껏해야 12분밖엔 걸리지 않았다.) 그가 할 수 있었던 것은 죽은 사람, 다시 말해 방금 죽은 사람들을 위한 종부성사뿐이었다. 사진작가는 이 순간을 잡아냈는데, 이 사진은 〈라이프〉지가 지난 50년 동안, 지난 반세기 동안 발표한 사진 중 최고 작품으로 선정되면서 명성을 얻었다. 사진에는 거의 발가벗겨진 채 피로 얼룩진 하우즈 상병의 시신과 그 옆에 일종의 비옷인 지퍼가 날린 아노락을 입고 무릎을 꿇고 있는 신부의 모습이 담겨 있다. 신부는 카메라를, 아니 카메라를 들고 있는 사람을 바라보았다는 것이 맞을지도 모른다. (자신의 참담한 심정을 함께 나누고 이해해줄 다른 사람을 찾았는지도 모른다.) 신부는 자신의 마지막 종부성사가 죽은 두 사람에겐 아무 소용도 없다는 사실을 잘 알고 있다는 듯 무기력하고 허무하면서도 허탈한 표정을 짓고 있었다. 그러나 그가 할 줄 아는 유일한 것은 이것뿐이었고, 종부성사가 필요하다고 생각한 사람도 있었다. 특히나 아무 대안도 없는 이 마당엔 말이다.

이 사진이 1988년 다시 출판되었을 때 나는 무의식중에 예전에 이야기했던, 그렇지만 인터넷에서조차 다시는 찾을 수 없었던 다른 사진을 떠올렸다. 어떤 점에선 이 사진이 더 나을지도 모르겠다. 예전의 그 사진은 정말 감내하기 어려웠다. 군중이나 폭도들이 사람을 죽일 때는 언제나 먼저 옷을 찢는다. 모욕하려는 의도인지 단순히 화가 나서 그런 것인지, 그것도 아니면 무슨 일이 닥칠지 미리 경고하기 위한 것인지, 동물 취급을 하려는 것인지 알 수 없었다. 이미 일어나 과거에 속한, 그것도 먼 과거에 속한 이 사건을 '예감'이라는 단어로 이야기할 수 있을지는 잘 모르겠지만, 두 상병이 학살당한 사진을 본 다음부턴 다시 불길한 예감이 들었다. 가끔 북아일랜드에서 벌어지는 대중의 분노를 보면 나는 토마스가 그곳에 있었을 것 같다는 생각을 떨칠 수 없었다. 자신을 아일랜드인으로 위장했을지도, 한 걸음 더 나아가 한동안 IRA 조직원을 자처했을지도 모른다는 생각이 들었다. 잠입하는데 필요한, 그들을 파악하여 훗날 고발할 수 있을 정도로 IRA 조직원들의 신뢰를 얻었다고 하더라도, 정체가 드러났다면 두 상병이나 여타 영국군, 혹은 IRA 조직에 잠입한 다른 요원들, 다시 말해 정보원들이 겪은 것과 별반 다르지 않은(아마 더 심한) 고문을 받았을 것이다. 벌거벗긴 채 으스러진 그의 시신은 본보기나 경고, 메시지나 힘의 과시용으로 전시되진 않았을 것이다. 그렇지만 신부가 저 세상으로의 여행을 도와줄 수 없었을 테고, 아무도 모르게 감쪽같이 달도 없는 밤에 숲 한가운데 묻혔을 것이다. 바다나 북아일랜드에서 가장 큰 네이Neagh 호에 다시는 떠오르지 못하도록 무거운 추를 달아 던져버렸을지도, 개나 돼지의 먹이가 되었을지도 모른다. 토막 내 화장해서 재로 날려보냈을 수도 있다. 재는 멀리멀리 날아가 결국 노인의 소매에 내려앉았을 테고, 노인은 이것을 다시 불어 날렸을 것이다. 완벽하게 이 세상에서 사라지게 했을 것이다. 여기에 더해 명령을 내린 상관들과 친척들에게 추가로 벌을 주기 위해 그를 빼앗아 간 것이 틀림없다. 그렇게 아무것도 모르는 채 멀리 떨어져 있는 아내인 베르타 이슬라, 즉 나에게서 그를 빼앗아 간 것이 분명했다. 그에게 동정심은 보이지 않았을 테고, 오히려 분노만 보였을 것이다. 우주에서 완전히 추방해버렸을 것이다. 단 한 번도 땅을 밟은 적이 없는 것처럼, 세상을 살아간 적이 없는 것처럼 그의 유류품과 흔적까지 날려버렸을 것이다. 역사에서 흔히 볼 수 있듯이 도시를 완전히 밀어버리고 사람들을 몰살해 후손조차 남기지 못하게 한 것과 똑같은 방식으로 말이다. 사형집행인이 원했던 것처럼 두 번 이상 죽일 수는 없기에 모든 흔적을 제거하고 기억을 지우는 벌을 내렸을 것이다. 건강에는 좋지 못한 것이지만 장소에 대한 증오, 완전히 부숴 땅을 평평하게 밀어버릴 정도의 공간에 대한 증오도 있는 법이다. 그리고 살아온 자취에 대한 증오도, 사람에 대한 증오도 있다. 사람을 죽이는 것으로 끝나지 않고 그 혐오스러운 존재가 남긴 발자취 전부를 지워버려야만 끝이 나는 것이다. 그가 태어나지도 않고, 삶을 살지도 않았으며, 당연히 죽은 적도 없고 그 어떤 삶의 여정도 밟지 않은 것처럼, 좋은 일도 그렇다고 나쁜 짓도 하지 않은 부분은 철저하게 지워졌다. 하얀 백지거나 해독할 수 없는 비문이었다. 아무런 기록도 남기지 않은 사람, 다시 말해 존재한 적이 없는 사람 같았다. 이것이 토마스의 운명이었을 수도 있다. 일어난 일과 일어나지 않은 일이 뒤섞인 안개 속으로 시간의 뒤안길로 가라앉아버렸고, 바다의 목구멍으로 빨려들어갔다. 한 줄기 풀잎, 먼지 한 톨, 순간의 섬광, 여름날 벽을 기어오르던 도마뱀, 사그라진 연기와 같은 존재였다. 분명히 내리긴 했는데 쌓이진 않은 눈과 같은 존재.

나는 1988년에 느꼈던 두려움, 그 전에 느낀 두려움, 킨델란 부부로 인한 두려움, 북아일랜드와 아일랜드에 대한 두려움에 대해 시아버지인 잭 네빈슨에게 털어놓고 이야기할 수 없었다. 아마 이런 이야기를 했다면 그를 의심하게 만들 수도 있었고, 확신을 갉아먹게 할 수도 있었다. 이미 늙어 혼자가 된 그에게 이것이 무슨 의미가 있겠는가. 늙어 혼자가 된 경우, 환상은 아니라는 전제하에, 아무리 무의미한 사소한 것이라도 잡을 수만 있다면 잡아야 한다. 두어 달 뒤에 세상을 떴을 때, 그에게 한마디도 하지 않았다는 사실이 너무 뿌듯했다. 덕분에 잠옷을 입고 침대에서 쓰러졌을 때도, 여전히 그의 신비에 싸인 막내아들이 아직 살아 있으며, 비록 자기는 볼 수 없을지라도 언젠가 돌아올 거라는 생각을 가지고 세상을 뜰 수 있었다. 그의 죽음으로 내가 더 외로워졌을 때는 (나에게 와 잠시 내 곁에 머물다 떠난 사람들과 아이들이 언제나 나와 함께 있어주었지만) 가끔 그의 밑도 끝도 없는 감정과 신념에 전염된 것 같은 느낌을 받았다. 1988년은 이미 연기가 되어 날아갔고, 이와 함께 벨파스트에서 우드와 하우즈 상병에게 일어났던 일도, 다시 말해 장례를 치르던 사람들에게 린치를 당했는데도 여기에 만족할 수 없었던 사람들에게 여섯 발의 총알과 네 번의 칼부림으로 열 번씩이나 죽어야만 했던 사건도 연기가 되어 흩어졌다. 그랬다. 그 망상은 멀어져갔지만, 반대로 시아버지가 했던 말은 여전히 내

귓가에 남아 있었다. 한번 뿌리를 내린 후론 반작용으로 굳어진 행동이 된 일종의 터부(예를 들어 나무를 만지거나, 예전의 성호 긋기처럼) 때문에, 특히 오후가 되거나 저녁 무렵 그리고 내가 잠에서 막 깨어난 아침이면 나는 언제나 발코니에 나가 지켜보았다. 쌍안경은 쓸 때도, 안 쓸 때도 있었다. 시간과 고통 탓에 엄청나게 변했을 친숙한 사람을 언젠가 보게 되지 않을까 하는 희망에 디에고 벨라스케스의 〈시녀들 Las Meninas〉이 그려진 오리엔테 광장, 산 킨틴 거리, '수학의 집 Casa de las Matemáticas'가 자리 잡고 있던 레판토 거리, 엥카르나시온 광장, 엄청나게 많은 사람이 찾던 마드리드 왕궁 앞 공터 등을 열심히 지켜보았다. 나와 함께 지낸 시간보다 더 멋진 삶을 살았을지도, 다른 부인과 아이들이 있을지도 모른다. 토마스는 한마디로 신비의 인물이었고, 키메라의 왕국에선 모든 것이 가능했다.

VIII

"사우스워스 선생님, 선생님은 20년 전 결정을 내려야 했던 순간에 제가 얼마나 고민하고 생각에 생각을 거듭했는지 상상도 못 할 겁니다. 그렇죠?"

톰 네빈슨은 과거의 지도교수였던 사우스워스에 비해 그다지 어리다고는 할 수 없었다. 하지만 20년 전처럼 여전히 그에게 정중하게 대했다. 세상에는 위계를 바꾸는 것이 불가능한 관계가 있었다. 예를 들어 교수와의 관계 같은 것이 그랬다. 특히 당시엔, 교수와 학생 사이에 이런 연속성을 인정하지 않는다면 다시는 서로를 만날 수 없었다.

"무슨 생각을 했나?" 사우스워스 씨는 궁금하다기보다는 그를 존중한다는 의미로 물어보았다. 사전 통보도 연락도 없이 불쑥 찾아온 중년 남자 탓에 그는 마음을 가라앉힐 수 없었다. 생각지도 못했던 기습 방문을 한 남자는 기억하고 있던 모습과는 전혀 달랐음에도 자기가 토마스 네빈슨이라고 주장했다. 사우스워스 씨는 이른 나이에 거의 백발이 되었지만, 이것만 빼면 그다지 바뀐 것은 없었다. 그는 여전히 성 베드로 대학에서 제공한 숙소에서 살고 있었고 다리 주변으로 폭포처럼 떨어지는 교수들의 검은색 예복의 주름도 엉키지 않도록 능숙하게 다뤘다. 그는 새롭게 다가올 분노에 찬 21세기를 예고하는 90년대에 들어서면서부터는, 학생들이 별로 달갑게 여기지 않았음에도 수업하거나 강좌를 시작할 때엔 고집스럽게 예복을 갖춰 입었다. 권위주의와 엘리트주의의 특성이기도 했다. 예의를 차리고 상대와 차이를 두려고 하는 것은 요즘 사람들의 눈살을 찌푸리게 하고 불쾌하게 만들기에 충분했다. 그러나 사우스워스 씨는 얼마 뒤 피터 휠러 경이라는 작위를 받은 휠러 교수만큼이나 여전히 정중했고 품위가 있었으며 현명했다. 그뿐만 아니라 태어난 순간부터 희생양으로 길러졌기에 언제나 쉽게 조종할 수 있는 대중을 굳이 만족시키려 자기 본모습과는 다른 행동을 할 생각은 전혀 없었다. 여권, 평계, 존재의 원동력이나 마찬가지인 열등감을 자극하여 언제나 쉽게 사주할 수 있었기 때문인지도 모른다.

"미래를 내다보는 혜안이라고 한다면 선생님께선 조금 과장되었다고 하실 겁니다." 톰 네빈슨이 대답했다. "그러나 그 결정이 제 인생을 결정하리라는 것을 저는 잘 알고 있었습니다. 정말 그렇게 되었고요. 이어지는 며칠, 몇 달, 몇 년이 아니라, 그 순간부터 남은 제 여생 전부를 결정하리라는 것을 말입니다. 인생을 막 출발하려고 할 때, 선생님은 저를 알게 되었습니다. 그 당시 제가 어땠는지 기억이 나시겠죠. 그렇지만 선생님은 제가 지금 어떤 상태인지 전혀 모를 겁니다. 제가 생각했던 것, 수도 없이 반복해서 생각했던 것은 이것이었습니다. '지금 이 모습이 영원히 이어질 거야. 지금과는 다른 내가 될 테고, 나는 소설 속 인간이 될 거야. 멀리 갔다가 다시 되돌아오는 그런 유령이 될 거야. 결국, 그대로 이루어질 거야, 나는 바다가, 눈이, 바람이 될 거야.' 저는 이를 확인하기 위해 끝도 없이 되뇌었지요." 그는 잠시 입을 다물고, 불안정하긴 했지만 강렬한 시선으로 주변을, 아주 오래전 수업을 듣던 책들로 가득찬 아담한 방을 둘러보았다. 오랜 방황 끝에 돌아왔는데도 전혀 변치 않은 모습에 믿을 수 없다는 표정이었다. 그는 앞뒤 맥락을 모르는 사우스워스 씨에겐 자기 말이 전혀 의미가 없을 거라는 사실을 깨달았다.

당시 톰은 그에게 그다음 날 있었던 휠러 교수와의 전화 통화에 대해 알리지 않았던 것 같다. 알렸더라도 아주 조금밖엔 말하지 않았을 것이다. 채용 담당자였던 투프라와 블레이크스톤을 만난 일, 그리고 이들이 강제한 조건에 대해서도 한마디도 하지 않았다. 조건 중 하나는 당장 합류하라는 것이었고, 또다른 하나는 아무에게도 이야기하면 안 된다는 것이기 때문이었다. 비밀정보부에서 일하게 되어 훈련받기 시작하면 그 순간부터 모든 것이 비밀이었다. 며칠 후 네빈슨은 사우스워스 씨에게 작별 인사를 하러 들렀고 자기가 안고 있던 문제의 시작부터 속속들이 알고 있었던 그에게는 이렇게 말할 수밖에 없었다. '선생님 말씀이 옳았어요. 대단히 감사합니다. 휠러 교수님이 저에게 도움을 주셨어요. 좋은 조언을 해주셨고 덕분에 모든 문제가 해결되었어요. 경찰이 더는 나를 괴롭히지 않을 거예요. 내가 그 불쌍한 아가씨의 죽음과는 전혀 상관이 없다는 것을 알았을 테니까요.' '그럼 모스 형사는?' 사우스워스는 그에게 질문을 던졌다. '능력도 있고 꼼꼼한 것 같던데.' '걱정하지 마세요. 그 사람 문제도 잘 해결했을 거예요. 법률적인 자문도 받았어요. 그리고 휠러 교수님은 설득력이 있으니까요.' '그 사람을 만났을까?' '잘은 모르겠지만, 제 생각엔 아마 만났을 거예요.' 사우스워스 씨는 신중한 사람이었다. 고집을 부리는 성격도 아니었고 함부로 말을 뱉는 사람도 아니었다. 만일 무슨 일이 있었다면 그는 '피터'라고 부를 정도로 가까웠던 휠러 교수에게 물어봤을 것이다. 아무튼, 일주일 후 테일러 도서관 휴게실에 혼자 있던 교수를 만났을 때 토마스는 실제로 이 질문을, 즉 모스 형사를 만났는지를 물었다. 그러나 휠러 교수는 자세하게 설명하려들지 않았다. 이미 지나간 사소하고 진부한 일인 것처럼 이야기했다. '아! 네빈슨. 아무것도 아니야. 실수이자 오해야. 괜히 난리를 핀 셈이지. 스타키의 비호하에 자네는 마드리드로 돌아가게 될 거야. 곧 가게 될 걸세.'

자기가 톰 네빈슨이라고 이야기하는 남자의 말은 분명해 보였다. 누가 20년이나 지난 다음에 불쑥 찾아와 그런 멍청한 거짓말을 해가며 제자인 척하겠는가. 별로 젊지 않았던 남자는 세인트 피터스 거리의 집에 나타나 불길이 이는 듯한 눈빛으로 화가 잔뜩 난 표정을 지었다. 방금까지 환상을 보았거나 깊고 긴 거짓의 동굴에서 빠져나온 듯한 사람의 모습이었다. 수난 의 길에서 빠져나온 건지, 끔찍한 시련을 극복한 것인지도 몰 랐다. 사우스워스 씨는 전혀 감을 잡을 수 없었다. 그러나 침착 하게 말을 이어갔다. 어디에서부터 시작해야 좋을지 알 수 없 었고, 입을 떼기가 너무 힘들었다. 한번 시작하면, 아무리 성급 했다손 치더라도, 아무리 논리가 서지 않더라도 쉽게 그만두진 않을 것이다.

"그 일 바로 직전에 봤던 시구 두 구절이 생각납니다. '정지된 공기 속 먼지는 한 이야기 끝나는 곳을 표시하고.'" 다음 구절로 넘어가기 전, 엄청난 다독 덕분에 탁월한 교양 실력을 갖춘 사 우스워스 씨는 자연스럽게 그 시의 출전을 밝혔다. 성경의 구절 을 알아들은 사람처럼 잘난 체 하는 어투도 아니었다.

"나도 알지! 엘리엇이야. 내 기억이 잘못되지 않았다면《리 틀 기딩》에서 나왔을 거야."

"맞습니다. 끝까지 읽은 것은 아닌데 건너뛰다 우연히 그 구 절을 읽게 되었죠. 처음부터 끝까지 완벽하게 외우게 된 지도 꽤 되었어요. 이 구절도 생각해봤어요. '내 이야기는 여기에서 끝난다. 무엇이 나를 기다리고 있을까. 나는 지금, 이곳에 있고, 지금은 영원하기 때문이다. 이것은 공기의 죽음이다. 그러나 그는 살아남는다.' 사우스워스 선생님, 이걸 제가 생각해낸 거 예요. 행운이면서 불행이었죠."

"그것도 엘리엇에서 나온 것 맞지?"

토마스는 이번엔 확인해주지 않았다. 자기 이야기에 빠져 조금 흥분한 상태였다. 잠깐 눈동자가 초점을 잃고 헤매더니 금세 다시 원래대로 돌아왔다. 그는 광채가 번득이는 두 눈으로 선생과 주변을, 꺼져가는 내면을, 어떤 기억을, 다사다난했던 일을 바라보았다. 아무것도 바라보지 않았는지도 모른다.

"사우스워스 선생님, 저는 그 죽음에서 살아남았습니다. 죽은 공기에서 살아남았지요. 저는 그것을 잘 알고 있고, 이젠 이야기도 할 수 있습니다. 저도 그것을 경험했으니까요." 마음의 동요에도 불구하고 땀은 흐르지 않았지만 그는 주머니에서 손수건을 꺼내 이마와 관자놀이를 훔쳤다. 깨끗하게 접혀 있던 손수건은 땀을 훔쳤음에도 여전히 깨끗했다. "삶이 아직 떠나려고 하지 않을 때는 삶을 끝내기 어려워요. 사람을 죽이기 전까지, 삶이 아직은 그를 포기할 때가 아니라고, 아직 물러날 때가 되지 않았다고 결론을 내렸을 때는 사람을 죽이기 어렵지요. 그 결론에 강한 의지로 있는 힘을 다해 저항한다면 사람을 죽일 수 있을까요? 상대에게서 공격을 받았을 경우, 그 의지가 얼마나 강해지는지 선생님은 모를 겁니다. 여기 옥스퍼드에만 있으면 알 수가 없죠. 이곳은 평화로운 곳이고 우주 밖에 존재하니까요."

사우스워스 씨는 처음에 느꼈던 불편함과 놀람은 잠시 접어두고 언어에 대한 탁월한 재능 때문에 재학 중 자기를 비롯한 수많은 교수의 관심을 받았던 젊은이와 자기 앞에 앉아 있는 남자를 나란히 놓아보려고 노력했다. 앞에 있는 남자는 40대로 보였다. (그를 마지막으로 본 지 족히 20년은 되었을 것이다.) 턱수염과 콧수염 모두 희끗희끗했고, 몸집과 얼굴은 모두 예전보다 커져 있었다. 군데군데 흰머리가 눈에 띄었고 숱도 그리 많지 않았다. 뒤로 빗어 넘긴 머리카락은 더는 나이를 감출 수 없었다. 청년 시절 상큼했던 모습은 이미 사라진 지 오래였다. 옛날 아이들 만화 속 인물처럼 코는 납작해졌고, 사각턱은 사다리꼴로 변했다. 회색 눈도 너무 고통을 받은 탓인지 예전의 이따금 번득이던 광채를 잃고 탁해진 것이 눈에 띄었다. 불안하긴 했어도 총기 있었던 예전의 두 눈도 어딘지 모르게 초점이 흐리고 풀려 있었다. 변하지 않은 것이 있다면 그것은 살집이 두툼한 입과 입술 선이었다. 물론 이것도 턱수염이 가리고 있어서 그런지 붉은빛과 통통함이 예전 같진 않았다. 이마에는 깊은 가로 주름이 생겼고 뺨에는 입술 왼쪽에 수직으로 그어진 오래된 흉터가 남아 있었다. 사우스워스는 문득 그것이 언젠가 피터가 이야기해준 1941년 스코틀랜드 서부 해안의 '아일럿호 Loch Ailort'에서 훈련을 받던 중에 자동차 사고로 생겼다던 그의 지울 수 없는 흉터와 비슷하다는 생각이 들었다. 네빈슨 역시 시간이 지날수록 그 흉터가 옅어지긴 하겠지만(완전히는 아니어도 어느 정도는 옅어질 것이다) 두 사람이 똑같은 곳에 똑같은 방향의 상처를, 다시 말해 턱 끝에서 대각선으로 가로지르는 상처를 입었다는 것에 정말 묘한 기분이 들었다.

새롭게 등장한 네빈슨은 조금은 일관성이 없는 이야기를 빠르게 전개했다. 그러나 차분하고 침착한 그의 언어는 맺고 끊는 데가 분명했고 흐름을 엉뚱한 곳으로 끌고 가지 않았다. 명확하고 깔끔하긴 했지만 분명히 산만한 구석도 있었다. 기억을 되살리자 불안하고 초조한 듯한 면과 뭔가 늘어진 데가 있으면서도 예전과는 달리 내적으론 엄혹한 면을 동시에 비추고 있다는 생각도 들었다. 예전에는 가볍고 빈정거리는 말투였는데, 지금 눈앞의 남자에게선 묵직함과 분노가 느껴져 농담할 여지가 보이지 않았다. 그 문제를 생각하지 않은 지도 오래되었다. 모스의 방문 이후 그를 보호하고 싶다는 생각에 매달렸던 것과 그가 얼마나 겁에 질려 있었는지 어렴풋하게 기억나기 시작했다. 충격적인 사건 때문에 톰은 완벽하게 방향감각을 잃고 위축되고 공포에 질려 있었다. 전날 밤 함께 잠자리를 가졌던 젊은 여자가 그와 헤어진 지 얼마 되지 않아, 다시 말해 그가 그녀의 집을 나온 지 얼마 되지 않아 살해되었다는 소식을 들은 탓이었다. 이름이 뭐죠? 경찰관 모스는 그 이름을 언급했었다. 이제야 기억이 났지만 놀랍게도 톰은 그때까지 그녀의 성을 알지 못했다. 워터필드서점에서 일하던 여자로 성과 이름이 J로 시작했던 것 같은데, 조안 제페슨인지, 제인 젤리코인지, 아니면 재닛 제퍼리스인지 잘 기억나지 않는다고 했다. 신문에서 이와 관련된 기사를 단 한 줄도 본 적이 없었는데, 이에 대해 이상하다는 생각도 하지 않았다. 사우스워스 씨는 신문을 별로 보지 않았을 뿐만 아니라 종일 대학에서 시간을 보내며 전공 공부와 학생들과의 개인 면담 그리고 세미나 수업 참석 등에 주로 매달렸고 남는 시간이 있으면 연구와 독서에 쏟아부었다. 옥스퍼드와 옥스퍼드에서 지내는 사람들 모두 사소한 일에 매달린다. 그들이 우주 밖에서 살고 있다는 것은 분명한 사실이었다. 그리고 며칠 후 톰은 모든 것이 다 잘 정리되었다고 이야기했다. 사우스워스 씨는 동료 대부분과 마찬가지로 대학 밖에서 일어난 일은 자기와는 전혀 상관이 없는 양, '자기들만의 모임' 밖 세상에 대해선 전혀 관심이 없는 사람이었다. 덕분에 그 일은 금세 잊어버렸다. 죽은 여자는 잘 알지도 못하는, 얼굴 한 번 본 적이 없는 여자였다. 하긴 모든 여자가 그에겐 다 똑같아 보였다. 제자에게 영향을 비치지 않았다면 그것은 맨체스터나 파리 그리고 바르샤바에서 일어난 범죄만큼이나 자기와는 아무 상관도 없다고 생각했을 것이다.

앞에 앉아 있는 이 남자라면 이렇게 가까운 곳에서 사건이 일어났는데도 별로 놀라지 않았을 것이다. 잔인하게 살해된 여자의 죽음과 여기에 자기를 엮으려는 경찰관의 질문에도 말이다. 최소한 똑같진 않았을 것이다. E.A. 사우스워스(문에는 이런 식으로 쓰여 있었다)는 지금 '아마' 이런 생각을 할 것이다. '전혀 동요하지 않았을 거야. 지금 이 친구라면 그 사건을 이 세상의, 자기만의 고유한 스타일이 있는 이 세상의 널리고 널린 사건 중 하나라고 생각했겠지. 지금 이해하고 있을 이 세상 말이야. 최근 몇 년 동안 톰은 대체 무엇을 본 걸까?' 그를 뜯어보는 와중에도 사우스워스 씨는 스스로에게 이런저런 질문을 던졌다. '무엇을 했을까? 도대체 이 친구는 무슨 짓을 당했기에 이렇게 냉혹한 인간이 되었을까? 스페인에 외교관으로, 외무부 공무원으로 간다고 했었는데. 여러 나라말을 완벽하게 구사할 줄 알아서 그 분야에서는 잘 나갈 수 있었을 텐데. 그렇지만 이 친구 얼굴은 외교관이나 공무원의 얼굴은 아니야. 완전히 관계가 단절된, 희망이 없는, 완전히 절망한 사람의 얼굴이야. 그리고 어딘가 좀 잔인할 것 같다는 생각이 들어.'

사우스워스 씨는 담배를 꺼내 토마스에게 건넸다. 토마스는 담배를 받아들었다. 두 사람 각자 자기 라이터로 담배에 불을 붙였다. 사우스워스 씨가 입을 열었다.

"톰 네빈슨, 자네 무슨 일이 있었나? 어떻게 지냈어? 어떤 결정을 이야기하는지 잘 모르겠군. 자네 말을 이해하지 못하겠어. 내가 해줄 수 있는 것이 뭔가? 자네가 찾아온 것이 반갑지 않은 것은 아니지만, 이렇게 오랜만에 불쑥 나를 보러 온 이유가 뭔가?"

톰 네빈슨에게 무슨 일이 일어났는지, 누가 그를 어떻게 했는지 자세히 그리고 정확하게 아는 사람은 한 사람도 없었다. 큰 틀에서도 마찬가지였다. 아무도 그가 어디에, 누구와 함께 있었는지, 어떤 일을 했는지, 얼마나 나쁜 짓을 했는지, 얼마나 많은 불행을 겪어야 했는지 알지 못했다. 사실 다른 모든 것도 마찬가지지만 자기 자신에 대한 것은 오직 자기만 알 것이다. 직속상관이자 그를 뽑았고 그의 삶을 멋대로 설계하고 빼앗았던 사람, 투프라, 레레스비, 우레, 던다스 등을 비롯해 다양한 이름을 사용했던 그 역시 블레이크스톤과 마찬가지로 별로 아는 것이 없었다. 이론상으로는 그가 마지막까지 봉사했을 아주 고위직 상사들, 예컨대 존 레니 경, 모리스 올드필드 경, 딕 프랭크스 경, 콜린 피겨스 경, 크리스토퍼 커웬 경, 콜린 맥콜 경과 같은 사람들은 막연하게나마 뭔가를 알고 있을 수도 있다.

그러나 그가 1994년부터 1999년까지 비밀정보부 부국장을 지낸 데이비드 스페딩 경으로부터 원거리 명령을 받고 있었을 거라고는 보기 어렵다. 그는 이런 사람들은 단 한 사람도 만난 적이 없었을 테고, 그들 역시 그의 구체적인 활동에 대해선 어느 정도 거리를 두고 있었을 것이다. 그들은 다양한 분야에서 일어나고 있는 일과 그곳의 부하들을 다루는 방법에 대해선 별로 알고 싶어 하지 않았을 것이다. 될 수 있으면 자기 사무실과 멀리 떨어진 곳에 놓고 부리고 싶었을 것이다. 꼭대기에서 지시한 다음 일정 시간이 지나면 지시 사항이 잘 이루어졌는지 살펴볼 뿐, 누가 어떻게 일을 했는지는 전혀 신경쓰지 않았을 것이다. 중간 관리자들이 그들을 어둠 속에 숨을 수 있게 감춰준 것에 대해, 불길하고 재수 없는 세부적인 문제로 카펫을 더럽히지 않고 관계를 끊을 수 있게 해준 것에 대해 고맙게 생각했을 것이다. 허락이나 의견을 구하지 않고 각자 자기 방법으로 해결한 것에 대해, 아무도 모르는 어두운 장막 뒤에 숨어 있을 수 있었던 것에 대해서도 덕분에 어떤 작전이나 조치가 실패해 문제가 야기되고 시끄러워져도 책임을 면제받을 수 있어 마찬가지로 고마워했을 것이다. 그들은 자기가 연루되지 않도록 처리하라고 요구했을 것이다. 개인적으로 네빈슨을 알게 될 위험성이 있는 사람이 있는지, 네빈슨이 쓸모가 있는지, 탁월한지, 블레이크스톤 윗자리의 중간 관리자까지 승진했는지, 아니면 계속해서 투프라 아래에 있었는지, 투프라라는 인간은 부하 직원이 자기를 앞지르는 것을 허용하는 사람인지 따위에 관심을 가진 사람은 없었을 것이다. 토마스 네빈슨이 어떤 계급까지 올랐는지 아무도 모르고 있었다. 군사정보국 외부에 있는 사람 아무도 이것을 이해할 수 없다.

그가 가장 많이 이야기를 나눴던 사람은 사우스워스 선생님이었지만, 선생님의 질문에도 그는 답을 하지 않았다. 무슨 일이 일어났는지, 그 당시 그가 무슨 짓을 당한 건지 한마디도 하지 않았다. 물론 그가 던지는 질문 혹은 말하는 방식은 의례적인 것이었다. 게다가 20년 이상의 공백에 대해 금세 털어놓는 사람은 없고 그럴 생각조차 하지 않는 사람이 대부분이다. 그뿐만 아니라, 존재하지 않고 지어낸 사람에 대해 쓰인 소설이 아닌 바에는 그 이야기를 들어줄 사람도 없다. 다시 말해 길고 긴 이야기에 귀 기울이기가 그리 쉽진 않다. 그래서 토마스는 학생 신분이었던 때와 막 학교를 떠났을 적에 있었던, 즉 옥스퍼드를 떠나기 직전에 일어났던 일을 최대로 짧게 줄여 이야기했다.

"물론 선생님은 모를 겁니다. 시작이 어땠는지도 모를 테니까요." 이 말을 하고선, 이야기가 시작되었다는 것을 의식했는지 톰 네빈슨은 한 차원 더 차분해지면서 다시 한번 자세를 가다듬고 집중하는 모습을 보였다. 뭔가를 설명하고픈 사람에게서 자주 볼 수 있는 모습이었다. 특히 조금이라도 이해를 도울 수 있게끔 설명해야 하는 경우에 흔히 볼 수 있는 모습이었다. "그 일이 있었던 날 저는 선생님께 모든 일이 다 정리되었다고 이야기했습니다. 그 범죄의 용의에서 벗어났다고 말이지요. 기억나실 겁니다. 저와 함께 있었던 날 밤, 목 졸려 죽었던 재닛 제퍼리스라는 아가씨 사건에서요. 그 사건은 저에겐 불리한 방향으로 그려졌지요. 기억나세요? 용의선상에서 벗어났다고 말씀드렸는데. 어떻게 그렇게 되었는지는, 교환조건이 무엇이었는지는 말씀드리지 않았지요. 조건 중에는 철저하게 비밀을 지켜야 한다는 비밀 유지 조항이 있었거든요. 아직도 그 조항에 얽매여 있긴 하지만, 이젠 털어놓으려고요." 그는 휠러 교수가 무엇을 추천했고 '능력 많은 남자'라는 투프라와의 만남을 어떻게 주선했는지 털어놓았다. 블레이크스톤을 대동한 투프라가 블랙웰서점에 어떤 식으로 모습을 드러냈는지, 무엇을 제안했는지, 왜 그렇게 신속하게 결정을 내려야 했는지도 이야기했다. 너무나 선명하게 기억나는 그 순간, 반평생 반복적으로 떠오르던 그 순간에 대해서.

"그때부터 자네가 비밀정보부를 위해 일하고 있다는 사실을 지금 내가 알아야 하나? 최근까지 나는 자네가 마드리드 주재 대사관과 외무부에서 일하고 있다는 소식을 듣고 있었는데." 의심과 농담 그리고 묘한 두려움이 뒤섞여 사우스워스 씨의 어조가 갑자기 묘하게 바뀌었다. 대학 생활이 주는 평화를 누리는 입장에서, 다시 말해 우주와 멀리 떨어진 그의 위치에선 그런 일은 꿈에도 생각할 수 없다는 표정이었다. 톰의 심란한 표정을 보아 그가 꾸민 것이 아니라 정말 진지하고 극적인 이야기를 하고 있다는 사실을 고려하지 않았다면 그는 톰이 자기를 놀리고 있다고 생각했을 것이다. 사실 톰은 자기 상황이나 자신에 대해선 절대로 농담을 하지 않는 사람이었다. 젊은 날의 경박함은 나이와 함께 흔적도 없이 사라진 지 오래였고 성격조차 변한 것 같았다. 지금은 무거운 짐을 진 채 억지로 걸음을 옮기는 내성적인 성격의 피곤함에 지친 사람이었다.

"맞아요. 그곳에 있었어요. 안 믿으실 수도 있지만, 저는 그들과 함께하기로 했거든요. 이것은 사실이에요. 최소한 최근 몇 년 동안은 물론 원 밖에서, 게임 영역 밖에서 지내긴 했지만요. 상황이 그랬어요. 하지만 지금은 아니에요. 이젠 그곳에서 일하지 않아요. 그만뒀거든요. 비밀 유지 조항은 평생 따라다니는 거라 여전히 많은 이야기는 할 수는 없어요. 제가 어디 있었는지, 무엇을 했는지는 말할 수 없어요. 선생님께 말씀드릴 수 있는 것은 보편적인 것뿐이에요. 여러 곳에서 정말 많은 일을 했어요. 물론 몇 가지 그런대로 쓸모 있는 일도 있었지만, 대부분 추악하고 더러운 짓이었어요. 다른 시절의 내가 자랑스러워했던 것만큼의 일이 있는지 모르겠네요. 젊은 시절엔 스스로에 대해 만족했으니까요. 회사에만 매달려 살다 보니 참기 어려운 시절도 있었어요. 누구나 필요한 일만 하게 되어 있어요. 일에만 매달리고 생각을 하지 않지요. 전망도 없고, 전망을 가지려고 노력하지도 않죠. 뭔가를 할 때는 이것이 더 나을 수도 있어요. 위험으로 가득찬 절박할 수밖에 없는 하루하루를 보내지만 해결책을 찾아야만 하는 순간이 오면 공허함만 남게 되죠. 명령만 주어질 뿐이지 이는 토론할 수 있는 문제가 아니에요. 분석도 할 수 없고요. 어떤 의미에선 편안하게 사는 것일 수도 있지요. 매 순간 무엇을 해야 할지 지시를 받으니까요. 사슬에 얽매여 살아가는 사람들을 이해할 수 있어요. 문제삼을 것이 없거든요. 이것, 저것, 항상 명확한 지시가 내려와요. 하지만 가끔 결과가 명확하지 않을 때도 있어요. 이런 식으로 오랫동안 내가 하는 일에 확신을 가지고 살아왔어요. 가능하면 최대한 효과적으로 임무를 완수하려고만 했지요. 누구든 일을 할 때는 원칙에 맞추는 것이 최선이에요. 일에만 전적으로 매달리는 것이 최고죠. 추상적인 의미에서 나는 국가에, 즉 왕실에 봉사한 거죠. 그렇지만 여왕은 아무것도 모르고 있을 거예요. 불쌍한 여인이죠. 여왕의 입장에선 다행일 수 있겠지만요. 무엇을 위해 자기 이름을 들먹이는지 안다면 그녀는 아마 총을 쏘고 싶을지도 몰라요." 담배를 다 피우자, 그는 이번엔 자기 담배를 꺼내 과거에 선생님이었던 분에게 담배를 권했다. 그러나 사우스워스 씨는 두 대를 연거푸 피우고 싶진 않았다. 그 순간 그는 토마스가 예전에 피웠던 담배가 마르코비치였다는 것이 떠올랐다. 모스 경관은 여기에 관심을 보였었다. 이젠 생산하지 않아서인지 네빈슨은 자주 볼 수 없는 독특한 상표의 '조지 카렐리아스 앤 손스'라는 담배를 가지고 있었다. 상표의 성을 보니 그리스어인 것 같았다. 토마스는 담배에 불을 붙이는 동안 잠시 입을 다물었다. 불을 붙이는 데 걸리는 시간보다는 조금 더 시간을 끌더니, 다시 말을 이었다. "물론 두 가지 악 중의 하나를 선택해야 할 때도 있었습니다. 다시 말해 어떤 방향으로 나가야 할지 결정해야 할 때였죠. 저를 가장 괴롭힌 것은 동료 세 명의 죽음에 가담한 것이었습니다. 물론 정확하게 동료는 아니었고 알지도 못했죠. 그렇지만 같은 나라 사람이었고, 영국 군인이어서 같은 편으로 싸운 것은 사실이니까요. 저는 그들을 희생시켰어요. '희생'이란 개념을 사용할 수밖에 없어요. 경고도, 알려주지도 않고 죽게 놔두었으니까요. 잘 아시겠지만, 입을 닫는 수밖엔 달리 방법이 없었어요. 그뿐만 아니라, 흥분한 척하면서 처형에 협력할 수밖에 없었지요. 장기 작전을 망치지 않는 것이, 의심을 사거나 발각되지 않는 것이 더 중요했거든요. 제가 가담하는 것을 거부하고 꺼리는 것 같은 눈치를 보였다면, 테러에 미친 듯이 날뛰는 모습을 보이지 않았다면 누군가가 저를 불신의 눈으로 지켜봤을 겁니다. 아니 그보다 더 나쁘게는 악의적인 감정으로 봤을 거예요. 그리고는 결국 저도 죽였을지도 모르죠. 사람들은 누구나 다른 사람보다는 자기를 먼저 생각하게 되어 있어요. 이것은 쉽게 증명할 수 있지요. 자신의 생존문제가 달려 있다면 명령도 따르지 않을 수 있다는 걸 말이지요. 명령이 떨어질 때까지 기다리지 않을 수도 있어요. 분명히 결과를 중시하지만. 결과는 그 순간 나중에 생각하게 되는 거예요. 그뿐 아니에요. 사냥의 대상이 되면 임무고 뭐고 없어요. 가장 중요한 것은 살아남는 것이니까요. 추적당하지 않는 것이 먼저죠. 최소한 제가 직접 죽이진 않았어요. 다행히 그런 권리까진 넘겨받지 않았죠. 그렇지만 만일 누군가가 저에게 죽이라고 했다면 방아쇠를 당겼을 거예요. 달리 방법이 없으니까요. 사우스워스 선생님, 마실 것을 좀 주시겠어요? 입이 바싹 말라서요. 며칠째 잠도 못 자고 있거든요. 비유적인 의미로 말했지만, 사실은 방아쇠는 아니고 기폭장치였어요. 엄청난 폭발을 일으킬 기폭장치요."

사우스워스는 방에 있는 마실 것을 나열하더니 자리에서 일어나 조그만 냉장고에 넣어두었음에도 그다지 차갑지 않았던 백포도주를 따라주었다. (아침 9시 반은 술을 마시기엔 이른 시간이었다. 그러나 몇 안 되는 마실 것 중에서 토마스 네빈슨은 하필 이것을 골랐다.) 사우스워스는 자기가 잘 이해했는지 되물었다.

"자네는 침투조였나? 두더지였어? 자네가 했던 일이 이런 거야? 자네는 북아일랜드에서 있었던 일을 말하는 것 같은데."
사우스워스 씨는 이 모든 것이 자기 세계와는 다른 별천지의 황당한 일인 양 믿기 어렵다는 어조였다. 그는 영화도 보지 않았고 텔레비전 드라마도 보지 않았다. 수업하고 있는 스페인을 대표하는 갈도스, 클라린, 파르도 바산, 바예잉클란*, 바로하와 같은 작가들 작품 아니면 읽지도 않았다. 물론 가끔 플로베르, 발자크, 디킨스, 앤서니 트롤럽 등을 기웃거리기도 했다. 그러나 첩보 소설 따위와는 친하지도 않았고, 아이디어를 짜내려고 소설에 의지하는 법도 없었다.

토마스는 마지막 질문엔 대답하지 않았다.
"이런 일만 했던 것은 아니었습니다. 여기저기에서 여러 가

---

* Ramón María del Valle-Inclán y de la Peña(1866-1936). 스페인 98세대를 대표하는 극작가이자 소설가

지 일을 했지요. 장소는 별 의미가 없어요. 언제나 똑같은 일을 했지요. 주로 친구인 척 접근해서 적을 속이는 일을 했어요. 그렇다고 재미없었다는 것은 아니에요. 이런 일은 잘 알게 되면 경우에 따라선 흥미롭기도 해요. 사우스워스 선생님, 축복받은 언어적 재능을 가진 제가 달리 무슨 일을 하겠어요? 무슨 언어든 말하고 싶으면 말하고, 말투까지 똑같이 흉내낼 수 있는 데 말이에요. 기억나시죠? 바로 이 점 때문에 그들이 저를 쓴 거예요. 달리 뭐가 있겠어요. 이것이 중요한 이유였죠. 처음엔 휠러 교수님이 나에게 이 일을 제안했어요. 아무 생각도 없었넌 것 같아요. 그분은 이런 문제에 대해선 SIS, SAS, 그리고 만약 아직도 존재한다면 PWE에 속한 사람들 외에는 아무하고도 이야기하면 안 되는 처지였어요. 교수님은 저에게 왜 오랫동안 당신을 만나러 오지 않았는지 물어봤지요. 휠러 교수님이 어느 정도나 책임이 있는지 알고 싶어 여기 온 겁니다. 선생님은 그분의 친구이니까요. 그분을 잘 알 테고 또 신뢰할 테니까요. 선생님은 교수님을 존경하시잖아요. 지금도 친구 아닌가요? 비록 은퇴한 데다 학과 전면에 있진 않지만 말이에요. 이젠 웨일스 사람이 되었을 것 같은데요. 이안 마이클 정도가 되지 않았을까요?"

"무슨 책임?" 사우스워스 씨가 말을 잘랐다.

"저에게 일어난 일에 대해서요. 그들이 저에게 한 짓에 대해서요. 제 삶을 엉뚱하게 바꿔버린 것에 대해서 말이지요. 이젠 제 삶을 회복하기가 어려워졌어요. 예전에 누렸던 삶 말이에요. 평행선을 달린 시간 역시 흐르고 있었으니까요. 평행선을 달린 시간도요." 그는 깊은 생각에 잠기며 말을 반복적으로 내뱉었다. 포도주를 한 모금 마셨다.

"톰, 자네를 이해할 수가 없네. 자네가 무슨 이야기를 하든, 나는 자네에게 피터, 아니 교수님이 어디까지 책임을 져야 하는지 말할 자격이 없는 것을 어떡하겠나. 직접 교수님에게 물어보는 것이 좋겠네. 이번주엔 옥스퍼드에 계시네. 다음주부턴 오스틴에서 몇 달 정도 보내실 거네. 은퇴한 이후 미국 대학들이 자꾸만 그분을 초대하고 있다네. 덕분에 한 해 중 몇 달은 그곳에서 보내지. 유명 학자로 대접해줄 뿐만 아니라 엄청나게 수입을 올려주고 있거든."

"아니요. 꼭 필요한 경우가 아니라면 그분을 만나지 않을 겁니다. 그렇게 나이 많은 분에게 폭력을 행사하고 싶진 않아요. 이미 80이 넘은 사람인데 뭘 할 수 있겠어요. 한때나마 존경했던 사람에게요. 선생님 판단에 교수님이 그럴 이유가 없다면 그분에게 책임을 묻고 싶진 않아요. 선생님은 이 말이 무엇을 의미하는지 알 수 있을 겁니다."

"폭력을 쓸 건가?" 사우스워스는 별로 진정성도 없어 보이는 그 말에 웃지 않을 수 없다는 표정을 지었다. 그는 포도주를 한 잔 따르고 가운 자락을 휘날리며 다시 자리에 앉았다. "무슨 말을 하는 건가? 자네가 그 일을 그만두든, 빨리 그만두든 그분은 별로 개의치 않을 거라고 생각하네. 최근에 어떻게 지내는지 물어보았는데, 그분은 이렇게 대답했지. '첫 대포를 발사하기 전에 먼저 예포를 쏘듯, 별 고통 없이 운명을 통보해줄 여신 파르카이의 방문을 기다리고 있다네'라고 말이야. 교수님은 죽음이 상당히 다가왔음을 의식하고 계신 것 같더군. 여전히 활동적이고 건강하시긴 하지. 그렇지만 조금씩 생명의 불꽃이 꺼져가고 있다는 생각을 하고 있을 거야. 폭력으로 갑작스럽게 죽음을 맞는 것도 그리 불편하게 생각하진 않을 걸세. 전혀 예상치 못한 것을 오히려 즐길지도 모르지." 옥스퍼드의 재능 있는 인간들은 언제나 빈정대는 면을 가지고 있었다.

"원하신다면 비웃어도 좋아요." 토마스는 진지하게 이야기했다. "그런 표현까진 쓰고 싶진 않았어요. 그리고 언어 차원의 폭력을 말했지 물리적인 것을 이야기한 것은 아니에요. 선생님은 제가 보기엔 언제나 명예로운 분이었어요. 공정하다고 생각했죠. 생각한 것이 있으면 절대 입을 다물지 않는 그런 사람이라고요. 교수님이 어느 정도 알고 있었는지 말씀해주세요. 정확하게까진 알지 못할 수도 있고, 아마 그럴 거예요. 하지만 선생님의 판단이 저에겐 상당히 도움이 될 거예요. 저도 긍정적으로 받아들일 거고요. 선생님은 휠러 교수님에 대해 그 누구보다 더 잘 알고 있어요. 따라서 저도 선생님의 의견에 따를 거예요. 선생님이 교수님과는 별 상관이 없다고 판단하면 교수님을 만나러 가지 않을 거예요. 그렇지만 선생님이 생각하길 교수님이 잘못한 부분이 있다고 한다면 그는 제 방문을 피할 수는 없을 겁니다. 단지 인사만 하려고 가지는 않을 거고요."

"무슨 잘못? 뭘 얼마나?" 사우스워스의 목소리에는 불안함과 당혹감이 묻어났다. "비밀정보부가 자네를 그렇게 아리송한 사람으로 만들었나? 그래, 자네 정말 그런 사람이 된 건가?"

토마스 네빈슨은 새로 농담을 흘렸다.

"나중에는 그런 사람이 될지도 모르지만, 지금은 한 가지씩 이야기하기로 하죠."

"그렇게 길어지지만 않는다면……." 사우스워스 씨가 대답했다. 여전히 농담으로 받으며 시계를 힐끔 바라보았다. "테일러리안 건물에서 12시에 강의가 있네. 자네에겐 운이 좋게도, 오늘 아침의 유일한 수업이야. 지금 수업 준비를 할 건가 말 건가 결정을 내려야 하는데, 사실 매 학기 하는 수업이라 아마 자네도 들었을 것 같아. 바예잉클란을 건너뛰진 않았을 테니까. 미리 훑어보지 않고 들어간다고 해서 별일 없겠지."

톰 네빈슨은 사우스워스 씨를 습관으로부터, 자기만의 세상으로부터, 평온한 리듬으로부터 끄집어내는 것이 그리 쉬운 일은 아니라는 사실을 깨달았다. 처음부터 알아보기 힘든 모습의 화가 잔뜩 난 말라깽이의 모습으로 갑자기 들이닥쳐 횡설수설하면 목적을 쉽게 이룰 수 있을 것 같았다. 그러나 집중해서 설명을 시작하다 보니, 오히려 사우스워스 씨가 옥스퍼드 특유의 공손하면서도 아이러니하고, 회의적이고, 냉담한 어조로 대화를 주도했다. 톰의 기억에도 잘 남아 있는 그의 말투는 진지하고 귀족적인 사람들 모임에서도 두드러질 정도였다. 사우스워스 씨는 그런 모임에 오래 참여하다 보니 800년 이상 이어진 교직이 만든 관습에 물들지 않을 수 없었다. 상태가 더 나빠진 것처럼 보였는데, 한마디로 순진함도 곧고 정직했던 부분도 줄어든 것 같았다. 그러나 톰은 지금 학생이 아니었고 험한 분위기에서 산전수전 다 겪은 베테랑이었을 뿐만 아니라, 더는 그와 자신이 사제 관계였다는 점도 개의치 않았다. 벌떡 자리에서 일어나 다가간 그는 공격적으로 사우스워스 씨의 가운 옷깃을 두 손으로 거칠게 움켜쥐었다.

"왜 진지하게 받아들이지 않는 거죠? 사우스워스 선생님. 할지 말지는 당신에게 달려 있어요. 제가 지칠 때까지 당신은 제 말을 들어야 할 겁니다. 이것은 게임이 아니에요. 제 인생은 게임이 아니고, 사랑도 받지 못했어요. 저는 당신들 사이에 있었던 20년 전에 제 인생을 다 빼앗겼어요. 어떻게 그런 짓을 할 수 있죠? 제가 했던 국가에 대한 봉사는 그렇게 중요하지도 않았고, 나만 할 수 있는 일도 아니었어요. 그런데도 국가는 엉뚱한 짓을 했고 시민 한 사람도 그냥 봐주지 않았어요. 당신도 분명히 일정 부분 책임이 있어요. 저에게 휠러 교수와 이야기해보라고, 그에게 저를 맡기라고 충고했잖아요. 휠러는 저를 투프라에게 넘겼고, 그때부터 저는 그곳에서 빠져나올 수 없었지요. 그곳을 빠져나온 지 겨우 2주 되었어요. 2주요." 그는 여전히 가운을 놓지 않았고, 오히려 더 거세게 움켜쥐었다. 문득 이런 생각이 들었다. '이 정도면 내가 폭력을 쓸 수도 있다는 사실을 알았을 거야. 잘못한 것이 있어서 벌받는 것이 당연하다면 교수에게 내가 폭력을 사용할 수 있다는 것도 나는 거리낄 것이 없어. 그가 나이를 먹었다고 해서 그냥 용서해줄 수는 없어.' 이어서 정반대의 생각도 들었다. '불쌍한 사우스워스 선생님, 이분은 아무 짓도 하지 않았어. 나를 보호해주려고 했을 뿐이야.' 그는 부끄러워져서 멱살을 잡았던 손을 놓고 두어 걸음 뒤로 물러나 다시 자리에 앉았다. "사우스워스 선생님, 죄송합니다. 제가 너무 과했군요. 선생님은 아무 상관이 없다는 것을 저도 잘 압니다. 용서해주세요. 그렇지만 만약 내 의지가 아닌 일로 20년 이상을 잃어버렸다면 선생님은 어떨 것 같나요? 누구든 마음이 흔들리지 않는다면 그것이 더 이상할 거예요. 누구든 절망할 겁니다. 선생님은 절대로 이해 못 할 거예요. 선생님은 매 학기 이곳에서 계속 강의만 하면서, 그러니까 바예잉클란이나 가르치고 세미나나 하면서 조용히 세월을 보냈으니까요. 시간 가는 것도 몰랐을 거예요. 반대로 저는 거의 매일 매시간을 운명의 여신이 오기만 기다리며 세월을 보냈어요. 물론 가끔 멈출 때도 있었죠. 그렇지만 글자 그대로 잠깐 멈추는 것이었지, 마음 놓고 쉬지는 못했죠. 진정한 의미에서의 마지막 휴식은 가지지 못한 지 정말 오래되었어요. 휠러 교수님처럼 나이 때문에 파르카이의 방문을 기다릴 필요는 없었어요. 그들은 저를 여신 가까이로 내몰았으니까요. 저는 다른 곳보다 여신이 자주 나타나는 곳을 주로 돌아다녔지요. 여신의 땅이라고 부를 만한 곳이 있어요. 조금 전에 군인들에게 일어났던 일을 말씀드렸죠. 그런 곳이 바로 제가 밟고 다녀야 했던 땅이에요. 아니, 늪이라고 해야겠네요. 훨씬 더 위험한."

사우스워스 씨는 차분하게 가운을 고쳐 입었다. 위에서 가슴 부분까지 기다랗게 꿰매놓은 옷깃을 잘 다듬었다. 그는 여전히 자세가 흐트러지지 않았고, 우아하게 다리를 꼬기까지 했다. 손에 포도주잔을 들고 있었지만, 한 방울도 흘리지 않았다. 토마스가 멱살을 잡긴 했지만 세게 흔들진 않았고 별다른 저항을 하지 않았기 때문이었다. 그는 토마스가 하는 대로 내버려둔 채 표정 하나 변하지 않았다. 다만 분노보다는 경계심에서 입술만 조금 더 앙다물었을 뿐이었다.

"자네 사과를 받아들이겠네. 그렇지만 다시 한번 이런 일이 반복된다면 자네를 이곳에서 쫓아낼 걸세. 그리고 이야기 역시 더는 들어주지 않을 걸세. 뭐든지 말하고 물어보게. 12시 15분 전에는 끝내야 하니까. 나는 평소대로 12시에는 수업을 해야하네."

단호하고 약간은 공격적인 목소리였다. 그렇다고 화가 난 목소리도 권위적인 목소리도 아니었다. 톰 네빈슨은 잠시 어찌할 바를 몰랐다. 무슨 말이든 하라고 하니까 오히려 무슨 말을 해야 할지 알 수 없었다. 무엇부터 시작해야 할지, 어디로 끌고 가야 할지 모르고 허둥댔다. 이야기는 시작되었지만 두서가 없었다.

"사우스워스 선생님, 저는 대의를 위해 봉사했어요." 그는 한참 만에 이야기를 이어갔다. "처음에는 마지못해 끌려갔어요. 그렇지만 나중엔 정말 오랫동안 대의를 위해 일을 한다고 생각했어요. 요청받은 일을, 명령받은 일을 열심히 수행했지요. 능력이 미치는 한 최선을 다했어요. 말씀드렸다시피 상당히 많은 곳을 돌아다니며, 임무를 수행했어요. 제 임무는 정말 의미가 있다고, 아니 그 이상이라고 믿었죠. 왕국을 방어하기 위해 정

말 중요한 일이라고 믿었어요. 시작은 시들했지만, 점점 열정
적으로 임했어요. 열정을 가지고 하다 보니 모든 것이 정당화
되었죠."

"자네 임무는, 침투가 맞나?"

"예. 하지만 언제나 그런 것은 아니었어요. 여러 번 하긴 했
죠. 하지만 그것뿐 아니라 사무도 보고, 조사도 하고, 정보도 캐
고, 수사도 했어요. 아, 추적도 하고 잠복도 했어요. 차 속에서
문이나 창문을 지켜보며 하룻밤을 꼬박 새우기도 했죠 엄청
나게 많은 비디오를 보기도 했고요. 쉽게 말하면 스파이 노릇
을 한 건데, 폭넓게 활동했기 때문에 모든 건 다 했죠. 그런데
시간이 흐르자 인간성도, 모습도 변하기 시작했어요. 목소리와
말투를 바꿔 원래의 제 습관과는 달리 이야기해야 했어요. 정
말 기분 더러웠지요. 자연스럽게 이야기를 나누는 척하면서 비
밀을 캐기 위해 헨리 5세가 밤에 망토를 뒤집어쓰고 병사들 사
이에 들어가서 했던 짓을 한 거죠. 뭔가를 그들에게서 캐내려
고요." 사우스워스 씨는 톰보다 훨씬 더 많은 책을 읽은 사람
이어서 톰은 자기가 인용한 작품 정도는 그가 금세 잡아낼 것
으로 생각했다. "언젠가 제 여자가 이런 이야기를 했어요. 사실
저는 그런 것까진 생각해 본 적이 없었지만, 저는 최소한 소설
에 나오는 최상위 스파이일지도 모르겠어요." 그는 '아내'가 아
니라 무미건조하게 '제 여자'라는 단어를 사용했다.

"여자가 있었나 보군." 사우스워스가 이야기했다. 중년에 접
어든 그의 나이를 고려하면 당연한 일이었다.

"예! 옛날에는요, 그러니까 1974년에 마드리드에서 결혼했어요. 여기에서 공부할 때부터 사귀던 애인이었죠. 베르타라는 여자인데, 그때 선생님에게 말씀드렸는지 모르겠어요. 자식도 딸과 아들 각각 한 명씩 둘이나 있어요. 그런데 보지도 못하고 전화도 못 한지 벌써 12년이나 되었네요. 안전하게 생환하기 위해 금지되어 있었거든요. 가족들은 제가 죽은 줄 알고 있을 겁니다. 그렇게 믿게 했을 거예요. 베르타도요. 그러니 제가 죽은 줄 알고 있었을 테고, 당연히 머리에서도 지웠을 거예요. 공식적으로는 죽은 것으로 되어 있으니까요. 사우스워스 선생님, 저는 존재하지 않는 거죠. 참, 또다른 딸도 있어요. 몇 년 동안 동거하긴 했지만 제 진짜 이름도 모르는 다른 여자에게서 난 딸이에요." 여기에서도 그는 아내가 아니라 여자라는 단어를 사용했다. "그런데 그 아이는 진짜 제 진짜 성을 따르진 않았어요. 가족들에게 죽은 사람 행세를 하면서 사용하기 시작한 가짜 성을 따랐죠. 다시 말해 서류상의 성을 따른 거죠. 그렇지만 이제 저는 곧 톰 네빈슨으로 돌아갈 겁니다. 죽은 사람 취급을 당하는 서류에서 이제 탈출할 거예요. 그렇지만 둘째 딸아이는 영원히 가짜 성을 가지고 살아가겠죠. 걱정이긴 해요. 잘 살 수 있을지, 저를 이해할지 모르겠어요. 스페인에 있는 자식들이 어떻게 살았는지 아는 것이 아무것도 없는데, 이젠 영국에 있는 딸의 생활에 대해서도 마찬가지일 것 같아요. 그렇다고 뾰족한 방법도 없어요. 애 엄마는 모습을 드러내려고 하지 않으니까요. 하긴 그녀와는 질릴 만큼 살았어요. 저를 둘러싼 미스터리, 침묵, 수동적이면서 희한한 삶 등에 질릴 때까지요. 그녀가 딸을 맡기로 했어요. 대체로 자식들은 엄마 몫이니까요. 그렇게까지 오래된 것은 아니지만, 이 두 사람도 보지 못한지 한참 됐네요. 선생님은 결혼했나요? 아이는요?"

"아니. 그런 것은 나와 거리가 멀어." 사우스워스 씨는 별 설명 없이 짧게 대답했다. 언제부턴가 착 가라앉은 모습이었다. 토마스에겐 교육과 음악 그리고 문학에 광적으로 빠진 사람처럼 보였다. 게다가 대학 밖의 생활은 완전히 베일에 가려져 있었다. "자네 집사람에 대해서도 전혀 모르고 있다고 했지? 12년 전부터? 정말 황당하긴 하네."

"보지도 못했고 이야기 나눈 지도 오래되었어요. 제가 말한 대로죠. 그렇지만 몇 가지 아는 것도 있긴 해요. 이젠 아이라고 말하기도 뭐하지만 아이들에 대해선 아는 것도 조금 있죠. 투프라가 저에게 가장 중요한 몇 가지는 알려줬으니까요. 부족한 것 없이 잘 지내고 있다고 가끔 전해 들었어요. 유혹에 빠지지 말고 어느 정도 조용히 지내라고요. 이런 식으로 지낸 지 상당히 됐어요. 여기 영국과 스페인 양쪽 모두에서 의도적으로 베르타를 미망인 취급하고 있다는 사실도 잘 알아요. 얼마든지 마음대로 재혼할 수 있는데도 아직까진 하지 않았다는 것도 알고 있고요. 그래서 내가 죽었다는 것을 100퍼센트 믿는 것은 아닐 것 같다는 생각이 들기도 해요. 확실하게 눈에 보이는 시신이 없었으니까요. 공식적으로는 아르헨티나에서 실종된 것으로 되어 있어요. 그리고 이미 오래전에 법적으론 사망한 것으로 결론이 났고요. 믿기지 않지만, 어찌 보면 죽은 지 오래되었다는 게 사실이에요."

"나라도 많은데, 왜 하필 아르헨티나에서……." 사우스워스 씨는 뒷맛이 개운치 않다는 듯 중얼거렸다. "좀 엉뚱하긴 하네. 안 그런가? 너무 멀잖나. 보르헤스까지도 그곳을 떠났는데, 뭔가 이유가 있겠지만……."

"선생님도 아르헨티나와 전쟁을 했던 것을 잊으신 것 같군요. 얼마나 잘 잊히는지 알 만해요. 사람들은 오히려 대표팀 간에 축구 시합이 있다는 것은 안 잊어버리죠. 그땐 금세 달아오르니까요."

"그래, 그것은 분명히 자네 말이 맞아. 우리 대부분 아르헨티나와의 전쟁에 대해선 거의 잊고 살아가지. 자네 그 전쟁에 참전했었나? 축구를 한 건 아니지?" 사우스워스 씨는 축구에 대해서도 아무 생각이 없었다.

"참전했건 안 했건 그것은 별로 중요하지 않아요. 제 실종 보고서에 그렇게 되어 있다는 것이 중요하죠. 그곳에서 흔적이 사라졌고, 그 이후론 알려진 것이 없다고 말이지요. 분노한 아르헨티나 사람들의 희생양이 된 거로 추정된다는 거죠. 더 나올 것이 뭐가 있겠어요. 이미 말씀드렸다시피 저는 많은 곳을 돌아다녔는데, 가족들에게 뭔가 설명이 필요하긴 했을 테니까요. 잘 모르는 외무부 일로 설명했겠죠. 가족에겐 이야기한 적도 없는 그런 것으로 말이에요. 그나마 가족의 허락을 받아야 했을 테니까요."

"그곳에서 12년을 보낸 건가?"

"그렇죠. 꼬박 12년을 보냈어요. 전쟁이 일어나자마자 베르타와 이별했으니까요. 그렇지만 사실은 좀 달라요. 그렇지 않다면 저는 선생님과 이렇게 있을 수 없을 거예요. 위험이 연이어 일어나고 있는데도 불구하고 사람들은 아무 일도 일어나지 않을 거라고 믿죠. 마음 깊은 곳엔 모두 낙천적인 면이 있는 거예요. 다음날 아침 틀림없이 눈을 뜰 거로 생각하면서 잠자리에 드는 것을 보면 알 수 있어요. 그래서 사람들은 맡은 바 임무나 부탁받은 일을 완수하면서 성장하죠. 여기에서 손해보는 일은 없어요. 성공하면 누구나 의기양양해져 자기도 모르게 불굴의 의지를 단련시킬 수 있어요. 이번에 임무를 잘 마쳤다면 다음에 실패할 이유가 없다고 생각하기 마련이니까요. 극복한 장애물이 많으면 많을수록 마음이 가벼워지고, 그런 것을 의식하면 할수록 과감한 추진력이 생기는 법이에요. 하지만 언젠가는 일이 꼬여 실패를 경험할 수밖에 없을 겁니다. 실패하지 않아도 결국은 중간에 밀려나거나 가치가 반감되는 등 아무짝에도 쓸모없는 인간 취급을 당하게 돼요. 이렇게 되면 다 불태웠다고들 하지요. 아무튼, 저는 오랫동안 전혀 알려지지 않았고, 아마 영원히 묻힐지도 몰라요. 저는 진짜로 사라져버렸어야 했어요. 어딘가에 저 자신을 꼭꼭 숨겨놔야 했지요. 모든 사람에게 죽은 사람으로 되어 있는 것이 더 좋았을 것 같아요. 특히나제 여자에게는요. 이건 ABC와 같은 거예요. 모든 통화가 금지되었고 절대로 접촉을 시도해선 안 되었죠. 생각해보세요. 예전에 어떤 인간이 그녀에게 접근한 적이 있었어요. 그런데 또다른 인간이 접근해 '혹시라도' 그녀를 엄청 놀라게 만든다면 그녀는 어떻게 하겠어요. 그렇지만 내가 진짜로 죽었다고 믿는다면 그녀가 저를 찾아 나설 가능성은 좀 낮아지잖아요. 그런데 적들은 잘 안 믿을 뿐만 아니라, 언제나 직접 시체를 보고 싶어 하죠. 두더지를 찾아내 응징하고 싶어해요. 시간이 많이 흘렀는데도 찾지 못하면 그제야 비로소 잊어버리죠. 그들에게 피해를 준 사람이 죽거나, 은퇴하거나, 예비역이 되거나, 불에 타거나 하면요. 아주 운이 좋아서 추적자들이 모두 한꺼번에 잡혀 감옥에 가지 않는다면, 이렇게 되기까진 시간이 좀 필요해요. 그렇다고 천 년씩 걸리지는 않아요. 베일에 가린 삶은 그리 오래가지 못하고, 금세 드러나게 되어 있어요. 후계자들은 선조들을 잘 모르고, 자기 문제에만 천착하죠. 즉 부모나 조부모의 복수까진 하진 않아요. 그런 건 전설 같은 이야기가 돼요. 이미 떠난 사람은 선사 시대 이야기 속 등장인물이 되는 거죠."

"톰, 자네의 이야기를 계속 쫓아갈 수 있을지 모르겠네. 완벽하게는 이해하지 못하겠어."

사우스워스 씨가 시간만 되면 자리를 떠날 것으로 생각한 토마스는 상당히 빠르게 말을 이어가고 있었다.

"선생님은 잘 따라오실 거예요. 탁월한 능력을 갖춘 분이잖아요. 아무튼, 저는 이런 식으로 지도에서 지워졌어요. 그리고 완전히 다른 사람으로 살아가라고 작은 도시로 보내져, 평범한 삶을 살아갈 수 있게 만든 서류와 과거를 받았어요. 예컨대 그

들은 저에게 은행 계좌도 열어주고, 아파트도 빌려주고, 국민
보험 카드도 만들어주었지요. 사람들이 가지고 있는 것은 다
받았어요. 중간 정도 크기의 작은 도시에 정착했는데 그곳까
지 나를 찾아올 사람은 없을 것 같았어요. 그곳은 오롯이 그곳
사람들만, 그곳에서 일하는 사람들만 사는 그런 곳이었거든요.
거기에선 아주 신중한 성격의 선생으로 살았죠."

"스페인어나 여타 언어를 가르쳤겠군."

"아니요. 언어를 가르치지 않았어요. 제 언어 실력이 너무 좋
아서 언어를 가르쳤다가는 의심을 살 수 있었어요. 그래서 역
사, 지리, 문학 등 그때그때 학년별로 학교에서 요구한 것을 가
르쳤어요. 정확하게 계산은 안 해봤는데, 5년 정도 있었던 것
같아요. 열두세 살 아이들부터 열네다섯 살 아이들까지 뭘 해
도 관심이 없는 아이들을 가르쳤지요. 언어를 가르치지 않은
것도 나쁘진 않았어요. 그 나이의 아이들에겐 영어를 너무 잘
하는 것도 이상하게 보였을 테니까, 영어를 엉터리로 구사하
려고 노력해야 했어요. 다행히 봉급만 가지고 산 것은 아니었
지만, 그런 척했죠. 덕분에 돈을 헤프게 쓰면 안 되었어요. 어
떤 것이든 사람의 이목을 끌면 안 되니까요. 정말 지루했고, 모
든 것이 정지된 것 같았어요. 예전의 삶과 거리를 멀찍이 두
고 조심 또 조심해야 했으니까요. 그러나 삶은 흘러가기 마련
이에요. 한 걸음만 잘못 떼도 모든 것이 수포가 되긴 하지만
요. 적들도 첩자가 있지 않겠어요. 우리보다는 능력이 떨어질
지 모르지만, 분명히 첩자가 있긴 있을 거예요. 한쪽에선 별의

별 이유를 대며 삶의 좌표도 정하지 못한 채 무기력하게 살아가는 인간들까지 모집하고, 또다른 한쪽에선 사람들이 자기들에게 주어진 하루하루를 때울 구실을 찾아 어디든 얼굴을 들이밀죠. 미친 인간들은 어디에나 있어요. 그래서 지시에 따라 충동도 이겨내고 체념한 채 살아가는 거예요. 세르반테스가 이야기했듯이 꾹 참아야만 다음 패를 받을 수 있으니까요. 다음 패도 없다면 정말 최악이에요. '다 잘 끝났어. 위험이 줄어들었으니까. 아직 조심스럽긴 하지만 원한다면 이제 그곳에서 나와도 괜찮아. 모두 네가 죽었다고 믿고 있을 뿐만 아니라 너를 기억하는 사람도 이젠 없을 거야. 따라서 너를 신경쓰는 사람도 없을 테고 너 때문에 시간을 쓰는 사람도 없을 거야'라는 말을 들을 때까지는 잘 매달려 있어야 해요. 딱 달라붙어서요. 아무튼 저는 최소한의 품위는 유지했고 지나치게 허리띠를 졸라매지는 않았어요. 통장에 찍히는 것은 없었지만 6개월마다 건네받는 현금 덕분에 부족하지 않게 살았어요. 하긴 누구라도 미쳐버릴 거예요. 진짜로 감시당하고 있는지도 확실치 않고 제 주소를 아는 사람도 없을 것임에도 뭐든 추적될 수 있으니 항상 불안하고 감시당하는 느낌이었어요. 투프라는 언제나 전혀 모르는 사람을 메신저로 보내 마드리드에서 상황이 어떻게 돌아가는지 간단하게 전해줬어요. 그와는 가끔 공중전화로 통화하기도 했어요." 토마스는 잠깐 입을 다물고 아래를, 바닥을 바라보았다. 갑자기 밀려든 슬픔을 참는 듯한, 사우스워스 씨를 방문하면서 잠시 미뤄뒀던 슬픔이 갑자기 밀려든 표정이었다. 잠시 후 그는 다시 말을 이었다. "그 인간은 정말 재주가 많아요. 잘 빈정거리죠. 휠러 교수님이 나에게 국가에 봉사할 것을 제안했을 때 꺼내들었던 주장 중 하나는 세상에서 벌어지는 일과 결정에 제가 조금이라도 개입할 수 있다는 것이었어요. 교수님 말대로 하면 우주에서 추방되진 않을 수 있다는 것이었죠. 모든 시간과 장소에 따라 예외가 있을 수 있지만 그래야 언제나 지구에서 살 수 있는 사람이 될 수 있다고요. 정말 저는 그런 식으로 느꼈어요. 오래전부터 우주에서 추방된 것 같다는 느낌이 들어요. 정말 관심을 가졌던 것이자 나를 구할 수 있었던 것은 사람들이 제가 죽었다고 믿는다는 사실이었어요. 아무노 저를 기억하지 못한다는 사실요."

사우스워스 씨는 자리에서 일어나 포도주병을 들더니 눈으로 의사를 확인한 다음 한 잔 더 따라주었다. 토마스 네빈슨은 단숨에 들이키곤 기계적으로 카렐리아스 담배에 불을 붙였는데, 이번에는 그의 옛 스승에게도 권하지 않았다. 그는 쓸쓸한 표정으로 입을 꾹 다물고 있었는데, 어딘가에 정신이 팔린 사람처럼 시선은 여전히 바닥에 고정되어 있었다. 사우스워스 씨는 다시 시계를 바라보았다. 아직은 시간이 충분히 남아 있었다.

　"말을 듣고 보니 자네의 경우는 정말 독특하군. 그렇지만 죽은 사람으로 가장하는 것이 가장 안전할 것 같긴 하네. 부탁하거나 물어보는 사람이 없을 테니 말이야. 의지에 반해 강요하거나 명령을 내리지 않을 테고, 찾으려고 들거나 해를 끼치려는 사람도 없을 테니까." 그의 말은 그냥 지나가는 것 같기도 했고, 톰을 그의 지나친 감상에서 끄집어내고 싶었던 것 같기도 했다. "피터에 관해 물어보고 싶은 것이 뭔가? 다시 그 이야기로 돌아가세."

　다소 엉뚱한 톰의 태도에도 불구하고, 예컨대 조금 전 보인 불량한 모습에도 불구하고 사우스워스 씨는 네빈슨의 학창 시절에 대해 가졌던 감정, 즉 피상적으로나마 좋아했던 감정과 긍정적인 평가가 자꾸 머리에 맴돌았다. 뛰어난, 어떤 점에선 눈이 부실 정도로 똑똑한 학생이었다. 지적으로 탁월하다기보다는 언어를 습득하여 사용하고 흉내를 내거나 재현하는 데 있어 최고의 능력치를 가진 학생이었다. 그렇지만 지난 20년 동안 한 번도 그에 대해선 생각을 해본 적이 없었다. 아니, 그가 떠난 직후 외무부인지 대사관인지에서 일하고 있다는 말을 전해 들었을 때 한두 번 정도는 그에 대한 기억을 떠올려본 것 같기도 하다. 그런데도 워터필드에서 일어난 여성 살인 사건에 톰이 연루되었다고 경찰이 이 방으로 사건 조사차 찾아왔던 그날 아침, 신기하게도 자신이 토마스를 걱정했던 것이 선명하게 떠올랐다. 사건이 확실하게 해결이 되었다는 소리도 범인이 잡혔다는 소리도 없었지만, 톰이 용의선상에서 벗어나 옥스퍼드를 떠난 이후엔 그 사건에 대해 별 관심을 가지지 않았다. 사우스워스 씨는 자기 학생들에 대해 강한 보호 본능을 지니고 있었다. 턱수염, 콧수염, 흉터가 눈에 띄는 검게 그을린 현재의 모습에 머나먼 옛날 전도양양했던 호감형 얼굴을 나란히 겹쳐 떠올렸다. 앞에 앉아 있는 남자의 몸매는 대부분의 영국이나 스페인 남자와는 어딘지 모르게 다르다는 생각이 들었다. 갑작스레 밀려온 옛날 생각에 언뜻 이해되지 않는 그의 차가운 모습을 계속 바라보았다. 쓸쓸한 표정으로 입을 꾹 다문 그의 모습은 마음 깊은 곳에서 복수를 계획하는, 아니 복수심을 키우고 있는 것처럼 보였다. 한편으론 추상적인, 그러나 또다른 한편으론 아주 구체적인 분노를, 사기당한 사람들의 불같은 분노를 그는 보여주었다. 사우스워스 씨는 그의 대답을 들으며 활동의 특성상 그 자신 또한 사람들을 속이는 일을 주로 했음에도, 자기를 가장 원초적인 사기극의 희생자라고 생각하고 있다고 받아들였다.

"그래요. 그분이 어디까지 관여했는지, 그리고 선생님은 이에 대해 어떤 의견인지 알고 싶어요. 선생님이 그럴 필요까진 없다고 생각한다면 그분을 만나볼 생각은 없어요. 선생님이 그분은 결백하다고, 무관하다고 믿는다면요. 제가 아는 범위 안에서의 가장 핵심 인물은 이미 만나봤어요. 그리고 죽이고 싶지만 죽일 수 없는 사람도 있다는 사실을 알게 됐죠. 이건 사실이에요. '개 같은 짓'을 한 인간은 씹어 먹고 싶어요. 최소한 욕은 먹여야 하죠." 이 대목에서 그는 스페인어 단어를 사용했다. 어쨌든 휠러 교수와 마찬가지로 사우스워스 씨 역시 스페인 관련 학문에 종사하는 사람이었다. "국가에, 왕실에 맞설 수는 없어요. 왕실은 언제나 최고의 권위를 가지고 있는 크고 강한 존재이니까요. 마음대로 법을 바꿀 수도 있고, 위반할 수도 있죠. 법을 어겨도 벌을 받지 않아요. 상황을 반전시킬 수 없거나 반전의 가능성이 보이지 않을 때는 짓밟아버릴 수도 있고요. 이

세상에서 정의는, 배상은 절대로 기대할 수 없어요. 그런 것
은 존재하지 않아요. 할 수 있는 것은, 그것도 가능해야 하겠지
만…… 사적인 복수뿐이에요. 이를 통해 순간적으로나마 작은
만족을 느끼는 것뿐이죠. 그리 오래가진 않겠지만요. 그렇지만
이미 잃어버린 것은 절대로 돌려받을 수 없어요. 가끔 이 말을
메그에게 했는데, 메그는 이것 때문에 미치려고 했어요. 이 말
이 무엇을 의미하는지, 왜 이런 말을 하는지는 한 번도 이야기
하지 않았거든요. 그녀는 호기심 반, 두려움 반으로 나를 멍하
니 바라보며 무슨 일이 있었는지, 무엇을 잃었는지 물었어요.
그녀는 저에 대해서 아는 것이 거의 없었죠. 현재 모습과 거짓
으로 꾸민 과거밖엔 아는 것이 없었어요. 가족이 없는 것처럼
가족에 대해선 아무 말도 하지 않는 것을 이상하게 생각했어
요. 부모에 대해서, 형제에 대해서 아무 말도 하지 않았죠. 게다
가 그곳으로는 저를 찾아오는 사람도 없었고, 편지 한 통도 오
지 않았죠. 처음에는 가끔 여행을 떠나는 척했지만, 그것도 금
세 질렸어요. 실제로도 2-3일 정도씩 호텔에 묵으며, 낮엔 호
텔 방에서 꼼짝도 하지 않았죠. 그 도시에 없는 척했는데, 혹시
라도 재수 없이 길에서 그녀를 마주칠까봐요."

"메그? 다른 여자인가?"

"예. 막내딸의 엄마죠. 처음에는 이런 일이 생길 거라고는 생
각하지 않았어요. 이 비슷한 일도요. 그곳에 그리 오래 있을 거
라고는 생각하지 않았고, 그곳 사람들과 관계를, 강한 유대 관
계를 맺는 것 역시 원치 않았거든요. 다른 사람의 눈에 띄지 않

는 회색인이나 무색무취한 사람이 되어 수업만 하는 것이 최선이었어요. 토요일엔 프리미어 리그 소속이긴 했지만 강등되지 않으려고 발버둥 치던 그 지방 축구팀 경기를 보러 갔어요. 괴짜가 될 필요도 없고 그렇다고 방 안에만 처박혀 살 필요도 없으니까요. 외로움 정도는 별문제 없이 견딜 수 있다고 생각했고 최악의 상황이긴 했지만 잘 적응했다고 믿었지요. 하지만 적당한 긴장도 없고 아무 활동도 하지 않는 건 별 도움이 되지 않죠. 아드레날린이 부족하니까요. 이건 큰 문제가 될 수 있어요. 시간이 자꾸 늘어지면 사람은 누구나 함께 있을 사람을, 뭔가 터놓고 이야기할 사람을 원하게 되죠. 그렇다고 '색을 밝히는 놈'으로 명성을 얻는 것도 그리 좋지는 못해요. 그런 작은 도시에선 금세 소문이 퍼지니까요." 다시 여기에서 그는 스페인어 단어를 사용했다. 스페인어에선 '창녀'라는 뜻을 가진 단어에서 파생된 단어들이 이 경우에는 의미를 한층 선명하게 하고 울림이 있게 만들어준다고 생각하는 것 같았다. "결국, 저는 더는 노력하지 않아도 되었어요. 그녀가 이런 문제를 해결해줬어요. 그녀에게 접근해 정복했으니까요. 그녀는 치과에서 일하는 간호사였는데, 치과에 갔다가 만나게 되었죠. 의식적인지 무의식적인지는 모르겠지만 저를 치료하는 중 그녀의 가슴이 제 얼굴을 스치곤 했어요. 치과에 오갈 때마다 몇 마디씩 농담을 던졌는데, 비교적 제 아부성 농담에 잘 웃는 편이었어요. 제 말을 엉뚱하게 이해하고 저에게 빠져들어 저만 바라보았지요. 선생님은 아마 저를 이해할 수 있을 거예요. 선생님도 잘 아시

베르타 이슬라 611

겠지만, 몸에 딱 달라붙는 하얀색 가운을 입고 왔다갔다하는데 싫어할 사람이 어디 있겠어요?" 톰은 여기에서 말을 멈췄다. 그는 사우스워스 선생님도 여자들 몸매에 관심이 있을지 궁금해했다. 그러나 별로 중요하게 생각하지 않아서인지 전혀 반응을 보이지 않자 다시 말을 이어나갔다. "몇 달 안 되어 그녀는 저와 결혼할 결심을 하더니, 무슨 일이 있어도 좋으니 함께 살자고 했어요. 그녀는 저보다 상당히 어렸어요. 물론 절대적인 의미에서 그렇지는 않았지만 그녀가 그렇게 느낀 거죠. 결혼에 문제가 될 것은 없었어요. 제가 얻은 새로운 신분은 미혼이었거든요. 다시 원래의 세상으로 복귀해도 좋다는 허락이 떨어지면 결혼했다가도 작별 인사나 해명도 없이 사라져버릴 수 있었어요. 게다가 저는 다른 사람들의 삶에 끼어들었다가 홀연히 사라지는 것에 익숙해져 있었어요. 몇 달은 여기에 또 몇 달은 다른 곳에서 신분을 속이고 살았어요. 가끔은 몇 년씩 한 곳에 머무르기도 했지만, 임무만 끝나면 그곳을 떴죠. 함께 지내던 사람들은 사형선고를 받거나 시체가 되었죠. 경우에 따라선 감옥에 가기도 했고요." 토마스는 잠시, 아주 짧게 입을 다물었다. "자기 여자를 목매게 하는 것은 남편들의 오래된 전통이죠. 여자들은 그러지 않아요. 저는 아무 말도 하지 않았어요. 그렇지만 그녀는 이목을 끄는 행보를 하지 않았을 뿐만 아니라 파티의 도구가 되는 것 역시 원치 않았어요. 메그의 가족은 무대 위에 올라오지 않았을 뿐더러 다른 곳에 살면서 한 번도 오지 않았죠. 대신 그녀가 가끔 만나러 갔어요. 저를 아는 사람이 적으면 적을 수록 좋았으니까요. 주변에는요." 그는 다시 말을 멈췄다.

"그렇지만 그녀와의 사이에 딸이 있지 않나." 사우스워스 씨가 그 틈을 타서 얼른 입을 열었다. "그것은 어떻게 된 거지?" 이제 그는 적어도 이야기를 즐기고 있었다. 관심의 징표로 다리를 꼬았다 풀었다 반복하며 가끔 가운 자락을 흔들기도 했다.

"시간이 좀 흘렀을 때, 저는 속임수에 넘어갔죠. 그녀가 속임수를 썼어요. 아무리 조심해도 여자가 임신을 원하면 그건 어쩔 수 없어요. 임신이 잘 되는 여자라면 말할 나위가 없죠. 게다가 저 역시 좋은 씨를 가지고 있었고, 그 사실은 잘 알고 있었지요. 어느 날 갑자기 그녀가 소식을 전했어요. ('어떻게 이런 일이 일어났는지 모르겠어요. 부주의했던 것 같아요.') 아기 때문에라도 어쩔 수 없이 함께 살게 되었어요. 같은 도시에 살면서 아이와 둘이서 살라고 내버려둘 수는 없었어요. 물론 크게 기대는 하지 않았지만, 낙태에 대해서도 의견을 물었어요. 하지만 그녀가 임신을 원해 의도적으로 계획을 세운 것이었는데 어떻게 낙태를 하겠어요. 즐거운 일은 아니지만, 근본적인 점에선 전혀 바뀔 것이 없었죠. 어떤 점에서는 저에게도 도움이 되었어요. 평범하게 살면 살수록 위험은 적어졌으니까요. 한 곳에 정착해서 여자친구를 만들고 아이를 낳는 것보다 더 평범한 것이 무엇이 있겠어요? 누구나 할 수 있는 가장 통속적인 삶 그 자체죠. 그래요. 결혼하는 것만은 끝까지 반대했어요. 여러 가지 이유를 댔어요. 장문의 평계를 댔죠. 그러자 그녀는 제가 입을 다문 부분에 대해 의심하기 시작했어요. 구체적인 과거를 대지 않는 것도 의심했죠. 그녀에게 제 과거는 구름에 싸여 있었으니까요. 지난 과거를 즉흥적으로 꾸며대며 공백을 메워야만 했어요. 거짓으로 꾸며대다 보니 나중엔 뭐라고 했는지 기억도 잘 나지 않았어요. 제가 말이 그리 많은 편이 아니라 겨우 버틸 수 있었어요. 결국, 그녀도 여기에 익숙해졌고, 게다가 건망증도 심한 편이어서 잊어버리고 살았어요."

"왜 그렇게 반대했나? 어차피 자네 스스로 서류상 독신인 다른 사람이 되었다고 말하지 않았나? 그뿐만 아니라 때가 되면 쥐도 새도 모르게 숨어버릴 수 있었을 텐데. 내 생각엔 양심에 거리낄 일도 없을 것 같은데, 그렇지 않나?" 여기에서 사우스워스 씨가 스페인 관련 학문을 했다는 티가 났다. 그는 책에서나 읽을 수 있지 이젠 거의 아무도 사용하지 않는 구어체 표현을 즐겼다.

"강제로 다른 사람이 되긴 했지만, 저는 저예요. 최근까진 다양한 사람의 신분으로 살았죠. 이것이 제 일의 일부였으니까요. 하지만 저는 언제나 저였어요. 물론 다른 사람으로 살기도 했지만, 저는 이미 베르타와 결혼을 한 상태였어요. 선생님에겐 좀 앞뒤가 맞지 않는 것처럼 보일 수도 있어요. 저는 많은 여자와 지냈으니까요. 가끔은 쾌락을 위해서 그런 적도 있었고, 어떤 때는 외로워서 그런 적도 있었죠. 다급해서 그런 적도, 필요해서 그런 적도 있어요. 일을 쉽게 처리할 수도 있고, 정보도 얻을 수 있고 게다가 저 스스로를 보호할 수도 있었으니까요. 그러나 상징적으로라도 충성을 바칠 존재가 없어지면, 모든 것을 잃을 수밖에 없어요. 원래 누구였는지조차 까맣게 잊게 되죠. 진짜 누구였는지를 말이에요. 아무리 비정상적인 삶을 산다고 해도 언젠가는 돌아가고 싶은 법이에요. 오랫동안 가짜 흉내를 내며 살다 보면, 다시 말해 다른 사람 신분을 빌려 살다 보면 정체성이 정말 흔들려요. 그래서 어떤 것은 절대 손대지 말고 간직해야 해요. 이미 말씀드렸듯이 상징적인 것은 말이에요. 다른 것까진 어쩔 수 없어요. 나라를 떠난 지도 30년이 넘었어요. 조국의 홀대를 받을 뿐만 아니라 결국 내쳐지기까지 했지만 끝내 국적만은 바꾸지 않은 망명자처럼요. 저는 이런 예를 정말 많이 알고 있어요." 그는 잔을 들어 포도주를 조금만 더 따라줄 것을 부탁했다. 그러고는 혹시나 사우스워스 씨가 자기를 지나치게 감상적인 사람으로, 혹은 화가 나서 어쩔 줄 몰라 하는 사람으로 보지 않았으면 좋겠다는 의미에서 한마디 덧붙였다. "메그와 결혼한 것은 맞지만, 꼭 필요해서, 다시 말해 제 생명이 여기에 달려 있어서 결혼한 거라고는 생각하지 마세요. 혼인 서약은 하지 않았어요. 물론 결국엔 서약한 꼴이 되긴 했지만요. 정말 혼인 서약만은 피하고 싶었어요. 공식적으로 결혼을 하지는 않았지만, 그곳 사람들이나 학교에서나 그리 나쁘게 보진 않았어요. 젠장! 그럭저럭 헤쳐나갔지요. 그러다 보니 딸도 태어났고 보편적인 과정을 밟아나갔죠. 지극히 보편적인 과정을요. 날이 갈수록 더 안전해지긴 했지만, 수렁에서 빠져나가기는 점점 더 힘들어졌어요. 모든 것이 느리게 진행되었지만요. 이건 그녀가 저에게 한 말이에요."

"그렇지만 공식적으로는 베르타가 미망인이지 않나?" 사우스워스 씨는 포도주를 더 부어줄까 말까 잠시 망설였다. 톰은 거절하지 않았다. 그는 취한 것 같지 않았다. 어릴 때부터 술을 마시기 시작했다면 정말 술고래나, 알코올 중독자가 되었을 것이다. 물론 알코올 중독자 중에는 잘 버티는 사람도 있지만 말이다. "자네가 이야기했듯이 결혼이야 언제든 할 수 있는 것 아닌가? 이런 식으로 말할 수 있는지 모르겠지만, 베르타에 대한 진정성은 바닥에 떨어진 것 아닌가? 그게 아니라면…….."

"잘 모르겠어요. 그럴 수도 있죠. 저는 저고 그녀는 그녀니까요. 이것은 다른 문제예요. 그들은 그녀에게 제가 죽은 지 정말 오래되었다고 이야기했을 테니까요. 그러나 그녀는 결혼하지 않았어요. 제가 아는 바로는 결혼하지 않았어요. 투프라가 말해줬어요. 그는 알고 있는 것이 좀 있었죠. 그의 말을 전적으로 신뢰하는 것은 아니에요. 오히려 정반대죠. 2주 전부턴 그를 전혀 믿지 않고 있어요. 그는 무엇이든 할 수 있는 사람이에요. 양심의 가책이라고는 전혀 느끼지 못하는 사람이기도 해요. 그렇지만 이런 식으로 거짓말을 해서는 저에게서 아무것도 얻지 못할 거예요. 그건 그렇고, 우리의 문제로 돌아오는 것이 좋겠어요. 그것은 이제 저와는 상관없으니까요. 투프라는 다른 이름으로 수도 없이 결혼했을 거예요. 끔찍하게 못생긴 블레이크스톤도 현장 요원일 때는 마찬가지였을 거고요. 어떤 남자든 남자라면 그게 누구든 상관없이 갖고 싶어 미치는 여자들도 많으니까요. 여자라면 사족을 못 쓰고 한 번이라도 안아보려고 미치는 남자들만큼이나 많이요. 이런 사람들이 서로 엮일 테고 여기에서 불만스러운 세상이 만들어지는 것 아닐까요." 갑자기 그는 블레이크스톤을 성으로 이야기했는지 아닌지 확신이 서지 않아 한마디 덧붙였다. "저를 스카우트한 사람인데, 선생님한테도 그에 대해서 말한 적이 있을 거예요. 몽고메리가 변장할 때 쓰는 이름이죠."

사우스워스 씨는 아무런 말 없이 있다가 갑자기 질문을 던졌다.

"그런데 지금 무슨 일로 여기에 온 건가? 2주가 되었다고 했는데."

옛날엔 토마스 네빈슨의 삶 역시 정상궤도를 따라 움직였다. 마드리드에서 자라서, 처음엔 마르티네스 캄포스 거리에 있는 영국 학교에서 공부했고, 나중엔 미겔 앙헬 거리에 있는 에스투디오 학교에 다녔다. 이제 40대가 된 마드리드 고급 주택가 참베리 출신 소년은 영국의 지방 중소 도시에서 치과 간호사인 메그와 '발'이라는 애칭의 어린 딸 밸러리를 데리고 살고 있었다. 단조롭긴 했지만 평화로운 삶에 행복하단 생각도 들었다. 수많은 역경과 수많은 방황 끝에 찾아온 휴식과 같은 삶이었다. 은퇴한 다음 시간의 흐름조차 눈에 띄지 않는 이런 조그만 도시에서 시골 사람처럼 시계추 같이 규칙적이고 튀지 않는 삶을 살아가는 것을 한 번쯤 꿈꿔보지 않은 사람이 과연 있을까? 은신과 도피의 시간, 유배 기간에 그에게 주어진 이름은 롤런드였다.

톰 네빈슨은 딸이 태어나자마자 사랑에 빠졌을 뿐만 아니라, 몇 달이 채 안 되어 아빠에게 방긋방긋 웃어주기 시작할 무렵엔 딸에 대한 사랑을 주체할 수 없을 정도였다. 그녀는 아무도 없으면 얼굴을 찡그리지도 않았다. 동물적인 감각으로 웃었을 텐데도 아빠를 알아보고 의식적으로 웃는 것 같았다. 조만간 딸과 헤어지리라는 것을, 그렇게 되면 다시는 못 볼지도 모른다는 사실을 잘 알고 있었지만, 딸을 향한 사랑은 억누를 수가 없었다. 그는 스스로에게 이렇게 되뇌었을지도 모른다. '이 생활이 계속되는 동안만이라도 이를 잘 누리면 된다. 딸에게 기억을 비롯한 그 어떤 것도 남겨줄 수 없을지 모르지만, 그것이 무슨 대수인가. 내일은 내일이고 오늘은 오늘인 것을. 중요한 것은 이것뿐이야. 언제나 소중한 유일한 것이지. 나에겐 하루하루가 소중해. 그것들은 분명히 나에게 기억을 남길 거고, 나도 이 이미지와 부드럽고 따뜻한 촉감은 절대로 잊지 못할 거야. 직접 돌보지는 못했지만 기예르모와 엘리사는 잘 컸겠지. 그들이 태어난 지 얼마 되지 않았을 때도 나는 같이 있어주지 못했어. 그렇지만 나에게 다가올 발과의 시간은 그렇게 헛되게 보내고 싶지 않을뿐더러, 나는 그 기억을 절대로 잃지 않을 거야. 더욱이 지금은 여기 이렇게 유폐되어 있으니까 말이야. 먼 훗날 딸이 이해하지 못한다고 해도, 아무도 딸에게서 그녀가 처음으로 사랑한 사람에 대한 기억을 빼앗진 못할 거야. "다른 사람과 마찬가지로 그녀에게도 아름다운 사랑 이야기가 있었습니다"라고 똑똑히 말할 수 있겠지. 그녀는 결국 나처럼 차갑고 음울하고 잔인한 인간이 될지도 몰라. 사람들을 멀리하는, 어떤 존재가 될지 예측 불가능한 그런 사람 말이야. 그러면 환멸을 느낄 것 같기도 해. 하지만 이런 것까진 내가 끼어들지 않는 것이 나을 것 같아. 이건 단지 나를 위로하기 위해 하는 말이니까. "이 세상 누구나 그렇듯이"라는 말은 정말 무모한 거야. 그날 아침 사우스워스 선생님이 프랑스어로 중얼거렸던 말인데, 내가 누렸던 마지막 자유, 마지막 결백이기도 해. 분명히 인용이라고 했으니까, 언제 그분을 다시 만날 수 있다면 어디에서 인용했는지 물어볼 거야. 그리고 그분은 이런 말을 덧붙였지. "누구나 다른 사람들의 사랑 타령은 잘 모르는 법이야. 더욱이 우리 자신이 사랑의 대상이자 목표이고 목적이라면 말이야." 이를 증명하고 그 결과를 감수할 수 있었던 기회도 적지 않았는데.'

수업을 마치면 집에 돌아갈 시간만 꼬박꼬박 기다렸다. 아이가 걷기 시작하면서 속도를 느끼기 시작했고, 그때부턴 열쇠 소리만 들으면 현관문 쪽으로 부리나케 달려왔다. 비틀거리고 이내 넘어졌다가도 그 작은 손으로 있는 힘껏 바닥을 밀며 거짓말 같이 벌떡 일어섰다. 그리고 순간적으로 다시 균형을 되찾아 꿈을 안고 비틀거리며 다가와 그의 팔에 몸을 던졌다. 그는 딸을 번쩍 안아올려 허공에 던졌다 받기를 두어 번 반복했다. 두 사람은 깔깔거리며 웃었고 아기 엄마는 뒤쪽에 서서 딸이 달려가는 모습을 걱정스레 바라보면서도 그런 모습에 즐거워했다. 이런 삶도 나쁘지는 않았다. 아니, 오히려 그에겐 축

복과도 같았다. 가끔 그는 자기도 모르는 사이에 태어난, 국적
이 다르고 다른 언어를 사용하는 딸이나 아들이 있지 않을까
하는 생각을 했다. 적들이 심어놓은, 자신과 같은 사람에 대한
증오를 마음속에 간직한 아이가, 교조적인 생각을 가지고 자라
고 있을 다른 섬나라의 아이가 말이다. 그는 어깨를 으쓱했다.
아이가 있다고 해도, 자기도 모르는 사이에 아이가 태어났다고
해도 어떻게 해결할 수 있는 영역이 아니었다. 밸러리 역시 버
려지는 순간엔 마찬가지 신세가 될 것이다. 아이들이야 금세
잊을지 모르지만, 어른들은 절대로 기억을 지우지 못할 것이
다.

  이런 아이를 키우는 기쁨과 동시에 그는 한편으론 절망에
빠져 있었다. 아무리 무한정 기다려도 출구는 보이지 않을 거
란 사실을 가슴속 깊은 곳에선 확실히 알고 있는 사람들처럼
꾹꾹 눌러 참고 있었다. 그는 구조되어야 할 사람이었다. 딸이
눈앞에 없을 때, 어린이집에 갔거나 잠을 자고 있을 때는 짓누
르는 시간의 무게가 절로 느껴졌다. 평온하다가도, 이도 저도
아니라는 생각이 들기도 했고 반복되는 삶에 평정심을 느끼다
가도, 아무짝에도 쓸모없다는 생각이 들기도 했다. 세상의 주
변부로 밀려나 살고 있다는 생각이, 세상을 움직이는 것들과
의미 있는 것들로부터 배제되었다는 생각이 들었다. 절대로 배
제되어서는 안 되는데 다른 사람이 자신을 대체해버렸다는 생
각이 들었다. 이런저런 생각이 그를 괴롭혔고 갉아먹었다. 그
러나 진실을 가릴 수는 없었다. 맨스필드 커밍 경이 주도했던,

1909년부터 똑같은 일을 해왔던 전임자나 동료들과 마찬가지로 그 역시 완전히 은퇴할 날이 곧 오리라는 사실과 그날이 그리 멀지 않았다는 사실을 잘 알고 있었다. 지하에서의 활동이 몸과 영혼을 갉아먹고 인간성까지 파먹고 있는데도, 아무도 여기에서 빠져나가지 못할 정도로 중독성이 있었다. 물론 대부분의 다른 분야에서 40대는 아무 문제도 없을 나이였다. 분명히 그는 피곤함에 지쳐 있었고, 잠시만 멈춰 서면 얼마나 지쳤는지 확실히 알 수 있었다. 그런데도 아직은 젊다고 생각했다. 어쨌든 대세에 밀려 은퇴할 수밖엔 없을 거란 확정적인 사실을 받아들이기 힘들었다. 영원히 활동을 끝내리는 명령을 순순히 받아들이기엔 아직도 활동에 너무나 몰두해 있었다. 시간이 무심하게 흐르고 흘렀음에도 아직까진 그런 명령은 내려오지 않았기에 그는 이곳을 떠나 복귀하는 꿈을 꿀 수도 있었다. 하긴 이젠 투프라처럼 사무실에서 전략이나 전술을 짜는 일을 하겠지만, 작전 구상도 그리 나쁠 것 같진 않았다. 89년에 베를린 장벽이 무너지고 91년에 구소련이 해체된 이후엔 작전도 그리 많지 않았다. MI6 조직원들도 뭔가 텅 빈 것 같았다. 마치 텅 빈 공간으로 밀려난 느낌이었다. 민간 부문, 다국적 기업, 정당, 외국계 대기업 등에 서비스를 제공하는 요원들이 생겨났다. 그는 강제로 이식된 도시에서 지내는 바람에 이 역사적인 사건을 놓칠 수밖에 없어서, 자기도 뭔가 이바지한 바가 있었다고, 이를 기억해줄 사람이 있을 것으로 생각하며 자신을 달랬지만 속이 쓰린 것은 어쩔 수 없었다.

지방에 머물며 영원히 이어질 것만 같았던 안정된 삶을 누리던 시절 딱 한 번 경계경보가 울렸다. 정착한 지 얼마 되지 않았던 때였다. 메그와도 모르는 사이였을 뿐만 아니라 조직에서 밀려나 추락하리라고는 전혀 의심하지 않던 때였다. 학교에 여자가 나타나 제임스 롤런드라는 사람에 대해 물어본 적이 있었다. 이것은 그가 그곳에서 사용하던 이름으로, 가깝게 지내는 사람들은 한결같이 그를 짐이라고 불렀다. 물론 아직 돈독한 사제 관계까진 강요할 수는 없어 학생들까지 이렇게 부르진 않았다. 마침 수업 중이어서, 수위가 여자에게 그런 일로 수업을 방해할 수는 없다고 이야기했다. 톰은 수업을 마친 다음에도 그다지 자유롭지 못했고, 바로 다음 수업에 들어가야 했다. 불쑥 찾아와 고집스럽게 직접 만나겠다는 여자 때문에 수위는 학생들이 들락거리는 틈을 타서 그에게 경비실에 여자가 왔는데, 한 시간 후 적당한 시간에 다시 오라는 말에도 만나기 전엔 꼼짝도 하지 않겠다고 고집을 피우며 기다리고 있다는 말을 전했다.

"이름을 밝혔나요?" 톰이, 아니 롤런드 씨가 물었다.

"그것이 문젠데요. 처음에는 베라 알고라고 했어요. 무슨 이름인지 잘 못 알아들었는데 외국계 성 같았어요. 억양도 외국인 같고요."

"어느 나라요?"

"롤런드 선생님, 잘 모르겠어요. 저는 구별이 되지 않네요. 그녀는 반복해서 이야기했고, 이해는 못 했어도 따라 말해보기도 했는데……. 참, 지금은 롤런드 부인이라는 말도 덧붙였어요. 선생님에겐 부인이 없다고 알고 있는데 말이에요.

"아직 없어요. 뭘, 걱정하지 마세요."

"그러면 선생님의 부인은 아닌 셈이네요."

"물론 아니죠. 뭘, 편하게 이야기하세요. 어떻게 생겼어요? 나이는요?"

"서른쯤 된 것 같아요. 옷은 외국인치고 잘 입었고요. 이곳에 온 지 얼마 되지 않는 이민자 같지는 않다는 거예요. 정확하센 결혼한 여자 같지도 않았고요. 이것이 무슨 말인지 아실지 모르겠네요." 그가 사실 하고 싶은 말은 품위 있어 보인다는 의미보다는 '숙녀 같진 않다'라는 단어에 어울렸다.

"그리고요?"

"잘 모르겠어요. 텔레비전에 나오는 여배우 스타일이에요. 스크린 밖에서 본 적은 없지만, 맞을 거예요. 향수 냄새가 하도 진해서 냄새가 며칠은 갈 것 같아요. 걱정하지 마세요, 냄새는 정말 좋아요. 조금 진하긴 하지만, 그래도 좋아요." 수위는 마치 이것이 롤런드 씨의 책임인 것처럼 이야기했다. "뭐라고 전할까요? 한 시간만 더 기다려달라고 할까요? 그런 의자에 앉아 기다리라고 하는 것이 좀 난처하긴 하지만요. 그분과 나눌 이야기도 없고. 그래도 제 의자라도 드릴게요."

"아니요. 그 여자에게는 이미 퇴근해서 오늘은 돌아오지 않을 거라고 전해주세요."

"정말요? 오늘 어떻게든 선생님을 뵈려고 작정한 것 같던데요?"

"예, 그렇게 전해주세요. 착각했을 거예요. 다른 롤런드 씨로 착각한 것 같아요." 롤런드는 희귀한 성은 아니었지만 그리 흔한 성도 아니었다. 런던의 전화번호부엔 30여 명이, 옥스퍼드에는 예닐곱 명 정도가 있었다. 스미스나 브라운이라는 성은 아무래도 신뢰하기 어렵다는 생각에 이 성을 선택한 것이었다.

"죄송합니다. 롤런드 선생님. 이것은 제 문제가 아닌 것 같긴 한데, 확실하게 처리하는 것이 좋지 않을까요?"

"오늘은 시간이 없어요. 윌, 가능하면 부탁한 대로 전해주세요."

그는 뭔가 꺼림칙했다. 자기가 이 도시에 머물고 있다는 사실을 이렇게까지 빨리 알아낸 사람이 있다는 것과 몇 사람밖에 모르는 새로운 신분까지 파악했다는 것이 마음에 걸렸다. 물론 MI6 안에도 세상 어디에도 끄나풀은 있었다. 당시만 해도 그는 여전히 위험을 심각하게 느끼고 있었다. 지나치다는 생각이 들 정도로 평화로운, 지루하다는 생각이 들 정도로 반복되었던 기약 없는 기다림이 몇 년씩 계속될 때까지도 그 느낌은 전혀 누그러지지 않았다. 그는 일과를 마치고 조심스레 윌이 근무하는 경비실로 갔다. 혼자 의자에 앉아 있는 그를 보고 물어보았다.

"내 아내라고 거짓말했던 여자는 갔나요? 더 이야기한 것이 있나요?"

"직접 만나러 가겠다고 선생님이 어디 사는지 물어봤어요. '그런 정보는 드릴 수 없습니다'라고 말했죠. 전화번호는 가능한지 물었는데, '그것도 안 되겠네요. 미안합니다'라고 했어요. 그러니 그녀는 제럴드Jarrold 호텔에 묵고 있다면서 수업이 끝나면 한번 들러달라고 했어요." 제럴드 호텔은 이 도시에서 가장 좋지는 않지만 두 번째 정도 되는 호텔로 가장 전통적이면서 편안하고 고풍스러운 호텔이었다. "선생님이 퇴근했다는 말을 믿지 않는 눈치였어요. 선생님이 호텔에 들르지 않으면 그녀는 내일 여기 다시 올 거예요."

"알았어요. 어쨌든 고마워요, 윌."

그는 별로 마음이 편하지 않았다. 착각이라고 해도 그 이상한 여자의 방문 때문에 수위의 관심을 끌게 되있는데, 이는 동료들의, 다시 말해 교장 선생님과 학생들의 관심을 끌게 된 것을 의미했다. 첫 번째 계명은 모든 일에서 눈에 띄지 말라는 것이었다. 어떤 이유에서든 아무하고도 이야기해서는 안 된다는 거였다. 윌에게 입을 다물어달라고 부탁할 처지가 아니었기에 그의 호기심은 커질 수밖에 없었고 더 많은 질문을 할 것이 뻔했다. 윌이 이 일에 대해 떠벌리는 것을 막을 방법이 없었다. 사소한 사건들과 전혀 예상치 못했던 일에서 말은 나오는 법이다.

토마스는 위험을 무릅쓰고 그 여자를 만날 수는 없다고 생각했다. 그가 모습을 드러냈을 때 총을 맞지 않을 거라는 확신이 없었다. 공공장소건 증인이 있건 상관없이, 이런 일은 비일비재했다. 문제는 표적을 잘 처리한 다음, 표적이 잘 처리되었는지 살펴보는 것뿐이었다. 그렇지만 토마스로서도 아무 일도 하지 않는 것이 더 큰 문제일 수 있었다. 베라 알고인지 롤런드 부인인지 모를 여자가 매일 같이 학교에 나타날 텐데, 그녀가 언제까지 문제를 일으키지 않을지는 알 수 없었다. 게다가 언제까지 그녀를 피해 다닐 수는 없었다. 집으로 돌아간 그는 크기가 작고 감춰두기도 쉬워 이 궁벽한 유배지에 올 때도 몸에 지녀도 된다는 허락을 받았던 리볼버인 차터 암스 언더커버 Charter Arms Undercover를 집어들었다. 외투 주머니에 넣고 제럴드 호텔로 향했다. 예감은 좋지 못했지만 가능한 한 빨리 사실을 명확하게 규명하는 것이 좋다는 생각이었다.

프런트에서 롤런드 부인을 찾았다. 접수처 직원은 수화기를 들며 누구라고 전할지 물었다.

"롤런드라고 전해주세요."

"부인이 올라오시랍니다. 3층 38호실입니다."

"아니요. 여기 호텔 로비에 있는 홀에서 기다리는 것이 더 좋을 것 같다고 전해주세요." 로비 양쪽에는 홀이 있었고, 그는 사람이 조금 더 붐비는 쪽을 가리켰다.

그리고 그곳에 가서 자리를 잡았다. 입구에서 좀 떨어진 안쪽 눈에 잘 띄지 않는 곳에 벽을 등진 채 앉아 입구 쪽을 주시했다. 5분을 기다렸다. 그동안 많은 사람이 오갔지만, 여자는 단 한 사람뿐이었고, 그것도 전혀 여배우처럼 생겼다는 생각이 들지 않는 중년 여성이었다. 차를 주문했는데, 차가 도착하기 직전에 드디어 롤런드 부인일 것 같은 여자가 모습을 드러냈다. 윌이 말한 대로 옷은 깔끔하게 차려입었는데, 어찌 보면 영국 여자들보다는 조금 천박해 보였다. 그녀는 굉장히 조심스럽게 움직였다. 30살 정도로, 못생겼다고 말하기도 그렇다고 예쁘다고 말하기도 어려운 그런 얼굴이었다. 코가 평범한 사람들보다 눈곱만큼 아주 조금 길다는 느낌은 있었지만 전체적으로는 괜찮은 편이었다. 그녀는 문 옆에 잠깐 멈춰 서더니 여기저기 사람들이 앉아 있는 테이블을 둘러보았다. 구체적인 누군가를 찾고 있는 것이 틀림없었다. 그녀의 시선이 톰을 스쳐지나갔다. 처음에는 톰을 그냥 지나쳤는데, 그를 알아보지 못한 것이 분명했다. 그는 조심스럽게 뭔가 의사를 묻는 듯이 두 손가락을 들어올렸다. 다른 손은 여전히 외투 주머니 깊숙이 찔러넣은 채 권총 손잡이를 움켜쥐고 있었다. 그녀는 뭔가 실망한 듯이 입을 삐죽이며, 절망에 가까운 표정을 지었다. 그러나 그 표정은 금세 불쾌하고 경멸스러운 표정으로 바뀌었다. 그런 반응 역시 영국인치고는 너무 즉흥적이었고 노골적이었다. 그녀는 얼른 감정을 다스리고 표정을 관리하며 그의 테이블 쪽으로 다가왔다. 그도 자리에서 일어나 인사를 건넸지만, 손은 여전히 주머니에 넣은 채였다.

"롤런드 부인? 제가 짐 롤런드입니다. 저를 만나려고 한다는 말을 들었습니다. 그런데 우리 모르는 사이 아닌가요?"

그녀는 앉을 생각도 악수할 생각도 없어 보였다. 선 채로 눈도 마주치지 않았고, 금세 그 자리를 뜰 기세였다. 그녀는 약간 노란색 기운이 감도는 어깨 정도 길이의 머리카락을 신경질적으로 매만졌다. 그녀의 창백한 눈은 튀어나왔다고 말하기엔 모호하게 돌출되었고 약한 포도주색, 다시 말해 노르스름한 색을

띠고 있었다. 전체적으로 그녀의 생김새는 별로 우아하단 생각
은 들지 않았고, 오히려 못생긴 쪽에 가까웠지만 묘하게 매력
적인 데가 있었다.

"죄송합니다. 제가 찾는 사람이 아니네요." 톰은 그녀의 말투
에서 이탈리아 사람 같다는 느낌을 받았다. 조금 더 들어봐야
확실히 알 것 같긴 했지만, 유고슬라비아나 여타 동유럽 국가
일 수도 있겠다는 생각이 들었다. 생각이 여기에 미치자 그는
더 경계할 수밖에 없었다.

"제가 롤런드인데, 누굴 찾고 있는지 잘 모르겠습니다. 오늘
아침 학교로 저를 찾아오셨다고 들었습니다."

"남편을 찾고 있었어요. 그런데 당신이 아니네요. 죄송합니
다. 오해가 있었던 것 같아요. 성과 이름이 같아서요. 귀찮게 해
서 미안해요. 번거롭게 해서요. 좋은 오후 보내세요."

그러나 토마스는 여자가 쫓고 있는 남편의 이름과 똑같은
이름을 자신이 선택한 것 역시 묘한 우연이란 생각이 섬광처럼
머리를 스쳤다. 그녀는 그에게 달리 설명할 생각이 없는지 서
둘러 다시 한번 죄송하다는 말을 하며 자리를 뜨려고 몸을 반
쯤 돌렸다. 그와는 나눌 이야기가 없었던 것이 분명했다. 분명
그는 자기가 찾던 짐 롤런드가 아니고, 그렇다고 그에게 자기
가 살아온 이야기를 털어놓고 싶진 않은 것이다. 그녀의 말투
는 여전히 모호했다. 뭔가 특징이 있긴 한데 그렇게 심하게 두
드러지진 않았다.

그 순간 주문한 차가 나왔다. 그녀는 여종업원에게 길을 내

주기 위해 잠시 멈춰서야 했다.

"잠깐만요. 기왕 여기까지 왔으니 뭐라도 한 잔 드시지 않겠어요?" 톰은 이 말을 뱉는 순간 호기심은 절대로 가져서는 안된다는 사실을 떠올렸다.

그가 계속 고집을 피웠다면 그리 어렵지 않게 롤런드 부인을 설득해 잠깐 자리를 같이할 수 있었고, 그녀가 어떤 상황이고 무슨 사연을 가졌는지, 남편이 누구인지 등을 털어놓게 할수도 있었다. 그러나 작은 지방 도시에선 누구의 관심도 끌면안 되었다. 혹시라도 그가 외국인일 것 같은 여자와 사람도 그리 많지 않은 호텔에서 이야기를 나누는 것을 보인다면 금세눈에 띌 것이고 험담이 나올 것이다. 그는 사람들의 관심권에서 완전히 벗어난 인간은 아니었기에 틀림없이 질문 공세를 받을 것이 뻔했다. 혹시 그녀가 그를 얽어매는 데 성공한다면, 예컨대 그가 흥미를 느껴 그녀를 도와 또다른 짐 롤런드를 찾아나선다면(사실 그는 사람을 찾는 데 선수였다) 주어진 역할에서벗어날 수밖에 없다. '나는 매력 없는 선생이야. 할 줄 아는 것이 없는 평범하기 짝이 없는 맹탕 선생이란 말이야. 쓸데없이즉흥적으로 일을 만들면 안 돼.' 그는 이런 생각을 했다. '최소한 여기 머무르는 동안엔 모험적인 삶은 끝났다고 봐야 해.' 그런데 불현듯 다른 생각이 들었다. '혹시 그녀가 연극하는 것은아닌지 몰라. 내 얼굴을 직접 보고 톰 네빈슨인지 확인하라고보내진 사람일 수도 있어. 그렇다면 내 사진을 받았을 테니까,내가 비록 지적으로 보이기 위해 안경을 쓰고 콧수염에 이 보기 싫은 턱수염까지 길렀지만 그녀는 벌써 나를 알아봤을지도 몰라. 지금은 나에게 아무 짓도 하지 않을 테지만, 보고할 것을 가지고 돌아가 확인해주겠지. '맞아요. 제임스 롤런드가 바로 톰 네빈슨이에요. 틀림없으니, 이젠 당신들이 알아서 하세요.' 먼저 그녀를 보낸 다음 나중에 올 생각을 하고 있는 인간들이 내 이름을 잘못 알고 있었을 수도 있어. 그래서 아무 일도 없는 것처럼 앉아 담소를 나누는 것을 원치 않는 것인지도 몰라. 이런 경우도 많이 봤지. 그녀는 이제 임무를 완수한 거고, 증언만 하면 다른 사람이 와서 처리할 거야.' 이 순간 그는 갑자기 '처리하다'라는 의미의 스페인어 단어가 떠올랐다. 그는 2개 국어를 자유롭게 구사할 수 있었기에 언제나 두 언어가 따로따로 떠다니다가, 불쑥 동시에 나타나기도 했다.

"아니요. 고마워요." 이 이름이 맞는지는 모르겠지만 베라 롤런드가 대답했다. 그녀는 종업원을 피해 종종걸음으로 로비를 빠져나갔다. 틀림없이 38호실로 돌아갔다가, 내일 아침 기차를 탈 것이다. 하지만 그녀가 어디로 갈지는 알 수 없었다.

IX

이것이 이 세상 수없이 많은 도시와 마찬가지로 조금은 잠이 덜 깬 것 같았던 그곳에서, 서서히 생명의 불꽃이 스러져 가는 동안 그가 겪은 유일한 돌발 사건이었다. 그 자체로는 몇 시간에 불과한 일이었지만 언젠가 올지 모르는 사람을, 다시 말해 남자든 여자든 임무의 성격을 띠고 올 사람을 기다리며 완전히 여기에서 벗어나는 데는 몇 달이 걸렸다. 60년대 영화인 〈킬러The Killers〉의 초반부에 나온 리 마빈과 클루 굴라거Clu Gulager 같은 사람 두 명이 토마스가 숨어 살던 곳과 비슷한 곳에, 다시 말해 영화 속 등장인물인 존 카서베티즈John Cassavetes가 몇 년간 숨어 살면서 수업 비슷한 것을 하던 학교와 하숙집에 금방이라도 나타날 것만 같았다. 15살 즈음에 본 그 영화의 스페인판 제목은 〈암흑가의 질서Código del hampa〉였다. 헤밍웨이의 소설에서 어렴풋하게 영감을 얻은 작품이었

634

는데, 정확하게 기억이 나진 않았다. 내 기억이 맞는다면 청부 살인의 대상은 스웨덴 출신의 올레 안드레손이었는데, 정당화가 필요한 사람들이나 SIS 조직원들이 살인을 정당화하기 위해 이런 식으로 돌려 말한 것일 수도 있지만 그는 도망칠 생각도 방어할 생각도 하지 않고 순순히 살인을 받아들였다. 기다리다 지친, 혹은 두려움에 지친 사람처럼 그는 이렇게 이야기했다. '드디어 나를 찾았군. 나는 불평하지 않겠네. 그동안 잘 미뤄왔지만 어찌 보면 쓸모없는 짓이었지, 의미도 없고. 그런데도 세상에는 뭐든 미루는 버릇이 있어. 하지만 아무리 미뤄놨던 일도 언젠가는 닥치기 마련이야. 이런 식으로.' 이 모습은 암살자의, 예컨대 영화 속 마빈과 굴라거의 관심을 끌었는데, 두 사람은 그에게서 과도한 자극을 받은 탓인지 그때부터 거칠게 여기저기를 뒤지기 시작했다. 토마스 네빈슨은 이런 일이 자기에게 일어난다면 수동적으로 가만있지만은 않을 거라는 생각이 들었다. 아무 저항도 하지 않고 칠판에 몰려 난도질당하진 않을 것이다. 두려움을 완전히 떨칠 때까지 몇 달 동안 계속해서, 예컨대 수업하러 갈 때까지도 그는 주머니에 권총을 넣고 다녔다. 이런 상황이 길어진다면 기다리다가 지칠 거라는 사실도 잘 알고 있었다. 그렇지만 한편으로는 두려움을 안고 살아가는데 지치지 않을 자신도 있었다. 젊었을 적부터, 자기와 함께 잠을 잤던 그날 밤 재닛 제퍼리스가 죽었던 그날부터 그는 언제나 두려움과 함께 살아왔기에 피곤함에 너무 익숙해져 있었다. 그는 다양한 형태의 피곤을 맛보며 피곤과 함께 살아왔다.

시간이 아무리 지나도 나타나는 사람이, 그를 죽이려고 찾아오는 사람이 없자 조금씩 긴장이 풀어지기 시작했다. 그렇지만 경계심을 늦출 때까지 서두르지 않고 기다리는 사람도 있었기 때문에 지나치게 긴장을 풀 수는 없었고 언제나 촉각은 곤두세워야만 했다. 가끔 그 롤런드 부인을 떠올리며, 있을 수도 있는 공상을 즐기며 그는 시간을 보냈다. 영원히 채워지지 않는 호기심에 그녀를 제럴드 호텔에서 잡지 못한 것이, 그리고 물어보지 못한 것이 못내 유감이었다. '나를 귀찮게 했으니 빚진 셈 아닌가요?'하고 그녀에게 뭔가를 요구하는 것이 그렇게 어려운 문제도 아니었다. 만일 그의 정체를 확인하러 온 것이 아니라면 진짜로 그의 남편을 쫓아왔다는 건데 그 말에는 뭔가 이상한 구석이 있었다. 전화로 계약을 했거나 돈으로 산 아내일 수도 있다. 영국으로 건너와 제임스 롤런드와 결혼을 했거나, 결혼했다고 믿고 있는지도 모른다. (윌에게 외국계 성을 두 번씩이나 말해줬는데도 제대로 알아듣지 못하자 마지막으로 이렇게 이야기했다고 했다. '지금은 롤런드 부인이기도 해요.' 톰이 직접 대화를 들었다면 더 많은 정보를 얻을 수 있었는데 유감이었다) 무슨 이유에서든—실망이든, 후회든, 뒤늦게 찾아온 공포든, 이중 결혼이든—그는 사우스워스 씨 말마따나 '쥐도 새도 모르게 숨어' 그녀를 바람맞힌 셈이었다. 매춘 조직이 그녀를 속여 데려왔을지도 모른다. 만약 이것이 사실이라면, 꼼짝 못 하고 노예처럼 학대받은 모습이 전혀 없는 것을 미루어 보았을 때 그녀는 탈출에 성공한 것이 틀림없었다. 토마스는 그녀에게서 무기력한 모습보다는 다부지면서 뭔가 잘난 체하는 듯한 모습을 보았다. 화장은 적당히 했지만, 그녀가 입었던 옷은 얌전 떠는 섬나라 사람들의 패션이라기보다는 약간 개방적인 대륙 스타일이었다. 사기꾼 같은 남편에게 복수하고 싶어 전화번호부에 있는 명단에서 한 사람씩 지워가면서 영국에 있는 모든 롤런드의 뒤를 밟은 것인지도 모른다. 그것이 아니라면, 늘 있는 일처럼 버림받은 것이 분해 왜 그랬는지 설명을 듣고 싶었던 것일 수도 있다. 이런저런 생각이 다 이상하긴 했지만, 상상의 영역은 톰의 전공 분야가 아닌 탓에 별다른 생각이 떠오르지 않았다. 톰은 진짜로 실종된 남편이긴 했지만, 그렇다고 베르타가 자기를 찾아 전 세계를 헤매고 돌아다닐 것 같진 않았다. 하긴 베르타에게 토마스는 죽은 사람이었기에 찾을 이유도 없었고, 찾아나선다고 해도 이 세상 어디에서도 시신조차 찾지 못했을 것이다. 겉으로는 그를 찾으려는 엄청난 노력이 있었지만 이미 실패했다고 되어 있었다.

그 일이 미래에 대한 예언이나 조짐으로 보일 때까지는 마음 한구석에 담아두었지만, 시간이 흐르자 그 일은 차츰 희미해졌다. 그로부터 다소 시간이 지난 다음 그는 간호사 메그를 알게 되었고 예기치 않게 임신을 시켜버리는 바람에, 결국 그녀와 동거하게 되었고 딸 밸러리를 얻었다. 딸을 끔찍하게 사랑하긴 했지만 크는 것을 오래 지켜보진 못했다. 가끔 스쳐지나가듯이, 그는 평생 그 도시에서 지낼까도 생각했었다. 과거에 있었던 다양한 일들이 강하게 뇌리에 박혀 있다손 치더라도 그것은 모두 꿈에 불과하다는 생각에, 그는 그 도시에서 태어나 그 도시에서 늙어 죽는 것을 머리에 그리곤 했다. 이는 멈출 수 있는 거의 모든 것에 적용할 수 있었다. 멈추어 선 것은 모든 것이 다 꿈 같았다. 이미 존재하지 않는 것은 소매에 내려앉은 재와 같았다.

1993년까지는 규칙적인 방문이 있었다. 언제나 투프라가 하루 전날 알려줬는데, 이것만큼은 몇 년째 단 한 번도 어긴 적이 없었다. 대부분 단순한 심부름꾼이었다. 언제나 새로운 사람을, 예컨대 대체로 발단이나 신입을 보냈는데 경우에 따라선 인턴을 보내기도 했다. 대부분 미리 통보하고 오긴 했지만, 톰은 생면부지의 사람을 맞이할 때와 마찬가지로 언제나 손에 언더커버를 들고 조심스레 나갔다. 이번엔 투프라도 블레이크스톤도 그에게 6개월마다 현금을 가져다줬던 사람도 아니었다. 제럴드 호텔 라운지에서 만났는데, 그곳은 톰이 그 도시에 정착하고 얼마 되지 않아 재미를 붙여 지나는 길에 들른 도시에 잠깐 머무르던 호텔처럼 혼자서 조용히 신문을 보기 위해 가던 곳이었다. 이번엔 무척이나 멋을 부린 말랑말랑한 젊은 청년이었다. 순둥순둥하게 생긴 얼굴에 현학적이고 화려한 말투를 사용했는데 여러 색으로 염색한 디킨스 풍의 조금은 기괴하게 웨이브를 준 머리가 이마를 덮고 있었다. (90년대에 유행하던 두 가지 색인 황금색과 밤색으로 염색했다.) 그는 자신을 몰리뉴라고 밝혔는데, 언뜻 보면 프랑스 사람의 성 같았지만 영국에서도 그렇게까지 희귀한 성은 아니었고 상당히 전통 있는 가문도 있었다. 그는 '장벽이 무너지고 소련이 급속히 해체되자, 동유럽 사람들이 굉장히 민감해진 탓인지 별로 활동을 하지 않고 있습니다'라는 말과 함께 '슈타지*를 비롯한 여타 비밀 정보기관들이 내부 문제로 너무 바쁜 데다가, 해체되어가는 과정에서 혹시라도 지난날에 있었던 사건으로 인해 자기들에게 보복이나 린치가 가해질까봐 두려워하고 있는 것이지요'라는 이야기도 전해주었다. (루마니아의 차우셰스쿠 부부에게 끔찍한 일이 일어난 이후, 아무도 안전을 장담하지 못하고 있었다.) 탈출과 관련 자료의 파기가 시작되지 않은 경우엔 모든 사람이 각자 자기 자리만 고수하고 있었다.

'우리는 믿지 않아요'라고 그는 복수형을 사용했는데, 자기 의견에 투프라의 의견까지 함께 담아내고 있는 것이 분명했다. '모두 과거사를 매듭짓는 일에만 몰두하고 있어요. 이것이 아마 그들이 머리를 굴리고 있는 마지막 일일 거예요.' 모두 얼스터에 관해서는 입은 다물고 있지만, 분명히 실질적인 진전이 있었기에 복수심에서 비롯된 부적절한 행동으로 그들을 완전히 무너뜨리려고 해서는 안 된다고도 했다. 느슨해진 부분이 있을 때, 아직은 회개하지 않은 완고한 사람이 그런 짓을 시도할 가능성은 언제나 상존한다. 개인의 '영혼'은 아무도 지배할 수 없으니까. (몰리뉴는 '영혼'이라는 단어를 사용했다. 이것 역시 여기에서는 조금 현학적인 단어였다.) '평화나 유사 평화 상태에 도

---

*   STASI. 1950년부터 1990년까지 존재했던 동독의 정보기관.

달하기까진 여전히 파괴와 테러가 있을 거예요. 당연히 그러겠죠. 쓸데없는 짓이 아닌지는 모르겠는데, 지난 20년 동안 양측을 합산하면 3천 명에 달하는 사망자를 냈어요.' 그러나 최근 추세는 줄어드는 방향으로 흘러가고 있었고, 지금까지 해결하지 못한 문제는 최소한 문제가 재림할 때까지는 미해결 상태로 그냥 놔두기로 했다. 그는 이 비유에 기분이 좋아져 밝게 웃었다. 물렁물렁한 젊은이는 한마디 덧붙였다. '요컨대, 네빈슨 씨, 아니 죄송해요. 롤런드 씨, 우리가 보기엔 다시 돌아갈 시간이, 다시 말해 여기에서 나갈 시간이 된 것 같아요. 확실한 것은 아니에요. 지금 당장 업무에 다시 복귀하는 것도 아니고요. 언젠가는 복귀를 요청할 거예요. 물론 그럴 수도 있고, 안 그럴 수도 있어서, 확실하게는 말할 수는 없지만요. 게다가 당신은 힘도 빠졌고 오랫동안 훈련도 받지 못했으니까요.' 그는 최종적으로 그의 은퇴 가능성을 차갑게 통보했다. '한 단계 한 단계씩 진행되겠지만, 런던으로 돌아올 수도 있을 테고, 그곳에서 살면서 세상이 어떻게 돌아가는지 볼 수도 있을 거예요. 세상의 중심에서요. 유배 때처럼 먼 곳까지 갈 필요가 없으니까 걱정하지 않아도 돼요. 그렇지만 우리와는 멀리 떨어져 지내야 합니다. 최소한 얼마 동안만이라도요. 당신의 정체와 얼굴을 아는 사람이 몇 안 되기도 하고, 그나마 대부분 당신이 죽은 줄 알고 있으니까 그 점에선 별로 위험하진 않을 겁니다. 그러나 확실히 해두는 것이 좋지요. 지금 현재의 신분을 유지하는 것이 좋을 겁니다. 그리고 우리 사무실이나 외무부에는 나타나지

않는 것이 좋을 거예요.'

네빈슨은 방금 저 바보 멍청이가 자신을 제외했다는 의미로 '우리'라는 말을 사용해도 좋다는 허락을 받은 거라는 생각이 들었다. 네빈슨은 혀를 가볍게 깨물었다. 당장 그를 그곳에서 끌어내고 싶었지만, 투프라가 보낸 사람이라는 것 때문에 꾹 참았다. 바퀴벌레처럼 이마를 살짝 가린 나폴레옹 풍의 괴상한 머리 웨이브에 토마스는 짜증이 났다. 빗과 가위를 들고 저걸 그의 이마 앞에서 치워버리고 싶다는 생각이 굴뚝같았다.

그러나 흥분도 되었고 고맙다는 생각도 들었다. 그곳을 떠나 런던으로 돌아갈 수 있다는 낭보를 전해줬다는 것 때문에, 점이 있는 툭 튀어나온 저 이마에 키스하고 싶다는 엉뚱한 충동이 일 정도였다. 느릿느릿 흘러가던 최근 몇 년 동안 수업을 마친 오후가 되면, 역에 가서 '런던행 기차'라는 표지판이 달린 플랫폼에 슬쩍 들어가 기차가 들어오는 것을 보며 그 앞에서 몇 분씩 머물곤 했다. 그때마다 승강구가 자기를 유혹하고 있다는 생각을, 자꾸 부르는 것만 같다는 생각을 떨칠 수가 없었다. 기차표만 샀다면 당장이라도 걸음을 내디디고 싶은 생각이, 기차에 오르고 싶다는 생각이 굴뚝같았다. 간단한, 너무도 평범한 문제였고 수많은 승객이 아무 생각 없이 그렇게 하고 있었다. 그러나 그는 불가능했다. 그곳에서 자바로 가는 배를 타는 것만큼이나 상상도 할 수 없는 일이었다. 런던만 가면 공항까지는 지하철로 몇 구간 되지 않았고, 마드리드로 가는 직항을 이용하면 베르타와 첫 번째 아이들에게 갈 수 있었다. 그리움을 안고, 가끔 마음이 약해질 때면 쓰라린 가슴을 안고 기차가 떠나는 것을 지켜봐야만 했다. 길이나 들판에 선 채 기차가 지나가는 것만 지켜봐야 했던 19세기 사람처럼 그는 기차가 멀어져가는 것을 쓸쓸히 바라보기만 했다.

'언제 움직일 수 있을까?' 몰리뉴에게 물어보았다.

'일주일 후면 베이커 거리 옆에 있는 도싯 스퀘어에 작은 아파트가 준비될 겁니다. 거기 잘 아시죠? 아주 작은 아파트죠. 사실 다락방 수준이지만 임시로 머물기엔 충분할 거예요. 언제 이사하고 싶은지 우리에게 말씀해주세요. 시간은 필요한 만큼 사용해도 돼요. 다락방은 어디 가지 않을 테니까요.'

아직 어린 탓에 몰리뉴는 제2차세계대전에 활동했던 그 유명한 SOE의 조직 일부가 도싯 스퀘어 1번지에 있었다는 사실은 아마 까맣게 모를 것이다. 토마스는 '임시'일지 모르지만, 그 건물에서 살게 되는 것은 아닌지, 반세기가 지나긴 했지만 지금도 그곳이 비밀정보부 소유인지 궁금했다. '왕실 자산은 영원히 왕실 소유야. 이건 분명한 사실이야. 왕실은 우리가 더이상 필요하지 않아야 내줄 텐데.'

'일주일 후면 준비가 될 거라고? 일주일 후라.'

역사를 통틀어 양심 없이 행동했던 수많은 남편이나 아내처럼 아무 말 없이 그냥 떠나는 것은, 다시 말해 작별 인사도, 설명도 없이 떠나는 것은 선택할 만한 방법은 아니었다. 메그가 울며불며 그를 찾아 나서지 않도록, 경찰에 실종 신고를 하지 않도록 최소한 일부라도 진실을 털어놓기로 했다. 제임스 롤런드는 원래 존재하지 않는 사람이었기에 이젠 아무도 그가 신분 세탁을 위해 사용했던 롤런드를 찾을 수는 없을 것이다. 그러나 절망에 빠진 사람들, 즉 자기에게 무슨 일이 일어났는지 이해하지 못하는 사람은 자기들이 할 수 있는 일이 무엇인지도 모르고, 롤런드 부인이라고 했던 그 외국인 여자처럼 쓸데없이 방방곡곡을 뒤지고 다닐 것이다. 그런 메그의 모습은 상상만으로도 마음이 아팠다.

'나는 오래전에 결혼한 아내와 그 사이에서 낳은 두 아이가 있어'라고 그녀에게 말했다. '나는 그들을 떠나 왔어. 여기 온 것은 그들을 잊기 위해서였지. 가까이 있으면서 고통을 키우고 싶지 않았으니까. 나는 이미 결혼했고, 지금도 결혼한 상태야. 그래서 당신과 결혼을 하지 않으려고 했던 거야. 이혼하지 않았거든. 마지막 순간까지 당신을 속이고 싶지 않았고, 법을 어기고 싶지 않았어. 이제 예전의 삶으로 돌아갈 수 있다는 가능성이 생겼어. 그래, 당신이 옳았어. 당신에게 이야기하는 것이 나았는데 너무 입을 다물고 살았어. 당신 입장에선 그것이 필요했는데. 내가 입을 다물었던 것은 나쁜 의도는 아니었지만, 이기적인 생각이었어. 사람들은 누구든 하루하루 최선을 다해 살아남으려고 노력하고 엄청난 고통으로부터 자기를 보호하려고 해. 아무 생각 없이 무엇이 되었든 손을 내밀게 되어 있는 거야. 나는 당신을 이용했어. 그러나 당신이 그리울 거야. 처음엔 이렇게 오래 관계를 유지하고 싶지도, 아이를 가지고 싶지도 않았어. 하지만 지금은 후회하진 않아. 오히려 정반대로, 당신에게는 고맙다는 생각뿐이야. 이미 알고 있겠지만. 나를 용서해달라고도 하지 않을 거야. 기대도 하지 않고 그럴 자격도 없어. 당신과 밸러리를 매일 볼 수 없다는 생각만으로도 가슴이 무너지는 것 같아. 그러나 아주 옛날부터 알고 있던 내 또다른 자식들 때문에 가슴이 찢어질 것 같은 삶을 몇 년째 보내고 있었다는 사실을 이해해주었으면 좋겠어.' 이런 표현을 사용하는 것이, 자신의 고통을 털어놓는 것이, 가슴 깊이 느꼈던 어마어마한 고통을 말로 표현하는 것이 그에겐 너무 부끄러웠다. 그러나 닥친 일이었다. 이런 이야기로 상황이 완화되진 않을 테지만, 이런 진부하기 짝이 없는 이야기라도 내뱉지 않았더라면 더 황당했을 것이다. 어떤 경우엔 진부한 이야기라도 필요한 법이다. 특히나 사랑했던 사람을 버리고 떠나야 할 경우라면 두말할 나위도 없다. 위선적이지만 별수 없이 그런 말이라도 해야 했다. 전혀 쓸모없을지도 모르지만, 충격을 조금이라도 줄여줄 수 있을 것이다. 물론 당장은 아니겠지만 훗날 뒤돌아보면 그럴 수도 있을 것이다. 어쨌든 이런 방식의 말들에 의지한 것이 이번이 처음은 아니었다. 신분을 속이고 살아야 하는 사람들은 언제나 이런 말을 잘 다룰 수 있어야 한다. 물론 이런 말을 늘어놓을 때마다 부끄러운 생각이 들긴 했다. '당신들에겐 부족한 것이 없게 해줄 거야. 매달 충분히 살 수 있을 정도의 돈을 보내줄 테니 크게 걱정할 필요는 없어. 물론 지금 당장은 돈 따윈 관심이 없을 거야. 이것은 사소한 부분이니까. 그렇지만 앞으로는 그렇지 않을 수도 있어.'

며칠 동안은 사이코드라마, 눈물, 질책, 원망, 수시로 일어나는 분노, 강요된 침묵 등이 번갈아가며 그녀를 몰아붙일 거라는 사실을 토마스 네빈슨 역시 잘 알고 있었다. 그는 기꺼이 대가를 치르고 그곳을 벗어나고 싶었다. 우주로 돌아가고 싶었고 시들지 않은 삶을 살고 싶었다. 며칠 동안 이어진 쓸데없는 몸부림은 대가치곤 어찌 보면 너무 싸구려였다. 시간은 흐를 테고 얼마 있으면 이곳을 벗어나 런던에 가게 될 것이다. 런던에 서부턴 어떤 일이 어떻게 일어날지 알 수 없었다. 아이 엄마보다는 아이와 헤어지는 것이 더 힘들었다. 상처만 남긴 채 차갑게 끊어버린 적도 있었지만, 아무튼 그는 사람들과 헤어지는 것에 익숙했다. 그는 이런 이야기도 했다. '가끔이라도 당신을 보러 와서 몇 주 정도 함께 지낼 거야. 최소한 나를 대체할 사람을 구할 때까진 말이야. 지금은 불가능한 일처럼 보일지라도, 당신도 잘 알고 있겠지만, 언젠가는 나를 대체할 사람을 찾을 거야. 그때까진 그렇게 할 수 있도록 허락해줘. 아직 받아들일 준비가 되어 있지 않다고 해도 나는 이해할 거야. 어떻게 내가 이해를 못 하겠어. 일을 더 어렵게 만들거나, 상처에 소금을 뿌리는 짓을 하지 않기 위해서라두 이해할 거야. 나도 당신과 똑같은 처지에 있었던 적이 있으니까. 상처가 어떤지 잘 알고 있어. 나도 이런 일을 겪어봤으니까.'

마드리드 이야기는 하지 않았다. 그가 반은 스페인 사람이라는 것도, 진짜 이름도 이야기하지 않았다. 그리고 인생 대부분을 무슨 일을 하며 살아왔는지도 털어놓지 않았다. (이런 이야기를 해도 좋다는 허락을 받지 못했을 뿐만 아니라, 앞으로도 절대로 허락이 떨어질 것 같지 않았다.) 운명을 시험하지 않는 편이 더 나을 거라는, 톰 네빈슨이라는 이름은 앞으로 그녀에겐 아무런 의미가 없을 테니 괜히 이름을 밝히는 일은 하지 않는 편이 더 나을 거라는 생각이 들었다. 그녀가 언젠가 이름을 알게 될지도 모르지만, 어찌 보면 그의 이름은 그를 기억하고 있는 모든 사람에게 망자의 이름에 불과할 것이다. 언젠가 마드리드로 돌아갈 수 있다면, 간호사인 메그가 딸을 데리고 그곳에 나타나

지 않는 편이 나았다. 절망적인 사람에게 쓸데없는 생각을 안
겨주고 싶지 않았다. 혹시라도 실행에 옮길 수 있으니까.

'다시는 당신을 보고 싶진 않아. 그리고 아이가 당신을 다시
만나는 것도 싫어.' 이것이 메그의 마지막 대답이었다. 며칠 동
안의 비난과 절규 끝에, 그리고 뜬눈으로 밤을 새우며 한없이
눈물을 흘린 뒤에 내린 최종적인 판단이었다. 며칠씩 밤을 새
우면 아무리 냉정한 남자라도 녹초가 되지 않을 수 없었다. '미
래에 또다른 아빠를 맞이한다면 당신을 기억하지 못하는 것이
나을 거야. 당신을 그리워하지 않아야 행복할 수 있어. 그리고
존재하지 않았던 사람처럼 당신을 까맣게 잊어야 해. 내 기억
도 유리처럼 깨질 수 있다면 좋겠어. 그런데 어른들은 불가능
해. 나는 가끔 당신이 생각날 테고, 죽을 때까지 당신을 증오할
거야.'

토마스 네빈슨은 차분하게 일주일이 지나가길 기다렸다. 슬
픔에 가득찬 하루하루가 다가왔다. 물론 가슴 한편에는 슬픔
을 안고 있었지만, 다른 한편에선 꿈이 부풀고 있었다. 그는 세
사람에게, 아니 최소한 두 사람에겐 언젠가 닥칠 수밖에 없는
작별이긴 했지만 조금은 아껴두고 싶었다. 아이는 이 일을 전
혀 생각도 하지 못하고 있을 테니까. 이미 모든 것을 다 털어놓
았지만, 언제, 며칠에 떠날지는 통보하지 않았다. 어느 날 아침
메그와 아이가 밖에 있을 때, 그러니까 엄마는 병원에 가고 아
이는 유치원에 갔을 때를 이용해 그는 조그만 여행 가방을 꾸
린 다음 그 안에 권총을 갈무리했다. 밸러리가 발견하면 사고

가 날지도 모른다는 생각 때문만은 아니었다. 안방 침대 위에 열쇠를 던져놓고 나가면서 문을 잠갔다. 메모를 남기는 것은 좀 과한 행동 같았다. 메그는 집에 들어오자마자 그가 떠났다는 것을 금세 눈치챌 것이다. 가벼운 걸음으로 기차역으로 향했다. 이번엔 플랫폼에 우두커니 서서 기차가 떠나가는 것을 멍하니 바라보지 않고 런던행 기차에 오를 것이다. 그리고 기차에 탑승해, 몇 시간 후 패딩턴에서 내릴 것이다. 지방 소도시에서 수도인 런던까지는 한 번도 여행해본 적이 없다는 생각이 들었다. 패딩턴에서 세 정거장 거리에 있는 베이커 거리까지 지하철을 타고 가면 도싯 스퀘어 호텔 앞에서 몰리뉴가 기다리고 있을 테고, 다락방으로 안내한 다음 열쇠와 함께 지시 사항을 전해줄 것이다. 이젠 자유인이 되었고 유배 생활도 끝났다. 어떤 삶이 펼쳐질지 곧 알게 될 테지만, 그때만 해도 이것은 별로 중요하단 생각이 들지 않았다.

기차가 정거장에 들어오는 것을 보고도 그는 꼼짝하지 않았다. 자리에서 일어나 급히 승강장 쪽으로 다가갈 생각도 하지 않았다. 여전히 여느 때 오후처럼 의자에 앉아 있었다. 평소와 똑같은 행동이 그의 주위를 여전히 맴돌고 있었다. 뒤늦게 찾아온 망설임에 잠깐이나마 마음이 어지러웠을 것이다. 벽시계를 바라보았다. 2분만 더 앉아 있으면, 잘해 봐야 3분 정도만 그대로 앉아 있으면 기차를 놓칠 것이 분명했다. 그곳엔, 단조롭고 따분하고 졸리기만 했던 그곳엔 다른 곳에선 느끼지 못했던 평화가 있었다. 책임감을 느끼지 않아도 된다는 것 자체가 큰 즐거움으로 다가왔다. 오로지 옆에 있는 사람들에 대해서만 책임감을 느끼는 것만으로 충분했다. 모든 일이 끝나자, 다시 말해 빨리 끝나기만 간절히 바랐던 일들이 마무리되자, 갑자기 끝났다는 사실 자체가 유감이라는 생각이 들면서 반대로 그리워지기 시작했다. '뒤에 남겨놓은 것엔 전혀 불쾌한 감정이 묻어 있지 않은 것처럼 보인다. 우리가 성공적으로 이를 극복했기에, 즉 완전히 깨지지 않고 여전히 살아 있기 때문일 것이다. 누구나 어제로 돌아가고 싶다는 생각을 한다. 어제는 이미 극복했고 그 결과도 알고 있으니까, 다시 한번 반복하고 싶은 것이다. '그렇게 고대했던 평온함, 가을날의 고즈넉함, 나이가 주는 지혜, 이런 것의 가치는 뭘까?' 이곳에서 정말 안전하게 지냈고, 질서정연하고 조용한 삶을 살았다. 전체적으로는 좀 따분했지만 언젠가는 그 권태로움까지도 그리워질 것이다. 수업이, 학생들이, 강변을 따라 걷던 산책과 길 자체가, 그리고 동료들이 그리워질 것이다. 운동장에서의 축구 경기와 지나가던 나그네, 한가로운 시골 사람처럼 모든 것을 멈추고 제럴드 호텔 라운지에서 차를 마시며 신문을 보던 일이 그리워질 것이다. 메그와 그녀의 따스했던 몸이, 그리고 아장아장 총총걸음으로 나를 향해 달려오던 밸러리와 밸러리의 상큼한 미소가, 시간이 흐르면 사라져버릴 그 미소가 아무 이유 없이 그저 그리울 것이다. '시간은 언제나 시간이고, 장소 또한 언제나 장소일 수밖에 없다는 사실을 잘 알고 있어. 현실은 특정 시간과 공간 안에서만 현실이기 때문이야." 기차는 문을 열어놓은 채 눈앞에서 평소처럼 그를 유혹하고 있었다. 토마스는 드디어 걸음을 옮기기 시작했다. 한 걸음, 두 걸음, 세 걸음, 네 걸음, 아마 다섯 걸음째였을 것이다. '역사는 시간을 초월한 순간을 엮은 직물이니 (……) 지금, 여기, 지금, 영원히 (……)'라는 문장이 떠올랐다. 블랙웰서점에서 아무 생각 없이 읽었던 그 구절을 얼마나 오랫동안 간직해왔는지 모르겠다. 벌떡 일어나 가방을 들고 걸음을 옮겼다. 이미 기차를 타고 있었지만, 뒤로 돌아 한 걸음만 디디면 얼마든지 다시 밖으로, 다시 플랫폼으로 나갈 수 있었다. 플랫폼과 벽시계를 차례로 바라보았다. 문이 닫혔다.

기차가 출발할 땐 이미 자리에 앉아 있었다. 그러나 이것은 아주 짧은 생각뿐이었고 곧 여느 때와 마찬가지로 망각에 빠져들었다. '잘 있으렴, 멋진 강아! 잘 있어, 내 여인아, 잘 있어, 딸아! 정말 많은 추억을 만들었는데, 등 뒤에 너무 많은 걸 남기고 가네.'

몇 달이 지나고 1994년이 되자 토마스 네빈슨은 통보를 받았다. MI6와 MI5의 본부 및 여러 곳에 산재한 지부와 안가 그리고 외무부에는 절대로 접근하지 말라는 명령이었다. 투프라나 블레이크스톤 그리고 여타의 동료들을 만나려고 해선 안 된다는 명령도 같이 내려왔다. 전화하거나, 모습을 드러내서도 안 된다고 했다. 마드리드와 접촉을 시도해서도 안 되고 다른 사람들에게 자신이 살아 있고 다시 귀환했다는 것을 알리고 싶다는 유혹에 빠져서도 안 되었다. 이제 그는 제임스 롤런드가 아니었다. 많은 사람이 알고 있는 이름은, 몇 년씩 한 곳에서 지냈기에 많은 사람과 관계를 맺었고 자식까지 남긴 그 지방 소도시의 주민들에겐 익숙한 그 이름은 계속 사용하지 않는 편이 더 나을 것 같았다. 몰리뉴는 그에게 새로운 서류를 건네주었고, 그는 데이비드 크로머-피톤이라는 이름을 사용하게 되었다. 소설에서 찾았는지, 아니면 장군의 성인지 크림 전쟁에서 직접 가져온 것인지, 그가 왜 이렇게 복잡하고 희귀한 성을 주었는지 알 수 없었다. 가능하면 다른 사람들 눈에 띄지 않고 지내는 것이 더 유리하다는 사실을 잘 알고 있었는데, 이것은 금세 눈에 띌 수 있고 기억에 남을 만한 성이었다. 톰 네빈슨은 공식적으론 죽은 사람이었기 때문에 날이 갈수록 그를 기억하고 있는 사람이 줄어들었다. 이미 죽어 스쳐지나간 사람이나 백해무익한 사람은 사람들의 뇌리에서 벗어나는 순간 빛바랜 인간이 되어 누구도 고려하지 않는다. 수첩에 적어놓은 전화번호와 마찬가지로 그들을 기억 속에 간직한다는 것 역시 아무짝에도 쓸모없는 짓이다. 잊지 않으려 노력해도 결국엔 둘 다 한 줄로 그어버린다. 그러나 기억이 쉽게 활성화된다는 것은 분명한 사실이다. 이름을 언급하거나 얼굴을 한 번 보는 것만으로도 충분하다. 수도 없이 모습을 바꿨는데도 과거에 알고 지냈던 누군가가 그를 알아본다면 달갑지 않은 기분이 들 것이다. 그는 좀 더 많이 기다릴 수 있는 수동적인 사람이 되거나, 꼼짝도 하지 않아 아무도 볼 수 없는 투명 인간이 되거나, 시치미를 뗄 수 있는 사람이 되어야만 했다. 마침내 런던에 오긴 했지만, 여전히 관광객이나 은퇴한 사람으로 잠시 들른 것처럼 행동해야 했다. 런던에 있긴 했지만 그는 여전히 유배당한 사람이었다. 최소한 다른 도시에선 수업은 할 수 있었고 딸도 있었는데.

"내가 할 일이 뭐지?" 다락방에 정착한 지 2주가 되던 날 유일한 연결 고리 역할을 하고 있던 젊은 물렁이에게 물었다. 다락방은 작긴 했지만 안락한 곳이었고, 조금도 부족한 것이 없었다. 정말 끔찍하단 생각이 들 정도로 최악의 장소에서 머물렀던 적도 많았다. 그렇지만 몰리뉴와 그가 머물던 다락방은 빛도 잘 들어왔고 더욱이 광장이 한눈에 내려다보이는 곳이었다. 도싯 스퀘어 호텔에 들고 나는 사람들의 다양한 모습도 마찬가지였다. 스트랜드나 세인트 제임스에 비할 바는 아니었지만, 그래도 그곳 역시 상당히 중심지에 가까웠다. 셜록 홈스 박물관이나 최근에 지어진 마담 투소의 밀랍인형 박물관엔 찾아오는 사람들이 상당히 많았다. 셀프리지에 산책 나온 사람도 상당했고, 월리스 컬렉션을 찾는 세련된 사람들도 적지 않았다.

"없어요. 지금은 아무것도 없어요." 그는 이마에 흘러내린 머리칼을 입으로 불며 대답했다. 너무 지나치게 부풀린 채 내버려두는 바람에 화석이 되어버린 도마뱀이 앉아 있는 것처럼 보일 정도였다. 헤어스프레이를 사용하고 있는 것 같았다. "시간은 당신이 즐거울 일에 쓰세요. 도시를 좀 더 깊이 있게 관찰해보든지요. 이렇게 한가롭게 시간을 보내는 것이 익숙하지 않을 거예요. 그렇지만 가볼 만한 가치가 있는데도 전혀 가본 적 없는 곳도 많을 거예요. 아무튼, 당신은 스페인 출신이니까요. 예를 들어 존 손 경의 집은 어때요? 날이 가면 갈수록 방문객이 많아지는 것을 보면 얼마 안 있어 한 발짝도 움직이기가 쉽지 않을 거예요. 큐 식물원도 괜찮아요."

"무슨 말을 하는 거야? 가이드를 붙여줄 거야?"

"그것은 당신이 알아서 할 문제고요. 영화를 보거나, 연극을 보거나, 포르노를 보거나 그것은 당신 문제잖아요. 우리가 충분히 줬으니까 돈도 있을 테고요." 그는 계속해서 1인칭 복수인 '우리'를 사용해 이야기했는데, 토마스는 여기에 상당한 의미를 부여했다. 그런데 갑자기 단수로 바꿔 이야기하자 그가 자기를 조롱하는 것이 아닌가 하는 생각이 들었다. "제가 오늘도 돈을 줬잖아요. 2주에 한 번씩 현금으로요. 당신이 원하는 대로 쓰면 되잖아요. 어떤 의미에서든 당신은 우리에게 상당히 비싼 사람이에요."

"말 조심해! 몰리뉴." 톰 네빈슨은 정색했다. 아니 크로머-피톤이 이야기했다. "그런 식으로 나대지 마. 누가 그 따위로 말을 했어? 투프라야? 만약 그 인간이 이렇게 이야기를 했다면 그에게 이 말을 전해. 나와 내 가족들에게 평생 아무리 돈을 많이 써도 비용치곤 싼 거라고, 내가 처리한 일을 들먹이게 하지 말라고 말이야. 내가 따냈는데 다 쓰지 않고 저금해준 기금도 생각해보라고 해. 물론 그는 내가 상기시킬 필요도 없이 잘 알고 있을 테지만."

몰리뉴는 자기 상관과 문제가 생기는 것을 원치 않는지 얼른 말을 바꿨다.

"죄송합니다. 그 말은 제 생각이었어요. 투프라 씨는 이런 말을 한 적도, 불만을 이야기한 적도 없어요. 그분이야 어떻게 해야 할지 잘 알고 있는데, 제가 보기엔 당신이 정상적인 활동을 하지 않은 지 오래된 것 같아서 그랬어요. 먼 옛날 일은 잘 몰라서요. 그런 식으론 생각하진 말았어야 했는데, 유감입니다.

그 말은 취소할게요."

"몰리뉴, 우리가 계급을 사용하진 않지만, 계급은 분명히 있다는 사실을 잘 기억해둬. 너는 기껏해야 상병 정도밖엔 안 돼. 징계받고 싶은 생각 없다면, 나와 동급이라고 생각하지 마. 건방진 짓도 하지 말고. 내가 활동하던 때를 '먼 옛날'이라는 식으로 말하지도 말고. 네가 덜떨어진 신입인 것은 누구의 책임도 아니야. 하지만 나에 대해 잘 아는 사람을 배정하지 않은 이유를 모르겠어. 내가 간절히 바라는 것이 있다면 그것은 배를 건조하는 건독에서 나가는 거야. 계속 밖에 있고 싶은 생각은 조금도 없어. 수동적인 인간이 되고 싶지 않다고. 네가 하는 식으로 말하자면, 걸림돌은 되고 싶지 않다고. 언제쯤 버트럼과 이야기할 수 있지?"

얼간이 몰리뉴는 처음에는 엄청 잘난 체하던 것과는 달리 금세 겁을 집어먹고 꼬리를 내렸다. 지적을 당하자 얼른 부동자세를 취했다. 그는 네빈슨이 세대의 냉혈한일 거라는, 그래서 배경도 상당할 거라는 생각을 했다. 상상도 할 수 없는 극악무도한 짓도 서슴지 않았을 거라는 생각도 들었다. 소련과의 장벽이 존재하던 때는 신세대들에겐 거의 허구에 가까운 신화이자 고전의 시대였다. 그 후론 정말 빠른 속도로 세상은 발전했다. 그래서 그는 정중하면서 조심스럽게 대답했다.

"투프라 씨 말씀입니까? 잘 모르겠습니다. 아마 투프라 씨도 모를 겁니다. 크로머-피톤 씨, 바로 그 점이 당신이 합류하는 데 있어서 장애가 되고 있습니다." 그는 어떤 상황에서 어떤 호칭을 사용해야 하는지는 잊지 않았다. "아직 기다려야 합니다. 안전하다는 사실을, 아무도 당신을 찾지 않는다는 사실을, 당신이 나타나자마자 총을 쏘려는 사람이 없다는 사실을 확인해야 하니까요. 은유적으로 이야기했지만, 이것만이 아닙니다. 제말을 이해하실 수 있을 겁니다. 차분하게 기다리십시오. 몇 달정도는 더 걸릴 테지만, 기간은 비교적 짧아질 수도 있으니까요. 그래서 시간을 활용해서 기분전환이라도 하시라고 말씀드린 겁니다. 당신을 깔보고 드린 말씀이 아니었습니다."

"알았어. 그런데 내가 스페인 출신이라는 말을, 예컨대 외국인인 것처럼 이야기하지는 마. 몰리뉴, 내가 외국인처럼 보이나? 내가 너보다 덜 영국 사람 같나? 어떤 말투로 이야기해줄까?"

"절대로 아닙니다. 당신 파일을 봐서 그런 것뿐입니다. 저에게 가능한 범위가 그 정도뿐이었거든요. 어떻게 생각하실지 모르겠지만, 공백기가 좀 길다는 생각을 했어요. 그것 때문에 기분 나쁘셨다면 다시 한번 죄송합니다."

"몰리뉴, 내가 포르노 따위나 보고 있을 것 같나? 다시는 그런 착각하지 마."

다음 몇 주 동안은, 그러니까 몇 달 동안 중 처음 몇 주는 운이 좋으면 그리 오래 기다리지 않아도 된다는 말에 발길 닿는 대로 하염없이 걷거나, 다락방에 갇혀 있으면서 상상했던 것이상으로 짧았던 그 대화만 생각하며 지냈다. 아직 43살이 되지 않았지만, 젊은 친구들에겐 그는 매머드처럼 먼 옛날에 속한 존재였다. 활동을 너무 일찍 시작했다는 것이 문제라면 문제일 수 있었다. 게다가 몇 년 동안은 아무런 활동도 하지 않고 보낸 것 또한 사실이었다. 그가 스페인 출신이라는 것도, 그곳에서 유년기와 청소년기를 보냈다는 것도, 어른이 되어서도 간헐적으로 스페인에서 살았다는 것도 사실이었다. 그곳에서 결혼했고, 아내와 자식들이 스페인 사람이라는 것 역시 사실이었다. 스페인에 가본 지, 베르타와 자식들을 만나지 못한 지도 벌써 12년이나 된 탓에, 자식들에게 어린아이의 모습이 거의 남아 있을 것 같지 않았다. 강제로 활동을 중단할 수밖에 없었던 시절엔 지방 소도시로 유배되어 보내야만 했던 시절보다 더 절실하게 그들이 그리웠다. 비록 수사나 임무를 떠나 그저 조용히 숨어 지내는 일이었지만, 가짜가 되어 자신이 아닌 엉뚱한 사람 행세를 하면서도 눈을 부릅뜬 채 맡은 역할을 멋지게 해내야만 했다. 하지만 런던에선 다른 사람 역할을 할 필요가 없었다. 수도 런던에선 아무도 그를 궁금해하지 않았고 지켜보는 사람도 없었다. 무엇을 하는지 무슨 일에 종사하는지, 미혼인지 결혼했는지, 이혼했는지 혹은 홀아비인지, 다른 사람의 특별한 관심을 받지 않아도 몇십 년씩 집을 들락거릴 수 있었다. 외톨이인지 아니면 가까이나 먼 곳에 가족이 있는지, 건강한지 병이 있는지 아무도 관심이 없었다. 아직 런던에선 투명 인간으로 살아갈 수 있었다. 자기를 찾고 있는 망할 놈이 있을지, 자기를 죽이기 위해 어디 잠복한 채 모습을 드러내기만 기다리는 수고를 할 인간이 있을지 궁금하기도 했다. 이렇게까지 조심하는 것은 과잉이고 불필요하게 보였다. 그는 거의 모든 사람에게, 예컨대 아내, 아이들, 부모님, 형제들, 동료들, 적들에게 이젠 존재하지 않는 사람이었다. 사실 친구라고 할 만한 사람도 없었다. 마드리드에는 몇 명 있을지 모르지만, 너무 무관심했기에 그들도 까맣게 잊었을 것 같았다. 누가 여태껏 그를 기억하겠는가? 누가 아직 그가 살아 있다고 생각하겠는가? 그는 명령과 주문을 통해 그에게 생명을 불어넣었던 투프라와 MI6에서 불과 지하철로 몇 구간 떨어진 아주 가까운 곳에 살고 있었다. 하지만 그들이 그를 다시 부를 때까진 다른 우주에 살고 있다고 해도 이상하지 않았다. 한마디로 그는 유령에 불과한 존재였다. 몰리뉴는 사실 아무것도 모르는 인간이다. 그는 이런 기다림이 금세 끝날 것 같진 않았고, 오히려 길어질 것 같았다. 최종 목표에 다가갈수록, 귀환의 시간이 다가올수록, 자꾸만 뒤로 미뤄지는 것을 참을 수 없었다. 수백 년을 기다린 사람도 겨우 24시간 남은 시점에선 더는 참고 기다릴 수 없는 그런 순간이 오고 있었다.

사람들 대부분이 누리는 가장 평범하고 보편적인 최소한의 권리조차—일 그리고 회사와 관련된 모종의 것, 맥주를 손에 들고 나누는 아무 의미도 없는 대화, 하루를 시작하고 마감하는 느낌, 내일은 오늘이 끝나는 이 순간과는 뭐라도 좀 다를 것이라는 예감조차—포기한 채 살아가는 사람처럼 정처 없이 여기저기 떠돌았다. 그에겐 오전, 오후, 밤이 모두 똑같았다. 모든 시간을 채워야 했지만, 그렇다고 그에게 요구되는 것도, 말 한

마디도 없었다. 존 손 경의 박물관을 비롯해서 전혀 알려지지 않은 다양한 박물관을 돌아다녔다. 연극을 보러 가기도 했고 극장에 가서 영화도 보았다. 다락방에만 처박혀 지내고 싶지도 않았고 운동도 할 겸 무작정 걷기도 했다. 텔레비전도 봤고, 책도 읽고, 우두커니 창문 밖 세상을 바라보기도 했지만, 그래도 시간은 많이 남았다. 이리저리 몰려다니는 사람들에 휩싸여보기도 했다. 어떤 사람은 어떤 일거리를 가지고 서둘러 걷고 있었고, 어떤 사람은 열의에 차긴 했지만 무심한 관광객처럼 돌아다니고 있었다. 그는 군중들의 그런 모습이 너무 좋았고, 부럽기까지 했다. 그들의 움직임, 그들의 웅성거리는 소리, 우연히 들려온 몇 마디 말, 버릇없는 모습과 웃음을 안주 삼아 술을 마셨다. 자기가 세상에 전혀 영향을 미치지 않는다는 사실과 그들에게 돌려주는 것도 없다는 사실을 잘 알게 되었다. 그는 공기와 같았다. "그래서 이게 바로 나야." 그는 중얼거렸다. "죽은 공기지."

이 끔찍했던 시기에 생각에 생각을 거듭하며 '자기가 아닌 엉뚱한 사람 행세하기'라는 표현을 분석한 것을 보면 그는 이를 통해 자신을 표현하고 싶었던 것 같다. 임무의 한 부분이기도 해서 그는 전혀 자기와는 다른 다양한 사람 흉내를 내며 살아왔는데, 몇 년째 그런 일에 매달리지 않았다. 그런데 크로머-피톤이라는 가상 인물이 인물만의 독특한 개성도 없으면서 그렇다고 특별히 부여받은 역할이나 행동거지가 없을 때, 다른 언어를 구사하거나 말투나 어조를 모방할 필요도 없을 때, 그 인물을 주시하고 있는, 그래서 속이거나 설득해야 할 인물이 주변에 없어 원하는 대로 자기를 만들어나갈 수 있을 때 오히려 톰 네빈슨은 진정한 정체성을 인식하기 어렵다는 결론을 내렸다. 진실과 허구의 세계를 오가며 실종된 자기 정체성을 느끼다 보니 존재 의식이 흐려질 수밖에 없었다. 최근엔 한

동안 제임스 롤런드라는 이름의 교사로 지냈지만, 이 신분 역
시 금세 묻어버렸다. 런던행 기차가 출발하는 순간부터 그는
롤런드를 떠나보냈고 다시는 뒤를 돌아보지 않았다. 메그와 밸
러리에 대한 생각이, 주로 밸러리에 대한 생각이 고개를 내밀
때마다, 예전에 다른 사람으로 살다가 돌아섰듯이 과감하게 생
각을 떨치기 위해, 불필요한 명상에 깊이 빠지거나 회한에 젖
지 않으려고 애를 썼다. 절대로 거미줄에 걸려들면 안 된다는
생각뿐이었다. 그의 머리와 기억이 자꾸만 돌아가려고 몸부림
쳤던 유일한 곳은 마드리드 파비아 거리의 베르타가 사는 집과
이젠 텅 빈 집이 되었을 제너 거리의 집이었다. (어머니가 먼저
돌아가시고 이어서 아버지도 돌아가셨다는 것과 같은 중요한 소식은
그에게도 전달되었다.) 그리고 미겔 앙헬, 몬테 에스킨사, 알마그
로, 포르투니, 마르티네스 캄포스 거리 등이 그리웠다. 아무리
다른 사람으로 산다고 해도, 시간과 상황이 그를 형태가 무너
진 조각상이나 읽을 수도 없는 비문으로 만들어버리지만 않았
다면, 어쨌든 그는 토마스 네빈슨이었고, 영국문화원의 잭 네
빈슨과 영국인 학교의 미스 메르세데스 사이에 태어난 막내아
들이었으며 베르타 이슬라의 애인이자 남편이었고 기예르모와
엘리사의 아버지였다. 짐 롤런드는 대리인이자 신기루였다. 토
마스 네빈슨은 잘못된 행동거지로 여자에게 임신을 시켜 아이
까지 낳게 하고선, 결국엔 차버린 짐 롤런드와는 아무 상관도
없었다. 그 멍청한 선생이 그는 아니었지만, 그는 토마스 네빈
슨과 거의 똑같은 짓을 했다. 토마스 네빈슨은 죽은 것으로 되

어 있었기에 죽은 척하고 지내야 했으므로 자기 여자를 이 사기 행각에서 꺼내줄 수 없었다. 불현듯 베르타에 대한 그리움이, 삶을 시작하자마자 빼앗겼던 삶에 대한 그리움이 그를 초췌하게 만들었다. 여전히 베일에 싸인 존재로 남아 있어야 했지만, 이젠 문제 대부분이 해결되었다는 것을 알았기에 곧 투프라가 부를 거라고 믿었다. 번거로운 생각과 유혹에서 그를 꺼내줄 수 있는 유일한 것이 있다면, 그것은 다시 자기 정체성을 포기하고 뭔가 유용한 사람이 되었다는 기분을 느껴보는 것이었다. 조용히 있으면서 마냥 기다린다면 언젠가 그런 삶을 회복할 수도 있을 거라고 생각했다. 하지만 이런저런 생각에 약해질 대로 약해진 데다가 머리까지 혼란스러워 그것은 가능하지 않았다. 결국, 그는 마드리드를 향해 고개를 내밀게, 미칠 것만 같은 생각을 조물거리게 되었다.

엄청난 인파 속에서, 군중 사이에서 뭔가를 찾기 위해 다락방에서 손이 닿을 만한 곳에 있던 메릴본 로드의 마담 튀소 박물관 주변에 자주 가보았다. 그곳엔 언제나 수많은 나라에서 온 수많은 관광객의 긴 줄이, 선생님 손에 이끌려 런던으로 소풍을 나온 학생들이 있었다. 몇 년 후엔 발 역시 그들 사이에 끼어 있을 수도 있다. 영원히 그곳에 살진 않겠지만 한동안은 살아야만 할 그 소도시에서 선생님들이 그를 데리고 나올지도 모르니까. 안에 들어가면 사람들과 부딪히지 않고는 세 걸음도 옮길 수 없었다. 여왕에서부터 비틀스까지, 처칠부터 엘비스 프레슬리까지, 케네디와 카시우스 클레이부터 매릴린 먼로까지, 유명한 사람들의 밀랍인형 옆에서, 당대의 유명 인사나 여전히 유명세가 꺾이지 않는 사람들 옆에서 수백 명도 넘는 사람들이 사진을 찍고 있었다. 토마스는 꼬마 손님들이 이 사람들이 누군지, 언제 은퇴했는지, 언제 다른 사람으로 교체되었는지 알지 궁금했다. '살아 있는 사람은 빠른 속도로 잊히기 마련이야. 자기들이 세상에 태어날 때까지 기다려주지 않았던 사람, 문헌을 통해서만 아는 사람, 혹은 태어나기 이전에 만들어졌기에 사람들의 기억에서 지워지는 것이 너무나 당연한 전설 속 인물들에 대해선 사람들은 엄청 성질 급하게 그리고 경멸과 증오를 씌워 잊어버리지. 살아 있는 사람들은 날이 갈수록 야만인, 침략자, 약탈자 역할에 불편을 느끼지 않아. **'어떻게 감히 우리가 이 세상이 태어나기도 전에 중요한 인물이 될 수 있어. 모든 것은 우리와 함께 시작되어야 해. 나머지는 아무짝에도 쓸모없는 낡은 것일 뿐이야. 분쇄기나 쓰레기통에 들어갈 운명이지.'** 하긴 나도 그런 것의 일부야.' 그는 속으로 중얼거렸다. '나는 살아 있지만 죽은 사람이나 마찬가지야. 죽은 사람 대부분이 그렇듯이 아무도 기억하지 못할 거야. 나를 사랑했던 사람뿐만 아니라 증오했던 사람들조차.'

줄을 서서 박물관에 들어가 수많은 행사에 참여했던 과거의 유명인이나 현재의 아이돌을 보려는 완벽하게 살아 있는 사람들 사이에 끼어 있었다. 밀랍으로 만든 사람들을 자유롭게 볼 수 있었고, 물론 금지되어 있긴 했지만, 살짝 만져볼 수도 있었다. 걷고 말하며 세상을 지켜봤을 진짜보다 더 유명한 밀랍인

형을, 역사 속 인물이자 유령이라고 느껴지지 않는 인형을 실
컷 볼 수 있었다. 왁자지껄한 사람들로부터 유리되어 입을 다
문 채 혼자 쓸쓸히 돌아다녔지만, 밀고 밀리는 가운데 그를 에
워싼 사람들의 열기와 소란함에 기꺼이 끼어들려고 노력했다.
제일 좋아하는 가수나 축구 선수를 보며 내뱉는 황홀한 감탄사
가 여기저기에서 들려왔다. 그는 옆의 관람객들에게 조금은 지
나치다 싶은 평을 늘어놓기도 했다. '이것은 그렇게 닮은 것 같
지 않아요. 안 그래요?' 또다른 예를 들자면 '모델들은 자기 치
수를 징확하게 재는 것에 동의했을 거예요. 믹 재거는 이것보
단 더 키도 크고 더 병약하게 생겼던 것 같은데, 맞죠? 나이가
들면서 키가 좀 줄었을지도 모르겠네요'라고 평했다. 이 말에
아주머니 한 분이 아주 재치 있는 대답을 했다. '크롬웰이나 헨
리 8세에게 치수를 재라고 했을 수 있었을까요?'

어느 날 아침 인파로 붐비는 전시실에 있는데 남자아이와
여자아이가, 그중에서도 특히 여자아이가 눈길을 끌었다. 여
자아이는 11살쯤 되어 보였고 남동생은 두어 살 아래로 보였
는데, 엄청 닮은 것을 보아 남매가 분명했다. 밀랍인형은 보는
둥 마는 둥 하며 잠시도 멈추지 않고 여기저기를 쏘다니고 있
었다. 이곳에서 다음 전시실로 갔다가 다시 돌아오고, 전시실
을 벗어났다가, 다시 돌아왔다가 또 나가길 반복했다. 너무 흥
분한 나머지 불안해 보이기까지 했다. 아이들은 서로를 부르
며 큰 소리로 이야기했다. "데릭! 여기 좀 봐! 여기 누군지 봐!"
"클레어 누나, 여기 제임스 본드가 있어." 수많은 사람이 있었

지만, 그 누구도 그들이 산만하게 뛰어다니는 것을 제지하지 않았다. 두 아이는 계속해서 뭔가를 새롭게 찾아내고 있었는데, 마담 튀소 박물관을 찾은 어린아이들 사이에선 늘 볼 수 있는 모습이었다. 사실 그 박물관은 오래전부터 아이들과 청소년들을 위해 구상한 곳이었다. 다시 말해 이 우주의 어린아이가 되고픈 사람들을 위해 만든 곳으로, 요즘엔 부쩍 이런 사람들이 늘어간다는 것을 느낄 수 있었다.

그의 눈길을 끈 것은 얼굴, 다시 말해 그 남매의 생김새였다. 그들이 눈에 익다는, 처음 보는 사람이 아니라는 인상을 받았다. 특히 여자아이가 그랬다. 그런데 누구지? 어디에서 봤을까? 분명히 아는 사람 같았다. 머리를 뒤흔드는, 아니 번개처럼 스쳐가는 생각이었다. 이어서 영화나 드라마에 얼굴선이 뚜렷한 남자 조연배우나 여자 조연배우가 나왔는데 어디에서 봤는지 정확하게 기억이 나지 않았을 때처럼, 왜 이런 생각이 들었을까 싶은 불안감이 엄습했다. 노력하면 할수록 왜 갑자기 그런 생각이 들었는지는 멀리멀리 도망쳐버렸고, 그럴수록 머리는 혼란에 빠져들었다. 우리의 머리는—관심을 온통 이야기 흐름에 두고 있는—생각의 출처를 찾을 때까진 절대로 멈추지 않는 경향이 있다. 그들을 처음 보자마자 엉뚱하게 기예르모와 엘리사가 아닐까 하는 생각도 했지만, 이것은 너무 당황해서 나온 터무니없는 생각이었다. 물론 잠깐 그들이 런던을 방문했을 수도 있지만, 이미 이 정도 나이는 지났을 것이 분명했다. 게다가 기예르모가 엘리사보다 더 나이가 많았고, 두 아이처럼 반대가 아니었다. 영국인처럼 영어를 사용하지도 않을 테고, 이름도 데릭과 클레어가 아니었다. 그렇다면 클레어와 데릭은 도대체 누구일까? 두 아이는 내 기억 어디에서 불쑥 튀어나온 걸까? 예쁘장하게 생긴 저 여자아이의 어떤 점이 눈에 띈 걸까? 저 아이는 매력적으로 클 것이 틀림없었다. 그는 인생의 기나긴 여정에서 잠깐이라도 만났던 아이들에 대한 기억을 빠르게 훑어보았다. 어떤 곳에선 수많은 사람과 섞여 지냈고, 언젠가는 아이 엄마와도 어린 남동생이 있는 젊은 여자와도 잠을 잔 적도 있었다. 그러나 나이가 전혀 비슷하지 않았다. 그나마 최근 5년 동안엔 이런 떠돌이 삶에서 벗어나 지방 소도시에 틀어박혀 방학 기간조차도 그곳을 벗어나지 않았기에, 그곳에선 눈앞을 스쳐지나가는 수많은 남녀 학생의 모습을 지켜볼 수 있었다. 꼼꼼히 뜯어보면 볼수록 기억 속에 얼굴 모습 대부분이 선명하게 남아 있었고, 나머지 부분도 어렴풋하게나마 남아 있었다. 기억 속 그림, 기억 속 초상화에 정신이 팔려 이렇게까지 마음이 흔들린 적은 없었다. 전혀 예상치 못할 정도로 긴 시간 그들에게서 눈을 뗄 수 없었다. 드디어 눈을 떼고 박물관의 다른 사람들 쪽으로 시선을 돌렸지만, 뭔가가 자꾸만 그를 뒤로 잡아당기며 다시 한번 그들을 돌아보게 했다. 여전히 뭔가가 그들과 헤어지는 것을 강하게 막고 있었다. 두 번, 세 번 그리고 네 번. 그는 눈길을 돌릴 수 없다는 것과 자신의 시선이 스페인 사람처럼 변하고 있다는 사실을 깨달았다. (영국에서는 다른 사람을 뚫어지게 바라보는 법이 없다. 특히나 어른이 어린아이를 그렇게 바라보는 일은 절대로 없다.) 그는 자신이 두 아이가 동시에 가지고 있는 특징에 빠졌다는 것을 깨달았다. 여자아이 쪽이 그를 훨씬 더 강하게 끌어당겼는데, 언젠가 삶의 또다른 시기에 높이 평가했던 그런 특징을 가지고 그를 자석처럼 끌어당기고 있었다. 그는 군중 속에서 두 아이를 놓치지 않으려고 애를 쓰며 그들이 여러 전시실을 거치는 동안 계속해서 아무 생각 없이 뒤를 따랐다. 클레어는 적어도 그가 30살은 되었을 때 태어났을 것이다. 그의 일생 어디에서도 클레어와 함께 머물렀을 가능성은 눈곱만큼도 없었다.

클레어는 금발에 귀여운 얼굴이었지만, 표정엔 뭔가 거칠고 단호한 면도 엿보여 성격이 불같을 것 같았다. 머리카락보다 더 짙은 색의 예쁜 눈썹은 출발점에서 멀어지면서 조금씩 위로 올라가며 둥글게 휘어졌다. 아이들과 젊은이들 특유의 붉은 입술에, 입꼬리는 약간 아래로 처져 어떻게 보면 사람을 얕보는 듯하면서도 우울해 보이는 바람에, 다른 사람과 자기 모두에게 언젠가는 까다로운 사람이 될 수 있음을 미리 알려주는 것 같았다. 가끔 웃음을 지었는데, 그러면 몽롱하면서도 환희에 찬 모습에 입꼬리가 위로 올라가면서 약간 벌어진 앞니가 살짝 보였다. 언젠가는 남자를, 여러 남자를 파국으로 몰아넣을 것 같았다. 클레어는 호기심이 가득한 눈으로 밀랍인형을 하나씩 차례차례 빠르고 예리하게 살펴보았는데 너무 빨라 어떤 밀랍인형 앞에서도 오래 머무르지 않았다. 그녀와 그녀의 남동생은 너무 흥분한 나머지 여기저기로 옮겨 다니며 큰 소리로 이야기했다. "데릭, 여기 좀 봐! 나폴레옹이 있어. 나폴레옹에 대해선 학교에서도 배웠는데." "클레어 누나, 조금 전에 다스 베이더를 봤어. 누나도 꼭 봐야 하니까, 뒤로 가봐. 아마 지나쳤을 거야."

소녀의 날카로운 레이더망에 톰 네빈슨이 걸려드는 것은 시간문제였다. 그녀는 나타났다가 사라지길 반복하는 그의 뚫어질 듯한 시선을 의식하기 시작했다. 그는 여자아이의 별난 행보를 쫓아가며, 남유럽 사람들 특유의 호기심 어린 눈길로 아이를 관찰하고 있었는데, 그녀는 주목을 받는 것에 크게 놀라기는커녕 나이에 걸맞은 수줍음과 조심스러운 태도로 눈을 크게 뜬 채 그에게 호기심을 보였다. 토마스가 몰래 엿보는데도 그의 눈길에 병적으로 어두운 요소가 없고 오히려 순수한 호감과 만족스러운 모습만 있다고 느낀 것 같았다. 그녀는 암호를 푼 사람처럼 호감을 느끼며 열심히 머리를 굴리는 듯했다. 아직 청소년기가 되지 않았다고 어른들로부터 무시당하는 아이들은 어른들의 관심을 받는 것 자체가 즐거움이자 기운을 북돋우는 힘이다. 잠시라도 독립된 개체로 인정받는 듯한, 존중받을 만한 가치가 있는 중요한 사람이라도 된 듯한 기분이 된다. 클레어도 이런 생각이 든 것 같았다. (데릭은 더 어려서 정신이 없었다. 그는 아무것도 눈치채지 못한 것이 틀림없었다.) 그러자 여자아이는 여기저기를 돌아다니며 재미있게 놀다가도, 어디를 가든 잠깐잠깐 멈춰 서서 시치미를 뚝 떼고 톰 네빈슨, 아니 크로머-피톤이 계속해서 눈길로 호감을 표시하고 있는지, 벌써 지쳐 떨어졌는지, 자기가 오해한 건지 확인, 또 확인했다. 신중하면서도 아주 조심스러웠는데, 한편으론 두려워하는 기색도 있었다. 하지만 이렇게 들뜬 사람들이 북적이는 곳에서는 무슨 일이 일어나진 않을 것이다.

토마스는 단 한 번도 그들과 같이 온 부모님이나 선생님을 보지 못했다. 그렇지만 남매만 마담 튀소 박물관에 오기엔 그들은 너무 어렸다. 어른이나 부모가 가게나 카페에서 아니면 박물관 밖 길에서 그들을 기다릴 것이 분명했다. 그들은 박물관 구경에 별 관심이 없었을 것이다. 날이 맑으니 부모는 아마 테라스에서 뭔가를 먹고 있을지도 모를 뿐 아니라, 아빠 엄마가 함께, 아니면 둘 중 한 사람이, 아니면 엄마 혼자 공원에서 조용히 입 다물고 기다리고 그들을 있을지도 모른다. 엄마, 즉 아이들에게 생김새를 물려준 엄마. 갑자기 한 줄기 빛이 보였다. 저 아이들은……. 아냐. 저 여자아이는 재닛의 생생한 이미지 그대로였다. 두 아이가 서로 닮긴 했지만, 여자아이가 재닛과 성별이 같았을 뿐만 아니라 더 판박이였다. 미니어처로 크기만 줄여서 복제한 것 같다는 생각이 들 정도였다. 그래, 그래 먼 옛날 그의 인생의 일부에서, 저 여자아이가 나온 것이 분명했다. 재닛. 간헐적으로 섹스를 하기 위해 만났던 젊은 날에는 그녀는 재닛일 뿐이었다. 죽어서야 비로소 그녀의 성을 알았고 그때부턴 단 한 순간도 잊어본 적이 없었다. 클레어라는 아이는 딸인 것 같았다. 그렇지만 불쌍한, 죽은 재닛 제퍼리스는 절대로 가질 수 없는 딸이었다.

지난 20여 년 동안 그는 단 한 번도 재닛 제퍼리스에 대해 생각해본 적이 없었다. 갑자기 저 아이가 그녀의 딸이 분명하다는 생각이 들자 그의 얼굴은 믿기 어려운 표정으로 변하면서 마치 죽은 사람처럼 창백해졌다. 얼마든지 알아볼 수 있을 것 같이 놀랄 만큼 그녀를 닮았다는 생각이 들었다. 정말이지 앞에 사진을 한 장 가져다 놓은 것 같았는데, 약간 갸름하면서도 한편으론 거칠고 단호해 보이는 재닛의 얼굴선을 확실히 재현한 모습이었다. 스칸디나비아 사람처럼 황금빛으로 염색한 타오르는 듯한 금발은 옥스퍼드에 드리운 구름 사이로 이따금 얼굴을 드러낸 햇빛을 받아 황금빛 투구 같다는 생각이 들었다. 거리에서 만나도 절대로 잘못 볼 리 없었다. 그에게 천진한 미소를 지었던 붉은 입과 약간 벌어진 앞니는 정말이지 그녀의 모습과 너무나 똑같았다. 다른 점이 있다면 어린아이라는 것뿐이었다. 동작 하나하나에서 재닛의 옛 모습을, 그녀의 벌거 벗은 몸을, 적당히 가렸던 몸을 떠올릴 수 있었다. 그는 재닛의 이런 모습을 적지 않게 보았다. 마지막으로 섹스를 한 다음 그녀의 벌거벗은 몸이 바로 눈앞에 있다 보니 아직 씻지 않은 도톰한 성기 근처에 두 손가락을 가져간 적도 있었다. 벌써 천 년은 된 것 같았다. 그날 밤 이후 그는 다양한 삶을 살아야 했지만, 반대로 그녀는 완전히 멈춰 서 있었다.

재닛에 대한 생각을 멈춰야만 했다. 그녀가 살해당했다는 소식이 그에게 충격을 준 것은 맞지만 그것을 소화하고, 놀라고, 가슴 아파할 시간이 없었다. 그것에 영향을 받지 않은 완전히 다른 상황이었다면, 직접 관련되지 않았다면 물론 그럴 수도 있었다. 그러나 시시각각으로 위험이 다가오고 있음을 감지했었기에 청년기의 이기심에 무작정 맞서 싸울 수도 없었다. 스스로를 먼저 걱정해야 했고 위협에 맞서야만 했다. '나는 그녀를 죽이지 않았어. 이건 정말이야, 내가 제일 잘 알아.' 이런 생각이 번개처럼 스쳐지나갔다. '만약 내가 그런 짓을 했다면, 내 가장 큰 관심사는 잡히지 않고 무사히 이곳을 빠져나가는 것이 되었을 거야. 엉겁결에 그녀를 죽인 사람도 겁에 질려 자기를 지키려고 안전한 곳으로 피신했을 거야. 자기가 살해한 여자는 존재가 변해 사라졌기에 이미 존재하지 않는 사람이 되었지만 자기는 절대로 존재가 망가지거나 변하는 일이 없길 바랄 거야.' 그가 살인 사건을 저질렀다고 결론이 났지만, 어떤 의미에선 그가 계획한 삶을 그녀가 훔쳐간 셈이었다. 그는 조건을 받아들일 수밖에 없었고 별수 없이 국가의 대의에 몸을 바치게 되었다. 삶을 뒤집었던 지진과도 같았던 그 사건의 뿌리를 떠올리는 것은 그리 즐거운 일이 아니었다. 그래서 지난 세월 그 사건을 완전히 무시한 채, 매 순간 자기에게 맡겨진 일을 처리하는 것만으로 충분하다는 생각과 함께 살아왔다. 계속되는 불안감과 끊임없이 다른 사람 행세를 하며 살아야 했던 것에도 좋은 점이 있었다. 절대로 상식적이라고는 할 수 없었던 조직 생활의 첫 출발점을 되돌아보지 못하게 했다는 점이다. 가끔은 그 일을, 불쌍한 재닛을 잊을 수 있었다. 그들은 서로가 서로에게 피상적인 도구이자 일회용 티슈에 불과했다. 두 사람의 입장에선, 그리고 재닛의 입장에선 배상에 대한 내밀한 열망이 엮여 있었다. 자기만족과 서로를 이용하기 위해 꺼내든 이상한 성격의 보복으로, 피해자 역시 전혀 이해하지 못하는 보복이었다. 휴 소머레즈-힐, 여전히 기억에 남아있는 복성複姓의 이름이 떠올랐다. 그 의원은 70년대에 벌써 내리막을 걷고 있었는지 그다지 눈에 띄지 않았다. 토마스는 누가 명령을 내리고 있는지에 무관심했던 것처럼 정치에도 그리 관심이 많지 않았다. 그가 하던 일에선 개인적인 취향은 늘 끝에서 두 번째로 밀려났고, 대의와 관련된 지식과 임무를 잘 완수하는데 필요한 정보만 주어졌다. 그래, 이것이 전부였다. 당시 그 휘그당원은 그리 주목받는 인물은 아니었다. 만약 반대였다면 그에 대해서 많이 알려졌을 테고 언론에도 많이 노출이 되었을 것이다. 휘그당이 국정을 책임졌을 때도 장관을 맡지 않았던 것을 보면 토리당이었던 마거릿 대처와 그녀를 계승한 존 메이저의 정권기로 접어들면서 전도양양했던 그의 경력도 다른 노동당원들처럼 왠지 꺾였을 것 같았다. 대처와 메이저 두 사람이 약 15년간 다우닝 거리 10번지를 차지하고 있었다. 휴 소머레즈-힐이 계속해서 의원직을 유지했는지는 모르지만 그렇고 그런 의원 중의 한 사람이었을 뿐이다. 결국은 재닛이나 투프라, 그리고 블레이크스톤이 이야기했던 것처럼 정말 대단한 사람은 못 되었다. 불투명한 사적인 문제로 낙마했는지도 모른다고 블레이크스톤이 이야기했던 것 같다. 아무튼, 한때나마 전도양양했던 미래를 가졌던 사람들도 꽃을 피우지 못하고 그냥 주저앉는 경우가 적지 않다. 이 세상엔 그런 사람은 널려 있다. 특히나 정치 분야에선 한 번만 착각하면, 단 한 번 동맹을 잘못 맺으면, 단 한 번 계산을 잘못하면 정말 실패하기 쉽다. 그녀가 언젠가 반드시 실행에 옮기겠다는 이야기를 토마스에게 한 것, 즉 그를 협박하여 침몰시키거나 궁지에 몰아넣겠다는 한마디로 그가 인색하게 굴면서 자기를 돌보지 않았던 것과 잘난 체만 하면서 자신을 계속 미뤄놨던 것에 대해 복수하겠다는 이야기 빼고는 별로 자세히 기억나는 것이 없었다. 런던에 있는 애인에 대해 재닛이 이야기한 것도, 톰이 그에 관해 물어본 것도 그날 밤이 처음이자 마지막이었다. 토마스 네빈슨은 깜짝 놀라 생각을 다시 더듬었다. 재닛이 아니라면……. 정말이지 말도 안 된다. 재닛은 그날 밤 이후로는 아무것도 할 수 없었다. 보지도, 듣지도, 만질 수도, 느낄 수도, 말을 할 수도, 화를 낼 수도, 웃을 수도, 차분히 생각할 수도, 읽을 수도 없었다. 그녀는 그날 밤 침대에 누워 하필 《비밀 요원》을 읽고 있었다. 문득 아이러니하긴 하지만 일종의 예고가 아니었을까 하는 생각이 들었다. 결국 그가 그런 직업을 갖게 되었으니까……. 그녀가 이 모든 것을 꾸몄을지도 모른다. 1994년 한가로운 아침, 마담 튀소 박물관에서 갑자기 눈앞에 튀어나온 아이들에게 생명을 주는 일까지 말이다. 재닛과 아무 관계가 없다고 하기엔 두 아이는 젊은 시절 재닛 제퍼리스와 너무나 판박이였다. 그녀가 낳지 않았다면 이럴 수는 없었다. 젊은 시절 재닛의 아이들? 그렇다면 그녀가 살아 있어야만 가능한데.

당신은 최소한 당신이 완전히 떨쳐내기 전까지 마음 안으로 파고드는 의심을 용납하지 못할 것이다. 의심이 당신의 머릿속을 공격해 완전히 차지하지 않는 한 말이다. 재닛은 그보다 서너 살 연상이었으니까, 만일 저 아이들이 각각 열한두 살, 아홉이나 열 살쯤이라면 그녀는 서른셋이나 서른여섯 사이에 조금 늦게 아이를 가졌다고 할 수 있었다. 이것은 얼마든지 가능했다. 그녀가 여전히 살아 있다면 지금은 마흔여섯 쯤 되었을 것이다. 살아 있었을까? 온갖 어지러운 생각이 몇 초 동안 그를 몰아세우자, 번개처럼 꼬리에 꼬리를 물고 생각이 이어졌다. 그녀가 죽은 것을 봤었던가? 아냐. 아무도 자기 시신을 본 적이 없는 것과 마찬가지로 그 역시 그녀의 시신을 본 적이 없었다. 처음부터 시신은 없었으니까. 합리적이고 정직해 보였던 모스라는 경찰이 사우스워스 선생님의 연구실에서 그 소식을 전해주었다. 그러나 톰은 신중해 보이는 경찰일수록 명령에 잘 복종한다는 사실을 이미 오래전에 깨달았다. 특히나 그의 상관이 비밀정보부로부터 명령을 받은 경우라면 두말할 나위가 없었다. 비밀정보부 사람들은 별다른 방법이 없을 때는, 정부 부처를 뛰어넘는 활동을 하며, 언제나 군대식으로 고위 공직자나 된 듯이 경고성 명령을 하는 등 다른 정부 부처 사람들 위에 군림하려고 했다. 그에게 거짓말을 하라고, 무언극을 하라고 강요했을 것이다. 모스 본인은 어리석고 불쌍한 학생을, 아직 여린 시골뜨기를 속이고 싶지 않았을지 모르지만, 경력이나 직장을 포기할 생각이 아니라면 명령을 거부하거나 이의를 제기할 수 없었을 것이다.

신문이나 텔레비전에서 기사를 본 적이 있었던가? 그 당시 톰은 자기 문제가 너무 걱정스러워 신문도 텔레비전도 보지 않았다. 직접 접할 수 있는 정보가 있는데 굳이 신문이나 뉴스에 의지할 필요가 없다고 생각했다. 아마 어디에선가 〈옥스퍼드 타임스〉에 실린 제목 정도는 봤던 것 같았다. 그러나 존재하지도 않는 가짜 뉴스를 살짝 끼워 넣는 일이 그들에겐, 아니 우리에겐 얼마나 쉬운 일인지 톰도 잘 알고 있었다. 의무, 애국심, 왕국 수호 등에 호소하면 군소 언론사는 얼마든지 쉽게 다룰 수 있었다. 그가 확신할 수 있었던 것은 그 사건이 해결되지 않았다는 것과 범인을 찾지 못했다는 사실이었다. 사람들도 더는 궁금해하지 않았고, 얼마 되지 않아 금세 지겹다고 여겼다. 범인이 없어서, 범인이 없을 수도 있어서 그랬는지도 모른다. 그도, 휴 소머레즈-힐도, 그가 재닛의 방을 떠나 세인트 존 거리와 버몬트 거리가 만나는 모퉁이에서 담배를 피우고 있을 때 그곳에 와서 벨을 눌렀던 사람도 모두 범인이 아닐 수 있었다. 이 모든 것은 정말 먼 나라 이야기였다. 그들이 지적했던 담배, 그가 즐겨 피웠지만, 이미 생산이 끊어진 지 오래된 마르코비치 담배 역시 먼 나라 이야기였다. 그런데 왜 이런 이야기가 완전히 달라진, 엄청나게 변한 사람에게, 롤런드와 크로머-피톤에게, 잠깐 빌렸다가 버려지는 모호한 정체성이라는 안개 속에서 방황하며 쓸데없는 일에 매달려 살았던 사람에게 되돌아와야 하는 걸까? 그런 일들이 일어나지 않는 세상과 일어나는 세상을 똑같다고 할 수 있을까? 그래, 불행을 막을 수 있었는지도 몰라. 아냐, 또다른 불행을 만들었을 거야. 주판알을 튕기는 것 자체가 터무니없는 일이었을 뿐만 아니라, 사실 불가능했다. 모두가 언제나 자기 행동의 결과를 이해할 수 있는 것은 아니다. 불을 붙이고도, 불이 나는 것을 지켜보지 않고 자리를 뜰 수도 있다. 오랫동안 이어진 공허한 기다림 끝에 남은 유일한 사람인 토마스 네빈슨에게 이 모든 것이 되돌아왔다. 그는 점점 더 옛날의 그 토마스 네빈슨으로 돌아가고 있었다. 점점 더 옛 모습을 회복했다. 베르타 이슬라의 애인으로, 베르타 이슬라의 남편으로, 마드리드에서의 어렸을 적 모습으로 돌아가고 있었다.

그렇지만 그날 밤 그가 재닛을 방문할지 어떻게 알았을까? 언제나처럼 즉흥적으로 그 자리에서 결정했던 일이었다. 아침나절 워터필드서점 근처에 갔다가 갑자기 욕정이 일었다. 눈에 들어온 키플링 책등, 오후까지 미뤄놨던 욕망, 이 모든 것이 아직도 기억에 생생했다. 정말 바보 같았다는 생각이 들었다. 재닛은 투프라, 블레이크스톤, 휠러 교수 등에게 통보할 완벽한 준비가 되어 있었을 것이다. 재닛도 사기극에 개입했을 것이다. 서점 종업원으로 그리 많은 돈을 벌 수는 없었을 테고 런던에 있는 애인, 휴 소머레즈-힐인지 다른 휴인지 모르겠지만 그와의 상황이 바뀔 거라는 기대도 할 수 없었을 텐데 옥스퍼드를 떠나 다른 곳에 정착한들 뭐가 달라지겠는가. 그는 저 아이들에게선 요크셔 지방 사람들의 냄새가 난다고 느꼈다. 그들의 어머니가 옥스퍼드 사람이라면 그렇게 생각하는 것 역시 큰 무리는 아니었다. 아이들은 엄마 목소리를 제일 먼저 듣게 되기 때문에 대체로 엄마에게서 말투와 언어를 전달받기 때문이다. 그들은 그녀에게 뭔가 그럴듯한 것을, 예컨대 새로운 삶과 확실한 직업 그리고 당장 필요한 상당한 액수의 돈을 제안했을 것이다. 그녀는 아무것도 잃을 것이 없었고 톰에게도 그렇게까지 충성을 바칠 이유가 없었다. 단순히 즐기기 위해, 휴식을 위해, 화요일과 수요일 그리고 목요일의 상투적인 외로움을 달래기 위해 만나는 관계였다. 휴도 모르게 자신에게 태만하다는 죄를 물어 휘둘렀던 작은 비수이기도 했다. 톰은 어쨌든 곧 옥스퍼드를 떠날 테고, 다시는 그녀를 기억하지 않을 것이다. 마드리드로, 그의 스페인 애인에게로 영원히 돌아갈 것이다. 그에게 덫을 놓는다고 해서 그리 큰 문제가 될 것 같진 않았다.

베르타 이슬라   *677*

토마스는 일종의 나그네였고, 노인의 옷소매에 내려앉은 먼지
나 재와 같은 존재였다. 그녀가 남편과 아이들과 함께 요크셔
에 살고 있다고 해서, 20년 전에 스타킹으로 목이 졸려 죽지 않
았다고 해서 그녀를 탓하고 질책할 이유가 없었다. 지저분한
가짜 죽음이었다.

미꾸라지처럼 요리조리 빠져 다니며 엄청 빠르게 움직이던 두 아이, 즉 클레어와 데릭을 놓쳐버렸다. 생각에 몰입해 기억을 재구성하고 연결하고 가설을 세우다 보니 정신이 산만해졌던 것이다. 바삐 전시실을 넘나들며 돌아다녔지만, 아이들을 찾을 수 없었다. 그는 순간적으로 스스로에게 욕을 퍼부으며, 혹시라도 아이들이 다시 전시실의 터널 안으로 들어갔을까봐, 뭐라고 해야 좋을지 모르겠지만 불안과 두려움 비슷한 마음을 안고 터널 끝자락에서 기다렸다. 그러나 실패로 돌아갔다. 한 바퀴 더 돌아본 다음 입구로 나가 가게를 기웃거렸다. 다행히 그곳에서 다시 아이들을 찾을 수 있었다. 덕분에 마음이 좀 놓였다. 아무래도 막 박물관 견학을 마치고 떠나려는 참인 것 같았다. 그렇지만 뭔가를 규명해야 할 것 같아서, 다시는 이런 기회가 올 것 같지 않아 반드시 그들에게 물어봐야 한다는 생각이 들었다. 그들을 놀라게 하지 않고 의심도 받지 않으면서 물어보려면 어떻게 해야 좋을지 생각이 나지 않았다. 오해를 불러일으키고 싶지 않았다. 1994년엔 이미 악의적인 의도가 없더라도 아이들에게 다정하게 다가가는 것 자체에 문제의 소지가 있었다. 극단적인 감수성과 히스테리의 시대가 시작되고 있었다.

아이들은 단단한 플라스틱 제품으로 만든 밀랍인형 복제품을 진심으로 갖고 싶다는 간절한 눈빛으로 바라보고 있었다. 납으로 만든 그 옛날 병정 인형의 크기였다. 아이들은 복제품을 정신없이 바라보며 멋지디는 말을 연발했지만 손대려고는 하지 않았다. 선반에 진열된 인형을 살 여유도 돈도 없는 것 같았다. 사실 아이들은 동전을 헤아리기도 했는데, 동전을 다 합치면 최소한 하나라도 살 수 있을지 가늠하는 것 같았다. 여전히 그들을 지켜보고 있어야 할 선생님이나 부모님, 예컨대 어른들의 모습이 보이지 않았다. 아직까진 그들뿐이었다. 서로서로 의지하면 괜찮을지도 모른다. 그들을 떨쳐버리고 싶고 마음대로 돌아다니라고 내버려두고 싶었던 이모, 혹은 아직 나이가 많지 않아 무책임한 이모와 함께 사는 부모 없는 아이일 수도 있다. 평범한 옷을 입고 있는 것을 보면 부자도 가난하지도 않은, 그야말로 평범한 중산층 아이라는 생각이 들었다. 만일 재닛이 죽었다면 어머니가 없는 고아였을 것이다. 순간적으로 톰은 생각을 바로잡았다. 시간과 공간을 혼동한 것을 가책했다. 그들이 재닛을 죽였을 때 그녀가 진짜로 죽었다면, 아이들은 절대 그녀의 아이들이 될 수 없었다. 논리적으로 아이들을 낳을 수 없기 때문이다.

그도 천천히 다가가 가장 인기 있는 모형을 바라보았다. 가게는 여왕이 아니라 윈스턴 처칠을 팔고 있었다. (이것은 여왕에 대한 존경의 의미일 수도 있다.) 인디아나 존스의 해리슨 포드, 제임스 본드의 숀 코너리(제임스 본드 역을 많은 배우는 정말 많았지만, 그래도 가장 잘 어울리는 배우는 턱시도를 입은 코너리가 분명했다), 셰익스피어, 고든 장군, 빅토리아 여왕의 미니어처, 나폴레옹, 베레모에 콧수염을 기르고 승마용 채찍을 든 몽고메리(블레이크스톤이라면 분명히 이것을 샀을 것이다), 엘비스 프레슬리, 낙타를 탄 아라비아의 로렌스(가장 비쌀 것 같았다), 셜록 홈스와 닥터 왓슨, 롱 존 실버, 장갑 낀 손으로 지팡이를 든 긴 머리의 오스카 와일드, 《이상한 나라의 앨리스》, 《올리버 트위스트》에 등장하는 긴 외투에 염소수염을 한 파긴 비슷하게 생긴 사람, 미스터 픽윅*, 메리 포핀스 그리고 괴물 프랑켄슈타인과 드라큘라 등이 있었다. 역사적인 인물보다는 가공의 인물 중에서 유명하고 기억에 남는 인물들이 많았다. 물론 역사적인 인물인지 지어낸 인물인지 구별이 되지 않는 것도 많았다.

"가장 너희들 마음에 드는 것이 뭐니?" 잠시 후 그들에게 물어보았다. 악의가 없다는 것을 드러낼 수 있는 가장 좋은 방법

---

* 로마 찰스 디킨스의 소설 《픽윅 클럽 여행기The Pickwick Papers》에 나오는 등장인물.

같았다.

아이들은 고개를 돌려 그를 바라보았는데, 여자아이는 자기도 모르게 그를 알아보겠다는 표정을 지었다. 그리 놀라지도 겁을 먹지도 않았을 뿐만 아니라, 자연스럽게 얼굴에 호감이 드러났다. 그가 지켜보고 있다는 것을 처음 눈치챘을 때 보여준 바로 그 표정이었다. 재닛 제퍼리스가 되살아난 듯한 얼굴이었다.

"나는 셜록 홈스가 좋아요." 얼른 말을 받았다.

"나는 인디아나 존스요." 남자아이는 솔깃한 표정으로 대답했다. (아이들은 자기들의 기호와 의견에 관심을 보여준 것 자체가 고마웠던 것이다.) "아저씨는요?"

토마스는 한참 고민하는 척하다가, 아이들의 호기심을 불러일으키려고 이렇게 이야기했다.

"불행히도 내가 진짜로 좋아하는 것은 여기에 없어. 박물관에도 없고."

"없어요? 누군데요?" 두 아이가 거의 동시에 호기심에 찬 목소리로 물어보았다.

"기예르모 브라운이야." 그는 아버지가 없는 아이지만 이젠 어엿한 사춘기 소년이 되었을 아들 이름을 댔다. 그리고 얼른 영어로 다시 이야기했다. "다시 말해 윌리엄이지. 윌리엄 브라운."

"그게 누군데요?" 실망과 놀람이 뒤섞인 묘한 표정으로 데릭이 물었다. "여기 없는 것도 전혀 이상하지 않네요. 아무도 모를 거예요. 어떤 영화에 나왔어요?"

"나는 그 사람 이야기를 들어본 것 같아요." 클레어가 슬쩍 끼어들었다. "그렇지만 어떻게 생겼는지는 모르겠어요. 한 번도 본 적이 없어서요. 영화에 나온 것이 아니라 옛날 책에 나온 사람이에요."

"맞아. 내가 어렸을 적 사람이야. 그러니 상당히 오래된 셈이어서, 너희들이 알 리가 없지." 토마스가 설명을 시작했다. "여기 있는 사람 중에서 고른다면 나는 셜록 홈스를 고를 거야. 너와 똑같이." 클레어는 기분이 좋은 표정이었다. 재닛 제퍼리스보다 훨씬 더 맑은 이미지였다. 어른이 자신의 선택을 지지해준 사실 자체가 그녀를 기쁘게 했다. "무엇을 살 건데? 너희들이 동전 세는 것을 봤거든."

"고민하고 있어요." 여자아이가 어른스러운 단어를 이용하여 대답했다. "우리는 하나밖에는 살 수 없거든요." 그리 비싸다곤 할 수 없었지만, 아이들에겐 꽤 비싼 편이었다.

"그렇구나. 돈을 다 쓰면 집에는 어떻게 갈 거니? 여기서 가까운 곳에 사니?"

"아뇨. 런던에 살지 않아요. 놀러왔어요." 노래하는 듯한 목소리로 클레어가 대답했다. 데릭은 자기 능력으론 살 수 없는, 한 줄로 늘어선 인형에 쏙 빠져 있었다. "그렇지만 우리 아빠가 여기 옆의 펍에 있어요. 아빠가 우리를 호텔로 데려갈 거예요. 이젠 하룻밤 밖에는 안 남았어요. 내일 돌아가야 해요."

톰 네빈슨, 아니 데이빗 크로머-피톤은 친절한 사람이 될 수 있는, 호감을 살 수 있는 사람이 될 좋은 기회를 엿보았다.

"너희들이 어디에서 왔는지 한번 맞춰볼까? 만약 맞춘다면 내가 한턱낼게. 너희들에게 인형 네 개를 사주마. 너희들이 원하는 것으로, 한 사람에게 두 개씩 사주마. 맞추면 기분좋으니까."

소년은 뭔가 이상하다는 하지만 솔깃하다는 표정이었다.

"에이, 아저씨는 못 맞출 거예요. 영국은 너무 넓어요, 도시도 많고요."

"너희들 요크나 그 주변에서 왔지?" 토마스는 확신에 찬 목소리로 이야기했다.

남매는 너무 놀라 두 눈을 동그랗게 뜨고 그를 바라보았다.

"어떻게 알았어요? 아저씨 셜록 홈스한테 배운 거 맞죠?"

"물론, 우리는 다 홈스에게 배우지. 그렇지만 나는 말투를 잘 구별할 뿐만 아니라 성대모사도 잘 한단다. 그건 그렇고 아까 말한 대로 네 개를 골라보렴."

"정말요? 진짜예요? 감사합니다!"

아이들은 너무 기분이 좋은 나머지 채 대답을 기다리지도 않았다. 토마스는 '100퍼센트 진심이지. 내기는 내기니까. 그리고 내기는 언제나 신성한 거니까' 하고 아이들을 부추겼다. 아이들은 얼른 등을 돌리더니, 동전 한 푼 쓰지 않고 네 개를 아니 각각 두 개씩 무엇을 고를지 다시 고민에 들어갔다. 그들이 결정하는 동안 톰은 계속 질문을 던졌다.

"너희 어머니는? 어머니는 같이 오지 않았니?"

클레어는 잠시 고개를 돌렸다. 그러나 그것도 잠시뿐이었고 인형에서 눈을 떼지 못했다.

"우리 엄마는 1년 반 전에 돌아가셨어요. 자동차 사고로요." 이미 이런 질문에 익숙해진 사람처럼 별로 과장하지 않고 대답했다.

'그렇구나. 이미 죽었구나.' 톰은 속으로 뭔가 모를 안도감을 느꼈다. 그러나 그것도 1초도 가지 못했다. '아직 죽을 때는 아닌데.'

"그런 말을 들으니 정말 유감이구나. 정말 미안하다. 어머니 이름이 뭐였니? 너희들을 보니 젊었을 때 사귀었던 여자친구가 생각나는구나. 오래전부터 소식이 끊겼는데. 너희들이 그녀의 아이들 같다는 생각이 들어서 말이야." 그는 '분명히 재닛이라고 할 거야. 이 아이들은 엄마가 없는 아이들이야. 분명히 재닛이라고 할 거야'라는 생각을 했다.

"재닛이었어요." 소녀는 옆눈질을 한 번 하더니 다시 고개를 돌리고 대답했다. 호기심이라기보다는 존경심 때문이었지만, 이야기하면서 목덜미를 보이고 싶진 않다는 표정이었다. 그러나 소녀는 엄마와의 우정 따위엔 별 관심이 없었다.

"아! 그렇구나. 정말 우연이긴 하네. 내 여자친구 이름도 재닛이었는데." 그러나 영국에서 재닛은 정말 흔한 이름이었다. "무슨 재닛인데?" 끈질기게 물었다. 평소와는 달리 정말 끈질기게 물어보았다.

"우리와 똑같이 재닛 베이츠예요."

'이건 기혼 여성 이름이네.' 톰은 속으로 이런 생각을 했다. '소머레즈-힐과는 결혼하지 않은 것이 분명하네. 그녀가 서점 점원이라고 자기 여자를 버렸을까? 당시 그는 국회의원이었고 뭔가 있는 사람이 되려고 노력했지만, 내가 아는 바로는 정치에선 그리 크게 성공하지 못했어. 그래서 그녀는 뒤늦게 요크셔 지방의 평범한 남자인 베이츠와 결혼했을 거야. 셰익스피어 작품 속 병사, 다시 말해 망토로 위장한 헨리 8세를 배반했던 말단 병사도 이와 똑같은 성을 가지고 있었을 거야. 내 기억이 잘못되지 않았다면 말이야.'

"결혼하기 전에 썼던 성을 이야기하고 싶었던 거야. 여자친구를 만났을 때는 미혼이었거든. 결혼 전 성을 알고 있니?" 아이들은 모를 가능성이 컸다. 영국의 기혼 여성은 스페인 여자들과는 달리, 예를 들어 베르타 이슬라와는 달리 결혼 전 성을 쓰지 않았다.

데릭은 당황한 얼굴이 되었다. '결혼 전 성'이라는 표현은 처음 들은 것 같았다. 엄마가 평소와 다른 성을 사용했을 수 있다는 생각은 단 한 번도 해본 적이 없는 것 같았다. 그러나 여자아이는 조금 더 나이를 먹어서인지 그것을 알고 있었다. 토마스는 여자아이가 입을 벌리기도 전에 눈을 통해 그 사실을 읽었다. '제퍼리스라고 말할 거야. 분명히 제퍼리스라고 말이야' 라고 생각했다.

"내가 알아요. 젊었을 땐 재닛 제퍼리스였어요." 톰의 귀에는 이렇게 들렸지만 사실 제프리스라는 발음과 제퍼리스라는 발음은 거의 비슷했다. 아이들의 어머니와 재닛이 동일인이 아니라고 하기엔 일치하는 점이 너무 많았고, 특히 생김새가 정말이지 놀랄 만큼 비슷했다. 완벽한 그녀의 복사판이었다. 성의 철자가 무엇인지는 묻지 않기로 했다. "아저씨 여자친구였어요?"

"아니야. 내 친구는 롤런드였어. 재닛 롤런드." 이 정도에서 그만 정리하고 물러나고 싶었다. 쓸데없는 질문으로 자신을 드러낼 이유가 없었다. 아는 것이 아무것도 없는 요크 출신의 두 베이츠에겐 진실을 밝힐 필요는 없었다. 사실 반평생이 흘렀지만, 평생 누구에게도, 가장 가까운 사람에게도 빚진 것은 없는 인생이었다. 지금부터는 더더욱 그렇게 생각할 것이다.

데릭은 자기가 좋아하는 인디아나 존스와 괴물 프랑켄슈타인을 골랐다. 클레어는 셜록 홈스와는 따로 떼어 생각할 수 없는 왓슨 박사를 골랐다. 다른 한쪽이 없는 홈스나 왓슨을 집으로 가져갈 수는 없었다. 비록 한참 후에 죽긴 했지만 결국 죽긴 죽은 어머니와는 달리, 소녀는 의리가 뭔지 잘 알고 있었다. 그렇지만 그는 죽지 않았고, 공식적으로만 죽은 척했다. 그러나 시체가 다시 살아나는 순간, 모든 것은 부정될 테고 무효가 될 것이다. 톰은 기꺼이 계산한 다음 두 아이에게 포장한 인형을 안겨주고 입구에서 악수하고 헤어졌다. 그 아이들이 무슨 죄가 있겠는가. 아이들도 그의 이름을 묻지 않았다. 만약 아이들이 이름을 물었다면 아마 그는 똑같이 대답했을 것이다. 그 역시 투프라만큼이나, 레레스비, 던다스, 우레만큼이나 많은 이름을 가지고 있었다.

"휠러 교수는 모든 것을 알면서 직접 사기극에 가담했다고 생각하십니까? 처음부터 이 모든 사실을 다 알고 있었나요?" 토마스는 사우스워스 씨에게 질문을 던지며 한마디 덧붙였다. "휠러 교수는 저를 스카우트하려던 첫 번째 사람이었어요. 선생님이 저에게 말씀하신 것이, 즉 옥스퍼드에서 일어나는 일은 단 하나도 휠러 교수의 눈을 벗어날 수 없다고 했던 말이 생각나요. 살인 사건은 두말할 나위도 없었을 거예요. 제 일이 있기 전에 일어났던 일도 다 알고 있으셨겠죠? 데이터도 있었을 테고요. 저와 통화를 할 때 그는 그렇게 보였어요."

사우스워스 씨는 잠시 생각에 잠겼다. 작지만 정직해 보이는 그의 두 눈은 양심을 성찰이라도 하듯이 내면을 향하고 있었다. 깊은 생각에 빠져들었고, 이젠 시계를 보지도 않았다. 수업도 잊은 것 같았다. 잠시 후 확실한 어조로 또박또박 이야기했다.

"아니야. 분명히 아니야. 그들이 그분을 속였을 거야. 가짜 살인 사건이라는 것은 숨겼을 거야. 나는 그들에 대해선 잘 모르네. 하지만 비밀정보부 사람들이 요원을 포섭하기 위해 아무 죄도 없는 사람을 그리 쉽게 죽일 거라고는 생각하지 않아. 물론 교수님께 압력은 가했겠지. 곤혹스럽게 했을 거고, 그래서 결국 그는 사기극에 가담했을 거야. 그들에겐 이런 일쯤은 아주 쉬웠을 테니까." 그는 빈정거리는 투로 한숨을 내쉬었다. "그것이 그들의 본질이고. 안 그래? 사기를 치는 것이 말이야."

"그것은 나도 보장할 수 있어요." 톰이 말을 잘랐다. "그것이 우리 일상이고, 일용할 우리 빵이에요. 우리가 얼마나 많은 사람을 동원할 수 있는지는 예상 밖일 거예요." 그는 아직도 그곳에 소속된 사람처럼, 그 옛날의 투프라와 블레이크스턴처럼 자신도 모르게 1인칭 복수를 사용하고 있다는 사실을 깨달았다. 그러나 바로잡진 않았다. 그는 조금씩 그런 습관에서 빗어나는 법을 배울 테고 그러면 언젠가 생각 자체가 익숙해질 것이다. "그런 사람이 끊이질 않는다는 것도요. 한번 관계를 맺으면, 한번 바퀴에 올라타면 계속해서 명령을 기다리고 요청해야 해요. 멈출 수는 없고, 오히려 생산성이 높은 사람이 되려고 노력하죠. 어떤 이유든, 어떤 지엽적인 문제든, 사기극에 한 번 가담하면 끝이에요. 사람은 **금방** 모을 수 있어요. 이 세상엔 자발적인 지원자가 넘쳐나니까요. 돈이면 뭐든 하겠다는 사람들도요." 그는 갑자기 이 대목에서 '금방'이라는 뜻으로 'santiamén'이라는 스페인어 단어를 사용했다. 분명 당시에는 이미 구닥다리 이미지와 연결된 단어가 되었는데도, 이를 사용했다. 예를 들어 신세대들이 쓰는 'pispás'라는 단어를 모르는 사우스워스 씨의 스페인어 같다는 생각도 들었다.

"나는 오랫동안 피터를 잘 알고 지냈어. 그는 절대로 자네에게 그런 덫을 놓지 않았을 거야. 그런 계획에 동의하지도 않았을 테고, 미리 알지 못했을 거야. 그의 성격과 체면에 맞지 않거든. 그는 아직도 그 여자가 목이 졸려 죽었다고 믿고 있을 걸세. 언제든 그녀를 떠올리면 분명히 그렇게 생각할 거야. 자네의 그런 말은 인정하지 않을 걸세. 머리에 쌓아놓고 있는 것이 정말 많은 분이야. 너무 많아 탈이긴 하지만. 1913년 태어난 이후 상반된 양쪽 대척점에 차곡차곡 쌓은 것 말일세. 자네도 한번 상상해보게."

"그렇지만 투프라의 선생님이었잖아요. 선생님과 저를 가르치기도 했고요. 선생님도 그분에게 그런 행동을 한 적이 있나요?"

"나는 아냐. 나는 전혀 다른 유형의 사람이고, 그분이 하던 일을 하진 않았으니까. 자네에게도 그런 일을 하진 않을 거야. 더욱이 자넨 내 제자였으니까. 모스라는 경찰하고는 이야기를 나눠봤나? 아마 지금도 여기 있을 텐데. 지금쯤은 적어도 경감은 되었을걸. 그가 우리에게 세세한 정보를 준 사람 아닌가. 죽은 재닛을 봤다고 말을 전했던 사람이기도 하고." 그는 뭔가 미심쩍다는 듯이 눈썹을 치켜뜨며 이야기했다. 그리고 그나마 남은 솔직함으로 그날엔 놓쳤던 것을 덧붙였다. "좀 터무니없긴 했어."

"아뇨. 그 문제에 대해 생각해보긴 했지만 만나진 않을 거예요. 그럴 생각이 없어요." 톰이 대답했다. "그는 저와 이야기하려고 하지 않을 거예요. 저를 알아보지도 못할걸요. 평생 단 한 번도 본 적이 없다고 할지도 몰라요. 그날 이곳을 왔던 것도 벌써 20년이 넘었고 기록도 없으니까요. 당시엔 명령을 따랐겠지만 이제 와서 그 옛날 추잡한 문제의 뒷정리를 하고 싶진 않을 거예요. 더욱이 그럴 허락도 받을 수 없을 거고요. 왕국이 덮고자 한 일은 마지막 순간까지도 덮어야 해요. 그는 기껏해야 한 번도 존재한 적 없는 서류를 찾아보는 시늉만 할 거예요. 살인 사건 자체가 없었으니까요. 잘 들어보세요. 재닛 제프리스는 이름을 그대로 사용했어요. 이 세상에서 사라지라고는, 아니 이름을 바꾸라고도 듣지 않았던 거죠. 그녀는 옥스퍼드를 떠나는 것만으로 충분했어요. 만약 가짜로라도 서류가 존재한다면, 아마 '미제 혹은 미해결 사건'으로 쓰여 있을 거예요. 그에게 물어보는 건 시간 낭비일 테고, 그 사람만 당황스럽게 할 뿐이에요. 강직한 사람 같았어요. 명령이 정말 싫은데도 따라야 하는 것이 어떤 기분인지 알아요. 저는 그 문제는 이해해주고 싶어요."

차분하게 공부만 했던 사우스워스 씨는 방금 새롭게 알게 된 사실에 씁쓸한 기분인 것 같았다. 그는 강한 정의감에도 불구하고 이에 대해 이의를 제기하지 못했다. 고매한 법적인 정의, 즉 국가의 정의에 맞설 수 있는 것은 아무것도 없다는 생각에서였다. 망연자실한 표정이었다.

"투프라와 블레이크스톤은 자네에게 뭐라고 했나?" 그는 믿기지 않는다는 듯이 물었다. "아직도 그들과 이야기해보지 않았나? 그들에게 해명을 요구하지 않았어? 이건 분명히 그들 문제인데. 피터는 배제해야 하네. 그분을 만나러 갈 필요 없어. 부탁하네. 그분을 복잡하게 만들지 말아주게. 자기가 추천한 탓에 이런 결과가 나왔다는 것을 안다면 정말 불쾌하게 생각할 걸세. 돌이킬 수도 없는 결과이니 말일세. 그분은 아마 자네가 정말 쓸모 있는 인물이라는 것만 이야기했을 걸세. 자기가 제공한 정보를 가지고 그들이 무슨 짓을 할지 그가 어찌 알았겠는가. 그렇게 말도 안 되는 음모를 꾸밀 줄을 말이야." 사우스워스 씨는 아버지를 감싸듯이 자기 옛 친구를 보호했다. 톰은 자기를 맞이해준 방에 들어온 이후 딱 한 번 격한 반응을 보이긴 했지만 이젠 상당히 차분한 모습을 유지하고 있었다. 그러나 그의 옛 지도교수는 그가 상당히 위험한 인물이 되었다는, 필요하다면 굉장히 무자비한 사람이 될 수도 있다는 사실을 확실하게 깨달은 것 같았다.

"그분은 제가 유용한 인간이라고 엄청나게 우겼어요. 그 정도의 고생은 기꺼이 할 수 있다는 생각을 하게끔 말이죠."

"맞아. 자네의 언어 능력은 정말 탁월했지. 정말 드물었어. 여러 나라 언어를 구사할 수 없는 영국인들 사이에선 말이야. 자네 같은 사람은 정말 몇 안 되지. 자네도 그 사실은 잘 알 거야." 그는 자기 스승에게 면죄부를 주기 위해 뭘 덧붙이려고는 하지 않았다. 쓸데없이 고집을 피우면 괜히 역효과만 난다고 생각했을 것이다. "투프라와 블레이크스톤은 감히 자네를 보려고 하지 않았겠지? 자네에겐 그들만 남은 셈이야. 그들이 이 사기극을 강하게 밀어붙였으니까."

그들은 처음엔 내키지 않아 했지만 톰은 적극적으로 나서서 투프라와 이야기를 나눌 기회를 만들었다. 마담 튀소 박물관에서 나와 다락방이 있던 도싯 스퀘어로 돌아가는 길에 투프라와 이야기를 해야겠다는 생각에 속이 타들어가는 것만 같았다. 집으로 가는 길에서 벗어나 서너 시간 동안 도시 여기저기를 돌아다녔다. 급기야는 금지된 SIS 건물과 외교부 건물이 서 있는 곳까지 가기에 이르렀다. 한참을 문 앞에 서서 멍하니 바라보며 이 시간에 투프라가 안에 있을지 아니면 밖에 나갔을지, 그것도 아니면 여행 중일지 생각해보았다. 들어가서 소란을 피울 문제는 아니었다. 경비원들이나 수위가 제지할 것이 분명했다. 어떤 대화를 할지 계획을 세워야 하지, 전혀 서두를 문제가 아니었다. 그러나 사실 세울 만한 계획은 없었다. 반론이 불가능한 혐의와 똑같이 책망은 스스로 나오기 마련이고 당황한 얼굴에 저절로 드러나기 마련이다. 투프라는 재닛 제프리스가 오랫동안 요크에서 살고 있었다는 사실을 부인하진 않을 것이다. 그러나 아직은 참고 기다리는 것이 더 낫다는 생각이 들었다. 그의 영역이나 이름도 없는 건물에서 만나는 것보다는 밖에서 만나는 것이 더 낫다는 생각이 들었다. 중간고리 역할을 하는 물렁한 곱슬머리 몰리뉴와 다시 만나려면 이틀이 남았다. 그가 몰리뉴에게 요구사항을 전달한다면 이번엔 투프라도 면담을 거절하지 못할 것이다. 투프라는 거의 모든 것을 자기 마음대로 하긴 했지만 한 번도 이를 부끄럽게 여긴 적은 없었다.

토마스 네빈슨은 저녁이 될 때까지 걷고 걷고 또 걸었다. 매우 피곤했다. 다락방으로 돌아가 다시 방에 처박히기 전에 광장을 지나며 문득 모든 것이 결론 났다는 생각이 들었다. 그의 유일한 삶이 되었던, 인생의 영원할 것만 같았던 시기가 이제 막을 내리고 있다는 것을 깨달았다. 거짓된 인생이었기에 방황할 수밖에 없었고 분산될 수밖에 없었다. 아침까지만 해도, 다시 말해 박물관을 찾은 관광객의 와자지껄한 모습을 보기 전까지만 해도, 데릭과 클레어 남매를 만나기 전까지만 해도 그토록 돌아가고 싶었던 이전의 삶으로는 이제 무슨 소릴 들어도 다시는 돌아가고 싶지 않았다. 날이 갈수록 흐릿해져 잊고 있었던 위협은, 20년 이상 그를 짓눌렀던 위협은 존재하지도 않았고 존재한 적도 없는 것 같았다. 그의 고지식함과 진정한 의미에서 순한 양과 같았던 학생 시절의 공포 속에서만 존재했던 것 같았다. 후회하기엔 너무 늦었다. 진짜 인생은 한쪽으로 밀려났고, 다른 인생은 기다려주지 않았고, 그의 인생은 흘러만 갔다. 진짜 인생 그리고 나란히 진행되었던 가짜 인생, 두 인생 모두 어디론가 사라져버렸다. 또다른 위협들이, 훗날의 위협들이, 그러나 절대로 있을 것 같지 않았던 위협들이, 다른 이름, 다른 언어와 다른 말투로 맺은 위협들이 아랑곳하지 않고 그를 끌고 다녔다. 위협이 완전히 막을 내린다고 해도, 그를 세상에서 끄집어낸다고 해도 아무 일도 일어나지 않을 것이다. 소설 한 편이 끝났다는 사실을 이해하자 모든 것이 다 똑같다는 생각만 들었다.

공기 중에 떠 있는 먼지를 보았다. 무너져내리는 순간 한꺼번에 밀려온 피곤함에 일그러진 광장에서 한층 선명하게 볼 수 있었다. '갈 곳이 없어졌을 때, 더는 돌아갈 곳이 남지 않았는데 이야기가 다 끝나버렸을 때, 그제야 비로소 돌아갈 거야. 이 이야기는 이곳 도싯 스퀘어에서 끝났어. 바로 이곳에서, 지금 이 순간에.' 잠깐 생각을 정리하고 이리저리 연결해본 다음 결론을 냈다. 이어서 미래를, 즉 과거를 바라보았다. '만약 받아주기만 한다면 베르타에게로, 파비아 거리에 있는 집으로 이젠 돌아갈 수 있어. 아직도 우뚝 서 있는, 유일하게 남아 있는 것이니까. 그녀가 나를 기다릴지는 모르겠지만, 나를 기다릴 수 있는 유일한 것이기도 해. 베르타는 아직 재혼하지 않았어. 정말 오래전에 과부가 되었는데도 재혼하지 않았어. 그것은 인생을 오롯이 바쳤다는 의미이기도 해. 나의 유일한 희망은 사우스워스 선생님이 프랑스어로 이야기했던 **'그녀는 다른 사람과 마찬가지로 자기만의 사랑 이야기가 있었다'**라는 인용을 그녀에게 적용하는 거야. 나는 죽으나 사나 그녀의 것이니까.'

"이 인용이 어디에서 나온 것인지 아세요?" 갑자기 사우스워스 선생님에게 물어본 그는 다시 한번 그 말을 되풀이했다. 오래전부터 기억하고 있었던 그 인용문을 선생님에게 물어봤던 사실을 잊지 않고 싶었다.

"그날 아침 선생님께서 우리는 언제나 타인의 사랑 이야기를 인식할 수 있는 것은 아니라고, 우리가 사랑의 대상일 때조차도 그렇다고 말씀하시며 이 문장을 인용했어요. 재닛이 저를 어떻게 생각했을지 이야기하면서요. 분명 그녀는 아무것도 생각하지 않았을 겁니다. 그렇지 않다면 함정에 빠지지 않았을 테니까요."

사우스워스 씨는 팔짱을 푼 다음 이번엔 옷자락을 날리며 독특한 몸짓으로 다리를 꼬았다. 잔뜩 경계심을 돋운 착잡한 표정을 지었다. 그는 신경을 곤두세워 단어 하나하나를 귀 기울여 들었다. 소리를 내진 않았지만 속으로 따라해보며 출처를 기억하려고 노력했다.

"몰라. 정말 모르겠어. 전혀 생각이 나지 않는군." 잠시 후 그는 조금 짜증스러운 말투로 대답했다. "자네가 나를 그 시절로 돌아가게 만드는군. 아마 그즈음 읽은 책에서 나왔을 거야. 스탕달이나 플로베르거나, 모파상이나 발자크에서 나왔을 거야. 뒤마일지도 몰라. 곧 알게 되겠지. 그녀가 무슨 생각을 했을지 누가 알겠어. 자네가 무관심해서 복수한 건지도 모르지. 자네를 단순히 오락물로만 취급해서 그랬는지도 몰라. 분명히 그것은 밝힐 수 없을 거야."

"스티비, 투프라에게 반드시 만나봐야겠다고 전해줘. 더는 기다릴 수 없는 급한 일이 생겼다고 말이야. 더는 지체할 수 없으니 당장 만나자고 해." 그는 몰리뉴가 호텔 라운지에 앉자마자 말을 꺼냈다. 블랙웰서점과 술집 이글앤차일드에서 결정을 채근받던 그 옛날, 투프라가 미스터라는 최소한의 경칭도 붙이지 않고 자기를 성씨만으로, 네빈슨이라고 함부로 불렀던 것처럼 그도 몰리뉴를 세례명으로, 그것도 아무것도 붙이지 않고 성씨만으로 불렀다. 게다가 그 젊은이를 한층 더 왜소하게 만들 요량으로 스티븐이나 스티브라고 하지 않고 스티비라는 축소사를 사용했다. 이 이름은 괴짜 여류시인이었던 스티비 스미스 덕에 사람들에게 잘 알려져 있었다. 그가 옥스퍼드에 처음 왔을 때 그녀는 사람들 사이에서 엄청나게 회자되었지만, 얼마 되지 않아 세상을 떴다. 물론 몰리뉴는 이런 사실을 모를 테지만 별로 중요하진 않았다. 이런 식으로 이름을 부르는 것을 들으면 명령을 내리는 것 같다는 인상을 강하게 받을 것이다.

"글쎄요." 그도 자기를 방어하려 들었다. "크로머-피톤 씨, 저에게 무슨 일인지 말씀해보세요. 그러면 제가 전할게요. 언제 만날 수 있을지는 모르겠어요. 투프라 씨는 항상 바빠서요." 몰리뉴는 토마스가 계급도 높고 경험도 많았기에 그를 톰이나 데이빗으로 부르진 못했다.

"이젠 만나야 해. 분명히 그도 관심을 보일 거야. 오늘 당장이나, 내일 보자고 해. 늦지 않게. 만약 런던에 없으면 돌아오라고 해. 그가 어디 있는지는 누군가가 알 거야. '재닛 제프리스의 자식을 만났다'라고만 전해."

명령조의 말투에도 불구하고 몰리뉴는 건방지게 자꾸 꼬치꼬치 캐물었다. 그날 아침 그는 처음 봤던 날로 돌아가 앞머리에 스프레이를 뿌리거나 두 색으로 염색하지 않았다. 귀티가 나진 않았지만 그렇다고 천박해 보이지도 않았다.

"누군데요? 그 사람의 자식과 무슨 일이 있었는데요? 아이들인가요, 어른인가요? 전혀 급한 문제 같진 않은데요. 특히 아이들이라면요."

"스티비, 너는 가서 전하기만 해. 그는 알아들을 테니까. 얼마나 급한 문제인지는 곧 알게 될 테고. 내기할까? 그가 당장 약속을 잡을지 아닌지."

몰리뉴는 내기하지 않았다. 내기했다면 졌을 것이다. 몰리뉴는 그날 저녁 짜증스러운 목소리로 투프라 대신 토마스에게 전화했다.

"투프라 씨는 내일 일과가 끝난 후에 만남이 가능하다고 하십니다. 그분 말씀대로라면 이름 없는 건물로 올 건지. 아니면 당신이 원하는 호텔이나 근처에 있는 곳으로 자기가 갈 건지 물어봐달라고 했습니다. 오후 7시에요." 그는 주책맞게 또 참견하려 들었다. "그런데 이름 없는 건물이 어딘가요?"

토마스는 대답하지 않았다. 지방 도시에서 죽은 듯이 조용히 살면서 언제나 몸에 지니고 다녔던 소형 리볼버인 1964년산 차터 암스 언더커버를 가지고 갈 생각이었다. 아무리 시간이 쓰라린 상처를 어루만져주었다고는 하지만 그것의 영향은 그다지 크지 않았기에 그는 투프라가 만약 그를 지나치게 무시하는 듯한 태도로 화를 북돋운다면, 투프라에게 일종의 겁을 주고 싶었다. 그가 잘 아는 그 건물은 권총을 소지하고 있으면 통과시켜주지 않을 것이다. 게다가 몰리뉴는 아직 접근할 수 없는 곳이었다. 그는 다락방에서 가까운 카페에 있겠다고 했다. 그곳이라면 두 사람만 있을 수 있고 아무도 그의 소지품을 검사하지 않을 거라는 생각에서였다. 그러나 레레스비가 혼자 올 거라고 확신할 수는 없었다.

버트럼 투프라는 전혀 변하지 않았다. 토마스도 그를 본지 오래되었지만 변한 것이 없었다. 어느 정도 모습이 결정된 이후론, 강한 의지력을 얻은 이후론 나이가 한 자리에 굳어버린 듯한 사람이 된 것이다. 의지력 덕분에 참을 만한 수준 이상으로 나이를 먹지 않는 것 같았다. (그런 것을 보면 그는 청소년기나 그보다 더 어린 나이에 이미 강한 의지력을 가질 수 있었던 것이 분명했다. 그에겐 행동거지, 복장, 말투, 지식 등과는 어울리지 않는 뭔가가 있었다. 선천적으로 싸움닭 같은, 슬럼가 출신으로 곤궁하게 자란 듯한, 뭔가 정의하기 어려운 항적航跡을 보여주었다.) 만약 톰의 기억이 정확하다면 두 사람 모두 옥스퍼드에서 공부한 것은 분명했다. 전공인 중세사를 공부하던 투프라의 학생 시절 모습까진 상상이 되지 않았지만, 토마스 앞에 처음으로 모습을 드러냈던 시절과 비교하면 그는 거의 변한 것이 없었다. 분명히 염색한 것으로 보이는 곱슬곱슬한 관자놀이는 그가 유일하게 인위적으로 바꾼 것으로, 아주 조금만 손을 본 것이었다. 곱슬머리가 상당히 큰 머리를 뒤덮고 있었으며, 아직 딱딱해지지 않은 껌처럼 부드러울 것만 같은 입술은 뭔가 단호함이 없어 보였다. 남자라기보다는 여자에 가까운 풍성한 속눈썹에, 불안할 정도로 윤이 나는 맑은 맥주색 피부, 거의 붙다시피 한 약간 아래로 처진 숯검댕이 같은 눈썹. (핀셋을 자주 사용했을 것 같았다.) 그의 투박한 코는 예전에 심하게 맞아 부러진 것 같았고, 따뜻한 감사의 뜻을 표하는 듯하면서 모든 것을 다 품을 것만 같은 시선은 적당한 높이에서 당당하게 정면을 바라보고 있었는데 핼쑥하다는 느낌과 함께 비웃는 듯 보였다. 과거를 탐색하는 동안 그의 눈길은 과거를 샅샅이 캐내 그것을 다시 현재로 만들었다. 그는 언제나 과거에 의미를 부여했을 뿐만 아니라 그것을 시대에 뒤떨어진 무의미한 것으로 보지 않았다. 대부분의 사람들과는 달리 그에겐 이미 결론이 난 것은 별로 중요하게 여겨지지 않았다.

토마스 네빈슨은 분명히 훨씬 더 많은 변화가 있었다. 얼굴을 분장하고 무대에 올라야만 했던 오랜 세월 동안 즉흥적인 연기를 위해 써야만 했던 가면 때문만은 아니었다. 어떤 것이 진짜 자기 얼굴인지 알기 어려워진 시점에 그는 이미 와 있었다. 수염이 있는 것과 없는 것, 안경을 쓴 것과 쓰지 않은 것, 콧수염이 있는 것과 없는 것, 머리가 짧은 것과 긴 것, 금발과 갈색, 백발에 숱이 많은 것과 없는 것, 무엇이 진짜인지 알 수 없었다. 흉터가 있는지, 마른 것인지 아니면 그 정도까진 아닌지, 몰리뉴처럼 물렁물렁한지 아니면 단단한지, 아직은 매력적인지(시간이 좀 흐르긴 했지만, 그는 간호사였던 메그를 정복하기도 했다) 알 수 없었다. 만약 별 어려움 없이 살았다면, 좀 더 자연스럽게 나이가 들었다면, 자기 마음대로 삶을 살았다면 얼굴이 어떻게 되었을까 알고 싶었다. 옛날 사람들이 알아볼 수 있을까, 어떤 사람들이 알아볼까도 궁금했다. 학창 시절부터 알고 지냈던 베르타 이슬라는 알아볼까? 그러나 피곤하기도 했고 심하게 상처도 받았지만, 가끔은 여기에 둔해지기도 했다. 속으로 나이를 먹은 것이다. 당시의 43살이라는 나이보다 속으론 10살 혹은 15살 정도는 더 먹은 것 같았다. 여기저기 떠돌며 닳을 대로 닳은, 숨어 지낸, 가면을 쓴, 다른 사람의 삶을 강탈한, 배신의, 유배당한, 그리고 결국은 죽어버린 대리 인생을 살았다. 이 모든 것이 그의 삶이었고, 삶의 대부분의 시간 동안 이어진 그의 모습이었다. 이런 신랄한 생각이 들 때면 그의 머리엔 또 엘리엇의 시가 떠올랐다. '나는 늙고, 또 늙었다. 나는 바지 밑단을 말아 입어야 할 것이다.' 모국어나 제2외국어로 번역을 한다면 어떻게 하는 것이 좋을까 마음속으로 생각했다. 억지로 번역을 해보긴 했지만, 뭘 앞에 놓아야 할지 어순을 어떻게 할지 잘 정리가 되지 않았다. 전체적인 운율보다는 각운을 살리는 것이 더 중요해 보였다. '나는 늙고, 또 늙었다, 바지 밑단을 만 바지를 입을 것이다.' 아니, 더 구어체처럼 보이긴 하지만 꼼꼼하게 번역하고 싶은데, 이것은 어떨까. '나는 늙어버렸다. 늙어버렸다……'

맨 먼저 '나는 늙어버렸다'라는 것이 떠올랐다. 앞에 앉은 투프라는(그는 벌써 와서 카페에 앉아 기다리고 있었다) 만나지도 못한 채 흘려보낸 시간 동안에도 규칙적으로 서로를 대했던 것처럼 따뜻하고 맑고 정이 묻어나는 미소를, 절대 시들지 않을 것 같은 미소를 짓고 있었다. 몇 년째 보지 못했음에도 그리 오랜 시간이 지난 것 같지 않았다. 정확하게 얼마나 되었는지는 알 수 없었다. 그는 상당히 젊어 보였는데, 언제나 그 모습을 그대로 유지할 것 같았다. 더욱이 토마스보다는 훨씬 더 젊어 보였는데, 그런 모습이 그 사람의 특징이기도 했고, 언제나 새로운 사람들을, 그를 소개받은 사람을, 새로 모집한 사람을, 그가 유혹한 여자들을 당황하게 하는 것이기도 했다. 그는 무슨 일이 기다리고 있는지 분명히 알았을 텐데도, 즉 지금 이 순간 토마스가 불꽃처럼 일고 있는 과거에 대한 분노에 대해 계산서를 내밀었는데도 태평한 표정을 짓고 있었다. 그런 무심한 태도가 토마스의 화를 더 부추겼다. 그는 외투를 벗지 않고 있었는데, 끝까지 벗지 않을 것 같았다(만남이 짧게 끝날 것으로 계산한 듯했다). 토마스는 소도시에서처럼 주머니에 손을 찔러 넣어, 엄지와 검지로 리볼버의 손잡이를 만져보았다. 그곳에 총이 있다는 사실을 확인하여 자기에게 용기를 주고 싶었다. 사람들은 대부분 처음 본 순간 위협을 느꼈던 사람이 주는 위협에서 영원히 벗어나지 못한다.

"아이들을 만난 거야? 베이츠를, 내가 제대로 이해한 거야? 나를 자꾸만 물어보게 만드네." 투프라는 다정하게 말을 건넸다. "어떻게 생겼어? 나도 모르고 있었는데. 어떻게 그런 생각을 할 수 있었지? 나는 일시적으로 우리에게 봉사한 사람들의 뒤를 쫓아다니지는 않아. 제공한 서비스의 질에 따라 가끔 나중에도 써먹긴 하지만 말이야. 그 대가로 어떤 사람들은 훨씬 더 잘 살게 해줬고, 인생을 해결해준 적도 있어. 아무도 이처럼 관대한 우리 태도에 불평하지 않았어. 네빈슨, 너도 역시 적지 않게 이익을 봤잖아. 아직도 보고 있고." 그는 여전히 회사를 끌어들여 1인칭 복수를 사용하고 있었다. 처음 만났을 때처럼 성씨만 사용하여 그를 네빈슨이라고 부르고 있었는데, 그는 단 한 번도 이런 식의 호칭을 포기한 적이 없었다. 다만 채근할 상황인지 부탁할 상황인지에 따라 '톰'이라고 하기도 했고 네빈슨으로 바꿔 부르기도 했다. 투프라는 그에게 여러 번 부탁한 적이 있었다. 오랜 세월 동안 그때그때 상황에 따라 그에게, 그의 인내심에, 재능에, 양심의 가책 따위는 무시해버리는 과감함에, 참는 능력에, 포기하는 마음에 의지해서 일을 해왔다. 그런데 이제 자기 말만 앞세워 그를 끌고 가려고 했다. 토마스는 순간적으로 상황을 이해했다. 투프라는 다시 상황의 반전을 꾀하고 있었다. 그에게 뭔가 통보하려는 것 같았다. '만약 나를 탓하려고 왔는지 모르겠는데 오히려 나에게 고마워해야 할 거야. 우리 얼굴에 뭔가 던질 요량이라면, 우리가 너를 위해 해준 것과 너에게 뭐가 좋을지를 먼저 생각해봐. 우리가 여기에서 빠져나갈 수 있는지 없는지는, 네가 이 상황을 받아들인 것인지, 아니면 파국으로 치달을 것인지에 달렸어. 태풍이 될지 누가 알아.'

"버트럼, 저에게 그런 짓을 할 만큼 제가 그렇게 중요했어요? 당신들은 시작도 못 한 제 인생을 빼앗았어요. 겨우 막 시작하려는 인생을요." 토마스는 진지하다 못해 일그러진 얼굴로 이야기를 꺼냈다. 직속상관이 가볍게 친근감을 표하는 것조차 받아들이고 싶지 않았다. 그것은 일종의 속임수였다. 그는 이제 과거의 생활을 그만두고 싶었을 뿐만 아니라, 더는 과거의 그가 아니었다. 그는 그 사실을 잘 알고 있었고, 투프라도 틀림없이 짐작은 하고 있을 것이었다. 바보가 아니라면 누구나 알 수 있는 일인 데다가, 그는 다른 사람들의 반응을 예측하고, 마음속에 감추고 있는 것을 추측하는 데 탁월한 재능을 가지고 있었다. 토마스는 다시는 그의 명령을 따르지 않을 테고, 이제 곧 그 자리를 떠날 것이다. 먼지는 여전히 공기 중을 떠다니며 마침표를 찍고 있었다.

투프라는 이집트제 담배 케이스에서 담배를 꺼내 물더니 흔들리는 지포 라이터의 불꽃으로 불을 붙였다. 토마스는 담배 연기를 내뿜는 것에 신경을 쓰지 않았다. 그도 마찬가지로 담배를 피우기 시작했다.

"톰, 그것은 네가 스스로 판단해. 얼마나 많은 임무를 수행했는지, 얼마나 많이 성공했는지, 직설적으로 말해서 몇 번이나 실패했는지 보면 알 수 있잖아. 오늘 아침 너의 경력을 훑어봤는데, 실패는 단 한 번이었어. 너는 쓸모 있는 사람이었나, 아니면 불필요한 인간이었나? 나는 너를 처음 본 순간부터 정말 가치 있는 재원이라는 생각을 했어. 이것은 아첨이 아니야. 너는 왕국을 수호하는 데 정말 필요한 사람이었지. 너 같은 사람은 그리 많지 않아. 그것은 너도 잘 알 거야. 비록 한동안 활동을 하지 않았지만, 우리는 만족했고 너도 그랬을 거라고 믿어. 우리 쪽에서 대차대조표를 만든다면 어느 정도 균형은 잘 맞췄다고 믿고 있어. 우리 양쪽 모두 승리한 셈이야."

토마스는 점점 더 분노가 치밀었다. 마음을 억누르기 위해 다시 권총 손잡이를 만지작거리며 꾹꾹 눌러 참았다.

"대차대조표를 만든다고요? 저도 승리를 한 셈이라니요? 저는 아내에게 원치 않는 거짓말을 20년째 하고 있어요. 아내와 이젠 얼굴도 가물가물한 제 아이들의 눈엔 저는 12년째 죽은 사람으로 되어 있고요. 부모님도 마찬가지예요. 게다가 저는 그들의 장례식에도 참석하지 못했고요. 그뿐만 아니라, 저와 제 가족은 목숨을 걸고 살았어요. 당신들은 제가 이미 거부한 삶을 억지로 강요했다고요. 스스로 삶을 선택할 수 없게 말이에요."

"아, 그래. 그것은 맞아. 그런 생각에선 벗어나야 해. 우리 시대엔 별것도 아닌 인간들이 잘난 척 으스대는 태도가 전 세계 사람들에게 뿌리내리고 있지. 자기 처지도 모르고 말이야. 언제부터 사람들이 스스로 인생을 선택했나? 수 세기에 걸쳐 각자의 삶은 미리 다 결정되어 있었어. 전혀 예외는 없었다고. 그것이 정상이지 비극이 아니야. 사람들 대부분이 태어난 곳을 벗어나지 못했고, 태어난 곳에서 죽었어. 시골, 도시 빈민가, 빈한한 교외, 어디든 말이야. 대가족의 경우 아이 하나는 반드시 군대에 보내고 다른 하나는 교회에 보냈지. 운이 좋아야 받아들여졌고 그러면 최소한 굶어 죽지는 않았어. 알아서 얼른 포기했던 거야. 네 말대로라면 아직 시작도 안 한 나이에 스스로 부모의 시야에서 벗어났다고. 여자아이들은 얼굴이 좀 반반하면 남편을 찾아야 했지. 가끔은 늙은이 중에서 찾기도 하고 폭군 중에서 찾기도 했어. 바느질, 자수, 요리와 같은 부차적이지만 유용한 것을 가르치지 않았다면 누가 그 여자아이들을 데려다 쓸지 찾아다녀야만 했다고. 아니면 가난한 사람들이 모이는 수도원에 가서 아무 보수도 받지 않고 일하는 하녀가 되었지. 뾰족한 방법이 없는 가족들은 이럴 수밖엔 없었어. 가진 것이 아무것도 없던 사람들에 대해선 더 말해서 무엇 하겠나. 별 것 없는 밑바닥 귀족 청년들도 자기 인생을 스스로 선택할 수 없었는데. 불과 4일 전까지만 해도 전 인류가 마찬가지였어. 지금 우

706

리가 이야기하는 것은 환상일 뿐이야. 진보와 번영을 추구하는 것은 언제나 합당한 일이긴 하지. 역사는 이런 꿈을 꾸는 사람들로 가득해. 그러나 몇 명이나 그 꿈을 이뤘을까? 지금은 얼마나 될까? 아직도 몇 명 안 될 거야. 대부분은 그저 자기 삶에 뿌리내린 채 아무 질문 없이 그냥 살아가. 자기에게 닥친 것에 감사하는 마음을 안고 말이야. 이것이 삶의 규범이야. 매일매일 부딪히는 장애물에 신경을 쓰고 사는 것으로 이미 충분한 거지. 선택하지 않는 것은 죄를 짓는 것이 아니야, 당연한 거야. 집단으로 환상에 빠졌는지는 모르지만, 우리나라뿐만 아니라 전 세계 사람들 다 마찬가지야. 나는 내 인생을 스스로 선택했다고 믿나? 블레이크스톤도? 그럼 여왕은 어떨까? 아마 여왕이 최악일걸. 네빈슨, 너는 나에게 지금 무슨 말을 하고 있는 거야? 무슨 말을 하는 거냐고. 너는 지금 나에게 특권을 이야기하고 있어. 네가 누렸던 특권을. 옥스퍼드의 술집에서 너의 관자놀이에 권총을 들이댄 사람이 있었나? 아니면 강제로 끌고 갔어? 블레이크스톤이 팔을 비틀었나? 아니면 부러트려버리겠다고 협박을 했어? 네가 선택했던 거야. 그리고 너도 그 선택을 좋아했었다는 사실까지 부정하려들지 마."

"살인 혐의를 뒤집어씌운 것은 팔을 부러트린 것보다 더 나쁘죠." 톰은 강한 확신은 들지 않았지만 억지로 반론을 끄집어냈다. 정말 빠르게 투프라는 또다시 그의 마음을 흔들며 협박하고 있었다. 톰은 세 번째로 권총을 만졌다. 이번엔 거의 미신에 가까운, 아니 상상 속의 행동이었다. 말싸움에서 밀린다는 생각이 들면 언제든지 말을 그만둘 수 있었다. 과감하게 권총을 꺼내 그의 입을 막을 수 있으면 그것으로 그만이었다. 그렇다. 하지만 이것은 이론적으로나 얻을 수 있는 위안이고, 환상일 뿐이었다. 이젠 그는 완벽한 정당성과 계기를 토대로 한 자유를 얻었다. 베르타가 받아주기만 한다면 이젠 그녀에게 돌아갈 것이다. 옥스퍼드의 술집에서 도망치듯 숨어들었던 감옥과 같은 곳에서 삶을 마감하지는 않을 것이란 생각을 그 전날부터 하고 있었다. 자신이 그런 삶을 좋아했었을까? 어떤 의미에서는 그랬을 수도 있었다. 마약 중독자들이 마약에 중독된 상태를 좋아하듯이. 그는 아직 남아 있는 것에 몸을 맡기기로 했다. 비록 그런 삶을 증오했고, 그로 인해 고통받기도 했지만, 언젠가는 그리워할지도 모른다. 그러나 그런 삶을 드디어 끝낼 수 있다는 것이 너무 기뻤다. 그렇지만 그리워할지도 모른다. 거짓된 삶에서 드디어 벗어날 수 있었지만 그의 몸을 완전히 더럽힌 다음이었다. 작별을 고할 것이다. 그래, 그리워질 거야.

투프라는 그를 차갑게 바라보았다. 그는 약한 모습을 보이는 사람 앞에서, 불평이나 비난 앞에서 참고만 있는 사람은 아니었다. 자기에게 반대하는 사람 앞에서도 마찬가지였다. 그렇지만 훈련하거나 수업할 때, 연설하거나 설득할 때엔 친절할 뿐만 아니라 정중하기까지 했다. 언제나 소통하려는 모습을 보여줬고, 대화 상대에게 존중받는다는 느낌을 줄 정도였다. 그가 도와달라고 요구하는 것과 자기를 쓸모 있는 사람으로 평가하는 것 자체를 영광으로 여기는 사람도 있었다. 톰 역시 언제나 그런 것은 아니었지만, 가끔은 그렇게 생각했다. 그의 냉혹하고 과격한 성격도 잘 알고 있었고, 그가 이를 어떻게 사용하는지도 지켜보았다. 설득이나 강요를 통해 자기 의지를 어떤 식으로 관철하는지 수차례에 걸쳐 잘 지켜보았다. 한번은 거칠게 폭력을 행사하는 것도 보았다. 그러나 적당히 됐다고, 이제 충분하다고 판단하는 순간 그는 바로 멈추곤 했다. 그 순간 톰은 뭔가 질린 듯한 그의 표정을 포착했다. 그는 곧 실망할 거라는 생각이 들면 별다른 이유 없이 미리 한 박자 빠르게 실망하는 사람이긴 했지만, 분명히 실망에서 나온 표정은 아니었다. 어쨌든 톰은 수많은 징집병 중의 한 사람이었고, 투프라는 각각의 고민을 들어줄 시간은 없었다.

"너는 그 사건을 똑바로 바라볼 기회가 있었어. 그때 똑바로 바라봤다면 절대로⋯⋯. 만일 네가 그때 똑바로 바라봤다면 그런 혐의는 있을 수 없다는 사실을, 불가능하다는 사실을 알 수 있었을 거야. 혐의는 아이스크림처럼 녹아 없어졌을 테고, 너는 조용히 다시 너의 일상의 삶을 재개할 수 있었겠지." 투프라는 오래전의 덫에 대해, 과거의 사기극에 대해 자연스럽게 받아들일 것을 토마스에게 사주하고 있었다. 마치 속이는 것 정도는 아무것도 아니라고, 비난받을 만한 짓이 아니라고 강변하는 듯했다. 그의 말투엔 묵시적으로라도 사과를 하겠다는 생각이 보이지 않았고 부끄럽다는 내색도 전혀 없었다. 그의 인생 전체를 엉망으로 만들었지만, 투프라에게 그것은 당연히 톰 자신이 해야 할 일이었다. "네가 잘못 선택했다고 말해주길 바라나? 두려움을 참고 견뎌야 하는데 그러지 못했다고 말이야. 그래서 네가 굴복했다고. 이 문제에 관해선 나는 책임이 없어. 나는 내 일을 했을 뿐이야. 나는 왕국 내 최고의 인재를 왕국에 제공하는 일만 하면 되는 거야. 그리고 그 덕분에 평범하지 않은 삶을, 특별한 길을 너에게 제공했다는 생각만 하면 되는 거야. 네 얼굴에서 이런 것을 읽어낼 사람도 분명히 있을 거야. 사람들 대부분의 얼굴에선 읽어낼 만한 것이 전혀 없지. 아무 것도 없어." 토마스 네빈슨은 '판독이 안 되는 돌'이라는 글귀가 떠올랐다. 화를 낼 가치도, 토론할 가치도 없는 주제였다. 얼굴빛 하나 바꾸지 않고 모든 것을 삼켜버리는 바다의 목구멍과 같은 것이었다.

"버트럼, 저는 그만 떠나겠습니다. 그만두겠어요. 마드리드로 돌아갈 겁니다. 여기는 이제 끝낼 거예요."

"네빈슨, 아무도 너를 막지 않아, 그 무엇도 너를 막지 않을 거야. 게다가 너는 이미 활동을 그만둔 지 오래되었으니까, 우리도 몇 년 전만큼 그렇게 아쉬워하진 않겠지. 너에게 이런 재미없는 말을 해도 된다면, 우리는 그동안 너를 잘 사용했다고 생각할게. 서비스 잘 받았다고." 투프라가 다시 담배에 불을 붙이자 토마스도 감정을 억누르는 듯한 표정으로 담배를 꺼내 물었다. "그래, 너도 곧 알게 될 거야." 투프라는 얼른 사무적인 태도에서 우호적인 태도로 바꿨다. "만약 마드리드로 돌아가 그곳에서 조용히 지낸다면 너를 찾는 것은 어렵지 않겠지. 몰리뉴가 설명했듯이 이제 그리 큰 위험은 없을 테지만, 확실하진 않으니까 명심해야 해. 완전히 경계심을 풀어선 안 돼. 아무리 네가 지내는 곳에서 별일 없이 시간이 흐르더라도 말이야." 그는 점원을 부르려고 손가락을 튕겼다. 이건 영국식이라기보다는 지중해식 행동이었다. "우리에겐 위험은 언제나 일어날 수 있어. 우리가 죽을 때까진 말이야." 이 문장은 위험의 대상에 자기도 포함된다는 것을 담고 있었다.

"책임은 스스로 져야겠죠. 별거 없겠지만." 톰이 대답했다. "병이나 사고나 강도를 당하는 사람도 있는데요. 다른 사람이 저를 기억하고 있을 거라는 생각은 저에겐 너무 소중해요. 사람들 모두 현재를 살아가기 바쁜데, 저는 다른 시대에 속해 있었으니까요. 새로운 세대는 자기 일만 신경쓸 테고, 과거는 무관심할 거예요. 자기와는 상관없다고 느낄 거예요. 그런데 저는 이미 과거의 사람이니까요."

"그럴 수 있어. 그러나 언제나 과거에 닻을 내리고 기억하는 사람도 있는 법이야. 대개는 한 사람뿐이긴 한데, 기억하는 사람이 누군가 있긴 있어. 이것은 다른 문제인데, 그것과 관련해서 뭔가 해야 한다는 것 자체를 귀찮아하는 사람도 있을 수 있지. 이미 물은 엎질러졌고 더는 할 수 있는 일이 없다고 생각할 땐 그냥 내버려두는 경향이 있거든. 양심을 품고 있는 것만으로 충분하니까. 이것은 분명한 사실이야. 그렇지만 너무 믿진 마. 양심은 가끔 사람들로 하여금 자리에서 벌떡 일어나 몇 걸음 걷게 할 수도 있으니까. 충분히 그럴 수 있어."

"투프라, 질문 하나 더 하지요." 그에 대해 걱정해주고 있음에도 투프라는 그를 세례명으로 부르지 않았다. 토마스는 더는 고집스럽게 따지고 싶지 않았지만, 한편으론 투프라가 이런 비난을 받아들일 사람이 아니라는 생각이 들자 오히려 투프라와 다른 누군가에 대한 양심이 더 커져만 갔다. "나를 뽑는 일에 전체적으로 휠러 교수는 얼마나 개입했나요?"

투프라는 어떠한 망설임 없이 즉시 대답했고, 그래서 더 진실되게 느껴지기도 했다. 그렇지만 누가 알겠는가.

"전혀! 휠러는 몰라. 너를 찾아내 추천했을 뿐이야. 이것이 전부야. 그래, 그는 너의 의사를 타진했지만 실패했지. 별로 설득력이 없었던 거야. 나머지 일은 우리 몫이었어. 너와 마찬가지로 휠러 역시 그녀가 죽었다고 생각했지. 우연의 일치라고 생각했을 텐데, 결국은 있는 그대로 받아들였어. 아마 그런 식으로 이야기했었을 거야. 아무 말도 하지 않았던 것 같기도 하고." 모호하게 웃음을 흘렸다. "하지만 휠러에게 진실을 밝힐 수는 없었어. 그는 우리보다 훨씬 더 정직하니까. 그는 우리와 다른 시대에 사는 사람이야. 아마 그가 알았다면 모든 것을 다 망쳤을 거야. 분명 반대했을 테고, 너에게 미리 경고했을 거야."

"당신 말에 따르자면 그분까지 속이는 것이 더 나았다는 거군요. 사실 그 말은 믿기 어렵군요. 교수님은 전쟁에도 참전한 적도 있고, 이미 전쟁에서 양심도 잃었으니까요. 하긴 훗날에 되찾았는지는 잘 모르겠지만요." 투프라는 아무 대답도 하지 않았다. 그럴 필요가 없었다. "그럼 그 모스 경관은요? 그는 물론 알고 있었을 텐데. 틀림없이 그가 시체를 조사했을 텐데요."

"그를 너무 나쁘게 생각하지 마. 나에게 엔필드 모스는 윈체스터, 레밍턴, 스미스앤웨슨과 같은 무기 이름으로 남아 있으니까. 사실 그는 그 일을 안 하려고 했어. 너무 양심적인 사람이었지. 그의 상관들이 강압적으로 시켰지. 위에서부터 내려온 명령이니까 임무를 반드시 완수하라고 말이야. 지금은 적어도 경감은 되었을 거야. 그 건에 대해 경력으로 보상받았을 테고. 고집을 부렸으면 아마 경력이 끝났을 텐데 말이야. 네빈슨, 뭐 더 있나?"

이런 일은 투프라에겐 비일비재한 일에 불과했다. 이와 유사한 일이 수천 개도 더 있어서 가끔은 기억을 되살려야 했다. 그는 지갑을 꺼내 돈을 계산했다. 그리 많지 않았던지 종업원은 금방 오지 않았다.

"잘 모르겠군요. 믿기 어려워요." 토마스는 탁자를 바라보며 생각에 잠겼다. 갑자기 텅 빈 것 같은 느낌이었다. "사실 모든 것이 너무 늦어버렸어요."

"돌아가는 데는 늦지 않았어. 아마 그럴 거야." 사우스워스 씨는 그에게 용기를 줄 의도로 이렇게 이야기했다. 최소한 그를 혼미한 상태에서 꺼내주고 싶어 했다. "자네 아내와는 이야기해봤나? 전화는 했어?"

"아니요. 전화할 문제는 아니에요." 토마스가 초점이 흐린 눈으로 대답했다. 어딘가 한 점을 뚫어지게 바라보긴 했는데 이미 초점을 잃은 것처럼 보였다. "편지를 쓸 일도 아니고요. 게다가 확신도 없어요. 아직 좀 더 생각해봐야겠어요. 사실 갈 곳도 없지만, 그렇다고 밸러리와 메그에게 돌아갈 생각은 없어요. 다시 그곳에 저를 가두고 싶진 않아요. 제가 아무리 밸러리를 사랑해도 이름도 얼굴도 없었던 시절의, 제 기나긴 유배 생활의 일부분일 뿐이에요. 이젠 어떤 것이 제 진짜 얼굴인지도 모르겠어요. 베르타에게 돌아가는 것이 그녀에겐 최악이 될지

아닐지 모르겠어요. 그녀를 괴롭히는 행동은 하고 싶지 않아
요. 어떻게 해야 할지 모르겠어요. 어디에 있어야 할지 어떻게
처신해야 할지도요. 그녀가 저를 받아준다고 해도 잘 모르겠어
요. 하지만 저를 받아줄지는 한번 알아보고 싶긴 해요. 아이들
에 대해선 이야기하고 싶지 않아요."

"어려움을 이해하겠네. 글쎄, 이런 말 정도로는 부족하겠지.
자네와 똑같은 입장은 될 수 없을 거야. 투프라는? 그것이 전부
인가?" 사우스워스 씨가 질문을 던졌다.

"네빈슨, 내 입장에선 좀 남은 것이 있어." 투프라는 그의 눈
앞에 지갑을 흔들어, 그를 깊은 생각 속에서 끄집어냈다. "아무
리 네가 활동을 하지 않는다고 해도, 우리와의 인연은 계속될
거야. 큰 문제는 아니니까 그렇게 놀라진 마. 너의 움직임과 거
주지는 우리에게 알려줘야 해. 아마 바뀔 때까진 몰리뉴가 계
속해서 너와의 연결 고리 역할을 할 거야. 내 그림자라고 생각
해줘. 왕실은 너에게 고마워하고 있고, 그 사실은 너도 잘 알고
있을 거야. 너는 정말 멋진 서비스를 제공했으니까. 그래서 우
리가 네 가족의 생계비를 댄 거야." 그는 직설적으로 '생계비
를 댔다'라는 동사를 사용했다. '도와주었다'나 '돌봐줬다'라는
단어를 사용하지 않았다. "또다른 가족도 있겠지, 여기에 대해
선 어떻게 생각하고 있는지 모르겠어. 우리 도움 없이는 양쪽
가족 모두를 돌보기 어려울 거야. 어쨌든 마드리드로 돌아가
면 다시 대사관이나 영국문화원에 복직하게 될 텐데 최악의 경
우에는 영국 학교에 가게 될지도 몰라. 그곳엔 언제나 빈자리

가 있으니까. 네가 가진 능력을 활용하면 정말 좋은 선생님이 되긴 할 거야. 스스로 다른 직업을 찾겠다면 그건 어쩔 수 없고. 그것은 자유니까. 운이 좋으면 괜찮은 직업을 찾을 수도 있을 거야. 그렇지 않다면 어떤 경우든 우리가 월급을 지급할 거야. 오래전부터 네 아내에게 지급했던 것처럼 말이야. 우리는 왕국을 수호했던 사람을 절대로 버리지 않아. 이것은 너에게도 해당하는 거야. 물론 왕국을 실망시켰거나 혀를 잘못 놀린 사람, 해서는 안 되는 짓을 한 사람, 이야기할 수 없는 것을 흘리고 다니는 사람에겐 정반대지. 다시 살아 돌아가면 틀림없이 아내가 질문할 거고, 그것은 피할 수 없을 거야. 아무것도 모를 다른 사람들도, 예를 들어 아이들도 질문을 퍼부을 테고. 전쟁 이야기를 듣고 싶어 할 지도 모르지. 다른 사람보다는 더 많이 알고 있는 아내는 더 집요하게 물어볼 것이 분명한데, 너는 네가 하고 싶은 이야기만 하면 돼. 죽은 사람이 허락하지 않는다고, 기억 상실증이라고 하면 될 거야. 그들은 믿지 못하겠지만 그것은 중요하지 않아. 부양비가 철회되길 원치 않는다면 진짜 있었던 일은 절대로 이야기해선 안 돼. 모든 경제적인 지원 말이야." 그는 다시 '부양비'라는 공격적인 단어를 사용했다. "이것은 즉각적으로 시행될 것이고, 이것만으로 끝나지 않을 거야. 우리는 너를 기소할 수도 있어. 계속 '비밀 유지 서약'에 연결되어 있어서 너는 평생 이를 지켜야 하니까. 절대로 이것을 잊지 마. 1911년 제정된 것과 89년에 개정된 법 모두, 굳이 비교해도 핵심은 변한 것이 없어." 마침내 종업원이 다가왔고, 투프라는 그녀에게 돈을 건넸다. 거스름돈을 기다리면서 한마디 덧붙였다. "요컨대 우리를 좀 이해해달라는 거지. 세프턴 델머의 PWE의 일부로 말이야."

정말 쓸데없는 이야기였다. 토마스는 베테랑이었고 이 점은 절대 잊지 않을 것이었다. 그렇다고 해서 투프라를 처음 만났던 그때의 겁 많고 감수성이 예민한 청년도 아니었다. 테드 레레스비라는 이름으로 그가 토마스에게 했던 말은 시간이 아무리 흘러도 오랫동안 머리에 각인되어 있을 것이다. 기억하기론 그 이름은 케롤린 백워드라는 이름의 서머빌의 유명한 여교수에게 사용했던 것이었다. (아마 그날 밤 그녀와 잠자리에 들었을 것이다.) '우리는 공식적이건 비공식적이건 어디에도 속하지 않는다는 점 때문에 그래. 우리는 누구일 수도 있고 아무도 아닐 수도 있어. 우리는 어딘가 있긴 하지만 존재하지는 않지. 아니 존재하긴 하지만 어디에도 없다고 해야 하겠지. 일하는데, 일하지 않는다고 할 수도 있고 말이야. 네빈슨, 우리가 한 일을 우리는 하지 않았다고 하지. 우리가 한 일을, 어떤 사람이 의도적으로 한 것이 아니라, 그냥 일어난 거라고.' 예전에는 이 말을 베케트가 한 말로 알고 있었는데 이해는 할 수 없었다. 그러나 이젠 베케트의 말로 들리지 않았고 확실히 이해되었다. 그도 이젠 여러 번 경험했다. 이미 여러 번 이런 일이 일어났던 것이다. 하지만 이젠 그만둘 것이다.

레레스비는 팁을 한 푼도 주지 않았다. 언제나 관대한 편이었고, 저축을 즐기는 동료들에 비하면 낭비가 심하다고도 할 수 있는 사람이었는데, 이는 그의 부름에 종업원이 늦게 응답한 것에 대한 벌이었다. 그는 언제나 상을 주든 벌을 주든 둘 중의 하나를 분명히 했다. 톰은 그의 이런 성격을 잘 알고 있었다. 두 사람은 자리에서 일어나 거리에 나섰다. 투프라는 그에게 손을 내밀었다. 언제나 악수를 하는 것은 아니었고, 오랫동안, 혹은 영원히 헤어질 때 영국인들이 흔히 하는 행동이었다. 토마스는 반사적으로 외투 주머니에서 손을 꺼냈다. 그는 영국인이라기보다는 스페인 사람에 가까웠지만 이런 별 의미 없는 세세한 점에서 신분이 들통나지 않으려고 엄청 조심했다. 그렇지만 생각을 바꾸지 않는 한 권총 손잡이를 만지다가 갑자기 투프라와 악수를 할 수는 없었다. 복구할 수 없고 뒤집을 수 없는, 머나먼 선사 시대의 상처일지라도 한때 그에게 몹쓸 짓을 했던 인간과 이런 식으로 인사를 나눈다는 것이 좀 지나치단 생각이 들었다. 그래서 악수를 하지 않고 다시 손을 주머니에 쑤셔 넣었다. 투프라도 얼른 손을 뒤로 빼더니 담배에 흔들거리는 불꽃을 가져다댔다. 별로 기분이 상한 것 같진 않았다. 그는 전혀 개의치 않았고, 이것 때문에 화를 낼 생각도 없어 보였다.

"투프라, 잘 가요." 앞으로는 그에게 말을 건넬 기회가 많지는 않을 것이다. 힘든 일을 함께한 동료이자 동업에 종사했던 사람으로 생각하며 세례명으로 부르는 일은 다시는 없을 거라는 생각이 들었다. 물론 지금까진 가끔 이런 경우가 있었던 것은 사실이었고, 그것까지 부정할 생각은 없었다.

"잘 가게, 네빈슨. 행운을 빌겠네. 마드리드에 가서 아내를 만나면 안부 전해주고. 정말 좋은 여자야. 똑똑하기도 하고."토마스는 갑자기 이상한 생각이 들었다. 그러나 행동으로 드러내진 않았다. '그가 그녀를 그냥 지나쳤길 빌 수밖에.' 쓸데없는 질문을, 돌이킬 질문을 던질 시간은 아니었다. 투프라는 격려의 웃음을 덧붙였다. '그동안의 생활에 너무 익숙해졌을 테지만 그녀는 진심으로 네가 죽지 않았으면 좋겠다는 생각을 하고 있을 거야. 이건 틀림없어.'

한동안 남편이 진짜 내 남편인지 확신이 서지 않았다. 그런 것이 필요할 수도 있었고, 즐길 수도 있었다. 가끔은 확실히 믿음이 가기도 했지만, 가끔은 믿기 어려웠던 것도 사실이었다. 때로는 다른 아무것도 믿지 않고 그와 계속해서, 아니 그와 비슷한 사람과 계속해서 살겠다고 마음먹기도 했다. 너무 많이 변해 어찌 보면 나이도 더 많은 것 같고 안개 속에서 뚜벅뚜벅 걸어 나온 것만 같은 남자, 단 한 번도 죽은 사람 축에 속하지 않았던 남자와 말이다. 만약 진짜 그가 그 사람이 아니었다면 '우리는 죽은 자와 함께 죽으니, 보라! 그들은 떠나지 않는다. 우리는 그들과 함께 가고'라는 이야기를 할 수 없었을 것이다. 반대로 이런 말을 했을 것이다. '우리는 죽은 자들과 함께 태어나니, 보라! 그들 돌아오지 않는다. 우리를 함께 데리러'라고. 그러나 그가 없는 동안 나 역시 나이를 더 먹었다.

다른 것은 아무것도 믿지 않고 계속해서 살아가겠다고 결심했을 때, 어느 정도는 안전하단 생각이 들었다. 우리에게 은혜를 베풀어 하루하루를 무사히 보낼 수 있도록 도와주는 기다림과 불확실성의 상태로 돌아간 것 같았다. 모든 것이 다시 자리를 잡고 확실해졌지만 너무 순조롭진 않다는 느낌도 그리 나쁘진 않았다. 반드시 일어나야 하는 일이 이제 일어났다는, 아니 천천히 일어나고 있다는 느낌이었다. 인생의 종착점에 도착할 때까지 더는 불안한 일이나 놀라는 일은 없을 거라는 그런 느낌이었다. 만일 그렇지 않았다면, 모순처럼 들릴지 모르겠지만, 우리가 예측할 수 있는 모든 불안한 일과 놀라는 일만 계속될 것 같았다. 이 지구상에 사는 모든 사람 대부분이 자신들의 일상에 정착하여 하루하루가 시작되는 것을 보면서, 그 하루가 어떻게 흘러 어떻게 끝날지 미리 무지개를 그린다. 나 역시 젊었을 시절엔 미래는 활짝 열려 있었다. 질곡으로 점철된 현재도 과거도 없다고 생각했을 때는 이린 식으로 살아가고 싶었다. 그러나 다른 세상을 알게 되고 그런 세상에 정착하면서 이젠 이 정도로 만족했다. 기다림에 익숙한 삶을 산 사람은 절대로 기다림이 끝나는 것을 원치 않는다. 어쩌면 그것은 공기의 절반을 빼앗는 것과 같다. 그래서 한동안 토마스는 토마스이기도 했지만, 아니기도 했다. 한편으론 의심 어린 눈으로 바라보면서 한편으론 너무 만족스럽게 바라보았다. 조금은 터무니없다는 생각도 들었지만, 우리는 한쪽이 다른 쪽에 이바지하고 있었다. 게다가 다른 쪽이 없으면 나머지 한쪽도 존재할 수 없었다. 어찌 보면 서로 먹여 살리고 있었다. 의심은 기다림이자, 기다림의 연장이었다. 아니 기다림이 살아남은 것이었다.

그가 광장에 모습을 드러냈을 때 당연히 그를 알아보지 못했다. 예전처럼 나는 아주 일찍부터 발코니에 나가 있었다. 기예르모와 엘리사가 친구 집에 자러 갔던 일요일로, 아직 완전히 동이 트지 않았던 시간이었다. 한 시간이 앞당겨졌기 때문에, 다시 말해 4월 초나 3월 말부터 실시하면서도 말도 안 되게 '서머타임'이라는 이름이 붙은 것 때문에 전날 밤 우리는 한 시간을 도둑맞았기 때문이었다. 토마스와 바라하 공항에서 이별한 지 12년째였다. 내 추측으론 그는 포클랜드 제도로 가던 길이었다. 그 전쟁은 이젠 두 번에 걸친 아프가니스탄 전쟁, 크림 전쟁, 모로코 전쟁, 그리고 많은 여인의 사랑을 받았던 정말 못생긴 동상 속 인물 루이스 노발이 군인으로 활동했던 전쟁만큼이나 먼 과거의 전쟁이 되어버렸다. 이 전쟁에서 죽은 자들을 기억하는 사람들은 이젠 없었다. 전쟁에서 살아나오자마자 마치 존재하지도 않았던 것처럼 지워져버렸다.

그날은 눈을 예고하는 듯한 노란 불빛이 있었던 매우 추운 날이었다. 그래서 외투까지 입고 발코니에 나갔지만 오래 있을 생각은 없었다. 그날 《모비 딕》을 다시 훑어봐야만 했다. 물론 잘 알고 있었지만 되풀이되는 수업을 위해 어쩔 수 없었다. 1장에 나오는 신비할 수도 신비하지 않을 수도 있는 구절을 수도 없이 속으로 되뇌며 잠을 청했다. 선생님들은 직접 대놓고 텍스트를 공략하는 것을 좋아한다. '그렇다. 세상 사람 모두 잘 알다시피, 명상과 물은 영원히 하나로 맺어져 있다.' 왜 '세상 사람 모두'일까? 이런 쓸데없는 질문을 하다 겨우 잠이 들었다. 그러나 편안한 일요일을 보내기엔 너무 이른 시간에 뭔가 불안한 마음이 들어 잠에서 깼다. 갑작스레 너무 기온이 내려가서 그런지, 시간이 제멋대로 변해 불안해서 그런 것인지 알 수 없었다. 실제로 발코니에 나간 지 몇 분 되지 않아 눈송이가 날리기 시작했다. 처음에는 성긴 눈발이 천천히 힘없이 날려 괴로울 정도는 아니었다. 육체적이라기보다는 정신적인 추위가 엄습했다. 외투를 잠그기까진 하지 않았지만, 한껏 여몄다. 난간에 팔을 기대고 이쪽저쪽 바라보았다. 너무 이른 시간 탓인지 사람이 몇 사람 없어 다 셀 수 있을 정도였다. 실제로 나는 사람을 헤아렸다. 하나, 둘, 셋, 넷, 다섯, 여섯. 일곱 번째 사람이 왕립극장 쪽에서 이쪽으로 다가오는 것을 보았다. 한 손에는 작은 여행용 가방을 들고 있었는데, 몇 걸음 내딛더니 다른 손을 엉거주춤하게 들고 누군가에게 소심하게 인사를 건네는 것 같았다. 몇 걸음 걷더니 그 자리에 멈춰서, 가방을 땅에 내려놓고 주위를 살펴보았다. 손을 들고 다시 몇 걸음을 더 옮겼다. 가까이 올 때까진 얼굴이 거의 보이지 않았다. 보긴 했지만, 완전히 알아볼 수는 없었다. 중년의 사내로 품이 넉넉해 보였다. 영화 속 잠수함 승조원들처럼 별로 다듬어지지 않은 희끗희끗한 수염이었지만 숱은 많았다. 기를 수 있는 데까지 기른 것 같았다. 검은색인지 짙은 파란색인지는 확실치 않지만 벨트가 있는 어두운색 코트를 걸치고 스페인식이라기보다는 프랑스나 네덜란드식에 가까운 긴 차양이 달린 모자를 썼다. 조금 시대에 뒤떨어진 것 같다는 생각이 들었는데, 갑작스레 내린 눈을 막기 위한 것이 아닌가 싶었다. 특징이 잘 눈에 띄지 않았다. 마드리드와는 잘 어울리지 않는, 예컨대 막 바다에서 돌아온 선원의 모습을 연상시키는 이미지였다. 나에게 인사를 하고 있다는, 발코니에 있는 나를 지켜보고 있다는 느낌을 받았다. 그래서 아주 잠깐씩 손을 들었다가 내리길 반복하는 것 같았다. 나의 관심을 끌고 싶다가도 얼른 관심에서 다시 벗어나고픈 행동이었다. 자신의 행동을 후회하는 것 같기도 했고, 순간적으로 무의식중에 나온 행동을 빠르게 주워 담고 싶었던 것 같기도 했다. 아마 내가 아무 반응이 없자 내린 것인지도 모른다. 혹시 술 취한 사람일지 모른다는 생각에 여행 가방을 든 미지의 인물에게 인사를 하고 싶은 생각은 없었다. 전혀 예기치 않았던 눈이 내린 아침이었고, 몇 사람 눈에 띄지 않았다. 나는 멜빌의 '영혼의 11월'에 침잠하기 전에, 눈송이가 굵어지고 강해지기 전에 잠시 첫눈을 즐기고 싶었다.

실제로 눈발이 굵어졌음에도 나는 얼른 발코니 문을 닫고 집 안으로 들어가야겠다는 생각을 할 정도로 그 사실을 그렇게 빨리 눈치채진 못했다. 그 남자는 나의 관심을 다른 곳으로 돌렸다. 그는 현관 근처까지 오더니 갑자기 다시 돌아가 군인 동상이 있는 공원의 벤치에 앉았다. 담배를 꺼내 불을 붙이자, 담배를 피우는 옆모습이 눈에 들어왔다. 그러나 나무에 반쯤 가려 잘 보이지 않았다. 갑자기 말발굽 소리가 들려왔는데, 그도 들

은 것 같았다. 그와 동시에 나는 그 소리가 어디에서 들려오는
지 찾았다. 기마 경찰 두 명이 엥카르나시온 광장으로 가는 길
에 산 킨틴 거리를 따라 나아가고 있었다. 한 마리는 흰색이었
고 다른 한 마리는 검은색이었다. 첫 번째 말에 내린 눈은 잘 보
이지 않았지만 두 번째 말에 내린 눈은 너무 도드라져 보여 마
치 말에 그림을 그린 것 같았다. 파비아 거리에 도착하자 꺾어
지더니 왕립극장 쪽으로 방향을 잡았다. 조용하고 텅 비다시피
한 광장을 이렇게 이른 시간에 순찰하는 것이 좀 이상하긴 했
다. 나는 그들에게서 눈을 뗄 수 없었다. 그들은 앞을 지나쳤는
데, 내 발아래에 배변의 흔적을 남기고 시야에서 멀어져갈 때
까지 나는 눈으로 그들을 쫓고 있었다. 문득 다시 눈을 돌려 떠
돌이 네덜란드인을 찾았지만 더는 보이지 않았다. 눈 덮인 말
에 정신이 팔린 틈을 타 어디론가 사라져버렸다. 눈으로 얼룩
진 외투를 바라보았다. 나 역시 눈을 맞고 있었다. 내 머리 역
시 반쯤 하얗게 변해 있을 것이다. 머리카락이 얼어붙어 '권총
과 총알을 대신할 것'이 되기 전에 빨리 머리를 말려야 했다.

그 순간 전혀 기대하지 않았던 초인종이 울렸다. 발코니를
닫고 소리 없이 문 옆으로 다가갔다. 조심스럽게 눈을 현관문
렌즈에 가져다댔다. 사람들이 찾아올 시간도 아니었고 배달이
올 시간도 아니었다. 게다가 일요일이었다. 그런데 여전히 모
자를 푹 눌러 쓴 선원이 서 있었다. 겸손해서 그런지 뭔가를 참
느라고 그런지 모르겠지만 아래만 바라보고 있었다. 모자를 쓴
데다 고개를 숙이고 있어 얼굴은 전혀 보이지 않았고 수염만

겨우 보일 정도였다. 대답할 생각도 없었고, 아무도 없는 척하고 싶었다. 아마 아파트를 잘못 찾은 것 같았다. 현관문이 잠겼을 텐데 자동 응답기로 부르지도 않고 어떻게 여기까지 올라왔는지, 좀 이상하긴 했다. 그가 방문하려던 이웃집 사람이 혹은 그를 하룻밤 재워줄 생각이 있었던 이웃집 여자가 열어주었는지도 모른다. 아마 그가 헷갈려 엉뚱한 집 문을 두들겼을 것이다. 그런데 왜 내 존재를 드러냈는지 나도 알 수 없었다.

"누구세요? 누구를 찾으시는 거죠? 착각하신 것 아닌지 모르겠네요." 나는 여기에 쓸데없는 소리도 몇 마디 덧붙였다. "너무 이른 시간 아니에요?"

그러자 그는 마치 내가 앞에 있는 것처럼 교양 있는 태도로 정중하게 모자를 벗었다. 수염보다 더 짙은 머리칼이, 약간은 벗겨진 머리칼이 보였다. 고개를 들었다. 현관문 렌즈가 좀 왜곡하긴 했지만 누군지 알 것 같기도 한 얼굴이었다. 흐릿하긴 했지만, 알 것만 같았다. 아무리 시신을 발견하지 못했다고 해도 죽은 사람이 다시 나타나는 것은 절대로 바라지 않는다. 사라진 사람도, 도망친 사람도, 유배당한 사람도 기대하지 않는다.

"베르타, 너무 이른 시간이지." 그 사람이 입을 열었다. "나, 몰라보겠어? 몰라본다고 해도 전혀 이상할 것은 없지. 나, 토마스야. 너무 이른 것 같진 않네. 오히려 너무 늦었지."

믿기도 했지만 믿어지지 않기도 했다. 두 가지가 동시에 일어날 줄 어찌 알았겠는가. 그렇지만, 내가 어떻게 해야 할지는 알 수 없었지만, 문은 열어줄 수밖에 없었다.

봄의 초엽 어느 일요일에 유령이 나타났고 그로부터 1년 반이 지났다. 토마스 네빈슨은, 그를 닮은, 아니 그를 대신해서 나타난 사람은, 그의 것일 수밖에 없는 기억을 간직한 사람은, 친분이 있는 사람이라곤 단 한 명도 없는 사람은, 정확하게 이야기하면 이젠 나와 아이들과 함께 살고 있지 않다. 그가 먼저 그런 생각을 털어버렸고, 먼저 그런 특권을 버릴 생각을 했다. 떨어져 사는 것이 필요하단 생각을 한 것이다. 아무튼, 우리는 계속해서 공간을 나눠 사용할 필요가 있었다. 그는 여러 가지 이유를 댔는데 다 합리적이었고 내 생각과도 일치했다. 기예르모와 엘리사도 가능하면 그에게 익숙해질 필요가 있었고 그를 받아들여야만 했다. 나는 오래전부터 독립적인 생활을, 즉 혼자 사는 과부의 삶을 살아왔기에 내가 결정한 것, 내가 원한 것 이상의 공간을 그에게 내주고 싶지 않았다. 그가 공개적으로 이렇게까지는 이야기하지 않았지만, 그가 여전히 완전하게 안전하다고 생각하는 것은 아니라는 사실을 알게 되었고 자기 때문에 우리가 위험에 처하는 것은 피하고 싶어 하는 것을 알게 되었다. 수개월이 흐르는 동안 이와 관련하여 그가 명확한 태도로 밝힌 것은 이것뿐이었다. '적지 않은 사람들에게 나쁜 짓을 하긴 했지만, 그것은 내가 하던 일의 성격 탓이었고 나는 조용히 살 수 있을 거라고 믿었어. 그런데 상황이 바뀌었어. 예전의 적들은 이미 적은 아니야. 시간도 흘렀고 대부분 은퇴했거나 숨어들었어. 이젠 늙고 지쳤을 거야. 죽은 사람도 몇은 있을 테니까 거의 다 잊었을 거야. 그렇지만 아직은 알 수 없어. 아직도 닻을 내린 채 나를 기억하고 있는 사람도 있을 수 있으니까. 아직도 용서하지 않고 있는 사람이 말이야.'

예전처럼, 언제나 그랬듯이 내 질문에 대한 구체적인 답은 들을 수 없었다. 얼마 되지 않아 질문도 그만두었다. 사라졌던, 아니 죽은 척했던 12년 동안 그에게 무슨 일이 있었는지 전혀 알 수 없었다. 그는 '여전히 당신에게 아무것도 말할 권한이 없어'라고만 이야기했고 지금도 그렇게만 이야기하고 있다. '활동을 중단하고 재정적인 지원을 받기 위해 확실한 비밀 유지와 관련된 부가적인 계약을 맺었기 때문에 예전보다는 덜하지만 아직도 말하기 어려워. 내가 입을 열면 지원이 끊길 거야. 게다가 그들이 나를 기소할 거고, 결국 감옥에 가게 될 거야.' 어쨌든 나도 세계관광기구를 통해 받던 지원을 잃었다. 토마스가 대사관에서 다시 일하게 되면서—더 높은 자리에서 더 많은 봉급을 받고—우리에게 더는 지원이 필요하지 않다고 생각한 것 같았다. 봉급을 두 번 지급하는 것과 같았으니까.

토마스는 오리엔테 광장 반대편의 그리 멀지 않은 레판토 거리에 있는 거의 다락방 수준의 작은 아파트를 얻었다. 몇 세기 전부터 '수학의 집'이 있던 바로 그 근처였다. 그래서 정확하게 말하면 우리와 함께 살지 않고 있다고 한 것이다. 그러나 몇 걸음만 걸으면 되는 곳인 데다가 나와 아이들의 동의를 얻어 시간이 지날수록 더 자주 집에 왔다. 아직도 꿈만 먹고 사는 아이들의 나이엔 정말 흥미진진할 수도 있는 모험 이야기도 그는 절대로 입을 열어선 안 되었다. 그러나 학교에서 했던 것처럼 아이들이 아는 다양한 사람들 흉내를 완벽하게 냄으로써 아이들의 호감을 사는 데는 성공했다. 아이들은 처음엔 그를 매우 경계했다. 엘리사는 수줍어 뒷걸음질쳤으며, 기예르모는 불쾌한 감정을 그대로 드러내며 못 본 척했다. 하긴 사실상 그는 갑자기 밀고 들어온 침입자 꼴이었다. 그러나 아이들의 아버지는 지난 1년 반 동안 신중하면서도 세심하게 짜증내지 않을 정도로 꾸준히 질문을 던졌다. 아부까지는 안 했지만 여러 가지로 아이들에게 관심을 가지려 노력했고, 간절하게 대화를 요구하기도 했다. 직접 부양하진 않았지만 그가 죽었다고 믿고 있던 때도 간접적으로나마 아이들을 부양하긴 했기에, 아이들도 점차 그를 받아들였고 결국 그에게 뭔가 부탁하기도 했다. 그의 목소리와 성대모사 그리고 말투 덕분에 아이들은 아버지를 굉장히 재미있는 사람으로 생각하면서도 다른 한편으로는 평범하고 일반적인 운명을 가진 사람은 아니라는 사실을 어렴풋하게나마 알았다. 아이들은 아버지가 신비하다곤 할 수 없지만 조금은 희한한 경험을 한 사람이며(그는 조심스럽게 호기심을 자극할 수 있는 말을 슬쩍슬쩍 계속 흘렸다) 언젠가는 자신이 경험했던 모든 일을 털어놓을 것으로 믿고 있었다. 이와 관련해 여전히 착각하고 있다는 것까지는 잘 모르고 있긴 했지만 그다지 중요한 것은 아니었다. 아이들은 아버지를 상당한 기대를 안고, 다시 말해 상당한 호기심을 가지고 바라보고 있었다. 최소한 잠깐씩은 그의 존재가 아이들을 자극하기도 했다. 날이 갈수록 그와 이야기하는 횟수가 늘면서 아이들은 점점 더 그에 익숙해져갔다. 만약 아이들의 호기심을 자극할 만한 재료가 떨어지면 토마스는 그들을 즐겁게 해주기 위해 없는 이야기도 지어낼 것이다. 그에게 이야깃거리는 언제나 넘쳐났다. 때때로 나는 젊은 아이들의 마음을 사로잡는 것 자체가 그에겐 어린이 장난처럼 쉬운 일이지 않을까 싶은 생각이 들었다. 과거에는 아마 사납고 고약한 사람들의 마음을 얻으려 노력했을 것이다. 경계심이 강하고 언제나 의심의 눈길을 거두지 않는 불신에 가득 찬 사람들에게 가장 중요한 동료로 변치 않는 방패와 같은 사람으로 다가가기 위해서 말이다. 어떤 저항도 이겨낼 수 있도록 훈련을 받았을 것이다.

그는 금세 살이 빠졌다. 더는 네덜란드 모자를 쓰고 초인종을 눌렀던 때의 품이 넉넉한 사람이 아니었다. 나는 그때의 모습을 다시는 볼 수 없었다. 네모 선장 같은 수염을 깎고 지저분한 머리칼을 정리하고 나니 훨씬 젊어 보였다. 그러자 몰랐던 흉터가 드러났다. 턱을 가로지르는 그 흉터에 대해서도 물어볼 엄두가 나지 않았다. 다시 대사관에 출근을 시작하자마자 그는 재킷에 넥타이를 맸다. 절반은 영국인이라는 것을 강조하기 위해서 가끔은 정말 이상하게 생긴 외교관 특유의 줄무늬 정장을 입기도 했는데, 조끼는 정말이지 우스꽝스러웠다. 매일 일을 하러 나갔고 자기가 맡은 일을 멋지게 해냈다. 그리고는 그런 이야기로 나에게 감동을 줄 수 있을 거라는 듯이 자랑스럽게 이야기하곤 했다. 좋은 인상을 주기 위해 리셉션이나 만찬에 함께 가자는 부탁도 했다. 몇 달 동안은 거절했지만, 곧 예전처럼 가끔은 제의를 받아들였다. 아무튼 우리는 이혼을 하지 않았다. 단지 실수로 잠시 과부가 되었을 뿐이었고, 이젠 그 실수도 바로잡힌 것이다.

나는 아이들보다 더 힘이 들었다. 아이들에겐 그가 새 사람이었지만, 나에겐 돌아온 유령과 같은 사람이었다. 그는 항상 정중하고 신중해서 뭐든 절대로 강요하는 법이 없었다. 처음엔 그가 방문할 때마다 트집을 잡았을 뿐만 아니라, 정말 그가 맞는지, 그토록 오래 전화 한 통 없이 '베르타, 나는 죽지 않았어'라는 말 한마디 없었는데 여전히 같은 사람이라고 할 수 있는 건지 나 스스로에게 묻고 또 물었다. '할 수 없었어. 할 수 없었을 뿐이야. 당신도 이해할 거야. 몇 년 동안 내가 살아 있다는 사실을 아는 사람이 없어야 했어. 만약 사실이 밝혀졌다면 진짜 죽었을지도 몰라. 게다가 이것은 명령이기도 했고'라는 말로 그는 일련의 일들을 정당화하곤 했다. 이성적으로는 그를 어느 정도 이해했다. 그러나 그를 조용히 바라보며 '우리가 살아온 시간 동안 있었던 일에 대해 당신에게 말한 것은 정말 얼마 되지 않아. 멀리 떨어진 곳에 있었던 당신 삶에서 내 역할도 정말 얼마 되지 않았을 거야'라는 생각도 했다. 원망스럽단 생각이 나는 것은 어쩔 수 없었다. 내가 죽는 날까지 그를 원망할 거라는 사실 또한 잘 알고 있었다. 그가 먼저 죽더라도 나는 영원히 그를 원망할 것이다. 원망의 원인을 제공한 사람이 이 세상에서 사라져도 절대로 흐려지지 않을, 죽음 이후까지도 이어질 그런 원망도 있는 법이다.

그러나 나는 불쌍한 여자처럼 마음을 단단하게 닫아버린 내 모습을 지켜보는 것도 싫었다. 사람들이 이야기하듯이 새 출발도 하지 않았다. 그가 땅에 묻히지 않았고 다른 사람으로 대체되지도 않았기에 완벽하게 무너져내린 것은 아무것도 없었다. 사람들은 그가 말로는 설명할 수 없을 정도로 분에 넘치는 무조건적인 충성심도 있다는 사실을, 이것이 놀랄 만한 일은 아니고, 이것은 분명한 사실이라는 것을 알게 될 것이다. 그리고 이와 더불어 젊은이 특유의, 아니 그보다는 원초적이라고 할 수 있는 결단력과 목적의식을 가진 사람도 있다는 것과 원초적인 성격이 성숙함과 논리 그리고 사기를 당한 사람들의 증오와 분노를 압도한다는 사실도 곧 알게 될 것이다. 나는 그가 집에 좀 더 많은 시간을 머물 수 있도록 허용했고, 그도 집에 머물며 우리와 함께 저녁식사를 하곤 했다. 어느 날 밤 그는 저녁을 먹은 다음 아이들이 잠자리에 들었는데도 돌아가지 않았다. 때로는 무거운 마음으로, 때로는 무심하게 그를 잠자리에 받아들였다. 수많은 다른 남자들이 차례로 그 침대를 거쳐갔지만, 여전히 시트조차 바꾸지 않고 있었다. 그러나 바로 그곳에서 그가 토마스라는 사실을, 최소한 일정 부분은 그가 확실하다는 것을, 그토록 오래 불구덩이 같은 일터를 향해 여행을 떠나 있었지만 그다지 변치 않았다는 사실을 새삼스레 확인할 수 있었다. 그는 예전 그의 모습에 가까워지긴 했지만, 완전히 돌아가진 못했다. 불면, 아니 선잠에 시달렸던 먼 옛날 사랑을 나누던 방식, 내 안으로 들어올 때면 거의 동물처럼 굴던 모습은 전혀 변하지 않았다. 달라진 것이 있다면 예전보다 기운이 떨어졌다는 것뿐이었다. (이젠 우리도 44살이나 되었다.) 육체는 정말 잠깐이라도 영혼을 속이거나 헷갈리게 하거나 침묵하게 만드는 것을 원치 않는 것 같았다. 그는 자기가 어떻게 살았는지 전혀 말하지 않았다. 그러나 그의 기억과 경험은 한순간의 빈틈도 없이, 혼자 있거나 일을 하거나 함께 있거나를 막론하고, 다시 말해 언제나 그의 생각을 지배하고 있었다. 이것은 분명한 사실이었다. 그에게는 육체적으로 고단한 일을 이용해 단 1분이라도 머리를 비우는 것이 필요했다. 나는 팔을 뻗지 않을 수 없었다. 그를 맞이한다기보다는 만류하려는 것 같았고, 그는 돌아오는 것이 아니라 떠나려는 것 같았다. 섹스가 끝나면 검지로 그의 입술을, 이젠 단단하지도 않고 여기저기 주름이 지기 시작한 입술을, 그러나 그 전체적인 선만큼은 여전히 예전 모습을 유지하고 있는 입술을 쏠어내렸다.

  불확실성과 기다림뿐만 아니라 불합리한 기대와 환상, 이런
것이 사람들의 가슴에 있는 가장 본질적인 것이다. 그리고 이
런 것은 포기하는 것 자체가 어렵다. 유감스러운 것과 고통, 그
리고 절망까지도 본질적인 것이 될 수 있다. 사람들에게 세상과
더불어 살아가는 방법을 만들어준다. 하지만 그것은 내 경우와
는 예전에도 달랐지만 지금도 다르다. 내 침대에 그를 받아들임
으로써, 전적으로 이것 때문이라고는 할 수 없지만 이미 파기되
었던 비현실적인 희망이 이루어진 셈이 되었다. 그날 밤과 이
어졌던 다음날 밤 그리고 내 변덕에 따라 얼마든지 이어질 수
도 있는 밤을—얼마 되지도 않았고 앞으로도 얼마 되지 않을
것이다—귀환이 아니라 반복될 이유가 없는 예외로 받아들였
기 때문이다. 곧 알게 될 것이다. 알아갈 것이다. 토마스가 산
자와 죽은 자 사이에서 떠돌 때처럼, 아니 죽은 자에 좀 더 기
울었을 때처럼 모든 것이 분명치 않았다. 그가 내 품 안에 있을
때, 번개처럼 머리를 스친 이 생각이 반복될 때에도 아무런 의
미가 없었다. '우리가 살아온 시간 동안 있었던 일에 대해 당신
에게 말한 것은 정말 얼마 되지 않아. 멀리 떨어진 곳에 있었던
당신 삶에서 내 역할도 정말 얼마 되지 않았을 거야. 그렇지만
결국 당신은 여기 나와 함께, 여기 내 안에 있어.' 이것은 단지
스쳐지나가는 번개라고 이야기했듯이, 나는 이제 곧 그를 그만
만날 것이다.

1년 반 동안 토마스에겐 몇 가지 측면에서 적지 않은 진전이 있었다. 다시 마드리드에서 사는 것에 그리고 대사관에서의 품위 있는 일에 빠르게 적응하는 것 같았다. 그는 새롭게 사람들을 사귀었고 피상적이나마 우정을 쌓았다. 오랜 공백을 고려했을 때 가능한 범위 안에서는 몇 명 되지 않았지만, 예전 사람들과의 관계도 회복했다. 그러나 겉보기엔 정상적으로 보이는 존재의 이면엔 불안하고 예민한 모습이 여전히 감춰져 있었다. 그는 잘 들리지 않는 미세한 소리에도 펄쩍 뛰었고 소란 앞에선 말할 것도 없었다. 누가 자기를 공격할까봐 두려워하는 것 같았다. 누가 자기를 기억할까봐, 과거에 닻을 내린 누가 멀리서 자기를 찾아올까봐, 가까운 사람을 보낼까봐 두려워했다.

어느 여름밤, 로살레스의 테라스에 앉아 아무 말 없이 술을 한잔하고 있는데(초기에는 그와 대화를 지속하기가 어려웠다) 우리와는 전혀 상관이 없는 싸움이 일어났다. 우리는 다만 말다툼 끝에 급기야 욕설을 주고받던 두 사람과 그리 멀지 않은 거리에 앉아 있었을 뿐이었다. 두 사람은 서로를 밀치고 고함을 지르다가 결국 그중 한 사람이 맥주병을 깨 날카로운 무기를 만들어 다른 사람을 덮쳤다. 나는 순간적으로 토마스의 눈에 공포가 드리우는 것을 느낄 수 있었다. 무기로 변한 맥주병이 쓸데없이 버드나무 의자만 움켜쥐고 있는 싸움판 상대가 아니라 자신의 목을 벨 것 같다는 상상을 하는 것 같았다. 1초라는 짧은 시간이 지나자 그는 순식간에 눈빛이 차갑게 변하더니 더는 생각하지 않고 자리에서 벌떡 일어났다. 그는 그 사람이 미처 보기도 전에 다가가 맥주병을 쥔 팔을 한 손으로 꼼짝도 못하게 움켜쥐고는 다른 손으로 사정없이 한 방 먹였다. 정확하게 어디를 때렸는지 알 수 없었지만 그는 순식간에 그 남자를 땅바닥에 쓰러트렸다. 밧줄을 끊자 바닥에 떨어진 포대 자루 같았다. 한 방에 죽어버린 것처럼 의식을 잃은 남자는 축 늘어진 채 꼼짝도 하지 않았다. 토마스가 예전에도 이런 행동을, 예컨대 이와 비슷한 짓을 여러 번 했을 거라는 생각이 들었다. 94년에(20년 이상이 지난 다음 이 메모를 다시 읽고 검토하면서 다시 한번 그 장면을 떠올리고 있다. 이 메모를 본지도 정말 오래되었다) 이 정도의 실랑이는 강제적인 고소 고발을 하지 않고도, 다시 말해 경찰이 개입하지 않고도 잘 해결되었다. 토마스는 남자가 심각하게 다치지 않았는지 확인하더니 쓰러진 사람을 다시 일으켜 함께 왔던 술꾼들에게 넘겨주었다(사람들은 너무 놀랐는지 일순간에 조용해졌다). 그리고 우리는 자리를 떴다. 토마스의 폭력적인 반응에 나는 무서운 생각이 들었다. 그러나 언제든 문제가 생겼을 때, 자신과 우리를 방어할 능력이 있다는 사실을 확인하고선 한편으론 안심이 되기도 했다.

1년 반이 지난 지금, 토마스가 계속되던 긴장과 경계 상태에서 어느 정도 벗어났다는 사실을 깨닫게 되었다. 그는 반대로 종종 우울하고 뭔가 수동적인 모습을 보이기 시작했다. 자기가 집에 왔는데도, 내가 바삐 움직이고 있고 아이들도 집에 없으면, 우두커니 발코니에서 밖만 바라보며 한참씩 시간을 보냈다. 몇 년 동안 내가 그렇게 바라봤던 나무들만 뚫어지게 바라보았다. 내가 서재에서 수업 준비를 할 때면 소파에 앉아 깊은 생각에 잠기곤 했다. 날이 저물고 내가 다시 거실에 나와도 그는 여전히 꼼짝 않고 있었다. 그에겐 시간이 전혀 흘러가지 않는 것처럼 보였다. 나는 그가 무슨 생각을 하고 무엇을 떠올리고 있는지 알 수 없었다. 그리고 어떤 생각에서 빠져나오지 못하고 있는지도 알 수 없었고 앞으로도 모를 것이다. 우리는 각자만의 내밀한 슬픔을 안고 있다. 집에만 조용히 머물러 심각한 혼란에 노출된 적 없던 사람도 마찬가지다. 내가 착각하고 잘못 인용한 것이 아니라면, 몇 학기 동안 가르쳤던 디킨스는 '상상해보면, 숙명적으로 모든 인간은 서로에게 심오한 비밀과 신비를 구축할 수밖에 없다. 밤에 대도시에 들어설 때면, 포도송이처럼 옹기종기 뭉쳐 모여 있는 음울한 집마다 자기만의 비밀을 감추고 있다는 숙연한 생각이 들곤 했다. 저 집 안의 방

하나하나도 모두 나름의 비밀을 감추고 있다. 그 안에 숨어 있는 수많은 사람의 가슴 속에서 고동치는 심장들 하나하나도, 가장 가까이 있는 사람도 알 수 없을만한 비밀이 있다. 어쩌면 두려움과 연결될 수밖에 없는 무언가가 아닐까……'라고 이야기했다.

이런 생각에 잠긴 채 기운을 잃고 축 늘어진, 옛날 생각에 빠진 토마스를 볼 때면 최악의 날 아침 미겔 루이스 킨텔란이 남긴 말과 불쾌한 기억이 불쑥 떠올랐다. '지금부턴 계속해서 나쁜 일만 생길 거야.' 여전히 손에 라이터를 든 채 토마스가 엮여 있는 사업을 언급하면서 나에게 이런 이야기를 했었다. '몇 명을 알고 있지. 보통은 정신병이 걸려 나오거나 죽어서 나와. 살아남은 사람은 결국 자신이 누구인지, 정체성이 뭔지도 모르게 되는 거지. 한마디로 생명을 잃거나 정체성이 두 쪽이 나, 서로를 혐오하게 되겠지. 다시 정상적인 생활로 돌아가려고 한 사람도 있어. 그렇지만 불가능해. 어떻게 해야 다시 일반 시민 생활에 통합될 수 있는지를 모르거든. 별 충격도 받지 않고 별 긴장을 느끼지 않는 상태에서 퇴직해서 연금 생활로 들어갈 수 있으면 좋은데 말이야. 여긴 나이도 상관없어. 봉사할 수 없는 나이가 되거나 쓸모가 없어지면 아무런 배려 없이 은퇴시키지. 집으로 돌려보내거나, 사무실에서 무위도식하게 만드는 거야. 30살이 되기도 전에 자기 시대가 다 끝났다는 생각에 풀이 죽는 사람들도 있어. 활동이나 더러운 짓, 사기나 거짓으로 점철된 시기를 그리워하는 거야. 그들은 모호한 과거에 사로잡혀 살기도 하고, 때로는 반대로 회한이 과거의 영광을 눌러버리기도 해. 멈춰 서서 생각하면 자기들이 했던 일이 정말 지저분한 일이었다는 사실을 깨닫게 되는 거야. 아무짝에도 쓸모없는 일을 했다는 것을 말이야. 게다가 대부분은 절대적으로 필요한 일도 아니거든. 다른 누구라도 그런 짓을 했을 것이라는 사실을, 모든 것이 다 똑같다는 사실을 깨닫게 되는 거야. 아무도 그들이 쏟아부은 노력이나 능력과 책략 그리고 인내에 고마워하지 않는다는 것도 깨닫게 되지. 그 눈에 보이지 않는 세계엔 고마움도 존경도 존재하지 않으니까. 그들에게 중요한 것은 다른 사람들에겐 전혀 중요하지 않아. 그것은 알려지지 않은 과거일 뿐이야……'

토마스는 언제나 이러지는 않았다. 매우 바쁘고 활동적인 날도 있었다. 새롭게 시작한 일, 혹은 예전에 했던 일을 즐길 줄도 알게 되었고 몇 달에 한 번씩은 예전처럼 영국으로 여행을 가기도 했다. 그러나 잘해야 일주일 정도로 아주 짧게 있었다. 그리고 저녁이 되어 일과를 마치면 거의 매일 나에게 전화했다. 마드리드에 있을 때는 점점 더 자주 깊은 생각에 빠졌다. 삶에 대한 투항에서 나온 모습이 아닌가 싶었다. 다시 정착한 지 얼마 되지 않아 일어났던 일과는 달리 그가 허공에 떠 있을 때면 그는 그를 기억하는 사람에게, 먼 옛날 외상을 청산하러 온, 옛날을 잊지 못하고 있는 사람에게 아무 짓도 하지 못할 것 같았다. 그런 일이 생겨도 도망칠 생각도 방어할 생각도 하지 못할 것 같았다. 기다리는 데 지친 아니 두려움에 지친 사람 같왔다. 그럼 이런 이야기라도 할 수 있지 않을까. '마침내 그들이 나를 찾아왔는데, 불평할 수는 없지. 그동안 오래 정지시켜놨던 거야. 우주 안에서는 별 의미 없는 쓸데없는 짓이지. 언제가 되었든 결국 끝나기 마련이니까. 결국 그렇게 될 거야.'

모르겠다. 어느 날 밤 우리는 함께 극장에 갔다. 영화가 끝나고 불이 들어올 때 무릎에 올려놨던 외투를 들자 작은 권총이 바닥에 떨어졌다. 양탄자 덕분에 소리는 나지 않았다. 그는 무슨 일이 일어났는지 깨닫고 재빨리 권총을 주워 다시 주머니에 넣었다. 나는 놀란 눈으로 그를 바라보았다. 다행히 아무도 보지 못했다.

"웬 권총이야?"

"아무것도 아냐. 아무것도. 걱정하지 마. 권총을 소지하는 데 익숙해져서 그래. 너무 오래된 습관이야. 이해해줘."

"언제나 가지고 다녀?"

"언제나 그런 것은 아냐. 점점 횟수가 줄어들고 있어."

이렇게라도 해야 방어할 수 있다는 뜻인지, 언젠가 총을 쏘겠다는 생각을 전혀 배제하진 않았다는 뜻인지 알 수 없었다. 과거에 닻을 내리고 자꾸만 과거를 기억하려드는 사람이 땅에 뿌리내리고 지속적인 삶을 살아가는 것을 참지 못하는 사람이 된 것이다. 그가 집에 있는 소파에 앉아 나무들을 바라보고 있을 때, 내가 그의 삶에서 별다른 역할을 하지 못하고 있던 동안에, 살아 있는 것도 죽은 것도 아닌 삶을 살아가고 있던 동안에 얼마나 많은 끔찍한 짓들을 했을까 하는 생각이 들었다. 그런 것을 잊을 수 있다는 것 자체가 축복이었다. 아무것도 이야기하지 못하게 된 것이 오히려 잘된 일인지도 모른다. 단순히 일어났던 일에 또다른 이야기를 덧댈 이유가 없을 테니까. 사람들은 대부분 정반대로 우긴다. 아무것도 일어나지 않았다고 우길 것이다. 다시 재구성한다. 그리고 시간이 끝날 때까지 그것을 반복한다. 절대로 그냥 끝나게 내버려두지 않는다.

나는 종종 남편에 대해 잘 모르는 것 자체가 그리 특별한 일은 아니라고 이야기한다. 타인을 모르는 것이나 마찬가지이다. 디킨스 역시 똑같은 이야기를 썼다. 내 기억 속에 떠도는 글귀가 아마 그의 작품에서 나온 것일 것이다. '내 친구가 죽었다. 이웃이 죽었다. 내 사랑이, 내 가슴 속 여인이 죽었다. 죽음은 언제나 그들 안에 남아 있는 비밀을 준엄하게 자리매김하고 영속화한다. (……) 그렇다면 저렇게 바쁘게 움직이는 사람들보다 내가 지나가는 이 도시의 공동묘지에 잠들어 있는 사람들이 나에게는 더 이해하기 힘든 존재가 아닐까?' 토마스 자신은 젊어서부터, 청소년기부터 사람들에게 알려지는 것, 속속들이 파헤쳐지는 것, 어떤 종류의 인간인지 밝혀지는 것엔 별로 관심이 없었다. 이것들은 자아도취에 빠진 사람들의 일이자 시간 낭비라고 생각했다. 이 점은 전혀 변하지 않았는지 모른다. 여전히 엄청난 간극이 존재하지만, 그의 양심이 첫발을 내디뎠을 때부터 그 여로의 끝에 있었는지도 모른다. 왜 내가 스스로를 돌보지 않는 사람을 이해하는 데 애를 먹어야 한단 말인가. 우리는 정말 하고 싶은 것이 많다. 특히나 침대에서 함께 잠을 자

거나 숨을 쉬었던 사람들이 마음속에 담고 있는 것을 꺼내보고
싶은 것이다.

그는 드물게 내 침대에서 잠을 자기도 한다. 그리고 나 역시
레판토 거리에 있는 그의 다락방에서 자기도 한다. 그렇지만
아이들이 나를 필요로 할지 모르니 아주 가까이에 머문다. 아
이들도 나에게 전화하거나, 조금만 뛰거나, 자동차를 피해 광
장을 가로지르기만 하면 된다. 그리고 이젠 다 컸다. 지금도 토
마스는 잠을 깊게 자지 못한다. 몸부림치면서 불안하게 중얼거
리며 선잠을 잔다. 그렇지만 자긴 잔다. 그를 바라보면 부드럽
게 목을 쓰다듬어주고 싶다는, 그리고 속삭이고 싶다는 생각이
든다. '자기야, 그곳에 가만히 누워 있어. 움직이지 말고 뒤척이
지도 마. 그러면 아무 생각 없이 깊은 잠에 빠질 수 있을 거야.
그리고 조금씩 당신의 내면에 뿌리내린 악몽을 떨칠 수 있을
거야. 그토록 오랫동안 무슨 생각을 했는지 나에게 말하지 않
았던 것도 나쁘진 않았어. 잠잘 때든 깨어 있을 때든 언제나 말
이야. 언제나 당신에겐 뭔가 일어나고 있는데도, 다행인지 모르
지만 나는 모르고 있어. 백지로 남겨두는 것이 나에겐 더 나을
거야. 당신에게 사정이 있다는 것 또한 잘 알아. 당신의 머리는
쉴 수 없는 운명을 타고났으니까.' 그러나 나는 유혹을 잘 참고
말하지 않았다. 앞으로 얼마를 더 살든 말하지 않을 것이다. 마
음속에 간직한 채 생각만 할 것이다. 아무리 그가 이해하지 못
할지라도 그에게 이 말까지 하는 것은 지나친 선물이 될 것이
다. 그는 너무 오랫동안 나에게서 멀리 떨어져 있었다. 죽었다

고까지 이야기했었고, 몸을 머나먼 해안에 남겨뒀다고 했다.

가끔 그는 발코니에서 넋을 잃고 바라본다. 엄지손톱으로 오래전에 사라진, 수술을 통해 지워버린 뺨의 흉터 자국을 만졌다. 아무도 보지 못한 그 흉터 흔적을 불러내며 그가 생각했을 뭔가를 나도 생각해보았다. 왜 생긴 것인지는 그만이 기억하고 있을 테고, 그만이 진실을 알고 있을 것이다. 강도 때문은 아닐 테고 깊이 생각해야 할 무엇 때문일 것이다. 복수를 당한 것일 수도, 벌을 받은 것일 수도 있다. 아마도 그는 자기를 삶의 주인공으로 보지 않았을 뿐만 아니라 오히려 처음부터 타인에 의해 휘둘린 삶을 산 부류에 속한다고 생각하고 있는지도 모른다. 길 한복판에서 찾아낸 그의 삶은 아무리 독특하다고 해도, 거론할 가치가 없을 뿐만 아니라 더 주목을 받을 만한, 다시 말해 선택받은 다른 사람의 파란만장한 인생 이야기를 할 때의 곁가지로나 이야기될 것이다. 그렇지만 어느 날 식후의, 혹은 잠을 이루지 못해 화롯가에서 벌이는 오락거리로는 절대로 아니다. 내 인생이나 그의 인생, 그리고 사실 수많은 다른 사람들 인생에서와 마찬가지로, 제자리에 서서 기다리고만 있는 인생에선 이런 일은 아주 흔한 일이다.

2017년 4월

옮긴이의 말

소설은 어떤 식으로 접근하든, 어떤 형식을 빌리든 결국 인간과 현실 사회의 모습을 얼마나 잘 반영할 수 있는가에 소설가로서의 역량과 능력이 드러난다고 할 수 있다. 소설은 배경으로서의 사회와 그 속에서 살아가는 인간을 둘러싼 이야기다. 그렇다 보니 특정 사회 환경에서 과거와 현재 혹은 가깝거나 먼 미래에 인간들에게 닥칠 수 있는 이야기가 뼈대를 형성할 수밖에 없다. 다시 말해 소설은 사회와 인간에 대한 기록이자 해석이기 때문에 인간과 사회에 대한 이해가 선행되지 않으면 좋은 글을 쓸 수 없는 것이다. 다만 사회에 대한 분석은 인간에 대한 분석보다는 접근 자체가 비교적 쉬울 수도 있다. 기쁨, 분노, 슬픔, 즐거움과 같은 감정과 인간 사이에 작용할 수밖에 없는 길항작용에서부터 깊이를 알 수 없는 고독과 외로움 그리고 삶에 대한 성찰에 이르기까지, 인간에 대한 이해의 폭과 깊이를 만들기는 그만큼 어려운 것이다. 그래서 좋은 작가, 좋은 소설이라는 평가가 인간에 대한 탁월한 이해에서 출발하는 것이다. 좋은 예로 셰익스피어, 세르반테스, 톨스토이, 도스토옙스키 등을 들 수 있다. 셰익스피어의 4대 비극에 나타난 다양한 인간 군상의 욕망과 여기에 기초한 갈등, 세르반테스의 돈키호테 앞에 펼쳐진 현실 세계와 이상의 충돌과 충돌이 빚어낸 파열음, 도스토옙스키의 《죄와 벌》의 주인공 라스콜니코프의 이상과 현실 사이에서의 분노와 정의에 대한 해석 등은 인간의 보이지 않는 내면 깊숙한 곳에 감춰진 감정의 찌꺼기와 비틀린 의식까지 우리 눈앞에 보여줌으로써 다시 한번 인간이 무엇인가에 관한 고민에 빠지게끔 한다.

이처럼 소설의 한가운데 자리잡은 '인간에 대한 이해'라는 측면에서 스페인 현대 소설 작가에 접근한다면 가장 먼저 떠올릴 수 있는 사람이 바로 하비에르 마리아스이다. 문체와 철학적인 인식론에 기반해 많은 유럽 비평가들이 그를 극찬하긴 했지만 어쩌면 피상적일 수 있다는 생각이 드는 반면, 중국의 소설가 위화는 한 줄의 평으로 정곡을 찌르고 있다. 그는 《글쓰기의 감옥에서 발견한 것》에서 좋은 작가의 기준으로 '사람이 무엇인지 아는 것'을 들었다. 그리고 이를 잘 반영하고 있는 서사로 하비에르 마리아스의 《새하얀 마음》의 시작에서 볼 수 있는 죽은 딸의 브래지어를 '가리는 행위'를 지적하며, 이를 통해 진실된 인간 본성으로 접근할 수 있는 통로를 열어두고 있다고 썼다. 《베르타 이슬라》는 인간이라는 존재에 대한 이해라는 측면에서, 남편의 부재에 대한 아내의 끝없이 이어지는 고민을 보여줌으로써 전작이 보여준 이해의 무게를 뛰어넘고 있다. 이를 빌어 생각해보았을 때, 위화 역시 다시 글을 쓴다면 이 작품을 예로 '인간의 존재론적인 불안'을 설명하지 않았을까 싶다.

하비에르 마리아스가 인간에 대한 이해의 폭을 넓힐 수 있었던 것은 전적으로 함께 묶여 있던 아버지 훌리안 마리아스의 삶의 궤적이 안겨준 선물이기도 했다. 내전이 시작되던 무렵 대학을 졸업했던 그의 아버지는 공화파의 입장에 섰던 철학자로 결국 스페인에서는 활동 자체가 불가능하게 되었다. 학교에 머물 수 없었던 그는 미국의 웰즐리, 하버드, 예일 등을 비롯한 많은 대학에서 강의와 연구 활동을 이어나갈 수밖에 없었다. 덕분에 하비에르 역시 어렸을 적부터 외국과 스페인을 오가며 많은 경험을 할 수 있었다. 이 과정을 통해 그는 아버지 훌리안 으로부터 철학적 소양을, 블라디미르 나보코프를 비롯한 많은 문인과의 접촉을 통해 문학적 소양을, 《베르타 이슬라》의 주인공 두 사람이 함께 다닌 학교의 모습으로 반영된 스페인의 자율학교에서는 다양한 인간 군상에 대한 경험을 쌓을 수 있었다. 허구는 사실 혹은 현실의 또다른 모습일 수밖에 없으며 사실을 벗어난, 현실을 왜곡한 허구는 거짓일 뿐이다. 이 점에 주목한다면, 프랑코 치하의 엄혹한 스페인과 이에 맞서 싸운 스페인 학생들과 지식인, 자유와 풍요를 구가하던 미국과 영국 그리고 그 와중에서 벌어진 67년의 이념 투쟁과 포클랜드 전쟁, ETA와 IRA의 무장 항쟁 등이 중첩적으로 나타난 현실을 직접 몸으로 경험하며 자라난 세대라는 점 역시 하비에르의 문학적 자양분이 될 수 있었다. 그리고 이 덕분에 현실과 허구의 벽을 한층 모호하게 만들어 소설을 현실보다 현실답게 만드는 힘을 얻을 수 있었다.

다채로운 하비에르 마리아스의 직간접적인 경험과 인간에 대한 고민이 어우러져 탄생한 《베르타 이슬라》는 비밀정보부의 눈에 띠어 억지로 끌려들어갈 수밖에 없었던, 스페인과 영국의 피를 반반씩 물려받은 젊은이 토마스 혹은 반세기에 걸친 톰의 개인사를 아내인 베르타의 관점에서 본 이야기이다. 특이한 점은 자의든 강제든 분명히 스파이 활동을 하던 인간의 이야기이지만 스파이 활동을 전면에 내세우는 〈007〉 시리즈 같은 스파이들의 활약상을 다루는 소설 혹은 떠나버린, 아니 잠시 사라졌던 남편에 대한 절절한 사랑의 노래를 부르는 단순한 소설도 아니라는 것이다. 오히려 이 소설은 스파이 활동으로 인해 소외될 수밖에 없었던 남자와 그의 아내를 주인공으로 설정하여 이들의 삶이 왜곡되어가는 과정을, '존재하지만 존재하지 않는다'라는 인간의 소외를 전면에 내세운 작품이다.

'베르타 이슬라Berta Isla'는 주인공이자 화자인 여성의 이름이다. 여기에서 '이슬라'가 스페인어로 섬을 의미한다는 점에 주목해보면 일차적으로 이 소설이 드러내고자 하는 현실 세계에서 소외된, 작가의 표현을 빌리자면 '우주에서 추방된' 사람들의 이야기일 거란 것을 가볍게 추론해볼 수 있다. 이 작품의 시작은 함께 사는 남편이 남편인지 확신하지 못한다는 이야기에서 시작한다. 하비에르는 가장 가까이 존재하고 있는 사람조차도 확신할 수 없는 삶을 그리며 무한한 불신과 불확실성으로 인한 불안을 전면에 내세운다.

한동안 그녀는 남편이 진짜 자기 남편인지 확신이 서지 않았다. 선잠을 자다 보면 지금 내가 생각하는 건지 꿈꾸는 건지 확신이 서지 않는 것과 같았다.

이야기 전개는 복잡하지 않다. 청소년기에 운명적인 사랑에 빠진 두 사람, 즉 토마스 네빈슨과 베르타 이슬라의 이야기에서 시작한 이 소설은 토마스 네빈슨이 마드리드에서 사는 베르타의 곁을 떠나 옥스퍼드에서 대학 생활을 하게 된 것을 기점으로 간헐적인 만남과 헤어짐, 그리고 그 반복으로 인한 수많은 공백을 베르타의 입장을 중심으로 서술해나가는 방식을 채택하고 있다. 대학을 마칠 무렵 비밀정보부의 눈에 띈 톰은 조작된 살인 사건에 연루당하면서 강제로 포섭된다. 그렇게 외교부 직원으로 위장한 비밀정보 요원으로 살아가게 되지만, 74년에 베르타와 결혼하고 나서도 톰은 다양한 국제적인 사건이 일어날 때마다 반복해서 집을 비우게 된다. 그러던 중, IRA 소속 요원으로 의심되는 미겔 루이스 킨델란과 메리 케이트가 아기를 볼모로 위협을 하는 일이 발생하면서 베르타가 토마스의 정체를 의심하는 균열이 생긴다. 그럼에도 둘은 서로에 대한 필요로 인해 이 균열을 잠시 덮어두는데, 결국 포클랜드 전쟁이 일어난 82년 이후 이 소설에서 가장 중요한 사건인 톰의 12년에 걸친 기나긴 부재가 시작된다. 기다림이 길게 이어지는 가운데, 가족과 토마스의 상관이라고 여겨지는 투프라를 비롯한 많은 주변 사람들과 얽히는 경험을 통해 베르타의 삶의 고민이 만들어진다. 여기에서부터의 이야기는 언뜻 그리스 서사시《오디세이아》를 연상시키는, 오디세우스의 기나긴 부재와 남편을 기다리는 페넬로페의 주제가 변주된다. 토마스의 긴 부재로 인해 무너져내리는 베르타의 남편에 대한 갈망, 또다른 삶에 대한 기대 사이에서 벌어지는 긴장과 갈등, 집에 대한 열망에 과연 진정성이 있는지 의심스럽긴 하지만 동시에 막연한 기대로 가족이 있는 마드리드로 돌아가고 싶어 하는 토마스의 욕망이 교차되면서 작가는 인간이라는 존재와 존재의 의미에 대한 질문을 던진다. 실제로 작가는 우리 삶을 구성하는 부분에 대해 다음과 같은 이야기를 한 적이 있다.

남자나 여자의 삶을 이야기할 때, 삶을 재구성하거나 요약할 때, 자신의 역사나 일생을 이야기할 때, 사전이건 백과사전이건 혹은 연대기이건 또는 친구들끼리 담소할 때건, 일반적으로 그 사람이 이루었거나 실제로 그 사람에게 일어난 일을 이야기합니다. 우리 모두는 근본적으로 동일한 경향을 가지고 있습니다. 다시 말하면 우리 삶의 여러 단계에서 우리가 이룩했거나 실현한 것의 결과와 요약을 보게 된다는 것입니다. 마치 그것만이 우리의 존재를 이루고 있는 것처럼 말입니다. 그러나 거의 항상 사람들의 삶은 그것뿐만이 아니라는 사실을 잊어버립니다. 즉 각자의 여정은 우리가 잃어버리거나 버린 것들, 우리가 소홀히 했거나 이루지 못한 소망, 언젠가 우리가 한쪽으로 치워버렸거나 선택하지 않았거나 이루지 못한 것들, 대부분 실현되지 않은 수많은 가능성, 우리의 우유부단함과 몽상 등으로 이루어져 있습니다. 또한 좌절된 계획과 부실하고 소극적인 열망, 우리를 무기력하게 만든 두려움, 우리가 버렸거나 우리를 버린 것들도 우리 삶을 구성하고 있는 것입니다.*

이렇듯 작가는 겉으로 드러난 사실이나 현상보다 감춰진 것들에 주목한다. 작가는 이를 통해 우리의 삶을 재구성해야 한다는 것을 명확하게 인지하고 머릿속에서만 존재했던 것의 소중함을 바라본다. 이 작품 역시 마찬가지이다. 작가는 눈에 보이는 토마스의 부재 그리고 이에 대한 베르타의 행동이나 반응보다는 이로 인해 연쇄적으로 일어나는 내적인 변화에, 인간의 속성에 더 많은 눈길을 던진다. 작가는 이를 통해 인간 존재의 마지막 의미를 묻고 있으며, 바로 이런 것이 소설이라고, 소설이 존재하는 이유라고 강조하고 있다.

물론 《베르타 이슬라》는 이 밖에도 독자들에게 많은 생각거리를 안겨준다. 진정한 의미에서의 사랑, 국가의 필요와 강요

* 하비에르 마리아스, 《내일 전쟁터에서 나를 생각하라》, 〈하나의 에필로그와 두 개의 메모〉, 문학과지성사, 송병선 역, p489

가 망가트린 개인의 삶, 애국심의 의미, 전체 사회의 이익과 개인의 삶, 배신과 이중성 그리고 기만. 이에 더해 어둠 속에 던져진 삶에 대한 두려움, 토마스가 보여주는 다중적인 정체성, 생존에 대한 욕구 등도 생각해볼 수 있다. 이뿐만 아니다. 정의를 위해서라면 사람도 죽일 수 있는가, 선과 악의 경계는 어디인가 등도 생각해봐야 할 것이다. 그러나 작가는 이 모든 질문을 독립적으로 던지지 않는다. 언제나 가장 중심에 있는 것은 다양한 사건과 사건이 이어지는 현실 세계에서 아무것도 아닐 수밖에 없는 '존재 자체를 의심받는' 인간에 대한 질문으로 연결된다. 즉 사회에 내재된 모든 문제가 결국은 내면에 감춰둔 인간의 비밀로 귀결되는 것이다. 이에 대해 하비에르는 찰스 디킨스의 《두 도시 이야기》에 나오는 구절을 인용해 이렇게 이야기하고 있다.

상상해보면, 숙명적으로 모든 인간은 서로에게 심오한 비밀과 신비를 구축할 수밖에 없다. 밤에 대도시에 들어설 때면, 포도송이처럼 옹기종기 뭉쳐 모여 있는 음울한 집마다 자기만의 비밀을 감추고 있다는 숙연한 생각이 들곤 했다. 저 집 안의 방 하나하나도 모두 나름의 비밀을 감추고 있다. 그 안에 숨어 있는 수많은 사람의 가슴 속에서 고동치는 심장들 하나하나도, 가장 가까이 있는 사람도 알 수 없을만한 비밀이 있다. 어쩌면 두려움과 연결될 수밖에 없는 무언가가 아닐까……

하비에르 마리아스는 이를 효과적으로 전하기 위해 독특한 방법을 사용한다. 즉 작가의 목소리를 위대한 대가들의 글에 얹어 말하고 싶은 세계를 구축하는, 어쩌면 자기 목소리를 살짝 낮추면서 다른 사람들의 생각을 끌어들여 오히려 큰 목소리를 만들어내는 방법을 쓰고 있다.

우리가 시작이라고 하는 것은 흔히 끝이며 (……)
또 어떻게 행동하든 한 걸음 더 나아가는 것이다, 단두대(block)로, 불구덩이로, 바다의 목구멍으로, 또는 읽을 수 없는 돌로 (……)
우리는 죽은 자와 함께 죽으니, 보라! 그들은 떠나지 않는다. 우리는 그들과 함께 가고, 우리는 죽은 자들과 함께 태어나니, 보라! 그들 돌아오지 않는다. 우리를 함께 데리고 (……)

전체적으로 위에 인용한 엘리엇의 《리틀 기딩》이 톰의 삶 정중앙에 있다. 이 문장들은 그의 행동을 대변하는데 그치지 않고 삶을 꿰뚫고 만들어간다. 그뿐만 아니다. 셰익스피어의 《헨리 5세》, 멜빌의 《모비 딕》, 디킨슨의 《두 도시 이야기》 등에서 인용한 글귀는 적절하게 분위기를 연출하며, 발자크의 《샤베르 대령》은 부재가 만들어내는 갈등을 구체적으로 형상화하며 베르타의 반응을 예단할 수 있는 실마리를 제공하기도 한다. 하비에르 마리아스의 번역 작가로서의 활동과 영국과 스페인 대학에서의 강의와 같은 다양한 문학 활동은 소설 속에 또다른 소설과의 관계를 만들어내는 텍스트 차원의 연결을 통해 독자들에게 또 다른 재미를 안겨주기도 한다. 여기에 더해 순수 문학작품에선 보기 드문 커플 소설이란 형식을 사용함으로써 작가는 주인공들의 심리 분석에 한 차원 깊은 심오함을 만들고 있다. 이 작품에선 3인칭 화자의 목소리를 통해 등장인물들의 상황을 전하기도 하지만 대부분의 장에서는 베르타의 목소리를 통해 직접 내면의 비밀에 대한 증언을 듣고 있다. 따라서 톰 혹은 토마스의 목소리는 어느 정도 죽어 있을 수밖에 없고, 어쩌면 등장인물에 대한 평가에서 굉장히 억울한 점수를 받을 수도 있겠지만, 작가는 베르타와 토마스 각각에게 자신을 대변할 수 있는 공간을 부여함으로써 하나의 상황, 하나의 갈등에서 각자의 생각과 해석을 좀 더 깊이 있게 풀어갈 수 있게 했다. 예컨대 베르타가 화자로써 전면에 등장할 때는 그녀의 내면에 감춰진 은밀한 비밀과 행동의 의미를 반추하는 듯한 목소리를 통해 직접 제시함으로써 인간의 존재와 불안에 대한 철학적 인식론적 질문에 매달리는 그녀의 입장에 침잠할 기회를 준다. 이런 의미에서 다음 작품인 《토마스 네빈슨Tomás Nevinson》(가제) 역시 기대가 된다.

간단하게 정리해보자. 우크라이나와 러시아의 전쟁이 진행되는 지금, 어딘가에선 수많은 스파이가, 비밀 요원들이 활동하고 있을 것이다. 국가를 위한다는 명목에서 가족을 떠나 목숨을 걸고 열심히 일하고 있을 것이다. 전쟁을 좀더 빨리 끝낼 수도 있을 거란 생각에, 그래야 사람들의 생명을 구할 수 있다는 사명감에, 이것만이 정의를 위한 길이라는 생각에 사람을 죽이기도, 속이기도 하면서 죄책감 없이 움직일 것이다. 그러나 이런 행동이 과연 정의로운 것인지 우리는 알 수 없다. 더욱이 이로 인해 소외될 수밖에 없었던 개인과 가족과 삶은 과연 어떻게 생각해야 할까. 우리가 모르는 세계, 존재하되 존재하지 않는 세상이 만들어낸 현실에 대해, 이로 인해 밀려난 삶에 대해 하비에르 마리아스가 던지는 질문에 한번은 눈길을 줄 만하다는 생각이다.

덧붙이는 말

하비에르 마리아스가 20세기 후반부터 현재까지 스페인을 대표하는 작가로 비록 노벨 문학상은 받지 못하고 향년 70세의 나이로 세상을 떴지만, 스페인과 유럽 국가들 그리고 중남미에서 유수의 문학상을 받은 훌륭한 작가임은 분명하다. 이에 대해선 많은 사람이 이야기했기 때문에 여기에서 장황하게 부연하진 않았다. 그러나 그의 글의 가장 큰 특징이 문체에 있음에도 불구하고, 느리고 사변적으로 진행된 작가 특유의 스페인어를 우리말로 옮기는 과정에서 이를 완벽하게 구현해낼 수는 없었음에 안타깝다는 말은 남겨놓고 싶다. 그리고 마지막 한 가지. 하비에르 마리아스의 작품이 지닌 또 하나의 특징이기도한 사변적인 수많은 문장에도 주목했으면 좋겠다. 어쩌면 경구일 수도 있고, 우리 삶의 많은 부분에 대한 사유를 촉구하는 글감일 수도 있다는 생각이 든다. 물론 그의 엘리트주의가 뱉어낸 말일지 모르겠지만 민주주의를 표방한 많은 나라에서 일어나고 있는, 우리도 전혀 무관하다고는 할 수 없는 다음 구절에 대해서도 꼭 한번 생각해보자.

정치인들은 가끔은 사악하고 비겁하고 분별력도 없는 민중을 절대로 비판하지 않는다. 민중을 나무라는 법이 없으며 절대로 그들의 행동을 힐난하지 않는다. 오히려 칭찬할 것이 전혀 없는데도 언제나 변함없는 칭찬 일색이다. 민중은 절대로 건드릴 수 없는 존재가 되었으며, 절대적인 권력을 가지고 전횡했던 과거의 군주를 대신하고 있다. 한마디로 왕들과 마찬가지로 민중 역시 아무리 경솔한 짓을 해도 벌을 받지 않는 특권을 가졌다. 누구에게 투표하든, 누구를 뽑든, 누구를 지지하든 하등의 책임을 지지 않는다. 입을 다물었던 것에 대해서, 동의한 것에 대해서, 강요했거나 요구했던 것에 대해서도 마찬가지다. 스페인의 프랑코주의, 이틸리아의 파시즘, 독일과 오스트리아 그리고 헝가리와 크로아티아의 나치즘은 과연 누구 잘못인가? 소련의 스탈린주의, 중국의 모택동주의 또한 누구의 잘못이라고 해야 할까? 민중은 단 한 번도 책임지지 않았고, 언제나 피해자 행세를 하며 벌도 받지 않았다.

2023년 04월
남진희

베르타 이슬라

2023년 6월 0일 1판 1쇄 발행

저 자	하비에르 마리아스	
옮 긴 이	남진희	
발 행 인	유재옥	

본 부 장 조병권
담 당 편 집 박소연
편 집 1 팀 김준균 김혜연
편 집 2 팀 정영길 조찬희 박치우 정지원
편 집 3 팀 오준영 이해빈
편 집 4 팀 전태영 박소연
디 자 인 김보라 박민솔
라 이 츠 김정미 맹미영 이윤서
디 지 털 박상섭 김지연
발 행 처 (주)소미미디어
발 행 등 록 제2015-000008호
주 소 서울시 마포구 토정로 222, 403호(신수동, 한국출판콘텐츠센터)
판 매 (주)소미미디어
제 작 처 코리아피앤피
영 업 박종욱
마 케 팅 한민지 최원석 박수진 최정연
물 류 허석용 백철기
전 화 편집부 (070)4253-9250, (070)4405-6528 기획실 (02)567-3388
　　　　　　판매 및 마케팅 (070)4165-6888, Fax (02)322-7665

ISBN 979-11-384-7885-4 (03830)